Carolin Rades & Maximilian Honig
Boten der Schatten

Carolin Rades wurde 1995 geboren und lebt heute in Herborn, Deutschland. Sie hat einen Bachelorabschluss in Umweltmanagement und studiert nun Umweltwissenschaften in Gießen.

Maximilian Honig wurde 1994 geboren und lebt heute in Ehringshausen, Deutschland. Er hat einen Bachelorabschluss in Umweltmanagement und studiert nun Betriebswirtschaftslehre in Gießen.

Boten der Schatten ist ihr erstes Buch.

Carolin Rades & Maximilian Honig

Boten der Schatten

Twentysix – Der Self-Publishing-Verlag

Bibliografische Information der Deutschen Nationalbibliothek:
Die Deutsche Nationalbibliothek verzeichnet diese Publikation in der Deutschen Nationalbibliografie, detaillierte bibliografische Daten sind im Internet über dnb.dnb.de abrufbar.

TWENTYSIX – Der Self-Publishing-Verlag
Eine Kooperation zwischen der Verlagsgruppe Random House und BoD – Books on Demand

© 2018 A. Carolin Rades & Maximilian H. Honig

Herstellung und Verlag:
BoD – Books on Demand, Norderstedt

Illustrationen: © 2018 A. Carolin Rades
Umschlagabbildung: © 2018 Maximilian H. Honig

ISBN: 978-3-7407-4622-3

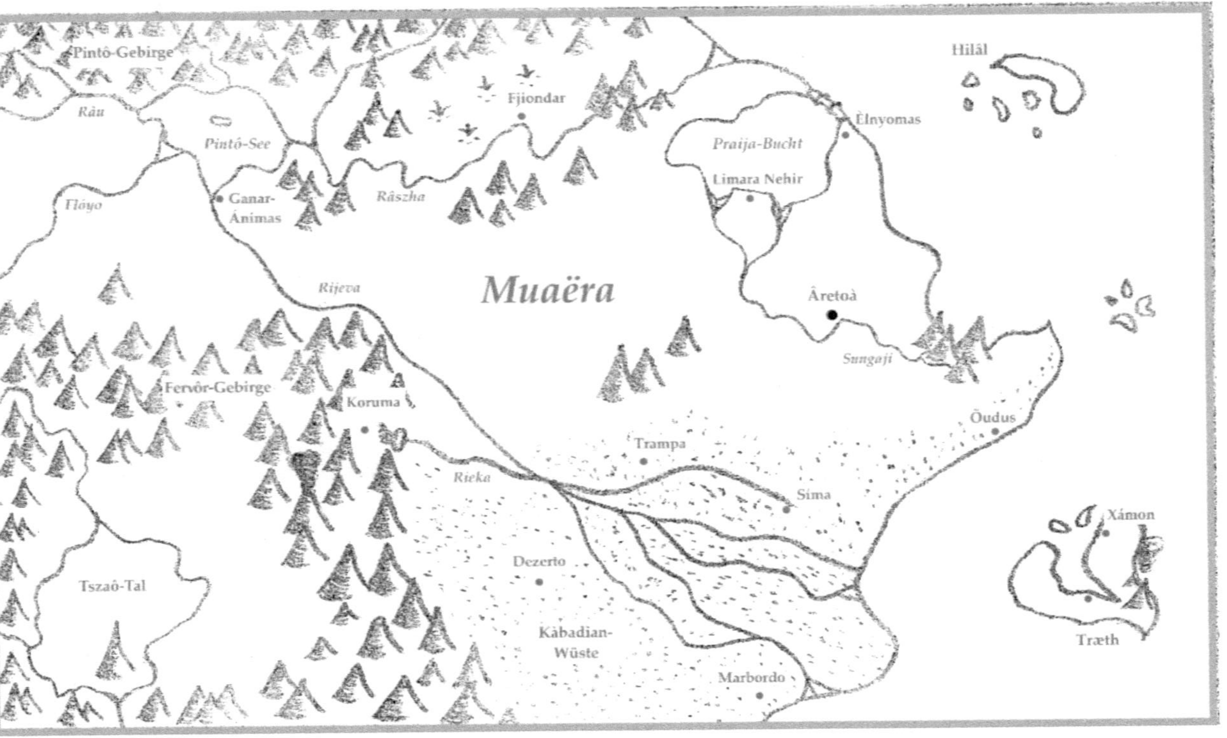

Pintô-Gebirge
Râu
Pintô-See
Flóyo
Ganar-
Ánimas
Fjiondar
Râszha
Hilâl
Élnyomas
Praija-Bucht
Limara Nehir
Muaëra
Âretoà
Sungaji
Oudus
Fervôr-Gebirge
Koruma
Rijeva
Trampa
Sima
Xámon
Rieka
Dezerto
Tszaô-Tal
Kâbadian-
Wüste
Marbordo
Traeth

PROLOG

Ein tiefes Schnaufen drang durch den düsteren Wald und vertrieb die lauernde Stille. Aus der dunklen Nacht erschien der große Umriss eines Wesens, das zwischen den knorrigen Bäumen mit verzweifelt im schlammigen Untergrund festgeklammerten Wurzeln herbeistapfte.

Sein Atem wurde zu weißem Nebel, der seine breite Schnauze zögerlich umschlang und sich unaufhörlich ins Nichts auflöste. Der Schattenhund streifte durch die dichte Uferböschung, suchte schnuppernd das eiskalte Wasser des leise plätschernden Ausläufers des reißenden und tobenden Râszhas. Die dicken Wolken gaben die Sicht für wenige Wimpernschläge frei auf das furchterregende Geschöpf. Seine Tatzen waren so breit wie die Felsbrocken im Fluss, die Krallen lang und scharf. Sein muskulöser Körper fiel nach hinten ab, die Hinterläufe waren kürzer als die vorderen und sahen trotz ihrer Stärke im Verhältnis schon fast schmächtig aus. Sein Hals war dick und undurchdringbar, sein Fell kurz und schwarz. Widerlich schleckend trank er, doch kürzer als er wollte. Ein innerer Trieb drängte ihn weiter.

Die Schnauze hob sich schnuppernd in die feuchtkalte Luft, sie witterte etwas. Die weiße Sichel in seinen schwarzen Augen bewegte sich auf ein Gebüsch jenseits des Wasserlaufs zu. Ein lautes Knacken zerschnitt wie ein Knall die Ruhe, gefolgt von zartem Hufgetrappel, verlaufend in der Ferne.

Er wollte ihm folgen, er war so hungrig, so ausgezehrt. Doch seinen Geist zog etwas zurück in den Wald. Er musste weiter nach Osten, tiefer in den Sumpf, die Stimme verlangte es und er konnte sich nicht wehren. Düster war sie, kaum fassbar, doch gewaltig genug, um ihn Mond um Mond weiter von seinem Rudel fortzutreiben. Seine breiten Pfoten schmerzten wie von Pfeilen durchbohrt.

Er wand sich zurück durch das hohe Gestrüpp und suchte weiter den Weg zu der verfallenen Stadt im höchsten Norden des Landes. Er sollte jagen, das sagte die Stimme ihm immer wieder, wie ein unaufhörliches Flüstern. Er musste töten.

KAPITEL 1

Baríth saß unbekümmert auf einem moosigen Stein und ließ die Beine im seichten, warmen Wasser baumeln. Eine sanfte Brise trieb kleine Wellen ans nicht weit entfernte Ufer und strich ihm kühl über die kurze Schnauze, während die Blätter des nahegelegenen Waldes leise rauschten. In der Luft lag der Geruch von frischem Gras. Die Sonne schien Baríth wohlig auf den dichten Pelz, als er im Spiegelbild des kleinen Sees das langsame Wiegen der Äste der umliegenden Bäume betrachtete. Der Casísto war noch jung, doch schon fast erwachsen. Sein Fell schimmerte dunkelgrau, wo seine Kleidung es nicht verdeckte. Er war klein für seine Art, doch die katzenartigen Wesen des Nordens gehörten zu den größten Völkern des weiten Landes Muaëra. Seine Augen glitzerten silberblau und wurden gespalten durch die schmale Pupille, im Licht nicht mehr als ein schwarzer Schlitz. Seine braune Hose endete an seinen Knien und sein dünnes Hemd war schmutzig weiß und oben mit Schnüren zusammengehalten. Baríth war nun schon fast eingedöst, als ein Knacken die Baumwipfel durchzog. Kurz darauf erblickte er im Wasser das verschwommene Abbild eines großen Vogels aus dem Wald fliegen – keines im eigentlichen Sinne. Er besaß den Unterkörper eines Löwen und den Oberkörper eines Adlers. Der Greif kreiste über die Lichtung und landete weich wie eine Feder auf der Wiese hinter Baríth, wo auch der Rest des Rudels stand. Der Casísto drehte leicht die spitzen Stehohren, wandte sich um und erkannte Arbaró. Die Federn seiner großen Schwingen leuchteten golden wie die Sonne. Er reckte seinen großen, schwarz glänzenden Schnabel empor, schüttelte sich und sah sich nach einem sonnigen Plätzchen um.

Baríth entspannte sich und wollte es sich schon wieder auf seinem Stein gemütlich machen, als sich auf einmal das Rudel am Waldrand rasch in die Luft erhob. Diesmal erschrak er wirklich. So etwas taten die Greife sonst nie. Hektisch blickte er sich um und versuchte, die Ursache für die Panik der Tiere herauszufinden, die nun schon alle in Richtung seiner Heimatstadt Fjiondar flogen – alle bis auf ein kleines Junges, das noch nicht fliegen konnte und den anderen verzweifelt hinterher jammerte. Es wurde immer panischer und stampfte mit seinen kleinen Vorderklauen auf den Boden. Doch so sehr es sich auch bemühte, die anderen ließen es zurück. Sie hatten zu große Angst. Das Junge wollte ihnen unbedingt folgen und so rannte und stolperte es in den Wald. Baríth, der nach einem Raubtier Ausschau gehalten hatte, bemerkte den flüchtenden Greif erst jetzt und rief ihm hinterher. Aber dieser hörte ihn schon nicht mehr und floh weiter. Also rannte Baríth ihm nach, er konnte das Kleine unmöglich allein lassen. Das Rudel zu hüten war eine große Ehre und nur wenigen vorbehalten, außerhalb der Ferien und Wochenenden übernahmen es nur die wichtigsten Mitglieder der Stadt.

Obwohl der junge Greif noch recht unsicher auf seinen Beinen war, legte er, panisch wie er war, ein unglaubliches Tempo vor, sodass Baríth ihm kaum folgen konnte. Immer weiter rannte er, quer durch den Wald. Das Unterholz knackte laut, als er hindurch stürmte. Den großen und mittleren Bäumen wich er aus, kleine rannte er einfach um oder sprang darüber. In seiner Panik wechselte er einige Male die Richtung und hatte schließlich keine Ahnung mehr, wo die Stadt und damit die Rettung lag. Aber er wollte weiter, immer weiter, bloß nicht stehenbleiben.

Baríth war schon ganz außer Atem und verlor das Tier irgendwann aus den Augen. Er lehnte sich an einen Baumstamm, um kurz zu verschnaufen. Dann ging er weiter, er wollte dem Kleinen unbedingt helfen und wenn er ohne es zurückkehrte, würde er von den anderen für sein Verschwinden verantwortlich gemacht werden. Zum Glück hinterließ es eine nicht zu übersehende Spur, der Baríth nun leicht folgen konnte.

Er drehte sich immer wieder nervös zu allen Seiten um, falls das, was die Greife in Angst versetzt hatte, nun auf ihn Jagd machen könnte. Die umgeknickten Bäume führten ihn aus dem Wald hinaus auf eine Wiese, Baríth blieb abrupt stehen. Er erblickte einen Zaun aus dicken, modrigen Holzstämmen, bestückt mit Pfählen, Dornenranken und uralten Drachenzähnen. Dahinter erstreckte sich eine unendlich erscheinende Sumpflandschaft. Dunkle Laubbäume waren ineinander verwachsen, umgestürzt oder abgebrannt. Baríths Rückenfell richtete sich auf, er wollte schnell umkehren, zurück in den sicheren Wald, doch dann hörte er das leise Rufen des Jungtiers. Es kam vom Sumpf, hergetragen vom Wind.

Baríth huschte über das Gras und blieb vor einem vergilbten Drachenzahn stehen. Er zögerte. Die alten Geschichten surrten ihm durch den Kopf, Geschichten von Tod, von Unglück. Er kletterte behutsam hinauf, drei dicke Baumstämme hoch und sprang in den Matsch dahinter. Seine Hände waren zerkratzt, an seinem Arm fehlte ein Stück Fell und er sah besorgt auf ein schmal fließendes Rinnsal Blut.

Sein scharfer Blick zuckte von Baum zu Baum, kalter Nebel sammelte sich tiefer im Sumpf und versperrte die Sicht in die Ferne. Baríth sah den jungen Greif, er war halb versunken, seine Flügel verfangen in Dornenranken des

Schutzwalls. Baríth ging vorsichtig auf ihn zu, er spürte das schnelle Pochen seines Herzens. Ein Schwarm Vögel löste sich von den knorrigen Ästen und verschwand mit lautem Krächzen in die Lüfte. Er durfte nicht hier sein. Wenn die anderen es erfahren würden … Das erneute Kreischen des Greifs riss ihn aus den Gedanken. Er ging langsam auf ihn zu, es schien Baríth so, als würden sich Arme um seine Pfoten schlingen und festhalten, er hatte nicht gedacht, dass der Sumpf schon so nah an der Wiese begann.

Als er sich weit genug durchgekämpft hatte, erkannte er den jungen Greif: »Hey, Parúh! Ganz ruhig, ich bin's, Baríth. Dein Freund! Du musst jetzt keine Angst mehr haben. Ich bin da, ich werd' dir helfen, gleich bist du wieder frei …«

Während er auf das Jungtier einredete, kam er näher, streckte langsam die Hand aus und strich ihm über den fedrigen Hals. Es sah ihn mit großen blauen Augen an, dann schlug es heftig mit den Flügeln und verfing sich so nur noch mehr in den Ranken. Baríth drückte sie behutsam an seinen grauen Körper zurück und wartete, bis der Greif endgültig zur Ruhe gekommen war. Er löste den Griff langsam und zupfte sanft die Dornen aus den Schwingen. Sie hatten die Farbe von Feuer an ihren Spitzen und Ansätzen. Dazwischen waren die Federn gelb und orange durchzogen.

Anschließend stellte er sich auf einen umgestürzten Baum und zog mit aller Kraft das Jungtier aus dem Schlick. Als der Greif bemerkte, dass er schon fast frei war, schlug er ruckartig mit den Flügeln, warf sich auf den Baumstamm und rappelte sich hoch, nur um, ungläubig über die Rettung, in Richtung Wall zurück zu stolpern.

Baríth verlor das Gleichgewicht und fiel mit dem Kopf auf die Wurzeln einer alten Eiche. Alles drehte sich, seine

Stirn pochte. Verschwommen sah er die Äste und Blätter über ihm, sie schienen immer näher zu kommen. Er schloss die Augen und hielt sich die Stirn. Der Wind rauschte durch die hohen Baumkronen. Ein Knacken ließ ihn wieder zu Sinnen kommen, er öffnete seine Lider. Um ihn herum waren lauter neue kleine Bäume aufgetaucht. Er schaute ein zweites Mal um sich, da warfen sich die Ästlinge schon auf ihn. Die kleinen Wächter der Bäume tarnten sich als Pflanzen, hatten winzige runde Augen und scharfe kurze Krallen. Eigentlich waren sie harmlos, nur wenn man ihrem Heimatbaum zu nahe kam, griffen sie in Massen an. Baríth schlug wild um sich, sie krallten sich in seine Haut und bissen sich im Fell fest. Er versuchte sich aufzurichten und sie abzuschütteln, doch es waren zu viele, sie drückten ihn zurück in den zähen Schlamm. Er wälzte sich hin und her, bis er, sich auf den Händen abstützend, knien konnte. Er keuchte auf den Boden, ein Ästling schlang sich um seinen Hals und schnürte ihm die Luft ab, da bemerkte er einen riesigen Schatten über den Boden wandern. Er verfolgte ihn mit seinem Blick und sah ein gewaltiges Monster aus dem Sprung neben ihm landen. Das schwarze Fell war verklebt von der Jagd durch den Sumpf, auf vier Pfoten preschte es zum Wall – und sprang.

Er spürte den Boden beben von der Landung auf der anderen Seite. Dann bemerkte er, wie ihm langsam schwarz vor Augen wurde, er riss sich das Baumwesen vom Hals und atmete ruckartig ein und aus … ein und aus.

Die Baumwächter raschelten mit den winzigen Baumkronen auf ihren Köpfen, hielten kurz still und rauschten dann gehetzt davon ins Unterholz einer besonders ausladenden

Hainbuche, wo ihre Augen prüfend über Wurzeln und Geäst lugten. Dort verharrten sie und beugten sich im Rhythmus eines nicht vorhandenen Windstoßes.

Baríth, das Fell voller Schlamm, Bisswunden und Kratzer, wandte den Blick zurück zum Wall. Er wagte nicht sich zu bewegen oder zu atmen.

Dann traf es ihn wie ein Schlag: *Die anderen!*, dachte er und sah seine Freunde vor Augen. *Ich muss sie warnen!*

Die Kreatur hatte einen fiesen Geruch nach nassem Fell hinterlassen, genau wie riesige Abdrücke.

Es wird sie finden, rauschte wie eine bittere Gewissheit durch seinen Kopf.

Stille durchzog die wilde Welt jenseits des Schutzwalls. Baríth richtete sich auf und ging zurück, so schnell der zähe Untergrund ihn ließ. Als er schon auf dem letzten Baumstamm stand, wurden seine silberblauen Katzenaugen groß. Aus dem Wald preschte das Monster. Seine Augen waren schwarz wie die Nacht, nur eine weiße Sichel war kalt auf ihn gerichtet. Weit außerhalb von Baríths Reichweite sprang es zurück in den Sumpf. Baríth wollte nach hinten ausweichen und stolperte über einen Pfahl. Die Sonne war schon fast untergegangen, als das Wesen verschwand. Er starrte bewegungslos auf die Stelle, an der er es über den Wall gehechtet war.

Was war das in seinem Maul?, fragte er sich schaudernd. Der Casísto hatte nur ein blutverschmiertes braunes Fellbündel erkannt. Er spürte sein Herz bis zum Hals schlagen. Baríth rannte über die Wiese, in den Wald, zur Stadt.

Er konnte keinen klaren Gedanken fassen. Seine Umgebung war eine dunkle grüne Masse, ohne Belang. Er wollte nur wissen, was es in den Sumpf verschleppte. Er wollte wissen, ob es ein Casísto war, wie er mit Schrecken ahnte.

Er stolperte durch die Wiesen, die direkt nach dem Wald begannen. Waren sie anfangs noch undurchdringlich und wild, so wurden sie immer kürzer und gepflegter, je weiter Baríth kam. Nach einiger Zeit fand er den Weg zur Stadt, an dessen Rand vereinzelt prall gefüllte Obstbäume standen.

Erste Vaca-Herden kamen in Sicht und auch die Wiesen wichen allmählich Trintikofeldern, von denen die meisten in ein paar Wochen bereit zur Ernte sein würden. Die untergehende Sonne ließ die typische rostige Farbe des Getreides regelrecht leuchten. Die Vacas nahe dem Weg hatten ihre Seitenstacheln zu voller Länge aufgerichtet, während sie immer wieder nervös mit dem dunkelbraunen Schwanz um sich schlugen.

Doch Baríth bekam von alldem nichts mit. Er war viel zu geschockt und vor allem besorgt. Er schleppte sich nun über die sanften Hügel kurz vor der Stadt. Er überschritt gerade den letzten, welcher etwas höher war als die anderen, da tauchte Fjiondar vor ihm auf, angefangen mit den wenigen, aber dennoch ordentlichen und früher einmal prachtvollen Türmen, die man schon von weitem sehen konnte. Zwei gehörten zum Hauptversammlungs- und gleichzeitig Rathaus, sechs zur Stadtmauer, wo sie die Tore – je eines im Westen und Osten und ein großes Haupttor im Süden am Hafen – flankierten. Der letzte stand etwas außerhalb im Südosten. Es war der einzige der alten Wachtürme, der keine Schäden aufwies. Alle Türme hatten ein spitzes blaues Dach mit einer kleinen goldenen Kappe an der Spitze, Überbleibsel alter Zeiten. Davon war aber ansonsten nicht mehr viel übrig. Ehemals eine mächtige und prunkvolle Handelsstadt war Fjiondar nun kaum mehr als ein etwas größeres Dorf. Die hellgraue Stadtmauer war, von den Bereichen um die Tore herum abgesehen, bröckelig und es fehlten einzelne Steine an nicht wenigen Stellen. Baríth erreichte das Westtor. Mit sorgenvollem Gesicht sah er, dass die Wachen verdoppelt worden waren und in der Stadt große Unruhe herrschte. Viele Leute liefen hektisch durcheinander, ein paar riefen laut nach Freunden und Familienangehörigen. An einigen Stellen lagen umgekippte Karren im Dreck und Fenster waren zerbrochen. Auf dem Boden lagen hier und da kleine Fellknäuel. Baríth hatte Fjiondar so noch nie erlebt. Verwundete wurden zum einzigen Heiler der Stadt gebracht, teilweise auf provisorischen Tragen. Es war ein ungeheures Chaos. Baríth ahnte Schreckliches und eilte die Hauptstraße entlang zum Hauptversammlungshaus, in dem auch seine Familie wohnte – sein Vater war seit vielen Jahren der Stadtherr. Eine aufgebrachte Menge Casísto hatte sich vorm Eingang gebildet, in der Erwartung weiterer Befehle und einer Erklärung. Er versuchte sich einen Weg hindurch zu bahnen, doch es war aussichtslos. Es waren einfach zu viele. Auch bemerkte ihn niemand so richtig, trotz seiner deutlich sichtbaren Verletzungen, so aufgeregt waren alle. Also drehte Baríth um und bog in die Seitengasse links neben dem Haus ein, um von dort zum Hintereingang zu gelangen. Er war kaum um die Hausecke herum, da kam ihm ein Trupp Soldaten in voller Montur entgegen gestürmt. Gerade konnte er noch zur Seite springen, sonst hätten sie ihn in ihrer Eile überrannt. Noch gut ein Dutzend Meter, dann um die nächste Ecke und er war da. Doch anstelle der kurzen Treppe mit der kleinen Tür am Ende sah er sich zwei Wachen gegenüber.

Als sie Baríth kommen sahen, gingen sie nahezu augenblicklich zur Seite, um ihn durchzulassen. Aus den Augenwinkeln durchbohrten sie ihn mit finsteren und auch ein

Stück weit ängstlichen Blicken. Kaum war die Tür hinter ihm geschlossen, vernahm er schon das hektische Gemurmel aus dem Arbeitszimmer seines Vaters. Das flackernde Kaminfeuer, die vielen Kerzen an den Wänden und die unruhig umher laufenden Personen darin warfen wüste Schatten auf den Flur.

Baríth trat unter dem Türbogen hindurch in die Mitte des Raums. Der Schreibtisch war von fünf Casísto verdeckt, die ihm den Rücken zuwandten. Er erkannte die beiden wichtigsten Berater des Stadtherrn: Bandarh und Thòrz. Bandarh leitete die Akademie, die Baríth besuchte, und Thòrz war der Jagdmeister der Stadt. Beide hatten durch ihr fortgeschrittenes Alter bereits graues Fell. Links sprach Fajiah eindringlich auf die anderen ein. Sie war die Frau des Heilers, hatte hellbraunes langes Fell und leuchtend blaue Augen. Ganz rechts stand Gleddyf, der Hüter der Vaca-Herden, mit kurzem braunen Fell und dunklen Augen. Hinter allen ging Vhal'dor, der Oberbefehlshaber des Militärs, nachdenklich auf und ab. Seine Augen waren fast schwarz wie sein Fell und er überragte alle Anwesenden. Seine linke Gesichtshälfte war übersät mit kleinen weißen Flecken, was ihn wild und ungestüm aussehen ließ. Fajiah berichtete gerade von drei schwer verletzten Wachen, die das Haupttor verteidigt hatten, als der dunkle Holzboden unter Baríths wunden Pfoten plötzlich knarzte. Das Gespräch brach ab und alle drehten sich zu ihm um. Hinter den Beratern wurde der Blick frei auf den Schreibtisch, hinter dem ein Casísto mittleren Alters saß. Er hatte kurzes dunkelgraues Fell und intelligente, hellblaue Augen. Einige quälend lange Sekunden herrschte vollkommene Stille, bis schließlich Nérutaz, Baríths Vater und Statthalter von Fjiondar, hinter seinem

Schreibtisch aufstand und fragte: »Baríth? Wo kommst du denn her? Wie siehst du denn aus, was ist passiert?«

Baríth zögerte kurz, dann fing er leise an zu sprechen: »Ich war bei den Greifen. Dann wurden sie von irgendwas aufgeschreckt und flogen sofort Richtung Fjiondar. Der kleine Parúh kam nicht hinterher und rannte panisch in den Wald. Dabei verfing er sich im Gestrüpp, aber ich konnte ihn befreien. Auf dem Rückweg wurde ich dann von Ästlingen angegriffen. Ich –«

»Ästlinge? Die greifen doch normalerweise niemanden an. Und außerdem leben die doch fast nur am Rand des Sumpfes!«

»Naja, Parúh war ziemlich weit hineingerannt …«

»Hinter den Wall?«

»Nein.«

Baríth schaute beschämt zu Boden. Die anderen warfen sich bedeutungsvolle und ärgerliche Blicke zu.

Sein Vater konnte nicht verhindern, dass sich eine Spur seiner Aufregung in seine Stimme schlich, als er fragte: »Und sonst? Passierte sonst noch etwas, hast du etwas bemerkt?«

»Ja, ein schwarzes Wesen. Es kam vom Sumpf. Als es zurückkam, hatte es etwas im Maul, wer –?«

»Sialan!«, schimpfte Vhal'dor und schlug mit der Faust auf den Tisch, »Wie konntest du nur? Du hast uns alle in Gefahr gebracht!«

Es entstand ein großer Tumult, alle riefen laut durcheinander. Nérutaz brüllte mehrmals »Ruhe!«, bis es langsam wieder still wurde.

Er wandte sich erneut Baríth zu: »Du weißt doch ganz genau, dass es streng verboten ist in den Sumpf zu gehen.«

Fajiah warf ein: »Ich habe es euch schon als Kinder so oft gesagt, hast du denn nichts gelernt?«

Aufgebracht ging Gleddyf einen Schritt auf Baríth zu. »Ganz genau! Du bist schuld.«

Nérutaz brummte voller Wut: »Du hast uns alle gedankenlos verraten. Khamjie wurde verschleppt. Ich will gar nicht wissen, was es mit ihr macht. Geh jetzt und lass deine Wunden verarzten.«

Verletzt bahnte sich Baríth durch die drängelnde Masse vor dem Haus. Von allen Seiten wurde er gefragt, was drinnen vorging und ob er wisse, warum sie angegriffen worden waren, doch er antwortete niemandem. Stumm wanderte er über den großen Marktplatz zu dem kleinen weißen Gebäude gegenüber. Die Verwüstung um ihn herum schmerzte ihn. *Ich wollte das doch nicht*, dachte er verzweifelt. Als er die knarrende Flügeltür aufschob, sah er neun belegte Betten. In vier davon lagen Casísto mit Aufschürfungen, Prellungen und Schnittwunden vom Angriff des Ungetüms. In den vordersten erkannte er die Torwachen. Ihre Rüstungen lagen blutbeschmiert auf dem Boden, sie selbst wurden von Tânselm, dem Heiler, und ein paar Freiwilligen versorgt, die teilweise hastig hin und her liefen.

Baríth wollte sich auf eines der hinteren noch freien Betten setzen und warten, bis sie mit den schlimmeren Verletzungen der anderen fertig waren, doch auf halbem Weg erblickte er Khamjies Bruder im Bett hinter den Wachen liegen. Er presste seinen stark angeschwollenen linken Arm an seine Brust. Man sah noch schwarze Haare an der Stelle kleben, wo er gebrochen war. Rasch tappte Baríth weiter zu dem Bett, das am weitesten entfernt war. Es dauerte fast zwei Stunden, bis Tânselm zu ihm kam. Mit

gerunzelter Stirn reinigte und verband er seine tiefen
Schnitte, auch schmierte er eine grünliche Paste auf die
Wunden, damit sie sich nicht entzündeten. Bevor er ging,
packte der Heiler mit dem altershellen Gesicht Baríth an der
Schulter. Seine braunen Augen blickten väterlich auf ihn
herab.

»Du bist nicht schuld an diesem Angriff. Die Geschichten
über den Sumpf sind reiner Aberglaube. Wir hatten
schlichtweg Pech. Die Schwarze Nacht hat all dies getan,
nicht du, vergiss das nicht.«

Doch als Tânselm ging, fühlte Baríth sich genauso
schuldbewusst wie zuvor. Er konnte den starren Blick von
Khamjies Bruder nicht vergessen. Baríth sah aus dem
Fenster direkt neben ihm. Draußen war es nun ganz dunkel.
Die Schwarze Nacht, der Name schwirrte ihm noch Tage
durch den Kopf.

Nach wenigen Stunden durfte er sein Bett verlassen. Baríth
schlenderte bedrückt zurück zu seinem Haus. Er wandte
seinen Kopf nach oben und erblickte einen mondlosen
Sternenhimmel.

* * *

Mûtavéh stand vor einer großen, roten Flügeltür. Er war
ein Numjaír mit spitzen Ohren und einer langen Schnauze.
Sein rotbraunes glänzendes Fell hatte nur am Rücken ein
paar schwarze Muster. Ein schimmernder roter Umhang
hing ihm locker über der rechten Schulter. Eine goldene
Kette hielt ihn zusammen. Darunter trug er edle dunkle
Kleidung und ein Schwert, das er noch nie benutzen musste.
Seine Hand schwebte zitternd über der Türklinke. Schritte

aus dem angrenzenden Flur ließen ihn die Tür kraftvoll aufschieben. Ein runder Tisch stand in der Mitte des großen Saales, der bis auf die rückwärtige Glasfront rundherum mit Holz getäfelt war. Rote Banner hingen in regelmäßigen Abständen an den Wänden und wechselten sich mit goldenen, verschnörkelten Fackelständern ab, in denen aber kein Feuer brannte. Mûtavéh setze sich auf seinen raffiniert verzierten schwarzen Stuhl und schenkte dem Ratsmitglied ihm gegenüber einen kalten Blick.

Er verunsicherte ihn, Ràksûl, ein riesiger Hæríquon mit blutroter Haut, abgesehen von seinem schwarzen Kopf, war Vertreter Træths, der größten Inselstadt Muaëras und Hauptexporteur des wertvollen Xyjiums, einem schwarzen Gestein, aus dem die meisten Waffen, Werkzeuge und Maschinen Muaëras bestanden.

Die Tür öffnete sich erneut und drei weitere Ratsmitglieder begaben sich zu ihren Plätzen. Mûtavéh spürte ihre prüfenden Blicke und starrte über sie hinweg auf einen Vogel, der hinter den bodentiefen Fenstern am Himmel kreiste und sich plötzlich Richtung Erdboden stürzte.

Aus dem Thronsaal marschierte König Verbero, der seinen Kopf zu einem Boten neigte, welcher ihm eindringlich etwas berichtete. Alle erhoben sich. Ein eisiger Schauder lief Mûtavéh den Rücken herunter, als der König näher kam. Sein Körper war versteckt unter einem roten Umhang, der hinter ihm über den hellen Boden schleifte. Seine Miene war unlesbar. Der dunkle Rauch, der sein schemenhaftes Gesicht formte, zeigte keine Gefühle. Als er sich setzte, setzten sich die anderen auch. Seine grünen Augen trafen die Mûtavéhs.

»Mûtavéh, schön, dass Ihr ohne Probleme hierher reisen

konntet. Gefallen Euch Eure Gemächer? Sie haben einen traumhaften Blick auf den Sungaji, nicht?«

Seine freundliche Stimme ließ Mûtavéh seinen ungewöhnlichen und, wie er zugeben musste, auch furchteinflößenden Körper vergessen und ein Schmunzeln stahl sich auf seine Lippen.

»Ja, danke, sie haben ihre Vorzüge gegenüber meinen bisherigen in Koruma.«

»Das freut mich zu hören! Meine Herren, meine Dame, darf ich Ihnen Mûtavéh vorstellen? Er wurde jüngst als neuestes Ratsmitglied gewählt und löst somit seinen Vorgänger, Vheízst, ab.«

Höflich nickte der Numjaír den anderen zu, die ihn ihrerseits freundlich anlächelten, mit Ausnahme von Ràksûl.

»Ich denke, die anderen sind Euch alle bekannt?«

»Ja, wir sind bei der letzten Hauptversammlung … ins Gespräch gekommen.«

»Sehr gut, dann können wir beginnen. Fina'ijr! Berichte uns von den Vorkommnissen der letzten Woche.«

Ein untersetzter Trampianer trat hinter der hohen, goldenen Lehne von Verberos Stuhl hervor, nervös flatterte er mit seinen viel zu vielen insektenartigen Flügeln. Sein sandfarbenes Gesicht war faltig, seine Augen strahlten jedoch wach, während er erzählte. Zuerst berichtete er von einem schwachen Beben am Rande der Kàbadian-Wüste, welches Schäden in den Dörfern um Dezerto, sowie ein paar aufgeschreckte Drachen zur Folge hatte, danach von dem Tod des Stadtherrn von Õudus und dem Streit um den Zeitpunkt der Wahlen für einen Nachfolger. Schließlich räusperte er sich und warf dem König einen unsicheren Blick zu.

»Und dann gab es noch einen … Zwischenfall hier in

Âretoà. Ein junger Casísto soll versucht haben, Stadtherr Gan'dâhil zu bestehlen, also zumindest –«

»Natürlich mal wieder eines dieser Tiere!«, rief Ràksûl, »Warum versuchen sie es immer wieder? Jeder im Land weiß von ihren diebischen Machenschaften. Lasst ihn auf dem Marktplatz auspeitschen und steckt ihn ins Verlies!«

»Eigentlich wollte ich keine große Sache daraus machen, nur drängte mich Gan'dâhil, es hier vorzutragen. Es gibt keine Beweise oder sonst etwas, das –«

»Wozu auch? Die Casísto waren schon früher immer in solche Dinge verwickelt.«

»Das stimmt schon, aber wenn es keine Beweise gibt …«, warf Fráco dazwischen. Er war ein dunkler Trampianer in seinen Fünfzigern mit senffarbenen runden Augen. Als Ratsmitglied vertrat er die Stadt Marbordo im Süden des Landes.

Doch Ràksûl brachte ihn mit einer schnellen Bewegung seiner Hand zum Schweigen.

»Der Stadtherr hatte Recht, dir dies aufzutragen. Die Casísto sind eine Plage. Für uns alle«, sagte der Hæríquon.

Je mehr er sich in Rage redete, desto mehr wuchsen Zweifel in Mûtavéh und er kam nicht umhin zu fragen: »Was sagt denn der Casísto dazu? Ist man sicher, dass er wirklich stehlen wollte?«

Urplötzlich herrschte Stille und der Vertreter Træths drehte langsam seinen Kopf zu ihm und funkelte ihn zornig an. Zum ersten Mal kamen Mûtavéh die spitzen, gewundenen Hörner auf seinem pechschwarzen Kopf bedrohlich vor.

»Was sagst du da? Unserem edlen Stadtherrn ist ja wohl eher zu glauben als diesem arglistigen Wilden! Was erlaubst du dir eigentlich!?«

Ràksûl konnte sehr überzeugend sein, wenn er sich einer Sache sicher war.

Nâyakà, die Vertreterin der nördlichen Stadt Èlnyomas' an der Prajía-Bucht, warf mit ruhiger Stimme ein: »Mûtavéh, du bist noch neu hier in der Stadt, aber selbst du müsstest doch wissen, dass Gan'dâhil ein sehr weiser und wachsamer Gelehrter ist, da gibt es keine Missverständnisse. Der Casísto muss seine gerechte Strafe erhalten.« Nâyakà war eine große, edle Vázak-Frau mit kurzem braun-orangen Fell. An ihrer kurzen Schnauze entlang zog sich eine schwarze Linie hoch zu ihren blassgrünen Augen. Ihre spitzen Ohren mit schwarzer Spitze waren wachsam aufgestellt. Alle Ratsmitglieder trugen die gleiche Kleidung wie Mûtavéh, nur Nâyakà trug ein rotes Kleid mit goldener Stickerei.

»Da bin ich ganz Eurer Meinung«, sprach der König, »Verzeiht unserem neuen Mitglied, er ist noch sehr jung für sein großes Amt. Nun zu dem Beben, dort gibt es sicherlich einiges zu tun …«

Missmutig schlug Mûtavéh die Tür seines Zimmers hinter sich zu, trat wütend gegen das Bein seines Schreibtischs und dachte: *Trottel, halt das nächste Mal einfach deinen Mund und versuche nicht unbedingt gegen diesen Xyjiumfanatiker zu gewinnen. Die werden schon wissen, was sie tun.* Frustriert ließ er sich auf seinen Schreibtischstuhl sinken.

Später am Tag schlenderte Mûtavéh durch eine von Âretoàs breiten Straßen. Hohe Häuser befanden sich auf beiden Seiten, prunkvoll verziert, jedoch nicht überheblich protzig. Es gab immer wieder abzweigende Gassen oder kleine Gärten zwischen ihnen, damit die Fronten nicht erdrückend wirkten. Alles war aufgelockert und wirkte ungezwungen. Ganz im Gegensatz zur Atmosphäre im Rat. Mûtavéh kam an zahlreichen, nobel aussehenden Geschäften vorbei. Viele gut gekleidete Leute gingen ein und aus. An manche Läden ging er näher heran und war beeindruckt, was man hier alles kaufen konnte. Von ›einfachen‹ Kleidern über Waffen und Werkzeuge aller Art bis hin zu mehr oder minder nützlichen Accessoires wie Schwanzspitzenschonern, faltbaren Dolchen oder nach Gold riechenden Duftwassern war für jeden Geschmack etwas dabei – sofern man es sich leisten konnte. Âretoà war eine sehr wohlhabende Stadt.

Mûtavéh erreichte das Ende der Straße. Vor ihm eröffnete sich ein ausladender runder Platz. Im Zentrum befand sich ein großer Springbrunnen mit einer Statue König Verberos in der Mitte. Unzählige Marktstände waren über die gesamte Fläche verteilt und es herrschte angeregtes Chaos. Wesen aller Art liefen durcheinander und Rufe in sämtlichen Dialekten dieses Landes hallten zu seinen spitzen Ohren und für einen Moment blieb er wie angewurzelt stehen, erschlagen von den ganzen Eindrücken. Langsam ging er weiter, immer noch vollkommen fasziniert. Nach einer Weile sah er einige Meter vor sich einen Stand, an dem Aufruhr herrschte. Er kam näher und sah, dass der Stand Casísto-Frauen gehörte, die sich mit einem großen Palháco stritten. Er hatte weiß-grau getüpfeltes zotteliges Fell und eine breite Schnauze. Seine Ohren waren so klein und rund, dass sie fast im Fell des kantigen Kopfes verschwanden. Seine Kleidung war abgenutzt und ließ vermuten, dass der Träger ein Handwerker war.

»Diese Larinjas sind höchstens 30 Barato wert, keinen einzigen mehr!«

»Sie sind genau so viel wert, wie es auf dem Schild steht! Und wenn es Ihnen nicht passt, können Sie sie ja woanders kaufen. Niemand zwingt sie, hier zu bleiben!«

»Ich will sie aber hier kaufen.«

»Dann zahlen Sie auch den Preis dafür.«

»Nur ist er leider viel zu hoch.«

»Ist er nicht. Und entweder Sie zahlen ihn jetzt oder gehen.«

Der Palháco drehte sich zur Menge um, die sich mittlerweile um sie versammelt hatte und rief laut: »Hört ihr das? Jetzt wollen sie mich schon wegschicken! Wo ich doch nur etwas kaufen wollte …«

»Es geht nicht darum, dass Sie etwas kaufen wollen, es geht darum, dass Sie nicht den vollen Preis bezahlen wollen.«

»Ich zahle nur angemessene Preise, ich –«

»Hören Sie, ich glaube, es ist besser, wenn Sie einfach gehen.«

»Ich denke auch. Auf Respekt kann man bei einem Pack wie euch wohl vergeblich warten.«

Er spuckte in die Auslage, steckte sich die Larinja in den Mund und ging davon, während einige der Umstehenden anfingen die Casísto zu beschimpfen.

Mûtavéh runzelte seine Stirn, verwundert über den Hass, der den Casísto entgegenschlug. Er wandte sich nachdenklich ab und bahnte sich einen Weg durch die Menge, weg von den verärgerten Muaësi. Er hatte mit so etwas nicht gerechnet. Um sich abzulenken, beschloss er, hinunter zum Hafen zu spazieren. Dieser war angeblich sehr eindrucksvoll und davon mochte er sich nun selbst überzeugen. Er bog in die große Straße nach Westen ein, auf der auch noch einige Stände und Buden des riesigen

Marktes standen. Er hatte die letzten fast hinter sich gelassen, da kam ein Sángûil auf ihn zu. Mûtavéh hatte noch nie zuvor einen gesehen, wusste jedoch aus Geschichtsbüchern, dass die Sángûil ein einsames Volk waren, das in weit entfernten Ländern hinter dem Meer lebte, von denen niemand so recht wusste, wo sich diese eigentlich befanden. Die meisten von ihnen verdienten sich ihren Lebensunterhalt mit dem Verkauf exotischer Waren und nicht wenige von ihnen wurden dadurch sehr reich. Dieser hier hatte das offenbar noch nicht geschafft, zumindest waren seine Gewänder dreckig und zerschlissen. Er hatte am Straßenrand einen kleinen Karren stehen, aus dem unten immer wieder ein bisschen Wasser tropfte und so eine stetig wachsende Pfütze bildeten. Der Sángûil ging merkwürdig schwankend auf Mûtavéh zu, seine grünliche Haut war schleimig und stank widerlich.

Er kam ihm unangenehm nahe und sprach ihn laut an, jedes ›S‹ langgezogen wie das Zwischen einer Schlange: »He, du! Du siehst aus, als könntest du eine … Erfrischung gebrauchen.«

Mûtavéh zögerte.

»Nein, eigentlich nicht, danke.«

»Nein, warte! Es ist keine *gewöhnliche* Erfrischung, weißt du? Es ist etwas ganz Besonderes, etwas, das du noch *nie* gesehen hast!«

»Woher wollen Sie das wissen?«, fragte Mûtavéh und ging angewidert einen Schritt zurück.

»Weil wir es erfunden haben, die Sángûil. Also meine Familie … genauer gesagt, ich!«

»Nun gut. Und was ist es?«

»Kann ich nicht sagen – Geheimnis. Aber es schmeckt gut … und ist schön cremig. Und kalt! Die perfekte

Erfrischung, mein Freund!«

Mûtavéh war sich nicht sicher, was er davon halten sollte.

»Für 60 Barato kannst du es probieren! Ich würde mir eine solche Chance nicht entgehen lassen, mein Freund, nirgendwo sonst wirst du so etwas finden, das kannst du mir glauben!«, zischelte der Sángûil, seine schwarzen Stummelzähne zeigend.

»In Ordnung, einverstanden.«

Er wollte den schmierigen Verkäufer endlich loswerden, aber er musste sich auch eingestehen, dass er ein wenig neugierig geworden war.

»Welche Sorte willst du haben? Du siehst aus, als würdest du Larinja mögen, stimmt's?«

»Äh, nein, lieber nicht.«

Von dieser Frucht hatte er für heute genug.

»Soso … wie wär's dann mit Ceréja?«

»Ja, Ceréja ist gut.«

Der Sángûil öffnete eine Klappe oben auf seinem Wagen und holte einen billig aussehenden Becher heraus, der aber gut in der Hand lag. Dann langte er mit einem großen Löffel in das Innere seines Wagens und klatschte eine bläuliche Masse in Kugelform in den Becher hinein.

»Hier, nimm. Du wirst es nicht bereuen!«

Skeptisch aber auch sehr gespannt nahm Mûtavéh den Becher entgegen, gab ihm die 60 Barato und ging von dannen. Er schlenderte neben den großen und kleinen Schiffen entlang und schob sich mit dem extra aus Vaca-Horn geschnitzten Löffel die cremige blaue Masse in den Mund.

Kein Wunder, dass der es noch zu nichts gebracht hat, wenn der schnitzt anstatt zu verkaufen … schmeckt aber gar nicht so schlecht, dachte er, während ihm ein warmer Wind durch das rotbraune Fell strich.

Er schloss die Augen und genoss die Kühle auf seiner Zunge. Am Ende des Hafens fand er ein wackliges Boot, das an mehreren Stellen riesige Löcher im Holz hatte. Im letzten Moment duckte er sich, bevor ein riesiges Brett ihm den Kopf abgeschlagen hätte. Sein leckeres Eis fiel ihm auf den dreckigen Steinboden.

»Oh, 'tschuldigung! Hier ist aber auch kein Platz für Touristen, wir müssen hier schließlich –«

»Lanhji?«, fragte Mûtavéh.

»Ähm, kennen wir uns? Halt, bist du nicht …?«

»Mûtavéh!«

Der Numjaír lachte und warf sich seinem alten Freund in die Arme, kaum fassend, ihn hier zu treffen. Lanhji war ebenfalls ein Numjaír, doch etwas älter und mit breiteren Schultern. Er trug eine abgenutzte weiße Kapitänsuniform und sprach langsam, aber mit rauem Ton.

»Was machst du denn in Âretoà? Ich dachte, du wärst in Síma, hast du die Himmelsfälle schon gefunden?«

»Ja, hab' einige Männer verloren beim Versuch den Grund zu finden. Hab's aufgegeben, dadurch in die Geschichte einzugehen – vorerst«, antwortete Lanhji.

»Und was machst du jetzt in der Hauptstadt? Warum bist du nicht einfach zurückgegangen nach Koruma?«

»Na wegen des Goldes! Einen Schatzsucher kannst du nicht an ein Haus binden, Mûtavéh. Nein, mir haben ein paar Männer aus Õudus von einem Schatz in den Thalej' Bergen erzählt, wir wurden dann aber … angegriffen.«

Lanhji warf ihm einen vielsagenden Blick zu.

»Und was schlägt dich hierher? Und was soll der Umhang? Es sei denn …?«

»Ja, die Flohschleuder hat den alten Vheízst endlich

zurück zu seinen geliebten Büchern geschickt.«

Lanhji grinste Mûtavéh breit an, wuchtete das Brett wieder auf seine Schultern und rief seinen Männern euphorisch zu: »Auf geht's, die drei Löcher noch zunageln, dann fahren wir nach Síma!«

Die Seeleute sahen sich an, als würden sie in den sicheren Tod fahren.

Sie riefen: »Aye, aye, Kapitän.« – und arbeiteten noch langsamer als zuvor.

»Aber was ist mit dem Schatz in den Thalej' Bergen? Du hast doch gesagt, du hast Síma aufgegeben?!«

»Erinnerst du dich nicht mehr an unser Versprechen, alter Freund? Dass du Mitglied im Hohen Rat wirst und ich Muànda finde? Ich denke, ich hatte es vergessen, aber mit meiner starken, motivierten Crew ist doch nichts unmöglich, nicht wahr?«

Mûtavéh lachte, klopfte ihm auf die Schulter und drehte sich um. Er fing sich finstere Blicke der Mannschaft ein und ging schnellen Schrittes zurück zum Palast.

Das Gebäude hatte unendlich viele Gänge, sodass Mûtavéh sich verlief. Und alle sahen gleich aus: Rote Banner an den weißen Wänden aus kostbarem Stein, schwarze Böden aus Xyjium, auf denen ein ewig langer, raffinierter Teppich die Hauptwege anzeigte und eine von den besten Künstlern des Landes bemalte hohe Decke. Die Bilder zeigten die Geschichte Muaëras, der Beginn befand sich in der riesigen Eingangshalle. Tausende Drachen säumten dort Decken und Säulen und in der Mitte war eine Bergspitze zu sehen, die Feuerbälle in alle Richtungen warf. Mûtavéh stand hilflos in einem kalten Treppenhaus, als ihm endlich jemand über den Weg lief. Der Diener beschrieb ihm gelangweilt den Weg zu seinen Zimmern. Nach endlos langen Fluren fand er endlich den Westflügel, dessen Decken von dem großen Beben erzählten, das einst den Rijéva spaltete und eine riesige Felswand entstehen ließ.

Auf seinem Schreibtisch lag ein Brief, verschlossen vom roten Siegel der Stadtherrin von Koruma. Mûtavéh war ihr direkter Vertreter, als er den Brief in die Hände nahm, erschien sie vor seinem geistigen Auge: Genau wie er war sie eine Numjaír, nur war ihr Fell schon von grauen Haaren durchzogen und stumpf vom hohen Alter. Tâmínar hatte große Stehohren, eine spitze, lange Schnauze und grüne Augen. Die beiden hatten große Ähnlichkeit mit den Schakalen der Kàbadian-Wüste im Süden.

Mûtavéh öffnete den Brief und informierte sich über die neuesten Ereignisse: Tâmínar hatte fünfzig Mann nach Dezerto geschickt, um der Stadt beim Wiederaufbau zu helfen und die Verletzen zu versorgen. Das Beben hatte in Koruma selbst nur Risse an ein paar wenigen Gebäuden zur Folge gehabt, befürchtete Drachenangriffe blieben aus. Ein starkes Gewitter hatte ein Stück Wald auf der Hochebene am Floyo in Brand gesetzt. Ein Dorf musste vorsichtshalber evakuiert werden, die Bewohner wurden vorübergehend in Ganar-Ánimas untergebracht. Der südliche Damm des Píntô-Sees, der den Rijéva speiste, hatte einen Riss bekommen, Tâmínar wollte nun selbst dort hinreisen und die Muaësi beruhigen, die schon in Scharen nach Koruma flüchteten. Ihr Sohn übernahm deshalb vorübergehend ihre Pflichten, schlussendlich wurden noch Càthryten im Rieka gefunden, einige Schatzsucher vermuteten deshalb eine Quelle des seltenen Gesteins im Tunnelsystem, aus dem der große Wasserfall fließt. Der erste Numjaír hatte deshalb schon sein Leben in den Fluten verloren.

Im letzten Absatz forderte sie ihn auf, die Problematik des Dammes im Rat vorzutragen und Überschwemmungsnotfallpläne auszuarbeiten.

Mûtavéh stöhnte unter der Last des vielen Papierkrams, der auf ihn zukam. Außerdem hatte er keine Lust, sich morgen Abend wieder in den Vordergrund zu drängen. Er hatte sich eigentlich vorgenommen bei den nächsten Sitzungen still zuzuhören, damit er sich an seine neue Position gewöhnen und das Verfahren des Rats erlernen konnte.

Bis tief in die Nacht hinein schrieb er im Kerzenschein, bis er mit dem Kopf auf dem Arbeitstisch einschlief.

KAPITEL 2

Seit dem ersten Angriff der Schwarzen Nacht war nun weit mehr als ein Monat vergangen und in Fjiondar war wieder halbwegs der Alltag eingekehrt. Doch blieb immer eine gewisse Unruhe in den Köpfen der Casísto, die von den bisherigen gescheiterten Rettungsversuchen Khamjies und einem erneuten Angriff entsprechend geschürt worden war. Beim letzten Mal war zwar niemand verschleppt worden, doch hatten drei Männer ihr Leben verloren. Auch an diesem Tag war die Nervosität wieder größer, denn morgen würde wieder Neumond sein, der Tag, an dem das Monster die Stadt aller Wahrscheinlichkeit nach erneut heimsuchen würde. Entsprechende Vorbereitungen wurden getroffen und die Unruhe schlug mit der Zeit in Angst und damit verbundene Hektik in der ganzen Stadt um. Baríth suchte daher ein wenig Zerstreuung draußen in den Feldern. Dort wurde er wenigstens nicht mehr ständig böse angestarrt von denen, die sich jetzt wieder erinnerten, wer in ihren Augen für das alles verantwortlich war. Mit seiner Hand strich er über die Spitzen der Trintiko-Ähren am rechten Wegesrand, als die ersten Vaca-Herden in Sicht kamen. Vacas waren große Tiere mit zotteligem braunem Fell. Sie hatten einen etwas länglichen aber dennoch nicht unproportionierten Kopf mit einer dicken Schnauze. An den Ecken des breiten Kinns besaßen sie je ein leicht nach außen gekrümmtes kleines Horn, genau wie an der Stirn, doch dieses war erheblich größer. Über ihren Rücken zog sich eine Reihe nach hinten geneigter Stacheln. An den Seiten besaßen sie ebenfalls welche, aber diese waren normalerweise tief unter ihrem dicken Fell verborgen. Nur bei Gefahr stellten sie sie auf, aber im Moment tat dies keines von ihnen. Baríth wollte gerade zu ihnen hingehen, um sie etwas zu füttern, da ließ ihn ein Ruf herumfahren:

»Barrij! Hey, Barrij!«

Nâruhté, die Tochter des Heilers, kam vom Wald her auf ihn zu gelaufen. Ihr Fell hatte einen matten, dunklen Beigeton, während ihre Augen ein auffallend kräftiges Blau zierte. Sie trug eine graue Bluse mit brauner, knielanger Hose. Vor Anstrengung schnaufend erreichte sie ihn.

»Was bin ich froh, dich hier zu treffen! Weißt du schon was Neues von Khamjie?«

»Nein … leider nicht.«

Baríth sagte das nicht gern, erst recht, weil Nâruhté eine gute Freundin von Khamjie war.

»Wir wissen nur die ungefähre Richtung, in die das Monster sie wohl verschleppt hat, aber sonst nichts. Von den zwei bisherigen Suchtrupps ist ja auch nicht viel übrig geblieben … Hoffentlich hat der Dritte mehr Erfolg … und Überlebende.«

»Ja, ich hoffe es auch.«

Sie zögerte kurz und sah ihm prüfend in die Augen. »Baríth, ich … denke nicht, dass sie die Schwarze Nacht verfolgen können.«

Er sah sie fragend an.

»Wieso? Die werden schon einen Weg durch den Sumpf finden und wenn nicht, dann müssen sie sie eben hier besiegen. Das sind ausgebildete Soldaten.«

»Das waren die der ersten beiden Trupps auch. Einer von ihnen unterhielt sich heute Morgen mit meiner Mutter, ich hörte sie reden hinter der Tür, er erwähnte etwas von einer Höhle, dort –«

Ein leises Rufen unterbrach sie.

Nâruhté drehte sich um und sie sahen am Waldrand einen Soldaten, der sie verzweifelt zu sich winkte. Sie sahen sich besorgt an und rannten los. Sie waren schon fast dort, da brach der Soldat zusammen und verschwand aus ihrem Blickfeld.

Baríth stoppte.

»Renn' zur Stadt zurück und hol deinen Vater, ich versuch' euch mit ihm entgegenzukommen, schnell!«

Nâruhté nickte und raste die Straße entlang. Baríth beeilte sich noch mehr und als er die Stelle erreichte, wo eben noch der Soldat gestanden hatte, bot sich ihm ein schauderhafter Anblick. Der Soldat lag regungslos am Boden, hatte schwere Bisswunden und neben und unter ihm war bereits eine kleine, jedoch unaufhaltsam wachsende Blutlache. Einer seiner Kameraden, ebenfalls schwer verletzt, beugte sich über ihn und versuchte die Blutungen zu stoppen und ihn gleichzeitig wieder aufzuwecken. Hinter ihnen lag ein weiterer Mann. Er war von oben bis unten blutbesudelt und sein rechter Arm war an mehreren Stellen gebrochen, an einer Stelle ragte ein zersplittertes Knochenstück aus dem Fell heraus. Über sein Gesicht zogen sich vier parallel verlaufende, tiefe Schnitte. Jedoch konnte man auf seinem toten Gesicht noch seine schmerzverzerrte Miene erkennen. Als der Soldat, der sich um den Zusammengebrochenen kümmerte, Baríth bemerkte, blickte er verwirrt auf, doch dann klärte sich ein wenig sein Blick und er stammelte leise: »Tot, alle tot ... es hat uns überrascht! Die Höhle ... wir –«

Ein Hustenanfall überkam ihn, bei dem er sich schmerzerfüllt die Seite hielt.

»Das Mädchen ... Kha ... Khamjie ... sie ist verloren ...«

Beim letzten Wort verließen ihn seine Kräfte und er fiel schlaff zu Boden neben seinen Kameraden.

»Nérutaz, beeil' dich, sie warten schon draußen auf dich!«

»Jaja, Fajiah, ich muss nur noch schnell diesen Brief an die Stadtherrin von Èlnyomas zu Ende schreiben.«

Er raste mit der Feder über das Papier, blickte nicht einmal auf, als er sprach.

»Wenn Zhëolé da wäre, könnte sie das schnell für mich fertig machen.«

Gestresst tunkte er die goldene Feder in die Tinte und kleckerte großzügig über den Tisch.

»Aber sie kommt erst in einer Woche wieder, du wirst es so lange schon noch ohne deine Frau aushalten, beeil' dich jetzt!«

Sie ging aus dem Haus und richtete Worte der Geduld an die wartenden Casísto vor der Tür.

Baríth kam langsam die Treppe hinunter.

»Vater, hast du kurz Zeit? Der … der Soldat hatte da noch was gesagt, bevor er ohnmächtig wurde. Er … Vater? Hörst du zu?«

»Baríth, bitte stör' mich jetzt nicht, ich hab' noch zu tun. Siehst du das denn nicht?!«

Der junge Casísto nickte verwundert und schob sich an Fajiah vorbei, um Nâruhté zu suchen.

Sie weiß etwas, schwirrte ihm durch den Kopf. Doch bevor er die ersten besorgten Muaësi erreicht hatte, erschien sein Vater in der Tür. Er begrüßte die Menge mit einer ausholenden Bewegung seiner Arme.

»Mitbürgerinnen und Mitbürger. Wie ihr alle sicher schon erfahren habt, war auch die dritte Suche nach Khamjie nicht erfolgreich. Wir haben viele ehrbare Männer verloren – deutlich zu viele. Die Gefahren, die die Verfolgung der Schwarzen Nacht durch den Sumpf mit sich bringt, übersteigen unsere Möglichkeiten bei weitem. Es handelt sich dabei um eine Macht, der wir nicht gewachsen sind. Deswegen haben wir einstimmig entschieden die Verfolgung aufzugeben – zum Wohle aller, so leid es uns auch für die Familie unserer guten Freundin tut.«

Rufe und Gemurmel ertönten. Die meisten waren glücklich, dass sie nun keine Angst mehr um ihre Männer, Väter, Söhne und Freunde haben mussten, während andere Casísto, in erster Linie Angehörige Khamjies, nicht glauben konnten, dass man sie einfach aufgab und ihrer Wut darüber lautstark Ausdruck verliehen.

Nérutaz beruhigte sie: »Wir müssen uns nun auf die Verteidigung unserer Stadt konzentrieren, damit nicht noch mehr Leben sinnlos vergeudet werden. Jeder von uns trägt dafür Verantwortung, dass die Schwarze Nacht hier nicht noch einmal zuschlagen kann.« Er machte eine kurze Pause. »Alle müssen vorbereitet und innerhalb der Mauern sein, bis morgen die Abendsonne den Horizont erreicht hat.«

Dunkle Wolken säumten den Himmel, als Baríth die Tür des Heilers knarzend aufschob. Er tapste leise zum Bett des Soldaten, der ihn warnen wollte. Seine Augen waren geschlossen, bewegten sich aber. Er schien im Traum die bereits verlorene Schlacht in der Höhle zu führen. Baríth fasste ihn an der Schulter, um ihn von seinem Albtraum zu befreien, doch da kamen Nâruhté und ihr Vater im Gespräch vertieft die Treppe hinunter. Er ging schnell einen Schritt vom Krankenbett weg und den beiden entgegen.

»Wie geht es ihm?«

Sie stockten auf den Stufen, verwundert über den Besuch. Der Heiler drückte seiner Tochter das Tablett mit einigen Heilsalben sowie etwas Wasser und Brot in die Hand.

»Schlecht, er ist noch nicht aufgewacht und ehrlich gesagt bezweifle ich auch, dass er das jemals nochmal tun wird. Seine Wunden sind tief und er hat immer noch Blutungen, seinen Kameraden haben wir schon vor über einer Stunde verloren.« Mit seinem Arm bedeutete Tânselm den beiden zu dem Soldaten zu gehen. Er zog die Decke zurück, und nahm den Verband ab, während er die Wunden mit der knalligen gelben Salbe einschmierte. Er erzählte etwas, aber Baríth hörte nicht zu. Er sah Nâruhté fragend in die Augen und blickte vielsagend zur Tür. Sie schüttelte ganz leicht den Kopf und biss sich auf die Unterlippe. Baríth verstand nichts mehr. Am Morgen wollte sie ihm noch unbedingt von dieser Höhle erzählen und plötzlich tat sie so, als ob die Schwarze Nacht sie holen würde, wenn sie darüber redete. Der Heiler zog die Decke wieder hoch.

»... aber vielleicht haben wir ja doch noch Glück und er kann uns seine Geschichte erzählen.«

Baríth bemerkte, dass er aufgehört hatte zu reden und murmelte: »Ja. Das hoffe ich auch, Tânselm.«

Nâruhtés Vater ging zurück zur Treppe.

»Nâra, kommst du? Ich denke, Baríth möchte jetzt allein sein.«

Sie nickte und ging ihm nach, jedoch nicht ohne sich umzudrehen und mit der Schnauze »Tut mir leid« zu formen.

Verärgert stapfte Baríth nach draußen, doch er konnte sich keine großen Gedanken machen, denn schon wurde er eingespannt, zusammen mit vielen anderen kaputte Wagen, große Steine oder andere Dinge zu den Stellen zu schleppen, wo große Löcher in der Stadtmauer waren.

Es ist unmöglich, bis morgen die Stadt zu sichern, die Mauer ist an zu vielen Stellen eingestürzt und die Türen und Fenster der

Häuser sind nur mit ein paar Brettern zugenagelt, wenn überhaupt, dachte er. Jeder wusste es, aber niemand traute sich etwas zu sagen, sie hatten schließlich auch keine Wahl. Stattdessen arbeiteten sie bis tief in die Nacht hinein.

Am nächsten Morgen erwachte Baríth in seinem warmen Bett, doch als er aufstehen wollte, taten ihm alle Muskeln weh. Er kämpfte sich aus den Decken und ging behutsam die Treppe hinunter. Nérutaz war schon draußen und nagelte Türen und Fenster zu, das Haus war schon ganz dunkel. Baríth zündete ein paar Kerzen an und frühstückte kurz, bevor er durch die Hintertür ging und seinen Kopf in einen Eimer kalten Wassers tauchte. Danach ging er durch eines der vielen großen Löcher der Stadtmauer, die noch vollkommen unberührt waren, zu den Greifen, die es sich auf einer Obstwiese gemütlich gemacht hatten. Arbaró sah er sofort, doch Parúh war nirgends zu entdecken. Er war in letzter Zeit oft weg, seine Mutter versorgte ihn nicht mehr und Arbaró verjagte ihn immer wieder. Baríth setze sich an den Fuß eines Aígabaumes und aß die süßen Früchte. Die schwarze Schale war leicht zu öffnen, wenn man den grünen Stiel einmal umdrehte. Innen fand man das knallrote Fruchtfleisch sowie einen dunkelbraunen großen Kern, den er den Greifen zuwarf, die ihn laut knackend öffneten, um an das kostbare Innere zu kommen. Von weitem sah er Nâruhté mit einem Korb und ein paar Freundinnen in Richtung Wald gehen, Baríth vermutete, dass sie die Arhgoniabeeren suchen wollten. Sie waren lila, schimmerten in der Sonne metallisch blau und hingen von den Bäumen, gehörten jedoch zu einer Kletterpflanze, die sich an diesen hochschlang. Sie waren selten und konnten bei der Wundheilung helfen. *Tânselm glaubt also auch nicht, dass wir das Monster abhalten können*, stellte er ernüchtert fest. Kopfschüttelnd ging er zu den Dorfbewohnern zurück und half trotz der schmerzenden Muskeln weiter bei der Reparatur der Stadtmauer mit.

Es verblieb keine Stunde mehr, bis es dämmrig werden würde und sechs Löcher waren noch übrig. Nérutaz verkündete, dass die engen Wege zwischen den Häusern verbarrikadiert werden sollten und tatsächlich schafften sie es dadurch, einen direkten Weg zu den Casísto unmöglich zu machen. Trotzdem liefen kurz vor Sonnenuntergang alle hektisch zurück in ihre Häuser und schoben Möbel vor die vernagelten Fenster und Türen. Baríth ging erschöpft nach Hause und sah Fajiah mit wehendem Haar aus der Tür die kurze Treppe hinunter über den Platz stürmen. Verwundert suchte er seinen Vater in seinem Arbeitszimmer auf, der gestresst auf und ab lief.

»Ich bin wieder da, es sind alle Wege für die Schwarze Nacht versperrt, die meisten sind schon in ihren Häusern und bereiten sich vor. Was ist denn mit Fajiah los?«, fragte Baríth.

»Ich weiß, ich weiß! Das heißt aber nicht, dass dieses verfluchte Biest nicht doch einen Weg findet! Bei den ganzen Arbeiten an der Stadtmauer hatten wir keine Zeit, der Schwarzen Nacht eine Falle zu stellen, was heißt, dass sie nächsten Monat wiederkommt. Ich kann es nicht abwarten, dass das Vieh endlich tot ist.«

Er setzte sich auf seinen Stuhl und vergrub die Hände in dem dunklen Fell an seinem Kopf, stand wieder auf und schob einen Schrank vor die Tür, Baríths Angebot zu helfen wimmelte er lästig ab. Als er fertig war, setzte er sich ungewöhnlich ruhig zurück auf seinen Platz.

»Und Fajiah?«

Nérutaz sah ihm prüfend ihn die Augen und zögerte kurz. »Nichts, nichts! Das wird sich morgen schon noch alles aufklären, mach dir keine Gedanken ...«

Baríth wollte schon protestieren, doch sein Vater unterbrach ihn.

»Ich bin müde und sollte jetzt schlafen gehen, genau wie du, wir können morgen reden.«

»Aber –«

»Nein, morgen, Baríth.«

Er ging bestimmt aus dem Zimmer und ließ Baríth mit seinen aufgewühlten Gedanken allein.

Als er hörte, wie oben die Tür ins Schloss fiel, ging Baríth in die Küche, schnitt sich eine Scheibe Brot ab und ließ sie dann doch liegen. Er war wütend, aber zu müde, um sich lange zu ärgern. Er setzte sich an den Tisch, auf dem eine halb abgebrannte Kerze stand. Lange starrte er in die Flamme, die vergnügt tanzte, und horchte auf ein Geräusch der Schwarzen Nacht. Doch es kam keines. Er hatte schon seinen Kopf auf seine Arme gelegt und war fast eingeschlafen, als das Licht flackernd erlosch. Vollkommen erschöpft schleppte er sich durch das dunkle Haus in sein Zimmer, zu schwach, um sich Gedanken über das Monster zu machen. Nérutaz ging im Zimmer gegenüber hin und her. Man hörte, wie er sich auf das leicht quietschende Bett setze, nur um sich sofort wieder in Bewegung zu setzen.

Müde, natürlich ..., dachte Baríth ärgerlich. Der junge Casísto runzelte die Stirn, drehte sich auf die andere Seite und schlief sofort ein.

* * *

Âretoà kam als Hauptstadt Muaëras auch abends für

gewöhnlich nicht zur Ruhe. Doch war es heute nicht das übliche geschäftige Treiben, das einfach kein Ende fand, die Ursache war das Muàndafest. Es fand nur alle sieben Jahre statt und sollte der Vereinigung Muaëras nach den Großen Kriegen gedenken. Die Insel Hilâl war damals ein Vulkan gewesen, besiedelt von Drachen. Als der Vulkan explodiert war, flogen die Drachen ans Festland und brachten allen Bewohnern Jugárs, wie das Land früher noch hieß, großes Leid, ebenso wie die Zeit der Schwarzen Sonne, die durch die Unmengen an Rauch am Himmel in Folge des Ausbruchs ausgelöst worden war. Lange und bitter bekämpften sich die Júga um die letzten verbliebenen Nahrungsmittel, vereinten sich jedoch letztlich gegen die Drachen, gründeten den neuen Staat Muaëra und vertrieben die fliegenden Feinde ins Fervôr–Gebirge. Heute war wieder ein Jahrestag dieses Bündnisses. Der Marktplatz war proppenvoll. Der zentrale Brunnen und die Häuser rundherum waren bunt geschmückt. Girlanden umringten den Platz hoch über den Köpfen der Muaësi und weitere waren von der Krone der Statue König Verberos in der Mitte des Brunnens ringsum auf gleicher Höhe nach außen gespannt. An ihnen und vielen extra für das Fest aufgestellten Pfählen baumelten kunstvolle, meist orange-rote Laternen, die einen wunderschönen Kontrast zum tiefblauen, sternenklaren Nachthimmel boten, der lediglich am Horizont noch rötlich von der gerade untergegangenen Sonne schimmerte. Auf dem Marktplatz befanden sich einige Stände voller Leckereien und erheiternden Getränken, ebenso etliche Gaukler, die mit Feuerakrobatik und allerlei anderen Kunststücken für Unterhaltung sorgten und auch der ein oder andere Händler, der sich keine Gelegenheit eines guten Geschäfts entgehen lassen konnte. Viele hatten sich aber freigenommen und die wenigen, die da waren, zogen zur Feier des Tages ausnahmsweise einmal niemanden über den Tisch, sondern feierten fröhlich mit und manch einer ließ sich sogar zu einem kleinen Rabatt überreden. In der Mitte, nahe dem Brunnen, befand sich eine schmuckvolle Bühne, auf der Musiker das Szenario mit angenehmen, unaufdringlichen Klängen untermalten. Mûtavéh schlenderte mit einer Tüte Migdalos – köstlich kandierten Nüssen – in den Händen gerade daran vorbei und steuerte bereits eine Gruppe von zwei Pelúdos und einem Trampianer an. Pelúdos waren etwa eineinhalb Meter groß und hatten braunes dichtes Fell, das bei manchen recht kurz war, bei anderen zottelig herunterhing. Ihre kleinen Ohren waren genauso rundlich wie ihr Kopf, ihre Schnauze war gedrungen und nicht allzu lang. Obwohl sie alles in allem recht pummelig waren, besaßen sie jedoch nicht zu unterschätzende Kräfte. Einer der beiden machte einen Pfotenstand, während der andere oben auf seinen Füßen stand. Der Trampianer stütze sich Kopfüber auf die Pfoten des oberen Pelúdo. Er war bunt bemalt und versuchte mit Hilfe seiner Füße mit Fackeln zu jonglieren. Da er aber offensichtlich Probleme mit dem Gleichgewicht hatte, wackelte er dort oben nur wild hin und her, bekleckste alles rundherum mit der noch nicht getrockneten Farbe auf seinem Körper und verlor eine Fackel nach der anderen. Ein noch sehr junger Casísto, der auch noch zu ihnen gehörte, stand unten und warf sie ihm immer wieder eilig hoch, was das Ganze zu einem eindrucksvollen Schauspiel machte. Doch Mûtavéh hatte kaum Gelegenheit, es sich richtig anzusehen, denn noch bevor er dort ankam, zog ihn jemand zur Seite.

»He, Ihr!«

»Wer s-? Ah, Gan'dâhil. Es ist mir eine Ehre, den Stadtherren unserer Hauptstadt heute Abend persönlich zu treffen.«

Gan'dâhil war ein um die Bauchmitte herum fülliger Vázak in einem wallenden silbernen Umhang. Darunter trug er edle schwarze Kleidung und das schmuckvollste und gleichzeitig unbrauchbarste Schwert, das Mûtavéh je gesehen hatte. Seine Augen waren kalt und grau.

»Die Ehre ist ganz meinerseits. Ein so junges Mitglied des Rates … Wir brauchen Leute wie Euch.«

»Danke. Ich tue mein Bestes.«

»Da bin ich sicher. Und ich gehe davon aus, dass ihr noch viel leisten werdet – wenn Ihr Euch erst mal ein wenig mit allem vertraut gemacht habt.«

»Ich danke Euch. Und ja, Ihr habt Recht, Vieles ist noch neu für mich.«

»Das verstehe ich. Als ich Stadtherr dieser wundervollen Stadt wurde, erging es mir nicht anders. Auch ich musste mich erst an die ganzen Abläufe und Vorgehensweisen gewöhnen.« Gan'dâhil zögerte kurz. »Und daran, dass im Rat das Prinzip der Mehrheit gilt.«

»Verzeihung?«

»Ratsherr Mûtavéh, wir beide haben etwas gemeinsam. Auch ich war einmal voller Ideale, voller Prinzipien. Ich wollte jedem in meiner Stadt ein gutes Leben bieten, Leid und Ungerechtigkeit bekämpfen. Doch schon bald merkte ich, dass das nicht geht. All die Ideale und Vorstellungen einer besseren Welt … sie verflogen angesichts des großen Unrechts, das überall herrschte. Ich begriff, dass sie wertlos sind, da es einfach zu viele Leute gibt, die mit ihren niederträchtigen Absichten Unheil sähen und das ganze Land vergiften.« Sein Gesicht hatte sich verdunkelt und er machte eine kurze Pause. »Wir versuchen jedem zu helfen und Gerechtigkeit zu verschaffen. Doch weil wir das nicht können, weil das niemand kann, wollen wir doch zumindest den meisten Muaësi ein gutes Dasein ermöglichen, der Mehrheit. Wir beschließen für diese Mehrheit der Bevölkerung mit einer Mehrheit im Rat. Und es ist unklug, sich gegen diese Mehrheit zu stellen.«

»Aber … was ist, wenn die Mehrheit falsch liegt, vielleicht einer Lüge aufsitzt? Niemand, selbst die hohen Mitglieder des Rates, sind sicher davor gefeit. Wäre es nicht klüger, andere Meinungen zumindest anzuhören und darüber nachzude–«

»Mein lieber Freund«, unterbrach ihn Gan'dâhil mit sanfter Stimme, während er Mûtavéh einen Arm um die Schultern legte, »der Rat besteht aus den fähigsten, erfahrensten und weisesten Mitgliedern unserer Gesellschaft. Ihr könnt Euch sicher sein, dass sie wissen, was das Richtige und Beste für alle ist.«

Er sah ihn nun mit verständnisvoller Miene an. »Ihr macht Euch Sorgen wegen der Casísto, nicht wahr? Lasst mich Euch etwas aus der Geschichte Muaëras erzählen. Wie Ihr wahrscheinlich wisst, waren die Casísto früher ein stolzes Volk von Händlern, ihre Hauptstadt Fjiondar eine blühende und prächtige Metropole. Täglich kamen und gingen dort mehrere Dutzend Schiffe, hunderte Handelskutschen und tausende Händler zu Tier oder Fuß. Die Casísto hatten im ganzen Reich ein hohes Ansehen, jeder respektierte sie. Sie waren ehrbare Leute, die sich ihren Reichtum durch ehrliche Arbeit verdient hatten. Doch eines Tages, unter König Xárbos, wurde ein Staudamm flussaufwärts von Fjiondar gebaut. Er wollte der Region um Ganar-Ánimas mit dem See zu mehr Bewohnern und mehr

Wohlstand verhelfen. Zudem sollte dadurch der Râszha beherrschbarer gemacht werden. Seine alljährlichen Fluten nach dem Winter hatten von den Bergen vor der Küste bis hin zu seinem Delta regelmäßig für schwere Überschwemmungen mit vielen Opfern geführt, deren Zahl damals rapide angestiegen war. Außerdem führten sie zu großen Ernteausfällen und somit zu Hunger und Elend. Für die Muaësi war der Fluss eine tödliche Gefahr, es musste etwas getan werden. Und so entschied man sich für das Wohl der Mehrheit. Die Casísto litten leider sehr darunter, da von Fjiondar aus nun kein Weg übers Wasser mehr ins Landesinnere führte, was der Stadt nahezu jegliche Bedeutung und den Casísto ihre Hauptlebensgrundlage unter den Pfoten wegriss. Bald waren ihre Goldreserven aufgebraucht, ihr Wohlstand Vergangenheit – und damit ihr Anstand. Viele Casísto wollten dieses Schicksal nicht akzeptierten und zogen durch die Lande, um sich zu holen, was ihnen gehört, wie sie zu sagen pflegten. Sie wurden zu einem Volk von Schwindlern, Heuchlern und Betrügern. Sie nutzten das Jahrhunderte alte Vertrauen der Leute damals schamlos aus, brachten sie in Scharen um Hab und Gut. Einige wurden sogar zu Wegelagerern und Banditen. Es dauerte nicht lange und sie waren im Volk verhasst, was sich bis heute nicht groß geändert hat. Und das hat seinen Grund, denn obwohl dies alles schon fast zweihundert Jahre her ist und es nicht wenige Casísto den Kopf gekostet hat, sind viele von ihnen noch genau wie früher. Sie sind hinterhältig und ziehen jeden über den Tisch, wo sie nur können, noch immer in dem Bestreben, den alten Reichtum wiederherzustellen. Selbst wenn sie noch so vertrauenerweckend auftreten, insgeheim planen sie schon, wie sie dich noch um den letzten Barato bringen können, wenn nicht sogar, an welcher Stelle in deinem Rücken das Messer am besten aussehen würde. Sie sind es, die überall für Unruhe sorgen und den Frieden in der Gesellschaft gefährden. Deshalb haben wir keine Wahl. Wir müssen gegen sie vorgehen, unbedingt, gnadenlos.« Gan'dâhil holte tief Luft. »Ich möchte, dass Ihr das versteht.«

Mûtavéh, etwas unsicher und verwirrt, wollte gerade etwas erwidern, doch Gan'dâhil kam ihm zuvor: »Ich bewundere Euren ehrenvollen Einsatz für die Casísto und schätze ihn sehr, allerdings ist er hier fehl am Platz. Ihr bringt frischen Wind in eine alte Institution. Frischer Wind ist gut, ja manchmal sogar notwendig. Doch weht der Wind zu frisch, ist er schnell nicht mehr gesund. Denkt an meine Worte, Ratsherr.«

Er lächelte Mûtavéh an, drehte sich um und ging. Doch er kam keine vier Schritte weit, da erfüllte ein greller Lichtblitz zusammen mit einem ohrenbetäubenden Knall den Marktplatz, der Mûtavéh die Luft aus dem Leib drückte. Gan'dâhil wurde direkt vor ihm von einem Feuerball getroffen und gegen Mûtavéh geschleudert. Er fühlte einen schrecklichen Schmerz und schrie, doch ihm entwich kein einziger Laut. Alles war still und grell, er sah verschwommen auf den toten Leib des Stadtherren, der halb auf ihm lag, dann wurde alles schwarz.

* * *

Zwei dunkle Silhouetten zeichneten sich schwach vom schwarzen Nachthimmel irgendwo in den Außenbezirken Âretoàs ab.

»Was habt Ihr zu berichten?«

»Es lief nicht ganz wie geplant.«

»Was ist passiert?«

»Das Feuerwerk ist wie vorgesehen in die Menge geschossen. Es gab eine große Explosion und viele wurden getroffen … aber nicht alle.«

»Wie konnte es dazu kommen?«

»Wir … wir wissen es nicht, mein Herr. Wir können es uns nur so erklären, dass die Zielpersonen ungünstig standen …«

»Ungünstig standen? Es versammeln sich alle Mitglieder des Rates, Stadtherren, Offiziere und weitere leitende Personen des Reiches auf einem einzigen Marktplatz und Ihr wollt mir erzählen, dass sie ungünstig standen!? So eine Gelegenheit bekommen wir wahrscheinlich nie wieder! Wisst Ihr überhaupt im Ansatz, was das bedeutet?«

»Mein Herr, ich –«

»Schweigt! Unsere Familie arbeitet seit Generationen daran, endlich wieder die Macht zu erlangen, die man uns vor so langer Zeit genommen hat. Jetzt haben wir endlich die nötigen Mittel und die einmalige Gelegenheit, die Führung des Reiches in ihren Grundfesten zu erschüttern und dann das? Jemand steht ungünstig!?«

»Mein Herr, ich bin untröstlich, ich … wir machen –«

»Gar nichts macht ihr, ihr habt schon viel zu viel gemacht. Lasst mich kurz nachdenken.« Es herrschte eine lange, schneidende Stille. »Nun gut, dann müssen wir es eben auf die umständliche Art machen. Schnell, leise, unentdeckt. Einer nach dem Anderen. Erstattet Bericht, wir planen morgen unser weiteres Vorgehen. Und jetzt verschwindet!«

»Jawohl, mein Herr! Vielen Dank, mein Herr! Ihr seid so gütig, mein He –«

»Geht!«

KAPITEL 3

Baríth öffnete die Augen und starrte lange auf die dunkle Holzdecke über ihm. Das Haus war ganz still, doch von draußen hörte er das alltägliche Geschäft vor sich gehen. *Ist es vorbei? Es kam nicht,* dachte er, während ein zaghaftes Lächeln über sein Gesicht streifte. Gähnend richtete er sich auf und blickte zur Tür, als ob sie sich von allein öffnete, wenn er sie nur lange genug ansah. Er traute sich nicht. Die Tür trennte ihn von der Wahrheit, in seinem Zimmer schwebte noch die Hoffnung, die Hoffnung auf Frieden und auf sein altes Leben. Nur noch wenige hielten zu ihm, die meisten blickten ihn nicht einmal mehr an. Sein Nackenfell richtete sich leicht auf. Nur seine Freunde von der Akademie und Tânselm standen hinter ihm und waren nicht von seiner Schuld überzeugt.

Er öffnete die Haustür, doch eine Windböe warf sich ihm entgegen. Er ging die wenigen Stufen herab und sah sich aufmerksam um. Alles schien normal, er sah lachende Kinder und selbst die ältesten Casísto hatten ein freudiges Strahlen in den Augen.

Baríth ging ein paar Straßen in Richtung Osttor zu Bandarhs Haus. Dort fand normalerweise der Unterricht statt, doch seit etwa einem Monat hatten alle jungen Casísto frei, um bei der Ernte zu helfen. Wenn sein Vater und seine Berater sich nicht bei ihm zu Hause trafen, dann taten sie es hier. Er klopfte an der weiß gestrichenen Tür an und wartete. Von drinnen hörte er Stimmen abbrechen, doch niemand öffnete ihm. Er klopfte erneut, doch die Stille blieb. Verärgert wollte er zurückgehen, da griff ihn jemand heftig am Arm, sodass er leicht stolpern musste. Er fauchte gereizt, doch dann blickte er in die ernsten braunen Augen Sûnjaels.

»Ich muss mit dir reden.«

Ohne ein weiteres Wort zog Khamjies Bruder ihn in eine schmutzige Gasse zwischen verlassenen Häusern. Er war etwas größer und älter als er, sein Fell war fleckig schwarz und grau, seine Augen dunkelbraun.

»Das Wesen, es kam nicht, hm? Alles wieder gut, wieder Ruhe!«

Seine Augen blickten wild, Baríth hatte ihn noch nie so aufgebracht gesehen.

»Wa –«

»Sei still und hör mir zu! In diesem Haus«, er deutete mit der fuchtelnden Tatze auf die weiße Tür, »sind einige Eltern, die in größter Sorge sind. Nein, sie haben furchtbare Angst. Noch weiß niemand in Fjiondar etwas davon, aber die gute Laune überall wird schon sehr bald verschwinden.«

»Was ist denn los? Sag schon!«

»Du hast schon viele auf dem Gewissen, angefangen mit meiner Schwester, aber jetzt …« Er grinste ohne jede Freude. »Keiner wird dich noch in dieser Stadt sehen wollen, wenn sie erst erfahren, dass heute Nacht zehn Mädchen sterben mussten, nur weil du dieses Untier auf uns hetzen musstest in deiner grenzenlosen Dummheit!«

Baríth wurde ganz still, er sah durch Sûnjael hindurch auf das Bild, wie er Nâruhté am Vortag mit ihren Freundinnen in den Wald gehen sah. Er schubste sein Gegenüber weg und ging langsam aus der Gasse.

»Kannst du damit leben, Papas Liebling?!«, rief der junge Mann ihm hinterher.

Baríth bog um die Hausecke und rannte. Er konnte nichts sagen, nichts denken, er hatte das Gefühl, als ob ihm etwas Großes, Schlimmes im Hals stecken würde.

Er stieß die Tür zur Krankenstation auf, bis auf den

bewusstlosen Soldaten war niemand da. Er rief nach den Bewohnern, aber bekam keine Antwort. Mitten im Raum fühlte er sich einsamer als je zuvor in seinem Leben. Er setzte sich auf den Stuhl neben dem Verletzten. Er konnte nichts fühlen, nicht weinen, nicht schreien. Es war schlimmer als beim ersten Mal, als jemand wegen ihm gestorben war. *Khamjie ...*, dachte er, ihre sanften Züge und ihren herzlichen Blick vor dem inneren Auge.

Baríth sah auf das blutleere Gesicht des Soldaten. Eine kleine Wunde an seiner Stirn ließ ihn nicht mehr los. Sie war nicht groß, nur ein Kratzer, doch er hatte plötzlich das dringende Bedürfnis, sie zu verbinden, ihm irgendwie zu helfen. Regungslos und angespannt blieb er auf dem Holzstuhl sitzen.

»Warum müssen andere für meinen Fehler büßen?«, fragte er sich schuldig. »Ich wollte das doch alles nicht.«

Wenig später ging er so unauffällig wie möglich über den Marktplatz zurück zu seinem Haus, aber der ein oder andere entdeckte ihn natürlich trotzdem, doch fingen die Casísto an, ihm langsam und allmählich wieder zu verzeihen, sodass er hier und da in ein freundliches Gesicht blickte. Er konnte sich jedoch nicht darüber freuen, weil sie ihn für immer hassen würden, wenn sie erfuhren, was in Bandarhs Haus vor sich ging. Er schloss leise die Tür hinter sich, schnappte sich Blatt, Feder und Tinte aus dem Arbeitszimmer seines Vaters und stürmte die Treppe hoch zu seinem Zimmer. Baríth setzte sich an seinen Schreibtisch und starrte auf das weiße Papier.

Mutter,
du hast viel verpasst hier in Fjiondar, ich bin froh, dass du das nicht miterleben musstest.

Hoffentlich hattest du eine sichere Reise und konntest viel verkaufen.

Ich habe etwas getan, was ich dir nicht persönlich sagen kann ...

Baríth stoppte. Es fielen zwei kleine Tropfen Tinte von der Federspitze auf die obere Ecke des Briefes. Dort war ein kleines graues Muster, das sich um die Buchstaben NF schlängelte. Darunter stand bereits vorgeschrieben: *Stadtherr Nérutaz von Fjiondar*

Nun stand dort nur noch *Nérutaz.*

Er sah sich in seinem Zimmer um. Kahle weiße Wände umrahmten den vollgestellten Raum, es gab viele Regale und Schränke voller Bücher und Gegenstände, die man ihm von Reisen mitgebracht hatte. In einer angestaubten Vitrine standen seine Lieblingsstücke: Die blutrote Kralle eines weißen Drachen, ein grünlich schimmernder schwarzer Stein mit vielen Löchern, der bei einem Vulkanausbruch im Fervôr-Gebirge ausgespien worden war, ein dickes, verwittertes, dunkelblaues Buch, das die verschiedenen Legenden der Völker Muaëras beinhaltete – auch die Entstehungsgeschichte der Welt – und als letztes ein seltener Edelstein. Man hatte ihm gesagt, er sei aus der verborgenen Stadt unter den Síma-Fällen, doch niemand war bisher dort gewesen. Der Stein hatte eine dunkle rot-braune Färbung, die jedoch an vielen Stellen aufriss und einen bunt schimmernden Opal zum Vorschein brachte. Vermutlich stammte er aus Marbordo, der südlichsten Stadt des Landes, wo es die meisten Funde von solch kostbaren Steinen gab. Baríth stellte ihn auf seinen Schreibtisch, sah ihn mit leuchtenden Augen an und schrieb seiner Mutter, was passiert war. Nachdenklich beendete er den Brief:

Es sind so viele gestorben, nur weil ich in den Sumpf gegangen bin. Ich wollte niemandem etwas Böses, aber ich hätte es besser wissen müssen. Du hast es mir hundert Mal gesagt. Tausend Mal.

Es tut mir leid.

Ich kann nicht länger andere vorschicken, meine Taten gutzumachen, ich muss das selbst tun, sonst werde ich es mir nie verzeihen können. Genauso wenig wie jeder andere Casísto des Landes. Ich gehe lieber, bevor ich weggeschickt werde. Wir müssen uns wiedersehen, ich verspreche dir, dass ich nicht nur überleben, sondern das Ungeheuer töten werde, damit niemand mehr meinetwegen sterben muss. Ich weiß, wenn du hier wärst, würdest du mir sagen, dass ich nicht schuld bin, aber ich bin es. Ich weiß es und alle anderen auch.

Ich nehme mir einen Greif mit, damit ich über den Sumpf fliegen kann, Nâra hatte mich gewarnt und was einen Trupp Soldaten tötet, tötet auch mich.

Ich packe mir das Nötigste ein, mach dir bitte nicht zu viele Sorgen. Wenn ich in Ganar-Ánimas bin, schicke ich euch einen Brief. Ich verspreche es.

Ich werde jeden hier vermissen, aber euch beide ganz besonders.

Dein Sohn Baríth

Er packte den Brief in einen Umschlag und schrieb *An Zhëolé* darauf. Er legte ihn auf sein Kopfkissen, nahm seinen Stein und räumte ihn zusammen mit wenigen anderen Dingen in einen Beutel. Dann ging er in die Küche und nahm noch ein paar Vorräte mit.

Zur Hintertür schlich er hinaus. Baríth hörte, wie die Casísto zusammengerufen wurden. So waren die Nebenstraßen leer, als er zum Hafen ging. Das Tor zum Râszha war von Säulen umgeben, die größer waren als die meisten Häuser der Stadt. Früher strahlten sie in hellem weiß, heute waren sie verdeckt von riesigen grünen Ranken, die voller kleiner, gelber Blüten waren. Er schritt durch das Tor und sah sich einem Geröllhaufen gegenüber. Riesige graue Steine lagen im tobenden Fluss. In alten Zeichnungen hatte er gesehen, dass man früher eine lange breite Treppe hinuntersteigen musste zum Wasser, nun sah man noch zwei Stufen, der Rest wurde verschlungen. Baríth konnte sich nicht vorstellen, dass der Râszha früher ein ruhiger breiter Fluss gewesen war. Heute, nach dem großen Erdrutsch einige Jahre zuvor, war er nur noch ein weißes, schäumendes, tödliches Untier.

Mit dem Beutel über der Schulter wanderte er nach rechts zum Stall der Greife. Er lag auf einem leichten Hügel und war eher ein großer hölzerner Unterstand als ein richtiger Schutz für die Tiere. Doch das machte ihnen nichts aus, im Gegenteil: In geschlossenen Räumen bekamen die wilden Wesen Panik, weil ihnen der Fluchtweg fehlte. Außerdem konnten ihnen extreme Temperaturen und Nässe im Grunde nichts anhaben. Schließlich war das eisige Píntô-Gebirge nördlich Fjiondars ihre natürliche Heimat.

Baríth sah sich um. Morgens waren die Greife fast alle noch dort und dösten auf dem mit rot-braunem Stroh bedeckten Boden. Die Tiere waren alle mit verschiedenfarbigen Federn geschmückt, er suchte jedoch ein dunkelgrünes Exemplar mit schwarzen Augen, Parúhs Mutter. Sie war stark, die beste und ausdauerndste Fliegerin des Rudels.

Er fand sie schließlich beim Wassertrog, warf ihr das Reitgeschirr über, das er vorher in einem kleinen Schuppen neben dem Unterstand geholt hatte und zog sie langsam über die Wiese in Richtung Wald. Der Greif trottete Baríth bestimmt voraus zu der Lichtung, wo sie sonst immer rasteten. Der Wald war hell und voller Birken, sodass er schon von weitem den kleinen See schimmern sah. Parúhs Mutter wurde immer schneller und zog den jungen Casísto hinter sich her, dann riss sie sich los und rannte zum Wasser.

»Halt! Mándaë! Warte doch ...«

Er setzte ihr nach, doch sie sprang schon euphorisch ins kühle Nass. Genervt versuchte Baríth sie vergeblich aus dem Wasser zu locken und schwamm ihr schließlich hinterher. Das eiskalte Wasser durchweichte sein Fell und seine Kleidung und zog ihn leicht nach unten. Mándaë bemerkte ihren Verfolger und patschte aus dem See an Land. Dort schüttelte sie sich und warf das nur übergeworfene Reitgeschirr trotzig ab. Baríth kämpfte noch mit dem Wasser, als neben ihm ein affenartiges Wesen vorbei schwirrte. Es war so groß wie ein kleines Kind, hatte dunkelbraunes Fell und breite ledrige Flügel. Die spitzen Zähne des Máca'cûuns blitzten strahlend weiß und sein langer Schwanz zuckte durch die Luft wie eine wütende Schlange. Mándaë nahm kurz Anlauf und jagte dem Wesen hinterher. Sie verschwanden über den dichten Baumkronen und hinterließen eine unangenehme Stille. Baríth kämpfte sich durch die Wasserpflanzen zurück an Land und warf sich niedergeschlagen ins weiche Gras. Die Sonne erreichte ihren Zenit und warf wärmende Sonnenstrahlen auf sein graues Fell. Er richtete sich auf, wrang so gut wie es ging das Wasser aus und schnappte sich seinen Beutel. *Na das war wohl nichts*, dachte er mit einem Seufzer. Der Casísto wandte sich dem Wald in Richtung Sumpf zu und setzte sich mit dem Wissen in Bewegung, nun eine weitaus beschwerlichere Reise vor sich zu haben. Er verließ die Lichtung und ging zu einer alten umgestürzten Eiche. Auf dem Baumstamm hatte sich eine dicke Moosschicht gebildet, aus der sich kleine weiß blühende Kräuter zur Sonne durchkämpften. Junge Bäume unterbrachen die Sicht auf das unscheinbare Paradies und schufen dadurch eine

Art Höhle. Er bog sie leicht zur Seite und stieg in sein Versteck. Baríth kniete sich auf den trockenen Boden und schob einen kleinen Erdhaufen weg. Darunter kam ein dreckiges Tuch zum Vorschein. Er nahm es in die Pfoten und klopfte die restliche Erde ab, dann wickelte er es auf und ein altes, aber scharfes Messer fiel ihm in die Hände, das er sonst zum Schnitzen nutzte. Er steckte es sich in den ledernen Gürtel, der seine knielange braune Hose festhielt, breitete das fleckige Tuch auf dem vertrockneten Laub aus und entleerte den Inhalt seiner Tasche darauf. Ein schwarzer Sack enthielt Feuersteine, eine weiße Rolle Verband und verschiedene bunte Fläschchen mit der nötigsten Medizin. Der Vorrat an Nahrung würde wohl knapp werden, weil er ohne Transportmittel viel länger unterwegs sein würde. Besorgt begutachtete er den kleinen Haufen, doch er konnte nicht zurück, die Casísto wurden längst von den Todesfällen unterrichtet und er wollte ihnen so nicht mehr unter die Augen treten. Er prüfte noch kurz nach, ob alles da war, und steckte es dann zusammen mit dem Stein und zwei vollen Wasserbeuteln zurück in seine Tasche. Baríth verließ die düstere Höhle und klopfte sich den Dreck vom Fell. Ein leises Knacken ließ ihn erschrocken aufblicken. Hinter einer dicken Buche reckte ein Greif seinen Kopf hervor und blickte dem Casísto unsicher in die Augen.

»Parúh?« Baríth musste breit grinsen. »Hey! Komm mal her … na komm schon!«

Das scheue Wesen machte einen Schritt zurück, überlegte es sich anders und kam dann gänzlich hinter dem Stamm hervor. Langsam ging Baríth auf ihn zu und strich ihm über die feuerroten Federn. Parúh ließ es kurz zu, schritt dann jedoch an ihm vorbei. Zwischen zwei großen Birken drehte er sich um und wartete. Plötzlich begriff Baríth, dass der Greif zurück zum See wollte und folgte ihm dann schließlich zögernd. Parúh war noch nicht ganz ausgewachsen, seine Pfoten wirkten noch etwas zu groß für seinen Körper, der noch nicht viele Muskeln vorzuweisen hatte. Der Casísto fragte sich, ob man schon auf ihm fliegen konnte und wie lange er das durchhalten würde.

Sie erreichten die sonnige Lichtung. Es war noch immer kein Lebenszeichen von Mándaë zu sehen, also hob Baríth das feuchte Reitgeschirr auf und ging damit auf den jungen Greif zu. Parúh beäugte ihn misstrauisch, ließ sich den schmalen Sattel aus dem zotteligen Fell der Vacas jedoch auflegen. Baríth schnürte ihn unter seinem Körper fest und verknotete das zu lange Stück des Bandes, das für ein weitaus größeres Tier gedacht war. Vorsichtig setzte er sich hinter die Flügel des Greifs und suchte in den Federn des Halses Halt, da nahm Parúh schon Anlauf und schwang sich in die Lüfte. Es war sehr holprig und das junge Tier kämpfte sichtlich mit dem Start, doch dann war Parúh nach einem kurzen Kreisen über dem See oberhalb der Baumkronen und der Flug stabilisierte sich. Baríth löste seinen Klammergriff um den Hals des Greifs und genoss die weite Sicht. Er schaute zurück und sah gerade noch die Spitzen der Türme Fjiondars verschwinden. Vor ihm begann der ewig lange Grenzzaun zum Sumpf.

Nâruhté … ich komme.

Besorgt zog er seinen Beutel näher zu sich.

* * *

Noi'loân senkte sorgenvoll den Blick.

»Das hat uns gerade noch gefehlt …«, murmelte er vor

sich hin, »als hätten wir nicht schon genug Probleme.«

Der Anführer der Rebellen war ein großer stattlicher Vázak mit kurzem hellbraunen Fell, das an manchen Stellen sogar schon ein wenig orange wirkte. Jedoch bedeckte im Moment seine leichte, aber durchaus edle Lederrüstung einen Großteil seines Körpers, sodass man lediglich an seinem Kopf, seinen Unterarmen und -beinen einen Blick darauf werfen konnte. Er hatte eine kurze Schnauze, von deren Spitze sich auf jeder Seite eine kleine schwarze Linie zu seinen hellblauen Augen zog. Unter seinem Kinn besaß er einen weißen Fleck, der ungefähr bis zur Mitte seines Halses lief. Seine langen Ohren mit schwarzer Rückseite und ebenso schwarzer Spitze waren nicht wie sonst kerzengerade aufgestellt, sondern hingen nun schlaff herunter.

»Wer das warum auch immer getan hat, hat es uns sicher nicht einfacher gemacht, die Leute für uns zu gewinnen«, stellte Sanutíl fest, ein junger Pelúdo in dunkelblauer Kleidung, der aus irgendwelchen Gründen stets einen ganzen Schwung Papiere mit sich herumtrug.

»Sanutíl, ich habe Euch nicht als meinen Berater eingestellt, damit Ihr mir Dinge sagt, die ich bereits weiß!«

»Verzeiht …«

Noi'loân seufzte. »Ach, hört auf damit. Überlegt lieber, wie wir verhindern, dass uns bald jeder für Anarchisten hält.«

»Jawohl«, sagte Sanutíl, während er bereits mit einer Verbeugung aus der Flügeltür hinaus eilte.

Noi'loân stand von seinem gepolsterten Stuhl auf und stellte sich gedankenverloren an das breite Fenster seines Arbeitszimmers. Links stieg gerade die Sonne über die noch verschlafene Stadt Ganar-Ánimas auf und brachte die Dunst- und Nebelschleier über den Dächern sanft zum

Leuchten. Hinter der Stadtmauer erstreckten sich die weiten Ebenen, die einzig und allein vom Rijéva unterbrochen wurden. Hier und da stiegen vereinzelt Vögel auf, ansonsten war noch alles friedlich. Normalerweise beruhigte Noi'loân dieses Panorama, bei diesem Anblick konnte er auch am besten nachdenken – etwas, das er jetzt dringend tun musste. Doch dazu kam er nicht, denn nur wenige Augenblicke, nachdem Sanutíl den Raum verlassen hatte, stürmte Ymos'dul, ein selbst für seine Spezies außerordentlich groß gewachsener Wazáy mit dunkelgrüner, wettergegerbter Haut in Offiziersrüstung, mit solcher Geschwindigkeit herein, dass die Türen mit einem lauten Knall an die Wand dahinter schlugen und sichtbare Eindrücke hinterließen.

»Kannst du mir mal sagen, was dein Helferlein da gerade macht? Da geht man nichtsahnend den Flur entlang und da kommt der einem entgegen und brummelt irgendwas von ›Der Bevölkerung sagen, dass wir es nicht waren‹, ›friedlich verhalten‹ und was weiß ich noch alles vor sich hin! Was –«

»Schweig!« Noi'loân hatte sich nun in voller Größe vor ihm aufgebaut. »Ich trug es ihm gerade auf, weil wir seit dem Anschlag in Âretoà ein riesiges Problem haben. Die Leute denken, dass wir dafür verantwortlich sind. Es liegt ja auch nahe, immerhin wurden einige Ratsmitglieder getötet oder schwer verletzt.«

»Und da freust du dich nicht? Etwas Besseres hätte uns doch gar nicht passieren können!«

»Etwas Besseres hätte uns nicht passieren können? Das ist eine Katastrophe! Die Leute werden denken, wir wären gewalttätig und machtbesessen, würden vor nichts zurückschrecken, wenn es um unsere Interessen geht.«

»Aber sie sehen, dass wir nicht nur hohle Versprechen machen, sondern den Umbruch wirklich wollen und auch etwas dafür tun. Sie werden an uns glauben, sich hinter uns stellen, wenn sie erkennen, dass wir es ernst meinen. Und wenn sogar noch jemand anderes die Drecksarbeit für uns macht, könnte es doch besser nicht laufen.«

»Natürlich sollen sie sehen, dass wir auch handeln, aber doch nicht so! Wenn wir über Leichen gehen, sind wir nicht besser als die, die wir stürzen wollen. Und warum sollte uns dann noch jemand unterstützen?«

»Sie werden uns sicher nicht unterstützen, wenn wir weiterhin im Verborgenen bleiben und ab und zu mal hinter vorgehaltener Hand erzählen, wie toll wir sind. Wir müssen uns zeigen, Stärke beweisen!«

»Dafür ist es zu früh! Wir sind viel zu wenige, um offen gegen den König vorzugehen. Wir müssen uns in alle wichtigen Instanzen einschleichen, sie unterwandern, für uns einspannen oder unschädlich machen, das System von innen heraus zu Fall bringen.«

»Und wie soll das funktionieren? Selbst wenn wir das wirklich schaffen sollten, was ich so schon für schwierig genug halte, wie soll es danach weitergehen? Wenn wir uns nie in der Öffentlichkeit zeigen, uns nie einen Namen machen, wie viele werden uns akzeptieren? Wir werden das Reich nicht regieren können! Und denk' daran, die meisten mögen Verbero. Sie kennen nur seine Fassade.«

»Das weiß ich doch! Und wir bringen das Volk auch hinter uns, nur nicht mit Angst und Schrecken. Wir müssen ihnen zeigen, dass wir besser sind und dass es sich lohnt, uns zu unterstützen. Das werden wir aber sicher nicht schaffen, indem wir mordend durchs Land ziehen!«

»Ich rede ja nicht davon, dass wir alles und jeden umbringen sollen. Ich meine nur, dass wir uns nicht ewig verstecken können. Wir müssen zeigen, dass die Tage des Königs gezählt sind. Wenn die Leute das erst sehen, und wozu wir fähig sind, werden sie auch an unserer Seite kämpfen. Dieses Attentat bietet eine Riesenchance, die wir nicht ungenutzt lassen sollten. Eine solche Gelegenheit werden wir nie wieder bekommen!«

Bevor Noi'loân etwas erwidern konnte, hatte Ymos'dul den Raum bereits verlassen. Kopfschüttelnd und mit einem tiefen Seufzer ließ er sich in seinen Stuhl sinken, jedoch nicht, ohne ihn vorher in Richtung des Fensters zu drehen.

* * *

Ugryòr stand mit einigen anderen in der Mitte eines länglichen Saals. Durch je sechs Fenster auf beiden Seiten drang etwas Licht ein. Zur Rechten wurden die schräg hinein scheinenden Sonnenstrahlen durch in der Luft leuchtende Staubpartikel sichtbar, doch insgesamt blieb der Raum relativ dunkel – es war noch früh am Morgen. Auch die Kronleuchter mit ihrem grünlichen Feuer, die zwischen den Fenstern an den Seiten hingen und die zwei großen an der Decke konnten daran wenig ändern. Einzig die Stirnseite war etwas heller. Dort stand ein mittelgroßer Hæríquon in edlen goldenen und grünen Gewändern, eingerahmt von vier Feuerschalen auf einem zwei Stufen hohen Podest mit einer Schriftrolle in den mit scharfen Krallen versetzten Händen. Hinter ihm standen in seinem Schatten, jedoch bewusst für jedermann gut sichtbar, zwei Wachen in graubraunen beschlagenen Lederrüstungen mit wachsamem Blick und immer einer Hand auf dem Schwertknauf. In der Nähe der hellgrauen Bruchsteinwände standen vereinzelt kleine Gruppen und unterhielten sich gedämpft, manche saßen auch an den wenigen einfachen Holztischen, die am hinteren Ende des Raumes standen. Es lag eine angespannte Ruhe über allem, wie so oft bei diesen Zusammenkünften.

»He, dreckiger Vázak! Beweg' dich mal!«

Ugryòr wurde jäh aus seinen Tagträumen gerissen und stellte mit Verwunderung fest, dass sich vor ihm nun eine große Lücke befand und er beinahe der Nächste war, um sich seinen Auftrag abzuholen.

»Lass mich in Ruhe, Trampel«, knurrte er der mittelgroße Vázak mit hellem, sandfarbenen Fell, langer Schnauze und tiefen, bernsteinfarbenen Augen nach hinten, während er langsam vorging und die Lücke schloss. Vor ihm hörte sich ein bulliger Hæríquon mit blutverschmierten, gewundenen Hörnern auf dem Schädel und in einen verdreckten grün-goldenen Umhang gehüllt, seine Aufgabe an.

»… nach Dezerto. Dort befindet sich ein alter Trampianer namens Waathrika. Er zögerte im falschen Moment. Wegen ihm hätte der König beinahe erfahren, dass der Anschlag auf die Ratsmitglieder von uns ausging. Findet und tötet ihn.«

»Jawohl, Herr.«

»Und solltet Ihr ebenfalls Bedenken bekommen … jetzt wisst Ihr, wie wir in solch einem Fall handeln. Der Nächste!« Der Riese vor Ugryòr machte eine angedeutete Verbeugung und ging zur Tür am Ende des Raumes. Der Hæríquon machte einen Haken auf seiner Schriftrolle und blickte hinunter zu Ugryòr.

»Ah, du bist es. Geh zur Méridazmine vor der Stadt und gib Aufseher Mytâk 2000 Valio, damit er morgen in seiner Schicht beide Augen fest schließt, sobald er ein paar Männer mit Geldsäcken sehen sollte.«

»Gut. Von wem erhalte ich das Geld?«, fragte Ugryòr.

»Von niemandem. Wir werden es dir zusammen mit deiner Belohnung geben, sobald alles reibungslos abgelaufen ist.«

Die Selbstverständlichkeit, mit der der Hæríquon dies sagte, verärgerte Ugryòr, doch er ließ sich nichts anmerken. »In Ordnung. Ich mache mich gleich auf den Weg.«

»Davon gehe ich aus.«

Ugryòr drehte sich auf dem Absatz um und verließ grübelnd den Raum, wo er so viel Geld auftreiben sollte.

Jedoch löste sich dieses Problem schneller als gedacht, als er nach draußen auf die Straße trat und ein übel riechender grüner Sángûil in zerschlissenen Kleidern an ihm vorbeiging. Er zog eine seltsame Holzkarre hinter sich her und schwenkte in einer Hand ein kleines klimperndes Säckchen. Munter zischelte er vor sich hin.

»Ich bin wieder im Geschäft. Seht Euch vor, der große Sorvértio ist wieder im Geschäft!«

»He!«

»Zumzizumzizum, der Durchbruch i–«

»He, du!«

»Was? Wer?«

»Hier drüben! Ich will dich was fragen.«

»Mich was fragen? Was die neuen Sorten angeht, die sind noch in–«

»Mich interessieren deine neuen Sorten nicht. Ich will wissen, wo du das Säckchen in deiner Hand her hast.«

»Das?« Er schwang es Ugryòr direkt vor die Schnauze, der dabei blinzelnd ein Stück zurückzuckte.

»Das hab' ich vom alten Salvâx dort hinten um die Ecke.« Er wedelte mit dem Säckchen in Richtung der Gasse hinter ihm. »Das wird mir endlich zum großen –«

» … Durchbruch verhelfen, das sagtest du bereits. Danke.« Bevor der verdutzt dreinschauende Sángûil etwas erwidern konnte, war Ugryòr schon verschwunden.

Trotz seiner Neugierde lief er misstrauisch durch die Gasse, bis er nach ein paar Dutzend Metern an der ersten Abzweigung ein altes Schild baumeln sah: *Salvâx' Tiere und Tröten.* Verwundert betrachtete Ugryòr das Gebäude. Die Fassade war schon bröckelig und die Fenster ziemlich dreckig. Es hätte aber wohl auch wenig genutzt, wenn sie sauber gewesen wären, da es drinnen zu dunkel war, als dass man etwas hätte erkennen können. Vereinzelt war das Flackern einer Kerze zu sehen und sonderbare Laute erklangen gedämpft wie aus weiter Ferne. Nicht sicher, worauf er sich dabei einließ, öffnete Ugryòr die laut knarzende Tür. Dass es sehr düster sein würde, war abzusehen, doch dass es auch so bestialisch vermodert roch, damit konnte er nun wirklich nicht rechnen und hielt sich angewidert die Schnauze, während er versuchte den Würgereiz zu unterdrücken.

Er brauchte einen Moment, um sich wieder zu fangen. An einen morschen Stützpfeiler gelehnt, rief er ins Dunkel: »Hallo!« Er wartete kurz und als keine Antwort kam: »*Hallo! Ist jemand hier?*«

Die seltsamen Geräusche aus dem hinteren Teil des Gebäudes waren noch immer das einzige, was zu hören war. Ugryòr legte seine Hand auf den Knauf seines rostigen Schwertes und begann sich ein wenig umzusehen. Im flackernden Schein der armseligen Kerze auf dem Tresen zu seiner Rechten konnte er die Anfänge langer Regalreihen in der Mitte des Raumes erkennen mit allerlei komplett durcheinander geworfenem Krimskrams darauf – hauptsächlich

Musikinstrumenten. Auf der linken Seite standen einige Kisten auf dem Boden und an der Wand waren etliche Haken mit – Ugryòr war sich wegen des schlechten Lichtes nicht sicher – Seilen, Ketten, Schaufeln und einigen großen und kleinen … Ringen?

Was ein Spinner, dachte er und schüttelte fassungslos den Kopf.

Er überlegte gerade schon wieder zu gehen, als zwischen den Regalen ein Trampianer erschien. Er hatte einen leicht schiefen Gang, was die Kerze in seiner linken Hand bedenklich neigte, und war offensichtlich etwas verwirrt. Immer wieder blickte er sich um und schien nicht recht zu wissen, was er tun soll. Dann jedoch drehte er seinen Kopf zur Seite, nickte bestätigend ins Dunkel und ging daraufhin zielstrebig auf Ugryòr zu. Er trug ein zerschlissenes hellbraunes Hemd mit sehr vielen Taschen und eine kurze etwas dunklere Hose in kaum besserem Zustand. Der Gürtel, der sie hielt, war voller kleiner Werkzeuge und aus einer Tasche daran roch es stark nach altem Fleisch. Die bernsteinfarbene Metallbrille in seinem Gesicht erinnerte mehr an ein kompliziertes Messinstrument als an eine bloße Sehhilfe. Als er näher kam, konnte Ugryòr dahinter seine grauen Augen sehen, die immer wieder unabhängig voneinander nervös hin und her zuckten, ansonsten aber erstaunlich klar waren, so auch, als er Ugryòr mit weicher und wohl artikulierter Stimme begrüßte: »Guten Tag, der Herr. Was kann ich für Euch tun?«

Ugryòr musterte ihn verdutzt, erinnerte sich dann jedoch wieder an sein Anliegen und löste die Finger vom schon halb herausgezogenen Schwert.

»Eh, guten Tag. Ich … seid Ihr Salvâx?«

»Ganz recht, der bin ich. Nun, wie kann ich Euch helfen?«

»Ich brauche Geld.«

Der Trampianer brach in schallendes Gelächter aus und schleuderte dabei die Kerze in seiner Hand so wild umher, dass flüssiges Wachs in alle Richtungen spritzte. »Haha, Ihr seid gut! Wer braucht das nicht?«

Er lachte in sich hinein. Es dauerte einen Moment, bis er sich wieder beruhigt hatte.

Noch immer grinsend fragte er: »Wie kommt Ihr da auf mich?«

»Draußen begegnete mir ein Sángûil, wie hieß er doch gleich? Sor … Sorvértio, wenn ich mich nicht irre. Er verwies mich auf Euch.«

»Sorvértio, so hieß er also. Ziemlich schräger Vogel, sage ich Euch. Wollte mir nicht mal seinen Namen sagen. Aber seine Geschäftsidee ist sehr vielversprechend. Er hat so eine neue Leckerei erfunden. *Eis* nennt er sie. Doch es ist nicht fest, sondern ganz cremig.« Salvâx geriet sichtlich ins Schwärmen. »Er verkauft es in ganz vielen verschiedenen Sorten, alles, was Ihr Euch vorstellen könnt. Und es schmeckt einfach himmlisch!«

Er sagte nichts mehr und schien stattdessen in irgendwelchen Tagträumen über Eis versunken zu sein. Ugryòr seufzte und räusperte sich vernehmlich. Salvâx blinzelte überrascht und schüttelte den Kopf.

»Oh, Entschuldigung. Wo war ich? Ach, genau! Nun ja, bei solch einer großartigen Idee konnte ich selbstverständlich nicht widerstehen und habe sofort investiert! Er brauchte nur etwas Startkapital, das er mir mit einem kleinen Bonus zurückzahlen wird, sobald sein Geschäft Gewinn abwirft. Und das wird es, da bin ich sicher! Vielleicht entwickelt sich daraus ja eine lukrative Partnerschaft. Ich leihe ihm Geld für neue Anschaffungen und er beteiligt mich am Umsatz. Das –«

»Chr-Chrm.«

»Was? Ich … oh. Ihr wolltet ebenfalls Geld, nicht wahr? Da lässt sich sicher etwas machen. Womit wollt Ihr den Markt im Sturm erobern? Was ist Eure bahnbrechende Errungenschaft?«

»Um ganz ehrlich zu sein, gar keine. Ich hatte gehofft, Ihr könntet mir so etwas leihen.«

»So etwas leihen? Wie stellt Ihr Euch das vor? Was arbeitet Ihr überhaupt?«

»Ich bin … sozusagen … im Dienstleistungsgewerbe tätig. Jemand gibt mir einen Auftrag, ich erledige ihn und bekomme Geld dafür. Nicht mehr, nicht weniger. Für meinen aktuellen Auftrag brauche ich aber Geld, um ihn auszuführen. Geld, das ich nicht habe.«

»Eine große Plaudertasche sind wir nicht gerade, hm? Nun gut. Ihr – … Moment.«

Sein linkes Auge zuckte zur Seite und er legte den Kopf leicht schief. Er hatte nun einen fragenden Gesichtsausdruck und schien zuzuhören. Dann nickte er zustimmend. »Ihr macht trotz allem einen ganz ordentlichen Eindruck, ich will Euch mal vertrauen. Wie viel braucht Ihr denn?«

»2000 Valio.«

»2000 Valio? Das ist aber allerhand! Das kann ich Euch nicht einfach so geben! Wie soll ich mir denn sicher sein, dass Ihr damit nicht verschwindet?«

»Sagen wir, mein Auftraggeber lässt seine Angestellten nicht einfach verschwinden, wir haben da eine Art von … Vertrag, wisst Ihr?«

Der Trampianer richtete nun beide Augen starrend auf den Vázak. Seine Stimme verlor jede Freundlichkeit und sein Gesicht verhärtete sich. »Ich verstehe. Mit solch … speziellen Kunden wie Euch, mein Herr, habe ich schon länger keine mehr Geschäfte gemacht. Nun …«

Er ging zum Verkaufstisch und zog eine Schublade hervor, aus der einige Tröten fielen und scheppernd über den Boden rollten. Dann wuchtete Salvâx einen riesigen Ordner mit einigen Hundert vergilbten Blättern darin auf den Tisch, zog einen zusammengehefteten Stapel davon heraus und wuchtete den Ordner zurück.

Er wies Ugryòr mit einer fuchtelnden Bewegung seiner knochigen Hand an, zu ihm zu kommen. Langsam ging er zum Verkaufstisch, wo der Trampianer ihm in Höchstgeschwindigkeit alle Bedingungen des Vertrags erläuterte und währenddessen wie der Wind die Seiten umblätterte. »… also betragen die zusätzlichen Zinsen, wenn nicht innerhalb eines Monats zurückgezahlt, 53 % des ursprünglich verliehenen Betrags, aber das ist ja alles nicht so wichtig, denn wie ich Leute wie Euch kenne, bekomme ich das Geld spätestens nach einer Woche wieder, was die Zinsen dann wie gesagt bei 17 % hält, habt Ihr noch irgendwelche Fragen? Nein? Dann unterschreibt bitte hier, hier und…«, er blätterte etwa ein Dutzend Seiten weiter »… hier!«

Ugryòr tat es und erhielt aus einem versteckten Tresor hinter einem verschiebbaren Bücherregal seine 2000 Valio.

»Danke, ich denke, ich komme dann morgen –«

»Ihr wollt schon gehen? Ich, ich habe noch ganz tolle Gâuxími, nein wirklich, einen Moment!«

Der Trampianer wuselte in den hinteren Teil des Ladens, wo alle Tierlaute, die Ugryòr kannte, begannen wild durcheinander zu schreien. Er kam zurück mit einem ramponiert aussehenden kleinen Wesen mit grau-weißem Fell, langen Schnurrhaaren und schwarzen Knopfaugen. Salvâx setzt das verdutzte Tier auf den Boden und ergriff sodann hektisch eine der verstreuten Tröten. Dann richtete er sich stolz wieder auf und begann eine sägende Melodie zu spielen. Der Gâuxími klappte wie hypnotisiert die Ohren hoch, stellte sich auf den eingekringelten gestreiften Schwanz und begann zu hüpfen, bis er fast die Decke berührte. Ugryòr löste sich ruckartig aus seiner Schockstarre und ging langsam rückwärts zur Eingangstür zurück, warf sie auf und rauschte, erleichtert darüber, der schrecklichen Musik und allem anderen zu entkommen, aus dem Laden.

Ugryòr war froh, die Mauern Marbordos endlich hinter sich lassen zu können. Auch wenn er bis zur Mine jetzt mindestens eine Stunde zu Fuß brauchen würde, war das immer noch besser, als länger bei diesem Verrückten in seiner Muffbude zu sein oder bei den Ganâncias schikaniert zu werden. Leider brauchte er sie … und immerhin waren sie es, die ihn damals aufgenommen hatten, als er ganz auf sich allein gestellt gewesen war.

Ugryòr hatte damals seine Familie verlassen müssen und sich nach Marbordo begeben, die Stadt bot jedem eine Chance auf Arbeit geboten wegen des großen Hafens und der Minen vor der Stadt. Jedoch hatte er an seinem ersten Abend dort in einer Schenke gehört, wie sich ein paar Hæríquons hasserfüllt über den König beschwerten hatten, und sich zu ihnen gesellt. Sie hatten sich sehr schnell verstanden, da Ugryòrs Familie sehr unter der Regierung gelitten hatte. Schließlich hatten die Hæríquons Ugryòr noch am selben Abend angeboten, sich ihrer Sache anzuschließen. Ihre Familie nämlich, die Ganâncias, wären nicht nur mit dem König unzufrieden gewesen, sondern hätten auch rechtmäßigen Anspruch auf den Thron gehabt, der ihnen aber genommen worden war, wie sie sagten. Darum hatten sie ihn stürzen wollen – mit allen Mitteln. Ugryòr hatte sofort eingewilligt, denn so hatte er nicht nur irgendeine eine Arbeit, sondern eine, die ihn in seinen Plänen unterstützte, und darüber hinaus eine Unterkunft.

Es war ein kleines Zimmer in einem Seitenflügel des großen Hauses, das die Ganáncias auf einer Anhöhe etwa zehn Minuten von Marbordo entfernt besaßen. Es war nicht gerade komfortabel, aber definitiv besser als nichts und außerdem bekam Ugryòr dort alles, was er zum Leben brauchte. Allerdings hatte er als Nicht-Familienmitglied den Rang eines besseren Fußabtreters und wurde auch so behandelt, was ihm mittlerweile genauso zuwider war wie diese ständigen dummen, ihn maßlos unterfordernden Lakaientätigkeiten wie die, wegen der er gerade fast erstickt wäre und sich nun die Füße auf dem unbefestigten kleinen Weg Richtung Méridazmine wund lief.

KAPITEL 4

Baríth setzte sich neben das wärmende Feuer. Wie erwartet brauchte Parúh viele Pausen während des Fluges, was ihn so zwang, lange Strecken zu Pfote beschreiten zu müssen. Sie kamen dennoch schneller voran, als er erwartet hatte, denn der junge Greif war ein genauso schneller Flieger wie seine Mutter Mándaë. Der Sumpf war auffällig ruhig und es gab nur ein paar kleine harmlose Tiere, was die Unruhe in Baríth aber nur noch mehr vergrößerte. Das Feuer knisterte leise vor sich hin, ein Windstoß ließ es kurz zu einer noch größeren Flamme aufleuchten, da landete Parúh sanft daneben, umgeben von tanzenden Funken. Er hatte eine große bunte Echse im Schnabel, verschlang sie und spuckte sie wieder aus. Angeekelt legte er sich neben Baríth und schnaufte erschöpft.

Der junge Casísto lag noch lange wach, war der Sumpf am Tag ruhig, so zirpte und quakte es nachts von allen Seiten auf ihn ein. Er musste an seine Familie denken und, ob er Fjiondar je wiedersehen würde. Das Feuer war zu Glut geworden und ihr Nachtlager unter einem großen in die süße Nachtluft ragenden Fels wurde dunkel. Die Schatten krochen aus ihren Löchern und zogen Baríth in einen tiefen Schlaf.

Mit schmerzenden Knochen wachte er auf, geweckt von Parúh, der ein paar Schritte entfernt nun doch etwas Fressbares gejagt hatte und das große Fellbündel genüsslich verspeiste.

»Guten Morgen, Parúh!«

Baríth richtete sich auf, froh die Nacht überlebt zu haben, und aß etwas Brot und ein paar kleine Früchte, die er am Abend gesammelt hatte und an schulterhohen dürren

Sträuchern wuchsen. Anschließend suchte er nach seinem letzten gefüllten Wasserbeutel, den er in wenigen Schlucken leerte. Baríth sattelte Parúh, der es nun, da er nach zwei langen Tagen endlich wieder etwas zu fressen gefunden hatte, kaum abwarten konnte wieder weiterzuziehen. Sie flogen etwa eine Stunde, bis Barrij einen kleinen Fluss entdeckte, wo er seine Wasservorräte neu auffüllen konnte. Der Sumpf hatte sich in einen dichten Wald verwandelt, sodass Parúh auf einer schmalen Insel in der Mitte des Flusses landen musste. Fröhlich tapste er ins kühle Nass und sprang ein paar rot gesprenkelten Fischen hinterher. Baríth füllte beide Wasserbeutel mit dem sauberen Gletscherwasser und legte sie neben sich in seine Tasche. Danach hielt er den Kopf in den Fluss, zog ihn jedoch schnell zurück, da das Wasser eiskalt war. Er nahm seine Sachen und watete ans andere Ufer, wo er Parúh zu sich rief.

Gemeinsam gingen sie am Fluss entlang, beobachteten kleine Vögel mit strahlenden roten und blauen Streifen auf den winzigen Flügeln, die den auf dem ruhigen Gewässer herumschwirrenden Insekten nachjagten. Ein gutes Stück weiter wurde das Wasser wilder und große Felsen ließen es weiß werden vor Schaum. Nach einer kleinen Biegung stürzte der Fluss in die Tiefe.

Baríth und Parúh stellten sich auf einen großen hellgrauen Stein am Abhang und sahen hinab auf ein halb vom Nebel verdecktes Tal. Am anderen Ende reckten sich Berge in den Himmel und umrahmten eine riesige Staumauer, aus der ein kleiner Wasserfall kam und am Grund den Râszha bildete. Dieser floss in langen Kurven mit dem Fluss zusammen, der neben den beiden den mit Kletterpflanzen zugewucherten Abhang hinunterstürzte. Baríth hatte gar nicht gemerkt, dass sie so weit bergauf geflogen waren und blickte verwundert auf den ihm so bekannten Fluss in der fremdartigen Umgebung. Sie ließen sich dort nieder und machten eine kleine Pause. Parúh blickte ununterbrochen in die Tiefe auf der Suche nach einem geeigneten Landeplatz. Das Tal war so groß, er würde es nie schaffen, es in einem zu überfliegen. Schließlich entdeckte er eine nur wenig zugewucherte Felsmauer, die sich unregelmäßig durch das ganze Tal zu ziehen schien. Es würde eine holprige Landung sein, aber es war besser als nichts.

Die Lautstärke des Wasserfalls betäubte langsam ihre Ohren, deshalb entschieden sie sich, sich wieder auf den Weg zu machen. Parúh stellte sich genau an den Rand des Abhangs, während Baríth wenige Meter hinter ihm seine Sachen zusammenpackte, sich umsah, ob er auch ja nichts vergessen hatte, und dann, neugierig auf die Geheimnisse des unbekannten Tals, auf den Greif zuging. Er war schon fast bei ihm, da begann der Fels unter ihnen zu kippen. Das Wasser lief sofort unter den Stein und schob ihn wie einen Kieselstein weg vom sicheren Vorsprung. Baríth hechtete auf Parúhs schützenden Rücken zu, der jedoch bewegte sich immer weiter von ihm weg, hinab in die endlose Tiefe. Der Stein war nicht aufzuhalten. Baríth stürzte viele Meter, er spürte Federn und Krallen, die versuchten ihn zu packen, doch vergebens. Erst kurz vor den Baumkronen stach ihm etwas tief in die Schultern, der Fall wurde hart gebremst und er hatte das schreckliche Gefühl, er müsse zerreißen.

Gemeinsam krachten sie durch die vielen Äste und stürzten auf den durchweichten Boden. Der Schlamm spritzte in alle Richtungen, doch davon bekam Baríth nichts mehr mit, ein dicker Ast hatte ihm den letzten Sinn geraubt.

Ein zartes Zwitschern aus weiter Ferne war das Erste, was

er vernahm, der Wind rauschte durch den dichten Wald und nur wenige Lichtstrahlen erreichten den überwucherten Waldboden. Das Zwitschern wurde immer lauter und entwickelte sich zu einem panischen Fauchen und Krächzen. Baríth runzelte die Stirn, nicht sicher, wo er war und was um ihn herum passierte. Er öffnete die Augen, blinzelte und erblickte eine dichte Decke aus hellgrünen Blättern, viele Meter über ihm. Sie wurde zerrissen von einem weiten Sprung eines großen, roten und ... fedrigen Wesens. Er richtete sich auf, war ohne zu wissen wie, aufgestanden und schaute blitzartig in alle Richtungen. Noch bevor er sich umdrehen konnte, hörte er ein Donnern und Knurren hinter sich, das sein Rückenfell schlagartig aufstellte.

Die Schwarze Nacht!, dachte er erschrocken. Er ergriff im Drehen sein ihm nun mickrig erscheinendes Messer und stach es vor sich in die Luft. Er hatte so viel Kraft hineingesteckt, dass er mehrere Schritte nach vorne stolperte und fast in den schrecklichen Kampf zweier gefährlicher Jäger geriet. Er wich einem Peitschenschlag eines wild gepunkteten Schwanzes aus und war dadurch weit genug entfernt, um zu erkennen, dass Parúh gegen eine riesige katzenartige Gestalt kämpfte. Es war nicht die Schwarze Nacht, aber ein genauso furchterregender Gegner: Ein Steintiger. Er hatte nur einmal etwas über sie gelesen, aber oft in den Schauergeschichten über den Sumpf von ihnen gehört. Sie konnten drei Meter lang werden und wogen bis zu einer Tonne. Dieser war jedoch nur etwas größer als Parúh, aber er stellte trotzdem eine weitaus größere Gefahr dar. Sein Körper bestand fast nur aus Muskeln, das kurze Fell hatte die Farbe von nassem Sand und war übersät mit hunderten schwarzen Strichen und Flecken. Die langen gebogenen Krallen waren ausgefahren, fegten blitzschnell durch die Luft und vergruben sich in Parúhs Hals. Der wiederum schlug heftig mit den Flügeln und konterte mit einem eigenen Klauenhieb, der jedoch nur lange oberflächliche Wunden hinterließ. Nach einem kurzen Ringen konnte er sich aus der Umklammerung lösen, sah, dass Baríth endlich aufgewacht war, und sprang auf ihn zu. Seine blauen Augen schrien vor Panik, doch der Casísto verstand ihn und warf sich auf seinen Rücken. Seine Tatzen vergruben sich tief in den blutverschmierten Federn, mit einem kleinen Ruck warf er sein rechtes Bein gänzlich auf die andere Seite und so saß er binnen weniger Augenblicke tief hinuntergebeugt auf dem Greif, der die Flügel ausbreitete und nach wenigen Schritten abhob. Doch sie kamen nicht weit, die Bäume standen zu dicht und die ausholenden Baumkronen versperrten den Weg in die sicheren Lüfte. Der Steintiger machte einen schnellen Satz und mit einem gekonnten Hieb schlitzte er tief den Ansatz des wild schlagenden Flügels auf. Die beiden stürzten zu Boden, Parúh presste die Schwingen fest an den Körper, taumelte vor Schmerz und entließ ein laut krächzendes Keuchen. Der junge Greif fing sich und preschte durch den Wald, verfolgt von dem hungrigen Jäger.

Baríth konnte sich kaum halten und versuchte krampfhaft sich an die alten Geschichten zu erinnern, doch vor lauter Angst hatte er alles vergessen. Er schaute zurück und sah, dass der Steintiger nur knapp hinter ihnen war und Probleme hatte, sie durch die eng stehenden Bäume zu verfolgen. Die beiden großen, dunklen Augen fixierten ihre Beute genau, die beiden weiteren Augenpaare leiteten ihm den Weg durch den dichten Wald. Sie hatten eine milchige Farbe, waren klein und rund und bildeten links und rechts je eine Linie zu den Ohren. Aus seinem Rücken ragten kurze

Stacheln heraus und zwei dicke Hörner thronten nach außen gerichtet auf dem gewaltigen Kopf. Lange weiße Reißzähne streckten sich aus dem breiten Gebiss hervor, das, wenn es nah genug war, immer wieder gierig nach Parúh schnappte.

Der Wald wurde dichter und der Tiger fiel immer weiter zurück, aber da er sein Jagdrevier genau kannte, verlor er seine Beute nie aus den vielen Augen. Mit einem Mal sah sich Parúh der großen Mauer gegenüber, auf der er geplant hatte zu landen. Der Greif wandte sich erschrocken nach links und lief an der meterhohen Wand entlang. Sie war nicht natürlichen Ursprungs, jemand hatte sie vor langen Zeiten Stein für Stein aufgebaut. Sah sie jedoch noch so alt aus, war sie an keiner Stelle zusammengebrochen. Baríth fragte sich, wer so etwas wohl gebaut haben mochte, als sie daran entlang fegten. Doch die Überlegungen darüber wurden schnell wieder von Angst vertrieben, die noch größer wurde, als Parúh über einen umgestürzten Baumstamm sprang, die Flügel ausbreitete und krampfhaft versuchte die Spitze der Mauer zu erreichen. Baríth tauchte seine Pfoten tief in Parúhs Federn, als dieser auf die Mauer zustürzte und sich an den vielen Pflanzen festkrallte, die sich dort niedergelassen hatten. Er verlor immer wieder den Halt und rutschte mehr zurück, als er an Höhe gewinnen konnte. Baríth schaute von Angst erfüllt auf den harten Erdboden unter ihnen und erblickte die siegessichere Gestalt eines erfolgreichen Jägers. Der Steintiger sprang an die Mauer und kletterte an ihr langsam, aber gekonnt nach oben. Der Casísto verlor die Hoffnung auf eine Rettung durch Parúh und kletterte über seine Schulter hinweg seinerseits die Mauer hoch. Ihm boten die Pflanzen einen besseren Halt als dem großen Greif. Mit einem Arm war er schon oben angelangt und zog sich nun hastig so weit hoch, dass er sicher auf der breiten Mauer lag. Neben ihm wuchs ein kleiner karger Baum, um den er seine Hand legte. Dann lehnte er sich zurück über die Kante der Mauer und versuchte mit aller Kraft dem Greif, dem es ohne die Last des Casísto auf dem Rücken viel leichter fiel sich hochzuziehen, bei dem letzten Meter zu helfen. Völlig erschöpft warf sich Parúh vor Baríth, der keinen Gedanken an eine Pause verlieren konnte und die steile Wand hinuntersah, wo der Steintiger sich immer noch stetig hoch kämpfte. Schlimmer noch, zwei weitere schlichen aus dem schattigen Wald hervor. Baríth setzte sich zurück auf Parúhs Rücken, der sich aus letzter Kraft in die kühlen Lüfte erhob. Der Casísto schaute noch lange zurück, doch er sah die Steintiger nicht die Mauer überwinden. Er atmete tief durch und pures Glück durchströmte seine Adern. Eine kurze Weile später bemerkte er jedoch einen brennenden Schmerz in seinen Schultern, wo Parúhs Krallen beim Absturz tiefe blutige Löcher hinterlassen hatten. Sein ganzes Hemd war blutrot durchtränkt.

Kein Wunder, dass die uns so schnell aufgespürt haben, ärgerte er sich. Baríth legte seinen Kopf auf Parúhs Hals und war im nächsten Moment eingeschlafen. Baríth träumte unruhig, die Schwarze Nacht verfolgte ihn durch einen toten Wald und plötzlich stürzte er, stürzte tief …

Er wachte schlagartig und mit wild pochendem Herzen auf und bemerkte, dass Parúh in einen kreisenden Sinkflug übergegangen war. Der Casísto richtete sich wieder auf und beobachtete das Glitzern der Sonnenstrahlen auf dem kleinen See, in dessen Mitte sich ein eingestürzter Turm aus grauem Stein in den Himmel reckte. Auf diesen flog der Greif zu und landete sanft auf der kleinen, nahezu unbewachsenen Insel. Nur lange vertrocknete Grashalme erinnerten daran, dass die Insel von der Natur erobert war.

Parúh musste lange Zeit geflogen sein, obwohl er sich nach der Flucht kaum hatte in die Luft erheben können. Die Sonne war schon fast hinter den hohen Bergen verschwunden und beleuchtete den Abhang des Wasserfalls in warmem Gelb, wobei die Staumauer schon im Dunkeln lag. Den herabstürzenden Fluss selbst konnte Baríth jedoch nicht entdecken, sie mussten schon zu weit nach Süden geflogen sein, sodass er sich hinter einem hervorstehenden Teil des weit entfernt wirkenden Abhangs versteckte. Er watete ins Wasser, das von der Sonne auf eine angenehme Temperatur erhitzt worden war, und wusch sich das Blut vom Hemd. Es hatte nur mäßigen Erfolg, doch war es nun hoffentlich kein Magnet für Raubtiere mehr. Anschließend säuberte er seine Schultern und seinen Rücken und versuchte die tiefen Löcher zu verarzten, doch mehr als ein Verband und eine blutstillende Paste aus seinen wenigen Medizinfläschchen in seiner Tasche wurde es nicht. Dann begutachtete er die Wunden unter Parúhs Flügel und an seinem Hals. Letztere waren keine schlimmen Verletzungen und würden bald verheilt sein, doch er machte sich Sorgen um den Flügelansatz. Die langen Wunden schienen schon mehrmals wieder aufgegangen zu sein und begannen sich gefährlich zu entzünden. Er versuchte sie zu säubern und eine desinfizierende Salbe aufzutragen, doch Parúh ließ es nur bedingt zu und schnappte letztendlich drohend nach seinen Pfoten. Baríth war nicht zufrieden mit dem Ergebnis, doch der Greif verweigerte jede weitere Behandlung. Er beschloss für sich und Parúh in Ganar-Ánimas Hilfe zu beschaffen, doch er wusste noch nicht, wie er eine solche Behandlung bezahlen sollte.

Um sich abzulenken, erkundete er den alten Turm, fand jedoch nichts außer ein paar Tierknochen und kleinen Vogelnestern. Enttäuscht setzte er sich an den Rand der Insel und warf Kieselsteine ins Wasser. Als jedoch größere Luftblasen aufstiegen und sich von weitem auf ihn zu bewegten, unterließ er es und suchte sich ein gemütliches Plätzchen im noch überdachten Teil des uralten Gebäudes. Er hatte kein Feuerholz und Parúh schlief bereits tief und fest, also tat er es ihm gähnend gleich. Als er aufwachte, war es bereits fast Mittag, doch die Sonne ließ sich nicht blicken. Dunkle Regenwolken zogen über das Tal und füllten die Luft mit tausenden Tropfen, die sich wie todesmutige Soldaten dem Erdboden entgegenstellten und auf ihn einprasselten.

Sie flogen tief über den Bäumen, doch nach einer Stunde waren Parúhs Flügel so schwer vor Nässe geworden, dass sie auf einer winzigen, schlecht zu erreichenden Lichtung landeten und von da aus zu Fuß gingen. Immer öfter begegneten sie Ruinen und großen Tempeln, die von Pflanzen überwuchert und deshalb sehr gut versteckt waren. Allesamt waren sie jedoch leer, es gab kein Anzeichen auf Leben, abgesehen von den vielen Tieren, die sich dort eingenistet hatten. Keines von ihnen war aber groß genug, um sich mit Parúh anlegen zu wollen, also flohen sie schnell ins Gebüsch oder in dunkle Ecken der Gebäude, sodass Baríth meistens nur kleine Schatten an den Wänden sah oder ein leises Rascheln von Ästen und Blättern vernahm.

Der Casísto hielt stets die Ohren gespitzt, um mögliche Feinde frühzeitig zu bemerken, und so kam es öfters vor, dass er einen harmlosen Tarkín, einen mittelbraunen Pflanzenfresser mit weißen Streifen auf dem Rücken, riesigen Ohren und vier langen dünnen Beinen auf kleinen

Hufen, für einen Steintiger und einen Waldschläfer, einen kniehohen dunklen Hund mit leuchtenden gelb-grünen Augen, der vor allem kleine Beeren aß, für die Schwarze Nacht hielt. Er fühlte sich erst wieder sicher, als er auf Parúhs Rücken durch die Lüfte glitt. Der Regen ließ allmählich nach und ein schwüler Nebel stieg vom nassen Waldboden auf. Er folgte dem Râszha nach Süden, wo dieser in einer engen Biegung nach Osten floss und irgendwann ins Meer mündete. Baríth konnte fast nichts mehr sehen und auch Parúh hatte Mühe, etwas durch die Nebelwand zu erblicken, doch sie erreichten das Ende des Tals unbeschadet. Der Fluss, der sich breit durch den Wald gezogen hatte, war nun zu einem engen, reißenden Band geworden, das sich ohne weitere Biegungen durch einen hellgrauen Canyon zog. Die Steilwände standen zwar nicht allzu eng beieinander, doch viele Bäume steckten quer zwischen ihnen, sodass Parúh nicht zwischen ihnen hochfliegen wollte, also stieg er in langen Kreisen in die Höhe und landete am Fuße einer breiten Brücke. Der Greif schüttelte seine Federn, nachdem Baríth bedächtig abgestiegen war. Der Casísto hatte noch nie eine so prachtvolle Brücke gesehen. Er hatte schon von der Straße über das Meer in Èlnyomas gehört, die seine Mutter und einige andere Frauen immer überqueren mussten, wenn sie auf den großen Markt gingen, um Greifeneier und -federn, Getreide, Früchte sowie Fleisch, Fell und Milch von den Vacas zu verkaufen, doch er hatte sie nie besuchen dürfen. Er berührte den kalten, weißen Stein einer baumartigen Säule. Sie war oben über einen Bogen mit einer identischen Säule auf der anderen Seite verbunden, sodass eine Art Tor entstand. Die Brücke, die sich auf einen großen Bogen in der Mitte und auf zwei kleinere an den Enden stützte, besaß an ihrem anderen Ende und in der Mitte zwei weitere torartige Gebilde, wobei das mittlere das größte und imposanteste war. Sie waren ebenso wie die Seile, die zwischen den einzelnen Säulen hingen, über und über mit Hunderten von floristischen Kunstwerken geschmückt, jedes vom hellen Hintergrund abgehoben durch eine ganz eigene Farbnuance aller Töne, die die Welt zu bieten hatte. Parúh schritt unbeeindruckt über die sich nach oben wölbende Brücke und begann schon den Hang zu erklimmen, der vor ihnen lag und in einer sehr kargen Baumgruppe endete, nach der sich der Berg noch steiler in die Höhe reckte und endgültig im Nebel verschwand.

Baríth folgte dem Greif, doch er ging langsam, um keine Einzelheit zu übersehen. Aus einigen Winkeln glitzerten Edelsteine und eine vollkommen zerschlissene ehemals rote Flagge tanzte traurig im Nichts. Ein Windstoß ließ einen Teil abreißen und Parúh den Berg hinauf verfolgen, sodass er sich in den dürren Ästen der langen Bäume verfing. Die kalte Luft strömte über den Waldboden. Es kam Baríth vor, als würden die Blätter auf dem schmutzigen Steinboden vor etwas weglaufen. Ihm wurde unwohl und er drehte sich um, doch dort war nichts zu sehen außer einem kleinen Pfad, der nur etwa einen halben Meter breit war und links von einem Berghang und rechts von einem tiefen Fall in den Râszha abgegrenzt war. Er ging schnelleren Schrittes weiter und als er das Ende der Brücke erreicht hatte, begann er rennend den Hang hoch zu stolpern. Der Casísto versuchte verzweifelt Parúh zu entdecken, doch er war nirgends auszumachen.

»Parúh!« Die roten Federn waren verschwunden. »Parúh! Wo bist du?! Komm her, lass, …« Er keuchte vor Erschöpfung, der Berg war voller kleiner Steine, die ihn immer wieder zurück rutschen ließen. »… lass mich nicht zurück!«

Baríth stieß seine Krallen auf den Stein und kletterte auf allen Vieren weiter. Der Wind wurde immer stärker und blies ihm laut in die empfindlichen Ohren. Er verwandelte sich in ein Donnern, das immer näher zu kommen schien, doch aus allen Richtungen. Er warf sich verzweifelt auf den Boden und wälzte sich auf die andere Seite. Vor ihm lag der Berg, der den Râszha auf seiner Reise begleiten würde, mehr als karges Buschwerk war nicht zu erkennen. Rechts sah er auf die weite grüne Fläche der hohen Ebene, die schon bald in unendliche Felder der Bauern übergehen und vom Rijéva und seinen Zuflüssen bewässert werden würde. Auch dort war nicht der Ursprung des Donnerns. Er war das Tal. Etwas war ihnen gefolgt, etwas Großes. Baríth zwang sich hinzuschauen und erblickte den riesigen Kopf eines Erddrachen, der zwar noch weit weg war, aber unmissverständlich auf ihn zuflog. Seine Flügel waren dunkelgrün und flogen wie riesige Blätter durch die Luft. Der muskulöse Körper war bedeckt von baumrindartigen braunen Schuppen, aus dem vier kurze fette Beine ragten und in langen Klauen endeten.

Baríth gab auf. Es gab für ihn keine Chance alleine so rasch den Hang zu erklimmen. Schnell atmend wartete er auf seinen Tod, als ob er jeden Luftzug, den er in seinem Leben noch aufgesogen hätte, nachholen wollte. Er schloss die Augen fest zu, der Drache war schon fast in Reichweite. Baríth war schon taub vor Lärm, gleich wäre es vorbei. Wie, als wäre ein Blitz in ihn eingeschlagen, warf er sich nach vorne und rollte den Berg hinab, er spürte, wie die Krallen des Drachen weiter oben in den Hang krachten und hunderte kleine Steine in alle Richtungen sprengten. Neben ihm schlug der stachlige Schwanz auf dem Boden auf, der Casísto hob ab, flog den Berg hinunter und kam erst auf der Brücke zum Stillstand. Er wusste nicht mehr, wo oben und unten war, alles drehte sich und er wartete darauf, wieder etwas zu sehen. Das Schwarze in seinem Sichtfeld verschwand und er richtete sich wieder zu voller Körpergröße auf.

Der Drache hatte sein Opfer in dem Chaos wiedergefunden, drehte sich und spreizte die Flügel. Er stieß sich rutschend vom Steinhang ab und schwebte zu ihm hinab. Über seiner Schulter sah Baríth Parúhs rotes Federkleid zwischen der Baumgruppe aufsteigen. Der Casísto lachte vor Glück, bemerkte aber schnell wieder, dass der riesige Erddrache auf ihn zu glitt. Er wandte sich schnell ab, rannte zum Ende der Brücke und verbarg seinen Körper hinter der linken baumartigen Säule. Der Drache, der auf den Eingang der Brücke zugesteuert hatte, bemühte sich mit allen Kräften, nicht gegen die Steinsäulen zu krachen, doch er war zu schwerfällig und riss die gesamten ersten Torbögen ab. Mühsam schlug er mit den riesigen Flügeln, bis er hoch genug war und einen Kreis fliegen konnte, um einen zweiten Versuch zu starten, Baríth vom Boden zu pflücken. Dieser hatte das geplant und wandte sich zum Steilhang, der ins Tal führte, wo er sich hinabwarf. Über ihm krachte der Drache erneut unkontrolliert in die Brücke. Riesige Brocken voller Farbkleckse der Kunstwerke stürzten hinab zum Râszha und verschwanden in der aufgewühlten Flut des schäumenden Wassers. Endlich flog Parúh unter ihm hinweg und fing den Casísto mit dem Rücken auf. Fast wäre Baríth abgerutscht, doch er schaffte es, sich an den Federn hochzuziehen. Der Greif flog unter der zerstörten Brücke hindurch und flüchtete vor dem

Drachen in den engen Canyon, stieß sich an einem quer zwischen den Wänden liegenden Baumstamm ab und flog senkrecht aus der Spalte hinaus. Baríth umklammerte krampfhaft Parúhs Hals und sah den Drachen von den Trümmern der ehemals stattlichen Brücke aufsteigen. Es war für ihn schwerer abzuheben als für den leichten Greif, sodass sie sie einen geringen Vorsprung hatten. Parúh beendete den Steilflug und wandte sich waagerecht der Baumgruppe zu.

»Nein! Halt, Parúh! Flieg zur hohen Ebene, die Bäume retten uns nicht, bitte! Hör doch! Parúh!«

Der Greif hielt weiter auf sein Ziel zu. Baríth klopfte ihm mittlerweile panisch auf den Hals und drehte sich immer wieder um, nur um zu sehen, dass der Drache aufholte. Sie erreichten die dürren, langen Bäume, stürzten durch sie hindurch, machten eine kleine Biegung und landeten im Eingang einer Höhle. Parúh wartete nicht, sondern zog die Flügel ein und preschte hinein. Man sah kein Ende, nur viele Meter weiter im Berg leuchtete ein rotes Licht. Hinter ihnen hörten sie den Drachen landen und alle Bäume umwerfen auf der Suche nach den unverschämten Biestern, die es wagten, vor ihm zu fliehen. Dann reckte das Monster seinen langen Hals in die Höhle und versuchte nach den beiden zu schnappen, doch sie waren schon zu tief im Berg. Sein gewaltiger Körper passte nicht in die Höhle und so begann er sinnlos den Eingang breiter zu graben.

Noch lange hallte das tiefe Schnaufen des Erddrachen durch die Höhle, Parúh ging nun gemächlicheren Schrittes weiter, wanderte unter der roten immer leuchtenden Laterne hindurch tiefer ins ungewisse Nichts.

Die Höhlenwände strahlten eine kühle Nässe aus, oft mussten sie durch tiefe Pfützen gehen, weil der Gang komplett überschwemmt war. Zusätzlich war es dort sehr finster, nur alle paar hundert Meter gab es eine der roten Laterne, die man nicht abnehmen konnte. Es schien darin auch keine Kerze, sondern ein merkwürdig geformter Stein. Baríth war sich nicht sicher, ob er fest oder weich wäre, wenn man ihn anfasste. Er vermutete, es sei Drachenstein. So gingen sie durch den kurvigen Gang, der immer höher und breiter zu werden schien. Gerade als sie müde wurden, erschien vor ihnen ein so großer Saal aus glitzernden Tropfsteingebilden, dass der Drache dort problemlos hätte aufrecht stehen können. Sie suchten sich einen der wenigen trockenen Plätze und rasteten. Baríth hatte jedes Zeitgefühl verloren, sie schienen Stunden nebeneinander hergelaufen zu sein, doch wusste er nicht, ob es schon tiefe Nacht oder erst später Nachmittag war. Aber er wusste, dass seine Pfoten schmerzten und sein Magen knurrte. Er aß etwas Brot, Nüsse und Trockenfleisch und erkundete dann den Saal. Kleine Rinnsale aus Wasser suchten sich ihren Weg durch die spitzen Türmchen, in denen sich der Casísto teilweise sogar verzerrt spiegeln konnte wie in einem Fenster. Er erkannte nur wenig, aber was er sah, sah nicht nach ihm aus. Er wirkte wild, übermüdet und dreckig. Sein rot gefärbtes Hemd hing ihm in Fetzen von den verbundenen Schultern, überall sah er Kratzer und kahle Stellen im Fell. Der Sturz von der Kante des Wasserfalls hatte ihm übler mitgespielt, als er gedacht hatte. Zum Glück schienen seine Knochen noch in Ordnung zu sein. Er strich sich mit der Pfote durch das längere Fell auf seinem Kopf, wandte sich von den Tropfsteinen ab und trotte zurück zu Parúh, der sich schon zum Schlafen zusammengerollt hatte. Plötzlich stolperte er über etwas und rutschte auf dem glitschigen Boden aus. Ein stechender Schmerz meldete sich von den tiefen Wunden seiner Schultern, als er auf sie fiel. Doch er bemerkte ihn kaum, denn er blickte direkt auf einen Schädel. Hastig stand er auf und machte ein paar Schritte nach hinten auf Parúh zu. Vor ihm lag ein abgefressenes Skelett eines jungen Casísto.

Baríth wollte schreien, doch er schaute nur zitternd auf das tote Wesen, vielleicht sogar auf einen toten Freund. Es war keins der verschleppten Mädchen, es war ein Soldat, Teile seiner Rüstung lagen um ihn herum verteilt. Er lag noch nicht lange dort, das sah man ihm an. Baríth wich zurück und blickte sich im Saal um. Vor ihm lag das dunkle Loch, das den fortführenden Gang bildete. Bisher hatte er sich sicher in der Höhle gefühlt, so weit von der Außenwelt abgeschnürt lebte kein gefährliches Tier, es gab hier keine Beute.

Außerdem würden sie jeden Angreifer schon von weitem hören können, denn der Gang hallte stark. Jetzt aber war sich der Casísto nicht mehr so sicher. Er erinnerte sich an den Soldaten und an Nâruhté, beide erzählten ihm etwas von einer Höhle. Ihm lief ein Schauder über den Rücken. Was, wenn die Schwarze Nacht hier lebte und sie im Schlaf überfiel? Baríth setzte sich neben Parúh auf den kalten Stein und beschloss, nicht einzunicken und den Schlaf am nächsten Tag auf dem Rücken des Greifen nachzuholen. Doch er war müde und erschöpft, so fiel er irgendwann doch in tiefe Träume.

In der Nacht fielen Tropfen von der Decke auf den Boden und waren dabei so laut wie Steine, so wie jedes Geräusch, jeder Atemzug, lauter war als sonst. Die Laterne schaukelte leicht von einem unsichtbaren Luftzug und erhellte den Weg, den die beiden schon begangen hatten. Es fielen immer mehr Tropfen von der Decke, füllten die Rinnsale auf, sodass sie zu einem kleinen flachen Teich wurden. Es hörte sich fast an wie der Regen, der wohl gerade über den Berg zog.

Die Schwarze Nacht begann erneut ihre Reise.

Wie aus dem Nichts erklang ein kurzer Schrei, Baríth wachte auf und griff nach dem Messer in seinem Gürtel, doch er konnte es nicht ertasten. Verzweifelt blickte er sich um und bemerkte, dass niemand da war, um ihn anzugreifen. Er hatte geträumt, er hätte die Bestie gesehen, wie sie einen Tunnel durchschritt, doch es war ein ganz anderer als der Gang, der durch seine Höhle führte. Er war warm und trocken und es war laut, aber wie aus weiter Ferne. Baríth blinzelte und das Bild war verschwunden. Er blickte hinab auf seinen Gürtel und konnte sein Messer nicht sehen. Er erinnerte sich wie aus dichtem Nebel daran, wie es heruntergefallen war, als er es gegen den Steintiger gerichtet hatte und auf Parúh gesprungen war.

Der Casísto fühlte sich nackt, er hatte keine Waffe mehr und sei sie noch so klein. Er schaute zu Parúh, der ihn aufmerksam forschend ansah. Der Casísto streichelte ihm beruhigend durch die Federn, stand auf und nahm seinen Beutel. Er wollte seinen toten Kameraden nicht wieder ansehen, doch er zwang sich dazu. Ein paar Schritte entfernt von ihm lag sein Schwert im flachen trüben Wasser des neu entstandenen Teichs. Baríth fischte das kalte Metall heraus, es hatte tiefe Furchen und die Spitze war abgebrochen, doch es war eine weit bessere Waffe als seine Krallen und Zähne. Er steckte es sich bedächtig in den Gürtel, wo das ehemals lange Schwert ihn leicht am Bein drückte. Der Casísto rückte es noch etwas zurecht, doch ohne Scheide war es hinderlich beim Gehen. Irgendwann war er halbwegs zufrieden mit der Position seines Schwertes und ging auf den dunklen

Tunnel zu. Kurz vor ihm blieb er stehen und überlegte. Er könnte zurückgehen und mit Parúh über die hohe Ebene fliegen, aber dann wäre der gesamte Tagesmarsch von gestern umsonst gewesen und am Ende könnten sie nur wieder auf den Drachen treffen. Die Dunkelheit vor ihm hatte etwas Bedrohliches. Der Weg schien anzusteigen und Wasser lief über den glitschigen Steinboden. Er atmete tief durch und ging weiter.

»Komm, Parúh, gegen was sich die Soldaten stellen mussten, müssen wir uns auch stellen.«

Der Greif trottete ihm langsam hinterher.

Es war nur ein Traum, aber die Schwarze Nacht ist hier. Ich muss mich ihr stellen, deswegen bin ich doch hier, redete er sich ein.

Der Weg erschien unendlich lang und wurde immer steiler und nasser. Die Abstände zwischen den Laternen wurden größer, genau wie der gesamte Gang sich vergrößerte. Bald war er überall fast so hoch und breit wie der Saal. Oft trat Baríth etwas los und es fiel ewig polternd in die Tiefe, er bekam immer mehr Angst, dass die Schwarze Nacht sie hören könnte und aus der Dunkelheit angriff, doch es passierte nichts, der Gang war vollkommen leblos, sie hörten nichts außer ihrem Atem und ihren Pfoten, die durch das Wasser tappten.

In der nächsten Biegung sah Baríth wieder das rote Licht der Laterne und fragte sich, ob sie je den Ausgang finden würden oder zurückgehen mussten, wenn sie siegreich wären. Das Geräusch von Wasser wurde immer lauter, irgendwo musste eine Quelle sein. Sie gingen um die Biegung und sahen sich einem Loch in der Wand gegenüber. Rechts davon ging der Weg weiter, doch Baríth und Parúh machten keine Anstalten weiterzugehen. Sie schauten wie durch ein Fenster in eine andere Welt. Drinnen sah es aus wie ein Amphitheater. Nach oben hin war es offen, sie sahen den bedeckten Himmel, auf dem ein paar Blitze zuckten. Mehrere dünne Wasserfälle stürzten von oben in einen riesigen See, doch es war kein normales Wasser, es sah aus wie ein See aus Blut. Baríth durchschritt das Loch und ging zum Rand des schaurigen Gewässers, dort sah er, dass winzige rote Algen darin schwammen. Erst jetzt bemerkte er, dass er die Luft angehalten hatte und atmete tief aus. Aus dem Schatten neben dem größten Wasserfall schritt ein mehrere Meter langes Bein hervor. Es war dünn, pechschwarz und hatte kurze, rote Haare. Baríth stolperte zurück zu Parúh, der sich aufgeplustert und die Flügel drohend von sich gestreckt hatte. Man sah das Wesen gespiegelt in seinen Augen. Die Chimëtreâ trat mit allen acht Beinen aus der Dunkelheit.

* * *

Als Noi'loân den beachtlichen Papierstapel vor sich mit einem Seufzer der Erleichterung zur Seite schob, ließ er den Blick zufrieden über seinen Schreibtisch schweifen. Das Gefühl verschwand sofort wieder, als seine Augen die rechte vordere Ecke des Tisches erreichten, an der sich ein weiterer Blätterberg auftürmte, welcher den vorherigen um mindestens noch einmal zehn Zentimeter an Berichten, Anträgen, Formularen und anderen mehr oder weniger belanglosen Schreiben überragte. Er hatte ihn gar nicht bemerkt, wahrscheinlich hatte Sanutíl ihn hereingebracht, als er in die Abarbeitung des anderen vertieft gewesen war.

»Große Verantwortung ist nicht die einzige Last eines Anführers ...«, murmelte er.

Mit einem erneuten Seufzer wollte er sich gerade ans Werk machen, als einer der Türflügel vorsichtig aufgeschoben wurde und Sanutíl seinen Kopf durch den kleinen Spalt steckte.

»Ja, bitte?«

»Eyônaí aus dem Ausschuss für Forschung und Erkundung möchte Euch sprechen. Sie sagt, sie hätten etwas Wichtiges herausgefunden.«

Ein freudiges Lächeln stahl sich in Noi'loâns Gesicht.

»Nur herein!«

Sanutíl, offensichtlich erleichtert, nickte und verschwand aus dem Türspalt. Wenige Augenblicke später trat eine junge Casísto hindurch. Sie war groß, schlank und hatte braunes Fell mit etwas dunkleren, fast schon schwarzen Streifen auf dem Rücken. Mit bewusst kraftvollen Schritten versuchte sie ihre Aufregung, dem Rebellenführer so persönlich zu begegnen, zu überspielen, was ihr allerdings nicht gerade gut gelang. Ihren Schwanz hatte sie in perfekter S-Form kess nach oben geschlungen, ihre Ohren wachsam nach vorn gerichtet. Die braunen Augen am Ende ihrer hübschen Schnauze waren starr auf Noi'loân gerichtet, als sie vor seinem Schreibtisch stehen blieb und sich leicht verbeugte.

Er blickte sie freundlich und erwartungsvoll an. »Nun?«

Sie räusperte sich verlegen.

»Wie Ihr uns aufgetragen hattet, haben meine Leute und ich uns in der Stadt ein wenig umgehört, und heute Morgen sind wir fündig geworden. Grimvâr und ich waren im *Verschollenen Anker*, als ein offenkundig erfolgreicher Schatzsucher hereinkam. Er sagte, er sei im Tszaô-Tal gewesen und habe dort eine Stadt gefunden – ganz aus Eis. Die Bewohner wären ausgezeichnete Handwerker und hätten neben einem Observatorium auch eine riesige Bibliothek. Dort hätte er sich umgesehen, um mehr Informationen für seine Suche zu erhalten und wäre dabei auch auf ein Buch über Schatten gestoßen. Er hätte es zwar nicht gelesen, weil es für ihn unwichtig war, aber er hätte so eines noch nie zuvor gesehen, deshalb würde er sich daran erinnern. Wir haben es ihm erst nicht geglaubt, das waren doch sehr viele Zufälle auf einmal. Doch er beteuerte bei allem, was ihm heilig sei, dass er die Wahrheit sage. Ob es tatsächlich stimmt, wissen wir nicht. Aber wenn, könnte dieses Buch Informationen enthalten, die für uns von großer Bedeutung sind. Wir wissen über Schatten viel zu wenig.«

»Hm, das ist wahr. Aber was, wenn es falsch ist? Ich kann unmöglich eine Expedition losschicken, die nach einer Stadt sucht, von der nur noch die Geschichtsbücher berichten. Das können wir uns nicht leisten.«

»Wir können aber auch nicht auf dieses Wissen verzichten. Wie können wir gegen jemanden vorgehen, den wir nicht kennen?«

»Dann könnten uns diese Informationen das Leben retten oder uns vielleicht sogar zum Sieg verhelfen, aber wir wissen ja nicht einmal, ob es sie tatsächlich gibt.«

Von der anfänglichen Nervosität der jungen Casísto war nun fast nichts mehr zu spüren.

»Das stimmt, aber wir müssen es darauf ankommen lassen. Bisher haben wir nirgendwo etwas Brauchbares gefunden, das hier ist unsere erste echte Spur. Wir wären Narren, es nicht zu überprüfen.«

Noi'loân strich sich mit der Hand nachdenklich übers Kinn.

»Da habt Ihr allerdings Recht. Ich werde einen kleinen Trupp entsenden, er soll sich der Sache annehmen. Und Ihr werdet ihn begleiten.«

Die junge Casísto stutzte, straffte aber sofort ihre Haltung.

»Sehr wohl.«

»Und sagt den anderen, sie sollen weiter suchen. Das Wort eines Schatzsuchers ist wirklich nicht viel wert und selbst, wenn seine Behauptung stimmt, so können wir alles gebrauchen, was wir in Erfahrung bringen können.«

* * *

Mûtavéh öffnete die Augen. Die Explosion hatte ihm übel mitgespielt. Alles drehte sich in seinem Kopf und er konnte sich kaum bewegen. Er spürte, dass er in einem weichen Bett lag und vernahm in der Nähe das Knistern eines warmen Feuers. Ansonsten war es ruhig in dem Zimmer. Die sanfte Stille zog ihn zurück in den dunklen Schlaf. Der Wind wehte durch das kleine Fenster, schob die roten Vorhänge in den Raum hinein und eröffnete den Blick in die Sterne.

KAPITEL 5

Welche furchtbar anspruchsvolle Herausforderung sie sich wohl dieses Mal für mich überlegt haben werden?, dachte Ugryòr gelangweilt und blickte über die Schulter des Trampianers vor ihm.

Auf dem Podest am Ende des Saales stand abermals der nicht übermäßig große Hæríquon mit seiner Schriftrolle und einer kleinen Feder in den bulligen Händen. Er winkte gerade den nächsten heran.

Na endlich. Nur noch zwei.

Wie schon die letzte halbe Stunde blickte Ugryòr im Raum umher, beobachtete dies und jenes, schnappte Gesprächsfetzen auf, die sich allesamt weder als besonders intelligent noch unterhaltsam herausstellten, und betrachtete schläfrig die kunstvoll verzierten Holzbalken an der Decke, die er mittlerweile schon interessanter fand als alles, was um ihn herum geschah. Ein paar quälend lange Minuten später durfte er schließlich vor das Podest treten und versuchte dabei, nicht allzu gelangweilt dreinzuschauen. Der Hæríquon bemerkte seinen Blick jedoch sowieso nicht, da er aufmerksam etwas auf seiner Schriftrolle las.

»Hmhm … soso …«, sagte er und ließ sie gerade so weit sinken, dass er Ugryòr forschend in die Augen sehen konnte. »Hier steht, Ihr hättet Euren letzten Auftrag sehr zufriedenstellend erfüllt. Dafür seien Einfallsreichtum, Durchsetzungsfähigkeit und Zuverlässigkeit erforderlich gewesen, etwas, das hier nicht jeder besitzt. Man hat Euren Einsatz wohlwollend zur Kenntnis genommen.«

Wieder blickte er Ugryòr an, nun nicht mehr forschend, sondern äußerst skeptisch.

»Daher will man Euch heute die Chance geben, Euch zu beweisen. Ihr sollt No'krâsa begleiten und ihn dabei unterstützen, Trinthûs unschädlich zu machen, den Besitzer der Méridazmine. Er hat sich gegen uns gewandt. No'krâsa wird Euch heute Mittag am Haupttor erwarten.«

Ugryòr konnte nicht glauben, was er hörte. Nach all der langen Zeit war das der erste Auftrag, den nicht auch irgendein dahergelaufener, dreckiger Casísto hätte erfüllen können.

»Sehr wohl, mein Herr! Es ist mir eine Ehre!« Er wollte sich schon umdrehen und gehen, da packte ihn der Hæríquon an der Schulter, zog ihn zu sich heran und knurrte gerade so laut, dass Ugryòr es hören konnte: »Hör mal gut zu, Bürschchen. Ich hab' keine Ahnung, wie du das gemacht hast oder wem du dafür die Stiefel geleckt hast und es ist mir auch egal. Du bist keiner von uns und wirst es auch nie sein. Erwarte bloß nicht, dass ich dich jetzt respektiere oder sonst etwas dergleichen. Und noch was: Wenn du das hier vermasselst, sorge ich persönlich dafür, dass du bald einen Drachen von innen sehen wirst.« Er funkelte Ugryòr einige Augenblicke hasserfüllt an, dann schickte er ihn mit ausgestrecktem Arm zur Tür.

Gegen Mittag begab sich Ugryòr zum Haupttor der Villa Ganáncia. Der Vázak blickte sich um, konnte jedoch niemanden entdecken.

Er wird wohl noch nicht hier sein, dachte Ugryòr und setzte sich an eine Säule gelehnt auf den mit weißem Marmor gepflasterten Boden vor dem prachtvollen Eingang. Gerade setzte er seinen Wasserbeutel an seine Schnauze, da umschloss ein kalter Hauch seine Beine. Verwirrt sah er auf, doch er war immer noch allein. Zumindest dachte er das, aber nicht lange, denn nur wenige Augenblicke später erschien neben ihm der Zipfel eines pechschwarzen Umhangs. Erschrocken sprang er auf und sah sich einer komplett schwarz vermummten Gestalt gegenüber, die ihn mit zwei kleinen silbernen Pupillen aus einem konturlosen Gesicht heraus fixierte.

Doch zu seinem Erstaunen blieb der Schatten bei der Säule stehen und fragte mit tiefer und leiser Stimme:

»Ugryòr?«

»Eh … ja?«

»Wenn du immer so wachsam bist, wird das dein erstes und letztes Attentat sein. Ich bin No'krâsa. Hier, nimm die.« Er drückte ihm eine Armbrust in die Pfote.

»Folge mir.«

»Jawohl.«

Ugryòr konnte ihn jetzt schon nicht ausstehen.

Nach einer wortkargen Stunde erreichten sie einen Hügel, von dem aus sie auf die prächtige Villa von Trinthûs auf dem gegenüberliegenden Hügel blicken konnten. Neben dem hellgelben Haupthaus mit orangem Dach gab es noch zwei Nebenhäuser. Eins war direkt mit dem Haupthaus verbunden, das andere, welches etwas weiter vorne war, stand alleine. Beide flankierten den Hof mit einem kleinen Springbrunnen in der Mitte. Wenn man dem Pfad vom Haus den Hügel hinab folgte, gelangte man nach einer Weile automatisch zur Mine, wo man selbst auf diese Entfernung Staub aufsteigen sah. No'krâsa begann ohne Ugryòr anzusehen:

»Also. Der Plan ist Folgender: Am späten Nachmittag macht Trinthûs immer einen Rundgang durch die Mine. Wenn er zurückkehrt, werden wir ihn abfangen und töten. Er wird wohl zwei Wachen bei sich haben. Die werden wir zuerst vernichten, da sie uns sonst noch in die Quere kommen könnten. Danach nehmen wir uns Trinthûs vor. Da–«

»Verzeiht, aber wäre es nicht klüger, unser Ziel direkt zu töten und die Wachen einfach zu ignorieren? Ein gezielter Schuss und wir sind hier fertig.«

»Und wenn er misslingt? Dann werden sich die Wachen vor ihn stellen oder uns angreifen oder ihm bei der Flucht helfen. So oder so, dann haben wir nahezu keine Chance mehr, die Sache zu Ende zu bringen. Hast du noch mehr solcher Geistesblitze oder kann ich fortfahren?«

Ugryòr schwieg verärgert.

»Gut. Also, wenn die Wachen tot sind, werde ich Trinthûs erledigen. Das ist alles im Grunde ganz einfach, wenn wir nur die Wachen sofort und am besten gleichzeitig ausschalten. Bis jetzt hatte er nie mehr als zwei, daher sollte das kein Problem werden, sofern wir beide exakt im gleichen Moment zuschlagen. Du wirst mich deshalb ganz genau beobachten und dich fast ausschließlich auf mich konzentrieren. Für ein Zeichen werden wir keine Zeit haben. Sobald ich schieße, schießt du, verstanden?«

»Klar und deutlich.«

»In Ordnung. Wenn irgendetwas schiefgehen sollte, der Tod der Zielperson hat oberste Priorität. Während ich alles unternehmen werden, was nötig ist, um Trinthûs zu eliminieren, wirst du die Wachen davon abhalten, mir in die Quere zu kommen. Ich muss mich auf dich verlassen können, der Erfolg dieser Mission ist von großer Bedeutung.«

»Ich habe verstanden. Ihr könnt Euch blind auf mich verlassen.«

»Das werde ich nicht tun, aber danke. Noch Fragen?«

»Nein.«

»Schön, dann können wir ja endlich anfangen.«

Sie liefen den Hügel hinunter und näherten sich dem anderen. Auf halber Höhe schon begannen die exotischen und perfekt gepflegten Gärten der Villa, was ihnen sehr gelegen kam, da sie sich an deren Rand gut vor unerwünschten Blicken schützen konnten. Die Gärten verliefen sich allmählich, als sie die Straße erreichten.

»Du kletterst da rauf«, sagte No'krâsa und zeigte auf einen mittelhohen Laubbaum linker Hand direkt am Straßenrand. »Ich werde den dort vorne nehmen.«

Der Schatten schaute kurz, ob die Luft rein war, dann huschte er über die Straße zu einem ähnlichen Baum auf der anderen Seite etwa dreißig Meter weiter den Hügel hinunter.

Die Stelle war ideal. Von der Villa aus konnten sie nicht gesehen werden, weil sie dafür bereits zu weit unten am Hang waren und von unten aus ebenfalls nur schwer, da beide Bäume ein sehr dichtes Blattwerk besaßen. Man müsste direkt in die Baumkronen starren, um sie zu erahnen. Zudem waren No'krâsa und Ugryòr so positioniert, dass sie Trinthûs mit seinen Wachen perfekt in die Zange nehmen konnten und die weitläufigen Gärten boten ihnen eine gute Fluchtmöglichkeit, falls sie eine brauchten.

Sie warteten schon eine Weile, die Sonne tauchte die Landschaft mittlerweile in ein sattes Orange und ließ Gräser und Blätter golden schimmern. Immer wieder waren Boten, Bedienstete oder Minenarbeiter unter ihnen vorbeigegangen, doch jetzt wurde es ernst. Ugryòr sah die Straße hinunter und konnte drei Köpfe nebeneinander ausmachen. Sie wuchsen rasch an zu den vollständigen Gestalten Trinthûs' und seiner Wachen, zwei stämmigen Wazáy in beschlagenen Lederrüstungen und Eisenhelmen.

Einem baumelte eine große, schartige Axt an der Seite, der andere hatte eine große Armbrust auf dem Rücken und ein Kurzschwert am Gürtel. Sie flankierten Trinthûs, einen etwas klein geratenen, rundlichen Palháco in edlen blauen Gewändern mit goldenen Nähten. In etwa ein bis zwei Minuten würden sie da sein. Ugryòr legte die Armbrust an und zielte auf den ihm näheren Wazáy. Mit einem gewissen Missmut konzentrierte er sich, wie ihm geheißen, auf No'krâsa, doch natürlich nicht, ohne sein Opfer aus den Augen zu verlieren. No'krâsa war die Ruhe selbst. Er bewegte sich keinen Millimeter, während er über den Lauf seiner Waffe hinweg die andere Wache fixierte. Etwas Anderes schien er nicht mehr wahrzunehmen, er hatte alles ausgeblendet. Die drei näherten sich nun No'krâsas Baum. Ugryòrs Augen waren nun ganz auf ihn gerichtet, nur für Sekundenbruchteile sah er noch zu seinem eigenen Ziel herunter, er wollte auf keinen Fall den Moment zum Zuschlagen verpassen. No'krâsas silberner Blick bohrte sich förmlich in die rechte der beiden Wachen, als sie unter ihm hindurch gingen. Ugryòr konnte seine Konzentration schon beinahe spüren, ebenso wie seine Anspannung. Seine äußere Ruhe war wohl allein seiner Erfahrung als Attentäter geschuldet. Doch Ugryòr spürte, dass es in Wirklichkeit in ihm tobte. Dieser Auftrag schien wichtiger zu sein, als es den Anschein hatte. Er bemerkte seinen stierenden Blick, spürte seinen angespannten Finger am Abzug, fühlte seine Aufregung, die er gerade so unter Kontrolle halten konnte. Trinthûs und seine beiden Wachen waren mittlerweile genau zwischen den zwei Bäumen angelangt. Das war der Moment … doch No'krâsas Finger krümmte sich nicht.

Worauf wartet er denn?

Ugryòrs Nervosität stieg ins Unermessliche. Er wartete

noch ein paar weitere quälende Augenblicke.

Gleich ist es zu spät!

Trinthûs und seine Wachen waren nur noch wenige Schritte von seinem Baum entfernt, als Ugryòr nicht mehr länger warten konnte. Er richtete blitzschnell seine Armbrust, die seltsamerweise auf eine Stelle etliche Meter hinter ihren drei Zielen gerichtet war, auf den Kopf der linken Wache und schoss. Der Bolzen traf den Wazáy an der Schläfe, der von dessen Wucht zur Seite geworfen wurde. Die beiden anderen fuhren erschrocken herum. Trinthûs starrte noch mit Entsetzen auf den Toten, da riss ihn der andere Wazáy schon vor sich, um ihn die Straße herauf zu stoßen, während er hinter ihm blieb, um weitere Angriffe abwehren zu können. Ugryòr wartete verzweifelt auf No'krâsas Schuss, doch er kam nicht. Er schaute zu ihm hinüber und sah, wie er seinen rauchigen Kopf heftig schüttelte, offenbar um wieder zu sich zu kommen. Dann versuchte er benommen seine Armbrust wieder anzulegen, was Ugryòr schrecklich langsam vorkam. Er musste handeln und so legte er einen neuen Bolzen ein und spannte ihn hektisch, was trotzdem quälend lang dauerte. Gerade als er fertig war, krachte ein Bolzen direkt neben Trinthûs in den Boden, was ihn und den Wazáy noch wilder in Richtung der Villa hasten ließ als zuvor. Ugryòr hatte große Mühe zu zielen, doch er hatte keine Wahl, wenn er sie nicht entkommen lassen wollte. Also schoss er erneut, doch auch er traf nur die Straße. Verzweifelt lud er nach, wohl wissend, dass das seine letzte Chance sein würde. Noch während er das tat, huschte unter ihm ein Schatten vorbei. No'krâsa rannte noch etwas weiter, bis er sich sicher war, dass er treffen würde, dann stoppte er abrupt und kniete sich halb. Das Ende seiner Armbrust hatte seine Schulter kaum berührt, da fiel die zweite Wache auch schon mit einem Bolzen im Hals nach vorne auf Trinthûs und begrub ihn zum Teil unter sich. Als er sich endlich befreien konnte und sich aufrichten wollte, blickte er in zwei silberne Augen direkt über sich und wurde starr vor Entsetzen. Ugryòr hörte ein lautes Klacken, gefolgt von einem dumpfen Aufprall, als er von seinem Baum heruntersprang. Er drehte sich zu No'krâsa um, der zu seinem Erstaunen bereits bei ihm war.

»Er muss von uns gewusst haben, mit irgendetwas hat er mich gelähmt! Ich konnte mich für einen Moment lang gar nicht bewegen, ich hatte überhaupt keine Kontrolle mehr über meinen Körper!« Der Schatten sah über seine Schulter, als sich hinter ihnen Schreie und schnelle Schritte näherten.

»Los, verschwinden wir von hier.«

Sie schlüpften durch eine Hecke am Straßenrand und flohen durch die Gärten. Während sie ihre Verfolger in dem riesigen Labyrinth unzähliger Pflanzen hinter sich ließen, überkam Ugryòr ein Gefühl des Begreifens und ein Lächeln stahl sich auf sein Gesicht.

Zufrieden wie lange nicht mehr legte er sich an diesem Abend ins Bett.

Am nächsten Morgen erfuhr er, dass er nun dauerhaft No'krâsa als Missionspartner zugeteilt worden war. Doch sein anfänglicher Ärger darüber, von jetzt an jeden Tag mit diesem arroganten Besserwisser zusammenarbeiten zu müssen, verflog schnell, da er rasch bemerkte, welchen ungeheuren Nutzen er daraus ziehen konnte. Er lernte No'krâsas Wichtigtuerei an sich abperlen zu lassen und ihn stattdessen genauestens zu beobachten und zu verstehen. Wenn Ugryòr sich wirklich auf etwas konzentrieren wollte, dann konnte er das auch. So war es nicht verwunderlich, dass er nach etwa zwei Wochen genau wusste, wie No'krâsa sich bewegte, was er fühlte oder dachte. Dieses Wissen setzte er wiederum ein, seine neu entdeckten Fähigkeiten zu verbessern. Anfangs versuchte er sich mit kleinen Aufgaben wie zum Beispiel, No'krâsa in eine andere Richtung blicken oder ihn stolpern zu lassen. Als er langsam ein Gespür für die Sache bekam, holte No'krâsa ihm Proviant aus ihren Taschen oder ließ ihn die Führung übernehmen, weil Ugryòr so viel Erfahrung hätte und noch ein paar Tage später beging er sogar Morde, von denen im Auftrag nie die Rede gewesen war. Er merkte gar nicht mehr, dass es nicht seine eigenen Gedanken waren, die seinen Körper befehligten. Eines Abends, nach gewohnt erfolgreich abgeschlossener Mission einschließlich weiterer Übungen, ging Ugryòr durch die dunklen Gänge seiner neuen Unterkunft, der für die höheren Bediensteten, beziehungsweise *nicht vollkommen hirntoten Handlanger*, wie Ugryòr sie nannte. Er bog gerade in den nächsten Flur ein, als sein Blick auf ein zerschlissenes und vergilbtes Portrait König Verberos fiel, welches nicht nur von zwei roten Pinselstrichen durchkreuzt, sondern zudem von sechs kleinen Pfeilen durchbohrt war. Er betrachtete es für einen kleinen Augenblick, dann fiel es ihm wie Schuppen von den Augen. Er hatte zwar schon immer gewusst, dass der König ein Schatten war, doch erst jetzt wusste er, was das bedeutete. Er schnappte sich das Bild und huschte in sein Zimmer. Dort hängte er es an die Wand und setzte sich im Schneidersitz davor. Er wusste nicht, ob es funktionieren würde, doch er musste es versuchen. Ugryòr atmete mehrmals tief durch, dann sah er dem König direkt in seine ehemals grünen, nun von roter Farbe überdeckten Augen und begann sich zu konzentrieren.

* * *

Mûtavéh sog tief die frische Luft ein. Es war Morgen, aus der Ferne hörte er leises Vogelgezwitscher und wärmende Sonnenstrahlen fielen durch das Fenster auf sein Gesicht. Er sah nicht mehr so aus wie früher. Der Teil, der nicht von einem eng sitzenden Verband verdeckt war, wies zahlreiche Striemen auf. An einigen Stellen war die Haut verbrannt und begann sich in schwarzen Fetzen abzuschälen. Doch davon ahnte der junge Numjaír noch wenig. Er begann sich aufzurichten und bemerkte schmerzhaft, dass einige Rippen mindestens angebrochen waren. Mûtavéh ließ sich zurück auf das weiche Bett sinken. Das Atmen erschien ihm als eine Last, so wartete er, bis sich sein Körper beruhigt hatte. Dann drehte er sich auf die Seite, wo die Rippen am wenigsten in Mitleidenschaft gezogen wurden, und streckte die Beine aus dem Bett. Er lag nun fast auf dem Bauch und setzte die Füße auf dem Teppich vor seinem Krankenlager auf. Schließlich drückte er sich vom Laken ab und kniete halb auf dem Bett. In dieser Position blieb er eine Weile, bis er die Kraft gefunden zu haben glaubte aufzustehen. Auf wackligen Beinen bewegte er sich zum Fenster und schaute hinaus auf die prachtvolle Stadt. Er erkannte, dass er im Schloss untergebracht worden war, und versuchte nun den Marktplatz auszumachen, doch er war verborgen. Plötzlich eilig schnappte er sich seinen roten Umhang und stürmte aus der Tür. Seine Beine wiesen nur leichte Prellungen auf, sodass er schnell vorankam. Er marschierte durch einen Flur und hörte hinter sich das empörte Meckern der Vázak-Krankenschwester, die ihm in kurzen Trippelschritten hinterherlief, doch sie war zu langsam. Mûtavéh verließ den Krankenflur und ging geradewegs zur Haupttreppe, von der aus er sich zum Königsflügel durcharbeitete. Der Thronsaal wurde nur für offizielle Anlässe und den Empfang hoher Gäste genutzt, deshalb hielt er auf eine kleine rote Tür zu, hinter der sich ein Arbeitszimmer für den König befand. Er vergaß zu klopfen und stand plötzlich mitten im Raum, direkt vor dem riesigen Schreibtisch aus dunklem Holz, der einzig und allein von einem goldenen dreifachen Kerzenhalter geschmückt war. Erst jetzt bemerkte Mûtavéh, dass nicht der König selbst auf dem schwarzen Stuhl mit rot-goldener Polsterung saß, sondern seine offizielle Vertretung, ein schmieriger Wazáy mit der gleichen Kleidung wie Statthalter Gan'dâhil und dem Namen Râszgúl. Dieser blickte erstaunt von seinen Papieren auf und legte die weiße Feder neben den langen Brief, den er gerade schrieb.

»Ratsherr Mûtavéh von Koruma, ich freue mich zwar, dass Eure Genesung so rasch voranschreitet, doch ich wünsche mir, dass Ihr bei all den Geschehnissen nicht die hoheitliche Etikette vergesst. Eure Majestät wäre sehr verärgert gewesen, wenn Ihr ihn persönlich so lautstark überfallen hättet.«

Mûtavéh machte verlegen einen Schritt zurück und zwang sich trotz der aufflackernden Schmerzen zu einer leichten Verbeugung.

»Ich bitte Euch um Verzeihung, ich hatte nichts dergleichen beabsichtigt, nur hat mich … meine Verwirrung hierher gelotst. Ich … ich gehe nun besser.«

Der Stellvertreter des Königs hob die Hand. »Aber nein! Nein. Ihr wollt wahrscheinlich wissen, was passiert ist und es ist besser, Ihr erhaltet den Bericht von mir als von irgendeinem Wichtigtuer, der Euch nur mit Gerüchten füttert. Nehmt doch Platz, nehmt Platz!«

Der Wazáy setzte ein süßliches Grinsen auf und faltete die Hände auf dem Tisch. Mûtavéh nahm auf dem Stuhl neben sich Platz und konnte nicht verhindern, sich die Rippen zu halten. Als Râszgúl dies bemerkte, ließ der Numjaír rasch den Arm sinken.

In den folgenden Minuten erklärte die großgewachsene Gestalt mit der abschreckend grünen, nur mit sehr wenigen, ganz kurzen Haaren versehenen Haut und stumpfen, ebenfalls sehr kurzen Hörnern auf dem kahlen Schädel, Mûtavéh die Folgen und Ursachen der Explosion. Die Rebellenallianz Câtan-Vijéba, mit vermutetem Sitz in Ganar-Ánimas, habe einen Wagen mit Feuerwerkskörpern für das Muàndafest in die Stadt eingeschleust und in einen von diesen eine neuartige Bombe eingebaut.

»Sie gaben vor, zum Ende der Rede des Königs ein riesiges Lichtspektakel an den Himmel zu zaubern, doch sie hatten nur einen feigen Anschlag auf die wichtigsten Regierungsmitglieder geplant. Sie richteten den Feuerwerkskörper in die Menge und zündeten ihn an. Was dann passierte, wisst Ihr ja vermutlich selbst.«

Râszgúl lächelte ihn, leicht mit dem Kopf schüttelnd, an.

»Der Rat ist nun beachtlich verkleinert, es haben nur Ihr, Ràksûl und Fráco überlebt, Nâyakà schwebt noch in Lebensgefahr, die restlichen beiden, also die Ratsmitglieder aus Limara Nehir und Ganar-Ánimas, verstarben schon bei der Explosion. Letzterer hatte erst vor einem Monat verkündet, gegen die rebellischen Machenschaften in seiner Stadt vorzugehen. Es ist sehr beunruhigend, dass die Allianz Câtan-Vijéba so gewalttätig gegen ihre Gegner vorgeht.«

Der Wazáy sah ihm traurig in die Augen.

»Und sonst? Wie viele wurden verletzt, ist … ist Stadtherr Gan'dâhil … hat er es überlebt?«

»Nein, da muss ich Euch enttäuschen, er erlag seinen Wunden. Es wurden fast achtzig Muaësi verletzt, einige schwer, sie wurden in einigen Häusern untergebracht und sind dort in guten Händen. Die Zahl der Toten beläuft sich auf …« Er kramte einen offiziellen Bericht aus einer Schublade. »… siebenundvierzig.«

Mûtavéh war eigenartig starr geworden während des Berichts, der anfängliche Wunsch nach Aufklärung war nun in dumpfe Resignation übergegangen. Er stand auf, schob den Stuhl wieder an den Schreibtisch und räusperte sich. »Ich schätze, ich muss mich ausruhen, meine Wunden sind noch nicht genesen und wahrscheinlich habe ich eine Menge Arbeit auf meinem Schreibtisch, also …«

»Natürlich! Natürlich … ich wünsche Euch gute Besserung, ruht Euch aus.«

Râszgúl setzte erneut das süßliche Grinsen auf, schritt zur Tür und hielt sie ihm auf. Mûtavéh lächelte steif zurück und bedankte sich. Ohne ein weiteres Wort schlüpfte er aus der Tür und schlurfte den Flur entlang.

Verschwommen erinnerte er sich an den grellen Blitz und den bewusstlosen Körper Gan'dâhils. Das Gespräch, das er mit ihm geführt hatte, war ihm zuwider, doch er konnte ihm seine Ansichten nicht mehr übel nehmen, jetzt wo er seinen Tod begleitet hatte.

Am nächsten Morgen wurde er von tosendem Applaus und Jubel geweckt, der durch das offene Fenster drang. Benommen rieb Mûtavéh sich die Augen, was ihm ein schmerzerfülltes Keuchen abrang.

»Was … was ist denn los?«, murmelte er.

Mit einiger Mühe schaffte Mûtavéh es schließlich aufzustehen und sich ans Fenster zu begeben. Draußen sah er eine große Menge Muaësi am Palast vorbei strömen, offenbar in Richtung des Marktplatzes. Immerhin wusste er jetzt wieder, wo sich dieser befand. Langsam kam er richtig zu sich und wollte schleunigst die Ursache des Tumultes in Erfahrung bringen. Mûtavéh griff sich abermals seinen roten Umhang und nach einem kräftigen Schluck aus dem Wasserkrug neben seinem Bett riss er sich noch ein Stück von dem Brot ab, das direkt daneben lag, und ging nach draußen. Die Krankenschwester sah ihm dieses Mal nur säuerlich hinterher und blieb trotzig auf ihrem Stuhl sitzen.

Er folgte dem Strom der Masse und erreichte nach nur wenigen Minuten wie erwartet den Marktplatz. Doch nicht wie üblich war er gesäumt mit allerlei Karren und Ständen. Ein einziges, etwa einen Meter hohes Podest stand an einem Ende. Darauf stand ein kleiner aber prachtvoller Thron, gesäumt von zwei Stühlen, die jedoch beide nicht minder prächtig aussahen. Der gesamte Platz davor war voller Muaësi, manch einer saß oder stand auf dem Brunnen. Dann betrat König Verbero das Podest, gefolgt von zwei edel in Gold und Rot gekleideten Numjaír. Die ohnehin schon laute Menge wurde noch lauter und rief begeistert durcheinander. Der König winkte seinen Untertanen zu und setzte sich auf den Thron, die beiden Numjaír nahmen ebenfalls Platz. Für eine Weile geschah nichts und Mûtavéh begann sich nun wirklich zu fragen, was das hier eigentlich war, doch plötzlich spaltete sich die Menge und bildete eine Gasse vom Rand des Platzes bis hin zu dem Podest. Buhrufe und wüste Beschimpfungen ersetzten den gerade noch tosenden Jubel. Mûtavéh stellte sich auf die Zehenspitzen, doch er konnte beim besten Willen nichts erkennen, außer einigen Leuten, die sich ihren Weg durch die Gasse bahnten. Die Prozession erreichte das Podest und Mûtavéh erschrak. Nach einer Wache in Zeremonialrüstung betrat eine große, ganz in schwarz gehüllte Gestalt die Bühne. Man konnte nicht einmal ausmachen, welcher Spezies sie angehörte. Anschließend erschienen drei Casísto in Ketten, gefolgt von zwei weiteren Wachen. Die vermummte Gestalt begab sich nach kurzer Begrüßung des Königs an den Rand der Bühne und wartete dort. Die Wachen zwangen die Casísto vor dem König auf die Knie und blieben hinter ihnen stehen. Verbero erhob sich, was die Menge augenblicklich verstummen ließ.

Mit lauter Stimme sprach er: »Ich, Verbero, König über ganz Muaëra und alles und jeden, der darin lebt, Beschützer des Volkes und Hüter der Gerechtigkeit, eröffne hiermit die Verhandlung über die Diebesbande, die Âretoà in den letzten Wochen unsicher gemacht und viel Schrecken verbreitet haben soll. Stadtherr Gan'dâhil ordnete diese öffentliche Verhandlung an, kurz bevor er einem feigen Attentat zum Opfer fiel. Es war seine letzte Amtshandlung und so sehe ich es als meine Pflicht, dies als seinen letzten Wunsch zu betrachten und dementsprechend auszuführen. Mâla'mo, wenn Ihr bitte Eure Anklage verlesen würdet.«

Einer der Numjaír stand auf und ging nach vorne. »Sehr wohl. Die Anklage für alle drei lautet ›Schwerer Raub und Diebstahl in mehreren Fällen‹, einer von ihnen ist sogar Wiederholungstäter. Sie stützt sich sowohl auf die jeweiligen Aussagen der Opfer, als auch auf die einiger Zeugen. Sie wurden bereits im Vorfeld im Rahmen der Ermittlungen vernommen und werden daher heute nicht an der Verhandlung teilnehmen. Fast alle stimmen darin überein, dass Casísto in der Nähe waren, als die Taten begangen wurden, des Weiteren wurden vielfach eindeutige Spuren gesichert. Als unsere ehrenwerte Stadtwache diese drei hier in ihrem Versteck mitsamt der Beute des letzten Raubzuges erwischte, konnten sie endlich gefasst werden. Wo sie die restliche Beute versteckt haben, wissen wir noch nicht, aber wir arbeiten hart daran und werden sie bald gefunden haben!«

Mit einem Nicken in Richtung des Königs kehrte er zu seinem Stuhl zurück und setzte sich.

Verbero blickte hinunter auf die drei Casísto und fragte sie: »Habt ihr dazu irgendetwas zu sagen?«

Der linke von ihnen hob vorsichtig den Kopf, blickte ihn aber keinesfalls ängstlich an.

»Ja, Eure Majestät. Wir waren es nicht. Wir sind erst –«

Mâla'mo sprang empört auf: »Aber ihr wurdet mitsamt der Beute gesehen! Wer –«

»Mäßigt Euch! Lasst sie erst einmal ausreden!«, unterbrach ihn der König und drückte ihn in seinen Stuhl zurück.

Dann wandte er sich wieder dem linken Casísto zu: »Fahre fort.«

Ein leichter Ausdruck der Dankbarkeit legte sich auf sein Gesicht, als er sprach: »Wir, also mein Bruder und ich, kamen erst letzte Woche in diese Stadt. Wir sind Zimmerleute und auf der Suche nach Arbeit. Am zweiten Tag lernten wir dann Ne'vîno auf der Straße kennen.« Er wies auf den rechten Casísto. »Auch er suchte eine Anstellung. Gegen fünf Valio wollte er uns die Stadt zeigen. Wir hatten zwar nicht viel, willigten aber ein, da Âretoà doch sehr groß ist und wir uns schnell einfinden wollten. Also trafen wir uns am Abend und er führte uns herum. Wir waren gerade fertig und er zeigte uns draußen vor der Stadt noch eine schöne Stelle, um sich auszuruhen, als wir durch Zufall hinter ein paar Bäumen im Gestrüpp die Sachen fanden. Aber da kamen auch schon die Wachen und verhafteten uns.«

»Und das sollen wir euch glauben?« Der zweite Numjaír blickte ihn zweifelnd an. »Dass ihr rein zufällig dort vorbeigekommen seid und natürlich nichts von all dem wusstet?«

»Aber es war so! Die Sträucher waren an der Stelle etwas zerdrückt und ein Brett ragte aus dem Boden. Uns kam es eben seltsam vor, deshalb haben wir es uns näher angeschaut. Wir sahen diesen Platz zum ersten Mal und erkundeten ihn ein wenig, so, wie es vermutlich jeder getan hätte. So etwas fällt einem dann eben auf!«

Es war nun wieder Mâla'mo, der sprach: »Lügner! Das kann jeder erzählen. Und ihr wurdet an fast allen Tatorten gesehen, vergesst das nicht! Zeugen haben euch eindeutig identifiziert!«

»Aber wir waren ja nicht einmal bei dem Raub in der Stadt! Wie sollen wir es gewesen sein, wenn wir nicht hier waren? Und es gibt in Âretoà doch noch andere Casísto außer uns!«

»Und könnt ihr es beweisen, dass ihr nicht hier wart? Nein, könnt ihr natürlich nicht. Und ihr wollt uns doch nicht weismachen, dass all die edlen Bürger Âretoàs, die ihr um ihr hart erarbeitetes Hab und Gut gebracht habt, dreckige Lügner sind, wie ihr es offensichtlich seid!?«

»Das ist genug, Mâla'mo! Ich denke, Ihr habt Euren Standpunkt deutlich genug gemacht«, sagte Verbero. Der König wurde langsam ärgerlich, doch der Numjaír ließ sich davon nicht beeindrucken.

»Und was ist mit ihm hier?« Er zeigte voller Verachtung

auf den rechten Casísto. »Er wurde schon einmal dabei erwischt, wie er unseren ehrwürdigen Stadtherrn Gan'dâhil bestehlen wollte. Für mich ist die Sache eindeutig!«

Die Menge jubelte Mâla'mo begeistert zu. Verbero schüttelte den Kopf.

»Gan'dâhil hielt nicht umsonst große Stücke auf Euch.« Der König stand auf und sorgte mit einer einfachen Bewegung seiner Hände wieder für Ruhe auf dem Platz. Dann wandte er sich erneut Mâla'mo zu: »Könnt Ihr stichhaltige Beweise präsentieren oder ist das alles, was Ihr liefern könnt?«

»Ich … wie? Nun, Eure Majestät, das ist in der Tat alles, aber braucht es denn noch mehr? Die Diebe sind eindeutig überführt, es bestehen keine Zweifel!«

»Ich habe allerdings noch welche. Ich bin König aller Muaësi, vergesst das nicht. Wenn Ihr also sonst nichts vorweisen könnt, sehe ich keinen Grund, wa–«

Er brach mitten im Satz ab und fasste sich an den Kopf. Für einen kleinen Moment schien er das Gleichgewicht zu verlieren, fing sich aber fast augenblicklich wieder. Sein Blick schien starr, jedoch klarer als je zuvor. Mit fester Stimme fuhr er fort: »Sehe ich keinen Grund, warum diese Verbrecher ungestraft davonkommen sollten. Sie sollen für ihre Schandtaten büßen, hier und jetzt! Niemand schadet meinem Volk!«

»Was? Nein!«

Ein beherzter Fußtritt einer Wache brachte den linken Casísto zum Schweigen und ließ ihn mit dem Gesicht auf den Holzbalken aufschlagen. Die anderen sahen entsetzt auf, wurden jedoch bereits an ihren Fesseln in die Höhe gezerrt. Alle drei standen nun vornübergebeugt an der Kante des Podestes. Ohrenbetäubender Jubel brach aus und einige, die nah genug dran waren, warfen faules Obst, Steine, kleine Holzstücke und was sie sonst noch finden konnten auf die drei Casísto. Die Wachen hinter ihnen verhinderten, dass sie sich ducken oder abwenden konnten. Schließlich zwang man sie auf die Knie und die in schwarz gehüllte Gestalt, die sich die ganze Zeit über im Hintergrund gehalten hatte, trat nach vorne. Mûtavéh ahnte, was jetzt folgen würde und wandte sich ab. Er konnte es nicht mit ansehen. Mühsam bahnte er sich einen Weg durch die tosende Menge. Als er es endlich geschafft hatte, aus dem größten Gedränge herauszukommen und den Palast bereits vor sich zu sehen, wurde es plötzlich leise hinter ihm. Für einen Moment herrschte fast Stille, die jedoch nur wenige Augenblicke später wieder von dem unbändigen Lärm verdrängt wurde, der den Marktplatz und alles in näherer Umgebung nun vollkommen einnahm. Mûtavéh schloss für einen langen Atemzug die Augen und kehrte aufgewühlt zum Palast zurück.

* * *

Baríth zog mit zittriger Hand das Schwert aus seinem Gürtel und hielt es in Kampfstellung vor sich. Parúh schlug drohend mit den Flügeln und krächzte warnend. All dies ließ die Chimëtreâ eiskalt. Sie hielt sich im Schatten und beobachtete die beiden Besucher interessiert. Ihre acht Beine entsprangen einem fetten, schwarzen Klumpen, wie bei einer Spinne, doch aus diesem wuchs der Oberkörper einer geheimnisvollen Frau. Ihre Haut war fast weiß, die roten Lippen und grünen Augen wirkten wie grelle Farbkleckse auf frischem Papier. Die glatten dunklen Haare, mit denen sie mit ihren feinen Händen spielte, fielen ihr glänzend bis zur Taille.

»Ganz alleine? Und diesmal mit einem Vögelchen? Und trotz allem so freundlich mich in meinem Heim zu besuchen«, sagte sie und lächelte ein so wunderschönes Lächeln, dass Baríth wie hypnotisiert seine Waffe sinken ließ und sich vollkommen entspannte. »Aber ich mag keine ungebetenen Gäste. Deine Freunde waren nicht einmal so freundlich, abzuwarten, ob ich sie bedrohe. Für ihren Fehler mussten sie leider sterben.«

Das Lächeln verschwand, sie sah nicht mehr aus wie eine Frau, vielmehr wie eine Figur, wie ein Trugbild einer Frau.

»Das warst du? Aber ...«

Parúh duckte sich zum Angriff.

»Halt! Warte noch«, sagte Baríth und hielt seinen Arm vor den verwirrten Greif und wandte sich wieder der Chimëtreâ zu. »Wir sind auf der Suche nach der Schwarzen Nacht, ich dachte, dass sie die Soldaten angegriffen hätte. Ist sie überhaupt hier vorbeigekommen?«

»Die Schwarze Nacht? Meinst du den Schattenhund? Das riesige Wesen mit dunklem Fell und Sicheln als Augen?«

»Ja! Genau. Weißt du etwas über ihn, weißt du, wo der ... Schattenhund eigentlich herkommt?«

»Nein, ich kenne nur seinen Namen ... und alte Geschichten, die man über ihn munkelt. Er kommt neuerdings jeden Halbmond hier vorbei und tötet meine Kinder.« In ihren Augen wuchs der Zorn und ihre Beine begannen sich unruhig zu bewegen.

»Deine ... Kinder? Aber warum greifst du ihn nicht an, du bist größer als er, kannst du ihn nicht besiegen?«

»Größe ist nicht alles, kleine Katze. Ich habe es versucht, aber er ist immun gegen mein Gift, ich bin froh, dass ich es überlebt habe. Nein, ich kann ihn nicht besiegen, so muss ich hilflos zusehen, wie er in meinem See badet und alles stirbt, was ihn berührt.«

»Deine … Kinder sind in dem See?«, fragte Baríth und machte einige Schritte zurück und stand nun direkt vor dem Loch, aus dem sie kamen.

Die Chimëtreâ lächelte wieder ihr wunderschönes Lächeln, ging zurück hinter den großen, roten Wasserfall und hinterließ eine eisige Stille. Nur das Plätschern des Wassers blieb zurück. Baríths Rückenfell stellte sich auf, er sah auf den See und riss die Augen auf.

Hunderte Spinnen stiegen aus dem Wasser und stürmten auf die beiden zu, sie waren knallrot und klackten mit winzigen Zangen. Im Gegensatz zu ihrer Mutter waren sie ganz normale Spinnen, doch eine Art von Intelligenz ließ sie koordiniert angreifen. Sie versuchten den Greif einzukreisen, krabbelten die Decke hinauf und seilten sich an glänzend weißen Fäden ab. Baríth saß schon auf Parúh, der abhob und auf das kreisrunde Loch in der Decke zuhielt, doch er kam nicht weit, die Spinnen versperrten ihm den Weg und er versuchte ihnen hektisch auszuweichen, da er nicht sicher war, ob ihr Gift ihm gefährlich werden konnte. Er flog zurück auf das Tunnelloch zu und stürzte hindurch. Gemeinsam hechteten sie den unbekannten Weg entlang, der immer wieder kleine Gänge kreuzte, aus denen immer mehr Spinnen krochen. Parúh und Baríth stürmten um eine erneute Biegung und sahen, wie sich die Chimëtreâs von der Decke abseilten. Sie waren schon wesentlich größer als die Kinder aus dem See und der Tunnel wurde immer kleiner. Der Greif lief unsicher auf die nächste Laterne zu, an der sich noch keine Spinnen tummelten. Baríth beobachtete, wie sie einen Kreis um das rote Licht bildeten und zückte erneut sein zerbrochenes Schwert. Mit einem harten Schlag, der ihm heftig in die Arme ging, war das Glas zerbrochen und sie über und über mit einer warmen, klebrigen Flüssigkeit übergossen. Sie leuchteten nun rot wie Feuer, doch der flüssig gewordene Laternenstein war nicht heiß, nur warm. Die Spinnen flüchteten vor dem Licht, jagten ihnen jedoch in abwägendem Abstand hinterher. Plötzlich blendete gleißend helles Licht Parúhs Augen. Der Ausgang des Tunnels lag nur noch wenige hundert Meter entfernt.

»Renn'! Parúh, beeil dich!«

Das Leuchten wurde immer schwächer, das Licht der Sonne zerstörte das Licht des zerbrochenen Laternensteins und die Chimëtreâs holten schnell auf. Mit einem Mal verließen sie die Höhle und preschten über eine morsche Hängebrücke. Uraltes Holz wurde von unsicheren Seilen gehalten. Parúh trat auf ein wackliges Brett und brach hindurch, weitere stürzten hinunter in eine steinige Schlucht. Die Spinnen folgten ihnen mit ihren trippelnden Schritten, was die gesamte Brücke zum Beben brachte. Der Greif hing wehrlos in den Seilen, Baríth umklammerte das letzte Holzbrett in ihrer Nähe, dann stemmte sich Parúh gegen die Fesseln und die Brücke riss. Sie waren schon fast auf der gegenüberliegenden Seite gewesen, stürzten nun jedoch auf die karge Steinwand der anderen zu. Parúh spreizte die Flügel und entkam den Seilen, Baríth ließ sein Brett los und umschlang den fedrigen Hals, gemeinsam fielen sie eine Weile, bis der Greif sich fing, den Brückenteilen auswich und schließlich zurück in die Höhe flog. Er landete auf der anderen Seite der nun für die Spinnen unüberwindbaren Schlucht. Der Casísto stieg ab und schaute zurück. Die Chimëtreâs kletterten von der zerstörten Brücke zurück zum Höhleneingang. Langsam krabbelten sie in ihr Loch und verschwanden. Baríth setzte sich auf den sandigen Boden. Seine Muskeln entspannten sich nach und nach und sein keuchender Atem beruhigte sich. Er legte seine Pfote auf Parúhs Schulter und streichelte den Greif geistesabwesend. Der legte sich neben ihn und schnaufte vorwurfsvoll, bevor er erschöpft einnickte. Baríth lehnte sich an ihn und starrte in die dunklen Wolken. Die Blitze waren verschwunden und auf dieser Seite des Bergs waren nur wenige Tropfen vom Himmel gefallen. Er blickte nach links und sah das Ende des riesigen Píntô-Sees, der in dem kleinen Wasserfall die Staumauer hinunter stürzte. Die Katze stand auf und ging den schmalen, von großen Felsen begrenzten Weg ein paar Schritte weiter, wo sie zu ihrer Rechten einen überwältigenden Blick auf den größten See des Landes werfen konnte. Die Wolken spiegelten sich auf der ruhigen Oberfläche und nahmen die Farbe des türkisblauen Wassers an. Hinter dem See türmten sich die spitzen Berge des Píntô-Gebirges auf, die selbst jetzt, im Spätsommer, eine Schneekuppe trugen. Im Süden strömte der Rijéva aus dem See und floss durch die Stadt Ganar-Ánimas, die von Baumkronen wimmelte, die am Rande der Straßen als Alleen gepflanzt worden waren. Die Häuser selbst bestanden aus dem rötlichen Sandstein, aus dem die Felsen um Baríth herum auch waren. Die Dächer waren kunterbunt und aus allen möglichen Materialien, doch von der Ferne aus konnten selbst die Katzenaugen des Casísto sie nicht genau bestimmen.

Auf einem sanften Hügel thronte ein riesiges Gebäude mit goldenem Dach, was, so vermutete Baríth, die prachtvolle Villa des Stadtherren Vóldah darstellte, wo die meisten Beschlüsse über die Stadt und das Land darum getroffen wurden. Die Sonne verschwand langsam hinter den Bergen und hinterließ einen gelben Sonnenuntergang, die Schatten schlichen über das Tal und verschlungen die Stadt. Baríth sah sich um und erblickte eine steile Treppe, die den Berg hinabführte. Er beschloss, dass sich Parúh die Nacht über erholen sollte und dass sie im Morgengrauen hinab flögen. Er gesellte sich zurück zu dem mitgenommen erscheinenden Greifen und fixierte das dunkle Höhlenloch, bevor er endlich einschlief.

Der Rest des Laternensteins entfärbte sich gänzlich und verflog als weißer Nebel in die Lüfte.

Baríth wurde von grellen Sonnenstrahlen geweckt, die von der Oberfläche des Sees reflektiert wurden. Schläfrig richtete er sich auf und knuffte Parúh sanft in die Seite, dieser rollte sich müde auf die andere Seite und schlief weiter. Dem Casísto spielte ein Lächeln über das Gesicht, dass die weißen Fangzähne blitzten. Er stand auf und vertrat sich die Beine, bis der Greif sich zum Aufstehen bequemte. Während Parúh auf die Jagd ging, verzehrte Baríth die kargen Reste seines Vorrats und trank den letzten Tropfen Wasser aus seinem Beutel.

Indes ein junger Tarkín verschlungen wurde, begutachtete der Casísto besorgt Parúhs Wunde unter dem Flügel. Sie hatte eine merkwürdig lilafarbene Kruste entwickelt und aus einigen Rissen sprudelte ein weiß-gelber Schaum, wenn man die Verletzung berührte. Parúh selbst schien jedes Gefühl an der Stelle verloren zu haben, was Baríth nur noch mehr beunruhigte. Der Steintiger musste den Greif irgendwie vergiftet haben.

Der Casísto machte sich Gedanken, wie er einen Heiler bezahlen sollte, denn eines war klar, er musste dringend einen aufsuchen. Wenn er sich in der Stadt Arbeit suchte, würde er wichtige Zeit bei seiner Suche nach der Schwarzen

Nacht verlieren und weitere Casísto könnten sterben. Aber ohne Parúh käme er nur schleppend langsam voran. Er hatte das Gefühl, dass er es seinem Freund schuldete, ihm zu helfen, da er das grundlos auch für ihn getan hatte. Plötzlich griff er nach seiner Tasche und wühlte wild darin herum, bis er seinen größten Schatz gefunden hatte: Den Opal aus Marbordo. Der kostbare Stein müsste für einen Heiler und für neuen Proviant reichen. Zusätzlich könnte er Geld gebrauchen, um Informationen über die Schwarze Nacht zu erhalten. Sorgsam verstaute er ihn wieder in seinem Beutel und warf Parúh den mittlerweile übel mitgenommenen Sattel über. Wenige Minuten später flogen sie schon tief über den Píntô-See hinweg in Richtung Ganar-Ánimas.

Kurz vor der Stadt verließen sie den Rijéva und flogen auf das Osttor zu. Die Straße war voller Karren und Wägelchen mit allerlei Waren. Zwischen den geschäftigen Muaësi wuselten noch einige Wesen herum, teils angeleint, teils in die Stadt gescheucht. Alle hatten sie jedoch etwas gemeinsam: Als Baríth landete, blieben sie allesamt still stehen, starrten kurz und gingen dann umso rascher weiter. Der Casísto stieg verunsichert ab und folgte der Masse, die einen großen Sicherheitsabstand zum Greif hielt. Als sie das Stadttor erreichten, wurden sie grimmig von den Wachen zur Seite gerufen und durchsucht. Parúh ließ den grünlichen Wazáy gewähren, diesem liefen jedoch die Schweißperlen von der Stirn, als er die beiden nach Einsicht der Papiere zur Identifikation seiner Person weiter winkte.

Baríth konnte den Ausflug in die große Stadt überhaupt nicht genießen. Von allen Seiten wurde er angegafft, er schob es zwar auf den Greif, der von keinem anderen Volk als den Casísto gehalten oder gar geduldet wurde, doch fühlte er sich auch persönlich ausgegrenzt. Als er einen besonders kleinen Pelúdo nach einem Händler für Edelsteine fragte, schaute dieser ihn nur mit runden, schwarzen Augen an, grummelte und schüttelte dann tadelnd den runden Kopf. Danach traute sich Baríth nicht mehr jemanden anzusprechen und suchte die ganze Stadt nach jemandem ab, der seinen Opal gegen Geld eintauschen würde. Mittags setzte er sich unter einen alten Baum in einer der vielen Alleen, holte Feder, Tinte und ein schon sehr in Mitleidenschaft gezogenes Blatt hinaus und schrieb nach Hause, dass es ihm gut ginge und er der Schwarzen Nacht auf der Spur sei. Er könne nur noch nicht sagen, wie lange er brauchte, um wieder zurückzukehren. Mit einem komischen Gefühl im Bauch ging er zur Post und verschickte den Brief mit ein paar kleinen Münzen, das einzige Geld, das er besaß. Danach fühlte er sich ganz allein in der großen Menge und machte sich auf die Suche nach ein paar Casísto, die einzigen, bei denen er sicher sein konnte, dass sie ihm helfen würden.

Nach etwa einer Stunde hatte er eine Gruppe ausgemacht und fragte sie, wo er seltene Steine kaufen könnte. Sie begutachteten ihn zwar von oben bis unten mit all den kleinen Wunden und den dreckigen Kleidern, doch sie streichelten Parúh, erzählten etwas von ihrer alten Greifzucht und wiesen ihm dann den Weg. Baríth verabschiedete sich dankbar, war aber innerlich genervt, da es schon weit nach Mittag war und er wiedermal die ganze Stadt durchqueren musste. Besonders der größte Marktplatz war laut und alle drängelten. Er durfte auch nicht schnell mit Parúh über die Dächer gleiten, da das Überfliegen von Städten aus Sicherheitsgründen und ehemaligen Verwechslungen mit Drachen verboten war.

Also marschierten sie in der schwülen Hitze durch die breiten Gassen. Baríth versuchte eher Wege aufzusuchen, auf denen wenig los war, und die großen Plätze zu meiden. So kam er jedoch auch an einigen schäbigen Läden vorbei, in denen kuriose und meistens illegale Waren verkauft wurden. Einer stellte ganz offen keuchende Skíma-Eier und getrocknete Moorfledermäuse aus, ein anderer rief sogar Passanten hinterher, ob sie nicht ein paar lähmende Hilâl-Pfeile wollten, die mit einem Gift versehen waren, das selbst die Atmung eines Drachen stoppen konnte. Baríth war froh, heil aus solchen nach getrockneten Davanna-Blüten, einer starken Droge, riechenden Gassen hinauszukommen, und entfernte sich zügig von dem Schwarzmarkt-Viertel.

Endlich, nachdem er sich einmal kurz verlaufen hatte, fand er den besagten Händler kurz vor dem Westtor. Das Gebäude hatte vier Stockwerke und winzige Fenster. Er verdeutlichte Parúh, dass er draußen warten solle, und ging durch die massive Tür. Von innen sah er, dass die Fenster nachts mit Gittern versehen werden konnten und aus extra dickem Glas bestanden. Hinter einer Theke stand eine alte Numjaír, die einen rot schimmernden, fingernagelgroßen Stein mit einer überdimensionalen Lupe untersuchte. Als sie Baríth direkt vor sich stehen sah, schrak sie zusammen, verstaute den Stein in einer Schublade und sah ihren Kunden wütend an: »Man sagt ›Hallo‹, wenn man reinkommt! Ihr Casísto habt aber auch keine Manieren, bist du hier, um meinen Laden auszuspähen, hm?! Willst wohl meine Steine stehlen aber …« Sie fuchtelte mit ihrer Hand direkt unter seiner Schnauze herum. »… ich sage dir, das lass mal lieber, ich … ich habe Kontakte! Mein Neffe ist der Sekretär vom Assistenten des Ratsgesandten! Du, du solltest dich also vorsehen!«

Baríth sah sie gekränkt an, schluckte es aber runter: »Ähm … hallo. Ich bin auf der Durchreise, mein Greif ist schwer verletzt und ich brauche Geld für einen Heiler, wie viel würde ich …« Er kramte in seiner Tasche.

»Gar nichts kriegst du, bettle woanders nach Almosen, aber lass' die Finger weg von fremden Taschen, ja?!«

Ihr Zetern verstummte, als sie den faustgroßen Opal sah. Die Numjaír setzte eine dicke Brille auf die lange, spitze Schnauze, richtete die großen Ohren auf und beugte sich über die Theke. Plötzlich grapschte sie nach ihm, doch Baríth ging erschrocken einen Schritt zurück.

»Gib ihn her! Er gehört dir nicht! Sieh dich doch an mit deinen dreckigen Kleidern, du kannst dir niemals diesen Stein gekauft haben, du hast ihn einem ehrbaren Mann gestohlen oder schlimmer noch, einer alten, hilflosen Dame aus der Tasche stibitzt, gib ihn her, du Dieb!«

»Was soll das denn? Ich bin durch den Sumpf gestapft, von einer Klippe gestürzt, wäre fast von einem Steintiger zerfetzt und von einem Drachen auseinandergenommen worden. Und gestern bin ich vor einem Nest mit tausenden von giftigen Spinnen geflüchtet. Es tut mir leid, dass ich noch nicht die Gelegenheit hatte zu baden! Und den Stein hab' ich nicht gestohlen, mein Onkel hat ihn mir von einer Reise in die Kàbadian-Wüste mitgebracht!« Mit einem Mal bemerkte er, wie laut er geworden war und, dass die alte Frau zitternd vor ihm stand. »Es … es tut mir leid, das wollte ich nicht. Nur haben mich heute alle behandelt wie, wie … können Sie nicht einfach den Stein kaufen, damit ich meinem Freund helfen kann? Bitte?«

»Sie sollten jetzt besser gehen und glauben Sie Ihrem Onkel nicht alles. Sie sollten den Stein schnell unter der Hand verschwinden lassen, bevor Soldaten Sie damit finden.

Guten Tag.«

Sie wies mit dem Arm zur Tür und das Gespräch war beendet. Baríth ging niedergeschlagen hinaus zu Parúh und wuschelte ihm durch das graue Fell am Rücken.

»Und was machen wir jetzt?«

Er atmete tief durch und wanderte durch die Gassen zurück zum Schwarzmarkt-Viertel. Hinter den hohen Bergen des Píntô-Gebirges verschwand allmählich die Sonne, doch die Hitze blieb zwischen den hohen Häusern stehen. Parúh wurde immer langsamer und ließ bereits den Kopf hängen, doch Baríth war schon angekommen. Ein dunkler Laden hatte einige Vulkansteine im dreckigen Schaufenster stehen. Völlig erschöpft legte sich der Greif auf den aus vielen handtellergroßen Steinen bestehenden Boden und schlummerte sofort ein.

Baríth wollte ihn eigentlich nicht allein lassen, aber je schneller er den Stein verkauft bekam, desto schneller konnte der Greif richtige Hilfe bekommen, und was sollte der Casísto schon tun? Er würde sich nur zu ihm setzen und ihn beruhigend streicheln. Das half nicht gegen eine schwere Vergiftung. Mit knurrendem Magen drückte Baríth die schwarze Klinke hinunter, stemmte sich gegen die Tür – und musste feststellen, dass der Laden bereits geschlossen hatte. Wütend vor Hilflosigkeit ballte er die Pfote zusammen und schlug einmal heftig gegen die Tür, die ein ungesundes Knacken zurückwarf. Die große Hand eines Wazáy umfasste seine Schulter, er wurde herumgerissen und bekam eine harte Faust ins Gesicht. Er sackte zu Boden, hielt sich die Wange und spuckte etwas Blut auf die Straße.

»Was zum –?!«

Er schaute hoch zu dem riesigen Ladenbesitzer mit einer weißen Narbe über dem grünen Gesicht. Der Wazáy schaute zornig auf ihn hinab und hielt noch die Faust in der Luft. Neben Baríth durchsuchte ein Pelúdo mit gelb-braunem Fell seine Tasche und zog schließlich den kostbaren Stein heraus.

»Nicht, der gehört mir, ich brauche ihn, bitte!«

Der Ladenbesitzer trat heftig gegen sein Schienbein und wog den Opal in den Händen.

»Wem hast du den denn abgeluchst?« Er lachte gierig vor sich hin.

Plötzlich bekam der Wazáy einen Schlag auf den Hinterkopf und fiel schlaff zur Seite. Eine Casísto erschien hinter ihm und verjagte den Pelúdo, indem sie ihm ein Messer unters Kinn hielt.

Als er um die Ecke verschwunden war, grinste sie Baríth an, steckte das Messer in eine Falte ihres weiten, nachtblauen Gewandes und hielt ihm ihre Hand hin.

»Na, was hast du denen denn angetan, dass sie dein Gesicht blutig prügeln?« Sie kicherte kurz. »In die falsche Richtung geatmet oder was?«

Baríth ergriff ihre Hand und wurde zügig hochgezogen. Er sah sie verwirrt an und war wie hypnotisiert von ihren rehbraunen Augen.

»Kannst du auch reden? Ich bin –«

»Stärker als du aussiehst. Danke. Ich bin Baríth, nett dich kennenzulernen, aber schlag mich bitte nicht auch rücklings tot, ja?«

»Ach, der ist doch nicht tot!« Sie stupste ihn leicht an und der Wazáy grummelte schwach. »Siehst du? Also. Was hast du mit dem Greif angestellt, dass der nicht einmal die Augen öffnet, wenn vor seinem Schnabel ein Kampf tobt?«

»Wir hatten eine kleine Auseinandersetzung mit einem Steintiger, naja, er hat ihn mit den Krallen unter dem Flügel erwischt und anscheinend hat er Parúh dadurch vergiftet.

Das ist jetzt über zwei Tage her. Ich wollte einen kostbaren Stein verkaufen, um Geld für einen Heiler aufzutreiben, aber der anständige Laden hat mich rausgeworfen und hier ist …« Er wischte sich mit der Pfote das Blut vom Gesicht. »…naja, das passiert.«

Sie sah ihn prüfend an, schaute zu Parúh und wieder zurück. Der anfängliche Zweifel in ihren Augen ging zurück, verschwand aber nicht vollkommen.

»Na, dann komm mal mit, ich kenne jemanden, der dir helfen kann. Und dann erzählst du mir etwas mehr von deiner … Geschichte.«

»Wirklich?«

Baríth viel ein Stein vom Herzen und bemerkte erst jetzt, wie müde und ausgehungert er war.

»Aber ich habe kein Geld, würdest du den Opal als Bezahlung annehmen? Mein Onkel hat gesagt, er habe ihn gefunden. Ich bin mir da aber nicht mehr ganz so sicher …«

Er deutete auf den Stein, der immer noch in der Hand des Wazáy lag.

»Lass den mal stecken und komm mit«, sagte die junge Casísto, lächelte geheimnisvoll und ging auf Parúh zu, um ihn sanft zu wecken.

Der greif stand taumelnd auf und folgte den beiden um zwei Ecken, bis sie vor einem freundlichen und gepflegten Haus stehen blieben. Es war aus den für Ganar-Ánimas typischen roten Steinen gebaut und hatte einladende große Fenster, an denen Blumenkästen mit kunterbunten Pflanzen darin angebracht waren.

»Was hattest du gesagt, wer du bist?«

»Eyônaí. Ich bin in diesem Haus angestellt. Der Greif kann mit hinein kommen, die Türen und Räume sind groß genug.«

Sie ging ein paar Treppenstufen hoch zur blauen Eingangstür, öffnete sie mit einem Silberschlüssel und winkte beide hinein. Innen war wirklich eine Menge Platz. Links war ein großer Empfangsraum mit Sesseln und einer großen Couch. Fast über den ganzen Boden hinweg war ein riesiger, kostbarer Teppich ausgelegt, der voller bunter Verzierungen war. Rechts befand sich ein Arbeitsraum, dessen Wände mit Bücherregalen zugestellt waren. In der Mitte stand ein langer Holztisch mit einigen Stühlen und buntem Obst in einer bronzenen Schale. Eyônaí huschte die breite, helle Steintreppe hoch in den zweiten Stock, die sich genau vor ihnen befand. Von oben hörte Baríth einige Stimmen, dann folgten der hübschen Casísto drei Personen hinunter. Zwei Vázak hoben Parúhs Flügel an, blickten kurz auf die Wunde und eskortierten den Greif dann durch eine Tür in einen Raum hinter dem Arbeitszimmer. Baríth wollte ihnen folgen, doch er wurde von einem schon leicht angegrauten Casísto in blauer Kleidung zurückgehalten.

»Baríth, das ist Grimvâr. Wir arbeiten gemeinsam, er will erfahren, wem genau wir helfen«, sagte Eyônaí.

In der nächsten halben Stunde erzählte Baríth etwas über sich und bekam ein ausladendes Abendessen von einem Diener gebracht. Als er sich gestärkt fühlte, erzählte er seine Geschichte. Der ältere Mann hörte ihm stumm zu und sah ihn mit bernsteinfarbenen, wachen Augen über den Tisch hinweg an. Als er fertig war, herrschte Stille. Grimvâr wechselte einen forschenden Blick mit Eyônaí, legte die Finger aneinander und beugte sich leicht vor.

»Das ist eine außergewöhnliche Geschichte, hast du irgendeinen Beweis dafür, dass sie wahr ist?«

»Naja, erst einmal natürlich die Wunde von Parúh. Das Gift beweist den Steintiger, die Löcher in meinen Schultern beweisen den Fall von der Klippe. Den Drachen kann ich nicht beweisen, es sei denn, ihr macht euch die Mühe und seht nach, ob die Brücke wirklich zerstört ist. Und Parúh und ich haben überall am Körper noch ein paar Spinnweben kleben, die einfach nicht abgehen wollen.«

Unsicher beobachtete er, wie die beiden Casísto erneut Blicke tauschten. Er fühlte sich wie in einem Verhör, als hätte er etwas falsch gemacht.

»Bewundernswert ... wirklich bewundernswert«, stellte Grimvâr fest und rief einen Diener zu sich, der Baríth ein helles Zimmer im dritten Stock zeigte. Unsicher legte er seine Tasche ab, ging ins Badezimmer und wusch sich. Als er wieder ins Zimmer trat, fand er frische Kleidung auf dem Bett und ein Hemd mit kurzer Hose für die Nacht daneben liegend.

Eine schwache Kerze brannte auf dem Nachttisch, er deckte sich zu und pustete sie aus.

Am Morgen wurde er von grellem Sonnenlicht geweckt. Zum ersten Mal seit vielen Tagen fühlte er sich frisch und erholt. Die neuen Kleider hatten das gleiche Nachtblau wie das Gewand von Eyônaí, zusätzlich war jedoch ein silbern umrahmtes, geflügeltes Wappen von einem Kreuz auf blauem Untergrund aufgenäht. Unter dem Symbol stand die Abkürzung *A.C.V.* Baríth vermutete, dass die Familie, denen das Haus gehörte, von Adel war. Die Kleider passten ihm genau und er ging hinunter zum Eingang zurück. Das Arbeitszimmer war leer, doch ein Vázak trank, tief in einen Sessel eingesunken, einen Tee und las ein Buch.

»Ah, du bist wach. Guten Morgen! Man hat ja schon viel von dir gehört. Setz' dich doch!«

Der Vázak deutete auf die Couch ihm gegenüber, die von

bequemen Kissen übersät war. Stumm setzte Baríth sich hin und wartete darauf, dass er wie am Tag zuvor ausgefragt wurde, doch der Vázak blieb still. Einige Minuten saßen sie sich schweigend gegenüber, in denen Baríth die ganze Zeit von freundlichen hellblauen Augen gemustert wurde. Er starrte zu Boden, dann zum Kronleuchter, folgte den Linien des Teppichs und verweilte dann bei seinen Pfoten. Der Tee wurde leer und das Buch schloss sich.

»Wie alt bist du? Du siehst aus wie ein erfahrener Krieger, aber dein Gesicht ähnelt eher dem eines naiven Kindes.«

Baríth wusste nicht, ob er gerade ein Kompliment bekommen hatte oder als kleiner Junge bezeichnet wurde. Verwirrt antwortete er: »Siebzehn seit dem letzten Herbst.«

»Ah. Hattest du Angst?«

»Vor was?«

Der Vázak lächelte leicht. »Vor dem Drachen.«

»Schon. Ich konnte nicht fliehen und nicht kämpfen.«

»Aber du bist ihm entkommen. Du hast deine Angst genutzt und eine intelligente Lösung gefunden, ohne den Drachen aktiv zu bekämpfen.«

»Ich hatte ja keine Wahl … außerdem hab' ich da nicht 'drüber nachgedacht, ich habe einfach gehandelt, um zu überleben, das hätte jeder gekonnt.«

»Nein.« Er sagte es so bestimmt, dass Baríth seine Worte hinunterschluckte. »Willst du noch einmal einem Drachen begegnen?«

»Keiner will einem Drachen begegnen.«

Wieder lächelte der Vázak. »Weißt du, wo du bist?«

»In Ganar-Ánimas. Aber ich weiß nicht, wer Ihr seid oder wem das Haus gehört.«

»Ich bin Noi'loân, hast du schon mal von mir gehört?«

»Nein.«

»Ich bin Anführer der ...« Er deutete auf das Wappen auf Baríths Kleidung. »... Allianz Câtan Vijéba. Sagen wir einfach, wir haben ein kleines Problem mit dem König und seiner weitreichenden Macht in Muaëra. Außerdem würden wir uns wünschen, wenn die Gesellschaft aufgeklärter wäre, über ihre Rechte und Pflichten besser Bescheid wüsste und Randgruppen besser akzeptieren könnte. Alles in allem: Wir unterstützen die Unterdrückten.«

Baríth wusste nicht, was er antworten sollte, und nickte einfach unsicher.

Noi'loân sah ihm prüfend in die Augen, schien zu finden, was er suchte, und lehnte sich zurück in den weichen Sessel. »Du willst sicher wissen, wie es Parúh geht. Er hat das Gegengift gut vertragen, er schläft jetzt. Eure kleine Reise hat ihn sehr geschafft, aber in ein paar Tagen ist er wieder der Alte. Er ist ein guter Begleiter, vergiss das nicht.«

»Er ist ein guter Freund«, erwiderte Baríth.

Sie hörten, wie jemand die Treppe hinunterkam, und erblickten kurze Zeit später Eyônaí und Grimvâr in der offenen Flügeltür. Einige andere Personen – Casísto, Vázak, Palháco und ein Pelúdo – verschwanden durch die Haustür ins Freie.

»Guten Morgen. Setzt euch zu uns, wir haben etwas zu besprechen.« Noi'loân setzte auf einmal einen geschäftigen Tonfall auf.

»Morgen«, nuschelten die beiden und setzten sich links und rechts neben den Vázak auf Sessel, sodass Baríth alleine auf der Couch saß und sich wieder wie im Verhör fühlte.

»Ich hatte ein kleines Gespräch mit unserem Gast und ich glaube, er ist aus dem richtigen Holz geschnitzt. Grimvâr, erzähl ihm doch von der bevorstehenden Reise.«

Der ältere Casísto zog kurz eine Augenbraue hoch.

»Nun, wir hatten uns überlegt, wie wir dir bei deinem Problem helfen könnten, also mit dem Schattenhund. Von den Stadtherren könnt ihr keine Hilfe erwarten, Soldaten müssten durch das halbe Land geschickt werden, das würden sie niemals tun. Ihr müsst somit selbst handeln. Wie du erzählt hast, habt ihr das auch schon versucht, seid jedoch gescheitert … abgesehen von dir natürlich. Dadurch kommen wir zu unserem kleinen Abenteuer. Schattenhunde, du nennst sie die Schwarze Nacht, leben ausschließlich im Tszaô-Tal. Der einzige bekannte Weg führt durch das Fervôr-Gebirge und durch einen aktiven Vulkan. Und welches Tier mag große Hitze? Drachen.

Zufällig haben wir auch ein Anliegen in diesem Tal und du hast dich als guter Kämpfer erwiesen, in den letzten 20 Jahren haben es nur acht Muaësi durch den Sumpf bis nach Ganar-Ánimas geschafft und nur wenige davon waren in so guter Verfassung wie du. Wir möchten dir somit anbieten mit uns gemeinsam zu reisen. Jemanden wie dich gibt es kein zweites Mal, aber alleine würdest selbst du das nicht überleben.«

»Ich … ich weiß nicht recht, wenn ich alleine mit Parúh reisen würde, könnten wir vielleicht über die Berge hinwegfliegen. Und ihr würdet als Reiter wesentlich langsamer sein und uns aufhalten. Ich würde mich gerne für eure Hilfe erkenntlich zeigen, aber das Wohl meiner Familie steht bei mir an erster Stelle.«

»Kein anderes Wesen als die Drachen kann die Berge überfliegen. Sie sind viel zu hoch, du würdest nicht genug Luft bekommen und auf jeden Fall erfrieren, die innere Wärme der Drachen ermöglicht es ihnen, diesen enormen Kraftakt zu überleben, aber ihr beide … Außerdem, hast du dir schon einmal Gedanken darüber gemacht, wie du die

Schattenhunde tötest?«

»Die Schattenhunde? Aber es kommt doch immer nur einer, ich muss mich nur dem einen stellen. Aber, wenn es wirklich keine Möglichkeit gibt, das Fervôr-Gebirge zu überfliegen … Ich muss darüber nachdenken.«

»Diese Tiere sind alles andere als ausdauernd und reisen am liebsten in der Nacht. Ein einzelnes Exemplar würde diese Reise nicht in einem Monat hin und wieder zurück schaffen und schon gar nicht mehrmals nacheinander. Es muss ein ganzes Rudel sein, das hinter euch her ist. Die einzige Frage ist nur, warum?«

Eyônaí räusperte sich kaum merklich.

»Schattenhunde sind nicht die intelligentesten Tiere. Selbst, wenn ihr Ihnen etwas getan hättet, sie sind nicht in der Lage sich so etwas zu behalten und daraus folgend Rache zu nehmen. Wir suchen im Tszaô-Tal eine alte Stadt, um Informationen über Schatten zu erhalten. Wie du vielleicht weißt, nennt man deine Monster Schattenhunde, weil sie aus ihnen *entstehen*. Wie genau das funktioniert, wollen wir unter anderem herausfinden. Wenn du uns begleitest, können wir auch ermitteln, wie man sie tötet, denn durch ein einfaches Schwert oder eine ähnliche Waffe wurde die Schwarze Nacht unserer Kenntnis nach noch nie besiegt«, sagte sie.

»Langsam glaube ich, ich habe gar keine andere Wahl. Wie groß wäre die Gruppe denn?«

»Das steht noch nicht fest, aber Grimvâr und ich sind auf jeden Fall mit dabei. War das ein Ja?«

Gespannt sahen ihn alle an, Eyônaí hielt die Luft an.

»Ich denke schon. Aber erst, wenn Parúh gesund ist.«

Alle lächelten erleichtert, Noi'loân hielt ihm die Hand hin und Baríth ergriff sie zögerlich, aber bestimmt. Er dachte an

zu Hause und fühlte sich unendlich weit entfernt. Es gab
kein Zurück mehr.

KAPITEL 6

Mûtavéh saß an seinem Arbeitstisch. Vor einer Woche hatte er sein Krankenzimmer verlassen und war in seine alten Gemächer zurückgekehrt. Seine Verletzungen allerdings hatten sich nur kaum verbessert, doch er musste sich zusammenreißen. Vor ihm lag ein großer Stapel Papier, den er noch durchlesen, überarbeiten oder unterzeichnen musste. Vorher musste er jedoch erst selbst Berichte verfassen und sich auf die nächste Ratssitzung vorbereiten, die für morgen früh angesetzt worden war. Gerade schrieb er einen Brief an Stadtherrin Tâmínar und ließ darin das Attentat Revue passieren. Laut wurde an seine Tür geklopft. Er ließ ärgerlich die Feder fallen und rief den Boten herein.

»Ratsherr Mûtavéh, der König fragt nach Euch. Die Ratsversammlung wurde vorverlegt, habt Ihr davon nicht erfahren?« Der untersetzte Trampianer flatterte während der Frage unruhig mit den insektenartigen Flügeln.

»Was? Ich meine ... aus welchem Grund, ist etwas passiert?«

»Nicht, dass ich wüsste. Ich glaube gehört zu haben, dass der König morgen früh Besuch aus Marbordo erhalten wird und die Sitzung deshalb verlegt hat.«

»Ja, natürlich, ich komme sofort.«

»Beeilt Euch, alle warten schon.«

Mûtavéh war so schnell wie möglich zum Ratssaal geeilt und saß nun nach Luft ringend auf seinem Platz und nuschelte zum König: »'Tschul ... digung, nicht ... erfahren ...«

»Ist schon gut, ich werde herausfinden lassen, wer Euch die Nachricht hätte überbringen müssen. Nun, lasst uns beginnen. Fina'ijr, der Bericht, Beeilung.«

Der schrumpelige Alte las einen langen Text vor. Es betraf die Ermittlungen zum Attentat und, dass Verdächtige gefangen genommen wurden.

»… einer der fünf hat unter Folter bereits gestanden, die anderen schweigen oder streiten ihre Tat vehement ab.«

»Danke, ich denke, das gab uns einen Überblick über die Fortschritte. Fina'ijr, du kannst nun gehen«, sagte der Schatten.

König Verbero wartete, bis die Wachen die Tür hinter dem Trampianer geschlossen hatten, und stand dann mit wallendem Umhang auf. Der Rauch, der seinen schwarzen Körper bildete, verschwamm kurz und erschuf dann wieder einen festen Körper.

»Eure Hoheit, glaubt Ihr, dass diese Vázak wirklich für all das verantwortlich sind? Das einzige, was man ihnen vorwerfen kann, ist, dass sie am Fest teilgenommen haben, angeheuert wurden die Feuerwerkskörper von dem Karren zu räumen oder ihn durchsuchen sollten. Niemand kann beweisen, dass sie das Attentat auf uns wirklich geplant und begangen haben und einige Zeugen sahen den fraglichen Feuerwerkskörper fliegen und er sah vollkommen harmlos aus. Man konnte ihn nicht von einem echten unterscheiden. Das waren Fehler, die jedem, selbst mir, hätten passieren können. Ich glaube nicht, dass sie dahinterstecken, da ist mehr. Zumindest habe ich das im Gefühl«, sagte Fráco und schaute fragend in die Runde, nach Bestätigung suchend.

Alle hatten ihm zugehört und dachten wohl ähnlich wie er, doch wenn sie keinen Schuldigen fänden, würden die Angehörigen der Toten den Rat als inkompetent abstempeln und gegen ihn mobil machen.

Ràksûl räusperte sich und sprach das aus, was, seiner

Ansicht nach, ausgesprochen werden musste: »Fráco, du hast Recht. Aber die Leute wollen Resultate sehen, sie brauchen jemanden, den sie für das Ganze verantwortlichen machen können und dessen Kopf ihnen am besten sofort zu Füßen gelegt wird. Wenn wir jetzt zögern, stehen wir als schwach da und das ist das Letzte, was wir gebrauchen können. Das wünschen sich die, die uns angegriffen haben doch. Die Allianz Câtan Vijéba, oder wer sonst dahintersteckt, will uns stürzen und wir müssen uns dagegen wehren. Ich wäre dafür, drei der fünf Verdächtigen zum Tode zu verurteilen und die anderen beiden, die, die auf Unschuld plädieren, in Haft zu behalten. Im Geheimen gehen die Ermittlungen dann weiter und wir finden früher oder später die wahren Verantwortlichen.«

Eine Weile blieb es still im Saal. Die Fackeln knisterten, während es draußen dunkel wurde.

Der Schatten setzte sich hin. Er atmete tief durch und schaute in die Runde. Er sah plötzlich alt und schwach aus, der Rauch, der sein Gesicht bildete, wurde heller, verschwamm und nur seine leuchtend grünen Augen zeigten seine Entschlossenheit, als er das Wort ergriff: »Ich befürchte, wir haben keine Wahl. Ich weiß nicht, ob der Vázak, der gestanden hat, nur wollte, dass die Folter aufhört oder wirklich schuldig ist. Noch weniger klar ist es bei den anderen. Doch wir müssen heute diese Entscheidung treffen. Wer ist dafür, dass wir Ràksûls Vorschlag folgen?«

Er hob die Hand, gefolgt von den anderen beiden Ratsmitgliedern. Nur Mûtavéhs Hand blieb auf dem Tisch liegen.

Alle sahen ihn an.

»Habt Ihr einen anderen Vorschlag?«, fragte der König. Interessiert wartete Verbero auf eine Antwort.

»Ich weiß nicht, ob es richtig ist, das Leben wahrscheinlich Unschuldiger gegen unsere Stellung in der Gesellschaft aufzuwiegen. Können wir nicht noch etwas warten, bevor sie verurteilt werden? Vielleicht kommt die Wahrheit ans Licht und –«

»Das kann Monate dauern, oder länger! Bis dahin bist du Tellerwäscher in Koruma und jemand anderes sitzt auf deinem Platz.«

»Aber Fráco, haben sie nicht wenigstens eine Chance verdient? Es geht um das Leben dieser Muaësi!«

Er sah sich kalten Gesichtern gegenüber, die Entscheidung war bereits gefallen.

»Gut, ich werde mich nicht gegen diesen Entschluss wehren, ich enthalte mich.«

Es wurden noch ein paar weitere Themen beredet, doch Mûtavéh hörte nicht mehr richtig zu, so stimmte er am Ende ohne es zu wissen für eine Razzia in Ganar-Ánimas, um der Allianz Câtan Vijéba Einhalt zu gebieten.

Bedrückt setzte er sich wieder vor seinen Arbeitstisch, tunkte in Gedanken die Feder ins Tintenfass und vervollständigte seinen Bericht an Tâmínar. Er hatte sich inzwischen mit dem Entschluss des Rats abgefunden. Er verstand die Situation, doch es blieb ein ungutes Gefühl. Langsam spürte er, wie er zu dem wurde, was er immer verachtet hatte und bekämpfen wollte: Einem Vollblutpolitiker, dem sein gepolsterter Sessel und ein gefüllter Geldbeutel wichtiger waren als das Schicksal derer, die er zu repräsentieren geschworen hatte. Er dachte wieder an die Verhandlung der Casísto auf dem Marktplatz. Dort waren zwei eingestürzte Häuser gewesen und die Wände und der Boden schwarz. Der Jubel rauschte in seinen Ohren, verstummte und brandete lauter wieder auf. Er hatte den König für seine Tat gehasst und nun tat er das Gleiche. Er vergrub das Gesicht in seinen Händen. Nach einem kurzen Moment ließ er sie langsam wieder sinken. Nein, es ist nicht das Gleiche. Verbero hatte die Casísto verurteilt, weil sie Casísto sind, und nicht, weil sie verdächtig waren. Bei dem Urteil ging es um Geld, das von reichen, einflussreichen Muaësi gestohlen wurde, oder, wie man bei Gan'dâhil gesehen hatte, auch nicht gestohlen wurde. Hierbei ging es um vergossenes Blut. Wütend strömte sein Selbsthass in den Gedanken, dass die Ratsmitglieder und der König nur Marionetten von einseitigen Vorurteilen waren. Aufgebracht schrieb er seinen Ärger im Brief an Tâmínar nieder, faltete das Papier und setzte sein Siegel darauf. Er nahm seine Kerze und stellte sie neben sein Bett. Es gab mit dem König bloß noch vier arbeitsfähige Ratsmitglieder, seine Stimme war nun viel mehr wert. Erschöpft beschloss er sich dem Rat mehr entgegenzustellen und zu verhindern, dass er gänzlich einer von ihnen wurde. Das flackernde Licht erlosch.

* * *

Baríth trug einen großen Korb auf dem Rücken, in dem Vorräte für die Reise zusammengetragen wurden. Er hatte nur noch wenige Münzen übrig, die Eyônaí ihm gegeben hatte, doch eine Sache fehlte noch. Unendlich langsam kam er durch die Menge an Muaësi voran, die sich durch die Straßen von Ganar-Ánimas drängten. Die Wolken hatten sich schon vor einer Weile zugezogen und kalter Wind kam auf, jeden Moment müsste ein Regenguss über das offene Land ziehen. Die ersten Tropfen fielen auf seinen Kopf, als er ein verrostetes Tor zu einem dreckigen Hof öffnete. Er durchquerte ihn und klopfte an einer alten Holztür, an der die hässliche braune Farbe abblätterte und halb vermodertes Holz zum Vorschein kam. Er dachte schon, dass niemand da war, und überlegte sich, wo er einen Unterstand finden konnte vor dem eiskalten Regen, der gegen die Hauswand prasselte und ihm in Strömen über den zitternden Körper lief. Doch er hatte Glück, die Tür wurde einen Spalt geöffnet und ein schneeweißes Wesen lugte hindurch.

»Hallo? Was möchten Sie? Wir kaufen nichts.«

Die Frau hatte eine fürchterlich krächzende Stimme, die überhaupt nicht zu ihrem leuchtend hellen und freundlichen Äußeren passte.

»Ich wollte nichts verkaufen, ich möchte eine Gruppe Limaíras für eine Handelsreise erwerben.«

»Achso, sag' das doch gleich! Schnuckelhäschen, es interessiert sich jemand für deine Viecher, komm' doch bitte her, ja?«, rief sie durch das ganze Haus, sodass ein Schwarm Vögel aus dem Dachstuhl floh und kreischend das Weite suchte.

Ungeduldig öffnete sie die Tür ganz und tippte auf dem Türgriff herum.

»Ich bin übrigens Baríth.«

Sie blickte uninteressiert auf ihn hinunter.

»Schön für dich, Junge.«

Die weiße Palháco mit seidenem Fell und goldenen Augen machte einem schlammbraunen mit gelben, kalten Augen Platz.

»Du willst meine Limaíras mieten?«, fragte der Mann.

»Nicht mieten, kaufen. Ich habe hier eine Anzahlung ...« Baríth zog einen Lederbeutel aus der Tasche seiner edlen nachtblauen Kleidung. »… den Rest erhalten Sie, wenn ich die Tiere abhole, fertig gesattelt, gefüttert und gewässert, bitte.«

»Warum willst du sie kaufen? Du brauchst sie doch nur für eine Handelsreise?«, keifte die Frau ihrem Mann über die Schulter.

Dieser sah Baríth fragend an, musterte den Geldbeutel und die teure Kleidung.

»Das ist nicht von Belang, ich will einen guten Preis für die Tiere zahlen, das ist das Einzige, was Sie interessieren sollte.« Baríth sprach mit einem selbstbewussten, lauten Ton, doch innerlich hatte er Angst, etwas von der geheimen Reise auszuplaudern.

»Nun gut, deine Entscheidung. Wie viele brauchst du denn? Vier, fünf?«

»Acht. Sie haben drei Tage Zeit, bei Sonnenaufgang schicke ich jemanden mit dem Geld vorbei.«

Der Palháco erwies sich im weiterführenden Gespräch als nicht der Allerhellste, doch er konnte gut Geschäfte machen. Die Reittiere wechselten für einen etwas zu hohen Preis den Besitzer, doch Baríth bemerkte, dass dem Händler seine Limaíras sehr am Herzen lagen. Es war also davon auszugehen, dass die Tiere in gutem Zustand waren.

Als er den Hof verließ, nicht, ohne sich vorher die zufriedenstellenden Ställe zeigen zu lassen, hallte ihm noch die Stimme der merkwürdigen Frau in den Ohren, die ihrem Mann ständig ins Wort gefallen war. Baríth rieb sich die Ohren, von denen einige Tropfen Wasser in alle Richtungen spritzten. Durch den langen Regenguss waren die wuselnden Muaësi in ihre Häuser verschwunden, sodass die glitschigen Straßen nun wie ausgestorben waren. Baríth ärgerte sich darüber, dass er nicht ins Haus gebeten wurde und so die ganze Zeit Eimer voll Wasser auf ihn hinuntergestürzt waren.

Er trocknete sich in seinem Gästezimmer im Haus der Allianz, schnappte sich neue Klamotten und suchte, in eine warme Decke gewickelt, den Weg zu Parúh. Die ganze Zeit über war er nie dazu gekommen, ihn zu besuchen, entweder wurde ihm berichtet, dass er schlief oder er war zu beschäftigt mit den Vorbereitungen für die Reise. Er tapste gespannt durch das Arbeitszimmer mit den hohen Bücherregalen und öffnete die Tür, durch die er Parúh bei seiner Ankunft hatte verschwinden sehen. Doch hinter ihr war nur ein etwas größerer Abstellraum, voll mit Putzsachen, Seilen und Werkzeug. Es gab kein einziges Fenster, sodass überall große dunkle Schatten lauerten. Das einzige Licht kam durch die Tür, in der Baríth ratlos stand. Sein Abbild huschte im Tanz der Kerzen als schwarzes Tuch über den Boden, als eine zweite Gestalt hinter Baríth erschien.

Ohne sich umzudrehen, fragte er: »Wo ist Parúh, wo habt ihr ihn hingebracht?« Er sagte es ganz leise, war jederzeit bereit sich gegen einen Angriff zu wehren.

»Dieser Raum ist eine Sicherheitsmaßnahme. Falls angeordnet wird unser Haus zu durchsuchen, kann man nichts finden, was auf eine geheime Organisation schließen ließe. Alle wichtigen Räume befinden sich unterhalb des Hauses oder hinter dieser Wand.«

Der kleine zottelige Pelúdo deutete ruhig auf die Mauer ihnen gegenüber, drückte sich an Baríth vorbei und drehte einen Putzeimer in einer Ecke einmal um sich selbst. Das alte Gesicht grinste Baríth wie ein kleiner Junge an, der seinen Freunden sein geheimes Baumhaus zeigte. Einige Zahnlücken kamen zwischen dem buschigen Bart zum

Vorschein. Plötzlich gab es ein lautes Knirschen und die ganze Wand verschob sich nach links.

»Komm! Ich zeig' dir den Weg zu deinem Greif.«

Ohne auf eine Antwort zu warten, verschwand er durch den breiten Spalt, verdutzt folgte Baríth ihm in den beleuchteten Gang. Als er sich nach ein paar Schritten umdrehte, war der Durchgang zum Haus schon wieder verschlossen. Er war dem Pelúdo schon am Tag zuvor einmal kurz begegnet und glaubte ihm vertrauen zu können. Der Flur war lang, es gab jedoch nur drei Türen. Bei der letzten stand schon der dunkelbraune Pelúdo in seiner hellen Schürze, die seine nachtblaue Kleidung mit dem Wappen der Allianz Câtan Vijéba fast gänzlich verdeckte. Die Wände waren aus einem grauen Stein und alle paar Meter hing eine Laterne und strömte warmes Licht aus. Baríth lugte durch die stabile Holztür in einen ausladenden Raum. Dort waren große Gehege durch stabile Gitter abgegrenzt, doch nur eines war besetzt. Unter einem hellen Fenster, durch das man nichts erkennen konnte, suchte sich Parúh gerade in dem Stroh ein geeignetes Plätzchen für ein Nickerchen. Selig schnurrte er vor sich hin. Als der bekannte Casísto jedoch vor ihm erschien, blieb er stehen, während seine Augen leuchtend zu strahlen anfingen. Der Pelúdo öffnete das große Schloss und Baríth betrat das Gehege. Er blieb eine ganze Stunde bei Parúh, war erleichtert, dass die Wunde bereits gut verheilte, obwohl noch eine lange, verkrustete Linie zurückgeblieben war.

»Du siehst ja, es geht ihm schon viel besser. Er kann es sicher kaum erwarten, wieder zu fliegen, aber bis zum Beginn der Reise muss er sich noch schonen.«

Der alte Mann saß auf einem wackligen Schemel und kratzte sich nachdenklich den buschigen Bart. Parúh hatte den Kopf auf Baríths Schoß gelegt und war eingeschlafen. Der Casísto strich ihm in Gedanken durch die feuerroten Federn.

»Grúmaëk, kommst du eigentlich auch mit? Ich meine, ins Fervôr-Gebirge.«

Der Pelúdo grinste breit.

»Ja, natürlich, ohne mich würdet ihr doch keinen Tag überleben!« Er lachte laut mit kratzender Stimme.

Baríth lächelte ihn unsicher an.

»Du glaubst wohl, ich wäre zu klein und zu alt oder wie? Keine Sorge, wir Pelúdos sind stärker, als wir aussehen. Außerdem bin ich fürs Essen zuständig, nicht um gegen Drachen oder sonst was zu kämpfen!« Wieder lachte er schallend. »Dafür haben wir ja dich!«

Entsetzt starrte Baríth ihn an. »Mich? Aber, aber ich habe doch nie einen Drachen besiegt. Ich bin weggelaufen! Ihr könnt von mir nicht erwarten, dass ich euch vor einem Drachen beschützen kann.«

Grúmaëk legte ihm seine breite, pelzige Pfote auf die Schulter. »Nicht jeder schafft es, einem Drachen zu entkommen. Wir wollen ja keinen Drachen bekämpfen, wir wollen nur vor einem fliehen können.«

Baríth wurde für eine Weile stumm, er dachte darüber nach, was passieren würde, wenn jemand wegen ihm stürbe.

»Komm, es ist Zeit, wir kommen noch zu spät.«

»Ja, du hast Recht, gehen wir ...«

Baríth legte behutsam Parúhs Kopf auf das Stroh zurück und sie verließen das Gehege, den Raum, den Flur und standen wieder in dem dunklen Raum mit den Putzsachen, Seilen und Werkzeugen. Als Grúmaëk die Tür öffnete, standen schon einige Leute im Raum. Zwei saßen bereits, die anderen waren noch in ausgelassene Gespräche vertieft.

Alle wurden stumm, als Noi'loân und Grimvâr den Raum mit dem langen Holztisch und den hohen Bücherregalen betraten. Sie setzten sich jeweils ans Ende auf bequeme Stühle mit hohen Rückenlehnen. Die anderen setzten sich ebenfalls, Baríth wurde von Grúmaëk auf den Platz links von Grimvâr gedrückt. Ihm gegenüber saß Eyônaí, die sich nach einem begrüßenden Lächeln wieder dem Anführer der Allianz Câtan Vijéba zuwandte. Er hatte sie seit dem Gespräch mit Noi'loân nicht mehr gesehen, sie hatte ihm nur Zettel mit Aufträgen hinterlassen.

»Endlich haben alle den Weg nach Ganar-Ánimas gefunden«, sagte Noi'loân und blickte leicht tadelnd zu zwei Vázak, die ihn mit schelmischem Grinsen um Verzeihung baten.

»Nun. Alle Vorbereitungen wurden getroffen. Wir müssen nur noch die genaue Route besprechen, aber zuerst will ich euch einander vorstellen. Einige kennen sich ja bereits, doch haben wir ein paar neuere Mitglieder. Ich denke jeder von euch kennt Grúmaëk, ich habe schon einige Abenteuer mit ihm erlebt und er ist das einzige noch lebende Gründungsmitglied dieser Organisation.«

Der Pelúdo stand auf, wurde so aber nur noch kleiner. Mühsam setzte er sich wieder zurück auf den viel zu großen Stuhl.

»Neben ihm sitzt Wítaijâ, ich rate euch, dass ihr ihr nicht beim Kämpfen in die Quere kommt«, er lachte, als ob er diesen Fehler bereits begangen hätte.

Eine große, stolze Wazáy stand auf. Sie war in kompletter Kampfmontur gekleidet, an ihrer Hüfte hängte ein riesiges Schwert in schwarzer Scheide. Ihre grüne Haut war voller weißer Narben und sie sah aus, als hätte sie dem Lachen abgeschworen. Sie krallte sich eine pechschwarze Frucht, setzte sich und biss in sie hinein, wobei das rote Innere zum Vorschein kam. Baríth nahm sich vor, sich besser von ihr fernzuhalten.

»Zu meiner Rechten seht ihr Vínija und Finaír, sie –«

»Schon gut, lass sie sich selbst ein Bild von uns machen.«

Der ältere der beiden war aufgestanden und machte nun eine ironische Verbeugung in die Runde. Seine Schwester zog ihn zurück auf seinen Platz und verdrehte vergnügt die Augen.

»Chrm, viel Spaß mit ihnen, lasst sie euch nicht auf der Nase herumtanzen«, sagte Noi'loân. Er sah aus, als ob er überlegen würde, ob es eine gute Idee war, die beiden mitreisen zu lassen.

»Nun ja, zuletzt unsere drei Casísto. Grimvâr habe ich die Leitung der Mission überlassen, seinen Befehlen ist Folge zu leisten.«

Der schon leicht angegraute Mann nickte ihm kurz zu und legte dann abschätzend die Pfoten auf dem Tisch aneinander.

»Neben ihm seht ihr die bezaubernde Eyônaí, bei Verletzungen sucht ihr sie auf und sie hat das Sagen, wenn Grimvâr etwas zugestoßen sein sollte. Als letztes unser neuestes Mitglied: Baríth. Er hat sich auf einem jungen Greifen durch den Sumpf durchgeschlagen und entkam dabei einer Horde Steintigern, einem Erddrachen und einem Nest voller Chimëtreâs. Er begleitet euch, will jedoch eigentlich einen Schattenhund erlegen, der seine Heimatstadt heimsucht … oder mehrere.«

Er wurde neugierig gemustert, danach breitete Grimvâr eine große Karte vom ganzen Land Muaëra aus, was ihre Aufmerksamkeit wieder von Baríth ablenkte. Sie war groß, zeigte Berge, Flüsse und Städte. An den Ecken war sie

eingerissen und machte auch insgesamt den Eindruck, als
wäre sie schon auf einige Reisen mitgenommen worden. Im
Norden lagen Fjiondar, Limara Nehir, Èlnyomas und der
große Píntô-See mit Ganar-Ánimas. Im Osten erstreckte sich
das weite Meer, das zwei große Inseln umschloss: Die
ehemalige Drachenheimat Hilâl und ganz unten die Insel
Træth. Von den beiden Gebirgen im Westen und Norden
aus zogen sich Flüsse durchs ganze Land. Im Süden
bildeten die Schwesterflüsse Rijéva und Rieka ein breites
Delta. Sie trennten die Kàbadian-Wüste von dem
fruchtbaren Land in der Mitte Muaëras. Als großer roter
Punkt im Osten war die Hauptstadt Âretoà unterhalb von
Èlnyomas am Sungaji eingezeichnet. Grimvâr deutete mit
seiner Hand auf Ganar-Ánimas und zog eine unsichtbare
Linie südlich nach Koruma.

»Wir überqueren den Rijéva und reisen an ihm entlang
zu dem einzigen Eingang ins Fervôr-Gebirge. Meinen
Informationen zufolge müssen wir einen aktiven Vulkan
durchqueren. Ein Höhlensystem führt uns unter den hohen
Bergen hindurch ins Tszaô-Tal. Es ist ein wilder Wald. Es
gibt viele Legenden darüber, was sich dort befinden soll,
lasst uns hoffen, dass nur die Hälfte davon wahr ist. Was
wir aber eigentlich suchen, ist eine Stadt in den Wolken.«

»In den Wolken? Hört sich nach einer riskanten Reise an,
nur um herauszufinden, dass die Wolken unerreichbar
sind.« Wítaijâ lehnte sich widerwillig auf ihrem Stuhl
zurück.

»Die Stadt liegt nicht in den Wolken, sondern an einem
Berghang. Er soll immer von Nebel eingehüllt sein, deshalb
nennt man sie die *Stadt in den Wolken*. Dort lebt ein Volk, das
sich unserer Regierung nicht unterstellen wollte. Sie sollen
Gelehrte sein, besitzen eine große Bibliothek und zahlreiche

Erfindungen. Wir suchen ein ganz bestimmtes Buch.«

»Sieh dich um, hier stehen überall Bücher, lies eins von denen.«

Grimvâr lächelte Wítaijâ freundschaftlich an.

»Du weißt, warum wir es brauchen und, dass wir es nur dort finden können. Konzentriere dich lieber darauf, nachzudenken, wie wir sicher dorthin und wieder zurückkommen.«

Nach einer halben Ewigkeit war alles abgemacht und Grimvâr faltete die Karte wieder zusammen. Baríth war keine große Hilfe, er war noch nie so weit von zu Hause entfernt gewesen wie jetzt und kannte die Orte, von denen gesprochen wurde, nur aus Erzählungen und Büchern. Es hörte sich nach einer unendlich langen und zermürbenden Reise an.

Wie viele die Schwarze Nacht bis dahin wohl schon getötet hat?, fragte er tief in sich hinein.

* * *

»Mach' auf!«, brüllte No'krâsa.

Nichts regte sich im Zimmer.

»Ich weiß, dass du da drin bist, Ugryòr, jetzt mach' schon auf, ich habe einen Auftrag für uns!«

Noch immer nichts. Die Augen des Schattens begannen vor Wut zu funkeln. Seine Worte wurden zu einem tiefen, drohenden Brüllen: »Aufmachen!«

Er trat heftig gegen die Tür, die ein ungesundes Geräusch brechender Knochen von sich gab und legte die rauchige Hand über den Türgriff. In dem Moment wurde die Klinke gedrückt und ein dreckiger Vázak mit übermüdeten Augen kam zum Vorschein. Trotzig stellte er sich an den Türbogen gelehnt vor den pechschwarzen Stoff, der seinen Partner verhüllte, während sein Blick langsam hoch zu den silbernen Augen des Schattens wanderte.

»No'krâsa, ich hab' zu tun, was gibt's denn so Dringendes?«

»Pass' auf, was du sagst ...«, zischte dieser wütend zurück.

Sein dunkler Umhang wallte bedrohlich in der stickigen Luft des uralten Anwesens der Ganáncias.

»Wir haben einen Auftrag, komm' mit«, sagte er und wandte sich zum Gehen.

»Ich habe aber zu tun.«

Der Schatten blieb stehen, sagte nichts. Nach einem kurzen Moment eiskalter Stille, drehte er sich um.

»Was bildest du dir ein, du unbedeutendes Kriechtier? Wir haben einen Auftrag. Glaubst du, dein Nickerchen sei wichtiger als die Wünsche deiner Herren? Du gehörst uns und du wirst tun, was von dir verlangt wird, haben wir uns verstanden?«

Ein gehässiges Lächeln zog sich über Ugryòrs Gesicht.

»Nein. Ich sagte, ich sei beschäftigt, du wirst diesen Auftrag alleine ausführen und du wirst niemandem etwas davon sagen.«

No'krâsas Hand schnellte zu seinem Schwertknauf.

»Du dreckiger –!«

Plötzlich wurde der Schatten seltsam leise, entspannte sich und seine Augen, das einzige, was auf seine Stimmung schließen ließ, wurden weich und fast schon herzlich.

»Nein, du hast vollkommen Recht, Ugryòr. Ich kann den Auftrag auch alleine ausführen, mach' ruhig weiter, was immer du da gerade tust, und streng dich nicht zu sehr an, es ist ein heißer Tag und draußen zieht ein Sandsturm auf.

Wir sehen uns, bis dann.«

Beschwingten Schrittes ging er den schäbigen hölzernen Flur entlang und verschwand hinter einer Biegung.

Ugryòr schaute ihm mit triumphalem Gesichtsausdruck hinterher und wollte gerade wieder zurück in sein Zimmer gehen, doch jemand griff ihn fest an der Schulter. Wie ein ertappter Dieb drehte er sich um und sah erschrocken in das ernste Gesicht eines Trampianers, der drei Zimmer weiter wohnte. Er war hellbeige, dünn und etwas kleiner als Ugryòr.

»Was war das?«, fragte der Mann.

»Was war was?«, erwiderte Ugryòr.

»Was war mit No'krâsa los?«

Ugryòr schob gespielt lässig die Hand von seiner Schulter.

»Da war gar nichts los, wir haben uns nur unterhalten.«

»Verkauf' mich nicht für dumm, ich hab' doch Augen im Kopf! Du bist der Erste, der so mit No'krâsa geredet hat und anschließend noch in einem Stück war.«

»Ach *das*, ja. Das war doch nichts Besonderes, ich habe ihm lediglich erklärt, dass ich einfach keine Zeit habe, um ihn auf die Mission zu begleiten, und das hat er dann auch verstanden. Weiter nichts.«

Das riesige Insekt schüttelte zweifelnd den Kopf, ging aber trotzdem tatenlos an ihm vorbei.

Ugryòr verschwand zurück in sein Zimmer, was eher einem etwas größeren Schrank ähnelte, und setzte sich vor das Portrait des Königs, als No'krâsas Stimme wütend die Flure hallte: »Was soll das heißen, ich bekomme nur drei Wurfmesser!? … Es ist mir egal, dass das neuerdings so vorgeschrieben ist! Es wird getan, was ich sage, verstanden?!«

Ugryòr öffnete vergnügt die Augen und machte sich wieder an die Arbeit.

* * *

Isz'dávikas musste schlucken und kam sich plötzlich ganz klein vor. Noch nie hatte er sich dem Familienoberhaupt der Ganánçias persönlich gegenüber gesehen, und ebenso wenig allen anderen wichtigen Familienmitgliedern auf einmal. Der Trampianer befand sich in einer Mischung aus Thron- und Gerichtssaal. Er stand im Zentrum des Raumes auf dunklem Parkett, während sich vor ihm ein gleichermaßen dunkles Holzpodest mit zahlreichen Schnörkeln und Verzierungen aufbaute. Es bestand aus drei Teilen. In der Mitte war es am höchsten und beherbergte einen prunkvollen Thron, der jedoch von unten, aufgrund der etwa einen Meter hohen Balustrade, die sich über die Länge des gesamten Podestes erstreckte, kaum zu sehen war. Darauf saß ein großer, stämmiger Hæríquon mit außergewöhnlich langen Hörnern, gehüllt in edle dunkelgrüne Gewänder mit allerlei goldenen Applikationen. Seine Hände waren dekoriert mit etlichen wertvollen Ringen. Er saß dort mit einer demonstrativ herrschaftlichen und bestimmten Haltung, die unmissverständlich klar machte, dass sein Wort Gesetz war. Neben seiner exponierten Position befand sich auf jeder Seite eine etwas niedrigere Reihe von jeweils vier etwas weniger prunkvollen, aber nicht minder eindrucksvollen Sitzgelegenheiten, auf denen der Rest der Familie Platz genommen hatte. Isz'dávikas erkannte nur wenige von ihnen, und das auch nur aufgrund von Portraits oder weil er hin und wieder einen kurzen Blick erhaschen konnte, wenn einer von ihnen über das mächtige Anwesen schritt. Sie gaben sich nicht mit dem Pöbel ab, also auch nicht mit einfachen Helfern wie ihm, weshalb er nicht einmal ihre Namen oder Positionen kannte und diesbezüglich nur mutmaßen konnte. Hinter ihnen in der Wand waren die einzigen beiden Fenster des aus grobem, mittelgrauem Stein gemauerten Raumes. Zwischen ihnen hing das große Wappen der Ganáncias in Form eines edlen Wandteppichs. Ein Drache, umrahmt von einem großen ›G‹ war dort abgebildet, darüber prangte eine prunkvolle Krone.

Spendeten die großen Fenster, die fast von der Decke bis zum Boden reichten, tagsüber genug Licht, um den ganzen Raum gut auszuleuchten, fiel nun lediglich ein orange-goldener Schein der Abendsonne herein, der der Szenerie eine geheimnisvolle, bedeutungsschwere Atmosphäre verlieh, die für Isz'dávikas durch den Anblick dieser Mauer von Hæríquons vor ihm noch verstärkt wurde.

»Nun?«, fragte eine Hæríquon direkt neben der Erhöhung des Podestes – Isz'dávikas vermutete daher, dass es sich um die Frau des Oberhauptes handelte – mit selbst für eine Frau dieser Spezies außergewöhnlich tiefen, grollenden Stimme. »Man hat dich bis zu uns durchgelassen und unser aller Anwesenheit empfohlen. Es sei dir daher geraten, uns nicht zu enttäuschen.«

Der Kloß in seiner Kehle schien nun doppelt so groß, doch Isz'dávikas riss sich zusammen und stotterte: »Ich … chr-chrm. Ich möchte etwas melden. Ich habe gesehen, wie Ugryòr, einer meiner Zimmernachbarn, von No'krâsa zu einem Auftrag gerufen wurde, sich aber weigerte mitzukommen, weil er etwas Wichtigeres zu tun gehabt hätte. No'krâsa wollte ihn sich daraufhin richtig zur Brust nehmen, wurde dann aber plötzlich ganz seltsam. Er hatte seine Meinung auf einmal komplett geändert und war mit allem einverstanden, schien sogar noch besorgt um Ugryòr. Wenig später aber war er wieder ganz normal und hat durchs ganze Gebäude gebrüllt, als man ihm anscheinend ein paar Wurfmesser zu wenig ausgehändigt hat. Er war wie ausgetauscht!«

Der Hæríquon an der Spitze beugte sich vor.

»Willst du uns etwa allen Ernstes weismachen, No'krâsa, der Schatten, einer der besten Attentäter in ganz Muaëra, hätte vor einem Wurm wie Ugryòr gekuscht?«

»Chrm ... ja.«

Ein paar Hæríquons begannen leise zu lachen, was sich wie das ferne Donnern eines Gewitters anhörte. Die Frau des Oberhaupts sah ihn leicht belustigt an und fragte: »Und du bist dir auch ganz sicher, dass du vielleicht nicht einfach nur ... geträumt hast oder etwas in der Art?«

»Ja! Ich habe es doch mit meinen eigenen Augen gesehen!«

Schallendes Gelächter ertönte, erstarb jedoch sofort, als der Hæríquon in der Mitte sich erhob und polterte: »Schweigt!«

Er fixierte Isz'dávikas mit vor Zorn lodernden Augen.

»Du wagst es, mit so etwas vor uns zu treten!?«

Seine Stimme ließ den ganzen Saal dröhnen.

»Aber ich sage die Wahrheit!«, beteuerte Isz'dávikas. »Es war auch nicht das erste Mal, dass ich es beobachtet habe, nur bis heute konnte ich mir nie einen Reim darauf machen. Es ist ungefähr eine Woche her, ich wollte Ugryòr etwas fragen. Ich klopfte, aber er machte nicht auf. Stattdessen hörte ich drinnen jemanden mit unglaublich tiefer Stimme irgendetwas von Síma und Soldaten murmeln. Da merkte ich, dass die Tür offen war und schaute hinein. Ugryòr saß vollkommen weggetreten vor einem Bild Verberos und schien irgendwie zu beten oder sowas … Ich hab' mir dann nichts weiter gedacht, außer, dass er wirklich noch schräger ist, als sowieso schon, und bin dann gegangen. Ein paar Ta– «

»Was wird das hier? Eine Märchenstunde!?«

»So lasst mich doch ausreden! Ein paar Tage später unterhielt ich mich mit ein paar anderen auf dem Flur und einer von ihnen hatte gehört, dass in Síma kürzlich einige Casísto ohne Grund verhaftet und gefoltert worden sind – von Regierungstruppen. Ich hab' mir erst nichts dabei gedacht, obwohl es ungewöhnlich war, der König hat so etwas noch nie veranlasst. Aber nachdem ich heute das mit No'krâsa gesehen habe, bin ich mir sicher, dass Ugryòr auch damit etwas zu tun hat!«

Einen Moment lang geschah nichts, dann sagte eine Hæríquon in mittleren Jahren, die eine wahrlich ausgefallene Paraderüstung trug und nicht wenige Narben besaß: »Eine schöne Geschichte.«

Sie wandte sich an die anderen.

»Also eines muss man ihm lassen, er ist wirklich einfallsreich.«

Wieder brach Gelächter aus, in das sie selbst mit einstimmte. Doch nur Sekunden später wurden ihre Züge wie Stein, ihre Stimme süßlich, darunter jedoch kalt wie Eis: »Und Mut hat er auch, größeren als ich ihn je erlebt habe. Er scheint das Spiel mit dem Feuer zu lieben. Andernfalls würde er es wohl kaum wagen, uns so zum Narren halten zu wollen!«

Ihre Stimme war nun nicht mehr nur eiskalt, sie triefte auch förmlich vor Verachtung und Hass.

»Was soll ich denn noch tun, damit Ihr mir endlich glaubt!? Und warum sollte ich mich überhaupt bis zu Euch durchschlagen, um Euch anzulügen und dabei mein Leben zu riskieren? Was hätte ich denn davon?«, rief der Trampianer und Verzweiflung stieg in ihm hoch.

Ein anderer, schon recht alter Hæríquon auf dem vorletzten Platz der rechten Reihe wies mit seiner schon leicht verblassten, knochigen Hand auf ihn und fragte: »Vielleicht willst du ja über etwas hinwegtäuschen? Oder einer anderen Aussage zuvorkommen und Ugryòr etwas anhängen? Vielleicht willst du dich mit dieser absurden Geschichte auch bei uns einschleimen? Es gibt viel, was du davon haben könntest!«

»Nein! Außerdem würde ich es *niemals* wagen, Euch zu belügen, und Ihr würdet mich doch sowieso durchschauen!«

Ein noch sehr junger Hæríquon direkt neben dem Alten sprang auf: »Stimmt, und genau das haben wir gerade getan! Für diese Anmaßung gehört er in die Mienen!«

Zustimmende Rufe kamen von allen Seiten, doch bevor sich der ganze Saal erneut mit tosendem Lärm füllen konnte, rief das Oberhaupt dazwischen: »*Halt!*«

Die anderen verstummten wieder auf der Stelle.

»In einem Punkt hat er definitiv Recht, wir würden ihn in jedem Fall durchschauen, und das weiß er auch. Daher glaube ich nicht, dass er lügt. Er mag zwar eine kleine, unbedeutende Ratte sein, aber so dumm ist er nun auch wieder nicht.«

Der Hæríquon wurde nachdenklich.

»Und nehmen wir nur einmal an, er sagt tatsächlich die Wahrheit – wenn es nicht stimmt, können wir ihn ja immer noch bestrafen – dann ändert das vieles, um nicht zu sagen … alles.«

Er hielt einen Augenblick inne, dann erhob er sich.

»Geh! Du bist vorerst von allen Aufträgen entbunden ... und stellt ihm jemand eine Wache ab, die aufpasst, dass er keine Dummheiten macht.«

Zwei Tage waren seit dem nun vergangen. Ugryòr kam gerade von einem eher zweckmäßigen Frühstück aus dem Speisesaal zurück. Er hatte noch gut eineinhalb Stunden, bevor er wieder einen Auftrag zugeteilt bekommen würde und gezwungenermaßen seinen Tag verschwenden müsste. Also wollte er die Zeit, bis es soweit war, möglichst sinnvoll nutzen. Eilig bog er in den Flur ein, der ihn schließlich zu dem bringen sollte, auf dem sich sein Zimmer befand. Rasch hatte er ihn durchquert, doch anstatt einer Reihe wohlbekannter Türen sah er sich drei Numjaír in leichten, dunkelgrünen Rüstungen gegenüber, mit einem golden umrandeten Wappen der Ganáncias auf der Brust. Das und ihre ebenfalls grünen, jedoch im Vergleich zur Rüstung noch etwas dunkleren, Umhänge wiesen sie als Mitglieder der Garde der Ganáncias aus, einer kleinen Gruppe speziell ausgebildeter, erfahrener Elitesoldaten, die die Ganáncias hauptsächlich zu ihrem Schutz, aber auch für den ein oder anderen Spezialauftrag ins Leben gerufen hatten – und das schon vor Generationen, sodass diese Truppe auf eine lange Tradition zurückblicken konnte, die bis auf die Zeit zurückging, in der die Ganáncias noch den Thron inne hatten.

Ugryòr blieb abrupt stehen. Er hatte Gardesoldaten noch nie in diesem Teil des Anwesens gesehen. Ihn beschlich ein ungutes Gefühl, sie standen direkt vor der Tür zu seinem Zimmer. Das Gefühl wurde schließlich zur Gewissheit, als hinter ihm im Gang drei weitere erschienen. Wohl wissend, dass er in der Falle saß, blieb er ruhig stehen und versuchte so unwissend und unschuldig wie möglich zu wirken. Vielleicht bestand ja doch noch eine kleine Chance, dass sie sich geirrt hatten oder aber, sie davon zu überzeugen.

Einer der Numjaír vor seiner Tür ging einen Schritt vor und fragte ihn mit tiefer Stimme: »Ugryòr?«

»Ja? Was ist los, hab' ich etwas falsch gemacht?«

»Das werden wir sehen. Würdest du bitte mit uns kommen?«

Da wusste Ugryòr, dass die kleine Chance sich gerade in Luft aufgelöst hatte.

Schnell projizierte er ein Bild No'krâsas vor seinem inneren Auge und fixierte sich kurz darauf, während er antwortete: »Das würde ich sehr gerne, doch ich habe gerade wirklich keine Ze–«

»Das war keine Bitte.«

»Aber ich muss noch etwas erledigen, für unsere Herren, und mir auch gleich meinen neuen Auftrag abholen.«

»Davon bist du entbunden, keine Sorge.«

»Seid Ihr sicher? Ich meine, habt Ihr das schriftlich? Ich möchte ungern in Ungnade fallen.«

Der Numjaír wurde langsam ungeduldig.

»Du sprichst mit Gardesoldaten, falls dir das noch nicht aufgefallen sein sollte, also darfst du guten Gewissens davon ausgehen, dass das, was wir sagen, auch gilt.«

»Ich wollte nur sicherge–«

»Dann ist das ja geklärt.«

Der Numjaír verdeutlichte ihm, dass er sich in Bewegung setzen sollte.

»Selbstverständlich. Ich möchte nur noch schnell meinen Mantel holen, einen Moment.«

»Den wirst du nicht brauchen.«

Er nickte den beiden Gardisten neben sich zu, die daraufhin vortraten und Ugryòr zwischen sich nahmen.

»Wartet, ich habe nichts getan!«

Ugryòr wusste zu gut, was mit denen passierte, die von der Garde abgeführt wurden. Die allerwenigsten von ihnen sah man wieder.

»Wie gesagt, das werden wir sehen. Los!«

Zwei der Gardisten, die vorhin hinter Ugryòr gewartet hatten, übernahmen nun die Führung, der dritte schloss sich dem an, der eben geredet hatte, offensichtlich der Anführer der Gruppe, und bildete mit ihm die Nachhut.

Ugryòr blieb nichts anderes übrig als widerstrebend mit zu trotten und von Zeit zu Zeit zu stolpern, doch trotzdem kamen sie zu seinem Unmut viel zu schnell voran. Sie verließen den Unterkunftsflügel, durchquerten den großen Speisesaal und als sie die Hälfte des Haupttraktes hinter sich hatten, überkamen Ugryòr erste Zweifel ob seines Plans. Der Flur, den sie als nächstes betraten, war nun deutlich breiter als die vorherigen, auch war er merklich edler und reicher geschmückt. Zur Linken waren in regelmäßigen Abständen kleine Säulen aus blank poliertem roten Stein mit grauen Büsten verschiedener Hæríquon darauf, zur Rechten eine Reihe großer Fenster, die sich über die Länge des gesamten Flures zog. Ugryòr konnte Teile des Innenhofes erkennen und weiter vorne den Privattrakt der Ganáncias. Sie waren fast am Ziel. Er sah seine Chancen langsam aber stetig schwinden und ließ sich ein weiteres Mal fallen, wofür er einen kräftigen Tritt mit der Stiefelsohle in den Rücken erntete.

»Aufstehen!«

Doch Ugryòr stand nicht wirklich auf, vielmehr wurde er an den Armen empor gerissen.

»Weiter jetzt!«, befahl der Gardist, während er ihn nach vorne schubste, und knurrte danach: »Und jetzt versuch' wenigstens mal, geradeaus zu laufen! Das sollte sogar dir gelingen.«

Der Flur führte sie quer auf einen weiteren, noch etwas breiteren, der sich über die komplette Stirnseite des Innenhofes zog und in der Mitte in eine Halle überging, die den Beginn des Privattraktes, des Allerheiligsten des Anwesens, markierte. Auf dem dunklen, glänzenden Parkett lag ein roter Teppich und auch hier waren vereinzelte Büsten, auf der rechten Seite standen zudem zwei kleine, runde Tische, gesäumt von edlen Stühlen. Hauptsächlich wurde das Bild der Wände jedoch von überlebensgroßen Portraits bedeutender Ganáncias der Vergangenheit bestimmt, einige besaßen eine Krone. An der Decke waren vier große, an den Wänden viele kleine grüne Fackeln hinter mattem weißen Glas. Sie flackerten kaum und spendeten ein helleres und reineres Licht als gewöhnliche, was durch das Glas zusätzlich gefördert wurde. Am Ende dieser Halle war ein zwei Stufen hohes Podest, das zu einer großen, dunklen, von zwei Wachen eingerahmten, doppelflügigen Holztür führte. Für Ugryòr erschien sie in diesem Moment wie das Tor zur Hölle. Sie hatten just die beiden Tische passiert, als hinter ihm ein Schrei ertönte, gefolgt von einem metallischen Klappern und einem dumpfen Aufschlag. Als sich die beiden Gardisten, die ihn festhielten, umdrehten, rissen sie ihn mit und eröffneten ihm den Blick auf etwas, was seine Hoffnung wieder aufkeimen und seine Miene aufleuchten ließ: Vor ihren Füßen lag der leblose Körper des Gruppenführers in einer sich langsam ausbreitenden Blutlache, und der Gardist, der ihn begleitet hatte, verlor gerade seinen Kopf.

Ugryòr versuchte sich loszureißen, doch einer der beiden Soldaten schloss ihn in einen eisernen Griff und zog ihn in Richtung Wand, während der andere sich den restlichen beiden anschloss, die sich hektisch umsahen und sich anschickten vor Ugryòr in Position zu gehen. Doch bevor sie dazu kamen oder erkennen konnten, womit sie es überhaupt zu tun hatten, sackte der nächste zu Boden und gab den Blick auf eine große, komplett in Schwarz gehüllte Gestalt frei. Silberne Augen blitzten unter der tiefen Kapuze hervor und suchten bereits das nächste Opfer. In beiden Händen hielt die Gestalt jeweils einen langen, vormals silbernen Dolch. Nun waren beide von einer rötlichen Marmorierung überzogen. Die beiden verbliebenen Gardisten vor Ugryòr hatten sich mittlerweile vor ihm aufgebaut und hielten ihre Schilde vor sich, die Schwerter gezückt. No'krâsas Kopf drehte sich kurz nach hinten um und er sah die zwei Wachen von der Tür auf ihn zu rennen. Noch während er wieder zurückblickte, warf er den ersten Dolch auf den linken der beiden Gardisten, der es jedoch gerade noch so schaffte, ihn mit seinem Schild abzublocken. Der rechte versuchte sich wegzudrehen und riss ebenfalls seinen Schild hoch, gab dadurch jedoch seine linke Seite frei. Nur einen Lidschlag später ragte das Heft des zweiten Dolches aus seinem Fell und er sank mit einem markerschütternden Schrei auf die Knie. No'krâsa sah das schon nicht mehr. Nachdem der Dolch seine Hand verlassen hatte, hatte er sich in einer einzigen flüssigen Bewegung herumgedreht, seine Armbrust vom Rücken genommen und der ersten Wache einen Bolzen mittig in die Stirn geschossen. Er ließ sie augenblicklich fallen und zog sein Schwert aus der Scheide. Er schwenkte es direkt in einem weiten Bogen hinter sich herum und führte einen Überkopfhieb auf die zweite Wache aus, die ihn unter lautem Klirren parierte. Ihren Schild hatte sie fallen gelassen, um die nötige Kraft zu haben. Wie No'krâsa hielt sie ihr

Schwert nun beidhändig. Sein nächster Schlag zielte auf die Beine des Numjaír, doch auch diesen konnte er abwenden, indem er sein eigenes Schwert an der Seite von unten nach oben riss und ihn so seitlich vorbei lenkte. Er drehte sich einmal um die eigene Achse, schlug No'krâsas Schwert dabei quer vor dessen Körper, drehte sein eigenes ein weiteres Mal über seinem Kopf und schlug nach No'krâsas Hals. Der jedoch verwandelte das Wegschlagen seines eigenen Schwertes in eine Kreisbewegung, mit der er den Angriff blockte. Er machte einen Satz zurück und ging erneut in Stellung. Der Numjaír setzte ihm nach und riss sein Schwert vom Boden schräg hoch, doch anstatt den Hieb zu stoppen, lehnte sich No'krâsa zurück und schlug von unten gegen die Klinge seines Gegners. Das Schwert wurde ihm aus der Hand gerissen und flog über No'krâsas Kopf hinweg an die Wand, wo es eine der Fackeln herunter schlug. Einen Augenblick später krachte sie klappernd in einem Regen aus Scherben und Funken zu Boden. Der Numjaír riss überrascht die Augen auf und versuchte noch wegzuspringen, doch er kam nicht mehr dazu. Eine kalte Klinge bohrte sich in seine Brust und er fiel zu Boden. Seine toten Augen starrten voller Entsetzen die Decke an. Der Gardist, der bis jetzt Ugryòr festgeklammert hatte, stieß diesen nun von sich und zog verzweifelt sein Schwert. Ugryòr warf noch schnell einen Blick zurück und ergriff die Flucht, während hinter ihm ein lautes Klirren ertönte. No'krâsa hatte den Gardisten nach vier Hieben an die Wand gedrängt und mit dem letzten entwaffnet. Der, den er anfangs mit dem Dolch in die Seite getroffen hatte, hob stöhnend den Kopf. Er konnte nicht fassen, was gerade passierte, und wie schnell. Mit Schrecken beobachtete er, wie No'krâsa zum finalen Schlag ausholte. Aber der Soldat gab noch nicht auf. Er nutzte diesen kurzen Augenblick, um abzutauchen und nach rechts zu springen. No'krâsas Schwert verfehlte ihn zwar haarscharf und krachte direkt hinter ihm in den Stein, doch der Numjaír spürte schon einen Tritt, der ihm die Beine wegfegte. Er prallte auf den Rücken und schlitterte noch knapp zwei Meter. Irgendwie schaffte er es, auf die Füße zu kommen und stolperte in Richtung des Schwertes, das noch immer unter den Scherben begraben lag. No'krâsa befreite mit einem Ruck seine Klinge aus dem Griff des Gesteins und setzte dem Numjaír nach, sein Blick tötete ihn schon jetzt. Der Soldat erreichte mit einem Hechtsprung das Schwert, Glassplitter bohrten sich in sein Fell, als er die Hand danach ausstreckte. Schnell drehte er sich um und konnte gerade noch einen vernichtenden Hieb des Schattens abwehren, der so heftig war, dass ihm sein eigenes Schwert die Wange aufschlitzte. Panisch stieß er sich ab, versuchte verzweifelt außer Reichweite und wieder auf die Beine zu kommen, doch es gab kein Entrinnen. Der Schatten baute sich vor ihm auf, schlug ihm das Schwert aus der Hand, weit Richtung Tür, und ließ sein eigenes auf ihn niederfahren. No'krâsa drehte sich um. Sein letztes Opfer kniete blutend und schwer atmend nahe der Wand. Der Gardist blickte in zwei lodernde silberne Punkte. Sie verursachten einen stechenden Schmerz in seiner Stirn und wurden größer, als der Schatten langsam auf ihn zuschritt. Der Gardist tastete wie wild um sich, seinen Blick weiterhin auf die silbernen Augen des Todes gerichtet. Dieser hatte ihn nun erreicht und schwang sein Schwert hoch über seinen Kopf. Da schloss sich seine linke Hand um etwas Hölzernes. Es war die herunter geschlagene Fackel. Mit letzter Kraft der Verzweiflung drehte der Soldat sich nach links weg und stieß mit der Fackel über seine Schulter, während sein Rückenfell von kaltem Metall aufgeschlitzt wurde. Sie traf. Und was auch immer es war, es gab nach. Der Gardist öffnete seine in sicherer Erwartung des Todes zusammengekniffenen Augen und war zu seiner Überraschung noch Teil dieser Welt. Er rollte sich herum und blickte auf. Die Fackel schlug gerade funkensprühend auf dem Boden zwischen ihm und dem Schatten auf. Dort, wo vorher die silbernen Punkte gewesen waren, war nun schwarzer Rauch, in dem einige orangefarbene glühende Partikel tanzten. Die Kapuze fiel zusammen, als sich der Rauch ausbreitete. Ihr folgte der Rest des dünnen aber robusten Kampfmantels, dessen Schnallen klirrend auf den Boden schlugen. Darüber stand eine schwarze Rauchwolke, die nach und nach jegliche Struktur verlor. Sie wurde langsam dünner und schrumpfte. Dabei begann sie schnell um sich selbst zu wirbeln, wobei ein lautes Rauschen ertönte. Sie erzeugte einen Luftstrom, der das Fell des Gardisten wie bei einem Sturm zerzauste und alles im näheren Umkreis herumschleuderte. Die einzelnen Partikel wurden nun immer feiner und die Wolke war nur noch halb so groß. Langsam stieg der Wirbel zur Decke auf und ähnelte immer mehr einer sich windenden Schlange. Das Rauschen verwandelte sich in ein Zischen und endete in einem lauten Knall, als der Wirbel kollabierte. Ein kaum zu erkennender Dunst senkte sich zu Boden und legte sich über den schwarzen Haufen.

KAPITEL 7

Die tiefstehende Sonne blendete Baríths empfindliche Augen. Den ganzen Tag waren sie auf den Limaíras geritten. Sie kamen viel schneller voran, als er geahnt hätte. Die Tiere mit den langen Hälsen und Beinen preschten in unglaublichem Tempo über das Hochplateau. Sie folgten einer alten Straße, das lange Gras der sanften Hügel leuchtete golden in der Sonne. Warme Luft wehte über die Landschaft und ließ die Wiesen und Bäume tanzen. Es sah aus, als würde die Natur atmen, tief und glücklich. Sie wurden langsamer und hielten unter einer ausladenden Baumgruppe an. Baríth rieb sich die schmerzenden Augen und rutschte erschöpft vom hohen Rücken des Reittiers. Er bedankte sich mit einem Tätscheln des Halses. Der Limaíra ließ den Kopf sinken und schnappte sich ein Büschel trockenen Grases. Er hatte ein langes, feines helles Fell, breite Hufe und einen sehr kurzen Schwanz. Wenn er sein Höchsttempo erreicht hatte, hatte sein ganzer Körper eine einzige Linie gebildet und die langen, breiten Ohren waren gänzlich angelegt gewesen. Jetzt waren sie interessiert und neugierig aufgestellt und drehten sich in alle Richtungen.

In langen Kreisen landete Parúh etwas abseits, die Limaíras trabten sofort auf die Spitze eines Hügels, hinter dem die ersten Berge des Fervôr-Gebirges zu sehen waren. Ihre Spitzen waren weiß, ansonsten kam ein heller, grauer Stein zum Vorschein, weiter unten klebten einige knorrige Bäume an dem Fels und auch vereinzelte steile Bergwiesen waren zu erkennen. Es sah aus wie eine undurchdringbare uralte Burgmauer, die Muaëra von einer anderen, geheimen Welt trennte.

Schon brannte ein Lagerfeuer und ein helles weiches Brot

wurde herumgereicht. Baríth setzte sich in die Runde, Parúh legte sich hinter ihm schlafen. Funken flogen gen Himmel und verschwanden, wie auch der dunkle Rauch. Das Feuer wärmte und erleuchtete die Gesichter der Reisenden.

»Beim ersten Sonnenstrahl reiten wir weiter. In spätestens drei Tagen erreichen wir Koruma«, sagte Grimvâr.

Der ältere Casísto nahm die Armbrust auf seinem Rücken ab und legte sie zu seinem Gepäck neben sich. Er trug eine Lederrüstung und einen blauen Umhang, der mit einer silbernen Kette vor seiner Brust zusammengehalten wurde. Für ein paar Momente schloss er die Augen, dann holte er die Karte heraus und breitete sie im Licht des Feuers aus.

Die Sonne war schon hinter den hohen Bergen untergegangen, obwohl es erst später Nachmittag war.

Eyônaí saß an einen Baum gelehnt und hatte die Beine angezogen. Sie las in einem kleinen roten Buch. Sie schien zu merken, dass es kälter geworden war und legte sich eine Decke um.

Grúmaëk stellte einen großen Beutel neben dem Feuer ab, auf dem schon eine Kochstelle angebracht war. Er begann einen Eintopf zuzubereiten und prüfte kritisch die Vorräte. Hinter ihm pflückte Finaír eine kleine gelbe Blüte, zeigte sie seiner Schwester, sagte ihr etwas und warf die Blume dann in ein rundes Glas, das voll mit dieser Pflanzenart war, und schloss es mit einem genauso gelben Deckel.

Wítaijâ hatte ihren langen, dicken Speer mit einer metallenen Spitze, die zusätzlich einen Widerhaken besaß, in den Boden gerammt und saß nun wach in ihrer Kampfmontur etwas abseits, ihr Schwert auf dem Schoß abgelegt.

»Ich übernehme später die erste Wache«, sagte sie.

Keiner widersprach ihr und nach einer Weile lag ein wohliger Geruch in der Luft, der Baríth das Wasser im Mund zusammenlaufen ließ. In kleinen Schüsseln bekam jeder eine Portion und er hatte das Gefühl, noch nie etwas so Leckeres gegessen zu haben. Sofort war er zufrieden und vergaß den anstrengenden Tag.

»Du hast recht, Grúmaëk, wir würden ohne dich keinen Tag überleben«, sagte er grinsend.

Der Pelúdo lachte ob des Kompliments und setzte sich neben ihn. Heiter begann er Baríth alte Geschichten zu erzählen. Abenteuer aus der Zeit, als er noch jung und kämpferisch war. Überall hin hatte er seinen alten Wanderstock mitgenommen und war aus jeder schwierigen Situation irgendwie wieder herausgekommen.

»Du hättest die alten Zeiten erleben müssen ... Aber das wahre Abenteuer begann erst, als ich Câtan Vijéba traf. Verbero war gerade als neuer König vom Rat gewählt worden und überall im Land wurde seine Ernennung mit großer Skepsis aufgenommen. Schatten können recht alt werden und sind nicht gerade die beliebtesten Wesen im Land. Schon damals.«

»Câtan Vijéba? War er nicht der Gründer der Allianz?«

»Ja, aber damals waren wir nur einfache Soldaten, dem König unterstellt. Wir kämpften in Trampa gegen eine Gruppe, die ihr Recht auf den Thron einfordern wollte. Damals war das Reich der Ganáncias noch von Muaëra abgespalten und es herrschte seit fünfzig Jahren Kriegsstimmung an der Grenze. Eines Tages im Frühjahr traf eine riesige Flutwelle auf die Prajía-Bucht und ganz Limara Nehir, eingekreist vom Sungaji, stand meterhoch unter Wasser. Innerhalb von zwei Tagen löste Verbero den

Konflikt mit den Ganáncias, indem die Erträge aus den Minen ohne Abgaben an das Reich abgebaut werden konnten und sie Essen und Wasser aus dem Rest von Muaëra geliefert bekamen. Wir Soldaten wurden vom Rieka abgezogen und nach Limara Nehir gesandt, wo wir hunderte Leben retteten. Es war eine teure Abmachung, aber seit dem ist Verbero im Land beliebt: Im Gegensatz zu den alten Königen hat er gezeigt, dass ihm das Leben seiner Untertanen viel wichtiger ist als alles Geld der Welt. In Gedenken an die Katastrophe bauten die Muaësi in Èlnyomas und Limara Nehir die Straße über das Meer.«

»Und warum geht ihr dann gegen den König vor?«

Grúmaëk belächelte ihn nur und sah kurz zu Grimvâr, der leicht den Kopf schüttelte ohne von der Karte aufzublicken. Eyônaí legte ihr Buch zur Seite und schaute ihm tief in die Augen. Baríth glaubte zu verstehen, was sie ihm sagen wollte, lehnte sich an Parúh an und sah enttäuscht in den unendlichen Sternenhimmel.

Sie erreichten mittags die ersten Berge des Fervôr-Gebirges. Wie schlafende Riesen saßen sie auf der Erde. Baríth konnte sich jedoch nicht auf sie konzentrieren, denn Parúh kreiste unruhig über der Gruppe. Die Limaíras folgten ängstlich dem schmalen Pfad. Rechts von ihnen reckte sich eine steile Wand gen Himmel, links fiel der Weg schräg nach unten ab. Viele kleine Steine lagen auf der Schräge, würde man vom Pfad abkommen, würden die Limaíras auf ihnen ausrutschen und in die Tiefe stürzen, denn hinter der Schräge floss der Rijéva durch einen riesigen Graben. Parúh flog wegen des strengen Windes immer tiefer und Baríth spürte schon die Federn der schlagenden Flügel. Zu allem Übel begann es zu nieseln.

Grimvâr, der die Gruppe anführte, blieb plötzlich stehen, was die Folgenden dazu zwang, das Gleiche zu tun. Ein starker Wind peitschte sie von der Seite und drängte sie nach einer Weile gegen die Felswand. Parúh kämpfte kurz mit den Böen, gab dann auf und landete auf der Schräge. Er rutschte einige Male aus und erhob sich dann wieder in die Lüfte, wo er gegen seinen unsichtbaren Gegner kämpfte.

Die Limaíras setzten sich erschrocken wieder in Bewegung und rasten den Pfad entlang. Sie waren nicht aufzuhalten und Parúh verschwand, als sie um eine Biegung preschten. Baríth schrie sein Reittier an, dass es stehen bleiben sollte und zog mit aller Kraft an den Zügeln. Nichts half, auch die anderen konnten ihre Tiere nicht beruhigen. Der Nieselregen verwandelte sich in ein ausgewachsenes Unwetter. Das Wasser lief wie ein Wasserfall den Hang hinunter, Baríths Limaíra rutschte auf dem glatten Boden aus und konnte sich nicht mehr auf den Beinen halten. Gemeinsam stürzten sie den schrägen Hang hinunter, während die anderen, ohne es zu bemerken, schlitternd weiter rasten. Baríth löste sich von dem panischen Tier und stieß seine Krallen in den Boden, doch er ergriff nur lose Steine. Die Wassertropfen erschienen wie harte Brocken, die auf seinen Rücken geschleudert wurden. Seine Umgebung wurde plötzlich langsamer und sein Herz schlug wie ein wildes Tier gegen seine Brust. Vor sich sah er nur Regen, Wasser und Nebel. Eine schwarze Feder rauschte mitsamt dem Wasser an seiner Tatze vorbei, dann fiel er in die Tiefe. Verzweifelt griff er ins Nichts und schrie, doch es kam kein Ton heraus. Und selbst wenn er hätte nach Hilfe rufen können, die Umgebung war so laut, dass niemand ihn gehört hätte. Sein Sichtfeld wurde immer dunkler, dann landete er hart. Er schloss die Augen in

Erwartung des Todes, doch nichts passierte. Er flog in die Höhe und stürzte erneut hinab in die Tiefe. Der Gurt seines Beutels schnürte ihm ruckartig die Luft ab und Baríth konnte endlich sehen, was um ihn herum geschah: Riesige schwarze Wesen flogen durch die Schlucht, unter ihm sah er den reißenden Fluss und kreisende Schwärme seiner Retter. Pure Dankbarkeit floss durch seine Adern. Er lachte laut, stockte aber sofort wieder, denn der Vogel, der seinen Beutel mit riesigen Klauen gepackt hatte, steuerte auf ein Loch im grauen Fels zu. Eine schreckliche Erkenntnis überkam den pitschnassen Casísto: Die wilden Tiere handelten nicht aus Großherzigkeit, sie waren auf der Jagd. Kurz vor dem Nest griff ein anderer, größerer Vogel die beiden an, sodass Baríth erneut in die Tiefe fiel und aufgefangen wurde. Das Tier hatte Federn, die so lang waren wie Baríths ganzer Arm, es kreischte mit einem so schrecklich hohen Ton, dass der Casísto eine Zeit lang taub wurde. Der Vogel flog steil in die Höhe, raus aus der Schlucht und stürzte sich dann auf der anderen Seite des Flusses gen Boden. Auf halber Höhe ließ er Baríth fallen, der furchtbar schnell auf den harten Stein zuraste. Er sah schwarze Schatten auf ihn zusteuern, die gierig seinen Aufprall abwarteten. Plötzlich knallte Baríth auf den Rücken Parúhs, der sich schnell in die Schlucht hinunterfallen ließ, um dem peitschenden Wind zu entkommen. Der Casísto krallte seine Pfoten in die glitschigen Federn. Immer wieder versuchten die Vögel ihn von dem sicheren Rücken zu pflücken, doch ohne Erfolg. Parúh breitete kurz vor dem Fluss die Flügel aus und segelte über das wilde Wasser, großen Felsbrocken ausweichend, die immer wieder wie Inseln aus dem Rijéva ragten. Der Greif war viel schneller als die großen Vögel mit den langen roten, kahlen Hälsen und knalligen aber kleinen orangen Augen, deshalb hängte er seine Verfolger nach wenigen riskanten Flugmanövern ab. Der Regen ließ nach und verschwand vom einen auf den anderen Moment vollkommen. Nebelschwaden füllten den Graben und zwangen die beiden wieder aufzusteigen. Wassertropfen schwirrten wie winzige glitzernde Kristalle durch die Luft. Die Sonne erschien mit wärmenden Strahlen zwischen den dunklen Wolken. Baríth konnte links vom Fluss endlich auf die weite Ebene schauen. Bunte Felder und einzelne Höfe kamen zum Vorschein. Man konnte bis zum Horizont keinen einzigen Berg ausmachen. Er hatte fast vergessen, wie frei und sicher man sich fühlte, wenn man auf Parúh durch die Lüfte flog. Jäh sank der Greif ab, sodass die Sicht auf das weite Land abbrach und hinter sanften Hügeln verschwand. Sie landeten auf einem kreisförmigen Platz, wo die übrige Gruppe versammelt war und angespannt ihre Ankunft erwartet hatte. Glücklich stieg er von Parúh ab und strahlte in die Gruppe, die ihn jedoch grimmig in Empfang nahm.

Vínija reichte ihm die Zügel des achten Limaíras: »Lass' den hier bitte am Leben und mach' deinem Greif klar, dass er sich von der Gruppe fernhalten soll.«

Baríth griff verwirrt nach den Zügeln, sah zu Parúh und wieder zurück zu den anderen, die mit verschränkten Armen und finsteren Gesichtern eine Wand bildeten, gegenüber der er sich klein und schwach fühlte.

»Was soll das denn heißen? Die dummen Viecher sind einfach durchgegangen und der Limaíra hätte mich fast mit in den Tod gerissen!«

»Überleg' mal, wovor sie weggerannt sind. Nicht vor dem Regen oder dem Wind, sondern vor Parúh. Er hat uns alle gefährdet«, sagte Vínija.

Baríth sah zu Eyônaí und suchte Unterstützung, doch er fand keine.

»Er wollte mir nur nah sein. Ihn trifft keine Schuld.«

Er hielt kurz inne.

»Wunde und Schonung hin oder her, ich werde ihn ab jetzt wieder reiten. Ihm kann ich vertrauen, ihm ist meine Sicherheit wichtiger als seine, ich kann auf eure Limaíras verzichten.«

Wütend warf er seinen Beutel in eine Ecke, ließ die Zügel des Limaíras los, die einsam in der feuchten Luft baumelten, und setzte sich auf den kalten, nassen Stein. Keiner sagte etwas. Nach einer Weile machten sie es ihm nach. Erst als das Feuer brannte, wurde die Stimmung wieder ruhiger. Unsicher näherte sich Parúh Baríth und stupste ihn sanft mit dem Schnabel in die Seite. Der Casísto konnte nicht verhindern, zu lächeln und legte seinen Arm um den Hals des Greifs, der sich schnurrend neben ihn legte und sich zum Schlafen einrollte. Eine Weile kraulte Baríth ihn, bis Parúh eingenickt war. Er hatte das Gefühl, dass die anderen ihn nicht verstanden und schweifte in Gedanken an zu Hause ab. Einen Moment lang überlegte er sich wegzuschleichen und zurück zu fliegen. Doch der Gedanke an Nâruhtés Schicksal hielt ihn davon ab. Schuldgefühle stiegen in ihm hoch. *Wenn ich nur nicht die Grenze überschritten hätte, wäre das niemals passiert*, dachte er traurig. Sein Fell war fast schon wieder trocken, als die Sonne unterging. Er fragte sich, ob sie vielleicht der Schwarzen Nacht entkommen war. Der Schattenhund hatte ja nicht nur sie, sondern auch ihre Freundinnen angegriffen. Vielleicht konnte sie sich in dem Chaos irgendwo verstecken. Seufzend verwarf er den Gedanken wieder. *Sie ist tot*, dachte er, als ob es sein Schicksal besiegeln würde.

»Du siehst aus, als hättest du in das Auge eines Drachen gesehen«, sagte Eyônaí und schaute ihn unsicher, aber freundlich an. »Darf ich mich zu dir setzen?«

Baríth nickte leicht, schaute dann aber in eine andere Richtung. Er wollte nicht reden.

»Nimm uns das bitte nicht übel. Wir hatten alle Angst, vor allem, als wir bemerkten, dass du fehlst.«

Sie wartete ab, ob er etwas sagen wollte, aber er sah immer noch demonstrativ in die Ferne.

»Warum du?«

Baríth drehte sich zu ihr und fragte stutzig: »Was ist mit mir?«

»Warum hast du dich alleine auf diese Reise begeben? Wieso hast du nicht auf einen älteren und erfahreneren Mann gewartet, der euer Dorf rettet?«

»Fjiondar ist eine *Stadt*. Und …«

»Was und? Sag schon.«

Baríth nahm einen kleinen Kieselstein in die Hand und wog ihn hin und her.

»Es ist meine Schuld, dass die Schwarze Nacht uns heimsucht. Ich muss es wieder gut machen. Ich habe keine Wahl.«

Er warf den Stein in weitem Bogen nach Osten in die Schlucht.

»Dummkopf. Das ist nicht deine Schuld. Auf keinen Fall, wie kommst du denn darauf?«

Baríth sah sie beleidigt an: »Wieso sollte ich dir etwas von meinen Gründen erzählen? Ihr erzählt mir ja auch nicht, aus welchen Gründen ihr dem König misstraut.«

Sie wurde still und sah in die Runde. Alle sahen die beiden an.

»Chrm. Das ist etwas anderes. Wir wissen noch nicht, ob wir dir vertrauen können.«

»Warum sollte ich dann euch trauen?«

Er machte eine Pause.

»Immer, wenn Grimvâr und du etwas besprecht, ihr über der Karte hängt und euch streitet, seid ihr plötzlich still, wenn ich in die Nähe komme. Warum? Bin ich euer Feind oder was?«

Parúh hob den Kopf und sah verwirrt in die Runde.

Baríth bemerkte erst jetzt, dass er laut geworden war.

Die anderen wussten nicht, was sie sagen sollten. Sofort wusste er, dass er zu weit gegangen war. Sie hatten ihn in ihre Gruppe aufgenommen, ohne sie hätte er nie erfahren, wo sich die Schattenhunde aufhalten und er würde auch nie erfahren, wie er sie töten könnte. Es ist klar, dass sie ihm, wo sie ihn erst so kurz kannten, nicht alles erzählen konnten.

»Das wollte ich nicht sagen«, sagte Baríth. Er stand auf und entfernte sich mürrisch vom leuchtenden Kreis des Feuers. Die Wolken waren verschwunden und der Halbmond regierte den Himmel. Eine Brise wehte ihm kalt durch das Fell. Mit verschränkten Armen lehnte er sich an die Felswand des schmalen Weges, das Gesicht in Schatten gehüllt.

Wítaijâ erschien leise hinter ihm und erschreckte ihn unabsichtlich. Bevor Baríth sich empört äußern konnte, unterbrach sie ihn mit ernster Stimme: »Hör' auf. Du führst dich auf wie ein Kind und ein Kind können wir auf dieser Reise nicht gebrauchen. Glaubst du, mir passt alles, was hier abläuft? Sicher nicht. Aber wir sind jetzt eine Gemeinschaft. Wir müssen keine Familie sein, in der sich alle lieb haben, aber wir müssen uns nun einmal arrangieren. Ansonsten werden wir früher oder später jemanden verlieren. Grimvâr sieht sich für jeden von uns verantwortlich und wenn du gestorben wärst, bevor wir überhaupt in wirkliche Gefahr geraten sind … Das würde unser Ziel unerreichbar machen, mit einem Anführer, der Angst davor hat, bei der kleinsten Gefahr seine Leute sterben zu lassen.«

Baríth wollte sie unterbrechen, doch Wítaijâ hob befehlend die Hand.

»Ich bin noch nicht fertig mit dir. Wenn du dich weiterhin so benimmst, wirst du entweder nach Hause rennen oder alleine reisen und sterben. Es ist deine Entscheidung. Du jagst dich nur selbst davon und keiner von uns wird dir je etwas anvertrauen, wenn du keine Verantwortung übernehmen kannst. Also geh entweder zurück zu deinem Greif und befreie dich von deiner Schuld, wie sie auch immer aussieht – das ist mit vollkommen egal – oder verlass' uns noch heute Nacht.«

Baríth wollte trotzig etwas erwidern, da drehte sie sich auch schon um und ging zurück zu den anderen, die neugierig tuschelten, was sie wohl besprochen haben könnten. Der junge Casísto stand alleine im Dunkeln. Er fühlte sich dumm und klein, aber er war immer noch sauer, obwohl sie ihn mit ihrer einschüchternden Stimme schon wieder einigermaßen beruhigt hatte. Er ging eine Weile den Pfad entlang, er wollte einen klaren Kopf bekommen. Im Stein waren viele Risse, aus denen karge Pflanzen ragten. Der Fluss rauschte in einem angenehmen Ton in der Ferne. Als er nach oben sah, konnte er die Spitze des hohen Berges nicht erkennen, eine Wand aus Nebel versperrte ihm die Sicht. Etwa fünf Meter über seinem Kopf verlief ein weiterer Pfad, der immer steiler den Berg hinaufkletterte. Er erschien viel älter und niemand würde freiwillig diesen Pfad dem unteren vorziehen. Baríth fragte sich, wie lange dort schon keiner mehr gewandert war, um nach Koruma zu reisen. Plötzlich rollten kleine Steinchen den Hang hinab. Ein Wesen schien den verlassenen Weg zu betreten. Der Casísto kniff die Augen zusammen, obwohl seine Katzenaugen in der Dunkelheit schon ungewöhnlich viel erkennen konnten. Es war ein Tier. Groß, schwarz, muskulös. Baríth stockte der Atem. Ein Schattenhund trabte den Weg entlang, nur wenige Herzschläge von ihm entfernt. Der Casísto presste sich an die Felswand, tastete panisch nach seinem Schwert. Hastig zog er seine alte Waffe aus der neuen Scheide. Seine Pfoten zitterten so stark, dass es ihm kurzerhand entglitt und viel zu schnell auf den Steinboden krachte. Laut klirrte es, wurde noch einmal in die Lüfte erhoben und erst nach unendlich lang erscheinenden Momenten still. Baríth stand mit leeren Händen über seiner Waffe. Mit einem tauben Gefühl, das seinen Körper durchströmte, blickte er nach oben. Der Schattenhund blickte hinab, direkt in seine Augen. Eine Weile überlegte er, ob es den Aufwand wert wäre, hinunterzuspringen. Doch das Opfer war zu klein, zu schwach. Baríth war kein würdiger Gegner und vor allem keine Gefahr. Gemächlich folgte er seinem alten Pfad in Richtung Ganar-Ánimas. In Richtung Fjiondar. Um wieder jemanden zu töten. Baríth ließ sich an der kalten Wand hinabgleiten. Langsam ergriff er sein altes Schwert. Die zerbrochene Waffe eines wahren Kriegers. Er war keiner, das wusste er jetzt. Er war ein Feigling.

* * *

Mûtavéh ging durch die langen Flure des Schlosses. In seiner Hand hielt er eine Schriftrolle, die den Bericht zum Attentat auf dem Marktplatz enthielt. Die Bediensteten, die ihm entgegenkamen, sahen ihn mit großen Augen an und schauten, als er sie bemerkte, schnell in eine andere Richtung. Er wusste, warum sie das taten. Der Verband an seinem Kopf war am Tag zuvor abgenommen worden und eine lange Narbe war zum Vorschein gekommen. Sie zog sich vom linken Auge gezackt hinunter und endete erst an der Mitte seines Halses. Sein weiches Fell wich dort einer weißen, dicken Linie. Es machte ihm nichts aus. Er war zwar noch recht jung, doch hatte ihm sein Äußeres nie viel bedeutet. Die Narbe stärkte eher seinen Willen, den Fall aufzuklären, er begann sogar seine Pflichten als Ratsherr zu vernachlässigen. Mûtavéh verließ das Schloss, ging die lange Eingangstreppe hinunter und wandte sich gen Westen in Richtung Sungaji. Mûtavéh musste die ganze Stadt durchqueren, überall gab es Gasthäuser, Schmieden, Reittiere und Händler aller Art. Es war sehr laut und voll. Nach einer gefühlten Tagesreise stand er am Ufer des großen Flusses und wartete auf die Ankunft des Bootes, das er bestellt hatte. Um das Gefängnis besuchen zu dürfen, musste man sich anmelden und hoffen, dass man gute Beziehungen hatte. Quer über den Sungaji war eine stabile Kette gespannt, an der sich nun ein sehr starker Mann, in der Mitte seines schaukelnden Bootes stehend, entlang zog. Ein paar Minuten später war er angekommen, Mûtavéh und eine alte, kranke Frau hielten ein Dokument hoch, der Mann nickte und winkte sie an Bord. Schon setzte er sich wieder in Bewegung. Es schaukelte stark, sodass die Wellen eiskaltes Wasser auf die Fahrgäste spritzen. Das Holz war ganz grün gefärbt, überall wuchsen glitschige Algen oder Moos. Die Kette wurde immer rostiger. Sie zog sich durch Rollen, die an senkrechten Balken angebracht waren. Die Alte hustete keuchend vor sich hin. Sie trug zerschlissene, graubraune Kleidung, ihr Gesicht war in einer tief hängenden Kapuze gänzlich versteckt. Aus ihren Ärmeln ragten knochige, schwarze Hände, die zum Großteil aus blutverkrusteten Krallen bestanden. Mûtavéh hatte so jemanden schon einmal gesehen, als Kind in Koruma. Dort erschien eines Tages ein Mann mit einer seltsamen Krankheit, er saß bettelnd an der Straßenecke, wo das Haus seiner Eltern stand. Jeden Morgen war er an ihm vorbeigekommen, doch niemand gab ihm Geld. Man sagte sich, dass der Mann vom Tode besessen war, der ihn nach einer Weile auch heimsuchte.

Mit einem harten Ruck blieb das Boot stehen, sie waren an der Insel in der Mitte des Flusses angekommen. Das große Gebäude war leuchtend weiß, die Fenster vergittert, dafür jedoch unnatürlich groß. Mûtavéh stieg hinter der todkranken Frau aus, die einen ekelhaften Geruch nach Fisch und Verwesung ausströmte und wandte sich dem Mann zu, einem Wazáy in schwarzer und sehr nasser Kleidung, der die ganze Fahrt über nicht ein Wort gesagt hatte.

»Auf Wiedersehen.«

»Ihr könnt lange warten, bis er Euch antwortet, er ist stumm.«

Eine Wache des Gefängnisses war erschienen, um die Beiden einzulassen. Als Mûtavéh sich erneut zum stummen Mann umdrehen wollte, war dieser plötzlich verschwunden. Das Boot schaukelte einsam vor sich hin.

Eilig folgten die Besucher der Wache. Er war ein Wazáy und trug eine weiße Rüstung mit einem schwarzen Kreis auf dem Brustpanzer. Am großen Macht ausstrahlenden Eingangstor drückte er einen langen Hebel hinunter und klopfte zwei Mal an die Tür. Durch einen Schlitz erschienen zwei dunkelgrüne Augen. Das Tor öffnete sich langsam. Innen bestanden die Wände aus pechschwarzem Stein. Rechts kam man durch ein breites Rundbogentor in eine Halle, doch die Drei gingen geradeaus einen Flur entlang, der links gesäumt war von den großen Fenstern. Immer wieder gingen stabile Türen aus Metall ab, die von Riegeln und Schlössern übersät waren. Auf Augenhöhe befand sich ein handtellergroßes Gitter, durch das man in stockfinstere Zellen oder verzweifelte Augenpaare sehen konnte. Viele Gefängnisinsassen murmelten oder wimmerten vor sich hin, streckten die Finger aus den Gittern oder bettelten um Wasser und Brot. Am Ende des Ganges blieben sie stehen. Die Wache öffnete eine quietschende Tür und schon war die Frau in die Zelle gehuscht und hatte die Tür zugezogen. Mit einem lauten Klacken war sie verschlossen. Eine zweite Wache erschien hinter Mûtavéh und stellte sich neben die Zellentür.

Der Wazáy bedeutete dem Ratsmitglied, ihm zu folgen. Sie gingen eine lange Wendeltreppe nach oben, im fünften Stock verließen sie sie wieder. Sie waren im obersten Geschoss des Gebäudes angelangt. Ein übler Gestank lag hier in der Luft. Die Wache öffnete die dritte Tür und ließ Mûtavéh eintreten. Der grelle Lichtstrom, der durch die Türöffnung die Zelle erleuchtet hatte, blendete die gefangenen Vázak. Der Numjaír stand in der Mitte des Raumes. Drei Männer befanden sich angekettet an der Wand ihm gegenüber. Morgen würde das Todesurteil über sie vollstreckt werden.

»Mein Name ist Mûtavéh, ich bin Ratsmitglied von Koruma. An eurem Schicksal kann ich nun nichts mehr ändern, nur hoffe ich, dass ihr mir trotzdem einige Fragen beantwortet, auch, um das Leben eurer beiden Freunde zu retten, die vorerst verschont werden.«

Es blieb eine Weile still im Raum. Er sah, dass alle drei voller blutiger Striemen waren, eine Folge der langen Folter. Sie schienen noch viel stärker verletzt zu sein, doch in der Dunkelheit war das schwer zu erkennen.

Der Vázak in der Mitte begann als erster zu sprechen: »Wie könnt Ihr nur so scheinheilig hierherkommen und erwarten, dass wir Todgeweihten Euch etwas zu sagen hätten. Hier ist meine Antwort auf Eure Bitte.«

Er spuckte Blut zu Mûtavéhs Füßen.

Alle funkelten den Besucher an, als ob sie ihm am liebsten ein Schwert in die Brust rammen wollten. Der Numjaír ließ sich davon nicht beeindrucken. Er wickelte die Schriftrolle auf, die er mitgebracht hatte und hielt sie ins spärliche Licht, das zaghaft durch das Türgitter in die Zelle schien.

»Vielleicht fällt euch hierzu etwas Konstruktiveres ein: ›Die angeklagten Vázak wurden nach der Tat von einem Fluchtversuch abgehalten. Es wurde beobachtet, dass sie sich bei den Feuerwerkskörpern aufgehalten hatten und anschließend Beweise vernichten wollten.‹ Ich würde zunächst gerne erfahren, wie ihr dazu kamt, das Feuerwerk vorzubereiten.«

Die Vázak spannten die abgemagerten Gesichter an.

»Keine Antwort? Dann gehe ich davon aus, dass ihr die Feuerwerkskörper erworben habt, einschließlich der Tatwaffe. Dann würde mich interessieren, ob ihr Teil einer Organisation seid, die sich gezielt gegen die Regierung und somit gegen den König höchst selbst richtet.«

Der linke Vázak, eindeutig der jüngste und ängstlichste der drei Gefangenen, verlor die Fassung: »Das ist alles nicht wahr! Wir –«

»Sei verdammt noch mal still, Fízâr! Du hast nicht das

Recht dazu, uns alle zu verraten. Wir sind tot, nichts, was du jetzt noch sagst, kann dich retten!«, meldete sich der rechte Vázak zu Wort. Er hatte eine Stimme wie eine verrostete Säge.

Mûtavéh blickte sie intensiv an und fragte sich, ob sie vielleicht zu Recht gefangen waren. Alles deutete darauf hin.

»Fízâr, du hast jedes Recht, dich zu verteidigen. Wenn es da etwas gibt, was du zu berichten hast, dann lass es mich lieber hören. Ist es nicht besser, wenn in ein paar Wochen dein Name nicht mit Terror, sondern mit Trauer um deinen Verlust genutzt wird? Ja, ich kann dich nicht mehr retten, aber ich kann retten, wer du wirklich bist. Ich muss nur wissen, ob ich dir dabei noch helfen kann und will.«

Fízâr wurde mahnend von seinen beiden Freunden angestarrt. Er blieb still. Mûtavéh verlor langsam die Geduld, er konnte ihnen nichts bieten, der Rat hatte ihren Tod beschlossen, obwohl er wusste, dass nicht die Vázak den Anschlag geplant hatten.

»Ihr seid die einzigen, die die Wahrheit ans Licht bringen können. Seht mich an! Ich bin entstellt. Zu viele waren Opfer dieser Tat, würde die Wahrheit euch nichts bedeuten? Wollt ihr nicht, dass jemand bestraft wird, der wirklich daran schuld ist? Ich glaube nicht, dass ihr das alles getan habt.«

In Wirklichkeit war er sich dabei gar nicht so sicher, aber es war sein letzter Versuch, die bereits Verurteilten zum Reden zu bringen.

Der mittlere fluchte leise und sagte dann leise: »Wir haben nichts von dem Attentat gewusst, wir wurden erpresst. Wir haben nichts gesagt, aus Angst, dass Ghûnár und Kíwaz Ärger bekommen würden, ihr habt sie verschont, wir wollten sie nicht in Gefahr bringen.«

Der Numjaír rollte die Schriftrolle zusammen, zog sich

einen knarzenden Hocker herbei und hörte den leisen Worten des Vázak zu. Er sprach, als ob nach jedem weiteren Wort ein Strick um seinen Hals gelegt werden würde. Mûtavéh konnte auf dem gesamten Rückweg über den Fluss, durch die Stadt und in den langen Fluren des Schlosses nicht das Bild des angegrauten Vázak Rímjaë vergessen, der in kalten Eisenketten liegend von dem größten Fehler seines Lebens erzählte, es hatte sich in ihn eingebrannt. Er würde ihn erst am nächsten Tage wieder sehen, wo er zusammen mit den anderen beiden gehängt werden würde.

Wieder in seinem Zimmer angelangt, verfasste er eine Schrift an den König, in der er um eine schnellstmögliche Zusammenkunft des Rates bat.

Er saß am Schreibtisch. Es war draußen noch immer heller Tag, doch der Numjaír saß im Schatten. Tief in Gedanken versunken zündete er eine schrumpelige weiße Kerze an, die ihr Licht auf einen Brief mit einem roten Siegel warf. Im harten Wachs sah man das Wappen von Koruma, eine Gysäre. In der Schlucht des Rijéva gab es unzählige Schwärme dieser Raubvögel, manchmal konnten sie den ganzen Himmel mit ihren schwarzen Federn verdunkeln. Dann wusste man, dass ein Drache sich nach Muaëra verirrt hatte. Gespannt öffnete er den Brief. Mûtavéh hatte bisher nur eine einzige Nachricht von Stadtherrin Tâmínar erhalten, seitdem war viel passiert.

An den Gesandten aus Koruma, Ratsherrn Mûtavéh:

Was muss ich in diesen schweren Zeiten von Unruhen in unserer geliebten Hauptstadt hören? Nicht nur, dass Casísto schreckliche Gewalt im Land verbreiten und gar Mitglieder des Hohen Rates töten, nein, Ihr richtet Euch auch konsequent gegen die Regierung. Noch nie hat mich ein Ratsgesandter so beschämt, wie Ihr es getan habt. Das Volk hat Euch gewählt und erwartet nun, dass Ihr Euren Beitrag im Rat leistet und Euch nicht in jedem Punkt zu einem Entschluss überreden lassen müsst. Ihr seid in einer Position, in der man schnell gut überlegte Entscheidungen treffen muss. Trotz dieser Pflicht verwickelt Ihr den König und die anderen höchsten Regenten dieses Landes in naive Diskussionen über Dinge, die einem wahren Anführer völlig durchsichtig wären.

Ich erwarte von Euch, dass Ihr der Mann seid, den ich in Koruma zu sehen geglaubt habe, und dass Ihr Euch auf die Interessen Eures Heimatlandes und seines Schutzes beruft und allein darauf fixiert. Ich möchte keine Briefe mehr erhalten, in denen vor einem stagnierenden Rat gewarnt wird. Konzentriert Euch auf die Bestrafung der fünf Vázak, ich verstehe nicht, warum sie noch nicht alle hingerichtet worden sind.

Denkt an Eure Wurzeln, an Eurer Versprechen, Sicherheit für jeden Muaësi zu gewährleisten. Derzeit weicht Ihr von Eurem Weg ab und lasst die Bürger in Unsicherheit und Gefahr zurück.

In der Hoffnung, Einsicht bei Euch erlangt zu haben und nicht auf gewisse Anträge zurückgreifen zu müssen, sende ich Euch freundliche Grüße aus der Heimat.

Stadtherrin Tâmínar von Koruma

Empört saß Mûtavéh vor dem Brief, der offen auf dem Tisch lag.

Sie droht mir?, dachte er und konnte es nicht fassen. Wenn er nicht genau das tat, was Tâmínar ihm auftrug, würde er seinen Posten verlieren? Das konnte nicht sein. Er hatte in den letzten Tagen oft an seine Rede in Koruma denken müssen, als er frisch in sein Amt berufen wurde. Er war so stolz auf seine Ansprache über Gerechtigkeit, Frieden und Sicherheit allen Lebens gewesen. Nun wurden ihm seine Worte im Mund herumgedreht. Zornig zerknüllte er das Papier und warf es in den Kamin. Brodelnd zündete er die trockenen Holzscheite an und sah genüsslich dabei zu, wie der Brief von gierigen Flammenzungen umschlungen wurde.

Nichts würde ihn davon abhalten, die Wahrheit ans Licht zu bringen und die Schuldigen zur Verantwortung zu ziehen. Die Flammen erleuchteten seine verbitterten Augen, langsam schlossen sie sich.

* * *

Ugryòr lag erschöpft auf einem dicken Ast etwa zehn Meter über dem Boden. Der Baum, zu dem er gehörte, stand zusammen mit einigen anderen gut zwanzig Schritte vom Ufer des südlichsten Arms des Rieka-Deltas entfernt, das von einer sanften Abbruchkante und einem knapp einen Meter darunter liegenden schmalen Strand markiert wurde. Zur nächsten Straße brauchte man mindestens eine halbe Stunde zu Fuß in Richtung Süden und wie weit er vom nächsten Haus entfernt war, vermochte Ugryòr nicht einmal einzuschätzen, doch trotzdem war er unruhig. Er war fast den gesamten vergangenen Tag und die darauffolgende Nacht hindurch gerannt, hatte lediglich einmal Pause gemacht, um sich etwas zu essen von einem Hof zu stehlen, und ansonsten nur so lange, um gerade wieder zu Atem zu kommen. No'krâsa hatte ihm zwar die Flucht ermöglicht und Zeit erkauft, aber nicht viel, und das wusste er genauso gut wie, dass sie hinter ihm her waren, jetzt, wo sie von seiner Macht erfahren hatten. Und der Arm der Ganánçias reichte weit.

Dennoch hatte er in den frühen Morgenstunden entgegen aller Angst versucht etwas zu schlafen, was ihm irgendwann tatsächlich auch gelungen war. Es hatte einfach keinen Sinn mehr gehabt, sich völlig übermüdet und ausgelaugt weiterzukämpfen. Außerdem, so hoffte er wenigstens, war die Chance, dass sie ihn hier fanden, relativ gering – zumindest vorerst. Er griff hinter sich in den kleinen dreckigen Beutel, holte eine Larinja heraus und steckte sie sich in den Mund. Die Frucht war sein letzter Proviant gewesen. Ugryòr setzte sich auf und schaute sich um. Sein Blick drang durch die Blätter und schweifte über die weite Fläche trockener Wiesen. Vereinzelt waren sie von zerfallenen Hütten oder Baumgruppen wie der seinen, die sich zum Fluss hin häuften, unterbrochen. Im Allgemeinen jedoch war die Umgebung trist und einsam und verlor sich in der Ebene, einzig die Silhouette Marbordos am südwestlichen Horizont hob sich noch schwach vom Dunst ab, wenn man genau hinsah. Die Dunkelheit hatte den Kampf gegen das Licht für heute nun endgültig verloren und war ihren letzten Atemzügen nah, die sich in immer dünner werdenden Nebelschwaden am Boden äußerten.

Widerwillig, aber wohl wissend, dass es die einzige Möglichkeit war, kletterte Ugryòr herab. Er wollte das Delta bis zum Abend wenigstens zur Hälfte durchquert haben. Wenn er ein Reittier fand, könnte er es vielleicht sogar komplett schaffen, aber dieser Hoffnung gab er sich nicht hin. Er hatte nie viel von Träumereien gehalten oder dem Warten und Bauen auf Dinge, die am Ende meistens ja doch nicht eintraten, und wollte daran auch nichts ändern. Sie lenkten nur vom Hier und Jetzt ab. Nachdem er noch einige kräftige Schlucke aus dem Fluss getrunken und sich einen

Schwall Wasser ins Gesicht gespritzt hatte, lief er anfangs schnell, später immer langsamer und vorsichtiger zur Straße und damit der einzigen Brücke weit und breit. Als er nur noch wenige Meter von den Pflastersteinen entfernt war, kroch er in ein nahe gelegenes Gebüsch und prüfte, ob die Luft rein war. Sein Blick schweifte über die bis auf ein paar vereinzelte Wagen und Reisende vollkommen leere Straße bis hin zur Brücke. Ugryòr fluchte leise. Rechts und links stand jeweils ein bulliger Hæríquon in schwerer, goldgrüner Rüstung. Er beobachtete die Wachen eine Weile und sehr zu seinem Missmut stoppten sie jedes einzelne Gespann und durchsuchten es bis in die kleinste Ritze. Es war aussichtslos, an ihnen vorbeizukommen. Der Fluss war aber zu breit und seine Strömung zu stark, um ihn zu durchschwimmen und wo die nächste Brücke lag, wusste Ugryòr nicht. Sicher wusste er aber, dass er hier über den Fluss musste. Er konnte es unmöglich riskieren, nach Norden zu gehen und womöglich Tage nach einer anderen Brücke zu suchen. Marbordo war die einzige Stadt und im Prinzip auch die einzige Siedlung überhaupt in dieser Gegend, dementsprechend gab es nur diese eine Möglichkeit zur Überquerung. Und selbst wenn er eine andere fand, war sie vermutlich ebenfalls bewacht. Außerdem hatte nichts zu essen dabei und konnte sich nicht darauf verlassen, immer rechtzeitig etwas zu finden und nicht zuletzt wuchs mit jedem Augenblick auf dieser Seite des Deltas die Chance, dass er den Häschern der Ganáncias in die Fänge geriet. Nein, er musste hier einen Weg finden. Vorsichtig entfernte er sich von der Straße und lief zur Uferböschung, wo er sich hinunter auf den schmalen Sandstreifen fallen ließ.

Dort schlich er geduckt bis kurz vor die Brücke. Die

Wachposten waren jetzt nur wenige Meter von ihm entfernt, doch einer von ihnen durchsuchte gerade einen großen Wagen, auf dem sich mannshoch Trintikobündel stapelten, während der andere den dazugehörigen Händler befragte.

Die Köpfe der Brücke bestanden aus hellgrauem, sorgfältig und ordentlich behauenem Stein, hatten je einen kleinen Bogen und ragten etwa sieben Meter in den Fluss hinein. Das Mittelstück von ungefähr doppelter Länge war aus dicken Holzplanken gemacht, die mehrfach übereinander lagen, um auch Fuhrwerke problemlos tragen zu können. Auf Ugryòrs Seite befanden sich am Ende des Steinabschnittes rechts und links hohe Pfeiler, durch die oben dicke Eisenketten liefen, mit denen die Brücke bei Bedarf geöffnet werden konnte. Das war notwendig, da viele Schiffe direkt vom Meer durch diesen Arm ins Landesinnere fuhren und schlicht zu hoch waren, um unter einer normalen Brücke hindurchzupassen. Ugryòr unterzog das Bauwerk einem prüfenden Blick und wurde nicht enttäuscht. Die Brüstung an den Enden war gerade niedrig genug, dass er sie mit einem Sprung erreichen könnte. Sollte ihm das gelingen, würde er den Rest auch noch irgendwie schaffen. Allzu unmöglich sah es jedenfalls nicht aus, fand er. Er spähte abermals über den Rand der Böschung, um sicherzustellen, dass die beiden Hæríquon noch beschäftigt waren, dann sprang er. Seine Pfoten griffen nach der kalten, rauen Oberfläche, fanden jedoch keinen Halt, sodass Ugryòr mit einem dumpfen Knall unsanft wieder auf dem Sandstreifen landete. Er biss sich auf die Zunge, um einen Fluch zu unterdrücken und huschte unter den Bogen. Er wartete einige quälend lange Augenblicke, doch als er keine Schritte hörte, riskierte er einen Blick zu den Wachen, die sehr zu seiner Erleichterung offenbar nichts bemerkt hatten.

Sie schienen allerdings fast fertig mit diesem Wagen zu sein, er musste sich also beeilen. Ugryòr schlich zurück und atmete tief durch. Dann ging er in die Knie und stieß sich mit all seiner Kraft in die Luft.

Dieses Mal kam er ein kleines bisschen höher, doch das reichte, um sich auf der runden Mauer festzukrallen, wobei er aber mit der Schnauze heftig gegen den Stein stieß, was ihm ein gequältes »Umpf!« abrang.

Vorsichtig und peinlichst darauf bedacht, bloß kein Geräusch zu machen, hangelte er sich nach links. Es war anstrengender, als er erwartet hatte, doch er hatte keine Wahl, erst recht, da er sich nun mehrere Meter über dem Fluss befand. Mit Schweißperlen auf der Stirn erreichte er die Pfeiler und damit ein Problem. Diese waren so in die Brüstung integriert, dass er sich dort unmöglich noch festhalten konnte. Er würde irgendwie springen müssen, um den knappen Meter zu überwinden, der ihn noch von dem hölzernen Mittelteil der Brücke trennte. Doch er zögerte, denn er würde es niemals schaffen, leise genug darauf zu landen, ohne dass die Wachen ihn bemerkten. Seine Arme begannen mittlerweile zu schmerzen und ein Blick hinunter in die Strömung verpasste seinem Mut den nächsten Dämpfer. Die Rettung kam schließlich, als wenige Augenblicke später das vertraute Klappern eines Gespanns ertönte, das sich gerade in Bewegung setzte. Er wartete noch kurz, bis es auf seiner Höhe war, dann stemmte er seine Beine gegen die Steine und drückte sich zur Seite. Seine Füße rutschten zwar fast augenblicklich ab, aber der Schwung reichte. Ugryòr knallte mit den Armen und dem Gesicht auf die Ecke der Bretter. Sein Gewicht zog ihn herunter, doch er krallte sich fest in das Holz und konnte sich schließlich halten. Irgendetwas stach ihm in der Brust und er hatte sich die Hände aufgeschlitzt, aber wenigstens schien er immer noch unbemerkt zu sein, sein Aufprall war wie erhofft von dem Gespann übertönt worden. Mühevoll und mit Schmerzen fast im ganzen Körper hangelte er sich langsam weiter, bis er endlich das Ende des zweiten Brückenkopfes erreichte. Er hob vorsichtig den Kopf über den Rand der Bretter, ließ ihn aber augenblicklich wieder sinken.

Bloß ein paar Herzschläge später zogen zwei Vacas einen Wagen direkt an ihm vorbei, begleitet von zwei hellbraun gekleideten Casísto. Als sie das Ende der Brücke erreicht hatten, riskierte Ugryòr erneut einen Blick. Auch sie wurden von den beiden Hæríquon angehalten und kontrolliert. Er sah seine Chance gekommen und zog sich vorsichtig hoch, bis er auf den Brettern kniete. Rasch sah er sich um und als sich niemand auf ihn stürzte, schlich er hastig und geduckt an der Brüstung entlang über den Rest der Brücke. An ihrem Ende rannte er sofort nach links, nur weg von der Straße. Er blickte sich nicht ein einziges Mal mehr um, sondern rannte und rannte, bis er schließlich ein paar von Büschen gesäumte Bäume erreichte, die in einer leichten Senke standen. Dort sprang er hinein und blieb schwer atmend auf der Erde liegen. Nachdem er sich erholt hatte, spähte er vorsichtig über den Rand der Senke, doch niemand schien ihm gefolgt zu sein. Er wartete noch eine knappe halbe Stunde ab, bevor er sie langsam verließ. Er wandte sich nach Norden, sodass er in einiger Entfernung parallel zur Straße lief. Irgendwo dahinter, so wusste Ugryòr, lag das Meer, doch fand sich hier kein Hinweis darauf. Alles sah gleich aus, wohin man auch schaute. Die Vegetation im Westen, in Richtung der Mitte des Deltas, war ein wenig grüner und lebendiger, blieb aber auch im

Großen und Ganzen eher dünn. Der Einfluss der Kàbadian-Wüste war unverkennbar, denn je weiter Ugryòr sich vom Fluss entfernte, desto mehr verdrängte der Sand das Gras auf dem immer ebener werdenden Boden und desto trockener und staubiger wurde die Luft. Langsam wurde ihm klar, weshalb die Straße so leer war. Etwas später tauchten vor ihm wieder einige Bäume auf und er wusste, dass er den nächsten Arm des Riekas erreicht hatte, inklusive natürlich wieder einer Brücke, aber auch eines Gasthauses. Er hoffte sehr, dass die Ganáncias es nicht für nötig gehalten hatten, auch hier Wachen zu postieren, hatten sie immerhin welche am weit und breit einzigen Übergang in diesen Bereich des Deltas, denn so viel Glück wie beim ersten Mal würde er bestimmt nicht wieder haben. Ugryòr schlich sich von hinten an das Haus heran, dessen Rückseite vier Ställe mit kleinen Gattern davor besaß, die zurzeit zwei Limaíras beherbergten. Ein Stück davon entfernt begannen parallel zu den Gattern mehrere Felder unterschiedlichster Art und Farben, die sich bis um die Ecke herum auf die linke Seite des Hauses erstreckten. Das ganze Areal wurde von kleinen Bäumen und Sträuchern gesäumt, die zum Fluss hin etwas höher und dichter wurden. Geduckt lief Ugryòr an den Gattern vorbei, wobei der erste Limaíra ihn skeptisch beäugte und anschnaubte, während der zweite ihm fröhlich mit seiner langen Zunge einmal über die rechte Gesichtshälfte schleckte, als Ugryòr kurz in die andere Richtung sah. Angewidert starrte er in nun leicht verdutzt dreinblickende dunkelgrüne Augen und wischte sich mit dem Ärmel über die Wange. Dann spähte er um die Ecke des bis auf die gemauerten Grundmauern komplett hölzernen Hauses. Die hiesige Brücke war ganz aus Stein und völlig verlassen. Weit und breit war niemand zu sehen.

Das war ein gutes Zeichen, doch Häscher der Ganáncias konnten auch drinnen sein. Um das herauszufinden, gab es jedoch nur einen Weg, und der mochte Ugryòr so gar nicht gefallen. Aber einfach weitergehen konnte er auch nicht, er hatte nicht nur gepflegten Hunger, sondern auch keine Vorräte und Ausrüstung. Ihm blieb keine Wahl. Geduckt schlich er an die großen Fenster mit Gittern am unteren Drittel und schweren Läden daneben heran und spähte hinein. Viel konnte er durch das staubige Glas nicht erkennen außer einem großen lokalähnlichen Raum, in dem sich wohl nur wenige Gäste aufhielten. Von Hæríquon fehlte jede Spur. Etwas beruhigter schlich er ans Ende der seitlichen Wand des Hauses, sodass er wieder vor der Straße stand, und wandte sich dem Eingang zu. Er war wie der mittlere Teil der gesamten Vorderseite etwas zurückgesetzt und bestand aus einer schweren Holztür mit einem vergitterten Sichtfenster. Das starke Dach, ebenfalls aus Holz, ragte an der Vorderseite etwas weiter hinaus und bildete so einen guten Schutz vor Wind und Wetter. Die verwitterten Oberflächen rundherum bestätigten, dass dies nicht ohne Hintergedanken war. Ugryòr schritt auf die Tür zu und drückte die Klinke herunter, wozu er mehr Kraft benötigte, als er erwartet hatte. Auch war die Tür selbst sehr schwergängig. Zu seiner Überraschung sah er sich direkt danach einer zweiten, jedoch deutlich leichteren, gegenüber, die sich erst öffnen ließ, nachdem die äußere wieder ins Schloss gefallen war. Drinnen gab es einen großen Raum, der in mehrere Abschnitte unterteilt war. Auf der rechten Seite waren Tische mit Stühlen, denen eine Bar in der Mitte zugewandt war. Links standen Regale und Kisten mit allem, was man zum Überleben, aber auch als ganz normaler Reisender brauchen konnte. In der Mitte befand sich ein

Tresen, der nahtlos über Eck an die Bar angefügt war. Hinter der Rückwand dieser raumteilenden Konstruktion, an der mehrere Schlüssel neben einer präzisen Landkarte der Region hingen, lag ein kleiner, vom Rest abgeschotteter Abschnitt, der wohl eine Küche enthielt, wie Ugryòr vermutete. Die Wand am Ende des Hauptraumes wies neben einer Treppe noch zwei Türen auf, eine im Bereich mit den Tischen, eine in der Verlängerung des Zwischenraums zwischen den Regalen und des Tresens. Hinter der einen lagen anscheinend Toiletten, die andere führte wohl zu den Ställen und ein paar Hinterzimmern, Ugryòr konnte es nicht sagen. Hinter dem Tresen stand eine Vázak mittleren Alters. Sie trug eine blasse, dunkelgrüne Bluse und eine hellbraune Hose.

Sie lehnte sich leicht nach vorne und legte die Unterarme auf dem Tresen ab, als sie Ugryòr freundlich begrüßte: »Guten Tag, was kann ich für Euch tun?«

Erst jetzt bemerkte Ugryòr drei geladene Armbrüste an der Decke, die genau auf ihn zeigten. Erschrocken wich er zur Seite, nahm eine leichte Kampfposition ein und sah der Frau prüfend in die Augen, während er versuchte sie einzuschätzen. Verdutzt sah sie ihn mit schief gelegtem Kopf an.

»Hm?«

Dann wanderte ihr Blick nach oben und sie lächelte.

»Ach die! Eine reine Vorsichtsmaßnahme. Hier draußen weiß man nie, wen man plötzlich vor sich haben kann. Ihr habt nichts zu befürchten.«

»Hoffentlich ... nun, man kann schließlich nicht vorsichtig genug sein.«

Langsam ging er auf sie zu.

»Ich würde mich dann gerne etwas von meiner Reise

erholen und meine Vorräteauffrischen.«

»Sehr gerne. Kommt mit, ich zeige Euch Euer Zimmer. Danach kümmern wir uns um das Übrige.«

Als sie am Tresen vorbei zur Treppe gingen, blickte Ugryòr zur Seite und sah unter dessen Platte eine Schnur, die über Rollen ihren sorgsam verborgenen Weg zur Decke fand. Ihr Ende baumelte leicht hin und her. Die Vázak führte Ugryòr die Treppe hinauf zu einem kleinen Zimmer am linken Ende des Flures. Es lag auf der Rückseite des Hauses, was ihm ein leichtes Stallaroma verlieh. Ein einfaches aber ordentliches Bett stand an der linken Wand, an der rechten ein Schrank und ein Tisch mit Stuhl in Fensternähe. Erste Strahlen der Abendsonne fielen hinein und tauchten das Zimmer in sanftes Licht. Ugryòr nickte zufrieden und die Wirtin legte ihm den Schlüssel in die Hand.

Wieder unten angekommen führte sie ihn zu den zahlreichen Regalen.

»Seht Euch ruhig schon um, ich bin gleich zurück.«

Dann drehte sie sich um und half einem jungen Trampianer bei der Bedienung. Ugryòr war beeindruckt von der großen Auswahl so weit abseits jeglicher Zivilisation und nahm sich einen Rucksack, ein Seil, mehrere Werkzeuge, einen mit etlichen Taschen versehenen Gürtel und neue Kleidung, welche aus einer rotbraunen Weste, einer grauen Jacke, einer hellbraunen Hose und mehreren dünnen weißen Hemden bestand.

Er griff sich gerade noch eine Decke und ein Tuch, mit dem er Kopf oder Gesicht gegen den Sand schützen konnte, als die Wirtin wiederkam und ihn etwas verdutzt ansah.

»Könnt Ihr das denn auch alles bezahlen? Das ist eine Menge und Ihr macht nicht gerade den Eindruck eines allzu wohlhabenden Bürgers.«

»Nun, der Schein trügt häufig, nicht wahr?«, antwortete Ugryòr freundlich und holte einen kleinen, klimpernden Beutel hervor.

Nachdem er seine wahren Fähigkeiten entdeckt hatte, war er immer vorsichtiger geworden und hatte irgendwann angefangen, den Großteil seines Geldes immer bei sich zu haben, was eine gute Entscheidung gewesen war, wie er jetzt zufrieden feststellte.

»Oh, Verzeihung. Nun denn, dann ist ja alles bestens und wir können uns um Eure Vorräte kümmern.«

Ugryòr legte seine Sachen mit Ausnahme des Rucksacks vor dem Tresen ab und folgte der Wirtin durch die Küche hindurch in einen riesigen Kellerraum, in dem sich Kisten und Fässer bis unter die Decke stapelten.

»Oben bewahren wir nur das Nötigste auf, hier unten ist einfach viel mehr Platz und es ist auch etwas kühler.«

»Wirklich beeindruckend alles … können wir anfangen?«

»Aber ja, selbstverständlich.«

Nach etwa einer Stunde war Ugryòrs Rucksack bis oben hin vollgestopft mit Früchten, viel Brot und auch einigen fest verschlossenen, mit Tüchern umwickelten Glasbehältern für leichter verderbliche Sachen. Außerdem hatte er nun zwei volle Wasserflaschen und einen Wasserschlauch. Er schleppte alles wieder nach oben, wo er sich um knapp die Hälfte seiner Goldmünzen erleichtern musste, und brachte seine gesamten neuen Errungenschaften auf sein Zimmer. Anschließend kam er in seine neuen Kleider gehüllt wieder herunter zum Abendessen. Die Wirtin schlug ihm eine Spezialität aus der Region vor und er stimmte bereitwillig zu. Er setzte sich an einen Tisch am Fenster und sah zu, wie die Schatten draußen immer länger wurden und die Landschaft in immer rötlicheres Licht getaucht wurde, während er auf sein Essen wartete. Nach kaum zwei Minuten tauchte ein Numjaír mit zerzaustem und an manchen Stellen schon leicht ergrautem Fell auf, schnappte sich einen Stuhl, setzte sich Ugryòr gegenüber und stellte mit einem lauten Knall einen Krug ab.

»Guten Abend, darf ich Ihnen Gesellschaft leisten?«

»Nun, Ihr tut es ja bereits, also … selbstverständlich.«

»Ah, sehr gut. Ich bin Fjíandéra Tôpac, wie heißt Ihr?«

»Ugryòr …«, meinte dieser noch immer etwas perplex und ergriff die ausgestreckte Hand vor seiner Brust.

»Wenn ich fragen darf, wie kommt Ihr denn zu Eurem zweiten Namen?«

»Das, mein Freund, werde ich oft gefragt«, antwortete er stolz und hob gewichtig seine Hand und ließ damit Ugryòrs los.

»Es sind eigentlich keine zwei Namen, sondern, und das ist der Clou dabei, es ist ein Name mit zwei Teilen!«

»Ah. Und … weshalb –«

»Ganz einfach. Haben Sie nicht auch schon einmal zwei Personen aus dem selben Ort mit exakt dem gleichen Namen getroffen?«

»Um ehrlich zu sein … nein.«

»Ja, das denken Sie jetzt, so wie alle anderen auch. Aber das wird sich noch ändern, glauben Sie mir. Die Leute werden sich noch wundern, wenn sie verwechselt werden, wenn man sie irgendwo nicht hereinlässt oder gar verhaftet, ohne dass sie etwas getan haben, oh ja, sie werden sich alle noch ganz gewaltig wundern. Und dann werden sie erkennen, dass ich die ganze Zeit über Recht hatte, dann werden sie endlich mein wahres Genie erkennen!«

Er hatte nun beide Arme in die Luft gerissen und seine Augen funkelten voller Faszination.

»Da bin ich sicher, Euch werden alle zu Füßen liegen!«, sagte der Vázak.

Fjíandéra Tôpac sah Ugryòr leicht verwundert an.

»Was, deswegen? Nein, wie kommt Ihr denn darauf?«

»Ja, aber Ihr habt doch gerade –«

»Unfug. Sie werden zwar endlich meinen brillanten Geist erkennen, doch sie werden mir doch nicht zu Füßen liegen … wegen eines Namens? Also bitte. Sie werden es aber trotzdem. Nur nicht deswegen.« Er machte eine kunstvolle Pause.

»Sondern?«, fragte Ugryòr und zog das Wort in die Länge.

Fjíandéra beugte sich vor und flüsterte: »Ich stehe kurz vor einer großen Entdeckung! Sie wird das Leben vollkommen revolutionieren!«

»So? Was seid ihr denn auf der Spu–«

»Pssst! Nicht so laut! Noch darf niemand davon erfahren! Habt Ihr schon einmal etwas von der Sífa-Mücke gehört?«

»Noch nicht. Sollte ich?«

»Nein, natürlich nicht! Sonst wäre es ja nicht mehr meine Entdeckung!«

»Natürlich, ja. Und was macht diese … Mücke so besonders?«

»Ich las es in einem alten Tagebuch meines Ururgroßvaters. Er schrieb, er habe in einer lange verschollen geglaubten Bibliothek etwas über eine sehr seltene und fast völlig unbekannte Mückenart gelesen, die einen nicht krank macht, sondern heilt. Ein Stich soll genügen, um einen das ganze Leben lang von sämtlichen Krankheiten zu heilen und vor neuen zu schützen!«

»Das klingt ja unglaublich! Und diese Mücke ist die Sífa-Mücke?«

»Ganz genau! Wenn ich nur ein paar Exemplare von ihr finden und meinen eigenen Schwarm züchten kann, dann werden mir zu Recht alle zu Füßen liegen!«

»Ganz bestimmt. Habt Ihr denn schon welche?«

»Eben nicht, das ist ja das Problem. Leider sind diese Mücken … nun ja, sehr scheu, sodass ich noch nie eine gesehen habe.«

»Aber … woher wisst Ihr es denn dann überhaupt, wenn Ihr eine gefunden habt? Und überhaupt, woher wisst Ihr, wo Ihr suchen müsst?«

»Bitte, was erlaubt Ihr Euch?«, raunte der Numjaír und sah Ugryòr entrüstet an.

»Jedenfalls … in dem Buch hieß es laut meinem Ururgroßvater, man würde sie sofort erkennen, wenn man sie vor sich hätte. Einen festen Lebensraum habe sie nicht, sie sei mal hier, mal dort. Aber ich weiß, dass hier welche sein müssen, ich weiß es einfach. Wisst Ihr …«, wobei er sich bedeutungsvoll an die Schläfe tippte, »dieses Wissen kommt nicht von ungefähr. Allein schon meine revolutionäre Idee der Namensgebung beweist doch wirklich mehr als genug meine herausragende Intelligenz.«

»Sie sind wirklich ein außergewöhnlicher Zeitgenosse«, stellte Ugryòr lächelnd fest und war froh, die Wirtin endlich auf sich zu kommen zu sehen. Sie stellte einen dampfenden Teller zusammen mit einem großen Krug frischen Wassers vor ihm auf den Tisch.

»Bitte sehr, guten Appetit!«

»Danke.«

Ugryòrs Miene verlieh diesem simplen Wort eine größere Bedeutung, als es seine Stimme je zu tun vermocht hätte.

»Na, Ihr seid ja ein Feinschmecker!«, meinte Fjíandéra, nachdem die Wirtin gegangen war, »Und ein ganz schön mutiger noch zugleich, haha!«

Grinsend stand er auf und schüttelte leicht den Kopf. »Nein, nein, das ist nichts für mich. Da werde ich mich lieber auf mein Zimmer zurückziehen und mich ausruhen, morgen habe ich wieder eine Reihe Experimente vor mir. Also, wir sehen uns – und lassen Sie es sich schmecken!«

Ugryòr nahm nun zum ersten Mal seinen Teller näher in Augenschein. Am oberen Rand lag eine halbierte, große, rote Stachelfrucht, links und rechts von ihr jeweils zwei Spieße mit mehreren Käfern darauf und sowohl in der Mitte, als auch an den seitlichen Rändern lagen gegrillte Häufchen kleiner Krabbeltiere. Angewidert verzog Ugryòr das Gesicht, aber er riss sich zusammen. Zuerst probierte er die Stachelfrucht, die wider Erwarten sogar relativ gut schmeckte und unter völliger Ausblendung seiner Wahrnehmung, und einer großen Menge Wasser, gelang es ihm sogar, die krossen kleinen Insekten herunterzubringen. Nur den Käferspießen gab er keine Chance, sein Magen streikte schon bei der bloßen Vorstellung. Ugryòr schob den Teller leicht von sich weg und leerte seinen Krug. Er hoffte, damit nicht nur seinen doch deutlichen Durst, sondern vielleicht auch den Nachgeschmack dieses besonderen Mahls beseitigen zu können, doch er würde wohl noch eine Weile seine Freude daran haben. Als er aufstand, kam die Wirtin wieder.

»Ihr seid eindeutig nicht von hier«, stellte sie belustigt fest. »War es trotzdem zu Eurer Zufriedenheit?«

»Es ist mir immer eine Freude, neue Kulturen kennenzulernen«, antwortete Ugryòr mit einem schiefen Lächeln. »Nun, ich werde dann schlafen gehen. Gute

Nacht.«

»Die wünsche ich Euch ebenfalls«, meinte die Wirtin freundlich und im Vorbeigehen spürte Ugryòr, wie sich ein Stück Brot in seine Hand schob. Er blickte die Wirtin an, die ihn wissend angrinste und sich dann wieder ihrer Arbeit zuwandte. Sein Lächeln wurde breiter und zufrieden stieg er die Treppe hinauf.

Ausgeschlafen wie seit einer Ewigkeit nicht mehr erwachte Ugryòr am nächsten Morgen. Er streckte sich, fuhr sich kurz durchs Fell, kleidete sich ein, warf einen Blick aus dem Fenster, um festzustellen, dass die frühen Morgenstunden schon Vergangenheit waren, und ging zur Tür. Mit einem Gähnen öffnete er sie und begab sich zur Treppe, wo er abrupt stehen blieb. Von unten trat eine dunkle und ihm zu gut bekannte Stimme herauf: »… sich für Euch lohnen.«

Ihr antwortete eine leichte und deutlich hellere: »Aber wenn ich es Euch doch sage, ich habe ihn noch nie gesehen!«

»Da sagten uns die beiden Casísto auf der Straße aber etwas Anderes.«

»Casísto? Ist das Euer Ernst? Ich bitte Euch …«

»Was haben eigentlich alle gegen die Casísto? Ich, nein, *wir alle*, unsere *gesamte Familie*, haben noch nie Probleme mit ihnen gehabt, sie zählen zu unseren zuverlässigsten Helfern. Ich werde das nie verstehen. Jedenfalls … sie haben ihn gesehen und wir glauben ihnen. Außerdem hätte ihnen eine Lüge nichts gebracht. Also?«

»Er könnte doch überall sein, warum glaubt Ihr, er sei ausgerechnet hier!?«

»Macht Euch nicht lächerlich. Rundherum gibt es nichts außer diesem Gasthaus. Er kann da draußen nicht ewig überleben, er hat keine Vorräte.«

»Vielleicht hat er ja etwas gefunden oder jemanden getroffen. Das wäre doch möglich.«

»Ich will Eurer Erinnerung mal ein wenig auf die Sprünge helfen: Ihr sagt mir jetzt sofort, wo er ist, oder Ihr könnt Eure These persönlich –«

»Was geht hier vor!? Wer seid Ihr und was wollt Ihr?«

Ugryòr war mittlerweile in die Hocke gegangen und hatte sich etwas vorgelehnt, sodass er etwas nach unten sehen konnte. Die Wirtin kam gerade aufgebracht in den lichtdurchfluteten und von scharfen Schatten gezeichneten Raum geeilt und stellte sich mit in die Seite gestemmten Armen vor zwei bullige Hæríquons, die sich im Eingangsbereich vor einem jungen Vázak aufgebaut hatten.

»Wir sind auf der Suche nach einem Vázak namens Ugryòr: Mittelgroß, nicht allzu alt, relativ helles Fell, zuweilen etwas seltsam in seinem Verhalten, und sehr wichtig für uns. Er wurde kürzlich auf dem Weg hierher gesehen und Euer Haus ist das einzige weit und breit. Wir sind uns daher äußerst sicher, dass er sich hier verbirgt.«

»Nein … nein, da müsst Ihr Euch irren, hier war seit Monaten kein Vázak mehr. Außer meinem Sohn und mir natürlich.«

»Sehr witzig. Ich habe Eure Spielchen satt«, sagte der Hæríquon, schob die Wirtin unsanft zur Seite und ging auf die Treppe zu.

»Sieh unten nach«, wies er seinen Partner an. Dieser nickte und machte sich ebenfalls auf den Weg. Ugryòr schreckte in den Flur zurück und hastete in sein Zimmer, was er rasch verschloss. Draußen hörte er schwere Schritte schnell die Treppe hinauf poltern. Der Hæríquon musste ihn gesehen haben. Er schob den Stuhl unter die Türklinke, doch er wusste, dass ihm das nur wenig Zeit verschaffen würde. Nur Augenblicke später erzitterte die Tür unter drei kräftigen Schlägen.

»Aufmachen! Sofort!«

Panisch sah Ugryòr sich um. Verstecken war sinnlos, ihm blieb nur eine Chance: Das Fenster. Er schob es auf, als hinter ihm erneute Schläge die Angeln ächzen und den Stuhl unter der Klinke wegrutschen ließen. Er griff noch rasch hinter sich und schnappte sich seinen Rucksack, in den er glücklicherweise schon all sein Hab und Gut am Vortag eingeräumt hatte, und kletterte auf den Sims. Das Dach erstreckte sich noch einen, vielleicht anderthalb Meter schräg nach unten, wobei es immer flacher wurde. Darunter lagen die Gatter und Ugryòr hoffte inständig, dass irgendetwas Weiches darin war. Ein lautes, splitterndes Geräusch schoss durch die Luft. Ugryòr ließ los und rutschte über die klappernden Holzschindel nach unten. Er versuchte, sich an der Kante festzuhalten, doch der Rucksack riss ihn herunter, sodass er hart auf dem Boden aufschlug. Ächzend rappelte er sich hoch. Über sich sah er eine große schwarze Gestalt, die sich durch das Fenster quetschte. Sein Blick raste umher und blieb auf weißem Fell hängen. Ohne zu überlegen rannte er los und sprang auf den Rücken des Limaíras. Er zuckte zusammen und riss den Kopf herum, doch als er ihn erkannte, strahlte er über das ganze Gesicht. Ugryòr trommelte wild auf seinem Rücken herum und stieß ihm in die Seite, doch er rührte sich nicht vom Fleck. Ugryòr Herz raste.

»Los, mach' schon, du dummes Vieh!«

Ein lauter, dumpfer Knall erschütterte den Boden.

»Aaargh!«, knurrte der Verfolger.

Ugryòr trat dem Limaíra so fest in die Seite, dass er dabei beinahe herunterfiel. Er bäumte sich auf und stieß einen erschrockenen Schrei aus, dann rannte er los. Ugryòr klammerte sich mit aller Kraft an seinen Hals und kniff die Augen zusammen, während er heftig durchgeschüttelt wurde. Nach ein paar Momenten öffnete er sie wieder. Der Limaíra war nicht langsamer geworden und er spürte keinen starken Griff, der an ihm zog, daher traute er sich wieder sich umzusehen. Sie hatten bereits den Fluss hinter sich gelassen, auf dessen Brücke ein wütender Hæríquon stand. Sein hasserfüllter Blick fuhr Ugryòr selbst auf die Entfernung durch Mark und Bein.

KAPITEL 8

Baríth öffnete die katzenartigen Augen. Die ersten Sonnenstrahlen hatten ihn geweckt. Er konnte sich nicht mehr daran erinnern, eingeschlafen zu sein. Er fühlte sich hellwach, obwohl er die halbe Nacht über die Begegnung mit dem Schattenhund nachgedacht hatte. Ihm war klar geworden, dass er sich nicht allein diesem riesigen Tier stellen konnte, selbst mit Parúhs Hilfe. Die Schwarze Nacht wirkte, als hätte sie keine einzige Schwachstelle.

Er richtete sich auf, der Ärger vom Vortag erschien ihm, als ob er aus weiter Ferne darauf hinabblicken würde. Zügig packte er seine Decke zusammen, sattelte Parúh und trank kurz einen Schluck aus seinem Wasserbeutel. Die kalte Erfrischung weckte seinen Geist. Als er sie wieder wegräumte, blitzte der bunte Opal unter einem blauen Umhang der Allianz hervor. Langsam griff er nach ihm und wog ihn in der Pfote. Hinter ihm hörte er eine Gestalt, er drehte sich um und sah Wítaijâ aufstehen. In der schwachen Morgensonne wirkte ihre grüne Haut fahl und grau. Sie nickten sich kurz zu, dann ließ Baríth den Stein behutsam in einen Beutel gleiten und verschloss ihn mit einem Band.

Der Tag verlief ruhig. Baríth flog auf Parúh mit großem Abstand der Gruppe hinterher, beobachtete die Bauern auf den großen Feldern auf der anderen Seite des Rijévas und staunte über die immer höher werdenden Berge des Fervôr-Gebirges. Der Fluss führte als Folge des Unwetters viel Wasser. Öfters sah er Schiffe fahren, die viel schneller vorankamen als die Gruppe auf den Limaíras. Dort gab es ein striktes Waffenverbot, Baríth war froh, dass das nicht für sie galt, denn sie brauchten Schwerter, um im Tszaô-Tal überleben zu können, geschweige denn im Gebirge.

Er überlegte sich, wie es wohl außerhalb von Muaëra aussehen könnte. Er wusste nicht, warum, doch es erschien eine dunkle Vulkanlandschaft vor seinem inneren Auge. *Das wäre ein passender Ort für die Schwarze Nacht*, dachte er grimmig.

Der schmale Pfad nach Koruma begann sich immer enger zu schlängeln. Mit bedächtigem Abstand landete Parúh unsicher auf dem Weg und trabte den Limaíras hinterher. Er war noch immer ein junges Tier, Baríth vergaß das oft, weil der Greif rasant wuchs und beinahe ausgewachsen war. Doch er war noch lange nicht so ausdauernd und stark wie ein erwachsenes Exemplar.

Als die Sonne schon lange hinter den Bergen verschwunden war, hielt Grimvâr endlich an. Er ließ nur sehr wenige Pausen zu, den Limaíras machte das nichts aus, doch die Reiter konnten kaum noch stehen, als sie abgestiegen waren. Müde und abgekämpft waren alle stumm damit einverstanden, so schnell wie möglich etwas zu essen und zu schlafen.

Jetzt bemerkte Baríth den Schlafmangel von der vorherigen Nacht und nickte innerhalb weniger Augenblicke ein.

Eine traumlose Ewigkeit später erwachte er, als es noch dunkel war. Die bittere Kälte der Berge spürend zog er sich die braune Decke über die Ohren. Grúmaëk schnarchte leise vor sich hin, man sah seinen ausladenden Bart beben.

Noch heute erreichen wir Koruma, dachte Baríth erleichtert. Nach einer Weile erwachten auch die anderen, die sich mosernd aufrafften und sich grummelnd nach einem richtigen Bett oder zumindest einem Heuhaufen sehnten. Der Stein war erbarmungslos hart und kalt.

Mittags machten sie zum ersten Mal Halt.

»In etwa zwei Stunden erreichen wir die Stadt. Am Tor will ich, dass alle abgestiegen sind. Baríth, du landest bitte sofort, wenn du Koruma erblickst. Die Wachen nehmen Angriffe von oben sehr ernst, das ist eine Drachengegend und wir wollen keine Panik auslösen. Ich kenne ein gutes Gasthaus, dort bleiben wir etwa eine halbe bis ganze Woche. Ich will, dass keiner von euch sich auffällig verhält, ich denke, das ist klar.« Grimvâr beendete die Ansprache und streckte sich genüsslich.

Baríth meldete sich empört zu Wort: »So lange? Wieso können wir nicht schon morgen weiterreisen? Wir sind doch gerade erst vier Tage unterwegs!«

»Kennst du den Weg durch das Gebirge? Ich nicht, ich war noch nie dort.« Als ob das alles erklären würde, beließ Grimvâr es dabei, setzte sich wieder auf seinen Limaíra und sagte im Befehlston: »Es geht weiter, na los!«

Die Luft wurde immer wärmer, die Wolken über ihren Köpfen dichter. Sah man zuvor nur dicke Regenwolken, so waren sie nun mehr und mehr von Asche durchsetzt. Mit der Zeit zuckten vereinzelt Blitze über den nun schwarzen Himmel. Der Wind hatte sich gedreht und kam nun aus der Richtung des Gebirges. Eyônaí hatte ihm erzählt, dass die aktiven Vulkane die Heimat der Drachen waren. Es wirkte bedrohlich. Baríth beobachtete, wie zusammen mit dem Regen etwas Schwarzes auf sie hinunterfiel. Die Asche ließ sich nicht mehr von der Kleidung und vom Fell abbekommen. Er fragte sich, warum er ausgerechnet dorthin wollte, wo es noch viel mehr davon gab. Doch er vergaß den Ascheregen, als Parúh in weitem Bogen um eine Felswand flog und die große Stadt Koruma zum Vorschein kam.

Baríth war überwältigt von den vielen Gebäuden,

Wasserfällen und strahlenden Seen. Es waren viel zu viele Einzelheiten, um alles in der kurzen Zeit zu erfassen. Parúh sank schnell ab und landete sanft. Koruma wirkte, als wäre sie ein Teil des Berges. Die Stadt war in zwei Teile geteilt und kletterte steil den Berg hinauf, wo sich ein riesiges Schloss befand, das halb von einer rot blühenden Kletterpflanze bedeckt war. Das Gebäude befand sich unter einem Wasserfall, der in den oberen See im zweiten Ring mündete. Rundherum waren viele vor Wohlstand strotzende Häuser. In der Mitte der unteren Ebene befand sich der größte See, der in den Rieka mündete und in den zusätzlich die zwei Wasserfälle flossen, die links und rechts die Stadt einrahmten. Die Gebäude waren teilweise wie kleine Kuppeln, andere spitz in die Höhe gebaut. Eine riesige Stadtmauer zog sich leicht gewölbt vom einen Teil zum anderen der Stadt und war übersät von kleinen Türmen und Wachen.

Baríth trabte auf Parúh den sich schlängelnden Pfad hinunter, der auf ein rundes Steintor zulief, welches von zwei bulligen Soldaten bewacht wurde. Grimmig fixierten die Numjaír den Greif und griffen vorsichtshalber zu ihren Schwertern.

Jeder musste ein amtliches Dokument vorzeigen, das Name, Herkunft und, falls gegeben, Verbrechen der jeweiligen Person enthielten. Ohne ein solches Schriftstück wurde der Zutritt verweigert.

Die Wachen ließen sie stumm passieren, doch Baríth hörte, wie einer von ihnen murmelte: »Schleppt der dieses dreckige Unglücksvieh in die Stadt ...«

Hinter dem alten Tor befand sich eine lange Treppe, die von gepflegten Grünflächen umgeben war. Der Hang zog sich in kurzen Terrassen hinunter zur eigentlichen Stadt.

Hier und da standen knorrige Bäume, die mit Girlanden und roten Bändern geschmückt waren.

Schon gingen sie an den ersten Häusern vorbei. Sie standen hoch und eng gepresst aneinander. Die Straße war finster, dreckig und einsam. Die Pracht der Stadt wirkte wohl nur von weitem so groß. Die Fenster waren winzig und ließen fast kein Licht in die Räume scheinen. Die Fassaden waren dreckig, doch man konnte erahnen, dass sich Holzbalken und Lehm hinter der Ascheschicht befanden. Viele der alten Häuser waren unbewohnt und die vereinzelten Muaësi hier und dort in den dunklen Gassen arm und zurückgezogen. Plötzlich erschien ein helles Licht am Ende der Straße, ein weiter Platz offenbarte sich, der den unteren See einrahmte. Zahlreiche Bäche und Flüsse mündeten hier und strömten durch eine runde Lücke in der Stadtmauer als riesiger Wasserfall in die Tiefe. Baríth sah nach oben zum Schloss. Die Stadt lehnte sich an den Fels des höchsten aller Berge an, die Spitze war voller Schnee und Eis. Die Gruppe blieb unten, bewegte sich jedoch auf den südlichen Stadtteil zu, wofür man über eine weiße Brücke voller Blumen gehen musste. Man sah mehrere Frauen auf dem Boden knien, die den jüngsten Ascheregen abwuschen. Die Gebäude waren dort völlig anders gebaut, sie waren rund und besaßen Kuppeldächer. Es gab höchstens zwei Stockwerke und jedes Haus hatte einen kleinen, aber meist sehr gepflegten Garten. Die Straßen waren zwar genauso eng wie im Norden, doch sie waren hell erleuchtet von der wärmenden Sonne. Vor einem der größten Häuser blieb Grimvâr stehen. Über der massiven Holztür hing ein Schild. Dort stand *Zum silbernen Drachen* in verschnörkelter Schrift geschrieben, darunter befand sich ein aufgemalter Drachenkopf. Grimvâr bedeutete Baríth mit einer kleinen

Handbewegung, dass er Parúh und die Limaíras zu den Ställen bringen sollte.

Als er anschließend das Gasthaus betrat, sah er die Gruppe gerade die Treppe hinaufgehen. Er wollte ihnen folgen, doch da sah er Wítaijâ an der Theke stehen, die ihn zu sich winkte. Missmutig ging er auf sie zu und stellte seinen Beutel neben einem hochbeinigen Hocker ab, auf den er sich setzte.

»Wir haben noch etwas zu erledigen, Baríth. Wir besuchen einen alten Freund von mir, der uns den Weg zeigen kann.« Sie sprach nun leiser, lehnte sich leicht zu ihm rüber und beobachtete den Wirt aus dem Augenwinkel. »Unser Problem ist nur, dass er nicht sonderlich gut auf Grimvâr zu sprechen ist und sich geschworen hat, den Weg zu versiegeln, sodass niemand mehr den Drachen zum Opfer fallen kann. Du wirst still sein und nur etwas sagen, wenn ich dich anspreche, verstanden? Du wirst ihm von deiner Begegnung mit dem Erddrachen erzählen, aber etwas hinzudichten, sodass er glaubt, dass du ihn getötet hast, verstanden? Nur dann wird er uns den Gang zeigen.«

»Ähm … ja, in Ordnung, aber was soll ich denn sagen?«, antwortete Baríth stutzig.

»Lass dir was einfallen! Hauptsache, es klingt halbwegs glaubwürdig. Ah, da ist ja schon Finaír, gib ihm deine Sachen und wir können gehen.«

Rasch zog er seinen blauen Umhang aus der Tasche und trank noch zügig einige Schlucke aus seiner Trinkflasche. Schon verließen sie das Gasthaus und gingen auf den oberen Ring der Stadt zu. Sie stapften durch den Regen mit tief ins Gesicht gezogenen Kapuzen und sahen sich nach etwas später einer steilen Treppe gegenüber. Sie rahmte einen schrägen Wasserfall ein, durch den der Fluss vom ersten in den zweiten See floss. Links und rechts davon gab es mehrere Terrassen, wo sich Eingänge zu Häusern befanden, die in den Stein gebaut wurden. Die Fassaden waren aus dem Fels gemeißelt und wirkten uralt.

Von all dem bemerkte Baríth nichts, er feilte an seiner Drachengeschichte, denn er wusste noch nicht, wie er diesen riesigen Koloss hätte töten können.

Sie bogen links ab und durchquerten breite Straßen, die palastartige Häuser trennten. Nicht selten ragten riesige Türme mit wehenden Fahnen in die Höhe. Vor einem gelb gestrichenen Haus mit einem sehr spitzen Dach hielten sie an und Wítaijâ betätigte eine kleine Glocke neben der Haustür.

Eine Weile geschah nichts, da wurde plötzlich oben ein Fenster aufgemacht und eine sehr alte Wazáy lugte lächelnd hinunter. »Hallo! Kenne ich Sie? Mein Sohn ist gerade nicht zu sprechen, er hat zu tun.«

»Ich bin mir sicher, dass er einer alten Freundin etwas Zeit schenken kann. Ich war zwar lange nicht mehr zu Hause, aber ich hatte doch zumindest erwartet, dass du mich erkennst, Kûmára!«, erwiderte Wítaijâ schmunzelnd.

Baríth starrte sie überrascht an: »Hier wohnt deine Familie?«

Die alte Frau war verschwunden, doch man hörte durch die Tür, wie sie die Treppe hinunter stapfte und etwas durchs Haus rief. Wítaijâ grinste den Casísto geheimnisvoll an: »Nicht meine echte Familie, sie nahmen mich auf, als meine Eltern starben.«

Schon wurde die Tür aufgerissen und Kûmára stand strahlend vor ihnen und zog sie mit überraschend viel Kraft ins Haus hinein. Sie wuselte leicht verwirrt von einem Zimmer ins andere und murmelte vor sich hin. »Ich mache euch Tee … Du hättest ruhig Bescheid sagen können … eine alte Frau so zu überfallen.« Die Wazáy drückte die beiden auf bequeme Sessel und stellte den Tee vor ihnen auf einem kleinen Tisch ab.

»Kûmára, mach' dir keine Umstände, ich möchte eigentlich nur Tânurác sprechen. Es geht um einen Auftrag«, sagte Wítaijâ nun mit ernstem Ton.

Die alte Frau blieb stehen, ihre langen grauen Haare vielen ihr ins Gesicht. »Na schön, wenn du mit mir nichts zu tun haben willst, bitteschön!« Sie wuselte aus dem Zimmer.

Wítaijâ rieb sich die Stirn: »Mach' dir keine Gedanken, sie verhält sich immer so und ist nicht beleidigt.« Leise murmelte sie unhörbar für Baríth: »Und sie konnte nicht verstehen, warum ich es hier nicht mehr ausgehalten hab' …«

Kûmára kam zurück ins Zimmer und sagte: »Er kann gerade nicht weg, er arbeitet. Geht doch einfach runter, dann kannst du mit ihm reden.«

Sie tranken den Tee schnell aus und suchten dann Tânurác in seiner Werkstatt auf. Er war ein schwarzer Palháco mit weißen Tüpfeln unter dem Kinn. Seine Kleidung war aus schwarzem Leder, großflächig verdeckt durch eine graue Schürze. Seine silbernen Augen wurden groß, als er die beiden die Treppe hinuntergehen sah. Er legte den Bogen ab, an dessen Verzierung er gerade gearbeitet hatte und lehnte sich locker an den klobigen Tisch an.

»Na das ist ja eine Überraschung! Dass du auch noch mal hierher findest.« Er grinste Wítaijâ herzlich an.

»Es ist ganze zwei Jahre her, aber ich war schon mal länger nicht zu Hause. Ich muss dich aber enttäuschen, denn … ich bin geschäftlich hier. Um meinen Auftrag zu erfüllen, brauche ich deine Hilfe«, sagte Wítaijâ.

»Hätte ich mir denken können. Ansonsten wärst du alleine gekommen, wer ist der da?«

»Ich bin –«, fing der Casísto zu sagen an, doch Wítaijâ stieß ihm hart in die Seite und unterbrach ihn: »Das ist Baríth, er ist ein wichtiger Teil unserer Gruppe. Also … worum ich dich bitte, wird dir nicht gefallen. Ich weiß, Vaters Tod hat dich sehr mitgenommen, aber –«

Tânurác stemmte sich wütend vom Tisch ab, sein Grinsen war verschwunden: »Nein! Das kannst du sofort wieder vergessen! Der Gang ist verschlossen, niemand wird ihn je wieder betreten und vor allem nicht du! Wie kannst du mich überhaupt darum bitten?«

Wítaijâ atmete tief durch und lächelte ihn verständnisvoll an. »Ich verstehe dich, ich war ja auch dafür, den Weg zu verschließen. Niemand sollte dort sein Leben an die Drachen verlieren, aber das wird dieses Mal nicht passieren, ich schwöre es dir.«

»Ach ja? Wie kannst du dir da so sicher sein, du redest genau wie er damals.«

»Wir sind eine Gruppe voller starker Kämpfer und außerdem haben wir eine Waffe, gegen die ein Drache nichts ausrichten kann.« Sie blickte zu Baríth. »Dieser Casísto hat bereits einen Drachen erlegt, er hat Erfahrung mit ihnen. Sollten wir einem dieser Monster begegnen, wüsste er genau, was zu tun ist. Mach' dir keine Sorgen, nicht um mich, Tânurác …«

Der Palháco sah skeptisch zu Baríth. »Dieser Knirps? Mach' dich nicht lächerlich, der könnte nicht einmal meinen Shírkûn töten.«

Baríth wusste zwar nicht, was ein Shírkûn war, doch

fühlte er sich beleidigt. Er schluckte seinen Ärger herunter und hob seine Stimme: »Du unterschätzt meine Fähigkeiten maßlos. Auf meiner Reise durch die nördlichen Sümpfe wurde ich von einem ausgewachsenen Erddrachen angegriffen. Und du siehst, ich stehe hier lebend vor dir.«

»Du willst mir also erzählen, du hättest tatsächlich einen Drachen getötet?« Tânurác lachte verächtlich. »Du kannst mir viel erzählen. Wítaijâ, ich kann dir leider nicht weiterhelfen. Und ich rate dir, diesen Weg nicht weiter zu bestreiten. Egal, warum du da hinwillst, das ist es nicht wert. Nichts ist es.«

Wítaijâ legte ihre Hand auf Baríths Schulter: »Du kannst ihm glauben, er scherzt nicht. Und was meinen Auftrag angeht, du weißt, dass es für mich nichts Wichtigeres als die Allianz gibt. Wenn ich nicht vollkommen von unserer Mission überzeugt wäre, hätte ich mich sicher nicht hierfür gemeldet. Ich bitte dich, mich zu unterstützen. Bitte hör ihm zu.«

Tânurác brummte widerwillig, doch er nickte und hörte in den folgenden Minuten aufmerksam zu, wie Baríth überzeugend berichtete, wie er den Drachen in die Höhle gelockt und mit Hilfe eines Tricks dazu gebracht hatte, die Wände zum Einsturz zu bringen. Das Gleiche könne auch im Berg durchgeführt werden.

Der Palháco war zwar nicht vollkommen überzeugt, doch stimmte er trotzdem zu, die Gruppe durch den Tunnel passieren zu lassen, jedoch nur unter der Voraussetzung, dass er persönlich für Wítaijâs Sicherheit sorgen könne.

Auf dem Rückweg zum Gasthaus war Wítaijâ ungewöhnlich still geworden. Sie war nicht sonderlich begeistert davon, dass ihr Bruder sie begleiten würde. Ihre Sicherheit, dass sie problemlos ins Tszaô-Tal gelangen würden, war nur gespielt gewesen. Sie schien sich ernsthaft Sorgen um ihn zu machen.

Die beiden stapften durch tiefe Pfützen, der Regen fiel laut vom Himmel und die Sonne verschwand gerade hinter dem hohen Berg und warf die letzten verzweifelten Strahlen durch die dicken Wolken. Die Straßen wimmelten nun nur so von Muaësi.

Schon sahen sie von weitem das Schild mit dem Drachenkopf. Sie betraten das Gasthaus, sahen jedoch keinen von ihren Leuten. Erst jetzt fiel Baríth auf, dass auf einer der Säulen im Raum ein riesiger Drache eingemeißelt war, der sich um den rauen Stein schlängelte. Wítaijâ ging voraus zur steilen Treppe, Baríth folgte ihr bis zu einer Holztür, die nach einem kurzen Klopfzeichen geöffnet wurde. Die Gruppe stand besorgt um Grimvâr versammelt, der mit einer Schriftrolle in der Hand auf einem der Betten saß. »Na endlich, da seid ihr ja, habt ihr denn wenigstens gute Nachrichten?«

»Ja, Baríth war überzeugend genug, aber er will uns begleiten.«

Grimvâr sah man sofort an, dass er davon alles andere als begeistert war, doch er sagte: »Gut, gut, das wird schon, Hauptsache, wir gelangen ins Tal.«

»Was hast du da? Den Bericht aus Ganar-Ánimas? Was schreibt Noi'loân?«

»Nichts Gutes. Es wurden zahlreiche Häuser von Soldaten gestürmt. Man suche nach einer Rebellengruppe, heißt es«, sagte Vínija.

»Aber sie haben unsere Geheimräume nicht entdeckt? Oder doch?«

»Nein, Wítaijâ, aber Noi'loân wurde zum Verhör mitgenommen. Glücklicherweise konnten sie nichts gegen ihn vorweisen und ließen ihn frei, doch er steht unter Beobachtung.«

»Das hat uns gerade noch gefehlt ... Ich hoffe, das hat keine weiteren Folgen für die Allianz«

Keiner antwortete ihr. Ein kleiner grau-schwarz gestreifter Bär mit spitzen Flügeln kletterte zum Fenster und flog hinaus in die kühle Nacht. Er war ein Shírkûn. Der Bote hatte ein winziges Schriftstück um den Hals gebunden, auf dem in roter Tinte stand:

›In dem Fluss liegt ein strahlendes Licht.

Nur das Wasser es langsam nun bricht.

Dunkel sind Schatten im einsamen Berg.

Denke an Makel im edlen Werk.

– Grimvâr‹

Der alte Casísto sah dem pummeligen Shírkûn hinterher. Die Soldaten würden keine Botschaft ungelesen zu Noi'loân durchdringen lassen. Er hoffte, er würde die Warnung trotzdem verstehen.

* * *

Mûtavéh saß alleine an einem kleinen Tisch und aß einen undefinierbaren Eintopf. Er befand sich im Speisesaal des Schlosses. Da er noch einiges für die Ratssitzung vorzubereiten hatte, kam er etwas spät, sodass alle schon wieder gegangen waren. Das Essen war bereits kalt, duftete jedoch köstlich. Er mochte den Raum sehr, er war verwinkelt und stets warm und hell. Schnell schlang er den letzten Löffel hinunter und hastete zu seinem Zimmer, wo er sich noch ein paar Unterlagen unter den Arm klemmte und daraufhin mit wehendem Umhang zum Ratssaal eilte. Er wusste nicht, wie er es immer anstellte, doch er kam stets zu allen Terminen zu spät, egal, wie sehr er sich bemühte, pünktlich zu sein. Dieses Mal jedoch hatte er es jedoch gerade so geschafft und setzte sich auf seinen Stuhl, versuchend, nicht laut nach Luft zu schnappen.

Ràksûl, Fráco und die erst kürzlich aus dem Krankensaal entlassene, jedoch mitgenommen aussehende Nâyakà kamen nach und nach hinzu, anschließend der König. Alle sahen zu Mûtavéh. Schließlich ergriff Verbero das Wort: »Nun, Ihr habt diese Ratssitzung eingefordert, könntet Ihr uns den Grund hierfür erläutern?«

»Ja, natürlich, Eure Hoheit. Ich hatte ein Gespräch mit den verurteilten Vázak vor ihrem Tod. Also, sie haben mir zwar widerwillig, aber doch etwas ... sehr Wichtiges berichtet. Sie waren sehr überzeugend und ich bin mir wirklich sicher, dass es der Wahrheit entspricht.«

»Na, dann sagt es uns endlich ...« Ràksûl tippelte gelangweilt mit dem Finger auf dem Tisch herum.

»Ja, also ... gut. Bisher war die angebliche Organisation Allianz Câtan Vijéba als Strippenzieher angesehen worden. Die Vázak redeten jedoch von einer Familienorganisation, die sich Ganáncias nennt.«

Nâyakà zog überrascht die Augenbraue hoch: »*Die* Ganáncias? Ich dachte, diese Blutlinie sei längst ausgestorben. Der letzte von den Geistern ernannte König war ein Ganáncia. Er war grausam und herrschsüchtig, sodass er gestürzt und durch einen vom neu gegründeten Rat gewählten König ersetzt wurde.«

»Nein, sind sie wohl nicht, sie sollen ein großes Anwesen und eine Menge Einfluss in Marbordo und Dezerto haben. Die Vázak berichteten mir, dass ihre Häscher sich im ganzen Land herumtreiben würden. Die fünf seien einer Gruppe dieser begegnet, einigen Hæríquon, die einen

Raubzug geplant hatten. Das ist der Grund, warum sie nichts davon erzählen wollten: Sie wurden überredet, bei einem Überfall auf eine der wohlhabendsten Familien des Landes zu helfen. Ihnen wurde eine reiche Beute versprochen und sie waren hungrig und arm, aber das ist natürlich keine Entschuldigung. Sie haben damit ihre beiden Freunde belastet, das ist ihnen sehr schwergefallen.«

Fráco unterbrach ihn: »Also haben sie sich diesen Ganáncias angeschlossen und führten das Attentat durch? Oder wie?« Er lehnte sich zufrieden zurück, stolz auf seine schnelle Schlussfolgerung.

»Nein, ganz so einfach war das nicht. Die Hæríquon haben die Vázak daraufhin erpresst. Sie meinten, sie würden sie verraten, wenn sie nicht taten, was die Ganáncias von ihnen verlangten. Man könne sie leicht wie Schuldige aussehen lassen. Sie sollten den Wagen mit den bereits aufgeladenen Feuerwerkskörpern in die Stadt transportieren und das Lichtspektakel vorbereiten. Sie hatten keine Ahnung von den Plänen, die dahinter steckten. Sie sagten, plötzlich sei ein Feuerwerkskörper aus einer Gasse mitten in die Menge geflogen und hätte eine riesige Explosion ausgelöst. Sie hatten Panik bekommen und waren geflohen, wurden jedoch sofort gefasst und es sah natürlich sofort so aus, als wären sie die Täter.«

König Verberos Augen funkelten und wurden dann merkwürdig blass. »Das ist doch eine bewehrte Taktik von Verbrechern, eine kleine Tat zu gestehen, sodass sie um die Strafe für die große Tat herumkommen. So etwas habe ich schon unzählige Male gehört. Sie haben das Leben ihrer Freunde eingetauscht gegen die Möglichkeit, frei zu kommen. Wie typisch für solchen Abschaum.«

»Das kann nicht sein, ich habe vorher eindeutig

klargestellt, dass ihr Leben nicht verschont wird, egal was passiert. Sie wussten, dass sie sterben würden. Sie hatten nichts mehr zu verlieren, warum also sollten sie lügen?«

Verbero ignorierte den Einwand und erhob sich. »Den Tod hatten sie also im Nachhinein doch verdient, sie waren Verbrecher. Wir brauchen keine Diebe im Land. Du hast dich also völlig umsonst aufgeregt. Ich werde mit dem Stadtherrn von Marbordo reden, ob an der Sache mit den Ganáncias etwas dran ist. Wenn sie wirklich so viel Einfluss haben, werden sie aufgefallen sein. Wenn das alles war, Mûtavéh, dann habe ich noch einiges zu erledigen.«

Ohne eine Antwort abzuwarten, ging der König hinaus.

Der Numjaír blieb fassungslos sitzen, während die anderen Ratsmitglieder langsam den Raum verließen. Er war nun ganz allein im Ratssaal und verstand die Welt nicht mehr. Er hatte sich so viel Mühe gegeben, schon einen genauen Plan ausgearbeitet, wie man die Ganáncias aufspüren und zur Rechenschaft ziehen könnte. Der Rat jedoch nahm ihn nicht ernst. Das Attentat war schon wieder zu lange her, auch in der Öffentlichkeit wurde nur noch wenig darüber geredet, der Alltag ging weiter und ließ Mûtavéh mit der Wahrheit zurück, die niemanden mehr kümmerte. Dass ein paar Vázak und eine kleine unbedeutende Organisation weit weg von hier die Verantwortlichen waren, hatten alle akzeptiert.

Er ging mit einem Gefühl der Zurückweisung hinaus und schloss sich in seinem Zimmer ein, um noch ein paar Ratsangelegenheiten hinter sich zu bringen.

Ein paar Tage später suchte er in der großen Schlossbibliothek nach einem Buch über die Geschichte der

Ganáncias. Es war eine riesige Halle mit Regalen, die bis an die Decke reichten. Nur wenige hatten jedoch Zugang zu ihr, was aber kaum jemanden störte, denn die meisten konnten ohnehin nicht lesen. Nur in den nördlichen Regionen wurden Kinder unterrichtet, oder, wenn die Eltern genug Geld hatten. Eine schrullige Vázak nannte Mûtavéh die Nummer des Regals, in dem er suchen sollte. Als er dort ankam, sah er allerdings Fráco ein grünes, uraltes Werk aus der Bücherwand ziehen. Er schien erschrocken, als Mûtavéh auf ihn zukam und *Adelsfamilien und ihre Geschichten* auf dem Einband las.

»Guten Morgen, Fráco. Wenn ich ehrlich bin, wollte ich genau in diesem Buch etwas nachschlagen. Es ist nur eine Kleinigkeit, du bekommst es sofort wieder, ich bräuchte es nur für eine Sekunde.«

Der Trampianer drückte es ihm hastig in die Hand und wollte sich an ihm vorbei schleichen, doch Mûtavéh stellte sich ihm in den Weg.

»Ich wollte schon eine ganze Weile lang einmal mit Euch alleine reden. Vor allem, da Ihr aus Marbordo stammt. Ich kenne sonst keinen aus dieser Gegend. Die Ganáncias, habt Ihr einmal von ihnen gehört, als Ihr noch dort wohntet? «

Fráco sah ihn verunsichert an. Er flüsterte: »Es gab Gerüchte, man solle sich mit diesem und jenem nicht anlegen, weil mächtige Muaësi hinter ihnen stünden. Ganz im Vertrauen … es gibt Leute in Marbordo, die machen können, was sie wollen. Sie fürchten kein Gericht, nicht einmal den König. Sie sind reich und haben genügend Leute um sich, die sie schützen oder im Notfall die Schuld auf sich nehmen. Als Ihr uns von der Familie der Ganáncias erzählt hattet … mir war sofort klar, dass Ihr diese Gruppe meintet. Ich hätte nie gedacht, dass sie der Regierung wirklich gefährlich werden würden, aber dieser Anschlag. Das war ein eindeutiges Signal.«

»Das sind keine guten Nachrichten, aber warum habt Ihr nicht schon früher etwas gesagt, vor dem König? Obwohl, zurzeit weiß ich nicht, ob Verbero er selbst ist. Ich bin mir nicht mehr sicher, ob ich ihm vertrauen kann. Findet Ihr nicht auch, dass er kein guter Herrscher mehr ist? Vielleicht ist es ja bald an der Zeit, ihn abzusetzen …«

»Was?!« Fráco stierte ihn geschockt an. »Seid Ihr noch bei Verstand? Es wurde noch kein vom Rat gewählter König von diesem wieder abgewählt, was denkt Ihr, wer Ihr seid? Wir sind nichts ohne Verbero, er ist das Gesicht und der Anführer dieses Landes. Ein König hält die Gemeinschaft zusammen. So jemanden kann man nicht einfach gegen den Willen des Volkes abwählen, er ist der beliebteste Herrscher, den Muaëra je hatte. Das Volk ist glücklich. Ihr solltet wirklich überlegen, was Ihr sagt!«

»Sind die Muaësi wirklich glücklich? Da wäre ich mir an Eurer Stelle nicht so sicher, wir sitzen hier in einem schönen Schloss, weit abseits von der armen Bevölkerung dieses Landes. Ich finde, Verbero hat jede Moral vergessen.«

Fráco schüttelte entsetzt den Kopf und rauschte ungläubig davon. Mûtavéh umklammerte das schwere Buch und schob es dann zurück an seine Stelle. Was hatte er da gerade gesagt? Er hatte übertrieben, der König machte nur seine Arbeit, er musste schwere Entscheidungen fällen, doch das war kein Grund, um ihn abzusetzen, das hatte er nicht verdient. Er hatte ein unwohles Gefühl im Magen, als ob er beobachtet werden würde. Am liebsten würde er Fráco hinterherlaufen, um sich zu entschuldigen und alles klarzustellen, irgendetwas hielt ihn jedoch davon ab.

Ein Flüstern riss ihn aus den Gedanken: »Das sind

schwere Anschuldigungen gegenüber dem König, von so etwas solltet Ihr nicht allzu laut reden, Mûtavéh von Koruma.«

Er wusste nicht, wer mit ihm sprach, der Gang war leer. Plötzlich wurde das grüne Buch auf der anderen Seite des Regals herausgezogen und warme braune Augen fixierten ihn.

Mûtavéh stolperte zurück und rammte fast die nächste Regalreihe. Er fühlte sich ertappt und wollte so schnell wie möglich verschwinden. Am Ende des Ganges jedoch wurde er von einem Vázak aufgehalten, der ihm mit verschränkten Armen den Weg versperrte.

»Lasst uns reden, nur ganz kurz.«

Der Fremde ging auf ihn zu, legte besitzergreifend einen Arm um seine Schultern und schob ihn in eine Ecke der Halle. Ein weiterer Vázak, in der Aufmachung eines Dieners, kam hinzu. Dieser hatte die warmen Augen, die ihn so verschreckt hatten. Nun beruhigten sie ihn und hielten ihn davon ab, laut nach Hilfe zu rufen.

»Was wollt ihr von mir? Habt ihr mich belauscht? Das … das hatte ich alles nicht so gemeint, der König ist fast schon so etwas wie ein guter Freund von mir.«

»Na das hoffen wir doch nicht.« Die beiden Vázak grinsten sich vielsagend an.

»Was, was meint ihr damit? Wer seid ihr?«

»Unsere Namen braucht Ihr nicht zu wissen. Aber wir wollen Euch einen kleinen Vorschlag machen. Ihr könnt ihn annehmen, oder gehen. Wollt Ihr ihn hören?«

»Habe ich denn eine Wahl? «

»Nein«, sagte der rechte mit einem breiten Grinsen auf dem Gesicht.

Der linke lehnte sich an die harte Wand und sagte mit

ernstem Tonfall: »Ihr tut richtig daran, Verbero nicht zu trauen. Er ist ein Schatten, es gibt nicht einen einzigen dieser Art, der in der Geschichte keine schlimmen Dinge vollbracht hat. Ihr kommt aus Koruma, kennt den Glauben an die Geister Rín und Thân. Man sagt sich, dass Schatten im Tszaô-Tal geboren werden, der dunkle Thân erschafft sie, sie sind ein Teil von ihm und es liegt in ihrer Natur, Tod und Verderben über das Land zu bringen. Egal wie sehr unser König versucht, seine Bestimmung zu unterdrücken, letztendlich wird er Thâns Willen folgen. Hunderte Schatten vor ihm haben es bewiesen, man kann ihnen nicht trauen. Wir sind Teil einer Organisation, die Verbero absetzen wollen. Wir wollen nicht die Macht über das Land ergreifen und anderen unseren Willen aufzwängen, wir wollen nur einen guten König, der über die Schwachen und die Starken des Landes wacht, der keine Unschuldigen hängt, allein weil die Menge es will. Wir haben Euch beobachtet, ich weiß, dass Ihr so denkt wie wir, schließt Euch uns an. Ihr schuldet es Eurem Land.«

»Ich glaube nicht an Geistergeschichten und selbst wenn doch, jeder verdient eine Chance. Fráco hat Recht, Verbero hält das Land zusammen. Würde der Rat ihn absetzen, dann würde das Volk sich gegen uns wenden, nicht gegen ihn.«

»Deswegen wollen wir auch nicht, dass der Rat sich gegen den König stellt. Das übernehmen wir, das Einzige, was Ihr tun müsstet, wäre Einzelheiten aus Ratsbesprechungen an uns weiterzugeben, wir leiten es dann weiter. Wir erwarten nicht, dass Ihr ansonsten irgendwelche Maßnahmen ergreift, wir wollen nur Informationen, nicht mehr.«

»Wie heißt eure Organisation? Gehört ihr ... zu den Ganáncias?«

Der rechte fing laut an zu lachen: »So tief würden wir nie sinken. Nein, wir gehören der Allianz Câtan Vijéba an, eine gewaltfreie Gruppierung. Wir erringen unsere Ziele durch Infiltration und Strategie, und wir würden nie solche dämlichen Attentate begehen, falls du darauf anspielst.«

Mûtavéh begann zu überlegen. Einerseits war er in allem ihrer Meinung, doch wusste er nicht, ob er ihnen wirklich trauen konnte und was es für Konsequenzen haben könnte, falls er auffliegen würde. Er schaute sich die beiden Vázak genau an, sie sahen sich so ähnlich, sie könnten Brüder sein, der eine ein Diener, der in der Bibliothek arbeitete, der andere war wie eine Wache gekleidet. Er fragte sich, wie viele der Angestellten des Schlosses noch die Seiten gewechselt hatten.

Mûtavéh seufzte und gab nach: »Verbero hat sich sehr verändert, seitdem ich hier bin. Vielleicht hat Thân Besitz von seinem Geist ergriffen, vielleicht ist er einfach kein guter Herrscher mehr, ich weiß nicht, was passiert ist. Aber ich weiß, dass Muaëra einen richtigen König braucht. Einen, dem das Leben des Einzelnen noch etwas wert ist. Ich bin auf eurer Seite, sagt mir, was ich zu tun habe!«

Ein großer Stein fiel ihm vom Herzen, endlich bekam er das Gefühl, dass er wirklich etwas bewegen konnte.

* * *

Ugryòr saß auf dem Rücken des Limaíras und ließ sich zufrieden den Wind um seine von einem Tuch verhüllte Schnauze wehen. Es hatte ihn nach seiner überstürzten Flucht aus dem Gasthaus innerhalb eines Tages aus dem Rieka-Delta herausgebracht und damit zumindest vorerst auch weg von den Häschern der Ganáncias, sodass er die letzte Nacht zwar unter freiem Himmel, aber halbwegs ruhig schlafen konnte. Er folgte nun endlich der offiziellen Straße, wodurch sie deutlich schneller vorankamen und Ugryòr sich sicher war, dass sie schon einen ordentlichen Vorsprung hatten – erst recht in Anbetracht der beeindruckenden Geschwindigkeit und Ausdauer des Limaíras. Doch trotzdem konnte es ihm nicht schnell genug gehen. Nachdem sie den letzten Arm des Deltas hinter sich gelassen hatten, war die ohnehin schon nicht gerade vor Leben strotzende Landschaft immer karger geworden. Nach Norden und Westen war weit und breit nichts zu sehen außer staubigen, von hohem, aber trockenem Gras bedeckten Ebenen und einigen von Dunstschleiern umhüllten Felsen. Südlich schimmerte noch schwach das Delta in der flirrenden Luft. Beim Blick nach Osten offenbarte sich Ugryòr eine weite sandige Fläche, an deren Ende von Zeit zu Zeit verschwommen das Glitzern des Meeres zu sehen war. Hin und wieder fand eine Böe von dort den Weg weit genug ins Landesinnere, um die Luft etwas vom Sand und Staub zu reinigen, doch war das nur selten der Fall und die Wirkung währte dann auch nicht allzu lange, sodass Ugryòr von einem beständigen Prickeln auf der Haut begleitet wurde. Dennoch nahm er das gerne in Kauf, und wenn er die Alternativen bedachte, konnte er sich in diesem Moment kaum ein schöneres Gefühl vorstellen.

So ging es noch einige Stunden unverändert weiter. Er begann sich schon zu fragen, wie lange sein treuer Begleiter wohl noch ohne Wasser auskommen würde, als vor ihm, direkt voraus, ein großer grauer Felsen erschien, hinter dem etwas Grünes hervorlugte. Gespannt sah er ihm entgegen, als sie sich ihm näherten, was Ugryòr wie eine halbe

Ewigkeit vorkam. Endlich angekommen, stieg er ab, tätschelte dem Limaíra den Kopf und ließ eine Hand auf seinem Fell liegen, als er erst die Weggabelung, an der er nun stand, und danach das verwitterte Holzschild betrachtete, das vor dem Felsen im Boden steckte. Rechts führte der Weg weiter nach Õudus, über die linke Abzweigung gelangte man nach Síma. Ugryòr kannte Síma, er hatte schon darüber gelesen. Die Stadt wurde oft als *Perle des Graslandes* oder *Perle der großen Ebenen* bezeichnet, da sie sich zwar nicht durch Prunk, aber durch teils wunderschöne, teils spektakuläre Architektur und einen sehr hohen Lebensstandard auszeichnete. Das machte sie bei nicht wenigen beliebter als die reichen Städte in den wohnlicheren Gegenden, denn ihr einzigartiger Charme überzeugte sie mehr als bloße Prachtbauten. Hinzu kam ein Naturphänomen, das es einzig und allein dort gab, nämlich einen Fluss – einen weiteren, aber etwas abgelegenen Arm des Riekas – der im Boden verschwand. Das alles, gepaart mit der Tatsache, dass es so weit draußen im Grunde nie Unruhen gab und auch andere Konflikte kaum bis dorthin vordrangen, machte Síma zu einem beliebten Pilgerziel und erholsamen Ort für viele Muaësi, die ihren Lebensabend dort in Frieden verbringen wollte. Doch gerade das machte Síma für Ugryòrs Pläne ungeeignet. Außerdem lag es für die Ganáncias nicht in unüberwindbarer Entfernung und er wollte kein unnötiges Risiko eingehen. Er musste wohl oder übel den weitaus längeren Weg nach Õudus einschlagen. Mit einem Seufzer führte er den Limaíra rechts am Felsen vorbei, wodurch der Blick auf eine kleine Wasserstelle frei wurde, die von einer Hand voll Palmen und Büschen umrandet war. Freudestrahlend riss das Tier sich los, rannte zum kühlen Nass und ließ sich auf den Boden fallen. Erst tauchte es den Kopf ganz unter, danach schlabberte es mit seiner langen Zunge unter lautem Platschen eimerweise Wasser in sich hinein, wobei es den Kopf rhythmisch hin und her schwenkte. Ugryòr beobachtete staunend, wie sich der Wasserstand des kleinen Tümpels sichtlich weiter absenkte. Er tätschelte anerkennend den langen Hals des Limaíras und ließ sich dann ebenfalls nieder, um selbst etwas zu trinken und seine Schläuche wieder aufzufüllen. Als er fertig war, beschloss er, dass es klug wäre, eine Weile zu rasten und lehnte sich an eine Palme. Schneller, als er es erwartet hätte, begann er zu dösen, während er durch seine zusammengekniffenen Lider seinem treuen Gefährten weiter zusah. Der Limaíra hatte die Welt um sich herum völlig vergessen. Als er endlich genug hatte, war er um die Körpermitte herum sichtlich runder und die Wasserstelle beinah leer. Mit einem Seufzer und heraushängender Zunge ließ das Tier sich auf die Seite plumpsen, und schlief augenblicklich ein. Ugryòr konnte ein Schmunzeln nicht unterdrücken, ehe er ebenfalls einnickte.

Als er wieder aufwachte, war es tief in der Nacht, doch keinesfalls dunkel. Am wolkenlosen, dunkelblauen Himmel leuchtete der Mond fast so hell wie die Sonne selbst. Sein klares Licht verlieh der nun gestochen scharfen Landschaft einen blau-weißen Schimmer, der alle anderen Farben verdrängte. Es war sehr ruhig, die Luft angenehm kühl und der Wind verschwunden, was es Ugryòr ersparte, sein Gesicht mit einem Tuch zu verhüllen. Er atmete tief durch und fühlte sich nun endlich am Beginn seines neuen Lebens. Schon bald würde er Õudus erreichen, wo er schließlich seinen Plan verwirklichen und seiner Bestimmung gerecht werden konnte. Ein Rumpeln seines Magens unterbrach den Gedanken. Während der Vázak ein paar Stücke Brot aß, stupste er den Limaíra mehrmals sanft in die Seite, bis er schließlich mit einem lauten Schnauben hochschreckte und sich verwirrt umsah. Dann bemerkte er, wo er war und ließ zufrieden den Kopf wieder sinken, doch statt Sand spürte er eine Stiefelspitze unter seiner Schnauze. Das Tier warf Ugryòr einen entrüsteten Blick zu, der den Stiefel aber langsam hob und sagte: »Du hast genug geschlafen, wir müssen weiter.«

Dann zog er den Stiefel ruckartig weg, woraufhin der Kopf des Limaíras unsanft auf dem Boden landete. Mit einem empörten Schnauben rappelte er sich auf und schüttelte sich. Er brummelte noch einmal, dann wandte er sich den Büschen und einigen Grasbüscheln zu, um laut schmatzend sein Frühstück zu sich zu nehmen. Als er nach einigen Minuten fertig war, schleckte er sich über die Schnauze und blickte Ugryòr erwartungsvoll an, der kopfschüttelnd mitsamt seinem Gepäck aufsaß.

Ein paar Stunden später preschten sie noch immer durch die Nacht. Ugryòr war entspannt wie lange nicht mehr und obwohl er hellwach war, fühlte er sich wie in Trance. Er war auf eine Weise eingelullt, die er bis dahin nicht gekannt hatte. Vielleicht lag es an dem faszinierenden Licht um ihn herum, vielleicht an der kühlen Luft, vielleicht an dem gleichmäßigen und doch so schnellen Traben des Limaíras – oder an allem gleichzeitig, er wusste es nicht. Es war ihm aber auch egal. Er war glücklich und ließ sich gerne von der tiefen Ruhe vereinnahmen, die sich langsam in ihm ausgebreitet hatte, seit sie aufgebrochen waren. Lange schweiften seine Gedanken ziellos durch die Leere, bis sie an einer Frage hängenblieben, die schon lange Zeit sein steter Begleiter war: Wo war Talik? Wo war sein Bruder? Was war aus ihm geworden? Lebte er überhaupt noch? Seit er damals verhaftet worden war, hatte niemand mehr etwas von ihm gehört. Ugryòr dachte an seine Familie. Er war das dritte Kind einer Bauernfamilie aus der Region nordöstlich von Koruma. Neben Talik hatte er noch Nifárij, seine jüngere Schwester. Seine Familie besaß ihren recht großen Hof schon seit vielen Generationen und war früher sehr wohlhabend gewesen, wie auch viele andere in der Gegend. Das Klima war hervorragend und die Fruchtbarkeit der Böden rund um Koruma suchte ihresgleichen. Doch kurz nachdem seine Eltern den Hof übernommen hatten, übernahm eine andere Stadtherrin die Macht in der Provinz: Tâmínar. Sie kam aus der ärmlicheren Gegend um Ganar-Ánimas. Mit der Begründung, sie kenne sich daher gut mit dem Leben der Armen aus und wolle sie deshalb unterstützen, hatte sie die Steuern erhöht und zahllose Abgaben eingeführt, was nicht wenige mit erheblichen Problemen konfrontierte. Viele hatten ihr Vermögen verloren, Bedienstete entlassen und einige sogar Teile ihres Landes verkaufen müssen. Und die, die nicht um ihre Existenz zu bangen hatten, ächzten dennoch unter der großen Last, da nahezu alles, was sie hatten erwirtschaften können, in der Staatskasse gelandet war. Doch bald war offenbar geworden, dass nur ein kleiner Bruchteil der immensen Summen tatsächlich seinen Weg in die Hände der Armen gefunden hatte. Praktisch über Nacht war eine Welle des Hasses über die Bürger gerollt und hatte sich augenblicklich in wütenden Protesten entladen. Doch Tâmínar hatte keinen Ungehorsam geduldet und alle verhaften lassen, die der Aufforderung zu gehen nicht sofort nachgekommen waren. Wer sich zur Wehr gesetzt hatte, war zusammengeschlagen worden. So war es nach nur wenigen Tagen wieder ruhig auf den Straßen gewesen, zumindest oberflächlich. In vielen brodelte der Hass nun aber umso stärker, doch niemand hatte sich mehr getraut, etwas zu unternehmen, außer eine kleinen Gruppe, der auch Talik angehört hatte, die im Verborgenen Widerstand organisiert hatte. Dank ihnen hatte der Schwarzmarkt bald geblüht und sie hatten vielen geholfen, ein wenig Geld vor den Fängen der Obrigkeit in Sicherheit zu bringen. Jedoch war Vorsicht geboten gewesen, da Tâmínar bald regelmäßige Kontrollen eingeführt hatte mitsamt hohen Strafen, sollten Ungereimtheiten auffallen. Obwohl zwar nur selten etwas aufgeflogen war, war allen klar gewesen, dass dies keine Dauerlösung war. Sie hatten sich entschlossen, ein Zeichen zu setzen, um Tâmínar endlich zum Einlenken zu bewegen. So hatten sie geplant beim anstehenden Saruâta-Fest, das traditionsgemäß jeder neue Machthaber in der Provinz bald nach Amtsantritt veranstaltete, um die Bürger auf ihn einzuschwören und seine Herrschaft zu bestätigen, einen Aufruhr anzuzetteln, in der Hoffnung, die verhasste Statthalterin vertreiben zu können. Der Unterstützung der Bürger waren sie sich sicher gewesen. Auch hatten sie darauf gebaut, dass die Wachen einer so plötzlichen und großen Massenbewegung nicht gewachsen sein würden, oder dass manche vielleicht sogar die Seiten wechselten. Das Risiko war groß gewesen, doch hatten sie sich durch die massive Unterdrückung und Perspektivlosigkeit praktisch dazu gezwungen gesehen. Am Abend, zwei Tage vor dem Fest, hatten sich jene mit entscheidenden Rollen beim geplanten Coup im Hof von Ugryòrs Familie getroffen, um die letzten Vorbereitungen abzuschließen. Doch dazu waren sie nicht mehr gekommen. Kaum waren alle dort gewesen, hatten Wachen das Haus gestürmt. Ugryòr, Nifárij und ihren Eltern war es gelungen zu fliehen, da sie sich in einem anderen Bereich aufgehalten hatten, doch die Verschwörer hatten keine Chance gehabt. Sie waren entweder festgenommen oder im Gemenge getötet worden, der Hof anschließend niedergebrannt. Als Ugryòr aus dem Haus gestürmt war, hatte er etwas abseits einen Casísto zusammen mit zwei Wachen stehen und das Geschehen beobachten sehen. Er hatte ihn nicht sofort erkannt, doch dann hatte es ihm gedämmert. Er hatte sich nicht mehr an seinen Namen erinnern können, doch er war sich sicher gewesen, dass er ihn damals schon einige Male bei vorherigen Treffen gesehen hatte. Aber warum hatten sie ihn nicht festgenommen? Er musste zu ihnen gehört haben. Ugryòr hatte nicht fassen können, was er da gesehen hatte. Sie waren verraten worden. All die Bemühungen, etwas gegen Tâmínars Repressionsherrschaft zu tun, waren mit einem Schlag vernichtet worden. Zudem hatte man ihn und seiner Familie ihrer Existenz beraubt. Und wofür? Er hatte es nicht begreifen können. Doch dann hatte er es gesehen. Die beiden Wachen hatten einander zugenickt und einer von ihnen hatte anschließend ein kleines Säckchen hervorgeholt und es dem Casísto in die Pfoten gedrückt. Dieser hatte sich bedankt und war in der Dunkelheit verschwunden. Ugryòr hatte fassungslos dagestanden. Ihm hatten die Worte gefehlt für das, was er da erlebt hatte. Wie erstarrt hatte er mit ansehen müssen, wie Talik im wild flackernden Schein des Feuers von zwei anderen Wachen in blutverschmierten Rüstungen hinaus geschleift worden war. Er war offenbar bewusstlos gewesen.

»Ugryòr! Komm' jetzt, schnell!«, hatte seine Mutter gerufen.

Er hatte sich kurz geschüttelt, dann war er seiner Familie hinterher geeilt. Von da an war er nicht mehr der selbe

gewesen. Sie waren vorerst bei Freunden untergekommen und schienen auch in Sicherheit gewesen zu sein. Tâmínar hatte nur einen Tag nach der Aktion die Kontrollen etwas gelockert und die Abgaben leicht gesenkt, als Zeichen ihrer großen Güte und Nachsichtigkeit, wie sie hatte verkünden lassen. Doch man hatte jegliche Auskunft über Taliks Verbleib verweigert. Ugryòr war das Bild des Casísto nicht mehr losgeworden, wie er teilnahmslos das Inferno mitangesehen und das Gold entgegengenommen hatte. Er hatte immer über die verwerflichen Meinungen mancher über die Casísto gewusst, doch stets als Humbug abgestempelt. Er hatte sie eigentlich gemocht, sie sogar recht interessant gefunden. Doch er war eines Besseren belehrt worden. In seiner Seele war eine Kälte entstanden, die er vorher nicht gekannt hatte und wäre er noch wie früher gewesen, hätte er sich wahrscheinlich vor sich selbst erschreckt. Er hatte noch ein paar Tage gewartet, dann hatte er sich von seiner Familie verabschiedet. Er hatte ihnen gesagt, sie sollten bitte kein Risiko mehr eingehen, er würde sich um alles kümmern, vor allem um Talik. Er würde nicht eher ruhen, bis er wieder frei war. Seine Eltern hatten ihn noch davon abhalten wollen, doch seine Entscheidung war unumstößlich gewesen. Mit einem klaren Ziel vor Augen hatte er die Überbleibsel seiner Heimat verlassen.

Ein lautes Wiehern des Limaíras beförderte Ugryòr zurück in die Gegenwart. Er schüttelte den Kopf, um die Erinnerungen loszuwerden, dann blickte er nach vorne, um zu sehen, worauf das Tier hinweisen wollte. Nicht allzu weit entfernt befand sich rechts neben dem Weg eine glitzernde Fläche mit dünnen hohen Silhouetten zweier Tâlmen dahinter und rechts einem kleinen Sandhügel. Erstaunt darüber, dass es in dieser trockenen Gegend überhaupt

Wasserstellen gab, tätschelte er den Hals des Limaíras, um ihm zu signalisieren, dass er verstanden hatte. Das Tier schmatzte zufrieden und trabte gleich ein wenig beschwingter. Kurz darauf angekommen stieg Ugryòr ab und spritzte sich mit den Händen einen Schwall Wasser ins Gesicht. Anschließend ging er ein paar Schritte auf und ab, um sich die Beine zu vertreten, während der Limaíra schon fast mit seinem ganzen Hals unter Wasser steckte. Ab und zu warf er ihn hoch, um Luft zu holen und sofort wieder unterzutauchen. Ugryòr begann sich zu fragen, wie viel Durst ein Limaíra eigentlich haben und wie viel es trinken konnte. Doch bevor er weiter darüber nachdenken konnte, merkte er, wie er plötzlich leicht absackte und seine Schritte weicher und schwerer wurden. Verwirrt sah er an sich herunter und weitete vor Schreck die Augen. Er war in Treibsand geraten! Seine Füße waren schon komplett verschwunden. Er versuchte sie wieder herauszuziehen, aber er schaffte es nicht mehr. Es war, als würde sie jemand von unten festhalten. Er fluchte und versuchte sich von dem kleinen Tümpel wegzubewegen, aber nach kaum einem Meter weiter war er so weit eingesunken, dass er nicht mehr vorwärts kam. Er versuchte auf die Knie zu gehen und sich mit seinen Händen weiterzuziehen, doch der Sand war einfach zu weich und die beiden Palmen zu weit entfernt, um sie erreichen zu können. Er hörte auf sich zu bewegen, was für den Moment ein weiteres Absinken verhinderte. Ihm war aber klar, dass der Limaíra seine einzige Hoffnung war.

»He! He, du!«, rief er leicht panisch.

Obwohl sie schon eine Weile zusammen unterwegs waren, hatte er ihn noch nie angesprochen, Ugryòr kam sich dabei irgendwie seltsam vor. Das Tier hatte jedoch wieder

einmal seinen Kopf unter Wasser und hörte ihn daher nicht.

»Hilf mir mal! Ich … ich stecke fest!«, rief er deutlich lauter.

Verwirrt hob es seinen Kopf aus dem Wasser und blickte ihn fragend an.

»Komm her!« Er winkte es zu sich. »Na los, komm!«

Langsam und jetzt auch neugierig stapfte der Limaíra am Rand des Tümpels auf ihn zu. Ugryòr bis zur Hüfte versunken. Das Tier wusste nicht wirklich etwas mit der Situation und seinem panischen Gesichtsausdruck anzufangen, doch als Ugryòr beide Arme zu ihm ausstreckte, schien es zu begreifen. Es schnaubte, dann reckte es seinen Hals nach unten, sodass Ugryòr sich daran festhalten konnte. Er packte kräftig zu und das Tier begann zu ziehen.

»Na, das reicht jetzt aber!«, sagte eine dunkle Männerstimme in genüsslichem Ton.

»Die Stelle hier macht sich doch immer wieder bezahlt!«, gluckste ein anderer Mann.

Das Limaíra hielt inne und Ugryòr blickte sich erschrocken um. Hinter dem kleinen Sandhügel kamen drei in helle Umhänge gehüllte Wazáy mit gezogenen Schwertern hervor. Die Sohlen ihrer Stiefel waren um einiges breiter als üblich. Sie erschienen in dem grellen Mondlicht wie Geister.

»Wer … wer seid Ihr?«, fragte Ugryòr, dem nun das Herz in die Hose rutschte.

Der mittlere antwortete mit der dunklen Stimme: »Das brauchst du nicht zu wissen. Was du aber wissen solltest, ist, dass wir etwas von dir wollen und du nicht in der Position bist, zu verhandeln.« Er grinste breit und ließ seine Zähne aufblitzen, während die anderen beiden hämisch lachten.

Dann ging er in die Hocke, wobei er noch immer eine beeindruckende Größe hatte, und hielt Ugryòr sein Schwert an die Kehle. Seine schwarzen Augen hatten einen heimtückischen Blick.

Der linke Mann, der noch gar nicht gesprochen hatte und der etwas kleiner war als die anderen, sagte mit dümmlichem Unterton: »Also, Kumpel, sperr' hübsch deine Lauscher auf. Wir wollen Bares. Oder alles, was man dazu machen kann. Und wenn du es uns gibst und schön brav bist, lassen wir uns vielleicht dazu herab, dich aus deiner ausgesprochen misslichen Lage zu befreien. Hast du das verstanden?«

»Ja. Aber … ich habe nichts!«, antwortete Ugryòr mit Verzweiflung in der Stimme.

»Ah, du bist einer von der Sorte! He, Jungs, das ist einer von denen, die meinen, sie wären besonders schlau und könnten uns einfach was vorlügen!«, sagte der rechte.

»Aber es stimmt!«, rief der Vázak.

Der mittlere Wazáy, der scheinbar der Anführer war, drückte sein Schwert fester an Ugryòrs Kehle und flüsterte: »Auch wenn du denkst uns zum Narren halten zu können, glaub' mir, das haben schon ganz andere probiert. Sollte dir nun an deinem kümmerlichen Leben etwas liegen, dann rück' das Zeug raus, klar!?«

»He, Boss!«, rief ein weiteres Mitglied der Räuberbande von der gegenüberliegenden Seite der Wasserstelle, »Hier ist ein Rucksack!«

»Hmm, dann wollen wir doch mal sehen, was da so drin ist.«

Der vierte Wazáy kam dazu, stülpte den Rucksack um und ließ alles herausfallen. Dann antwortete er: »Scheint nur Proviant zu sein … und etwas Kleidung. Aber nichts

Wertvolles.«

»Zu schade.«

Ugryòr spürte neben dem kalten Metall nun auch etwas Warmes. Kurz darauf färbte sich eine münzgroße Fläche Sand vor ihm rötlich dunkel.

»Ich habe nichts, Ihr seht es doch selbst!«, rief Ugryòr fast schon flehend.

Der rechte Wazáy meinte sehr zurückhaltend: »Vielleicht sagt er ja die Wahrheit, Boss. Immerhin hat das Tier nicht mal einen Sattel …«

»Schweig! Der einzige, der hier entscheidet, was wahr ist und was nicht, bin immer noch ich, klar?«, maulte der Anführer. Dabei drückte er Ugryòr das Schwert noch ein wenig weiter in die Wunde, der daraufhin vor Schmerz keuchte. Er durchbohrte ihn einige Sekunden lang mit seinem Blick, schien regelrecht in Ugryòrs Kopf herumzuwühlen, dann brach er das Schweigen, indem er knurrte: »Mag sein, dass das tatsächlich stimmt … Gut, packt den Kram wieder ein und nehmt ihn mit. Wir verziehen uns.«

Er zog sein Schwert weg und stieß Ugryòr von sich, und während die anderen Wazáy hinter dem Sandhügel verschwanden, legte ihr Anführer ein Seil um eine der Palmen und warf Ugryòr beide Enden zu.

»Vielleicht packst du's ja, hehe.«

Er verpasste dem Limaíra, der die ganze Zeit über daneben gestanden hatte, einen Tritt in die Seite und ging ebenfalls. Das Tier rannte erschrocken davon.

Ugryòr packte die Seilenden und hielt sich daran noch eine Weile fest, bis er sicher war, die Räuber würden nicht wiederkommen. Dann zog er mit Leibeskräften an ihnen. Augenblicklich spürte er, wie der Treibsand ihn nach unten zog. Es war, als hielten ihn unzählige Hände in einem festen, klebrigen Griff. Doch langsam aber stetig wurde er leichter und kämpfte sich Zentimeter um Zentimeter höher. Es dauerte eine halbe Ewigkeit, doch er schaffte es. Mit letzter Kraft befreite er sich schließlich ganz. Stöhnend und schweißnass lag er auf dem Sand, die schmerzenden Hände immer noch in die Seilenden gekrallt. Er gönnte sich eine kurze und bitter notwendige Verschnaufpause, bevor er sich an den Seilen entlangziehend langsam zu der Palme kroch. Erst dort wagte er wieder aufzustehen. Prüfend tappte er ein wenig umher, doch nichts passierte, auch wenn der Sand etwas feucht war. Erschöpft ließ er sich an der Palme heruntersinken. Dabei realisierte er schließlich, dass er zwar der akuten Gefahr entkommen war, doch trotzdem ein großes Problem hatte, denn wie sollte er ohne Verpflegung zu Fuß bis nach Õudus kommen? Er ließ seinen Blick rundherum schweifen, doch er sah nichts außer hellblau schimmerndem Sand. Ein resigniertes schiefes Lächeln zierte sein Gesicht.

»Mist.«

Doch dann krampften sich seine geschundenen Hände zusammen. Er schrie laut auf.

»Ouh, verdammt!«

Wütend schlug er gegen die Palme, wobei Staub und kleine Stücke abgestorbener Blätter herunter rieselten. Er stand auf und verpasste ihr noch einen kräftigen Tritt, bevor er sich das Fell raufte, die Wasserstelle halb umrundete und sich ihr dann langsam näherte. Der Limaíra hatte dort gestanden, also sollte auch für ihn kein Risiko bestehen. Am Rand angelangt, kniete er sich nieder und spritzte sich Wasser ins Gesicht. Anschließend hielt er die Luft an und tauchte seinen Kopf mehrmals ganz unter, bis sich nicht nur seine vor Anstrengung erhöhte Körpertemperatur, sondern auch sein Gemüt etwas abgekühlt hatte. Im Anschluss legte er sich ans Ufer und zwang sich zur Ruhe. Er musste klar denken können, wenn er aus dieser Lage wieder heil herauskommen wollte. Der Reihe nach ging er seine Möglichkeiten durch. Die Wazáy um Hilfe bitten? Immerhin mussten sie irgendwo ein Lager oder zumindest genügend Proviant haben, vielleicht sogar Reittiere. Pah, als würden die ihm helfen! Sie würden ihn höchstens umbringen oder als Sklaven an zwielichtige Davanna-Händler verhökern. Nein, das war das letzte, was er tun würde. Er könnte hingegen darauf hoffen, dass bald ein weiterer Reisender vorbeikäme, der könnte ihn dann vielleicht mitnehmen oder mit allem Nötigen versorgen. Doch er war seit der Weggabelung niemandem mehr begegnet, also würde diese Entscheidung wohl sein Schicksal besiegeln, ebenso wie wenn er auf den Limaíra warten würde. Vielleicht würde es wiederkommen, vielleicht aber auch nicht. Beides war möglich, doch er hatte nicht die Zeit das herauszufinden. Zügig kam er zu dem Schluss, dass es nur eine Option für ihn gab. Er musste sich zu Fuß auf den Weg machen. Da hatte er zumindest eine gewisse Chance, lebend anzukommen, doch ohne Wasser würde er das garantiert nicht schaffen, die Nacht war schließlich irgendwann einmal vorüber. Als sein Blick jedoch auf der Krone einer der beiden Palmen hängen blieb, kam ihm eine Idee. Ihre Kokosnüsse waren deutlich größer und länglicher als bei anderen Palmen. Es musste sich um irgendeine besondere Art handeln, von der Ugryòr bisher noch nichts wusste. Rasch eilte er zu ihr und trat mehrmals hart dagegen, deutlich fester als eben, doch die Palme schwang nur sachte hin und her, während Ugryòr mit Staub bedeckt wurde. Er brummte verärgert. Dann begann er an ihr hochzuklettern, kam jedoch nicht weiter als bis zur Hälfte. Der Stamm wurde zu dünn und er fand keinen Halt mehr. Ugryòr konnte zwar verhindern, dass er nicht abrutschte, aber er kam auch nicht höher. Vorsichtig ließ er sich hinuntergleiten. Er versuchte es auch an der anderen Palme, jedoch wieder ohne Erfolg. Sie waren einfach zu dünn. Doch, so überlegte er, als er grübelnd zwischen ihnen stand, könnte ihm das auch von Nutzen sein. Er griff das Seil, an dem zuvor noch sein Leben gehangen hatte, und warf ein Ende über die linke Palme. Zur Sicherheit warf er es ein weiteres Mal darüber in der Hoffnung, das Seil würde irgendwie Halt finden. Anschließend packte er beide Enden und begann behutsam damit, sie von der Wasserstelle weg zu ziehen. Langsam bog sich die Palme herunter und zu Ugryòrs Erleichterung hielt das Seil. Er zog es mit einiger Mühe noch ein Stück weiter, bis sich die Palme deutlich zu ihm neigte. Schließlich packte er beide Enden fest mit der linken Hand und streckte die rechte nach oben, wo sie eine der Kokosnüsse zu fassen bekam. Mit einem heftigen Ruck riss er daran, was sie endlich zu Boden beförderte. Seinen linken Arm verließen langsam die Kräfte, doch er konnte die Palme noch lange genug unten halten, um eine zweite Nuss zu ergattern. Dann musste er loslassen. Die Palme schnellte in die Luft, wobei nicht nur das Seil in hohem Bogen auf die andere Seite der Wasserstelle geschleudert wurde, sondern auch ein halbes Dutzend Kokosnüsse.

»Oh, so geht das auch?«, stellte Ugryòr fest mit schief gelegtem Kopf und einem leichten Grinsen im Gesicht. Zügig, doch immer peinlichst darauf bedacht, nicht einzusinken, sammelte er alles ein und legte es unter die Palmen. Nun brauchte er nur noch etwas, womit er sie knacken konnte. Er unterzog seine Umgebung eines prüfenden Blickes und wurde auf der Straße fündig. Sie war zwar nicht gepflastert, doch fanden sich immer wieder etwas größere flache Steine, mit denen man sie vor Versandung und totaler Unpassierbarkeit bewahren wollte. Mit einem solchen gelang es ihm, in immerhin fünf Kokosnüsse ein kleines Loch zu schlagen, ohne dass sie zerbrachen. Zu seiner Überraschung stellte er fest, dass sie innen nicht massiv, sondern von einer lilafarbenen, breiigen, fast flüssigen und dem Geruch nach eindeutig ungenießbaren Pampe gefüllt waren. Er vermutete, dass die Pflanzen sie benutzten, um Feuchtigkeit einzulagern. Durch behutsames Klopfen und geduldiges Warten gelang es ihm, sie alle fast restlos zu leeren, sodass er sie anschließend mit Wasser aus dem kleinen Tümpel auffüllen konnte. Ein letztes Mal bog er mit Hilfe des Seiles eine der Palmen herunter, wobei er ihr eine Handvoll Blätter ausriss. Diese knüllte er zusammen und stopfte sie in die Löcher der Kokosnüsse, was sie relativ gut verschloss, sofern er sie nicht gerade auf den Kopf stellte. Stolz auf sein Werk trank er noch einen großen Schluck aus der Wasserstelle, dann band er sich das Seil mitsamt seinen selbstgemachten Wasserbehältern um den Bauch und machte sich auf den Weg.

Einige Zeit später griff Ugryòr nach seinem letzten Wasserbehälter, in dem noch etwas war. Hastig setzte er ihn an, doch viel mehr als eine Handvoll ekelhaft warmer Brühe gab er nicht her. Ugryòr schüttelte ihn, aber es war nichts zu machen. Sein Wasser war aufgebraucht und das, obwohl er damit so sparsam umgegangen war, wie es ihm nur möglich gewesen war. Er hatte sich verkalkuliert, war nicht stark genug gewesen. Verzweiflung packte ihn, doch er zwang sich dazu, sich nicht von ihr übermannen zu lassen und weiter zu gehen, immer weiter. Er musste Õudus um jeden Preis erreichen. Mit aller Kraft versuchte er seinen langsamer und unsicherer werdenden Gang ebenso zu ignorieren wie das stete Brummen in seinem Schädel, was ihm aber zunehmend schlechter gelang. Die Nacht war längst dem Tag gewichen und so sengte die Sonne erbarmungslos auf sein Fell, während immer wieder aufkommende Böen beträchtliche Mengen an Sand und Staub auf ihn einprasseln ließen. Etwa eine halbe Stunde später gesellten sich zu den unzähligen Körnchen in seinem durch die zusammengekniffenen Augen sehr schmalen Blickfeld funkelnde Sternchen. Manche blitzten hier und dort auf, andere huschten hin und her. Erst konnte Ugryòr sie noch durch Kopfschütteln oder Reiben seiner Augen vertreiben, doch bald nützte auch das nichts mehr. Seine Füße wurden ihm schwer, das Brummen in seinem Schädel übertönte das Rauschen des Windes, alles kribbelte. Er stützte sich auf seinen Knien ab und versuchte wieder einen klaren Kopf zu bekommen, doch vergebens. Erschöpft sank er nieder und schleppte sich auf allen Vieren weiter. Auch wenn er wusste, dass er nicht mehr weit kommen würde, war das immer noch besser als sich einfach hinzulegen und sein Schicksal abzuwarten. Und ein kleiner Teil in ihm weigerte sich noch immer beharrlich aufzugeben. Der Weg führte nun leicht bergauf, was es nicht einfacher machte. Ugryòr kam vielleicht noch etwa hundert Meter weiter, dann versagten ihm seine Glieder den Dienst. Seine Arme knickten ein und er landete der Länge nach auf dem Boden. Mit schmerzverzerrtem Gesicht hob er den Kopf und blickte nach vorn. Er sah nur noch verschwommene Schemen und alles schwankte, doch plötzlich erkannte er, dass der Weg nur wenige Meter vor ihm steil abfiel. Er schien sich am Rand einer gigantischen Senke zu befinden. Ein letztes Mal riss er sich zusammen und zog sich Stück für Stück weiter bis an die Kante. Er konnte nichts mehr erkennen, aber irgendetwas weiter unten schimmerte grün und blau, er war sich ganz sicher. Mit einem kleinen Funken aufkeimender Hoffnung in sich stemmte er die Füße in den Boden und drückte sich vorwärts über den Rand. Er spürte noch, wie er mit einem Mal nach unten rutschte, dann wurde alles schwarz.

KAPITEL 9

Eyônaí folgte Wítaijâ, Baríth und Grimvâr in Tânurács Garten. Die größte Fläche nahm ein mit kleinen weißen Blumen getüpfelter Rasen in Anspruch. Er grenzte direkt an den Berg, der steil in die Höhe anstieg. Am Hang wuchsen zahlreiche dunkelgrüne Ranken, die übersät von spitzen, länglichen Blättern und knallroten, winzigen Beeren waren. Sie wuchsen überall, nur nicht dort, wo ein dünner Wasserfall über einen hervorstehenden Felsen und dann durch einen kleinen Bach in einen Teich floss.

Tânurác kam aus dem Haus und steuerte auf den Wasserfall zu. Er erklärte den anderen: »Hier ist der Tunnel, der durch den Berg führt. Mein Vater hat ihn gebaut, als er im Heiligen Berg auf der Suche nach Edelsteinen war, nicht wirklich legal, also haltet das geheim, klar? Der Gang verläuft –«

»Ich kann keinen Tunnel sehen, Tânurác. Hältst du uns zum Narren oder was soll das?«, fragte Grimvâr und sah ihn dabei misstrauisch von der Seite an.

»Er ist verschlossen. Ich hab' den Stein davor geschoben, als mein Vater auf der anderen Seite des Ganges von einem Drachen getötet wurde. Außerdem ist es, wie gesagt, streng verboten im Heiligen Berg herum zu hämmern. Hätte jemand davon Wind gekriegt, hätten wir Schwierigkeiten bekommen«, antwortete Tânurác betont höflich.

»Was ist denn nun am anderen Ende des Ganges?«, fragte Eyônaí in die Runde.

»Ein sehr trockenes Tal. Man sieht dort nichts als Geröll, Knochen und Sand, alles pechschwarz vom Vulkan. Der liegt hinter zwei spitzen Bergen Richtung Südwesten. Das Tal wird in diese Richtung immer enger. Ich weiß, dass man da lang gehen muss, um ins Tszaô-Tal zu kommen, aber wo der Tunneleingang zum Vulkan liegt, keine Ahnung …«, antwortete Tânurác und starrte nachdenklich den Felsbrocken an.

»Gibt es irgendjemanden, den wir fragen können?«

Baríth schien die Frage ernst zu meinen und erntete herablassende Blicke.

»Nein, natürlich gibt es niemanden, der genau weiß, wo der Eingang ist. Die, die ihn betreten, kommen meistens nicht zurück und das hier ist seit über 50 Jahren der einzige Weg dorthin, weil der ursprüngliche durch einen Erdrutsch verschüttet wurde. Es gibt keine Karte, keine Hinweise, nichts, nur das Wissen, dass man vor einer halben Ewigkeit mal durch den Vulkan ins Tal kam«, antwortete Tânurác ungeduldig.

»Das hier kann nicht der einzige Weg sein. Die Schwarze Nacht spaziert wohl kaum jeden Monat durch deinen Garten. Aber die Tatsache, dass Schattenhunde vom Tal nach Fjiondar reisen können, sagt mir, dass wir das auch andersherum können«, sagte Baríth trotzig.

Verärgert ging Tânurác in Richtung Haus, doch als er an Baríth vorbeiging, sagte er etwas bissig: »Du kannst dich ja gerne auf die Suche nach dem Weg der Schattenhunde machen, bis dahin ist deine geliebte Heimat eine Geisterstadt.«

Eyônaí sah Baríth an, dass er sich über die überzogene Reaktion wunderte, seine Schwanzspitze zuckte wild umher. Sie selbst wechselte einen Blick mit Wítaijâ. Die Wazáy sah ernst aus und legte dem Casísto eine Hand auf die Schulter: »Mach' dir keinen Kopf. Er sorgt sich nur, dass jemand sterben könnte, weil er uns den Weg zeigt. Wegen unseres Vaters ist er da sehr angreifbar. Dass ich mitkomme, macht es nur noch schlimmer. Und du, Grimvâr ...«, sie boxte ihm leicht in die Seite, »Sei nett zu ihm, oder zumindest höflich.«

»Ich habe ihm damals das Leben gerettet, aber er verachtet mich dafür. Ich muss hier keine gute Miene zum bösen Spiel machen«, antwortete er grimmig.

»Er kann sich aber scheinbar zusammenreißen und wir brauchen einen Anführer, der das auch kann«, sagte Wítaijâ nachdrücklich, folgte ihrem Stiefbruder zurück ins Haus und schloss die Tür hinter sich.

Eyônaí schüttelte nur den Kopf. *Das Leben gerettet ist gut*, dachte sie geringschätzend. Sie erinnerte sich, wie Grimvâr ihr davon erzählt hatte. Tânurács Eltern hatten ein Attentat auf den damaligen Anführer der Allianz geplant gehabt und der Casísto hatte sie ausgeschaltet, bevor sie etwas anrichten konnten. Danach steckte er ihr Haus in Brand und bemerkte erst im letzten Moment, dass ihr Kind nicht wie erwartet bei seiner Einschulung war, sondern sich in einer Besenkammer versteckt hielt. Er brachte den Jungen zu Freunden der Allianz, die ihn aufzogen. Wítaijâ erlitt ein ähnliches Schicksal, nur dass sie im späten Jugendalter von Verwandten weggelaufen war und sich selbstständig der Gruppierung angeschlossen hatte. Tânurác hatte Grimvâr das, im Gegensatz zu Wítaijâ, nie verzeihen können.

Eyônaí sagte schnell etwas, bevor Grimvâr sie nach ihrer Meinung fragen konnte: »Sind das Feuerbeeren?«

Sie ging auf eine Ranke zu und pflückte eine der roten Kugeln.

»Unglaublich, die sind wirklich selten! Früher wurden sie massenhaft gesammelt. Man kann aus ihnen einen Brei machen, der Drachenschuppen angreift. Wirklich verletzen würde das die Viecher nicht, aber es soll wohl verdammt wehtun.«

Baríth stand sofort an ihrer Seite und starrte die Beere ungläubig an. Er fragte sie neugierig: »Weißt du, wie das geht? Wir könnten das bestimmt gut gebrauchen.«

Grimvâr, noch immer schlechter Laune, was bei ihm leicht bedrohlich aussah, murrte in seine Richtung: »Wenn uns ein Drache angreift, ist es ohnehin aus mit uns. Da nützt uns auch kein Kessel mit Beeren mehr. Kriegt einer von denen was ab, stehen hunderte, tausende andere Drachen schon bereit. Wir sollten uns darauf konzentrieren, wie wir unentdeckt bleiben, nicht, wie wir Monster ärgern können.«

Eyônaí hörte ihm überhaupt nicht zu und begann die Beeren zu pflücken. Immer noch motiviert sagte sie: »Na los, Baríth, hol eine Schüssel oder sowas!«

Nach einer Stunde hatten sie mehrere kleine Eimer gefüllt, unter den kritischen Augen Grimvârs, der seinen blauen Reiseumhang ausgezogen hatte und versuchte ihn mit einem dunklen weichen Stein schwarz zu färben, was hoffnungslos nach hinten los ging. Wítaijâs Mutter riss ihm den mittlerweile zerschlissenen Stoff irgendwann aus den Händen und verschwand damit im Haus.

Gegen Abend kamen Vínija und Finaír dazu, die die Vorräte neu aufgestockt hatten. Kûmára folgte ihnen, übergab Grimvâr stolz seinen nun pechschwarzen Umhang und sagte: »Das ist eine wirklich gute Idee. Ich werde, bis ihr abreist, am besten alle eure Kleider färben, dann habt ihr gute Chancen unentdeckt zu bleiben.«

Mit einem Mal gab es einen lauten Knall. Das ganze Haus vibrierte, die Fenster klirrten. Rauch zog durch die Tür ins Freie. Tânurác und Wítaijâ kamen hustend aus dem Gebäude getorkelt. Nach dem ersten Schock mussten die beiden Geschwister breit grinsen.

»Ich hätte nicht gedacht, dass das so einen großen Rums gibt!«, sagte Wítaijâ stolz zu ihrem Bruder.

»Was habt ihr denn da drinnen angestellt, verdammt noch mal?! Wollt ihr uns alle in die Luft jagen, oder was?«, fauchte Kûmára und funkelte die beiden schäumend vor Wut an.

Tânurác hob beruhigend die Hände und antwortete: »Keine Sorge, es ist nichts passiert … glaube ich. Wir haben nur etwas experimentiert, um etwas gegen die Drachen in der Hand zu haben.«

Er musste husten und ging noch ein paar Schritte weiter vom Haus weg, das voller Qualm war, der als Säule in den Himmel aufstieg.

Als die Sonne verschwand, war Eyônaí fertig mit den Beeren. Sie hatte sie in einem großen Kessel gekocht und einige Zutaten hinzugegeben. Das Rezept hatte sie in ihrem roten Buch gefunden, das sie immer dabeihatte. Es hieß *Heil- und Kampfkunst mit Wald und Wiese*. Der Brei wurde in handgerechte Säckchen gegeben und zum Auskühlen in den Garten gestellt.

Müde machte sie sich allein auf den Heimweg, die anderen besprachen noch etwas, doch sie fand, dass sie heute genug geschafft hatte. Sie mochte Koruma nicht, es fühlte sich nicht nach zu Hause an. In Ganar-Ánimas sah sie in lachende Gesichter, hier war alles aufgesetzt. Es gab viel zu viele vergessene Gassen, in denen dreckige Muaësi auf die schwarzen Böden starrten, als wäre das der letzte Sinn ihres armseligen Lebens. Und nur wenige Meter weiter protzten andere mit ihrem Reichtum, der sie auch nicht glücklicher machte. Eyônaí war froh, dass sie schon morgen aufbrachen, sie ging lieber durch gefährliche Wildnis, als in dieser Stadt eingesperrt zu sein.

Schon erblickte sie das Schild mit dem Drachen. So schnell wie möglich ging sie hinauf in ihr Zimmer, das sie mit Wítaijâ und Vínija teilte. Ihr Bett war steinhart, doch sie schlief sofort ein, als wolle sie für Jahre dort liegen bleiben. Sie träumte nie, vielleicht vergaß sie die Geschichten auch immer einfach sofort, sie wusste es nicht.

Vor dem Sonnenaufgang erwachte die Casísto und setzte sich auf. Wítaijâ und Vínija lagen ruhig in ihren Betten. Die Stille im Raum war erstickend. Sie stand auf und ging hinunter. Sie wollte nicht mehr schlafen, nicht zurückkehren. Draußen dämmerte es schon, sie ging hinaus und warf sich dabei ihren Umhang um. Es war ungewohnt, so ganz in schwarz gekleidet zu sein, doch sie vergaß es bald. Zielgerichtet ging sie auf einen großen Platz zu, der sich genau mittig an der Ostseite der Stadtmauer befand. Sie hatte einen Ausblick auf die weiten Ebenen zwischen Koruma und Âretoà. Überall klebten Trintikofelder oder Weiden mit Vacas an den sanften Hügeln. So früh am Morgen stand noch alles in einem seichten freundlichen Nebel. Eyônaí lehnte sich über die Mauer und sah nach unten. Ein gewaltiger Canyon rahmte einen schäumenden Fluss ein und leitete ihn nach Süden. Der Rieka verschwand, ein lautes Rauschen hinterlassend, um eine Biegung. Die Augen der Casísto wanderten an den Felswänden hoch, sie waren rotbraun gefärbt.

Sie hörte leise Schritte und drehte sich um. Aus den Schatten der Dämmerung ging Vínija auf sie zu. Angekommen fragte sie: »Was machst du denn so früh am Morgen, Eyônaí? Du brauchst deinen Schlaf noch für die nächsten Tage.«

»Ich werde ruhiger schlafen können, wenn wir erst einmal das Gebirge hinter uns haben«, antwortete Eyônaí und grinste zuversichtlich.

»Wie du meinst. Ach ja, Wítaijâ meint, wir sollten langsam unsere Sachen holen und zu Tânurács Haus gehen.«

»Wir haben noch etwas Zeit, mach' dir keine Gedanken.« Trotzdem löste sie sich von der Mauer und ging los.

»Ich bin heilfroh, dass wir die Limaíras endlich los sind, ich hasse es, mein Leben einem so dummen Tier anzuvertrauen«, sagte Vínija mit zickigem Ton.

»Ernsthaft? Ich vermisse sie jetzt schon, das wird ein langer Weg zu Fuß …«, sagte Eyônaí stutzig.

Vínija stöhnte als Antwort genervt.

Gemeinsam holten sie ihre Sachen aus dem Gasthaus. Dort trafen sie auch die anderen und so wanderten sie leise, aber schnellen Schrittes, in den oberen Ring der Stadt.

Eyônaí sah sich, kurz bevor sie in Tânurács Straße einbogen, verwirrt um und stupste Wítaijâ sanft in die Seite. »Wo ist Baríth? Ich seh' ihn gar nicht.«

»Er kommt nach, er muss noch Parúh aus den Ställen holen. Ich hoffe nur, das Vieh macht uns keinen Ärger. Er ist nicht gerade unauffällig, da hätten unsere Kleider auch gar nicht erst gefärbt werden müssen.« Sie sah sehr ernst aus, blickte stur geradeaus.

Ein paar Minuten später standen sie im Garten. Die Beerensäckchen waren fest geworden, aber nicht hart, jeder bekam ein Paar und band sie sich an den Gürtel. Sie warteten stumm auf Baríth, der noch über eine halbe Stunde brauchte. Als er ankam, meinte er, dass er von Wachen aufgehalten worden sei, die versucht hatten, ihn davon abzuhalten, Parúh in den oberen Ring zu bringen.

Grimvâr und Tânurác schoben mühevoll den Stein zur Seite. Das Wasser lief langsam in einen Tunnel, der wie in einer Mine von Holzbalken stabilisiert wurde. Direkt über dem Eingang hing eine leere Laterne. Kûmára nahm sie von ihrem Haken und drückte sie Vínija in die Pfoten. Dann griff sie in ihre Tasche und holte etwas Rundes heraus, das in ein teures Tuch eingewickelt war. Sie entfaltete das Päckchen und öffnete ein Türchen an der Laterne. Schon lag ein leuchtender roter Stein mit vielen kleinen Dellen und Wellen darin. Kûmára drehte sich zu Wítaijâ und Tânurác, schloss sie wortlos fest in ihre Arme und verschwand dann hastig im Haus.

Stunden später wanderten sie immer noch durch die stickige Luft des Ganges. Vor Eyônaí lief neben Vínija mit der schaukelnden Laterne, hinter ihr der ganze Rest und als letztes Parúh, der nur schwer zur Ruhe zu bringen war. Der enge Tunnel machte ihm anscheinend schwer zu schaffen. Doch davon bekam die Casísto nur wenig mit. Sie konzentrierte sich auf das, was vor ihr lag. Die Schritte hallten laut und beunruhigten sie. Nach einer Ewigkeit, es könnten Tage oder einfach nur Stunden vergangen sein, sahen sie ein schwaches Licht am Ende des Tunnels. Was Eyônaí während des Weges bemerkt hatte, war, dass die Mine eigentlich nicht wirklich eine Mine war. Nirgendwo erkannte sie Anzeichen davon, dass vom Berg irgendetwas abgebaut worden war. Sie zweifelte stark an Tânurács Geschichte, doch sie hatte anderes im Kopf, deswegen sagte sie nichts. Er würde schon seine Gründe haben, seinen Vater zu decken.

Eyônaí verließ den Tunnel, sie hielt sich eine Pfote über die Augen, doch sie wurde nur sehr leicht geblendet, denn die Sonne war längst hinter den hohen Bergen verschwunden. Sie standen in einer Schlucht, steile Hänge sorgten dafür, dass es am Grund nur vielleicht ein, zwei Stunden am Tag hell war. Parúh huschte freudig aus dem dunklen Gang und breitete erleichtert seine Flügel aus.

Grimvâr schlug eine Pause vor, sie waren die ganze Zeit ununterbrochen gelaufen und allen schmerzten die Füße.

»… Mir ist es ohnehin lieber, wenn wir im Dunklen weitergehen, in dieser Gegend ist das viel sicherer und wir wissen ja ohnehin, dass wir nach Südwesten weiter müssen.«

Eyônaí dachte für sich, dass das nicht so klar war, wie er meinte, doch sie wäre auch in diese Richtung gegangen, deshalb ließ sie den Anführer reden. Für sie war er allerdings mehr als das, er war einer der wenigen wahren Freunde in ihrem Leben, eigentlich ihr bester Freund, obwohl er um einige Jahre älter war als sie. Eyônaí setzte sich auf den Boden. Er war voller kleiner Kieselsteine. Sie waren sehr rund, was darauf hindeutete, dass sich in diesem Tal bei Regen ein Fluss bildete. Das beunruhigte sie, doch der Himmel war klar. Baríth setzte sich neben sie. Grúmaëk machte mit ein paar trockenen Ästen und Feuersteinen in Windeseile ein Feuer und kochte etwas, das vollkommen ungenießbar aussah, jedoch herrlich roch.

Baríth lehnte sich leicht zu ihr rüber: »Ich dachte schon, wir würden den Tunnel nie mehr verlassen, da freut man sich ja fast schon auf die Drachen.« Er grinste breit und freundlich.

Eyônaí wusste nicht, warum, aber der Casísto ging ihr etwas auf die Nerven, er war zu kindisch, zu naiv, zu … blauäugig. Und doch, wenn er sie so anstrahlte, konnte sie nicht anders, als ihn irgendwie zu mögen.

»Fast, ja.«

»Was glaubst du, wie weit ist es bis zum Vulkan?«

»Ich weiß es nicht, vielleicht halb so weit wie der Tunnel, vielleicht doppelt. Wir werden sehen«, antwortete sie ihm nachdenklich.

Grúmaëk unterbrach die beiden, indem er ihnen jeweils eine Schüssel mit Eintopf und ein Stück Brot in die Pfoten drückte.

»Genießt es, in ein paar Tagen gibt es nur noch Brot und was wir auf dem Weg so finden, also mit Sicherheit nichts Leckeres.«

Als es endgültig finster in der Schlucht wurde, gingen sie weiter. Tânurác hatte die Laterne übernommen und ging einige Meter voraus, die anderen folgten ihm. Parúh flog mit Baríth über ihre Köpfe hinweg und verschwand in der Dunkelheit.

Das längliche Tal mündete in einer engen Schlucht. Eyônaí starrte lange Zeit nur vor sich auf den Boden, denn der Weg war voller tiefer Furchen, sodass sie stark aufpassen musste, nicht hinzufallen. Deshalb erschrak sie, als sie plötzlich in Tânurác hineinlief, der die Laterne abgestellt hatte und Baríth mit dem Arm zuwinkte.

Dieser war gerade zurückgekommen und flog nun zu ihnen hinab. Er landete nicht, sondern flog einige Meter über dem Boden auf der Stelle, einige Tropfen fielen dabei von Parúhs Federn zu Boden. Er erzählte: »Die Schlucht endet in einer Höhle, nahe dem Vulkan. Als ich dort ankam, waren da überall Drachen, aber plötzlich flogen sie davon. Es nähert sich ein Unwetter. Parúh kann sich bei dem starken Wind kaum in der Luft halten. Ihr müsst einen Unterschlupf finden, es regnet wie aus Eimern, nicht weit entfernt.«

Baríth sah merkwürdig aus, fand Eyônaí. Sein Gesicht

war versteinert, als hätte er Schreckliches gesehen. Tânurác nickte beunruhigt. Er sah sich um, doch nirgends konnte er einen geeigneten Platz ausmachen. Parúh flog suchend davon. Der Palháco griff bestimmt nach der Laterne und beschleunigte seine Schritte so stark, dass man kaum mehr mit ihm mithalten konnte. Nach zwei Biegungen blieb er stehen, es begann bereits zu tröpfeln. Er hielt das Licht nach oben und alle konnten eine Ausbuchtung in der Felswand ausmachen. Unter ihm lag ein Haufen Schutt und Geröll. Tânurác kletterte sofort los, er wollte keine Zeit mehr verlieren. Grimvâr folgte ihm, dann Wítaijâ. Nach und nach erreichten sie alle mit Mühe und Not den Unterschlupf, als Letzte zog sich Eyônaí nach oben. Immer wieder lösten sich Steine, sodass sie zurückrutschte, ihre Vorgänger hatten alles so weit gelockert, dass sie viel länger brauchte, um hochzukommen, als die anderen. Außerdem regnete es nun schon so stark, dass alles glitschig war und sie kaum Halt fand. Einige Meter über ihr war außerdem noch Finaír, der sich genauso schwer tat wie sie.

Plötzlich hörte sie ein lautes Rufen durch den dumpfen Regen schallen. Sofort warf sie sich flach auf den Geröllhaufen und vergrub ihren Kopf unter ihren Händen. Ein anderer Schutz bot sich ihr nicht, als donnernd Steine an ihr vorbei stürzten. Einige flogen auch über sie hinweg, doch sie waren zu klein, um sie ernsthaft zu verletzen, trotzdem war ihr Rücken nun voller Prellungen. Es hätte auch schlimm enden können, wenn es größere Brocken gewesen wären oder sie sie an der falschen Stelle getroffen hätten. Dann wurde es wieder still, sie lugte durch ihre Finger hindurch nach oben. Die Sonne war über den Wolken bereits aufgegangen, doch im Tal war es immer noch dämmrig. Eyônaí konnte Finaír ausmachen, der entschuldigend den Arm hob. Sie ärgerte sich über sein schelmisches Grinsen. Er sagte etwas, woraufhin die anderen genervt den Kopf schüttelten, ihn über die Kante zogen und ihm auf die Beine halfen.

Er versteht wohl nicht, wie gefährlich sowas ist, dachte sie mit einem bösen Funkeln in den Augen. Oben brannte bereits ein schwaches Feuer. Wegen der Aussicht auf ein wärmendes Lager fand sie zu neuer Kraft und schaffte es nach einer kurzen Weile auch zu den anderen. Die natürliche Ausbuchtung bot Schutz vor Kälte, Nässe und Wind. Als sie hinabsah, erschrak sie, denn der Boden der Schlucht war zu einem Fluss geworden und mit der Zeit wurde er immer reißender. Sie war froh darüber, dass Baríth voraus geflogen war und sie allesamt hatte warnen können.

Neben Vínija legte sie sich hin. Finaír beugte sich über seine Schwester hinweg zu ihr: »Hey, Eyônaí, tut mir leid mit den Kieselsteinchen, ich dachte nur, Baríth würde sich freuen, wenn er dich retten könnte. Die ganze Zeit fliegt er Kreise über uns und niemandem passiert etwas. Das ist doch langweilig, wenn du dir nicht selbst geholfen hättest, hätte er mal was zu tun gehabt.«

Finaír zwinkerte ihr vielsagend zu, doch Eyônaí schüttelte nur den Kopf und versuchte zu schlafen. Sie grummelte: »Witzig, witzig. Ich würde ja fast lachen, wenn ich nicht genau wüsste, dass du einfach nur unfähig warst und mich fast erschlagen hättest.«

»Was biste denn heut' so kratzbürstig? Liegt's an den Drachen? Keine Sorge, morgen kannst du bestimmt einen streicheln, sollen ja ganz niedliche Dinger sein.«

»Es wird nicht lustiger, Finaír, lass mich schlafen.« Sie zog sich ihren Umhang über das Gesicht, um sein

Gerede und das Licht der nun sehr grellen Sonne abzuschirmen.

Finaír aber konnte nicht zur Ruhe kommen. Seine blauen Augen glitzerten. Er wollte irgendjemanden ärgern oder zumindest weitergehen. So kurz vor einem Abenteuer durfte man ja schließlich nicht schlafen, man musste die Klingen schärfen und sich gegenseitig auf die Schlacht einstimmen. Nur leider war er mit dieser Einstellung offenbar allein, denn als er sich umsah, waren alle bereits eingeschlafen. Ein leichtes Schnarchen war durch das prasselnde Geräusch des Regens hindurch in der engen Schlucht zu vernehmen, frustriert setzte er sich näher ans Feuer und hielt Wache.

Nach etwa zwei Stunden hörte der Regen gänzlich auf. Finaír strich sich gerade mit der Hand über die schwarze, pinselartige Spitze seines linken Ohrs, als er ein merkwürdiges Rauschen über sich hörte. Gedankenlos schaute er nach oben und erschrak. Panisch griff er nach dem Beutel an seinem Gürtel, doch er riss das Band ab, das das Säckchen zusammenhielt und so fiel der Inhalt auf den dreckigen Boden. Er rutschte verängstigt bis zur Steinwand und zischte den anderen zu, ohne den Blick von zwei Drachen abzuwenden, die sich über ihren Köpfen einen blutigen Kampf in der Luft boten. Da alle weiterschliefen und nichts von der Gefahr bemerkten, schnappte sich Finaír ein paar Steine und warf sie sanft gegen seine Kameraden.

Vínija öffnete verschlafen ihre Augen und brummte: »Was'n los? Is' schon Zeit?«

Ihr Bruder zischte laut und deutete nach oben. Auch die anderen schauten Richtung Himmel und zuckten zusammen. Im Gegensatz zu Finaír blieben sie jedoch, wo sie waren, und warfen sich ihre Umhänge über den ganzen

Körper. Nur ihre gehetzten Augen lugten hervor. Grimvâr stupste den Vázak an und zeigte auf das Feuer. Doch bevor dieser etwas tun konnte, lösten sich die Drachen voneinander. Der eine war groß, schlank und leicht weiß, er war kaum zu erkennen unter den abziehenden Wolken. Er hatte einige Schuppen verloren und Blut tropfte gen Boden. Der andere war dunkelbraun und ein wenig kleiner, sah dafür aber wesentlich stärker aus. Er hatte etwas Schwarzes mit den Krallen gepackt, das vorher der Weiße erbeutet hatte. Dieser flog nun davon. Man sah, dass er Schmerzen hatte, denn einer seiner Flügel war, so weit, wie es beim Fliegen möglich war, angewinkelt und er hatte größte Mühe, sich oben zu halten.

Triumphierend landete der Sieger auf einer kleinen Anhöhe, legte das tote Tier ab und schnupperte kurz daran. Sofort wich er zurück und schnaubte laut und angewidert. Als er sich schleunigst in die Lüfte erhob, stieß er das Wesen aus Versehen, oder vielleicht auch absichtlich, in die Tiefe. Die verschmähte Beute fiel genau auf den Teil des Lagers hinab, der nach oben hin ungeschützt war, landete knapp neben dem Feuer und gab knackende Geräusche von brechenden Knochen von sich. Funken stoben durch die Luft.

Es dämmerte in der Schlucht, die Wolken verdunkelten sie zusätzlich. Eyônaí ging auf das nun um einiges größer wirkende Tier zu, bis sie seinen Kopf sehen konnte. Sein Maul war geöffnet, Reihen langer, spitzer Zähne kamen zum Vorschein, seine Augen waren schwarz, bis auf eine weiße Sichel. Sofort blickte sie zu Baríth, der ihr gegenüber stehend stumm auf den Schattenhund hinabsah. Sie wusste nicht, ob sie es sich nur einbildete, aber sie meinte, ihn zittern zu sehen. Seine Hände waren krampfhaft zu einer

Faust zusammengepresst. Er sah aus, als ob er keine Möglichkeit sah, wie er solch ein Monster besiegen sollte, deshalb überraschte sie, was er nun leise und bestimmt sagte: »Sie sind also sterblich.«

Der Casísto schaute ruhig in die Richtung, in welche der weiße Drache geflohen war. Er war dorthin verschwunden, wo sie zuvor hergekommen waren. Baríth warf einen letzten hasserfüllten Blick auf die Schwarze Nacht, dann stieg er auf Parúh und sie verschwanden in Richtung Vulkan, der jetzt gut zu sehen war.

Vollkommen überwältigt riss Eyônaí die strahlenden braunen Katzenaugen auf. Ein riesiger spitzer Berg reckte sich inmitten des Gebirges hinauf in den Himmel. Sie zuckte zusammen, als plötzlich eine gigantische Rauchwolke aus seinem Schlund schoss. Glühende Steine stürzten rund um das schwarze Massiv in die Tiefe, rammten alles, was ihnen im Weg stand, und hinterließen dabei Schwaden aus Schutt und Staub. Sogar die Wolken nahm der Vulkan ein. Sie waren rot, um seine Spitze herum hell erleuchtet und jagten allen, die ihn sahen, einen Schauder über den Rücken. Eyônaís Rückenfell war kerzengerade aufgestellt, ihr dunkler Umhang wölbte sich davon leicht. Sie fragte flüsternd: »Sind das … Vögel?«

Sie musste erst gar nicht auf das zeigen, was sie meinte. Alle verstanden sofort. Aus der Wolkendecke schossen immer wieder Wesen, die suchend den riesigen Berg umkreisten und dann entweder darin oder in der umliegenden Gebirgskette verschwanden.

Wítaijâ riss ihre Augen von dem schaurigen Anblick ab und wandte sich zu den anderen: »Wohl etwas zu groß für Vögel, was? Tja, wer zurück will: Das ist die perfekte Gelegenheit.«

»Niemand geht hier zurück, ich hab' euch vorher klar genug gemacht, auf was ihr euch einlasst«, sagte Grimvâr und starrte dabei grimmig in die Ferne.

Eyônaí atmete tief ein und aus. Dann sagte sie bestimmt: »Er hat Recht, wir brauchen jeden einzelnen. Es gibt kein Zurück, bevor wir nicht dieses Buch über Schatten gefunden haben.«

Tânurác schüttete kleine Steine und Sand auf das Feuer und brummte: »Ich will weder diesen Drachen, noch diesem Ding hier lebendig begegnen …«

Keiner von ihnen hatte schon einmal einen Schattenhund gesehen. Vínija, die am weitesten von dem Wesen Abstand hielt, sprach das aus, was viele von ihnen dachten: »Erwartet er von uns, dass wir ihm helfen? Ich für meinen Teil sehe nicht ein, warum ich mich mit diesen … Dingern anlegen soll, das hat nichts mit unserem Auftrag zu tun.«

Eyônaí legte eine Hand auf das Tier, um ihre Angst vor ihm zu verlieren. Es half. Sie fand ihre Sprache wieder: »Baríth hat sich bereiterklärt, uns durch den Vulkan zu führen. Das ist alles, danach kann er machen, was er will. Er weiß, was wir vorhaben. Ich glaube nicht, dass er erwartet, dass wir unsere Leben riskieren. Allein deswegen ist er ja auch aufgebrochen, er wollte sich nicht für noch einen Tod verantwortlich fühlen. Ihr wisst ja, er ist sehr abergläubisch. Er denkt, weil er den Sumpf betrat, hat er einen Fluch auf seine Heimat gelegt.«

Grimvâr nickte zustimmend und sagte: »Das sehe ich genauso, was aber nicht heißt, dass wir ihn einfach auf diese Monster loslassen sollten. Eyônaí, jetzt, wo er vielleicht einsehen könnte, dass die Schattenhunde keine dunklen Dämonen, sondern normale … naja nicht ganz normale … Tiere sind, könntest du da nicht mit ihm reden, damit er

versteht, dass er nichts damit zu tun hat? Dass es nicht seine
Schuld ist? Er ist doch noch ein halbes Kind, vielleicht lässt
er sich ja von dieser fixen Idee abbringen …«

»Das Problem ist, Grimvâr, er ist zwar nicht daran schuld,
dass sie Jagd auf seine Familie und Freunde machen, aber
das ändert nichts an der Situation. Ich werde nicht von ihm
verlangen, dass er seine Heimat vergisst. Auch wenn er nur
die kleinste Chance hat, diese Schattenhunde davon
abzuhalten, Fjiondar anzugreifen, sollte er es versuchen. Er
hat sich dafür entschieden, dazu sollte er jetzt stehen.«

Wítaijâ ergriff nach einer unangenehm langen Pause das
Wort: »Wenn wir morgen bei Tagesanbruch im Vulkan sein
wollen, müssen wir los. Was danach im Tal passiert, sehen
wir dann, zuerst sollten wir zusehen, dass wir es erst mal
bis dahin schaffen.«

Eyônaí ging um den Schattenhund herum und machte
sich auf den Weg. Der Hang, der vor ihr lag, machte ihr
etwas Angst, denn er war steil und voller scharfer, nasser
Felsen. Sie sah zwar immer mal wieder auf, um den Himmel
nach Angreifern abzusuchen, aber ansonsten dachte sie an
nichts. Sie versuchte hauptsächlich, das bedrohliche Bild
des Vulkans zu verdrängen. Unten angekommen watete sie
durch den Fluss, dieser war jetzt nicht einmal mehr knietief
und die Strömung wurde immer schwächer mit der Zeit.
Das machte es aber nicht leichter, denn je weniger Wasser
der Fluss trug, desto schlammiger und sandiger wurde er.

Lange liefen sie durch die Schlucht, während alle paar
Stunden ein Drache über ihre Köpfe hinweg flog. Doch die
kleinen Muaësi waren den Jagdaufwand wohl nicht wert,
aber vielleicht wurden sie in der Dunkelheit auch einfach
nicht entdeckt. Die Luft wurde immer schwerer, je nach
Windrichtung fegte ein strenger Zug durch die Schlucht

und Asche flog ihnen entgegen. Als es schlimmer wurde, banden sie sich Tücher um die Gesichter. Eyônaí wünschte sich, auch auf Parúh fliegen zu können, doch der Greif ließ niemand anderen freiwillig an sich heran als Baríth. Die Sonne würde noch lange auf sich warten lassen, da gingen sie um eine Biegung. Der Vulkan war immer noch nicht wieder sichtbar, doch flogen über ihnen unzählbar viele Drachen. Tânurác sorgte dafür, dass alle nah an der Felswand entlang gingen. Eyônaí konnte mit ihren scharfen Katzenaugen ein paar hundert Meter weiter die Höhle ausmachen, in dessen Eingang Baríth warten wollte. Doch bevor sie es den anderen sagen konnte, schrie Vínija: »Rennt! Drache!«

Ein kleines, grell gepunktetes Exemplar hatte sich aus dem Schwarm gelöst und steuerte auf die Gruppe zu. In ungeordneter Panik stürmten alle los, nur Grimvâr behielt den Überblick, packte Grúmaëk am Kragen, der wild um sich schlug, im Glauben, von einem Monster gepackt worden zu sein, und warf ihn zu Boden. Dort erkannte der Pelúdo, wer ihn aufgehalten hatte. Grimvâr zog ihn mit nur einem Arm hinter einen großen Stein und warf seinen Umhang über sie beide. Der erfahrene Anführer wusste genau, dass er das Risiko in Kauf nehmen musste, da Grúmaëks kurze Beine keine Chance gegen den schnellen Angreifer hatten. Der Casísto grummelte vor sich hin, weil er nun von oben bis unten nass war und er verabscheute dies wie alle Katzen, die er kannte. All das bekamen die anderen nicht mit, wie hilflose Schafe stampften sie verstreut durch den zähflüssigen Schlamm auf die Höhle zu. Der Drache legte die langen, dünnen Flügel an und brüllte ohrenbetäubend, als er auf seine Opfer hinabstürzte. Er steuerte auf Finaír zu. Der Vázak bemerkte dies schnell und startete den Versuch, im Zickzack zu laufen, was jedoch nur dazu führte, dass er über eine alte, vertrocknete Wurzel stolperte und mit der Schnauze im Dreck landete. Zu seinem Glück breitete der Drache kurz über ihm die Flügel wieder aus, um nicht auf dem Boden aufzuprallen. Er streckte die krummen Klauen so weit es ging aus, aber er erreichte sein Ziel nicht und musste erneut in die Höhe aufsteigen für einen zweiten Versuch. Das ging bei dem schwerfälligen Tier jedoch nicht annähernd so schnell wie der Sturzflug, sodass die verstreute Gruppe genug Zeit hatte, die Höhle zu erreichen. Eyônaí staunte nicht schlecht. Sofort erkannte sie, dass durch diesen Tunnel einmal Magma geflossen war, deshalb wunderte sie sich sehr über die plötzlich kalte und feuchte Luft. Sofort drehte die Casísto sich um, nur um zu sehen, wie Parúh Anlauf nahm und die Flügel ausbreitete. Baríth schrie ihm verzweifelt etwas hinterher, doch dies ging in dem donnernden Gebrüll des Drachens unter. Eyônaí stellte sich neben die anderen und konnte sofort das Geschehen überblicken. Grimvâr und Grúmaëk waren entdeckt worden von einem weiteren Drachen. Dieser war genauso klein wie der Erste, doch war er grün und pummelig. Die beiden Muaësi rannten los, aber es war klar, dass sie keine Chance hatten. Zu allem Übel kam der gepunktete Jäger von der anderen Seite auf sie zu. Doch Parúh war schneller, er warf sich mit allem Schwung auf den Angreifer und hackte ihm mit seinem Schnabel ins Genick. Mit einem geübten Ruck war es gebrochen, der Drache drehte sich in der Luft und stürzte zu Boden. Der Greif stieß sich von ihm ab und stürmte auf den Grünen zu. Der war nun aber gewarnt und bremste mit wild wedelnden Flügeln ab. Doch gab er keinesfalls auf. Der pummelige Drache spannte jeden Muskel an und von vorne, nur angestrahlt von dem dumpfen Licht, das die vom Vulkan angeleuchteten Wolken von sich gaben, sah es so aus, als würde er auf die doppelte Größe wachsen. Grúmaëk sah von unten genau, dass er ansonsten aber immer flacher und angreifbarer wurde. Als Parúh ohne jegliche Furcht bereits kurz vor dem drohenden, in der Luft schwebenden Drachen war und weitere sich aus dem Schwarm lösten, doch nur um sich auf den bereits toten Drachen zu stürzen, bebte die Erde und gab ein Grollen von sich. Eine Fontäne aus Wasser und Schlamm schoss glühend heiß in die Höhe und trennte die Kämpfenden. Weitere Geysire schossen durch die Luft, spritzten und spuckten bedrohlich. Der grüne Drache wurde erfasst und floh laut brüllend zurück zu dem Schwarm. Die Aasfresser, die sich an dem gepunkteten Drachen zu schaffen machen wollten, bekämpften sich wild. Sie waren groß, unten blutrot und oben pechschwarz. Keiner wollte die Beute zurücklassen, obwohl sie alle die Gefahr erkannten. Ihre Gier wurde ihnen zum Verhängnis. Als der erste Sonnenstrahl durch die Wolken brach, verschwanden sie in dem wilden Donner der Geysire.

Grimvâr und Grúmaëk hatten es indes zur Höhle geschafft, obwohl sie von oben bis unten voller Schlamm waren. »Weiter, weiter!«, knurrte der alte Casísto, »Wir gehen so schnell und unauffällig wie möglich hier rein und am anderen Ende des Vulkans wieder raus und das heute noch, na los!«

Eyônaí hörte die Angst im Unterton, das beruhigte sie genauso wenig wie der vorige Drachenangriff.

Der Tunnel war völlig anders als die Verbindung zwischen Koruma und dem schmalen Tal. Stets abschüssig, gingen sie tiefer und tiefer in den Berg hinein, jedoch war der Gang nicht schön gerade sowie in Höhe und Breite ausgebaut, sondern er ähnelte im Großen und Ganzen einem Fluss, der sich durch die Landschaft bahnte. Schnell verloren sie die Orientierung und wussten nicht mehr, in welcher Richtung Muaëra und in welcher das Tszaô-Tal liegen müsste. Im schwachen Licht der Laterne war es zudem sehr schwer voran zu kommen, denn die Höhle war durch Magmaflüsse entstanden. Überall gab es unebene Wülste und in der Mitte hatte sich Wasser gesammelt. Die Decke war niedrig, wurde aber immer höher mit der Zeit. Eyônaí und die anderen waren hart im Nehmen, doch sie waren bis zum Äußersten angespannt. Um sie herum hörte sie wildes Rumoren, durch die Wände hindurch, aber vor allem von vorne. Es war nicht nur der Vulkan, da war sie sich sicher. Brüllen und über Stein kratzende Schuppen, schleifende Krallen, überall.

Mit der Zeit begannen ihre Beine zu zittern, besonders, als sie als Erste unter einer Wölbung der Decke entlang ging, denn Eyônaí war sich ganz sicher, dass jemand sie hörte, direkt über ihnen lief ihnen etwas hinterher, lauschte und schnüffelte.

Parúh rauschte plötzlich an ihr vorbei, was sie gegen den Fels drückte, aber schon war er verschwunden. Baríth folgte ihm gemächlich. Eyônaí fühlte sich wie ein verletztes Tier, als er sie verwundert ansah und ihr sanft auf die Schulter klopfte. Rasch verschwanden ihre Hände unter dem schwarzen Umhang. Sie folgte ihm weiter und weiter, sich immer näher an den Kern des Vulkans herantastend. War es am Beginn des Tunnels kühl gewesen, wurde es nun immer heißer. Das Wasser war verschwunden, es wurde ersetzt durch giftige Gase, die ihnen langsam den Verstand raubten und das Atmen erschwerten. An einigen Stellen hatte sich Magma durch den Stein gekämpft und verbrannte Eyônaí immer wieder die bloßen Pfoten.

Wie aus dem Nichts standen sie einem Drachen gegenüber. Er war dunkelblau wie der Nachthimmel und schlief gemütlich neben einem dunklen Loch, aus dem heiße Luft entfloh. Der Greif stand mit gesträubtem Fell und aufgeplusterten Federn vor ihm, dicht an den Boden gepresst, um ihn jederzeit anspringen zu können. Doch das tat er nicht. Auch nicht, als der Drache ein fast gänzlich schwarzes, viel zu groß geratenes Auge öffnete, jeden einmal beäugte und dann schnaufend den Kopf mit den breiten Klauen verdeckte. Er mochte das Licht nicht. Und aß keine Winzlinge. Sie waren eindeutig nicht mehr als ein Häppchen für das gigantische Tier und es deshalb nicht wert, sich zu erheben. Er lag längs ausgestreckt, deshalb konnten sie leise an ihm vorbei gehen. Obwohl so mancher von ihnen sich gewünscht hätte, ihn im Schlaf zu erstechen, hätte dies wohl keinen Erfolg mit sich gebracht und den Drachen womöglich doch noch zum Angriff gedrängt.

Eine Stunde später war der Moment gekommen, vor dem sich Eyônaí am meisten gefürchtet hatte, nicht auf dem Weg zum Vulkan, sondern die ganze Zeit in der Höhle. Sie standen kurz vor der Öffnung zum Schlund, aus dem Feuer, Rauch und Magma spritzten. Wie ein Tor zur Hölle. Parúh sprang hindurch und flog in weiten Kreisen in die Höhe. Baríth sah hinaus aus dem Loch und ging, ohne sich umzusehen, nach links weiter und war nicht mehr zu sehen. Die Casísto folgte ihm auf dem Fuße. Es führte ein schmaler, bröckliger Pfad im Kreis um den Schlund. Es führten mehrere Löcher von ihm fort. Einige Meter tiefer brodelte es in tiefem Rot. Die Hitze wurde unerträglich, die Luft war nun gänzlich voller Asche und giftigem Gas. Geräusche wie dröhnender Donner und Knacken aus dem Herzen des Vulkans ließen ihr Herz wie wild pochen. Eyônaí sah kaum den Weg vor lauter Rauch. Ständig hustete sie in das Tuch, das um ihr Gesicht gewickelt war. Sie konnte kaum das schwere Gepäck auf ihrem Rücken tragen, auch wenn es schon durch mehrere Mahlzeiten leichter geworden war. Ihr Kopf brummte immer heftiger. Den Blick nach oben traute sie sich erst wenige Schritte vor dem nächsten Eingang. Scheinbar unendlich ging es steil in die Höhe. Hunderte Drachen kreisten dort und wärmten sich auf, um erneut auf die Jagd gehen zu können. Am auffälligsten war ein riesiger lilafarbener Drache, dessen Schuppen silbern glänzten, wie die Sonne auf dem Meer. Er bekam kaum die Kurve im Trichter, kratzte häufig mit den Flügelspitzen über den Stein. Über ihm wurde es immer heller, Schwaden wirbelten gen Himmel, sie sahen aus wie ein aggressiver Feuersturm.

Eyônaí rammte ihre Krallen in die Wand, als ein Teil des Pfades unter ihrer rechten Pfote wegbrach. Bevor sie stürzte, wurde sie fest gepackt, zu ihrer Verwunderung war es nicht Grimvâr, Tânurác oder Wítaijâ. Es war der scheinbar schwache, ängstliche und naive Baríth. Doch nun war er anders, er blickte ernst, zum ersten Mal fühlte sie sich in seiner Gegenwart wirklich sicher. Der Casísto zog sie zu sich auf den Weg. Doch unentdeckt waren sie dort nicht mehr, der herabfallende Stein hatte einen Schwarm kleiner, gelb gefleckter Drachen auf die gut getarnte Gruppe aufmerksam gemacht. Im Schein des Vulkans sahen sie aus wie tanzende Fackeln.

Sie rannten. Doch wohin? Welcher der Gänge führte ins Tal und welche zu Drachenhorsten? Baríth wollte sich für den nächstgelegenen entscheiden. Aber dann sah er etwas, nicht mehr als ein schwacher Schatten, der durch den Rauch raste. Er blieb stehen, trotzte dem lautstarken Protest der anderen, und sah etwas, das sein Leben retten könnte: Die Schwarze Nacht verschwand in dem Eingang, der fast am weitesten entfernt war. Auch er hatte gehört, dass sie verfolgt wurden, wie Eyônaí. Ohne Vorwarnung preschte er los und rief Parúh zu Hilfe. Der griff bereits den Schwarm an und ließ sich jagen. Er gab ihnen genug Zeit, um zum richtigen Tunnel zu kommen, alle verschwanden darin. Nur der Greif nicht. Er ertrug die Enge nicht mehr, er hatte weniger Angst davor, durch einen Vulkan voller mordlustiger Drachen zu fliegen, als sich durch eine schmale Höhle zu quetschen. Er war ein Tier. Parúh wollte fliegen und so ließ er Baríth zurück, der davon noch nichts ahnte.

Sie rannten und rannten, fast ohnmächtig von den Gasen in der Luft. Die Drachen waren hinter ihnen, verfolgten sie. Immer näher kamen ihr Brüllen und die Geräusche der schweren Körper. Bergauf kamen die Muaësi viel langsamer voran, besonders Grúmaëk. Als er versuchte einen Hang hochzuklettern, fiel er. Keiner konnte ihn zu Bewusstsein bringen. Ihr Vorsprung war aufgebraucht. Die Verfolger erblickten die Opfer. Bevor sie Feuer spucken konnten, wurden sie beworfen mit den kleinen Päckchen. Sie platzen auf den Schuppen und brannten sich durch bis zum grünen Fleisch. Ohrenbetäubendes Heulen fegte durch den Gang. Tânurác zerrte den Pelúdo den Hang hinauf. Oben waren bereits Baríth, Grimvâr, Finaír, und Vínija. Die Beutel gingen aus. Eyônaí warf den letzten, während Wítaijâ etwas Großes aus ihrem Gepäck nahm.

Die Wazáy blickte wild zur Casísto: »Geh, ich mach' das schon. Na los! Sonst sterben wir alle!«

Eyônaí verstand nicht, was sie vorhatte, aber sie stolperte

zu den anderen. Als sie zurückblickte, sah sie gerade noch, wie Wítaijâ einen Stopfen von einem kreisrunden bauchigen Gefäß mit einer durchsichtigen Flüssigkeit darin nahm und ein Drache seinen Feuerstrahl auf sie richtete. Schon die ersten Funken lösten ein Inferno aus. Die Wazáy verschwand in der Explosion, alle wurden umgeworfen und die Decke stürzte ein. Riesige Brocken türmten sich auf. Alles war voller Staub, man konnte die Hand nicht vor den Augen sehen. Erst jetzt realisierte Eyônaí, was gerade direkt vor ihren Augen passiert war. Sie tastete sich weiter, bis sie kurz vor der Laterne war und etwas sah. Sie blickte in das Gesicht Tânurács. Seine Schnauze war halb geöffnet, die scharfen Reißzähne überragten um Längen die restlichen. Seine Augen waren leer, als ob sich hinter ihnen eine gewaltige Wand aus Wut und Verzweiflung aufgebaut hätte. Eyônaí war sich sicher, dass sie diesen Moment nie wieder würde vergessen können. Tränen benetzten ihr Fell, Wítaijâ war ihr ganzes Leben bei der Allianz in ihrer Nähe gewesen, wie eine große Schwester. Hart und fordernd, ohne Erbarmen, aber dennoch: Wie eine Schwester.

Erst jetzt bemerkte sie wieder das starke Hämmern in ihrem Kopf und sie hob die Laterne auf, deren Glas gesprungen war. Der Rückweg war versperrt, es war vorbei. Ihre einzige Chance war die Stadt in den Wolken zu finden, ansonsten hätten sie auch einfach dort sitzen bleiben können. Eyônaí wurde von den anderen umkreist, Grimvâr warf sich Grúmaëk über die Schulter. Ohne ein Wort zu wechseln gingen sie hustend und stolpernd weiter. Immer weiter, ohne einem lebendigen Wesen zu begegnen. Die Luft wurde mit jedem Schritt besser. Schließlich sah die Casísto ein Licht am Ende des Tunnels. Sie verließen den Vulkan und standen auf einem kleinen Felsplateau. Vor ihnen erstreckte sich ein wild bewachsenes Tal in alle Richtungen, eingerahmt von in Nebel hängenden Bergen. In weiter Ferne ging die Sonne unter, letzte Strahlen streckten sich nach ihnen aus, dann wurde es dunkel.

Ugryòr öffnete seine Augen. Es war nicht sein erster Versuch, mehrmals zuvor hatte er es bereits probiert, doch sie waren ihm immer wieder zugefallen. Auch dieses Mal musste er mehrfach zwinkern, aber letztendlich gelang es ihm. Die erhoffte Antwort auf die Fragen, wo er sich befand und wie er dorthin gelangt war, blieb jedoch aus. Er nahm nur verschwommene Schemen in hellen Beige-, Grün- und Rottönen wahr. Er wusste nur, dass er offensichtlich nicht tot war, womit er nicht gerechnet hatte in Anbetracht der letzten Erinnerung, die er hatte. Zu den Schemen gesellte sich mit kurzer Verzögerung ein stetes Rauschen, jedoch von außerhalb, nicht wie zuvor aus dem Inneren seines Kopfs, was er als Fortschritt verbuchte. Das Bild vor seinen Augen, was er einfach nicht ruhig halten konnte, egal wie sehr er sich auch bemühte, wurde von seinen schweren Lidern in unregelmäßigen Abständen immer wieder unterbrochen und blieb unverändert verschwommen. Seine Ohren hingegen erholten sich langsam. So bemerkte er inmitten des Rauschens mit einem Mal Stimmen: »... allerhand Glück gehabt«

»Allerdings, es war wirklich knapp. Ich hoffe, dass er bald wach wird«, sagte ein Mann.

»Nun, wenn Tutú Recht behält, sollte es in etwa jetzt so weit sein. Sie sollte daher auch gleich zu uns stoßen«, sagte ein Weiterer.

»Mhm ... ich wüsste zu gerne, was jemand alleine ohne Transportmittel oder Vorräte so weit draußen in der Wüste verloren hat. Fast jeder in Muaëra weiß doch mittlerweile um die Gefährlichkeit des Weges und um die neue sicherere Route über Síma«, sagte der erste Mann und Ugryòr hörte heraus, dass er beim Sprechen den Kopf schüttelte.

»Vielleicht wissen wir gleich schon mehr«, sagte der andere Mann, während sich näher kommende Schritte unter seine Stimme mischten.

»Er scheint zu sich zu kommen«, flüsterte die erste Stimme, während sich etwas Dunkles in sein Blickfeld schob, und fuhr dann lauter fort, »Hallo! Könnt Ihr mich hören?«

Bei dem Versuch sich aufzurichten stellte Ugryòr fest, dass er absolut nichts bewegen konnte. Auch seine Stimme versagte ihm den Dienst. Das einzige, was er zustande brachte, war ein schwaches Stöhnen.

»Oh …«, murmelte die Stimme.

»Vielleicht wacht er gerade erst auf. Wir sollten ihm noch etwas Zeit geben«, sagte der zweite Mann mit besserwisserischem Ton.

»Oder das hier«, sagte eine weibliche Stimme, die ein paar Meter weiter ertönte.

»Ah, Tutú, gut, dass du – «, sagte der erste Mann.

»Beiseite, ich regle das.«

Ugryòr hörte forsche Schritte und sah, wie die beiden Schemen vor ihm von einem einzelnen fortgeschoben wurden. Dann spürte er, wie ein feuchtes Tuch auf seine Schnauze gelegt wurde, gefolgt von einem beißenden Gestank. Für einen Augenblick fühlte es sich an, als würde seine Lunge verbrennen. Danach aber ließ der Schmerz nach und er fühlte, wie das Leben in seine Glieder zurückkehrte. Auch sein Blickfeld klärte sich wieder etwas, einzig das Rauschen blieb.

»So besser?«, fragte Tutú.

Ugryòr musste kräftig husten, bevor er antworten konnte: »Sehr!«

»Schön. Du solltest bald wieder ganz der Alte sein, mach' dir keine Sorgen«, sagte die Heilerin.

»Ge– geht schon wieder!«, stammelte Ugryòr. Seine Augen funktionierten mittlerweile endlich wieder gut genug, um die Personen an seinem Bett erkennen zu können. Direkt vor ihm stand eine adrette Vázak in einer leichten grünen Tunika, die gerade das Tuch aus seinem Gesicht nahm und es in der kleinen braunen Umhängetasche an ihrer Seite verstaute. Nun etwas abseits standen zwei männliche Vázak in blauen Gewändern mit leicht perplexen Mienen.

»Jetzt tut doch nicht so als würdet ihr das zum ersten Mal sehen!«, meinte Tutú zu den Männern und schüttelte amüsiert den Kopf, dann beugte sie sich zu Ugryòr herunter, »Lass' dir von denen nicht die Laune verderben, sie sind manchmal nur ein bisschen langsam. Also, etwas zu essen und zu trinken findest du auf dem Nachttisch. Ich muss zwar jetzt wieder gehen, denn die Pflicht lässt mir leider keine Ruhe, aber wenn du etwas brauchen solltest, dann frag' nach mir. Ich werde mich umgehend darum kümmern.« Sie nickte ihm aufmunternd zu, drehte sie sich auf dem Absatz um und eilte fort.

Während ihr die beiden Männer fassungslos hinterher sahen, konnte Ugryòr einen Blick auf sein Zimmer werfen. Es war ein heller, beigefarbener Raum mit großen Öffnungen auf der linken Seite, welche von leichten roten Vorhängen flankiert waren. Irgendetwas Blaues schimmerte hindurch, doch er konnte noch nicht erkennen, worum es sich dabei handelte. Auf der rechten Seite stand ein großes Bücherregal, an der Stirnseite eine Kommode, links daneben befand sich ein Durchgang. Der Boden bestand aus dunklem Holz.

Die Vázak standen nun vor ihm.

»Tja ... chrm ...«, begann der linke mit einem entschuldigenden Ausdruck, »Das war Tutú, unsere Heilerin. Immer auf heißen Kohlen ...«

»Genau, sie ist immer ... sehr engagiert ... also, ich bin Mâlrap ...«, warf der rechte Vázak ein.

»... und ich Bav'no«, fügte der linke hinzu. »Und Ihr seid wer?«

»Nau'jas«, antwortete Ugryòr leicht zögernd.

»Ah, sehr erfreut«, sagte Mâlrap und nahm eine etwas aufrechtere Haltung ein. »Ihr befindet Euch hier in Âterpéa, dem kleinen Paradies kurz vor Õudus – ein Außenposten mit integrierter Oase sozusagen, hehe.«

Bei der Erwähnung Õudus' schlug Ugryòrs Herz höher, sodass er Mâlraps unsicheres Lachen nicht mitbekam. Sollte er es denn tatsächlich geschafft haben?

»Wir sind die Obersten Offiziere unter General Maníba«, sagte Mâlrap nicht ohne Stolz.

»Dürften wir erfahren, was Euch in diese Gegend führt?«, fragte Bav'no neugierig.

»Ich bin ge–«, Ugryòr räusperte sich vernehmlich. »Verzeihung. Ich bin geschäftlich unterwegs«

»Und ... um welche Art von Geschäften handelt es sich, wenn ich fragen darf?«, hakte Bav'no weiter nach.

»Das darf ich leider nicht sagen. Betriebsgeheimnis, versteht Ihr?«, sagte Ugryòr mit geschäftigem Ton.

»Aber ja, natürlich«, sagte Bav'no und grinste wissend, »Ihr seid einer der ganz großen, nicht wahr? Jaja, die Unscheinbarsten sind die Mächtigsten und Gerissensten, ich hab' einen Blick für sowas.«

»Ja, in der Tat, so einer bin ich«, antwortete Ugryòr und bedeutete den beiden sich zu ihm herunterzubeugen. Dann fuhr er flüsternd fort: »Ich hoffe doch, dieses Gespräch bleibt unter uns?«

»Selbstverständlich. In Âterpéa legt man höchsten Wert auf Diskretion«, versicherte Mâlrap im vertraulichen Flüsterton.

»Gut. Ich bin nämlich einer ganz großen Sache auf der Spur. Vor kurzem bekam ich einen Tipp. Es gibt Gerüchte über die Möglichkeit, ein Heilmittel gegen alle Krankheiten der Welt herzustellen«, begann Ugryòr.

Mâlraps Augen leuchteten begeistert auf, während Bav'no ungläubig fragte: »Wie soll das denn funktionieren? So etwas ist unmöglich, Ihr nehmt uns auf den Arm!«

»Nein, ganz und gar nicht! Meine Quelle war äußerst zuverlässig, glaubt mir. Würde ich sonst den weiten Weg durch die Wüste machen?«

Die beiden Männer sahen sich an.

»Da hat er nicht Unrecht«, meinte Mâlrap schließlich.

»Eben. Mehr kann ich Euch aber leider nicht sagen. Wenn nur ein einzelnes Wort an die falschen Ohren gerät, ist meine komplette Mission in Gefahr«, sprach Ugryòr eindringlich.

»Natürlich, das verstehen wir! Nun … ich schlage vor, Ihr ruht Euch weiter aus bis heute Abend, dann werden wir wiederkommen und Euch ein wenig herumführen. Bis dahin geht es Euch bestimmt auch schon ein ganzes Stück besser«, sagte Mâlrap, dann wandten sich beide zum Gehen.

»Vielen Dank. Ich freue mich darauf«, antwortete Ugryòr.

Ein paar Stunden später fühlte er sich tatsächlich deutlich wohler. Woraus auch immer das Essen auf seinem

Nachttisch bestanden hatte, es hatte ihm gutgetan. Ihn überkamen nur noch gelegentliche Anfälle leichten Schwindels oder Übelkeit, aber im Großen und Ganzen hatte er sich erholt, auch wenn er wohl noch ein oder zwei Tage brauchen würde, um wieder voll zu Kräften zu kommen. Seine freie Zeit hatte er nutzen können, um sich in seinem Zimmer umzusehen und herauszufinden, worum es sich bei dem blauen Schimmern draußen handelte, und er war nicht enttäuscht worden: Vor dem Gebäude lagen aufwendige und vor Leben nur so strotzende Gärten, inmitten von zahlreichen Wasserläufen, mehreren Teichen und sogar einem Wasserfall. Damit war ihm auch klar geworden, warum das Rauschen in seinen Ohren nie ganz verschwunden war. Es war ein wundervoller Anblick, das hatte er zugeben müssen. Als Ursache dieser artesischen Quelle vermutete er einen unterirdischen Wasserlauf, wobei dieser dann allerdings beträchtliche Ausmaße haben müsste. Er hatte beschlossen, Mâlrap und Bav'no später danach zu fragen. Interessant hatte er auch die Bücher an der rechten Wand gefunden. Sie erzählten von der Geschichte Muaëras, der Schreckensherrschaft der Drachen, verrückten Legenden über die vor langer Zeit verschwundenen Magier und vielem mehr. Zwei Bücher jedoch hatten seine Aufmerksamkeit ganz besonders geweckt. Das eine war eine uralte Enzyklopädie aller damals bekannten Spezies in Muaëra, die aber sehr zu seinem Bedauern nichts über Schatten enthielt. Das andere handelte von der *Geschichte der Ganâncias – Aufstieg und Fall der mächtigsten Adelsfamilie Muaëras.* Da er sich sicher war, es noch einmal gebrauchen zu können, hatte er es unter seine Matratze gestopft, um sicherzustellen, dass er es nicht vergaß. Es würde bestimmt niemand etwas dagegen haben, wenn er es sich zu

Studienzwecken auslieh, hatte er mit einem Schmunzeln gedacht.

Ein Glas Wasser in der Hand haltend betrachtete er gerade die fantastischen Gärten, als er Schritte auf dem Gang hörte. Drei Vázak betraten den Raum.

»Nau'jas!«, begrüßte Bav'no ihn freudig.

»Wie geht es Euch?«, fragte Mâlrap.

Ugryòr nahm einen Schluck aus seinem Glas und antwortete: »Viel besser, Ihr hattet Recht«

»Das hört man gerne. Und ich muss hinzufügen, dass es offen gesagt noch nie jemanden gab, der sich so schnell erholt hat wie Ihr«, sagte Mâlrap.

»Die Unscheinbaren, ich sag's ja!«, meinte Bav'no lachend.

»Scheint wohl so«, antwortete Ugryòr mit einem schiefen Lächeln.

»Kommt, wir zeigen Euch unser kleines Paradies«, sagte Mâlrap und ging voraus, während Bav'no neben Ugryòr lief. Der Gang hinter Ugryòrs Zimmer hatte rechts edle, jedoch von der Zeit gezeichnete Türen, links war er offen und mit Säulen gespickt, sodass man einen ungestörten Blick auf die Gärten hatte. Nach etwa dreißig Metern tat sich eine weite und von Rissen durchzogene Treppe auf, die zu ihnen führte.

»Dies hier«, begann Mâlrap mit einer ausladenden Geste, während sie langsam über einen Pfad aus hellen Kieselsteinen schlenderten, »ist unser ganzer Stolz. Ein unterirdischer Fluss aus Síma tritt hier kurz an die Oberfläche, bevor er wieder unter der Erde verschwindet. Das Wasser ist dank seiner langen Zeit im Verborgenen nicht nur schön kühl, sondern auch äußerst rein. Sauberes Wasser als unseres werdet Ihr kaum finden!«

»Wirklich beeindruckend«, gab Ugryòr ehrlich zu.

»Das ist es in der Tat. Und werft unbedingt einen Blick auf die Pflanzen um uns herum. Wir haben es geschafft, nahezu alle Pflanzen der südlichen Hälfte Muaëras hier anzusiedeln. Unsere Gärten sind einzigartig!«

»Ganz offensichtlich. Ich muss gestehen, etwas Derartiges habe ich noch nie zuvor gesehen«

»Es ehrt uns, das zu hören«, sagte Bav'no, »Geschäftsmänner wie Ihr kommen schließlich viel 'rum, nicht wahr?«

»Allerdings«, bekräftigte Ugryòr.

Doch je mehr er sich umschaute, desto mehr wurde ihm klar, dass die glorreichen Zeiten Âterpéas schon eine Weile vorüber sein mussten. Während die Pflanzen direkt am Weg sich gegenseitig in ihrer Pracht überboten, waren die dahinter oft verkümmert, der Boden verdorrt. Auch das Gebäude, das früher einmal einem kleinen Palast geglichen haben musste, war sichtlich heruntergekommen. Das Erdgeschoss war weitläufig und aus hellen Steinen gemauert. Darüber befanden sich verschiedene Aufbauten, mal höhere aus dem gleichen Material, mal flachere aus dunklem Holz mit Strohdächern, sogar zwei Türme. Mehrere große Leinentücher waren zum Sonnenschutz über die verschiedenen Ebenen und Terrassen gespannt, die sich aus der Bauart des Komplexes ergaben. Allerdings waren sie löchrig und zerschlissen, das dunkle Holz ausgeblichen, die Steine brüchig. Leere Kübel zeugten von Pflanzen, die besagte Terrassen einst gesäumt haben mussten. Insgesamt hatte Ugryòr den Eindruck, dass einzig das Erdgeschoss noch genutzt war, da man sich dort zumindest Mühe gemacht hatte, die Zeichen der Zeit so gut wie möglich zu kaschieren.

Mâlrap bemerkte Ugryòrs Blick und seufzte: »Traurig,

nicht wahr? Von dem alten Glanz ist nicht mehr viel da. Früher sah es hier ganz anders aus: Alles war von strahlender Pracht und nur so vor Leben strotzend, und vor Reisenden« Seine Stimme hatte mit einem Mal einen verbitterten Unterton. »Aber seit ein paar neureiche Emporkömmlinge die wohlhabenden Händler und Reisenden für sich entdeckt und begonnen hatten, rings um Õudus ihre lächerlichen künstlichen Oasen aus dem Boden zu stampfen, ging es bergab. Ihre Anlagen waren neuer und man war nicht Tag und Nacht in der Nähe von Soldaten. Das kam einigen unserer Kunden leider sehr gelegen. Und als es dann noch vor ein paar Jahren diesen Vorfall gab … Tja, und jetzt seht Euch um …«

»Vorfall?«, fragte Ugryòr aufmerkend.

Bav'no verhinderte Mâlraps Antwort mit einem gekünstelten Lachen und sagte: »Was mein Kollege damit sagen will, ist, dass uns in Scharen die Besucher davongelaufen sind. Als es Alternativen gab, haben viele wohl gedacht, dass die Kombination Außenposten-Oase nicht ganz der Weisheit letzter Schluss ist.«

»Wo Ihr es erwähnt … wie kommt man eigentlich auf die Idee, einen Ort der Erholung mitten in einen Außenposten zu bauen?«

»Ha, wenn Ihr wüsstet, wie oft wir das schon gefragt wurden! Und die Frage ist berechtigt, die Antwort aber sehr einfach. Viele Soldaten waren frustriert darüber, tagtäglich die Stadt mit all ihrem Luxus sehen zu müssen und selbst nichts davon abzubekommen. Der Stadtrat gab den Beschwerden irgendwann nach und veranlasste einen entsprechenden Umbau des Anwesens, allerdings auch vor dem Hintergrund, Profit daraus schlagen zu können. Es zahlte sich wirklich aus, gerade weil die alte Wüstenstraße, über die auch Ihr kamt, damals eine der Hauptrouten nach Õudus war. Als der Außenposten jedoch an Bedeutung verlor und es etwas später aus besagten Gründen mit Âterpéa bergab ging, wollte der Rat die Oase loswerden, bevor er größere Verluste hätte in Kauf nehmen müssen, und verscherbelte es zu einem Spottpreis an General Maníba. Und seitdem schmeißen wir hier den Laden!«

Sie kamen aus einem natürlichen Tunnel aus Kletterpflanzen und betraten eine Brücke aus hellem Holz, die über einen Wasserlauf führte und sie direkt an den Teich unterhalb des Wasserfalls am Rande der großen Senke brachte, in der sich die ganze Anlage befand. Sie hatten sie fast überquert, als Ugryòr plötzlich stehen blieb. Bav'no drehte sich um und fragte ihn: »Was ist los? Geht es Euch nicht gut?«

»Seit wann ist das hier?«, fragte Ugryòr und zeigte mit ausgestrecktem Arm auf das rechte Ufer des Teiches.

»Was?«, fragte Mâlrap stutzig und sah sich um. »Ach, Ihr meint den Limaíra! Der ist uns vorgestern zugelaufen. Warum fragt Ihr?«

»Weil es meiner ist«, antwortete Ugryòr, schob sich an seinen beiden Begleitern vorbei und ging schnellen Schrittes zu dem Tier, das seelenruhig mit den vorderen Füßen im Wasser planschte. Diese waren weich, dabei jedoch äußerst widerstandsfähig und boten den Limaíras auf nahezu jedem Boden einen sicheren Halt. Sie waren ein Grund für das hohe Tempo, das die Tiere vorlegen konnten.

Als der Limaíra Ugryòr kommen sah, hob er den Kopf und strahlte ihn freudig an. Mit heraushängender Zunge trabte das Tier ihm entgegen und schlabberte ihm durch das ganze Gesicht. Ugryòr war tatsächlich irgendwie froh darüber, es wiederzusehen, sodass er es gewähren ließ.

Dann aber drückte er es weg und verpasste ihm einen Klaps gegen den Kopf. Er wandte sich wieder Mâlrap und Bav'no zu, sodass er seine erschrockene Miene nicht mehr sah.

»Könnt Ihr Euch darum kümmern, bis ich weiter ziehe?«, fragte Ugryòr.

»Selbstverständlich. Ihr könntet natürlich auch eines unserer Reittiere bekommen –«, bot Bav'no an.

»Vielen Dank, aber nein. Dieses hier wird völlig ausreichen«, unterbrach ihn Ugryòr.

»Nun denn. Ihr wollt wahrscheinlich als erstes in die Stadt, nehme ich an?«, fragte Mâlrap.

»Richtig. Aber wie Ihr wisst, kann ich Euch leider nicht an meinen weiteren Absichten teilhaben lassen«, antwortete Ugryòr geheimnisvoll.

»Ebenso bedauerlich wie notwendig«, meinte Bav'no, »Aber lasst mich Euch warnen. In Õudus legt man seit einiger Zeit verstärkt Wert auf Seriosität, Ordnung und Stabilität, soll heißen, dass Wachen praktisch überall sind. Und da es hohe Prämien für weiterbringende Hilfe bei ihrer Arbeit gibt, solltet Ihr zudem aufpassen, was Ihr zu wem sagt. Nicht wenigen, die das nicht beachtet haben, wurde das zum Verhängnis«. In seinen Augen blitzte immer wieder für einen kurzen Moment eine ansonsten perfekt kaschierte Schadenfreude auf.

»Ich danke Euch sehr für den Hinweis. Ich werde sehen, wie sich dies mit meinen Geschäften vereinbaren lässt. Da Ihr scheinbar gut informiert seid, könnt Ihr mir eine … geeignete Unterkunft empfehlen?«, erkundigte sich Ugryòr.

»Naja, wisst Ihr … wie ich schon sagte, die Situation ist äußerst … diffizil«, erklärte Mâlrap, »Ich fürchte, Ihr werdet kaum eine passende Bleibe finden können. Der nie dagewesene Grad an Sicherheit kommt bei den Bürgern gut an, und die hohe Aufklärungsrate gepaart mit entsprechenden Konsequenzen hat so manches Geschäftsmodell unrentabel gemacht, Ihr versteht?«

»Ja … nun, ich werde mir selbst ein Bild der Lage machen«, meinte Ugryòr und zögerte kurz, bevor er fragte: »Angenommen, die Situation ist tatsächlich so wie von Euch beschrieben, würdet Ihr mir gestatten, länger hier zu bleiben?«

Bevor Mâlrap etwas sagen konnte, sagte Bav'no erfreut: »Selbstverständlich, es wäre uns eine Ehre!«

Zwei Tage später stand Ugryòr mit seinem Limaíra auf der Kuppe einer hohen Düne am Rande Âterpéas, die Abendsonne im Rücken. Vor ihm breitete sich eine gigantische Tiefebene aus, in deren Mitte eine prächtige Stadt thronte. Ihre kunstvollen Dächer funkelten ebenso hell wie die zahlreichen Wassergräben, die sie durchzogen. Vor der Stadt befand sich ein riesiger Hafen mit unzähligen Schiffen aller Art an den Liegeplätzen und noch mehr, die ein- und ausliefen. Õudus. Nach einem tiefen und befreiten Atemzug zog er leicht an den Zügeln des Limaíras, sodass es sich gemächlich in Bewegung setzte. Jeder seiner Schritte brachte Ugryòr näher an sein Ziel.

Nachdem er den Limaíra vor dem gigantischen Stadttor angebunden hatte, war er in Richtung Zentrum aufgebrochen. Er wollte sich selbst vom Wahrheitsgehalt der Aussage seiner Gastgeber überzeugen. Wenn sie tatsächlich Recht hätten, würde das seine Sache durchaus behindern. *Aber mehr auch nicht,* dachte er, während er eine breite Straße voller teurer Geschäfte entlang ging. Selbst am Rand der Stadt waren die reich verzierten

Lehmhäuser mindestens drei Stockwerke hoch und nicht wenige besaßen glänzende, teils seltsam aussehende Kuppeln auf den Dächern. In der Mitte jeder etwas größeren Straße verlief ein flacher, etwa einen halben Meter breiter Wasserkanal. Sie alle waren mit goldenen Kanten versehen und wurden von einem großen, direkt hinter der nahezu perfekt halbkreisförmigen Stadtmauer verlaufenden Kanal gespeist, sehr zur Freude der zahlreichen Kinder, die daran spielten. Ugryòr ging ihnen lieber aus dem Weg. Unauffällig aber bestimmt schob er sich durch die vielen Muaësi an den Straßenrändern, wobei er permanent Verkaufstischen, Pavillons und in Kübeln platzierten Palmen ausweichen musste. Er war fasziniert von dem allgegenwärtigen geschäftigen, durchweg freundlichen Miteinander, und offensichtlichen Wohlstand. Nahezu jeder trug edle Kleider und kaufte nur die frischesten, neuesten oder hochwertigsten Waren. Andere hatte Ugryòr allerdings auch noch überhaupt nicht zu Gesicht bekommen.

Hier hat sich nicht nur bezüglich der Sicherheit etwas geändert, dachte er.

Begleitet von den Klängen eines Musikers, der am Ende der Straße an einer Ecke saß, erreichte er das Zentrum. Es war ein gigantischer, kreisrunder Platz, welcher von einem stimmungsvollen Muster aus kleinen Wasserläufen durchzogen war, die in der Mitte zu einer ebenfalls runden Fläche zusammenliefen. Das östliche Ende zog als erstes Ugryòrs Aufmerksamkeit auf sich. Dort erschien das Rathaus, kleiner, als er es erwartet hatte, jedoch ansonsten einem Palast nicht nur nachempfunden, sondern mehr als ebenbürtig. Danach blieb sein Blick auf dem Nordende liegen. Irgendetwas glitzerte dort und die nachfolgenden Gebäude schienen leicht abgesenkt zu sein. Neugierig, was es damit wohl auf sich haben mochte, überquerte er den Platz und blieb voller Ehrfurcht stehen. Õudus übertraf bei weitem alles, was er bisher gesehen hatte. Der Platz endete in einer breiten Treppe, die direkt ins Wasser führte. Einen beeindruckten Rundumblick und eine rasche Studie des Stadtplans neben der Treppe später war ihm klar: Die gesamte nördliche Stadthälfte war ins Wasser gebaut worden. Wurden die Kanäle im Süden hauptsächlich von dem Fluss gespeist, den er in Âterpéa gesehen hatte, war es mehr und mehr Salzwasser, je weiter man nach Nordosten vordrang. Fasziniert schnappte er sich eines der kleinen Ruderboote, die am Rand der Treppe für jeden frei verfügbar lagen und erlaubte sich eine ausführliche Erkundungstour. Auf einen halben Tag mehr oder weniger kam es nun auch nicht mehr an. Dabei fielen ihm zum ersten Mal die Wachen auf. Sie trugen dezente dunkelbraune kurze Lederuniformen und verstanden sich offensichtlich bestens darauf, mit der Menge zu verschmelzen. Obwohl es in den Kanälen nicht ganz so voll war wie auf den Straßen, musste er dennoch aufpassen, anderen nicht zu nahe zu kommen. Er passierte die erste vieler kleiner Rundbogenbrücken, welche die Stege vor den Häusern miteinander verbanden. Ihm fiel gleich auf, dass diese hier nicht mehr nur aus Lehm waren, sondern allesamt einen gemauerten Sockel besaßen, nicht wenige sogar komplett aus Stein bestanden. Läden gab es hier weniger, dafür jedoch vermehrt exklusive Restaurants, die sich gegenseitig in ihrer Einzigartigkeit überboten. Gerade jetzt in den Abendstunden strömten Muaësi in Scharen zu ihnen. Ugryòr beschloss, hier noch einmal vorbeizuschauen, auch wenn diese Gegend ihm ansonsten nicht viel nutzen konnte. Zwei abzweigende Kanäle später veränderte sich das

Stadtbild abermals. Die Häuser wurden merklich bunter und zu den steten Hintergrundgeräuschen des Stadtlebens gesellten sich musikalische Klänge verschiedenster Art. Auf den Stegen liefen farbenfrohe Gestalten, manche gar in Kostümen, wahrscheinlich gerade auf dem Weg zu einem Maskenball. An einer roten Wand auf der rechten Seite lehnten zwei Wazáy und erfüllten die Luft mit dem Brummen ihres kehligen Gesangs und weiter voraus baumelte zwischen zwei Dächern auf einem gigantischen Leinentuch das täuschend echte Gemälde eines Gebirges am Horizont, das einen glauben ließ, tatsächlich auf selbiges zuzusteuern. Ugryòr kam aus Staunen und Verwunderung nicht mehr heraus.

Ein Palháco in einem knallgelben Umhang schien seine Verwirrung bemerkt zu haben und rief: »Willkommen im Künstlerviertel, mein Freund, wo es nichts gibt, das es nicht gibt!«

Doch bevor Ugryòr etwas erwidern konnte, hatte dieser sich auch schon umgedreht und ging beschwingten Schrittes weiter. Er durchquerte noch ein paar Kanäle, wobei er das bunte Treiben gerne über sich hinweg spülen ließ, bis er den großen Kanal direkt hinter der Stadtmauer erreichte. Diesem folgte er nach Osten bis zum Meer, dessen sanfte Wellen im schrägen Licht der untergehenden Sonne glitzerten. Eine drei Meter breite Mauer, welche nur etwa einen halben Meter aus dem Wasser heraus ragte, trennte die Stadt als letzter Steg von der offenen See. Er diente nicht nur zum Schutz, sondern bot auch eine herrliche Möglichkeit zum Spazieren und Genießen der Aussicht und frischen Seeluft. Dort, wo ein Kanal aus der Stadt auf sie traf, besaß die Mauer tiefe, halbkreisförmige Ausbuchtungen, die im Normalfall durch bewegliche Holzbrücken überwunden und im Falle eines Angriffs mit emporziehbaren Gittern verschlossen werden konnten. Ugryòr verließ sein Boot an einer kleinen Anlegestelle am Ende der Stadtmauer, welches ein imposanter Turm bildete, und begab sich auf der Mauer in Richtung Hafen.

Viele Muaësi säumten seinen Weg. Manche gönnten sich nach einem anstrengenden Arbeitstag einen Moment der Entspannung, andere hatten es sich auf Bänken bequem gemacht und wieder andere übten sich im Fischen. In regelmäßigen Abständen gab es auf beiden Seiten Laternen, die jedoch leicht gedämpft waren, sodass man genug erkennen konnte, das Licht aber nicht störte. Kurz vor dem Hafen mündete die Mauer in einen kleinen Platz, an dessen Ende sich eine Traube aus Passanten gebildet hatte. Ugryòr kam näher, um herauszufinden, was es dort zu sehen gab. Mit dem dunklen Meer im Hintergrund wirbelte ein Trampianer zwei an beiden Enden brennende Stäbe um sich herum und vollführte die wildesten Kunststücke. Den einen Stab warf er weit über sich, dann sprang er in die Luft und ließ den anderen kurz unter sich kreisen, bevor er wieder sicher landete und den nun herunterfallenden ersten Stab in einer einzigen fließenden Bewegung auffing. Er ließ beide nacheinander hinter seinen Rücken wirbeln und beendete seine Choreografie, indem er auf sein linkes Knie sank und beide Stäbe aus der Drehung heraus waagerecht vor seine Brust beförderte. Die Zuschauer klatschten begeistert, doch Ugryòr wandte sich ab. Er hatte bereits zu viel Zeit verstreichen lassen. Rasch überquerte er den Platz und gelangte über eine Treppe in etwas höher gebauten Hafenbereich. Hinter ihm begann der Trampianer mit einer neuen Reihe von Kunststücken.

Von der Kaimauer aus konnte er die zahlreichen Schiffe

sehen, die an ihr bis weit hinaus ins Meer vor Anker lagen. Eines stach ihm dabei besonders ins Auge. Es war etwa vierzig Meter lang, hauptsächlich rot und von der Form her einem Drachen nachempfunden. Grüne und goldene Muster rundherum prägten es ebenso wie die seltsamen Schriftzeichen an den Flanken. Ugryòr hatte dergleichen noch nie gesehen und fragte sich, wo dieses Schiff wohl herkam. Er meinte auch, eine Klappe am maulförmigen Bug erkennen zu können, doch ganz sicher war er sich nicht. Von hier und da schien noch etwas Licht und ab und zu drang leises Klappern an seine Ohren. Ansonsten blieb es aber verhältnismäßig ruhig, bis er zu den sich mit Lagerhäusern, Werkstätten und Hafenbehördenstellen abwechselnden Kneipen kam, welche allesamt etwas zurückgesetzt waren, sodass dem großen Betrieb am Tag nichts im Weg stand. Schiefe Seemannsgesänge hallten nach draußen, immer wieder untermalt von wilden Ausrufen und klirrenden Gläsern. An einer Kneipe direkt vor ihm wurde plötzlich die Tür aufgestoßen. Zwei Numjaír hatten einen torkelnden Wazáy, der noch grüner als sonst wirkte, zwischen sich genommen und zerrten ihn unsanft auf den Kai.

»He, was … was soll'n das?«, beschwerte sich dieser.

»Du hattest genug für heute, los, verschwinde!«, erwiderte der linke Numjaír angeekelt.

»Nich' so unfreunnnlich, ja? Ihr ha– … ihrhabbt mir überhaubt nix zschu sagen!«, lallte der Wazáy trotzig.

»Ach nein?«, höhnte der rechte Numjaír.

»Nnee!«, antwortete der betrunkene Mann, packte den rechten Numjaír und warf ihn auf den Boden, woraufhin der andere ihm einen kräftigen Tritt verpasste, sodass er auf das Ende der Mauer zuwankte. Dann half der Numjaír seinem Kollegen auf und gemeinsam näherten sie sich dem nun ziemlich streitlustigen Wazáy.

»Is' das alles, was ihr könnd? Pah!«, johlte der Angreifer.

»Komm', das wird dir gut tun«, sagte der zuvor umgeworfene Numjaír, woraufhin die beiden ihn an den Armen packten. Als sie ihn schnurstracks ins Hafenbecken beförderten, flogen beide jedoch ohne Umwege hinterher, da sich der Wazáy in der Hoffnung, den Sturz verhindern zu können, an ihnen festgeklammert hatte.

Abschaum, dachte Ugryòr und ging kopfschüttelnd vorüber. Hier brauchte er gar nicht erst anfangen zu suchen. Ohne einen weiteren Gedanken an diese Gegend verschwenden zu wollen, machte er sich wieder Richtung Stadtmitte auf. Rasch hatte er den großen Platz im Zentrum passiert und sehr zu seiner Freude befand sich an dessen Westseite eine ordentlich aussehende Gaststätte mit dem Namen *Verschwundener Mast*. Der äußere Eindruck wurde drinnen bestätigt. Das Erdgeschoss besaß in der Mitte eine Bar aus edlem dunklen Holz und goldenen Applikationen. Alle, die daran saßen oder standen, waren genauso gut gekleidet wie jene im rechten Bereich des Lokals, die mit ihren kleinen runden Tischen und der großen Fensterfront beliebter bei den Gästen war. Dieser Bereich war etwas heller gehalten, während der Linke eher dunkel war. Dort liefen die Gespräche leiser ab und dichter Qualm trübte die Sicht. Ugryòr ging zuerst an die Bar und organisierte sich ein Zimmer für die Nacht. Danach ließ er sich einen *Õudus'schen Eisberg Spezial* geben und bestellte sich ein kleines Abendessen, welches ihm später an den Tisch gebracht werden sollte. Da dies jedoch aufgrund des Hochbetriebs dauern konnte, begann er sogleich mit der Suche. Während er so zwischen den einzelnen

Gesprächsgruppen hindurchlief, wurden seine Vermutungen bestätigt: Er befand sich inmitten des gehobenen Bürgertums, dessen Lieblingsthema seit eh und je Politik und die Unfähigkeit der Regierung war. Bei einer wild diskutierenden Gruppe, bestehend aus zwei Numjaír mittleren Alters und sowohl einem älteren Vázak als auch einem Trampianer, war er sich sicher, fündig geworden zu sein.

Der große Vázak mit kantigem Gesicht und dicker Schnauze trug ein kurzes, dunkelrotes Hemd, darüber einen teuren, obsidianfarbenen Umhang, und eine dunkelgraue Hose. Gerade beschwerte er sich lautstark: »… hätte sich selbst ein Shírkûn ausrechnen können! So, was ist jetzt? Jetzt wundert sich plötzlich jeder, warum kein Geld mehr da ist, während das halbfertige Teil langsam zur Ruine wird!«

»Und gefragt, ob wir einen großen Markt auf der Straße mitten zwischen Âretoà und Limara Nehir überhaupt haben wollen, hat auch niemand!«, brummte der linke Numjaír. Er war eher klein, hatte etwas zu große Ohren, aber einen messerscharfen Blick. Er trug so etwas wie die zivile Version einer Lederrüstung mit brauner Hose, schwarzem Oberteil und vielen mehr oder weniger nützlichen Taschen und Halterungen daran.

»Wie immer«, stimmte der Trampianer mit einem selbst für seine Spezies faltigen Gesicht, während seine Flügel verärgert zuckten. Er trug eine schneeweiße Hose, darüber ein glänzendes, grünes Hemd, was er selbst als besonders modisch betrachtete, andere sich dagegen wunderten, zu welchem Kostümball er wohl eingeladen war und was genau er darstellte.

»Habt ihr mitbekommen, wie es mittlerweile in Koruma

zugeht?«, fragte der rechte Numjaír in einem langen, blauen Gewand in die Runde. Er war größer als sein Artgenosse und hatte das Fell auf seinem Kopf gerade nach oben gebürstet. Seine Schnauze war eher klein.

»Ja. Da geht's echt gewaltig bergab. Und diese eingebildete Stadtherrin versteht sich trotzdem selbst als große Heilsbringerin«, antwortete der linke Numjaír.

»Früher hatte ich meinen Laden da«, berichtete der Vázak, »Ich kann euch sagen, viel besser war's schon damals nicht, wenn auch nicht so schlimm wie jetzt. Jedenfalls bin ich heilfroh, hierher gezogen zu sein«

»Oh ja, in Õudus ist die Welt wenigstens noch ein bisschen in Ordnung«, sagte der Trampianer.

»Ja … ja, im Grunde geht's uns hier gar nicht so schlecht«, meinte der linke Numjaír.

»Wohl war. Prost!«, stimmte der Vázak zu und hob seinen Krug.

Mit einem lauten Scheppern stießen sie ihre Krüge zusammen.

»Hm, wer ist das denn? He, Kumpel, steh' da nicht so verloren 'rum, komm' doch zu uns!«, lud der rechte Numjaír Ugryòr ein und winkte ihn zu ihnen an den Tisch.

Ausgezeichnet, dachte Ugryòr mit tiefer Genugtuung und sagte höflich: »Oh, danke sehr!« Lächelnd zog er sich einen Stuhl heran und setzte sich.

»Du bist neu hier, stimmt's?«, fragte der Trampianer.

»Ja! Ist das denn so offensichtlich?«, fragte Ugryòr und stutzte.

»Also, wenn du es überspielen wolltest, kann ich dir nur einen Rat geben, mein Freund: Steig' nie ins Theatergeschäft ein!«, erwiderte der Numjaír und knuffte ihn an die Schulter, während alle vier laut lachten. »Nun gut, Spaß beiseite. Ich bin Khjános«, er zeigte auf den kleineren Numjaír, »das ist Durári, und die beiden«, er zeigte erst auf den Vázak, dann den Trampianer, »sind Thálok und Murêlik.«

Sie alle begrüßten ihn mit einem Handschlag, Thálok zusätzlich mit einem leichten Kopfnicken.

»Sehr erfreut. Ich bin Nau'jas«, sagte Ugryòr, der sich an seinen Decknamen langsam gewöhnt hatte.

»Schön, dich in unserer Runde zu haben. Es ist immer interessant, ein neues Gesicht zu sehen. Also, was führt dich nach Õudus?«, fragte Murêlik.

Ugryòr seufzte: »Die Geschäfte, was sonst? Aber wenn ich mich hier so umsehe, sind sie für meinen Besuch mittlerweile nicht mehr der einzige Grund.«

»Ja, Õudus ist wirklich eine faszinierende Stadt«, sagte Thálok, »Warst du schon drüben bei den Künstlern und Musikern? Da gibt es immer etwas zu sehen.«

»Davon hab' ich mich schon überzeugt«, sagte Ugryòr, der mit Missfallen den Themenwechsel bemerkte.

»Dann hast du bestimmt den Palháco in seinem gelben Umhang gesehen!«, sagte der Trampianer.

»Ha, der ist klasse!«, rief Durári begeistert.

»Man nennt ihn nur noch *Den Gelben*, weil er immer in diesem Ding rumläuft oder in Sachen, die genauso aussehen. Jeden Abend geht er in ein anderes Lokal und unterhält dort die Gäste. Mal mit Witzen, mal mit Kunststücken, mal mit beeindruckenden Geschichten. Manchmal zaubert er auch ein bisschen. Niemand weiß, woher er das alles kann, aber er ist zu einer echten Legende geworden«, erzählte Murêlik, während seine Flügel aufgeregt flatterten.

»Irgendwann heiratest du ihn noch, ich seh's kommen«, stichelte Khjános, fügte jedoch an Ugryòr gewandt hinzu: »Er ist aber wirklich gut, man sollte ihn sich einmal ansehen.«

»Dann habe ich auf jeden Fall noch etwas zu erledigen«, meinte Ugryòr grinsend, »Ihr habt ja auch sehr schöne und interessante Häuser hier, muss ich sagen. Könnt ihr mir erklären, was es mit –« Er verstummte kurz, als ein Kellner kam und ihm sein Abendessen servierte, das bläuliche Getränk mit Eisstücken darin war schon längst Vergangenheit.

»Dankeschön.« Er war sehr froh, dass er bei dem Überfall in der Wüste seinen Geldbeutel am Körper getragen hatte und wandte sich wieder in die Runde.

»Könnt ihr mir sagen, was das für Kuppeln auf manchen Dächern sind?«

»Das ist etwas«, begann Thálok stolz, »was du nur hier finden wirst, noch nicht einmal in Síma oder Trampa. Sie dienen der Belüftung. Hier ist es zwar nicht ganz so heiß wie dort, aber weil so viel aus Stein besteht, wäre es in den meisten Häusern ohne sie unerträglich«

»Beeindruckend. Wie funktioniert so etwas?«, erkundigte sich Ugryòr.

»Das ist so komplex, dass es kaum jemand versteht, außer denen, die sie bauen. Ich gehöre schon mal nicht dazu«, antwortete Thálok, lachte und nahm einen Schluck aus seinem Krug, »Ich weiß nur, dass sie mit unglaublich vielen Schaufelrädern arbeiten und angeblich sollen sie sich irgendwie selbst antreiben. Aber ob das so stimmt ... jedenfalls erleichtern sie uns das Leben erheblich«

»Wirklich faszinierend. Ich nehme an, ihr könnt wirklich von Glück sagen, dass Õudus nicht direkt vom König regiert wird, nicht wahr?«, fragte Ugryòr, der das Gespräch in die richtige Richtung lenken wollte.

»Das kannst du laut sagen!«, sagte Murêlik aufgebracht,

»Der Stadtrat wa–«

Ein lautes Donnern unterbrach ihn. Alle im Gasthaus drehten sich erschrocken zur Fensterfront um. Der dunkle Himmel hatte sich vollständig zugezogen und der Donner offenbar den Beginn eines Unwetters markiert, denn nur wenige Augenblicke später prasselten die ersten dicken Tropfen an die Scheiben.

Als sich alle wieder umdrehten, fuhr Murêlik leicht gedämpft fort: »Was ich sagen wollte: Es war der Stadtrat, der die Entwicklung beauftragt und den Einbau vorangetrieben hat, nicht der König. Er interessiert sich seit einiger Zeit kein Stück mehr für sein Volk, nur noch für völlig absurde Projekte oder neue Gesetze, um die Leute weiter zu maßregeln. Und er hat sich vollkommen zurückgezogen! Dabei ist es seine Aufgabe, auch in den Provinzen mitzuwirken, nicht zuletzt, damit ein Übergewicht einer unter Umständen selbstsüchtigen Lokalregierung nicht existieren kann. Ich meine, nicht alle haben da so viel Glück wie wir, man muss ja nur einmal nach Koruma schauen!«

»Es ist einfach nicht mehr so wie früher«, meinte Thálok, »Früher haben die Könige wirklich aktiv etwas für das Volk getan, die meisten zumindest. Auch Verbero. Doch das ist vorbei. Und niemand tut etwas!«

»Den meisten Leuten geht es einfach zu gut ...«, stellte Durári fest.

»Ganz genau. Wenn sie erst mal nicht mehr alles geschenkt bekommen, dann tut sich auch was!«, sagte Khjános.

»Dummerweise ist er ein Schatten«, raunte Thálok, » ... sowas darf man ja nicht sagen, aber unter uns: Bei dem können wir nicht hoffen, dass das Problem sich mit der Zeit von selbst beseitigt!«

Das grelle Licht eines nahen Blitzes flackerte durch den Raum. Ugryòr lehnte sich vor und raunte: »Ihr sprecht mir aus der Seele. Und ich glaube, ich habe eine Idee, wie wir an diesem Missstand etwas ändern können.«

Khjános sah ihn genauso verdutzt an wie die anderen und fragte: »Wie meinst du das?«

»Ganz wie ihr es gesagt habt. Wenn die Leute mit dem ein oder anderen Problem konfrontiert würden, woraufhin sie irgendwann Hilfe vom König erwarten würden, der sie selbstverständlich enttäuschen würde, wäre es nur eine Frage der Zeit, beziehungsweise eines sehr geringen Aufwandes, endlich den Protest zu erzeugen, der schon so lange überfällig ist.«

»Das heißt, wir geben den Leuten Problem und Lösung zugleich, und treiben sie so auf die Straße gegen den König?«, fasste Murêlik zusammen.

»Fast. Erst einmal das Problem. Sollte sich dann für den König kein geeigneter Ersatz herauskristallisieren, können wir uns darum ja anschließend immer noch kümmern«, sagte Ugryòr.

»In anderen Worten, wir manipulieren sie, um sie für unsere eigenen Zwecke einzuspannen?«, fragte Durári.

»Das ist eine etwas unschöne Ausdrucksweise. Im Gegensatz zu all den selbstsüchtigen Politikern werden wir das Volk mächtiger machen und dafür sorgen, dass sich endlich jemand wirklich um seine Probleme kümmert«, sagte Ugryòr.

»Klingt gut, ich bin dabei!«, sagte Durári begeistert.

»Ha, dann ist endlich mal wieder was los!«, meinte Thálok lachend.

»Und außerdem … wir würden den Leuten ja nichts

Schlechtes tun. Es wäre ja nur zu ihrem eigenen besten«, sagte Murêlik.

»Ganz genau«, sagte Ugryòr.

Dann wandte sich Khjános fragend an ihn: »Und … wie stellen wir das an?«

Er konnte ein Schmunzeln nicht unterdrücken. Dann setzte er eine ernste Miene auf und sagte: »Das und alles Weitere werde ich euch noch erklären. Nur nicht hier. Doch glücklicherweise habe ich schon den perfekten Ort dafür gefunden, ich werde ihn euch gleich morgen zeigen.«

Er nahm einen Schluck aus seinem Glas. Seine Pläne nahmen allmählich Gestalt an.

»Willkommen bei der Nabilat, meine Herren!«

KAPITEL 10

»Aufmachen, sofort!«

Die harschen Worte vor der blauen Tür des Hauptquartiers der Allianz Câtan Vijéba wurden begleitet von heftigem Klopfen an die selbe.

»Aufmachen, hab' ich gesagt!«

Die heran eilende Casístodame überkam ein ungutes Gefühl, als sie die vielen dunklen Gestalten vor den Fenstern erblickte, und fragte erschrocken: »Wer ist da?«

»Ihr hattet eine faire Chance. Männer?«, forderte die dunkle Männerstimme auf.

Es folgten zwei krachende Schläge mit irgendetwas offenkundig sehr Schwerem gegen die Tür, dann barst sie. Unzählige dunkel uniformierte Vázak und einige Wazáy stürmten herein und während manche die wenigen Casísto und Pelúdo, die sich im Eingangsbereich aufhielten, bereits an einer Wand aufreihten, rückten die anderen weiter ins Gebäude vor.

Ein besonders bulliger Vázak baute sich vor der Casísto auf, ebenfalls schwarz gekleidet, jedoch mit jeweils zwei Sternen auf den Schulterteilen und einem leuchtend rot-goldenen Wappen der Regierung auf der Brust. Es zeigte eine züngelnde Seeschlange über gekreuzten Pfeilen, angestrahlt von einer Sonne und umrahmt von Trintikoähren. Über all dem prangte eine prächtige Krone. Der Vázak hielt ihr ein formelles Schreiben hin und antwortete endlich auf ihre Frage: »Ganar-Ánimas-Sicherheitsdienst. Hierbei handelt es sich um eine offizielle Hausdurchsuchung, alle Anwesenden stehen vorläufig unter Arrest.« Er stopfte den Wisch in seine Tasche und fragte: »Wo finde ich Ihren Vorgesetzten?«

»Im dritten Stock«, antwortete sie nun mit kalter starker Stimme und zeigte zur Treppe.

Der Vázak bedeutete vier Wazáy ihm zu folgen und marschierte mit ihnen hinauf. Auf dem Weg nach oben und beim Durchqueren des Flurs, der sie schließlich zu einer doppelflügigen Bürotür führte, sah er, wie seine Beamten in anderen Räumen Schränke und Regale auseinandernahmen und Stapel von Papier heraustrugen. Was sie nicht gebrauchen konnten, lag rundherum verteilt und fügte sich nahtlos in die restliche Verwüstung ein, die sie binnen weniger Augenblicke geschaffen hatten. Alle, die keine Uniform trugen, wurden hinunter in den Eingangsbereich geschickt, wo sie einer nach dem anderen in die Mangel genommen wurden. Ein zufriedenes Lächeln breitete sich in seinem Gesicht aus. An der Tür angekommen sparte er sich dieses Mal das Anklopfen. Ohne auch nur langsamer zu werden, stieß er die Flügel auf und marschierte geradewegs hindurch, direkt vor den massiven Schreibtisch.

»Noi'loân?«, polterte er, während er sich mit den Fäusten abgestützt vornüber beugte.

Der große Vázak, Anführer der illegalen Rebellenallianz, die die halbe Regierung unterwandert hatte, wich nicht zurück. Er beugte sich stattdessen seinerseits vor, die Arme entspannt vor sich auf dem Tisch verschränkt. Gelassen sagte er: »Ganz recht. Was verschafft mir die Ehre?«

»Offizier Káhan, Ganar-Ánimas-Sicherheitsdienst. Dies ist eine offizielle Hausdurchsuchung«, antwortete der Vázak. Ohne den Blick von Noi'loân abzuwenden, kramte er den gleichen Zettel wie gerade eben hervor und klatschte ihn auf den Tisch. »Es liegen Beschwerden gegen Personen aus diesem Haus vor. Sie sollen mehrfach in Unruhen und Provokationen verwickelt gewesen sein.«

»Aber wir sind doch nur ein einfacher Verlag, das muss ein Irrtum sein«, sagte Noi'loân und überflog aufmerksam das Dokument.

»Nein, ganz sicher nicht«, sagte Káhan, während seine Stimme etwas leiser und schärfer wurde. »Hör' mal gut zu, Kumpel. Ich weiß nicht, was genau ihr hier treibt, aber sei versichert, wir werden es herausfinden, früher oder später. Die Elite dieser Stadt macht man sich nicht ungestraft zum Feind.«

Ohne eine Antwort abzuwarten, wandte er sich seinen Begleitern zu: »Abführen.«

Zwei Wazáy nahmen Noi'loân in ihre Mitte und führten ihn nach unten. Die anderen beiden begannen zusammen mit Káhan das Arbeitszimmer zu durchsuchen.

Die Razzia dauerte vier Stunden. Jeder Raum wurde mindestens drei Mal komplett umgekrempelt sowie alle Personen, die sich im Haus aufhielten, hart und nervenaufreibend vernommen. Doch so sehr sich Káhans Männer auch bemühten, sie brachten nichts zu Tage, weder belastendes Material, noch eine verfängliche Aussage. Nichts. Káhan kochte vor Wut. Auch wenn er seine Niederlage auf keinen Fall wahrhaben wollte, so sah er doch schließlich ein, dass es keinen Sinn mehr hatte, die Aktion fortzusetzen. Sein Gesichtsverlust war ohnehin schon viel zu groß und auch der Missmut unter seinen Männern, die ihren Feierabend nur ungern gekürzt sahen, stieg mit jeder weiteren erfolglosen Minute. Mit gesträubten Nackenhaaren befahl er den Rückzug.

»Wir werden euch schon kriegen, verlasst euch drauf«, knurrte er, als er als letzter seiner Truppe durch den zerstörten Türrahmen nach draußen in die Nacht verschwand, die sich mittlerweile über die Stadt gelegt hatte.

Drinnen war es einen Moment still, dann begannen alle damit, aufzuräumen und die entstandenen Schäden zu beseitigen. Noi'loân und andere Führungsmitglieder der Allianz, darunter auch Ymos'dul, liefen herum und erkundigten sich, ob es allen gut ging und was man von ihnen hatte wissen wollen. Als sich endlich eine günstige Gelegenheit ergab, zog Noi'loân den kräftigen Wazáy plötzlich zur Seite.

»Bist du dafür verantwortlich!?«, zischte er ihn gerade so laut an, dass die anderen es nicht mitbekamen. Auch wenn er ein Stück kleiner als Ymos'dul war, so zuckte dieser doch ob seiner vor Wut blitzenden Augen und verkrampften Muskeln leicht zusammen.

»Was? Hierfür?«, stammelte der Wazáy.

»Nein, dafür, dass der Bäcker gegenüber seine Preise erhöht hat. Ja, natürlich hierfür, du Idiotenhäuptling! Ich kenne nur einen einzigen hier, der es fertig bringt, uns die Uniformträger ins Haus zu holen!«

Ymos'dul hatte seine Standfestigkeit wiedererlangt und sagte bestimmt: »Ich tat nur, was nötig war. Komm' schon, Noi, wir wussten beide, dass das irgendwann passieren würde.«

»Diesmal bist du zu weit gegangen!«, zischte der Vázak, der das Blut heiß in seinen Kopf schießen spürte.

»Sie haben doch überhaupt nichts gefunden –«

»Diesmal, ja! Und das war Glück, nichts weiter. Wer garantiert, dass sie nächstes Mal nicht gründlicher sind?«

»Wer sagt, dass es ein nächstes Mal gibt?«, gab Ymos'dul verteidigend zurück.

»Darum geht es doch gar nicht! Du und deine Leute haben ganz normale Bürger gegen uns aufgebracht!«

»Es hat uns doch vorher niemand bemerkt, irgendetwas

musste getan werden. Außerdem waren das nur ein paar reiche Schnösel, denen tut ein wenig Bewegung im Leben sowieso gut«, sagte Ymos'dul, mehr zu sich als zu Noi'loân.

»Aber sie haben Einfluss, mit ihnen dürfen wir es uns am allerwenigsten versauen, auch wenn wir natürlich vor allem anderen helfen wollen. Das war doch immer eines unserer großen Ziele: Ausgrenzung verbannen und Einheit schaffen. Das erreichen wir nicht, indem wir selbst Leute ausgrenzen, aus welchem Grund auch immer!«

»Hörst du dir überhaupt zu? Man kann es nicht allen recht machen, sieh' das doch ein! Und wenn ich mich entscheiden muss, dann wähle ich diejenigen, die einen Verbündeten am meisten brauchen. Das solltest du auch tun.«

»Das habe ich getan. Ich – ... *wir* haben uns für das Volk entschieden. Für alle. Und das weißt du!«

»Nein, nicht mehr. Ich bin mir überhaupt nicht mehr sicher, was ich weiß. Vor allem nicht bei dir«, sagte der Wazáy verbittert.

»Was!?«

Ymos'duls Stimme wurde gleichermaßen verächtlich wie betrübt: »Sieh dich an. Noi'loân, der große Anführer der Rebellen, Freund und Retter von allem und jedem. Zumindest sagst du das immer. Aber das bist du nicht. Und tust nichts, um das zu ändern. Du lässt uns durch die Straßen laufen und den Leuten hinter vorgehaltener Hand erzählen, wie toll wir sind und was wir alles infiltriert haben, alles in der Hoffnung, dass sie eines Tages hinter uns stehen werden. Aber wann? Und warum sollten sie das tun? Es gibt außer unseren regelmäßigen Beteuerungen noch nicht einmal einen Beweis, dass wir überhaupt existieren!«

»Weil die Zeit noch nicht reif ist! Willst du mit deiner

Ungeduld denn alles aufs Spiel setzen, was wir bisher erreicht haben?«

»Was haben wir unter dir denn schon erreicht?«, erwiderte Ymos'dul höhnisch.

»Einiges, das kannst auch du nicht leugnen. Es gibt keinen Rat mehr, in dem nicht mindestens ein Agent von uns sitzt, von den Mitarbeitern in den Regierungen und Verwaltungen ganz zu schweigen. Manch ein neues Repressionsgesetz konnte nur Dank unseres Einsatzes verhindert werden, wir konnten die Politik schon das ein oder andere Mal in die richtige Richtung lenken. Wir haben unseren Einfluss stetig ausgebaut und bald werden wir mächtig genug sein, um all die alten Machthaber, die dieses Land ausbeuten, durch bessere abzulösen. Sollte unserer Erkundungstrupp Erfolg haben, können wir sogar mit Verbero persönlich fertig werden, wenn er sich nicht friedlich aus dem Amt entfernen lässt, wenn der Moment gekommen ist.

Und unsere Agenten auf der Straße berichten, dass viele uns mittlerweile gern an der Macht sähen und auch unterstützen würden. Die Leute schlucken schon lange nicht mehr alles, was man ihnen eintrichtern will.«

»Das sind alles nur Pläne, Vermutungen, *Hoffnungen*! Was fehlt, ist etwas Greifbares. Ein echtes Resultat!«, sagte Ymos'dul nun laut und für alle hörbar.

»Und worin besteht das deiner Meinung nach? Darin, zu randalieren und Bürger zu verängstigen?«, fragte Noi'loân, jetzt ebenfalls mit lauter Stimme, sodass sich ein paar der Anwesenden umdrehten oder die Ohren spitzten.

»Wenn es hilft.«

»Ich kann nicht glauben, was du da von dir gibst! Das sind unsere Verbündeten, verstehst du das denn nicht?«

»Du musst wählen, Noi: Der Mehrheit helfen zum Nachteil einiger weniger, oder allen bloß versprechen zu helfen, zum Nachteil aller.«

»Und wo hört dieser Nachteil einiger weniger für dich auf? Bei ein paar kaputten Fenstern? Bei Diebstählen? Bei kleinen Verletzungen oder doch erst bei großen? Vielleicht beim ersten Toten? Damit wären wir kein Stück besser als unsere wahren Feinde.«

»Ich wusste immer, dass du ein Feigling bist. Deshalb wirst du scheitern. Leb' wohl, alter Freund. Sollten wir uns eines Tages wiedersehen, hoffe ich, dass du dann die richtige Wahl getroffen hast. Um deinetwillen.«

Ohne noch größeres Aufsehen zu erregen, ließ Ymos'dul Noi'loân alleine inmitten des Tumults stehen. Wie eine Schlange bahnte er sich geschmeidig einen Weg zum Ausgang, bevor er in der Dunkelheit verschwand.

* * *

Thálok wartete, bis ihm endlich eine leicht genervte, strenge Stimme antwortete: »Herein.«

Er öffnete die Tür und betrat das geräumige, luxuriös eingerichtete Arbeitszimmer. Der Tür gegenüber, relativ am Ende, stand ein großer Schreibtisch. Die Wand dahinter wurde ganz von einem großen schwarzen Banner bedeckt, in dessen Mitte, nur etwas heller abgehoben, eine mächtige Burg prangte. Links und rechts hatte das Zimmer große offene Fronten, wobei die linke mit Jalousien nahezu vollständig verschlossen war. Das Dach bestand aus einer Schilfkuppel, die leicht hochgesetzt war, sodass die Luft darunter ungehindert zirkulieren konnte. Vorbei an teuren Vasen, einer etwas mehr als hüfthohen Platte mit der Karte

Muaëras darauf und der mannsgroßen goldenen Statue eines Drachen ging Thálok auf den Schreibtisch zu und blieb geduldig davor stehen. Er richtete die Augen auf den dahinter positionierten, seitlich von ihm abgewandten Lehnsessel. Es dauerte einen Moment, bis Ugryòr den Blick von den Gärten Âterpéas nahm und den Sessel drehte, sodass er Thálok direkt ansehen konnte. Er war in dunkle Gewänder gehüllt und seine glühend wirkenden Augen mochten so gar nicht zu der freundlichen Miene passen, die sein Gesicht beim Anblick Tháloks annahm.

»Ah, du bist es«, sagte Ugryòr.

»Ich habe gute Neuigkeiten, Herr«, sagte der Vázak.

Ugryòr wirkte enttäuscht und rügte ihn: »Du sollst mich doch nicht so nennen. Wir, die wir so ziemlich die einzigen sind, die etwas von unserer Mission verstehen und es schaffen, das Ganze im Blick zu haben, sollten untereinander doch auf solche Förmlichkeiten verzichten können.«

»Ihr wisst doch, ich stelle mich nicht gern über andere. So ist es einfach leichter«, antwortete der ältere Vázak versöhnlich.

»Nun denn, wie du meinst«, sagte Ugryòr und lehnte sich in seinem Sessel entspannt zurück.

»Also, was hast du zu berichten?«

»In Trampa und Koruma ist es uns gelungen, insgesamt knapp siebzehntausend Valio aus Werttransporten zu erbeuten und weitere etwa 4000 Valio aus der Staatskasse in Èlnyomas abzuzweigen, den neuen komplizierten Buchhaltungsgesetzen sei Dank«, sagte er und konnte dabei ein kleines Grinsen nicht unterdrücken.

»Ja, die haben sich als durchaus nützlich erwiesen«, warf Ugryòr lächelnd ein.

»Darüber hinaus dürften die beiden im Umgang leider etwas zu komplizierten Statthalter Durbarâs und Byákti aus Limara Nehír bald Schwierigkeiten haben, ihr Amt weiter ungestört ausüben zu können. Mit ein bisschen Glück sogar, sich überhaupt auf der Straße sehen zu lassen. Ich habe mir sagen lassen, dass ein paar Gerüchte die Runde machen, beziehungsweise, machen werden. Und zu guter Letzt scheint die Spaltung der lächerlichen Allianz Câtan Vijéba endlich vollzogen zu sein. Ymos'dul hatte Noi'loâns Vorgehensweise offenbar endgültig satt und hat eine eigene Rebellengruppe gegründet. Einige Mitglieder der Allianz sind ihm auch direkt gefolgt.«

»Ich denke, es ist an der Zeit, mit ihnen Kontakt aufzunehmen. Unterbreite ihnen ein Angebot … eines, das sie nicht ablehnen können«, sagte Ugryòr zufrieden.

»Es wird mir ein Vergnügen sein«, sagte Thálok und neigte leicht den Kopf. Er wollte sich schon zum Gehen wenden, da fiel Ugryòr etwas ein.

»Halt, warte.«

Thálok blickte ihn stutzig an.

»Was ist denn eigentlich mit Minister Tyvál?«, fragte Ugryòr neugierig.

»Ich verstehe nicht, Herr, was soll denn mit ihm sein?«

»Tot. Er sollte doch mittlerweile tot sein, wenn ich mich recht entsinne. Oder irre ich?«

»Nein, ganz und gar nicht. Ja, die Sache ist in Arbeit, er wird uns nicht mehr lange im Weg stehen«, antwortete der ältere Vázak hastig.

Ugryòrs gute Laune erhielt einen leichten Dämpfer. Er fragte ungeduldig: »Warum ist sie noch in Arbeit? Das sollte doch schon längst erledigt sein«

»Es … gab Schwierigkeiten. Aber keine großen, mein

Herr, er kann im Grunde schon seine letzten Tage zählen. Sei ganz unbesorgt!«

Ugryòr nahm Tháloks Unsicherheit verwundert zur Kenntnis. Er fragte: »Wer ist dafür verantwortlich?«

»Sehr viele, wie bei jedem Att–«

»Wer?«, fragte Ugryòr. Sein Lächeln war verschwunden. Er setzte sich gerade hin und erwartete eine Antwort. Sein älterer Artgenosse schlug die Augen nieder.

»Murêlik. Es … ist Murêliks Aufgabe, Herr«

»Murêlik, sagst du? Das ist … bedauerlich.«

Sein Blick fiel auf seine Hände, die er nun vor sich auf den Tisch legte. »In der Tat, das ist bedauerlich.«

»Herr?«, fragte Thálok nun völlig verunsichert.

»Murêlik hat uns schon zu oft enttäuscht. Er hat zu oft … versagt«, stellte Ugryòr fest und blickte auf. »Er ist eine Gefahr für unsere Pläne.«

»Ich bin sicher, es gibt eine ganz einfache Erklärung für die kleine Verzögerung«, versicherte Thálok.

»Das sehe ich genauso. Murêlik war schon immer eher zögerlich«, sagte Ugryòr und blickte ihm direkt in die Augen. »Er darf uns nicht länger behindern. Kümmere dich bitte darum.«

Er fand es schade zu sehen, wie Thálok bei diesen Worten erschrak. Er musste sich eingestehen, doch ein bisschen mehr von ihm erwartet zu haben. Aber er verzieh es ihm. Immerhin war sein älterer Artgenosse nicht nur sein fähigster Mitstreiter, er kam auch dem, was Ugryòr einen Freund nennen würde, am nächsten.

»Ich denke nicht, dass das nötig sein wird!«, beteuerte dieser, »Vielleicht braucht er einfach nur etwas Ruhe. Ein paar Missionen mit weniger Verantwortung könnten ihm gut tun.«

»Nein, er ist ein zu großes Risiko.«

»Bist du dir wirklich sicher? Ich meine –«

»Sei kein Sklave deiner Emotionen!«, brach es aus Ugryòr hervor, »Unser Plan duldet keine Schwächen, schon gar nicht solche! Tu, was getan werden muss.«

»Natürlich. Du hast Recht. Ich … ich werde mich darum kümmern, Herr.«

Ugryòr wartete, bis er gegangen war. Dann wandte er sich wieder dem Blick nach draußen zu. Trotz kleiner Zwischenfälle, und die gab es nun mal immer, lief alles so, wie er es sich vorstellte. Seine Macht wuchs stetig, damit aber auch der Hunger nach mehr. Er zehrte an ihm, nagte an ihm. Der Hunger fraß ihn langsam auf und beherrschte inzwischen sein Handeln. Nur Macht konnte diesen Hunger stillen, das wusste er, doch je mehr er davon besaß, umso stärker wurde auch sein Verlangen nach immer mehr. Ugryòr hasste sich dafür, diesem Teufelskreis so erlegen zu sein, und badete gleichermaßen darin. Es trieb ihn an, verlieh ihm Stärke, gab ihm eine Kraft, die er nie zuvor gekannt oder auch nur erahnt hätte, um schließlich zu erreichen, was er sich mehr wünschte als alles andere: Macht, unendliche Macht. Über das Land? Ein Beiwerk, kaum mehr als ein Zeitvertreib, eine … Übung auf dem Weg zu etwas viel Größerem, seinem eigentlichen Ziel, der Herrschaft über die Lebenden, nein, das Leben *selbst*. Er würde der Tod sein, entscheiden über das Schicksal aller, richten, wen er wollte. Er würde frei sein, endlich frei. Alles würde sich *ihm* unterwerfen. Die Geschichte würde sein alleiniges Werk.

Wie es Talik wohl erging? Er hatte lange nicht mehr an seinen Bruder gedacht und war auch überrascht, dass er es jetzt tat. Doch er verdrängte ihn aus seinem Kopf, es gab im

Moment Wichtigeres. Er würde sich seiner annehmen, sobald er seinen Plan verwirklicht hatte.

* * *

Mûtavéh saß stumm im Ratssaal, umgeben von den anderen Ratsmitgliedern. Drei Wochen waren vergangen, seitdem er zur Allianz Câtan Vijéba übergelaufen war. Bisher hatte er es nicht bereut, obwohl er sich schon etwas wie ein Verräter fühlte. Es ging gerade um die Frage, ob die Jugend im Süden auch bei armen Eltern eine Chance auf Bildung bekommen sollte. Auch wenn er eine feste Meinung dazu hatte, hielt er sich zurück und beobachtete das Geschehen. Nâyakà hielt ein flammendes Plädoyer, wurde daraufhin aber von Ràksûl in Grund und Boden geredet. Der Antrag wurde abgelehnt. Mûtavéh stimmte dagegen. Es war nicht die Zeit für so etwas. Darum würde er sich kümmern, wenn der König abgesetzt war.

Die Sitzung wurde beendet, alle standen auf, mit Ausnahme des Königs.

»Mûtavéh von Koruma, auf ein Wort bitte«, sagte Verbero.

Der Numjaír setzte sich wieder. Er versuchte kein verdutztes Gesicht zu machen und ernst zu bleiben. Die anderen ließen die beiden allein.

»Ich wollte Euch meine Freude darüber mitteilen, dass Ihr nun endlich ein richtiges Mitglied des Rates geworden seid. Diese anfänglichen Streitereien und Gefühlsausbrüche waren mehr als lächerlich und trugen nicht zur richtigen Funktionalität dieses Organs bei. Ihr scheint gelernt zu haben, dass es besser sein kann, dem Urteil der anderen zu vertrauen und vor allem dem meinen«, sagte der König herrisch. Er machte eine Pause, um eine Antwort zu gewähren.

»Ja, Ihr habt natürlich Recht. Stadtherrin Tâmínar brachte mich zur Besinnung. Hier geht es um viel mehr als damals in Koruma. Man muss Individualitäten ablegen und das Wohl der Allgemeinheit vertreten«, stimmte Mûtavéh zu. Innerlich wurde ihm übel dabei.

»Genug davon«, sagte Verbero, nun plötzlich ernst, während sein Ton geschäftlich wurde, »Da ich nun auf Eure Kompetenz zählen kann, habe ich einen Auftrag für Euch. Genauer gesagt für Ràksûl und Euch. Ich sende Euch aus nach Træth. Stadtherrin Daitya hat mit Unruhen zu kämpfen, sie droht gestürzt zu werden. Sie macht eine hervorragende Arbeit und ich will sie nicht ersetzt sehen. Das Volk fordert Wahlen, doch Eure Aufgabe wird es sein, dies zu verhindern. Morgen bei Sonnenaufgang macht Ihr Euch auf den Weg, es ist bereits alles organisiert. Ich vertraue auf Eure Fertigkeiten, das Volk zu beschwichtigen. Doch lasst Ràksûl den Vortritt, auf der Insel werden nur Hæríquons geachtet.«

»Was ist mit unseren Pflichten als Ratsmitglieder?«, fragte der Numjaír. Mûtavéh war gar nicht über diese Entwicklung erfreut. Zum einen konnte er Ràksûl nicht ausstehen und als sein Helferlein aufzutreten passte ihm so gar nicht. Zum anderen musste er ja für die Allianz den Rat und vor allem den König ausspionieren. Ein bisschen hatte er sogar Angst, dass Verbero genau das durchschaut hatte und ihn deshalb wegschickte.

»Keine Sorge: In den nächsten Tagen treffen die neuen Ratsgesandten ein. Außerdem sind Fráco, Nâyakà und ich kompetent genug. Solange es nicht spontan zu einem Krieg kommt, was wohl äußerst unwahrscheinlich ist, läuft hier alles seinen gewohnten Weg«, sagte König Verbero beiläufig, erhob sich und hatte ein merkwürdig selbstgefälliges Grinsen aufgelegt, was bei einem Schatten aussah, als ob er planen würde, jemanden zu erwürgen. Als es plötzlich verschwand, wurde die Situation noch unheimlicher.

»Was ich Euch noch sagen muss bevor Ihr geht, ich habe mich mit dem Stadtherrn von Marbordo ausgetauscht. Er hat mir ausführlichen Bericht erstattet und es gibt tatsächlich eine reiche Familie dort, die großen Einfluss hat. Sie heißen, wie Eure Vázak berichteten, *Ganáncia*, benutzen allerdings Decknamen, damit die Leute denken, sie seien ausgestorben. Nun ja, ich habe einen Trupp Soldaten ausgesandt, der in ihre Villa eindringen soll. Wenn Beweise gefunden werden, dass sie mit Verbrechen zu tun haben, wie einige Zeugen berichteten, dann werden weitere Schritte eingeleitet. Sie werden niemandem mehr im Wege stehen und die Verantwortlichen für die Zwischenfälle auf dem Muàndafest werden verurteilt. Das war Euch doch so wichtig. Bedauerlich ist natürlich, dass diese Informationen für Eure Vázakfreunde zu spät kommen, sie haben ihr Leben ja bereits verloren«, sagte der Schatten. Da war wieder das schaurige Lächeln. Er deutete mit dem rauchigen Arm zur Flügeltür, drehte sich um und verabschiedete sich im Gehen: »Viel Erfolg auf Eurer Reise, Mûtavéh von Koruma!«

Der Numjaír ging durch die Gänge zum Speisesaal. Eine Wache setzte sich neben ihn, drehte kurz den Kopf zur Seite, um zu sehen, ob jemand in Hörweite war, dann fing er an zu reden: »Du hast alleine mit dem König geredet? Was wollte er? Hat er dich durchschaut?« Der Vázak führte einen Löffel zum Mund.

»Ich denke nicht. Er schickt mich mit Ràksûl auf eine

Reise nach Træth, ich werde also nicht weiter berichten
können. Außerdem kommen in den nächsten Tagen die
neuen Ratsgesandten an. Bis dahin haben Verbero, Fráco
und Nâyakà die alleinige Macht. Ich habe immer mehr das
Gefühl, dass etwas mit dem König nicht stimmt, er hat
gelächelt, weil die Vázak gehängt wurden. Gelächelt!
Außerdem greift er ungewöhnlich hart durch, was die
Ganáncias angeht, für die er sich vor kurzem noch fast gar
nicht interessiert hat. Ich habe das Gefühl, dass er uns
irgendetwas verschweigt, als ob er etwas mit diesen Leuten
zu tun hätte. Ich meine, wieso sagt er so etwas nur mir? Eine
so große Maßnahme gegen eine große Gruppe Muaësi muss
er dem ganzen Rat mitteilen. Das müsste er doch wissen! Ich
weiß nicht weiter. Es wird immer schlimmer mit ihm. Bilde
ich mir das nur ein?«

»Das musst du schon selber wissen. Von der Reise
allerdings haben wir bereits gestern erfahren, Ràksûl hat
groß und breit damit geprahlt.« Er schob ihm ein Dokument
zu, auf dem eine kurze Notiz stand. »Suche diesen Mann
auf und stelle ihm Fragen zu den Erfahrungen seiner letzten
Amtsperiode. Er ist im Ruhestand und war für jegliche
Verteidigung Âretoàs zuständig. Mehr musst du nicht
wissen, der Rest ergibt sich, glaub' mir. Ach ja, natürlich ist
er nicht mit der Allianz vertraut, also trete als Ratsmitglied
auf, nicht als Spion oder sonst wer.«

Damit war das Gespräch beendet und der Vázak
verschwand. Mûtavéh sah sich den Zettel an. Darauf stand:
›*Rahélju, Letztes Haus vorm schwarzen Turm, Xámon, Træth*‹

* * *

Baríths Nerven waren am Ende angekommen. Wie allen

anderen auch war ihm furchtbar schlecht von der Luft im Vulkan, wenn man so etwas überhaupt Luft nennen durfte. Ihm war schwindelig und er hatte hämmernde Kopfschmerzen. Das schlimmste war jedoch, dass Parúh weg war. Das ging ihm einfach nicht aus dem Kopf. Warum flog er auf einmal davon, wo er ihm doch die ganze Zeit vorher bei ihnen geblieben war? Einsam saß er am Rand eines kleinen Teiches, noch immer am Felsplateau, da keiner zum Weitergehen in der Lage gewesen war. Bereits zwei Tage rasteten sie dort und langsam wurde er unruhig, obwohl es ihm ja immer noch nicht viel besser ging. Er warf einen kleinen Kieselstein ins Wasser und erinnerte sich daran, wie damals auf der Lichtung der kleine Parúh durch den Wald gerannt und über den Verbotenen Wall gesprungen war. Die Schwarze Nacht blitzte vor seinen Augen auf.

Er lächelte, als er dachte: *Es ist vorbei. Vielleicht kommen wir hier nie wieder raus, aber die Schattenhunde auch nicht. Wítaijâ hat den Weg für immer versperrt…*

Seine Mundwinkel sanken wieder. Viel war passiert. Beim Vorausfliegen war er von einigen Drachen ins Visier genommen worden und Baríth hatte große Mühe gehabt, sich auf dem Greif zu halten, während dieser in geöffnete Mäuler mit unzählbar vielen Zähnen und ausgestreckte Klauen sehen musste und gegen diese gekämpft hatte. Baríth hatte sich verändert. Vor allem seit dem Verschwinden seines Freundes. Er fühlte sich erwachsener, stärker, eigenständiger. Außerdem kam er besser mit den anderen klar. Mit Ausnahme von Tânurác, aber der stritt jetzt mit jedem in der Gruppe, vor allem mit Grimvâr, der natürlich voll darauf ansprang. Gerade war es schon wieder so weit. Sie brüllten sich an, dass Baríth Angst bekam, dass ein Raubtier sie hörte und aufmerksam würde. Tânurác gab Grimvâr die Schuld, Wítaijâ zu dieser Reise überredet zu haben. Grimvâr ihm, dass er mit ihr zusammen diese Explosion bereits in Koruma geplant hatte. Es war einfacher, jemandem die Schuld zu geben, als sich einzugestehen, dass Wítaijâ das Risiko von Anfang an einschätzen konnte und sich bewusst auf die Möglichkeit vorbereitet hatte, ihr Leben verlieren zu können.

Baríth stand auf und spürte dabei sein altes, zerbrochenes Schwert, das in einer Scheide steckte und links an ihm herunterhing. Er zog es heraus und hielt es locker mit der rechten Hand.

»Du musst dir dringend ein neues Schwert zulegen, das Ding wird langsam lächerlich und, tut mir leid, dass ich es erwähnen muss, Parúh kann dich jetzt nicht mehr beschützen«, sagte Eyônaí ruhig, während sie sich neben ihn stellte mit einer runden Frucht in der Hand, die schon viele Druckstellen hatte.

»Jetzt, wo all das vorbei, meine Aufgabe erfüllt ist, denke ich darüber nach, ja. Aber irgendwie ...«, brummte er und machte eine kurze Pause. Er blickte auf seine Waffe herab, die so viele Kerben und Kratzer hatte. »... irgendwie hab' ich mich an sie gewöhnt. Keine Ahnung.« Er schob sie zurück in die Scheide und kniete am Teich nieder. Der Bereich um seine Augen herum – der einzige Teil, der im Vulkan unbedeckt gewesen war – sah immer noch pechschwarz aus und er bekam den Dreck einfach nicht ab, auch von der Kleidung, egal wie oft er sie wusch.

»Abschneiden oder rauswachsen lassen, was anderes hilft im Moment nicht, gib's auf.«

»Ja ... Es ist nicht das. Ich will einfach weiter gehen, ich sehe diesen Berg und weiß genau, dass wir da hinmüssen, aber wir bleiben hier und warten, warten, warten. Uns gehen noch die letzten Vorräte aus, wenn wir so weiter machen. Mein Beutel ist schon so leicht wie ein Greifenei. Ich mache mir einfach Sorgen.«

Tatsächlich war am Morgen nach ihrer Ankunft der Nebel tief ins Tal gerutscht und hatte den Blick freigelegt auf einen einzigen spitzen Berg am Ende des Tals. Sein Dach war schneeweiß und es blieben stets Nebelfetzen um seinen Hals herum hängen.

Die Stadt in den Wolken, kein Wunder, dass man sie so nennt, hatte er bei dem Anblick gedacht.

Doch es war ein langer, langer Weg bis dorthin. Wildnis bedeckte das Tszaô-Tal, unendlich viele Bäume, kaum Lichtungen, kein Weg. Ein Fluss zog sich in mehreren Armen schlängelnd durchs Tal. Was Baríth jedoch besonders auffiel, war, dass die Luft frei war. Kein Vogel, kein Drache, nicht einmal Insekten trauten sich in die Lüfte oberhalb der Baumkronen.

Grimvâr machte auf sich aufmerksam, bis alle einen mehr oder weniger runden Kreis um ihn bildeten. Demonstrativ warf er sich sein Gepäck über und stellte fest: »Wir gehen weiter, jetzt.«

Proteste wurden laut.

»Ja, ja, ich weiß, euch geht es mies und ihr wollt nicht los, aber wir haben fast nichts mehr zu essen und falls es euch noch nicht aufgefallen ist: Hier oben wächst nichts. Wir gehen, keine Widerrede!«, sagte der ältere Casísto bestimmt.

Murrend schnappten sich alle ihre Sachen.

Immer zwei nebeneinander gehend wanderten sie in Richtung Tal. Ein uralter Weg führte hinab, der immer wieder von kleinen Wasserstraßen gekreuzt wurde. Es war später Vormittag, also hing der Nebel noch tief. Als sie seine

Grenze erreichten, wurde es unangenehm feucht. Schnell waren ihre Kleider durchnässt und sie konnten kaum mehr als ein paar Schritte weit sehen. Die Sonne erreichte ihren Zenit, als sie am Grund des Tals ankamen. Der Weg verschwand im Nichts, eine endlose Wand aus Bäumen streckte sich ihnen mit gierigen Klauen entgegen. Ohne weiter darüber nachzudenken, betraten sie den Wald. Der Boden war unangenehm weich und matschig, alles triefte vor Nässe. Viele Bäume waren abgestorben und von Pilzen bedeckt. Überall spannten sie ihre weißen Netze aus und präsentierten knallige Farbflecken. Es wurde schlimmer, je weiter sie in den Urwald vordrangen. Baríth fragte sich, wie Grimvâr wissen konnte, in welche Richtung sie gehen mussten. Er schaute immer wieder auf ein kreisrundes silbernes Instrument, in dem eine Nadel hin und her schwang. Der Casísto hatte jedoch andere Probleme, als herauszufinden, was das genau war und wie es wohl funktionierte. Überall ragten dicke Wurzeln aus dem Boden, verbanden sich etwa auf Kopfhöhe und mündeten in glänzend schwarzen Stämmen. Sie waren jedoch nicht geformt, wie man es kannte. Wie Tücher wickelten sie sich um Bäume und erstickten sie langsam. Baríth stolperte, bis ihm die Pfoten und Beine schmerzten und er am liebsten um eine Pause gebeten hätte, doch er tat es nicht. Als er nach oben sah, erblickte er ein Meer aus funkelnden Flecken – Sonnenlicht, welches das dichte Blätterdach durchließ.

Gegen Abend, kurz bevor sie ihr Lager aufschlagen wollten, begegneten sie dem ersten Tier, zumindest dem ersten großen. Insekten gab es ohne Ende, überall schwirrten sie durch die Luft und um ihre Köpfe herum. Einige stachen – und das sehr oft. Auch gab es unzählige Amphibien. Besonders auf sich aufmerksam machte eine fette Kröte mit dicken Warzen und langen Stacheln auf ihrem Rücken.

Das große Tier war eindeutig ein Jäger: Es hatte kurze äußerst spitze und zwei sehr lange dicke Zähne, die stets aus der Schnauze ragten. Glücklicherweise war es bereits tot. Es lag in einem tiefen Loch. Die Erde wurde von irgendetwas zerfressen. Wie ein trockener Schwamm sah sie aus und die Grube war tief. Das Tier war bestimmt beim Sturz verstorben, es lag noch nicht lange dort, vielleicht einen Tag. Es konnte aber auch erst vor wenigen Minuten passiert sein.

»Ich glaube, das ist ein Àtjinûk. Nachbarn von mir haben ein altes Gemälde von einem Rudel davon in ihrem Wohnzimmer«, murmelte Tânurác.

Nicht weit entfernt ertönte ein Heulen. Ein zweites wurde in der entgegengesetzten Richtung laut. Weitere folgten, bis sie eingekreist waren.

»Schnell, kommt alle zusammen!«, rief Grimvâr, zückte seine Armbrust und kniff die Augen zusammen, um im Dunklen zwischen den Stämmen etwas zu erkennen.

Die anderen stellten sich auf, einander den Rücken zugewandt, und zückten ebenfalls ihre Waffen. Sie lauschten: Das Heulen hatte aufgehört, das einzige Geräusch kam von surrenden Mücken.

Dunkelheit erfasste das Tal.

Ein Àtjinûk sprang ihnen mit gefletschten Zähnen entgegen, gefolgt von anderen aus vielen Richtungen. Baríth bekam nur noch mit, dass Tânurác den ersten niederstreckte, da kam bereits einer knurrend auf ihn zugestürmt. Der Casísto bekam Panik, sein Schwert kam ihm so lächerlich unwirksam vor. Seinem Instinkt folgend verließ er den Kreis, wich dem hundeartigen Angreifer aus und rannte stolpernd in den Wald hinein. Rufe folgten ihm, doch er verstand sie nicht. Der nächste Àtjinûk traf auf ihn. Baríth rammte den Griff seines Schwertes gegen seine Schnauze. Das Tier stürzte mit einem lauten Jaulen zu Boden. Ohne sich umzusehen rannte Baríth weiter. Er hörte, wie ihm gefolgt wurde, aber das trieb ihn nur weiter davon. Verzweifelt suchte er sich seinen Weg durch die Nacht, sein Herz pochte unerträglich laut in seinen Ohren, sein Atem bildete weiße Wolken vor ihm, die Luft war kalt und schmerzte in seiner Lunge. Im Licht der Mondsichel sah er plötzlich, dass er an einem Abgrund stand. Ein röchelndes Hecheln ließ ihn sich umdrehen, da riss ihn der Hund schon um. Er stolperte über die Kante, wobei er sein Schwert verlor, streckte geschockt seine Hände aus, ergriff einen feuchten Büschel Moos und rammte seine Krallen in den Rettungsanker. Der Àtjinûk flog über seine Schultern hinweg in die Tiefe, gefolgt von einem lauten Platschen. Baríths Augen begannen zu tränen, die plötzlich so eisige Luft überraschte ihn, es war erst früher Herbst, doch es fühlte sich an wie kurz vor Wintereinbruch. Mit aller Kraft versuchte er sich hochzuziehen, doch schon erschien eine Reihe Zähne über ihm. Der Àtjinûk sog tief seinen Geruch ein, Speichel triefte langsam in dünnen Strängen aus seinem Maul. Seine Augen strahlten ihm gelb entgegen. Er schien zu überlegen, wie er seine Beute da weg bekam. Aus dem Nichts heraus schnappte er nach Baríths Arm und zog ihn nach oben, mit tief in den weichen Boden gerammten breiten Tatzen. Dabei sah der Casísto sein zerbrochenes Schwert im Matsch liegen, mit der freien Hand ergriff er es. Als der Àtjinûk seinen Arm freigab, um ihn mit einem Biss ins Genick zu töten, stützte sich Baríth auf seine Knie und schnitt dem Tier eine tiefe Wunde unter das Auge. Als es mehr überrascht als verletzt seitlich zurückwich, stand der Casísto auf und rammte sein Schwert tief zwischen zwei Rippen seines Jägers. Nach wenigen Sekunden war es vorbei. Baríth zog seine Waffe mit einem starken Ruck aus dem leblosen Körper heraus, Blut tropfte davon. Nun war es ganz still, nichts rührte sich mehr, kein Insekt, nichts. Tief atmete er aus. Nebel wanderte, Kreise um die Baumstämme ziehend, auf ihn zu. Erst jetzt bemerkte er, dass er die anderen verloren hatte. Er drehte sich im Kreis, ohne eine Ahnung, wo er herkam. Er hoffte, dass sie wohlauf waren. Den Gedanken, dass er sie im Stich gelassen hatte, schluckte er hinunter. Wie von selbst strich sich das Schwert im Moos ab und verschwand in seiner Scheide. Er ging los, ohne Plan. Baríth blickte nach oben. Den Mond sah er nicht, nur viele Sterne, die langsam hinter sich zuziehenden Wolkenwänden verschwanden. Die Frage nach einem Feuer verwarf er, es war viel zu nass. Um nicht zu unterkühlen, musste er die Nacht durchlaufen, wenn nicht ein Wunder geschähe und er eine Höhle oder trockenen Fleck fände. Nach einer Weile stieg der Boden an, ein langer Hang erstreckte sich vor ihm. Etwa um Mitternacht begann ein strenger Wind gegen ihn anzukämpfen. Er war furchtbar schwach, den ganzen Tag und die halbe Nacht war er unterwegs gewesen. Er wünschte sich Parúh zurück, oder die Hitze des Vulkans. Am liebsten hätte er sich an einen Stein gelehnt und wäre eingeschlafen. Abfallende Blätter wehten ihm entgegen. Dann schneite es und er kam an der runden Spitze des Hügels an. Vor ihm sah er den Berg, sein Ziel, den Mond verdeckend. Er war näher, als er vermutet hatte, vielleicht noch ein, zwei Tagesmärsche entfernt. Vor ihm ging es sanft bergab. Aus dem Baum neben ihm kam ein Fauchen. Er sah eine kleine, sehr wuschelige Katze auf einem Ast entlangwandern, ihre winzigen Zähnchen zeigend. Es war eine Píriszâ, heilig in Fjiondar, wo man sie auch finden konnte, aber nur im Verbotenen Sumpf. Ihre Schnurrhaare waren viel zu lang für ihre winzige Schnauze und bogen sich leicht. Der dicke Schwanz war aufgerichtet und seine Spitze zuckte nervös. Baríth musste schmunzeln. Mitten in der Wildnis, allein und mit eingeschneiten Kleidern, fühlte er sich heimisch, als ob sein Haus nur hinter dem nächsten Hügel läge. Mit neuem Mut ging er weiter, bis der Morgen anbrach. Die Sonne ließ den Schnee schmelzen, der Nebel verschwand fast gänzlich und endlich konnte sich Baríth unter einem großen, knorrigen und weit verästelten Baum hinlegen und schlief auf der Stelle ein.

Sanfte Sonnenstrahlen weckten ihn. Sie kamen von Osten her. Er hatte fast den ganzen Tag verschlafen und nun fühlte er sich wahnsinnig hungrig. Baríth richtete sich auf und streckte die Arme. Er zog seinen Beutel zu sich, auf den er den Kopf gelegt hatte. Nur Brot war zu finden und dann war es auch noch furchtbar trocken, sodass er ohne darüber nachzudenken sein Wasser gänzlich aufbrauchte. Er wünschte sich, mit irgendwem reden zu können, doch immer noch war er allein. Er riss sich zusammen und setzte seinen Weg fort, immer weiter zum Berg hin, der so geheimnisvoll von Wolken umwickelt war, dass er es kaum erwarten konnte, endlich die verhüllte Stadt zu Gesicht zu bekommen.

Baríth wanderte über ein weites Plateau, es ging nicht bergauf und nicht bergab, doch er wusste genau, dass es sehr hoch war. Das ganze Tal erschien ihm höher gelegen als Muaëra. Die Luft war anders, nicht so frisch und belebend, sondern irgendwie leer. Plötzlich stand er an einem Abhang, so tief in Gedanken versunken hätte er es fast nicht bemerkt. Der Boden war bröckelig, sodass er befürchtete, mit einem Erdrutsch hinuntergerissen werden zu können, doch der Boden hielt stand. Als er sich rechts und links nach einer Möglichkeit abzusteigen umsah und er tatsächlich einen zugewachsenen Pfad fand, wahrscheinlich von Tieren erschaffen, sah er weit unten auf einer runden Lichtung Finaír. Er zog sich weiter und weiter. Irgendetwas war mit seinen Beinen, doch Baríth sah nicht, was. Gehetzt kämpfte er sich den Weg hinab und stolperte oft. An den Ranken von stachligen Büschen riss er sich den Umhang auf, bis er abriss und nur noch sein blaues Hemd und die schwarze knielange Hose zurückblieb. Um schneller zu dem Vázak zu kommen, sprang er das letzte Stück hinunter und rannte dann durch eine kurze Baumreihe hindurch auf die Lichtung. Es dämmerte, rötliches Licht schien durch Wolken hindurch und warf lange Schatten. Ein leises Schluchzen drang an seine Ohren, Finaír drehte sich erschrocken um, einen Angreifer erwartend und zeigte so sein schmerzerfülltes, verzweifeltes Gesicht.

Bevor Baríth ihm helfen konnte, hörte er etwas, ein großes Tier, das rannte. Auf der gegenüberliegenden Seite der Lichtung brach die Schwarze Nacht durchs Geäst hindurch und atmete den Duft von Finaírs Blut tief ein. Ein nie gekannter Hass stieg in Baríth auf, sein Schwert ziehend stürmte er auf sie zu. Der Schattenhund lief unbeeindruckt weiter mit dem Gefühl, leichte Beute vor sich zu haben. Doch nicht an diesem Abend. Der Casísto war zwar nicht so schnell bei seinem Freund, doch dafür musste die Schwarze Nacht einen Satz über Finaír machen, was sie direkt ins Schwert preschen ließ, das Baríth ihr entgegenstieß. Der Schattenhund brüllte vor Schmerz auf, er warf Baríth um und seine Waffe wurde weggerissen. Ein paar Schritte weiter blieb das Tier röchelnd liegen, dann wurde es stumm.

»Bei Rín, was ist in dich gefahren!?«, raunte Finaír mit fassungslosem Gesicht, »Das war ein Schattenhund, bist du wahnsinnig?«

Baríth kniete vor ihm, hielt sich den Arm und atmete tief ein und aus. Seine Schulter schmerzte fürchterlich. Er konnte nicht glauben, was er gerade getan hatte. Sein Blick wanderte hinab zu den Beinen seines Freundes. »Was war das? Ein Àtjinûk?«, fragte Baríth mit einem Anflug von Schuldbewusstsein.

»Nicht einer, drei. Nein … vier!«, sagte er und überlegte dabei sichtlich, ob damit seine Schande genug geschmälert worden war. Und schon ließ bei ihm der Schock nach und die Schmerzen kehrten wieder.

Baríth nahm ihm den Umhang ab und schnitt ihn mit einem kurzen Messer entzwei, das an Finaírs Gürtel befestigt gewesen war. Dann schob er das linke Hosenbein von der Wunde weg, die viel Blut verlor. Der Biss ging nicht tief ins Bein, nur zwei Löcher waren wirklich tief und schienen für die schlimmen Schmerzen verantwortlich zu sein. Ein provisorischer Verband half fürs erste, doch auftreten konnte der Vázak nicht. Baríth konnte nicht mehr tun und seufzte, da der Berg zwar recht nah war, es für einen Verletzten, der dringend einen Heiler brauchte, jedoch ein langer, anstrengender Weg war.

Er ging auf den Schattenhund zu, aus seiner Kehle ragte sein Schwert. Bedächtig griff er danach, überlegte kurz und zog es dann heraus, eine Hand gegen den leblosen Körper stemmend. Er sah auf es hinab und murmelte: »Viel hast du schon geleistet und das nur mit halber Kraft …«

Die Bruchkante blitzte scharf auf im letzten Lichtstrahl

des Tages.

»Ein solches Schwert verdient einen besonderen Namen. Ich nenne dich *Thârísz, Rächer* in der alten Sprache von Jugár.«

Baríth hielt es noch einen langen Moment in der Hand, dann steckte er es zurück in die Scheide und ging zurück zu Finaír, der ihn mit großen Augen ansah. Er half ihm langsam hoch, während der Vázak sich auf ihn stützte und das verletzte Bein leicht anwinkelte. So gingen, beziehungsweise humpelten, sie langsam weiter.

»Weißt du, wo die anderen sind?«, fragte Baríth nach einer Weile.

»Nein. Als du abgehauen bist, haben die Hunde einen Keil zwischen uns getrieben und wir wurden getrennt. Wieso bekommst du da Angst, aber stellst dich jetzt einem ausgewachsenen Schattenhund?«, fragte Finaír vorwurfsvoll.

»Ich weiß es nicht. Es überkam mich einfach. Alles, was passiert ist, alles, warum ich jetzt hier sein muss und nicht zu Hause in meinem warmen Bett.«

»Verstehe, du hast einen Knall, aber danke. Ohne dich wäre ich jetzt wohl … naja, auf jeden Fall nicht hier.«

Eine Weile lang sagten sie nichts. Es wurde wieder kälter. »Seit wann sprichst du Jugár? Ich kenne nur alte Leute, die die Nase den ganzen Tag in Bücher stecken, die das können«, fragte der Vázak plötzlich.

»Habe ich in Fjiondar gelernt, das können dort alle mehr oder weniger. Willst du die Nacht durchlaufen, damit wir vielleicht heute oder morgen früh am Berg ankommen und du schnell Hilfe bekommst, oder lieber am Feuer sitzen und dich ausruhen?«

»Durchlaufen, ich hoffe, da gibt es wirklich eine Stadt

und vor allem, dass die Leute dort uns nicht angreifen, sondern uns helfen.«

»Es sollen Gelehrte sein, keine wilden Krieger.«

Diese Nacht fing es nicht zu schneien an, nur der Nebel stieg eisig hinab. Nach ein paar Stunden mit vielen Pausen hörten sie Wasser. Beide waren furchtbar durstig und gingen deshalb umso schneller weiter, bis sie am Ufer eines Flusses standen. Er war sehr breit, Bäume standen darin wie Felsen. Baríth ließ Finaír sich hinsetzen, dann holte er hastig ihre Wasserbeutel hervor. Etwas schrie durch die Nacht. Es klang nach einem Vogel, doch eher wie eine Warnung. Er legte den Beutel neben sich und schöpfte mit den Händen etwas Wasser. Er führte es zu seinem Gesicht, wobei winzige Wasserfälle zurück in den Fluss strömten. In der allumfassenden Dunkelheit konnte er kaum etwas erkennen. Zur Sicherheit beschloss er, doch lieber zu versuchen ein Feuer zu machen, um es abzukochen. Er kam nicht dazu. Etwas berührte seine Finger, dann wieder. Mit lautem Platschen ließ er das Wasser entkommen. Die Hände schüttelte er angewidert, bis keine Tropfen mehr flogen.

»Was ist denn?«, fragte Finaír überrascht.

»Da ist irgendetwas drin. Es hat sich was bewegt, oder eher gewunden … so wie ein Wurm. Also egal wie durstig ich bin, das trink' ich nicht.«

Finaír beugte sich übers Wasser, Wolken rissen entzwei und ließen das schwache Licht der Sterne hindurch. Der Fluss blieb eine schwarze Decke, die vor ihnen alles bedeckte. Er war so groß wie ein See. Der Vázak zuckte zurück und raunte: »Da drin bewegt sich alles, das ganze Wasser ist lebendig!«

Sie sahen sich schockiert an, dann um. Sie mussten schnell zur Stadt in den Wolken gelangen, sie brauchten

Wasser.

»Da!«, rief Baríth und deutete weit in die Ferne hinter Finaír, »Ist das eine Brücke?«

»Ich bin mir nicht sicher, sieht eher nach einem umgestürzten Baum aus oder sowas in der Art. Aber was Besseres sehe ich jetzt auch nicht, also lass uns nachsehen.«

Der Casísto half ihm hoch und sie gingen weiter. Der Durst begann ihm in der Kehle zu brennen. Der Nebel, der sie umschwirrte, schien ihn zu verhöhnen. Ohne ihre Umhänge wurde es außerdem unerträglich kalt, ihre Welt begann zu schrumpfen, nur noch sie und, was direkt vor ihnen lag, war wichtig. Die beiden erreichten den vermeintlichen Baumstamm und staunten nicht schlecht. Sie sahen sich einer uralten natürlichen Brücke gegenüber. In jahrzehntelanger Arbeit, wenn nicht sogar noch länger, hatte jemand die Wurzeln der Bäume, die in vielen miteinander verbundenen Stämmen aus dem Wasser ragten, zu einem mehr oder weniger trockenen Pfad verflochten.

»Ich glaube, wir sind auf dem richtigen Weg«, meinte Finaír mit kratziger Stimme und einem Hoffnungsschimmer in den tief im Schatten liegenden Augen.

Sie betraten die Brücke, die überraschend stabil war. Nur fiel es ihnen schwer, darüber zu laufen, besonders dem verletzten Finaír. Bald konnten sie den Anfang nicht mehr erkennen und das Ende war nicht abzusehen.

»Weißt du, wie der Fluss heißt, Finaír?«

»Ja, als wir ihn vom Felsplateau am Ausgang des Tunnels aus sahen, nannte Grimvâr ihn *Thânoth Vëqua*.«

»*Thâns Blut*? Hört sich ja freundlich an …«, kommentierte Baríth zögernd. Schon wurde ihm der Fluss noch unheimlicher.

Durch zahlreiche schmale Inseln wurde er in viele Arme zerteilt. Die uralten Bäume waren voller Flechten und verloren bei jedem Windstoß Blätter, die wie kleine Boote mit der Strömung weiterzogen. Die einzigen Tiere, die sie sahen, waren silberne Vögel mit langen Federn, die über die knorrigen Äste balancierten. Fliegen konnten sie nicht, aber ein paar Meter weit gleiten, immer von Baum zu Baum. Ab und zu gaben sie furchtbare Schreie von sich.

Im Morgengrauen hatten sie Thânoth Vëqua noch immer nicht ganz überquert. Am Ende ihrer Kräfte hielten sie auf einer großen Insel. Zu ihrem Glück hatte sich in einer Mulde sauberes Wasser gesammelt, von Regen und Morgentau gefüllt. Es war klar wie eine Quelle. Sie füllten ihre Wasserbeutel und tranken aus vollen Zügen. Nachdem sie etwas gegessen hatten, lehnten sie sich an zwei Bäume und nickten ein. Doch an diesem Tag brach die Sonne nicht durch die dicken Wolken hindurch. Stattdessen tanzten Schneeflocken durch die Luft, legten sich auf die breiten Arme der Bäume, schmolzen auf der dunklen Wasseroberfläche und schoben winzige Wellen in Kreisen von sich.

Nach nur zwei Stunden Schlaf mussten sie weitergehen. Die Kälte steckte ihnen nun schon tief in den Knochen und ein Feuer konnten sie auf dem weichen Boden oder den Wurzeln der Bäume nicht machen.

Zitternd erreichten sie mittags das Ende der Brücke. Eine kurze, leicht ansteigende Wiese mit Schneehaube strahlte ihnen weiß entgegen. Sie führte zu einer gewaltigen Holzbarriere. Stämme von unglaublicher Dicke wurden zu einer Wand zusammengeschnürt. Überall ragten lange dünne Speere hinaus, Kletterpflanzen eroberten sie langsam und präsentierten knallrote Blätter, auf denen ein Hauch von Schnee rastete. Hinter der Mauer richtete sich ein breiter Berg auf und verschwand spitz zulaufend in der Wolkendecke, komplett von einer schweren Schneedecke umwickelt. Junge Bäume zeigten einen Weg an, der von der Brücke zu einem geschlossenen Tor führte. Eine einsame Wache stand neben ihm und hielt einen langen Speer im weißen Handschuh. Jetzt zeigte seine Spitze auf die beiden zitternden Ankömmlinge, die sich langsam näherten. Der Mann trug eine schwere eiserne Rüstung und einen Helm mit einer silbernen, langen Feder obenauf. Sein weißes Fell war lang und leicht gewellt. Als er sein Visier hochschob und sie verdutzt betrachtete, schauten sie in das Gesicht eines Palháco, der über Jahrhunderte von Kälte und Schnee gezeichnet worden war. Er hatte eine breite runde Schnauze und strahlend blaue Augen, die von Tupfern schwarzen Fells umrahmt wurden.

* * *

Die Nacht war gerade hereingebrochen, als Grimvâr, Eyônaí, Vínija, Tânurác und Grúmaëk eine Pforte entdeckten, die den Beginn einer steil ansteigenden Serpentinenstraße markierte.

»Na, hier muss es jetzt aber sein«, brummte Tânurác.

Es hatte zwar in alten Schriften und der ein oder anderen Landkarte Angaben zur Lage der Stadt gegeben, doch da nicht gerade viele tatsächlich die Strapazen einer Reise dorthin auf sich nahmen, gab es unterwegs keine weiteren Hinweise. So waren sie, je weiter sie sich von der Talsohle entfernt hatten, immer planloser gen Westen und vor allem bergauf gelaufen, lediglich geleitet von ein paar alten Pfaden, die sich jedoch immer wieder im Gras verliefen, sowie von den näher rückenden Gipfeln rundherum. Einmal waren sie an eine kaum noch sichtbare Weggabelung gekommen, in deren Spitze die Überreste eines vom Wetter fast gänzlich aufgeriebenen Schildes standen. Zu entziffern war darauf beim besten Willen nichts mehr gewesen, aber es war ein Anzeichen, dass der Weg zumindest früher häufig benutzt worden war. Sie hatten dies als möglichen ersten Erfolg verbucht. Der Weg rechter Hand hatte bloß leicht bergauf und in sanften Kurven weiter nach Westen geführt, der linke Weg hingegen war nach Norden abgebogen und wurde schon sehr bald steiler, weshalb sie sich für diesen entschieden hatten. Die einzigen Anzeichen von Zivilisation waren danach nur vereinzelte Ruinen gewesen, sonst hatten sie nichts sehen können außer der rauer werdenden Vegetation, manch wilden Tieren und seit der letzten Nacht auch Schnee. Im Laufe des Vormittags jedoch hatten sie eine große Holzbarriere passiert, aus der Speere herausgeragt hatten. Sie hatte alt ausgesehen und war auch nicht bewacht gewesen. Trotzdem gingen sie nun davon aus, endlich den richtigen Weg gefunden zu haben, ›da schließlich niemand einfach so eine Mauer in die Wildnis setzt‹, wie Vínija gesagt hatte.

Neuen Mutes nahmen sie nun den Aufstieg in Angriff, in der Hoffnung, an dessen Ende auch tatsächlich fündig zu werden, da sie die Nacht ungern im Freien und inmitten des Schneesturmes verbringen mochten, der sich vom Berg herab näherte. Zu Beginn des Weges pfiff ihnen bereits ein starker Wind um die Ohren, der sie aber nicht weiter behinderte. Ab etwa einem Drittel jedoch, als der Weg eine leichte Kurve auf einem sanften Vorsprung des Berges machte, nahm er rasch zu und peitschte ihnen erst dünne, nur wenig später dicke Schneeflocken in die Gesichter. Die ohnehin schon schlechte Sicht wurde fast unmöglich und sie konnten den Rand des Weges, an dessen Ende es steil hinab ging, nur noch an seinen in regelmäßigen Abständen platzierten, schwach flackernden Laternen ausmachen. Nach einigen weiteren Biegungen waren diese schon fast völlig von Schnee überzogen. Die Kälte wurde stechend. Tânurác, der aufgrund seiner Größe vorausging, stemmte sich gegen den Wind und musste den anderen bald einen Weg durch die höher werdenden Schneeverwehungen bahnen. Von da an brauchten sie für das restliche Stück noch eine gute halbe Stunde, bevor sie völlig erschöpft einen großen Torbogen erreichten. Davor war der Weg etwas breiter geworden und hinter ihm konnte man durch das Schneegestöber hindurch einige schemenhafte Lichter erkennen. Er war komplett aus Eis und schimmerte trotz der Dunkelheit leicht bläulich.

»Seht mal, hier steht was!«, rief Grúmaëk gegen das Pfeifen des Windes an. Er stand am rechten Pfosten des Bogens, vor ihm befand sich eine Steintafel auf einem kleinen Sockel. Einige Zeilen waren mit feinen Lettern aus weißem Material dort eingelassen, die untere Hälfte konnte er lesen, die andere war in einer ihm völlig unbekannten Sprache verfasst.

Reisender, der du diese Tafel liest,
als einer von wenigen du sie siehst.
Dem Ende des Wegs bist du nun nah,
der gewiss voll Unheil und Gefahr.
Inmitten vom rauen Felsenorte,
unsren größten Stolz du gefunden hast.
Durchschreite die heil'ge Pforte,
fühl' dich geehrt, sei unser Gast!

Vínija trat einen Schritt zurück und betrachtete ehrfürchtig den Bogen, jetzt erst die filigranen Zeichnungen sehend, die ihn zierten. Sie raunte: »Wir haben sie also gefunden … Shin'sapáh, die Stadt in den Wolken.«

»Hat ja auch lange genug gedauert«, brummte Tânurác, »Kommt jetzt, es zieht hier oben.«

Daraufhin durchschritten sie nun wieder mit Grimvâr an der Spitze den Bogen und stapften gegen den auf dem Plateau sogar noch stärkeren Wind in Richtung der Lichter, die sich am deutlichsten durch das Schneegestöber kämpften. Nach ein paar Metern schienen sie sich auf einer Art Straße zu befinden, die vollkommen unter dickem Schnee begraben lag. Zu den entfernten Lichtern gesellten sich wie schon beim Aufstieg kleine Laternen an den Straßenrändern, von denen jedoch kaum noch etwas zu sehen war. Je weiter sie vordrangen, desto mehr Lichter tauchten rundherum verwaschen in der Dunkelheit auf. Da diese jedoch deutlich schwächer und weiter entfernt schienen als die, die sie zuerst gesehen hatten, hielten sie an ihrem ursprünglichen Ziel fest. Als sie bloß noch wenige Meter davor standen, konnten sie zum ersten Mal erkennen, worum es sich dabei handelte. Es waren kleine, runde Fenster aus offenbar dickem Glas, die zu einem ebenfalls rundlichen, gedrungenen Haus gehörten. Dieses war entweder aus Schnee und Eis gebaut worden oder einfach komplett davon bedeckt, keiner von ihnen konnte es sagen. Das bisschen, was von der Umgebung zu sehen war, deutete darauf hin, dass ähnliche Gebäude in der Nähe standen.

Tânurác ging näher heran und versuchte etwas zu erkennen: »Sehen kann ich zwar nichts, aber immerhin scheint hier noch jemand zu leben.«

Grimvâr drängte zum Weitergehen: »Gut zu wissen. Und jetzt weg da, wir wollen eine Unterkunft finden, anstatt uns gleich unbeliebt zu machen. Da vorne, das sieht nach einem größeren Gebäude aus, lasst es uns da mal versuchen.«

Obwohl der Wind nun leicht nachließ, kam es ihnen wie eine Ewigkeit vor, bis sie es erreichten. Grimvârs Vermutung erwies sich als richtig, das Gebäude hatte allem Anschein nach zwei Stockwerke anstatt nur einem wie alle anderen, die sie bisher gesehen hatten. Zwei Stufen aus Eis führten zu einem schlicht gehaltenen Eingang. Er bestand aus einer breiten Holztür und einem darüber angebrachten Bogen aus Eis. In ihnen war der leuchtende Name des Gasthauses eingraviert worden, wie sie vermuteten. Es waren zwei Worte in der gleichen unbekannten, geschwungenen Schrift, die auch auf der Tafel am Eingang Shin'sapáhs zu sehen gewesen war. Grimvâr legte seine Hand auf den Knauf der Tür und zog daran. Es knirschte kurz, dann ließ sie sich mit ein wenig Kraft gut öffnen.

Sie traten ein, sahen sich jedoch gleich einer weiteren Holztür gegenüber. Beim Umschauen entdeckten sie hier, wie die Bewohner die Schrift zum Leuchten gebracht hatten: Die Buchstaben bestanden aus glasklarem Eis und wurden von kleinen Fackeln im Zwischenraum der beiden Türen erhellt. Diese waren in einem gewissen Abstand sowohl zu den Buchstaben als auch zur Decke platziert, an der sie montiert waren, offenbar gerade ausreichend, dass das Eis nicht schmolz. Die zweite Tür besaß ein großes Fenster und ging spürbar einfacher auf als die erste. Dahinter lag tatsächlich der gut gefüllte Raum einer Gaststätte mit einem rechtwinkligen Tresen dem Eingang gegenüber und auf mehreren Abstufungen des Bodens runden Holztischen. An ihnen saßen und dazwischen standen große, weiße, mit Fell bedeckte Gestalten, manche zudem mit einem Schimmer oder leichten Zeichnungen in hellblau. Fremd klingende Gespräche und lautes Lachen größtenteils tiefer Stimmen erfüllte die angenehm warme Luft. Sie standen mehrere Atemzüge lang da, die Zeit schien sich um sie herum zu verlangsamen. Dann bemerkte sie der erste. In der gesamten Gaststätte wurde es schlagartig ganz still. Irgendwo stellte jemand einen Krug ab, ein anderer räusperte sich leise. Vínija drehte sich unsicher zu Eyônaí um, die aber nur mit dem Kopf nach vorne deutete. Von einem Tisch etwas zu ihrer Linken stand eine der Gestalten auf, ihr Fell glänzte samtig im gleichmäßigen Schein der Kerzen und Fackeln. Sie dachten für einen Moment, einen Palháco vor sich zu haben, wegen des großen, stämmigen Baus, des kantigen Kopfes mit der dicken Schnauze und den kleinen, runden Ohren sowie einer gewissen, wenn auch nur leichten, Rundung um die Körpermitte. Doch im nächsten Augenblick sah das Wesen wieder anders aus, wirkte fremd und doch nicht unfreundlich. Auch Tânurác war sich nicht sicher, ob er einem Artgenossen gegenüber stand oder nicht. Die Gestalt schien dessen Überlegungen zu spüren und wandte sich in einer seltsamen Sprache sprechend ihm zu: »Án schâhpai! Shi lu sán?«

Sie verstanden nichts, entnahmen jedoch dem Klang der Worte, dass es sich wohl um eine Begrüßung handelte.

Tânurác neigte leicht den Kopf, sagte aber nichts.

»Ne sipra un tan?«, fragte die Gestalt und wartete, doch wieder konnte ihr niemand antworten. Bevor sie erneut begann, schien sie sich kurz zu sammeln: »Seiet gegrüßt! Offenbar seid Ihr unserer Zunge nicht Herr, sodass ich mich Eurer bedienen muss. Verzeihet mir meine Ungeübtheit mit ihr, doch es ist lange her, dass ich sie zum letzten Mal sprach und noch viel länger, dass man sie mich lehrte. Mein Name ist Sâgo. Ich bin Mitglied des Baisû, der in Eurem Land wohl einem Stadtrat am nächsten kommt. Als solches ist mir wahrlich große Ehre beschieden, Euch in Shin'sapáh willkommen zu heißen. Nun saget mir, wer seid Ihr? Und was führtet Euch hierher?«

Tânurác machte den Mund auf, doch Grimvâr trat einen Schritt vor und sprach: »Mein Name ist Grimvâr. Es ist mir eine Freude, Euch kennenzulernen. Das sind Vínija, Eyônaí, Grúmaëk und Tânurác«, während er nacheinander auf seine Gefährten wies, »Wir haben von Eurer sagenumwobenen Stadt und Eurer berühmten Bibliothek gehört und würden ihr gerne einen Besuch abstatten. Doch vorerst liegt unser einziges Ansinnen in einer Unterkunft für die Nacht.«

»Dieser Wunsch soll Euch gerne erfüllt werden«, sagte Sâgo. Er sah zu dem Mann hinter dem Tresen, der zur Bestätigung nickte und sprach: »Wenn Ihr mir folgen möget?«

»Moment, eine Frage noch. Sind hier ein junger Casísto und ein Vázak vorbeigekommen oder irgendwo in der Stadt?«

»Nein, Ihr seid die ersten Gäste seit mehreren Monaten.«

Sie erwachten früh am nächsten Morgen von hellen Sonnenstrahlen, die direkt in ihre Zimmer strahlten. Man hatte sie am Abend zuvor in ein Nebengebäude des Gasthauses geführt, welches aus mehreren kleinen, halbkugelförmigen Bereichen bestand. Sie waren über einen Gang aus Eis miteinander verbunden. Innen war es angenehm warm dank kleiner, zentraler Feuerstellen mit verschließbaren Öffnungen im Dach darüber, sodass der

Rauch abziehen konnte. Alle Räume hatten bloß ein breites Fenster, das schräg nach Osten ausgerichtet war. Bei gutem Wetter, wie an diesem Tag, konnte die Sonne so den ganzen Raum erhellen. Wegen der häufigen Stürme auf dem Plateau war das Glas sehr dick. Aus dem selben Grund waren die Gebäude auch alle so rundlich und niedrig. Nzeru, wie der Mann hieß, der ihnen ihre Unterkünfte gezeigt hatte, hatte ihnen gesagt, dass diese hier fast täglich auftraten, meistens aber erst am späten Nachmittag oder Abend. Dennoch sei es ratsam, sich vorher nach drinnen zu begeben, da die Stürme zuweilen sehr heftig ausfallen könnten. Der gestrige sei maximal durchschnittlich gewesen. Nachdem sie es sich ein wenig eingerichtet und von ihrem restlichen Proviant zu Abend gegessen hatten, war Nzeru noch einmal wiedergekommen, um ihnen auszurichten, dass sie am nächsten Morgen jemand abholen und zur Bibliothek führen würde. Wenn sie Interesse hätten, würde man ihnen auch sonst das wichtigste der Stadt zeigen inklusive einiger Geschäfte, in denen sie sich für die Weiterreise ausstatten könnten. Grimvâr hatte geantwortet, dass sie es sich dann am nächsten Tag überlegen würden.

Nach der ersten Nacht seit vielen Tagen mit einem festen Dach über dem Kopf warteten sie nun gut ausgeruht auf ihren versprochenen Führer, von dem aber noch nichts zu sehen war. In der Stadt herrschte sonst bereits reger Betrieb. Da man sich in der zweiten Tageshälfte nur selten draußen aufhalten konnte, waren viele Bewohner schon jetzt unterwegs. Die dicke Schneeschicht auf den Straßen war verschwunden, nur an den Rändern waren noch Reste davon sichtbar. Die leichte Eisschicht, die darunter zum Vorschein gekommen war, glänzte nun orange-golden im Licht der noch tief stehenden Sonne. Es war zuweilen so hell, dass Passanten aussahen wie Schatten, die in der Luft darüber zu tänzeln schienen. Auch an Häusern, Laternen oder schlicht den Bergen rundherum ergaben sich faszinierende Lichtspiele, die in Kombination mit dem geschäftigen Treiben eine beruhigende und gleichsam Energie spendende Wirkung entfalteten. So standen sie eine Weile dort und ließen die Stadt auf sich wirken.

Dann kam jemand. Es war eine Frau, etwas kleiner und zierlicher als Nzeru, Sâgo oder die anderen, die sie am Vortag gesehen hatten, doch von nicht minder beeindruckender Gestalt.

»Án schâpai!«, sagte sie freudig, »Seid gegrüßt!« Sie legte die behandschuhten Hände aneinander und verbeugte sich leicht. »Mein Name ist Sabedoría. Auch ich heiße Euch herzlich willkommen in Shin'sapáh. Gerne möchte ich Euch nun zu unserer Bibliothek führen.«

Sie folgten ihr stumm, während sie kurz über die Straße gingen, über die sie angekommen waren, und anschließend in eine Abzweigung einbogen, die sie dichter an das Stadtzentrum heranbrachte. Diese Straße war etwas schmäler als die erste, ähnelte ihr ansonsten aber sehr. Als sie sich der nächsten Kreuzung näherten, konnte Tânurác seine Neugier nicht mehr zurückhalten und stellte die Frage, die sie alle, aber insbesondere ihn, schon seit dem Eintritt in die Gaststätte beschäftigte: »Sabedoría? Verzeiht, wenn dies unhöflich erscheint, und ich bitte Euch es nicht falsch zu verstehen, doch es brennt mir schon die ganze Zeit auf der Zunge: Was für ein Volk seid Ihr? Ihr ähnelt meiner Spezies sehr, doch seid Ihr gleichzeitig ganz anders. Ich habe in Muaëra noch nie jemanden Eurer Art gesehen.«

Sabedoría drehte den Kopf zu ihm, wobei sie ihren Schritt leicht verlangsamte. Sie fragte freundlich: »Wie kommt Ihr darauf?«

»Nun … ich … es kam mir gleich in den Sinn, als ich zum ersten Mal jemanden Eures Volkes sah. Und gestern in der Gaststätte hatte ich das Gefühl, dass man mich die ganze Zeit ganz genau beobachten würde. Außerdem wurde ich als erster angesprochen. Das kenne ich sonst weniger …«

»Ihr habt wohl einen ziemlichen Eindruck hinterlassen. Sâgo hatte es bereits erwähnt. Nun, Tânurác, Eure Vermutung stimmt tatsächlich. Wir gehören ein und derselben Spezies an, mehr oder weniger. Vor vielen Jahren hätte man Eure Frage eindeutig mit ›Ja‹ beantwortet. Denn damals lebten die Vorfahren unseres Volkes inmitten der restlichen Bevölkerung von Jugár, wie Muaëra damals noch genannt wurde. Als die Gründerväter Shin'sapáh erbauten, um eine friedliche Stadt als Stätte der Forschung und Hort des Wissens zu schaffen, isolierten sie sich jedoch mehr oder weniger freiwillig vom Rest des Landes. Sie trugen zwar durchaus eine gewisse Separation im Sinn, da sie ihre Arbeiten ungestört von Unruhen, Konflikten und schlicht der Hektik des Alltags durchführen wollten, rechneten aber nicht damit, wie schnell sie für die übrige Bevölkerung in Vergessenheit geraten würden. Anfangs gab es rege Handelsbeziehungen und Besucher waren an der Tagesordnung, im Prinzip war es kaum anders als in jeder anderen Stadt auch. So ging Shin'sapáh, berühmt für Wissenschaft und Handwerk, in die Geschichtsbücher ein. Doch die abgeschiedene Lage führte nach einiger Zeit dazu, dass immer weniger Händler und noch weniger Reisende den Weg hierher fanden. Was man für das normale Leben benötigte, gab es auch überall sonst, und Ihr habt selbst erfahren, dass der Weg in die Stadt weit mehr als ein Tagesausflug ist. Shin'sapáh verschwand so mit der Zeit aus den Köpfen der Leute. Das Leben hier ging weiter, jedoch weitestgehend getrennt von dem des restlichen Landes. So ward es, dass nicht einmal die Drachenkriege ihre dunkle Klaue bis hierher ausstrecken konnte, obwohl unser Volk durchaus Notiz davon nahm. Auch hält sich bis zum heutigen Tage Jugár als alltägliche Sprache, so, wie es früher überall gesprochen wurde. Eure Sprache, um sie gleichsam zu wahren und die Möglichkeit nicht zu verlieren, mit Fremden sprechen zu können, kann hier trotzdem fast jeder. Bevor Shin'sapáh für den Großteil Muaëras verschwand, brachten Händler sie hierher, als sie sich langsam durchsetzte. So wurde sie seitdem von Generation zu Generation weitergegeben«, erklärte sie und machte eine kleine Pause. »Verursacht durch die Isolation und die harschen Bedingungen hier droben passten sich die Bewohner immer mehr an, sodass wir heute zwar im Grunde noch Palhácos sind, nicht mehr jedoch solche wie Ihr und die anderen, die in Muaëra leben, oder die, die unsere Gründerväter einst waren.«

Als die anderen sie gleichsam verwirrt und beeindruckt ansahen, lächelte sie sanft und fügte hinzu: »Ihr seht, Shin'sapáh und sein Volk sind älter, als man glauben mag.«

Bevor sie fortfuhr, schien ihr Lächeln ein bisschen geheimnisvoll zu werden. »Sehr alt ist übrigens auch dieser Fluss dort vorne.«

Sabedoría deutete auf eine Brücke, die sich etwa dreißig Meter entfernt in einem weiten Bogen über eine glatte Fläche spannte. »Man nennt ihn den *Vanqua Neija*. Die Oberfläche ist fast immerzu vereist, darunter liegt jedoch ein mächtiger Strom, auch wenn es seine kaum mehr als durchschnittliche Breite anders vermuten lässt.«

Tatsächlich war der Fluss nur gut zwanzig Meter breit.

Die Brücke bestand im Kern aus massivem Stein mit einer Schicht perfekt passender Pflastersteine darüber. Das Geländer war aus dickem und doch kunstvoll bearbeitetem Eis, das von der Sonne angestrahlt golden leuchtete. Zwei Feuer auf gut einen Meter hohen Steinschalen brannten an jedem Ende. Beim Überqueren überkam sie ein Gefühl von Erhabenheit und dem Blick in eine andere, längst vergangene Zeit.

Nur kurz nach der Brücke erreichten sie einen hellen Platz durchschnittlicher Größe. In seinem Zentrum war aus blassblauem Glas eine Windrose in den Boden eingelassen. Acht dünne Linien liefen entlang der Himmelsrichtungen zum Rand des Platzes, wo sie in einen ihn umfassenden Ring mündeten. An seinem südöstlichen Ende standen zwei miteinander verbundene Gebäude. Beide überragten alle anderen der Stadt deutlich. Der linke Abschnitt war ein sich nach oben hin sanft verjüngender Zylinder, der nach einem nahtlosen Übergang von einer Halbkugel gekrönt wurde. Diese war ähnlich blass wie die Linien im Boden des davorliegenden Platzes, ein leichtes Schimmern ging von ihr aus. Der Zylinder war aus massiverem Material, in regelmäßigen Abständen unterbrochen von ebenfalls schimmernden, ringsum laufenden Linien. Ein Gang, so hoch und breit wie ein übliches Wohnhaus Shin'sapáhs, jedoch von etwa dreifacher Länge, führte in den rechten Abschnitt. Sein Sockel war kreisrund, von gut einhundert Metern im Durchmesser und drei Stockwerke hoch. Darüber gab es eine etwas dünnere Zwischenstufe von der Höhe eines Stockwerkes. Diese trug etwas, das wie das obere Ende einer Kugel aussah: Ebenfalls kreisrund, mit einem flach geschwungenen Dach und dem gleichen Durchmesser wie auch der Sockel. Auch der rechte

Abschnitt wies die blassblau schimmernden, ringsum laufenden Linien auf. Insgesamt maß er die Hälfte der Höhe des linken.

»Dies«, erklärte Sabedoría stolz, »ist das Herz unserer Stadt. Der Turm beherbergt das Observatorium, mit welchem unsere klügsten Köpfe die Gesetzmäßigkeiten des Himmels entschlüsselt haben und heute nach den größten Zusammenhängen forschen, die alles, im Innern wie im Äußeren, verbinden. Daneben liegen unsere Archive. Sie hüten Wissen, so alt wie die ersten Siedler dieser Länder selbst, aus selbigen wie aus fernen, manche in Worten, die seit Jahrtausenden kein Mund mehr geformt, andere vielleicht gar nie. Unzählige Geheimnisse liegen dort verborgen und durch jedes gelüftete treten ein Dutzend weitere hervor. Und doch wächst das Verständnis mit jedem einzelnen. Ich bin sicher, Ihr werdet finden, wonach Ihr sucht, und in jedem Fall reicher herausgehen als hinein.«

Neben dem prächtigen Haupteingang der Bibliothek war eine ähnliche Tafel angebracht, wie sie auch das Tor zierte, durch das sie Shin'sapáh betreten hatten:

Nach den Sternen zu greifen,
dass ihr Licht erhellt unsren Geist.
Den Nebel der Torheit abstreifen,
die Pforte der Erkenntnis uns weist.
Wer Antwort sucht, wird Weisheit finden.

Sabedoría öffnete die schweren Türflügel und sie folgten ihr in einen lichtdurchfluteten Eingangsbereich, der komplett von Glasscheiben eingerahmt in das Gebäude hineinführte. Sie durchschritten die ebenfalls gläsernen Türen an dessen Ende und betraten damit den einzigen

Raum der Bibliothek. Er bestand aus einer gigantischen Rotunde, deren Boden noch gut einen Meter tiefer lag als der, auf dem sie gerade standen. An Tischen und Stühlen saßen zahlreiche der beeindruckenden Bewohner Shin'sapáhs über Schriftrollen gebeugt oder im leisen Gespräch vertieft. Andere standen vor den Regalen, die strahlenförmig um das Zentrum herum angeordnet waren, oder liefen geschäftig hin und her. Darüber gab es weitere Ebenen, die aber nie weiter als zehn Meter in den Raum hineinragten. Man konnte von unten nicht sehen, was sie beherbergten. Ein angenehmes helles Licht erfüllte die gesamte Umgebung, verursacht durch die bläulichen Linien, die sie zuvor von außen gesehen hatten. Diese erwiesen sich als schmale, rundum laufende Fensterreihen.

Ein schneeweißer Bibliothekar in dunkelblauen Gewändern mit goldenen Nähten begrüßte sie freundlich, doch nachdem Sabedoría den Gruß erwidert hatte, führte sie sie nicht weiter in die Archive, sondern bog nach links in den Durchgang zum Turm ab.

»Dazu kommen wir später«, sagte sie, »Vorher möchte ich Euch noch etwas zeigen.«

Dicke Fenster erlaubten ihnen einen leicht verschwommenen Blick nach draußen. Im Turm selbst gab es wieder einen schönen Eingangsbereich, den sie nun von der Seite betraten. Ihnen gegenüber lag der Fuß einer breiten Wendeltreppe, die vorbei an etlichen Zwischenebenen nach oben führte. Die schon bekannten Fensterreihen wechselten sich mit Gemälden und Reliefs ab, die Szenen aus der Geschichte Muaëras und Shin'sapáhs ebenso zeigten wie Abbilder besonderer Himmelskonstellationen, die man offenbar mit Hilfe des Observatoriums beobachtet hatte. Eine der Szenen erstreckte sich über mehrere Reliefs. Das erste zeigte eine Insel weit draußen im Meer. Urwald bedeckte die meisten Teile von ihr, einzig der hohe Berg im Zentrum und die bewohnten Küstenbereiche waren frei davon. Auf den folgenden Reliefs sah man einen Markt der Insel. Die Personen darauf gehörten einer Spezies an, die keiner der Gruppe um Grimvâr je gesehen hatte. Sie trugen edle Kleidung und strahlten selbst auf diesem leblosen Abbild einen ungeheuren Stolz aus. Ein fremdartig aussehendes Schiff mit großen, dreieckigen Segeln fuhr gerade in den Hafen ein. Ein anderes lag bereits dort und einer der Händler verteilte gerade einige Goldmünzen an Arme, die ihm und seiner Mannschaft beim Entladen geholfen hatten. Eltern bestaunten zusammen mit ihren Kindern die neuen Waren von weit her. Doch im nächsten Relief brach Panik aus. Stände brannten und die Inselbewohner liefen schreiend umher. Manche sprangen hastig in kleine Fischerboote, teils mit nichts bei sich als den Kleidern, die sie am Leib trugen, und ruderten aufs offene Meer hinaus. Darauf folgte eine gigantische Wolke, die alles umhüllte. Flammen züngelten an einigen Stellen aus ihr heraus. Das letzte Relief zeigte wieder eine Insel, die gleiche wie das erste. Doch es klaffte ein riesiges Loch in ihr. Der Urwald stand in Flammen, darüber stand eine Rauchsäule, die bis weit in den Himmel ragte. Das Meer lag ruhig da, wie zu allen Zeiten zuvor. Es wurde einzig gestört durch brennende Boote, die es langsam in die Tiefe zog.

In manchen der Zwischenebenen waren weitere Werke ausgestellt, auch einige Skulpturen. In anderen lagen auf dschungelartig mit Papier beladenen Schreibtischen noch unvollendete Forschungsarbeiten. Ganz oben schließlich, bevor es in die eigentliche Observationskuppel ging, lag eine Meditationskammer mit Fenstern, die vom Boden bis zur Decke reichten. Dann betraten sie die Kuppel. Sie war acht Meter hoch und bestand komplett aus Glas, das oben ganz klar war und nach unten immer bläulicher wurde. In der Mitte stand ein Podest, das einem Rednerpult ähnelte. Dort fanden sich zahlreiche Knöpfe, Hebel und Rädchen, die offenbar zur Steuerung der Linsen und Spiegel dienten, die wie ein Mobile von der Kuppel herab hing. Gehalten wurden sie einzig von einem kupferfarbenen Stück Metall, das an der Südseite mit dem Glas nach oben wanderte, sich jedoch nach drei Vierteln des Weges davon löste und verästelt in den Raum ragte. Ein leicht zerzauster Wissenschaftler in einem blau-silbernen Umhang stand gerade auf dem Podest und ordnete die Apparaturen neu an, während seine beiden Assistenten eifrig etwas notierten. Er drehte ein Rädchen vorsichtig nach rechts, drückte den Knopf darüber, dann drehte er es wieder ein kleines bisschen nach links, was dazu führte, dass sich ein paar der Linsen in einer nahezu geraden Linie ausrichteten. Dann stieg er die Stufen hinab, um die Gäste zu begrüßen: »Willkommen! Man hatte mich bereits unterrichtet, dass Ihr werdet kommen. Mein Name ist Sânapanahr. Ich hörte, dass Eure Zeit leider sehr klein ist, weshalb ich Euch nur wenig werde zeigen können.«

Während er begeistert wieder hinauf eilte und einige letzte Einstellungen für die kommende Nacht vornahm, flüsterte Sabedoría: »Das stimmt. Es ist wirklich schade, dass Ihr nicht länger bleiben wollt. Ihr müsstet unbedingt einmal nachts hier oben sein!«

»Aber kann man denn da überhaupt etwas sehen?«, fragte Vínija, »Ich dachte, nachts toben hier immer Stürme.«

»Oft, aber nicht immer. An einigen wenigen Tagen

bleiben sie tatsächlich aus. Dann ist es vollkommen still und klar. Und weil wir so weit oben sind, kann man weiter schauen, als man es sich vorzustellen vermag – sowohl ins Tal, als auch in den Himmel. Wenn man diese Geräte richtig einstellt, kann man mit den Spiegeln ganze fremde Welten hier drin zum Leben erwecken, all die Farbspiele jener unermesslichen Weiten in diese Kammer holen. Solche Nächte sind für alle etwas ganz Besonderes, gerade auch, weil sie so selten sind. Selbst wenn man nicht im Observatorium sein kann, ist es wunderschön, weil die ganze Stadt zu leuchten beginnt.« Sie schien sich mit ihren Gedanken immer weiter zu entfernen und flüsterte: »Eine wahrlich eindrucksvolle Atmosphäre ...«

»Das klingt wirklich beeindruckend«, stellte Grimvâr fest.

»Leider kann ich Euch tagsüber nichts zeigen, Ihr müsstet heute Nacht wiederkommen, wenn Ihr die Zeit findet. Doch folgt mir bitte«, sagte Sânapanahr. Er führte sie in die Zwischenebene unter der Meditationskammer. Dort waren an den Stellen zwischen den riesigen Fenstern aufwendige Gemälde aufgehängt, die Szenen zeigten, die sich offenbar schon im Observatorium abgespielt hatten. Einige zeigten den Blick durch die Linsen, wobei sie andere Welten in verschiedenen Farben sahen, Sterne so nah und klar wie nie oder farbige Wolken, die fern ab in den Weiten des Himmels oder was dahinter lag schweben mussten. Die Mehrheit der Bilder zeigte aber, was die Spiegel des Observatoriums zu leisten imstande waren. Mitten im Raum schienen Welten und Sterne zu schweben. Man konnte sie von mehreren Seiten betrachten und durch sie hindurchgehen. Strahlen liefen von Linse zu Linse und Farben aller Art lagen auf der Glaskuppel, die in ein einzigartiges Lichtspiel getaucht war. Sie betrachteten die Bilder erstaunt und ehrfürchtig zugleich, bloß Grimvâr wartete ungeduldig am Ausgang. Sabedoría fragte ihn verwundert: »Interessiert Ihr Euch nicht für dergleichen?«

»So würde ich es nicht sagen, ich finde nur, wir haben Wichtigeres zu tun. Und wir vermissen noch immer zwei Mitglieder unserer Truppe.«

»Ihr glaubt nicht, dass so etwas möglich ist, habe ich Recht?«

»Vielleicht. Ich halte bloß nicht viel davon. Ich beschäftige mich lieber mit Dingen, die mich wirklich weiterbringen oder etwas mit meiner Aufgabe zu tun haben.«

»Öffnet Euren Blick für das, was links und rechts des Weges liegt. Zuweilen liegt dort eine Abkürzung.«

»Oder eine Schlucht. Der direkte Weg ist immer der beste. Folgt man ihm, kommt man auch an sein Ziel. Um es mit Euren Worten zu sagen: Verlässt man ihn, kann man sich leicht verlaufen.«

»Nur, wenn man anderen Pfaden blind folgt. Und … selbst wenn es diese nicht geben sollte, so ist der eine oder andere Blick zur Seite doch wichtig. Sonst verpasst man vielleicht eines Tages einen großen Schatz.«

Grimvâr ließ es dabei bewenden und fragte stattdessen die anderen, ob sie nun fertig wären. Widerwillig stimmten sie zu und folgten ihm und Sabedoría zurück in die Bibliothek, nachdem sie sich bei Sânapanahr bedankt und verabschiedet hatten.

Dort angekommen, meinte sie: »Ihr habt zwar nichts dergleichen erwähnt, doch bin ich sicher, Ihr seid wegen etwas Bestimmtem hier.«

»Exakt«, antwortete Grimvâr, »Könnt Ihr uns sagen, wo wir Erläuterungen oder Beschreibungen der verschiedenen

Spezies Muaëras finden?«

»Auf der zweiten Ebene stehen im nördlichen Bereich einige Regale mit entsprechenden Werken. Geht es um eine aktuelle Spezies oder eine aus einer vergangenen Zeit?«

»Sowohl als auch. Ehrlich gesagt wissen wir das so genau gar nicht«, redete sich der ältere Casísto raus, der seine Mission lieber für sich behalten wollte.

»Ihr seid in der Tat eine ungewöhnliche Truppe. Also dann, ón kasaa! Viel Glück! Wenn Fragen oder gefunden habt, wonach ihr sucht, kommt zu mir. Ich werde hier unten sein«, bot Sabedoría an, die ihm einen verstohlenen Blick zuwarf. Sie wusste genau, dass er ihr nicht traute, doch sie schien es mehr zu belustigen als zu ärgern.

Sie gingen die nördliche der vier Treppen nach oben, die es auf jeder Ebene den Himmelsrichtungen entsprechend angeordnet gab. Auch dort waren sie nicht allein. Da die Sonne nun höher am Himmel stand, war die Bibliothek noch heller erleuchtet als noch am Morgen, sodass es selbst zwischen den Regalreihen kaum Schatten gab. Die Menge an Schriften zu den verschiedenen Spezies war tatsächlich überwältigend und füllte mehrere Regale, was Sabedorías Frage umso mehr rechtfertigte. Es dauerte über eine Stunde, bis Eyônaí schließlich fündig wurde.

In diesem Moment kam Baríth mit einem beschämten Gesicht auf sie zu.

Grimvâr fragte sofort: »Baríth! Geht's dir gut? Hast du Finaír gesehen!?«

»Ja, schon gut. Finaír ist auf der Krankenstation, aber die Frau da meinte, dass er wieder wird«, erzählte Baríth kleinlaut.

»Was ist passiert? Warum bist du weggerannt? Du hast uns alle in schreckliche Gefahr gebracht! Kannst du dir überhaupt vorstellen, was da los war, nachdem du dich lieber um deinen eigenen …« Nach der anfänglichen Sorge wurde Grimvâr nun reichlich wütend und funkelte ihn bedrohlich an.

»Ich weiß auch nicht, ich bekam Panik. Ich … ohne Parúh hatte ich das Gefühl, dass ich keine Chance habe im direkten Kampf.«

»Na bei dem Schwert …«, meinte Vínija und musste schmunzeln.

»Du meinst *Thârísz*?«, fragte Baríth, in dessen Augen Stolz aufleuchtete.

»Du gibst deinem nutzlosen Schwert einen Namen? Naja egal, was ist denn nun genau mit meinem Bruder?«

Der Casísto erzählte ihnen, was die beiden durchlebt hatten, und entschuldigte sich mehrfach dafür, dass er den Kreis verlassen hatte. Doch das war schnell vergessen, als sie von dem toten Schattenhund erfuhren.

»Du … du hast so ein Ding erlegt?!«, fragte Tânurác erstaunt. Ihm fiel die Kinnlade runter, wodurch er weniger verdutzt als angriffslustig wirkte.

»Naja, Glück, verletzte Familienehre und ein hilfloser Freund … Es kam so einiges zusammen. Trotzdem: Sagt nie wieder etwas gegen mein Schwert, klar?«, mahnte der Casísto.

Eyônaí räusperte sich und tippte mit dem Finger auf das Buch.

»Ach ja«, sagte Grimvâr und sammelte sich kurz, »Baríth, wir haben das *Buch der Schatten* gefunden. Eyônaí, steht da was Hilfreiches drin?«

Sie klappte das giftgrüne alte Buch bedächtig auf und ließ enttäuscht die Schultern hängen. Die Casísto erklärte: »Keine Ahnung, das ist alles auf Jugár. Und jetzt?«

»Wir fragen einfach Sabedoría«, sagte Grúmaëk.

»Sie kann uns doch nicht einen ganzen Wälzer vorlesen, irgendwo ist die Gastfreundschaft auch vorbei«, meinte Tânurác.

»Ich kann es lesen.«

Alle drehten sich überrascht zu Baríth um.

Nach kurzer Stille musste Grimvâr lachen und sagte: »Jetzt wird mir so einiges klar. Von wegen, wir müssen dem Jungen helfen, er ist doch ganz allein. Der schlaue alte Noi'loân. Der wusste, dass die in Fjiondar die alte Sprache lehren. Na klar!«

Baríth rutschte das Lächeln vom Gesicht. *Er hat mich ausgenutzt, er wollte mir gar nicht helfen*, dachte er geknickt.

Eyônaí legte ihm ihre Hand auf die Schulter und flüsterte: »Du bist nicht nur mit uns gekommen, damit wir jemanden haben, der die richtige Sprache spricht. Er wollte dir wirklich helfen, er hätte dich mit Sicherheit auch so mitgehen lassen.«

Baríth war sich unsicher, doch er wollte ihr glauben, also nahm er ihr das Buch aus der Hand und ging zu einem Tisch in der Nähe. Als er sich das Inhaltsverzeichnis ansah, stöhnte er auf und erklärte: »Tut mir leid, Leute. Das kann noch eine ganze Weile dauern. Schaut euch einfach in der Stadt um und heute Abend, bevor es kalt und windig wird, treffen wir uns bei Finaír, ja?«

Brummig ließen sie in zurück und schlenderten davon. Die Seiten waren mit der Feder geschrieben, die Ränder und Überschriften aufwändig verziert, teilweise sogar mit flüssigem Gold bemalt, das sich jedoch bei der kleinsten Berührung vom Papier löste. Außerdem fehlten einige Seiten, die eindeutig ausgerissen worden waren.

Am späten Nachmittag lieh sich der Casísto bei einem leicht senilen alten Bibliothekar das *Buch der Schatten* aus und ging mit hämmernden Kopfschmerzen und steifem Genick durch die im Dämmerlicht stehende Stadt auf die Krankenstation zu. Nach nur wenigen Schritten war ihm bitterkalt. Er musste sich dringend irgendwo einen neuen Umhang besorgen.

Das Gebäude war drei Stockwerke hoch und hatte viele Fenster. Die Außenwand war völlig vereist und lange, spitze Zapfen hingen unter dem kleinen Dach am Eingang. Ein Anblick, der angesichts der Kälte mehr als passend erschien.

Als er durch die Tür trat, traf er auf eine junge Dame in langem weißen Kleid. Sie hatte dunkelbraune Augen und Flecken in der gleichen Farbe im Fell daneben.

»Á schâpai!«, sagte sie freundlich zur Begrüßung.

»Á schâpai' es. Cú tamoâ mo ajoi Finaír?«, fragte Baríth.

Die Frau lächelte vergnügt. Wahrscheinlich war seine Ausdrucksweise veraltet, doch der Casísto ließ sich nichts anmerken. Sie zeigte zur Treppe und sagte: »Ì tâmo co â wî Ji'hós.«

»Mohòs gû!«

Er ging an zahlreichen Betten entlang, die schlafende Kinder enthielten. Als er Finaír hergebracht hatte, war er noch hier unten gewesen. Baríth wusste nicht, ob das ein gutes oder schlechtes Zeichen war. Er wusste nur, dass eine Kindergrippe umging. Im zweiten Stock angekommen verließ er die Treppe, neben der sich eine Art Aufzug befand. Alle standen oder saßen sie schon um Finaírs Bett herum.

»Na endlich! Der Mann der Stunde, hast du was gefunden?«, fragte Grúmaëk und strahlte ihn an, während er ihn auf seinen Stuhl drückte.

»Ja, ich habe sogar so einiges gefunden. Jetzt ist mir auch

klar, warum ihr Informationen über den König sammeln wollt.«

Eyônaí und Grimvâr wechselten vielsagende Blicke.

»Unter der Gefahr, dass ich euch Dinge erzähle, die ihr ja sowieso schon wisst und vor mir geheim gehalten habt …«, er sah düster zu den beiden Casísto, »… Das ist zusammengefasst das, was ich erfahren habe: Schatten sind die Seelen des Geistes Thân. Sie entstehen hier im Tszaô-Tal wegen des Flusses *Thâns Blut*. Der Geist des Todes vergiftet dort die Tiere, wie zum Beispiel Schattenhunde. Wenn diese im hohen Alter sterben, entsteht in seltenen Fällen ein Schatten. Diese haben zur einen Hälfte die reine Seele eines Tieres und zum anderen die schlechte Seele des Geistes. Sie haben, dem Buch nach, die Wahl, welche sie ihr Handeln bestimmen lassen.

Der einzige Wunsch eines Geistes ist eine körperliche Gestalt anzunehmen. Dabei steht Thân im Konkurrenzkampf mit Rín, dem Geist des Lebens. Die Legende besagt, dass nur einer von beiden einen Körper haben darf und Rín seit über zweitausend Jahren im Körper eines Drachen lebt. Sobald er stirbt, was alles Lebendige so an sich hat, kann Thân seine Chance ergreifen, wobei er nicht wählen kann. Das Wesen wählt ihn. Es muss eines sein, das eine entsprechende charakterliche Veranlagung aufweist oder seine Seele von negativen Erfahrungen gezeichnet ist.

Niemand weiß, wann der Drache sterben wird, doch wenn es schließlich passieren wird, dann hat das neue Wesen die volle Kontrolle über alle Schatten. Langsam werden alle Schatten eins in Thân.

Das heißt also für mich, dass die Schwarze Nacht beeinflusst wird. Von Thân oder dem Wesen, das er übernehmen will, schätze ich. Eher Zweiteres, denn was sollte ein Geist gegen Casísto haben? Das sind doch eher weltliche Angelegenheiten, oder? Das würde aber bedeuten, dass der Drache Rín bald sterben wird. Und das wäre schlecht, wenn man einen Schatten als König hat.«

Betretenes Schweigen erfüllte den Raum. Grúmaëk ergriff das Wort: »Das sind wirklich keine guten Nachrichten. Das, was wir gehört haben, waren Gerüchte, die sich vielfach widersprachen. Deswegen haben wir dir nichts gesagt, wir wollten keine Vermutungen an Leute verbreiten, die nicht zur Allianz gehören. Ich glaube, mit den Schattenhunden hast du Recht, es stellt sich nur die Frage, ob das Wesen sie bewusst lenkt, ob es sich seiner Macht klar ist, und ob es bereits Macht über Schatten besitzt. Ich meine, wenn das eine, warum nicht auch das andere? Für unseren Auftrag bedeutet es jedenfalls Folgendes: Schatten sind aus zwei Gründen ungeeignet, Könige zu sein. Zum einen haben sie zur Hälfte die Seele des reinen Bösen, man kann sich also nicht darauf verlassen, dass sie sich ihr gesamtes Leben, und so lange dauert im Normalfall das Königsamt, für das Gute entscheiden. Zum anderen weiß man nicht, wann es soweit ist, dass der Drache gestorben ist. Der König könnte jederzeit von jemandem kontrolliert werden, der ohne Mitleid und Herz ist.

Wir müssen unbedingt eine Nachricht nach Ganar-Ánimas schicken. Es ist noch schlimmer, als wir dachten.«

»Wir wissen nicht einmal, wie wir hier selber wegkommen. Und wenn Baríth nicht auch noch einen zahmen Drachenfreund aus der Tasche zieht, fürchte ich, dass keine Nachricht die Berge überqueren kann«, sagte Finaír und schaute betreten auf sein Bein hinab.

Vínija schaute leicht hoffnungsvoll zu dem Casísto, der

als Antwort leicht den Kopf schüttelte. Aber er zog eine vergilbte Landkarte hervor, die er auf dem Krankenbett ausbreitete, damit jeder sie sehen konnte.

»Ich habe mich bei einem alten Bibliothekar erkundigt, ob es noch einen anderen Weg aus dem Tal gibt als durch den versperrten Weg durch den Vulkan. Er zeigte mir das hier:« Mit einem Finger folgte er einer goldenen Linie durch das Tszaô-Tal, hoch zum höchsten Berg. Es war ein erloschener Vulkan. Man sah den Eingang eines Tunnels. Und einen Wasserfall auf der anderen Seite.

KAPITEL 11

»Sieh mal dort drüben, sind die nicht schön?«, fragte Ihunâia begeistert ihren Mann, zog Noi'loân sanft am Arm und wies auf eine Pyramide violetter praller, runder Früchte, die neben anderem Obst auf einem kleinen Stand vor dem stolzen Händler thronten.

Es war einer dieser leider spärlichen Momente, die er einmal ungestört mit seiner Frau genießen konnte, um mit ihr beispielsweise über den großen Markt in Ganar-Ánimas zu streifen, wie sie es schon immer so gern getan hatten.

»Oh ja, stimmt, die sehen richtig lecker aus.«

Zusammen gingen sie zu dem Händler, der sich sichtbar über die Kundschaft freute und sagte: »Einen schönen Tag! Was kann ich für Euch tun?«

»Ebenfalls. Wir hätten gerne zwei –«, begann Noi'loân, dann sah er Ihunâia kurz nach Bestätigung suchend an, »Ja, zwei von diesen hier.«

»Ah, Chutnys, eine hervorragende Wahl. Ich habe sie erst heute Morgen frisch bekommen«, sagte der Verkäufer mit freundlichem Lächeln und fischte zwei orange längliche Früchte aus der Schale. Er war ein dicklicher Pelúdo in grauem Hemd und brauner Hose. Sein wuscheliges Fell ließ ihn noch extra pummelig wirken.

»Da haben wir ja richtig Glück gehabt«, sagte Noi'loân anerkennend.

»In der Tat. Seit einiger Zeit sind sie bedauerlicherweise äußerst schwer zu bekommen.«

»Oh, wie schade. Ich hoffe mal, dass das bald wieder besser wird«, sagte der Vázak. Er grinste. »Oder auch nicht, das werden wir noch sehen. Nun, was bin ich Euch schuldig, guter Mann?«

»Vier Valio.«

Noi'loân gab ihm etwas mehr. »Stimmt so. Machen Sie es gut!«

»Danke sehr! Und lassen Sie es sich schmecken!«

Ihunâia packte sie in ihre Leinentasche, in der sich schon weitere Bestandteile eines hoffentlich schmackhaften, auf jeden Fall aber interessanten Abendessens befanden. Entspannt gingen sie weiter entlang der ringförmigen Querstraße, die alle zum Marktplatz führenden Straßen miteinander verband. Sie waren sich einig, dass es hier am schönsten war, da zum einen nicht so ein großes Gedränge herrschte wie auf den anderen Straßen oder gar dem Platz selbst und es zum anderen jedes Mal neue Händler gab. Es war stets spannend sich anzusehen, was diese aus allen Winkeln der bekannten Welt präsentierten – oder von weiter her, wie manche von ihnen mehr oder weniger glaubhaft behaupteten.

»Wolltet Ihr nicht auch schon immer Euren eigenen Drachen besitzen?«, ertönte eine aufdringliche Männerstimme.

»Hm? Was?«, fragte Noi'loân überrascht.

»Ja, Euch meine ich! Oder Euch! Oder Euch! Eigentlich Sie alle, wenn ich's mir recht überlege!«, rief ein etwas zerzauster, dafür umso ordentlicher gekleideter Vázak mit einem Stand. Es war kaum mehr als ein einfaches Regal. Er winkte alle in der Nähe zu sich heran und erzählte: »Zugegeben, die größten sind meine Drachen nicht, und auch nicht besonders lebendig. Aber sie sind die Krönung einer jeden gut eingerichteten Wohnung! Sehen Sie hier!« Er griff hinter sich und hielt begeistert eine etwa zwanzig Zentimeter große goldene Drachenfigur hoch. In den Augen des Drachen loderte Feuer, aus seinen Nüstern stieg kaum sichtbar dünner Qualm auf. »Autsch, hatte ganz vergessen, wie heiß die sind!« Der Vázak zuckte zusammen und stellte den Drachen schnell auf einen Holzständer. »Halt, wo wollt Ihr denn hin, wartet doch!«

Ein paar der Zuschauer gingen kopfschüttelnd weiter.

»Na egal, die haben einfach keinen Geschmack!«, sagte er laut genug, dass sie es noch hören konnten, »Und das Beste haben sie auch verpasst.« Vorsichtig drückte er den Schwanz des Drachen ein Stück nach unten. Seine Flügel hoben sich und das Maul klappte auf, aus dem sogleich eine Flamme herausschoss, die den Drachen um das eineinhalbfache an Länge übertraf. In den nächsten Sekunden schrumpfte sie auf ungefähr drei Zentimeter und flackerte von da an friedlich vor sich hin. »Ein absoluter Hingucker, nicht wahr? Für nur fünfunddreißig Valio gehört er Euch.«

Während ein Numjaír und eine kugelrunde Pelúdo bezahlten, beobachtete Ihunâia ein immer stärker werdendes Funkeln in den Augen ihres Mannes. Schnell flüsterte sie: »Denk' nicht mal dran!«

»Aber –«

»Noi … wir haben genug von dem Krempel.«

»Aber er spuckt Feuer!«

»Und fängt Staub.«

Doch die Enttäuschung, die sich daraufhin in seinen Augen spiegelte, ließ sie einlenken: »Na schön. Wenn du denn unbedingt willst …«

Bei kleinen Spielereien konnte er wieder ein Kind werden, Anführer der Rebellenallianz hin oder her. Ihunâia seufzte, als Noi'loân stolz mit seiner neuesten Errungenschaft von dem Händler zurückkehrte, aber irgendwie fand sie diese Angewohnheit im Grunde ganz amüsant. Und so hässlich war das Teil nun auch wieder nicht … kitschig blieb es trotzdem. Sie hakte sich bei ihm unter und gemeinsam gingen sie langsam weiter.

»Das haben wir viel zu lange nicht mehr gemacht«, sagte sie nach einer Weile.

»Auf jeden Fall«, antwortete Noi'loân.

Und wirklich, obwohl sie sich täglich sahen und sie ihm an mehreren Tagen in der Woche bei der Organisation der Rebellen half, hatten sie sehr zu seinem und auch ihrem Bedauern wenig Zeit für sich.

»Aber man kann die Pflicht nicht einfach beiseitelegen«, sagte er seufzend.

»Ich weiß. Trotzdem …«

»Ja. Du hast ja Recht«, stimmte er wissend zu und schaute hoch zu den bunten Dächern, auf denen sich die Strahlen der spätmorgendlichen Sonne spiegelten. Sie kitzelten ihn sanft an der Schnauze. »Manchmal frage ich mich, wofür ich … *wir* das alles machen. Es gäbe einen einfacheren Weg.«

»Den gäbe es. Wir könnten wegziehen, ganz weit weg. Raus aus Muaëra, wenn es sein muss. Mit Ása natürlich. An der Akademie ist sie ja schon fast fertig. Dann müsste sie auch nicht mehr bei meinem Bruder wohnen, wenn wir an einen Ort kämen, wo uns keiner mehr kennt. Ach, ich wüsste gar zu gern, was für Länder hinter dem großen Meer liegen.«

»Mhm.«

»Wäre das nicht schön?«, fragte sie ihren Mann strahlend, doch zugleich mit Traurigkeit in den Augen, da die Antwort beide kannten.

»Ja. Nichts würde ich lieber tun. Und doch … es wäre falsch. Sieh dir all diese Leute an«, sagte er traurig und machte mit seinem freien Arm eine umfassende Geste. Kinder spielten Fangen zwischen den Ständen und Karren, ein

Vater versuchte dabei verzweifelt seines davon zu überzeugen, mit nach Hause zum Essen zu kommen. Drei Trampianer machten gut gelaunt Witze über ihren Chef, während sie ihre Pause genossen. Ein Pelúdo verhandelte wild herumfuchtelnd mit einem Palháco über den Preis seiner Fische, ein anderer bahnte sich im weißen Kittel eilig einen Weg durch die Masse, scheinbar auf der Suche nach einer ganz bestimmten Adresse. Ein Casísto schleppte unter sichtbarer Anstrengung zwei volle Taschen in jeder Hand, zwei Vázak-Damen trugen stolz ihre neuen Kleider und ein älteres Numjaír-Pärchen, das offensichtlich im Urlaub war, kaufte kleine Mitbringsel für Freunde und Familie zu Hause. »Wir können diese Leute nicht einfach ihrem Schicksal überlassen, auch wenn die meisten von ihnen noch nicht einmal ahnen, was ihnen bevorsteht. Ich weiß nicht, was mit Verbero seit einiger Zeit los ist, aber irgendetwas stimmt da nicht.« Er senkte seine Stimme. »Manche sagen gar, er sei nicht mehr Herr seiner Taten, sondern werde von etwas anderem beeinfluss, oder irgendwem.«

»Was sagst du da? Das kann doch nicht sein!«

»Vielleicht ist es auch nicht so, wie gesagt, ich weiß es nicht. Allerdings würde das zumindest seinen plötzlichen Gesinnungswandel erklären. Sollte an diesen Gerüchten nichts Wahres dran sein, umso besser. Aber wenn doch, rechtfertigt das nur noch mehr unsere Aufgabe.« Er holte tief Luft. »Wie dem auch sei, wenn wir Verbero nicht aufhalten, wird er eine Gefahr für alle werden. Er hat bereits jetzt große Macht und niemand weiß, wie groß sie noch werden und wozu er sie einsetzen wird. Man wäre nirgendwo mehr sicher, in Muaëra sowieso nicht und vielleicht nicht einmal mehr in den Ländern jenseits des Meeres.« Er grinste traurig. »Hm, sollten wir ihn also wie bisher richtig eingeschätzt haben und sich unsere Befürchtungen bewahrheiten, hätten wir auf Dauer also auch nicht viel von unserem kleinen Urlaub.«

Noi'loân sah jedoch auch die wenigen schönen Momente, die sie hier noch hatten, begrenzt. Er erinnerte sich an Ymos'duls Worte, die dieser ihm so oft vorgeworfen hatte. Er wäre zu zurückhaltend, die Rebellen würden zu wenig tun. Vielleicht hatte er Recht gehabt. Vielleicht hätten sie die Sache offensiver angehen müssen. Vielleicht wäre Verbero jetzt schon Geschichte. Vielleicht nicht. Wer kann das schon sagen? So oder so, und da war er sich sicher, sie würden sehr bald etwas tun müssen. Verberos Macht wuchs ebenso schnell wie die Zahl der Repressalien, die mal im Verborgenen, mal in aller Öffentlichkeit über das Volk ergießt. Noch waren hauptsächlich die Casísto die Leidtragenden. Schlimm genug. Doch wie lange würde das so bleiben? Niemand konnte garantieren, dass es nicht morgen die Trampianer waren. Oder die Vázak. Oder die Handwerker, Fischer, Bauern oder Händler. Der König war unberechenbar geworden. Sie mussten handeln, bevor es zu spät war, auch wenn sie nicht so bereit waren, wie sie es gerne wären.

Er warf einen Blick zu seiner Frau. Ihunâia war ungefähr genauso groß wie er, wobei er sich um seines Stolzes Willen einredete, dass das nur so aussah und in Wirklichkeit an den Schuhen oder ihrer Frisur lag. Sie war schlank und hatte im Vergleich zu ihm ein etwas dunkleres Fell. An diesem Tag hatte sie sich für eine leichte blaue Tunika entschieden. Wie oft hatte sie ihm schon mit einem guten Einfall als Rebellenoberhaupt geholfen, wie oft ihn als Ehemann zum Lachen gebracht. Er hoffte, dass er sie auch nur halbwegs so glücklich machen konnte wie sie ihn.

Sie bemerkte, dass er sie ansah und fragte ihn freundlich: »Was ist denn, Noi?« Ihre himmelblauen Augen strahlten in der Sonne.

»Alles in Ordnung.« Er küsste sie auf die Wange und legte den Arm um sie. So bogen sie auf eine der größeren Straßen in Richtung Marktplatz ein.

Während sie sich entspannt einen Weg durch die stetig dichter werdende Menge bahnten, drangen allerlei Gesprächsfetzen an Noi'loâns Ohren. Er hatte eine exzellente Auffassungsgabe, sodass ihm Zuhören inmitten all der Geräusche keine Schwierigkeiten machte.

»Stehen bei euch jetzt auch welche an den Ecken?«

»Ja. Man fühlt sich total beobachtet. Ich meine, Sicherheit muss sein, klar … aber ob das wirklich nötig ist?«

»Ich glaube nicht. Bei uns sind sie seit drei Wochen und seitdem gab es mehr Ärger als in all den Jahren, die wir schon hier wohnen.«

»Sowas verursacht immer Spannung … bin mal gespannt, wie das bei uns weitergeht.«

»Mhm. Also wir haben vor ein paar Tagen die Schlösser verstärken lassen.«

»Werden wir uns auch überlegen. Ich muss weiter, wir sehen uns! Schönen Gruß zu Hause. Und passt auf euch auf!«

»Wo bleibt denn die große Revolution, die uns versprochen wurde?«

»Ganz genau. Erst große Worte schwingen und dann? Die sind auch nicht besser als die ganzen Räte.«

»Wenn nicht bald etwas geschieht, können sie es sich gleich sparen.«

»Genau. Ha, wenn das so weitergeht, müssen wir noch selbst zum Schwert greifen, was?«

»Soweit wird's hoffentlich nicht kommen.«

»War ja auch ein Spaß ... hoffe ich.«

»Ich auch.«

»Diese ganzen neuen Gesetze und alles voller Wachen ... Ich verstehe überhaupt nicht, was eigentlich das Problem ist. Was hat das ganze denn ausgelöst?«

»Das weiß keiner so genau. Nur muss ganz schön was passiert sein, sonst würden ja nicht alle so ein Theater machen.«

»Das stimmt. Bin mal gespannt, was es ist.«

»Lange kann's ja nicht mehr dauern. Vielleicht ist eine Herde Vacas auf den König losgegangen und jetzt suchen sie nach dem Bauern, der sie losgelassen hat!«

»Das wär' ja mal was!«

»He, ihr beiden. Darüber macht man keine Witze. Wer weiß, was wirklich der Grund ist. Es geht bestimmt um die Sicherheit des Landes oder was in der Richtung!«

»Ist ja schon gut.«

»Beruhig' dich, wird alles noch früh genug verboten.«

»Endlich wird mal richtig durchgegriffen!«

»Das wurde höchste Zeit. Bei den ganzen zwielichtigen Gestalten auf einmal ... Die Situation ist schon viel zu lange aus dem Ruder gelaufen.«

»In letzter Zeit konnte man sich ja kaum noch auf die Straße trauen. Ich bin froh, dass der König sich endlich mal um uns einfache Leute kümmert.«

»Vielleicht ist es ja besser so.«

»Tja, wer weiß? Aber trotzdem. Man sollte nicht alles glauben, was die einem weismachen wollen.«

»Ha, du klingst schon wie einer dieser Rebellen!«

»Wenn du mir das vor ein paar Jahren erzählt hättest …«

»Wie sich die Zeiten doch ändern. Aber ich meine ja nur … kommt dir das nicht auch alles seltsam vor?«

»Doch. Auf jeden Fall. Es ist zu einfach. Aus heiterem Himmel sollen die Casísto plötzlich für Probleme verantwortlich sein, die es vorher nicht gab? Da ist doch was faul.«

»Sehe ich auch so. Irgendwas ist da im Gange. Und wenn ich ehrlich bin, ist mir schon ein wenig mulmig zu Mute.«

»Nein, du –«

»Aber warum!?«

»Bali, Schatz, hör' mir zu.«

»Nein!«

»Doch! Es ist zu deinem eigenen Besten!«

»Aber er ist mein Freund!«

»Das wissen wir und wir verstehen, dass das schwer für dich ist. Wenn er kein Casísto wäre, wäre das ja auch alles kein Problem, a–«

»Na und!? Was hat das denn damit zu tun?«

»Das … das verstehst du jetzt noch nicht! Es gibt nun einmal ein paar Probleme mit denen und deshalb sollte man sich besser von ihnen fernhalten!«

»Blödsinn!«

»Schluss, ich habe keine Lust mehr, mit dir zu diskutieren! Komm' jetzt!«

»Ich hasse dich!«

Noi'loân war erschrocken, wenn auch nicht ganz überrascht. Seine Agenten berichteten ihm schließlich regelmäßig über die Meinungen in der Bevölkerung. Doch einmal
mehr wurde er daran erinnert, dass der ruhige Schein trü-
gen konnte und viele sich mehr Sorgen machten, als man es
durch eine flüchtige Betrachtungsweise erahnen konnte.
Sie erreichten den Marktplatz. Obwohl er sehr groß war,
spendeten die vielen Bäume und Markisen der etlichen
Stände fast ebenso viel Schatten wie in den Straßen. Das
Durcheinander war hier wie erwartet am dichtesten und die
Händler hatten alle Mühe, ihre Kunden zu bedienen oder
ausschließlich mit ihrer Stimme der Menge ihre neuesten
Angebote mitzuteilen.

»Ob das so eine gute Idee war?«, raunte Noi'loân seiner
Frau gespielt besorgt und genervt ins Ohr, woraufhin er einen leichten Knuff in die Seite erntete. Obwohl er so große
Ansammlungen nicht besonders mochte, wusste er genau,
dass sie diesen Markt niemals verlassen würde, ohne vorher
die Hauptattraktionen genauestens inspiziert zu haben, damit sie auf keinen Fall etwas Spannendes verpassen konnten.

»Seht, da vorne!«, rief eine aufgeregte Palháco.

»Der König?«, fragte weiter vorne ein Vázak und schaute
sich verdutzt um.

»Was, der König?«, erwiderte eine ältere Casísto überrascht.

»Wo?«, fragte ein Kind, das von den Erwachsenen verdeckt wurde.

»Was ist denn los?«, fragte nun auch Ihunâia neugierig.

»Macht Platz! Macht Platz für den Boten des Königs!«,
rief ein Wazáy, der in die Uniform des Ganar-Ánimas-Si-
cherheitsdienstes gekleidet war.

Ein Kreis bildete sich. Noi'loân drängte sich nach vorne, um besser sehen zu können. Ein schmächtiger Vázak in einem dunkelbraunen Umhang stieg umringt von sechs Gardisten der Regierung auf eine Kiste, die einer der Soldaten ihm zuvor rasch bereitgestellt hatte. Mit heller Stimme verkündete er: »Bürger von Ganar-Ánimas. Ich überbringe Euch eine Nachricht seiner Majestät, des Königs! Die Kriminalität hat in den letzten Wochen stark zugenommen in unserem Reich. Überfälle, Diebstahl, ja sogar Mord gehören mittlerweile für viele unbescholtene, friedliebende Bürger zum traurigen Alltag, so auch vor wenigen Tagen in den Außenbezirken dieser Stadt! Viele von euch haben davon vermutlich gar nichts mitbekommen, dem schnellen Eingreifen unserer Sicherheitsleute sei Dank! Eine Bande junger Casísto hat im Schatten der Nacht die Angestellten eines Schmieds überfallen, als sie die letzten Ladungen Erz aus den Mienen in die Werkstatt bringen wollten. Zwei konnten verletzt fliehen, der dritte fiel der gnadenlosen Aggressivität dieser Tiere zum Opfer! Welch ruchlose Tat! Als unsere Beamten, alarmiert von aufmerksamen Bürgern wie Euch, nur wenig später eintrafen, konnten sie die Verbrecher allesamt in Gewahrsam nehmen und die Beute wieder ihrem rechtmäßigen Besitzer zurückbringen. Leider hat sich durch diesen schrecklichen Vorfall einmal mehr die hässliche Fratze der Casísto offenbart. Seine Majestät, der König, sah sich daher bedauerlicherweise und schweren Herzens dazu genötigt, folgendes Gesetz zu erlassen: Ab sofort gilt ab Sonnenuntergang für Casísto eine Ausgangssperre. Zuwiderhandlung wird hart bestraft! Alle anderen Bürger sind davon nicht betroffen, jedoch zu ihrer eigenen Sicherheit angehalten, bei Dunkelheit ihr Heim ebenfalls nicht zu verlassen, bis die Situation sich wieder normalisiert haben wird.

Zusätzlich werden die Wachen verstärkt. Ziel ist die lückenlose Gewährleistung, dass zukünftig kein Verbrechen mehr unbemerkt und vor allem ungesühnt bleibt, oder am besten gar nicht erst geschieht! Bürgern, die sich an der Wahrung der Sicherheit beteiligen wollen, steht es frei, sich bei den lokalen Behörden für den Wachdienst zu bewerben. Casísto sind hiervon ausgeschlossen. Des Weiteren werden alle Hinweise, die zur Verhinderung eines Verbrechens oder der Ergreifung der Täter, auch präventiv, wesentlich beitragen, reich belohnt! Diese Maßnahmen dienen einzig und allein unser aller Sicherheit. Gemeinsam stehen wir gegen das Verbrechen und werden nicht ruhen, bis es endgültig von unseren Straßen, aus unseren Häusern, und nicht zuletzt den Köpfen derer, die all jene Schandtaten verüben, getilgt ist! Wir werden ihnen keine Chance lassen!« Unter einerseits tosendem Applaus und andererseits beunruhigtem Raunen stieg er von der Kiste herab und verschwand im Kreis seiner Wachen in der Masse.

Noi'loân drehte sich mit sorgenvoller Miene zu Ihunâia um, die das Geschehen schräg hinter ihm verfolgt hatte. Er murmelte besorgt: »So geschieht es also. Es wird höchste Zeit.«

Sie sah ihn bloß traurig an. Er nahm sie in den Arm und sprach leise: »Uns bleibt keine Wahl. Wir können nur hoffen, dass es nicht schon längst zu spät ist.«

Es war später Abend, als Noi'loân sich mit Sanutíl an seiner Seite über den großen Tisch im taktischen Besprechungsraum des Hauptquartiers der Allianz Câtan Vijéba beugte. Eine gigantische Karte Muaëras bedeckte die massive Platte. In ihr steckten unzählige farbige Nadeln, viele verbunden durch ebenso farbige Fäden. Um den Tisch herum standen Offiziere, ihre Adjutanten nur wenig dahinter, Agenten, Berater und engste Vertraute des Rebellenoberhauptes. Einer der Berater erklärte gerade etwas, während die anderen schweigend zuhörten. Ein Agent neben ihm ergänzte ihn von Zeit zu Zeit. Fackeln tauchten den Raum in tieforange-rotes Licht, ihr Flackern spiegelte sich auf den Beschlägen der Rüstungen wie in Noi'loâns Augen.

* * *

Die Sonne strahlte ihm direkt in die Augen. Mûtavéh hob schützend die rechte Hand. Die Segel des Schiffes traten nun wieder groß und mächtig in sein Sichtfeld. Seit einigen Minuten wartete er schon zusammen mit Ràksûl am Hafen Âretoàs darauf, dass er endlich den prachtvollen Zweimaster betreten dürfte. Einige Bedienstete standen um sie herum, zwei Wachen in voller Rüstung beobachteten misstrauisch die Schaulustigen, die sich langsam versammelten, um das Ablegen des teuersten Schiffes des Landes mitzuerleben. Tatsächlich war es ein einziges dekadentes Kunstwerk voller goldener Schnörkel, Verzierungen und Schnitzereien. Die *Seeschuppe* war das persönliche Transportmittel des Rates und Königs. Entsprechend wenig genutzt sah sie aus wie neu. Überall taumelten Taue, die nach oben führten, genau wie eine Leiter aus verknoteten Seilen, die an einem Ausguck endete, auf dem sich bereits ein nervös mit den Flügeln flatternder Trampianer befand. An den Seiten lugten rot umrandete Bullaugen heraus, die Kapitänskajüte war gesäumt von hölzern vergitterten Fenstern. Dahinter war nichts zu erkennen, sie war auch noch nicht besetzt. Kapitän Thûmar, ein bärtiger Hæríquon in schwarzem knielangen Mantel mit breitem Kragen und schneeweißem

346

Hemd, schritt herrisch über das Deck und schwor seine
Mannschaft darauf ein, dass wenn jemand einen Fehler machen würde, der den Ratsherren Unannehmlichkeiten berei-
tete, dieser in hohem Bogen von Bord fliegen würde und mit
den Fischen um die Wette schwimmen dürfte. Alle waren
sie Hæríquon, bis auf besagten Trampianer, und trugen
dunkelrote Uniformen mit schwarzen Applikationen. Steuermann und Erster Maat trugen zudem eine silberne
Schärpe. Mûtavéhs Blick war gerade zu der Schiffsfigur am
Bug gewandert, einer gewaltigen Seeschlange, wie sie nur
in alten Mythen vorkam, da kamen die restlichen Wachen,
die zu ihrem Schutz mitreisten, wieder an Deck, nachdem
sie das ganze Schiff durchsucht hatten. Nach einem kurzen
Handzeichen setzten sich die Bediensteten in Bewegung
und brachten das Gepäck und allerlei Lebensmittel an Bord.
Ràksûl ging stolz den Schaulustigen winkend den Steg nach
oben, Mûtavéh folgte ihm leicht angewidert vom begeister-
ten Jubel der Menge. Oben angekommen lächelte er ihnen
trotzdem ebenfalls entgegen und hob verabschiedend den
Arm.

Kapitän Thûmar kam in hohen Lederstiefeln auf sie zu
und sagte mit ungewöhnlich rauem Ton: »Wir legen ab,
wenn die Sonne im Zenit steht. Eure Unterkünfte findet Ihr
im Gang zur Linken und Rechten.« Er zeigte kurz zu einer
Tür schräg unterhalb des Steuerrades. »Das Essen wird
Euch gebracht. Ihr erwartet wahrscheinlich eine Sonderbe-
handlung wie in Eurem Schloss, aber für sowas haben wir
keine Zeit hier.« Zum Abschied murmelte er: »Steht einfach
nicht im Weg rum ...«

Mûtavéh musste grinsen. Er mochte den verschrobenen
Kerl, endlich einer, der ihm nicht permanent nach dem

Mund redete. Trotzdem nahm er sich vor, sich lieber von ihm fernzuhalten, er hatte etwas Beunruhigendes an sich.

Ràksûl blickte böse drein und hatte die rechte Augenbraue empört hochgezogen. Er grummelte aufgebracht: »Auf einem Schiff von solchem Rang könnte man doch wirklich einen Kapitän erwarten, der weiß, wie man mit seinem Vorgesetzten spricht. Enttäuschend, ich werde sofort eine Beschwerde einreichen.«

Der Erste Maat war gerade an ihnen vorbeigegangen und hatte Ràksûls Stimmung mitbekommen: »Das würde ich Euch nicht raten, er ist der beste Kapitän, den es gibt. Thûmar ist allerdings unter Piraten aufgewachsen –«

»Piraten? Wie bitte? Ich werde auf keinen Fall –«

»Keine Sorge, beruhigt Euch, Ràksûl! Das ist lange vorbei und … naja, das Ganze hat auch seine Vorteile: Er kennt sich überall aus, wirklich überall, selbst außerhalb unserer besten Seekarten. Und er trotzt dem schlimmsten Wetter. Ich würde unter niemandem lieber dienen, glaubt mir.«

Ràksûl ging trotzig zu seiner Kajüte und starrte den Kapitän aus der Ferne feindselig an, dann verschwand er hinter der vergoldeten Tür.

Der Numjaír jedoch wusste, dass er noch lange genug in seiner Kammer würde hocken müssen und ging lieber raus an die frische Luft. Auf dem Deck war wildes Treiben, überall wurden Vorbereitungen getroffen.

Zur Mittagsstunde war alles bereit, sie legten ab. Das letzte Segel wurde gehisst, die Leinen gelöst. Erst langsam, dann immer schneller floss die *Seeschuppe* den Sungaji entlang, der rechts und links gesäumt war von Feldern und Weiden. Einzelne weit ausladende Laubbäume waren Tüpfel in der sonst eintönigen Landschaft. In der Ferne sah man immer wieder Gruppierungen von Bauernhöfen, an manchen Stellen konnte man windschiefe Unterstände für Tiere und Futterstellen ausmachen. Alles hatte einen herrlich rustikalen Charme. Es war zwar eine ärmliche Gegend, aber man hatte das Gefühl, dass man gerne dort aufgewachsen wäre, auf Bäume geklettert und Limaíras geritten hätte.

Mûtavéh stand lange oben bei dem Steuermann, der froh war, jemanden zu haben, dem er seine zig Geschichten über die Gegend erzählen konnte, die alle anderen auf dem Schiff schon satthatten. Er hieß Fahárd und war der älteste an Bord. In seinem Mund fehlten die meisten Zähne und eines seiner beiden Hörner war abgebrochen. Mit der restlichen Mannschaft hatte er nichts zu tun, sie blieben unter sich und der Kapitän ließ sich kaum blicken.

»Was schätzt du, Fahárd, wie lange werden wir unterwegs sein?«

»Das Wetter ist ein unvorhersehbarer Faktor. Aber gewöhnlich braucht man bis zum Hafen von Træth etwa vier bis fünf Tage.«

Der Numjaír beobachtete lange, wie sich Vögel zu Schwärmen zusammenfanden, die aus dem Westen kamen. Die Luft wurde etwas kühler gegen Abend, da wandte er sich traurig von dem schönen Anblick ab und ging durch die goldene Tür in einen kurzen, schmalen Gang. Mûtavéh blickte durch seine Tür in einen winzigen Raum mit einem Bett, in das eher ein Pelúdo als ein Numjaír passte, doch er war schon häufig mit Schiffen gefahren, deshalb war er froh, überhaupt ein richtiges Bett zu haben.

Kurz darauf brachte ihm einer seiner Bediensteten sein Essen, im Laufen aß er seine fade Suppe. Obwohl Leute seines Ranges dort nichts zu suchen hatten, wollte er doch wissen, wie die Matrosen untergebracht waren. Er stieg eine

Leiter hinab und fand sich in einem stinkenden Labyrinth aus Hängematten wieder. Überall standen Fässer herum. Mûtavéh bemerkte, dass es auf dem Schiff keine einzige Kanone oder sonstige größere Waffe gab. Das war auch eigentlich nicht nötig, da es fast keine Piraten mehr gab und wenn sie den Weg der *Seeschuppe* doch kreuzen sollten, würden sie es nie wagen, sie anzugreifen, da selbst die übelsten Verbrecher des Landes den König persönlich nie herausfordern würden. Nachdem er böse von ein paar Matrosen angestarrt wurde, zog er sich wieder in seine Kajüte zurück.

Am nächsten Vormittag kamen sie an Limara Nehir vorbei. Es war eine sehr reiche Stadt, die von den Armen des Sungaji und der Prajía-Bucht umrahmt wurde. Sie befand sich auf einem sanften Hügel und war übersät mit bunten Fahnen, die im Wind tanzten, und schmalen Türmen. Uralte Bäume ragten zwischen den aus Stein und Lehm gebauten Gebäuden hervor. Eine Stadtmauer zog sich um die Stadt herum, deren Einwohner oftmals Fischer waren. Der Gestank des Fischmarktes stach unangenehm in der Nase, dass einem die Augen tränten. Der Hafen war sehr breit und überfüllt von Kuttern und kleinen Boten. Sie machten nicht Halt. Fahárd steuerte das Schiff auf die Bucht hinaus, in der viele Netze ausgelegt waren. Man konnte das Ende nicht ausmachen, sie sah aus wie ein Meer. Die Oberfläche trug viele kleine Wellen davon, auf denen das Licht glitzerte wie bei einem mitternächtlichen Sternenhimmel. Das Wasser war sehr trüb und milchig, genau wie der Sungaji selbst.

Ràksûl blieb die ganze Fahrt lang in seiner Kajüte und arbeitete an seinem Entwurf, wie er den Aufstand auf Træth unterbinden könnte. Als Mûtavéh ihn fragte, ob er helfen könne, meinte er nur, dass der Numjaír ihn nur aufhalten würde und die Fahrt genießen sollte. Er wäre ja ohnehin nur mitgekommen, um den erfahreneren Ratsherren bei seiner Arbeit zu beobachten. Das störte Mûtavéh keineswegs, er genoss gerne die Fahrt ohne arbeiten zu müssen, es war fast wie Urlaub.

Nachmittags kam die legendäre Brücke von Èlnyomas in Sicht, die *Straße über das Meer*. Kilometerlang verband sie den Norden mit dem Rest Muaëras. Die Stadt war nicht zu sehen, es gab nur die Bucht und die gewaltige Brücke. Aus dunklem Stein und Metall gebaut, sah sie aus wie das letzte Hindernis vor dem Ende der Welt. Viele Bögen schwangen sich unter der breiten Straße. Zur Mitte hin wurden sie immer gewaltiger, um auch die größten Schiffe durchzulassen. An jeder einzelnen Säule, die tief ins Wasser stieß, befand sich eine Statue. Sowohl alte Könige als auch besonders grausame Drachen, die die Küste in vergangenen Zeiten heimgesucht hatten, fanden sich wieder. Der höchste Punkt der Brücke wurde bewacht von zwei steinernen Greifen, die drohend die Köpfe aneinanderstießen und weit die geplusterten Flügel ausstreckten. Als das Schiff näher kam, sah Mûtavéh einige Casísto Karren in Richtung Fjiondar schieben. Es waren ungewöhnlich viele, aber er machte sich nicht weiter Gedanken um sie, da er dadurch an die hingerichteten Gefangenen in Âretoà erinnert wurde.

Bei Anbruch der Nacht segelten sie aufs weite Meer hinaus. Es hatte keinen Namen, wurde überall nur *Das Meer* genannt, da Muaëra nur an einer Seite an die See reichte. Jetzt peitschte ihm kalt und feucht der Wind ins Gesicht, was ihn für lange Zeit vom Deck vertrieb. In seinem Zimmer stellte er einen Hocker an das einzige Fenster und las ein zähes Buch über die neu entstandene Fauna und Flora der Insel Hilâl, nachdem die Drachen verschwunden waren.

Am dritten Tag der Reise wurde ihm furchtbar schlecht, denn das Wetter hatte umgeschlagen und große Wellen bäumten sich auf, was das Schiff gewaltig ins Schwanken brachte. Mûtavéh warf sich einen Kapuzenmantel über und kämpfte sich bis zu Fahárd durch, bei dem nun auch Kapitän Thûmar stand und reichlich zerzaust aussah. Ein strenger Regen überflutete das Schiff, das Hauptsegel war eingeholt, die Mannschaft schlitterte über das Deck.

»… nach Südwesten, das ist unsere einzige Chance, Õudus ist noch zu weit weg, wir können nicht so lange durchhalten!«, brüllte der Kapitän heiser gegen den Sturm an. Eine Böe klatschte Massen an Regen in sein Gesicht.

»Thûmar, was ist der Plan? Nichts gegen die *Seeschuppe*, aber ich fürchte, dass wir noch sinken, wenn es so weiter geht!«, rief der Numjaír, zog sich tief die Kapuze ins Gesicht und blinzelte daraus hervor.

»Geht zurück in Eure Kajüte, sonst werdet Ihr noch von Bord geschwemmt bei der nächsten großen Welle, wir versuchen im *Hafen der Kalten Klippen* einzufahren!«

Der Ratsherr hörte auf ihn und ging zurück, jedoch mit leuchtenden Augen. Die Stadt in den Thalej' Bergen durfte kaum jemand betreten, sie war ein großes Geheimnis und sollte Hort der kostbarsten Schätze der Welt sein.

Es dauerte noch einen ganzen Tag, bis sie überhaupt in die Nähe der Berge kamen, in denen der Sungaji seine Quelle hatte.

Von einem starken Ruck wurde Mûtavéh aus dem leichten Schlaf geweckt. Gähnend und sich an den Wänden abstützend ging er wackelig zu seinem Fenster. Nichts als Gischt und Felsen waren zu erkennen. Draußen war ein wildes Toben und das Schiff wurde gehörig durchgeschüttelt.

Ein weiterer Ruck nahm ihm die letzte Müdigkeit, beunruhigt schnappte er sich seinen Mantel und ging an Deck. Man konnte sich kaum verstehen, aber Mûtavéh meinte, dass der Kapitän ihm sagen wollte, dass sie sich kurz vor dem Hafen befanden und Sturm und Felsen keine gute Kombination auf dem Meer waren. An der glitschigen Reling hielt er sich fest und versuchte in der Ferne etwas zu erkennen. Wie aus dem Nichts machte sich eine Wand von ihm auf, die Thalej' Berge waren in Sicht, die ein riesiges Tor umschlossen. Dumpf hallten Hörner durch den Regen und nach einem kurzen Moment der Stille wurde das Tor nach oben gezogen. Mit viel Gebrüll und Anstoßen an spitze Felsen manövrierte Thûmar persönlich die *Seeschuppe* durch das Riff und die schmale Durchfahrt zum *Hafen der Kalten Klippen*. Kaum hatten sie das Tor passiert, schloss es sich wie von Geisterhand. Erst jetzt sah der Numjaír, dass links und rechts Türme in den Berg gehauen waren, an denen riesige Hörner in die Tiefe reichten.

Augenblicklich hörte der Sturm auf, der Regen prasselte weiterhin, jedoch hielten die hohen Berge den Wind weitestgehend ab.

Sehr langsam fuhren sie in die dunkle Bucht hinein, die Luft war gespannt. Alles war still, bis auf die prasselnden, eiskalten Tropfen. Ein Flattern von Federn um den großen Mast schreckte die Mannschaft auf. Die abschätzenden Blicke richteten sich zum Himmel. Nur Thûmar blieb ruhig mit dem Blick in der Ferne. Etwas Goldenes spiegelte sich in seinen blutroten Augen.

Ein Raunen ging über Deck. Mûtavéh folgte dem Blick des Kapitäns und erblickte die Verbotene Stadt. Ein kleiner Hafen mit einer Hand voll Handelsschiffen tastete sich durchs kalte Meerwasser. Weiße Klippen trennten ihn von

Gebäuden aus Gold, wie es sie kein zweites Mal auf der Welt gab. Große bunte Fenster blickten wie weise Augen auf sie herab. Man sah enge Treppen zwischen den Häusern steil ansteigen. Nichts regte sich, nicht einmal Fahnen flatterten durch den Wind. Weit oben, blass durch die Regenwand schimmernd, sah der Numjaír ein Schloss, kleiner als seines in Âretoà, aber von unvergleichlicher Anmut. Hinter ihm stand ein breiter, nicht sonderlich hoher Turm mit großzügig verstreuten Öffnungen. Erneut flatterten Federn um die *Seeschuppe*: Ein Shírkûn flog zielgerichtet Richtung Schloss und verschwand im kurzen Turm.

Ein paar Minuten später legten sie an, sofort kam ein Trupp Soldaten und führte ein hitziges Gespräch mit Kapitän Thûmar und einige Momente später auch mit Ràksûl, der auf Landgang hoffend torkelnd aus seiner Kabine gekommen war. Schließlich konnten alle sich darauf einigen, dass das Schiff repariert werden würde und man Lebensmittel für die Weiterreise bekäme. Ohne schriftliche Vorankündigung des Königs dürfte jedoch niemand die Verbotene Stadt betreten, nicht einmal die Ratsmitglieder. Mûtavéh war sehr erstaunt über die strengen Regeln. Er beschloss Verbero darauf anzusprechen, dass doch wenigstens Leute wie er und Ràksûl nicht wie Schwerverbrecher behandelt werden sollten, die nur darauf aus sind, die Schätze der Regierung zu ergaunern.

Den restlichen Tag verbrachten alle unter Deck. Der Regen wollte und wollte nicht aufhören. Zum ersten Mal auf dieser Reise betrat Mûtavéh die Kapitänskajüte. Hinter einem mächtigen Schreibtisch war eine große Seekarte gespannt, die Ränder blieben weiß, um noch bemalt zu werden. Trotzdem war es das ausführlichste Exemplar, das er je gesehen hatte. Nach Osten breitete sich ein großes Meer aus, kleine Inseln bildeten mit großem Abstand eine gekrümmte Kette und endeten in einem unbekannten Festland.

»Was ist das?«, fragte Mûtavéh ehrfürchtig.

»Das? Ach, da ist nur Eis und Schnee, nichts Besonderes. Interessant wird es erst im Süden, dort im Norden lebt kaum jemand«, erklärte Kapitän Thûmar beiläufig.

»Wie bitte? Soll das heißen, woanders lebt auch noch jemand?«

»Natürlich, glaubt Ihr etwa, irgendjemand hätte uns wie Schachfiguren in Muaëra abgestellt? Wir kommen fast alle aus dem Norden, von diesen Inseln«, er deutete auf einen kleinen Haufen dunkler Punkte, »oder aus Gijtherrà.« Seine Hand legte sich flach auf das kalte Festland.

»Woher wisst Ihr das alles? Das ist mir vollkommen neu und ich habe in Koruma alles gelernt, was es über unsere Geschichte zu sagen gibt.«

»Ich war da, ganz einfach. Eine Gruppe Pelúdo hat mir erzählt, dass vor langer, langer Zeit große Kälte fast alle aus dem Norden vertrieben hat. Hier in Muaëra haben sie eine neue Heimat gefunden. Die Numjaír und Trampianer, die ursprünglich hier lebten, waren davon nicht sonderlich begeistert, aber nach einigen Auseinandersetzungen und kleinen Kriegen haben sich alle zusammengerauft. Nun ja, bis das mit Hilâl passierte, aber davon habt ihr selbstverständlich schon gehört.«

Mûtavéh musste sich setzen, es hatte ihm die Sprache verschlagen. Ràksûl kam mit einigen Papieren herein und beschwerte sich: »Das müssen wir alles noch unterschreiben, langsam verliere ich wirklich jede Geduld mit diesen

Verrückten hier, man kann's auch übertreiben mit der Sicherheit. Furchtbar!« Er warf die Papiere frustriert auf den Schreibtisch.

»Wann können wir hier wieder weg?«, fragte der Numjaír.

»Niemand fährt gerne den *Hafen der Kalten Klippen* an, jeder hier möchte einen loswerden, aber man kann nicht fort, außer bei Windstille. Ich fürchte, ein paar Tage sitzen wir hier mindestens fest«, stellte der Kapitän missmutig fest.

»Wieso konnten wir nicht wie geplant bis nach Õudus weiterfahren?«, fragte Ràksûl mit scharfem Ton.

»Wären wir weitergefahren, lägen wir vielleicht jetzt schon auf dem Grund des Meeres. Mûtavéh, kommt her, wir müssen alle drei unterschreiben. Ohne Euch beide an Bord hätten wir gar nicht erst hier bleiben dürfen, sie hätten unser Schiff konfisziert und uns über Land weitergeschickt.«

Am nächsten Morgen hörte es für ein paar Stunden auf zu regnen, jedoch blieb es stürmisch und kalt vor dem Tor zum Hafen. Mûtavéh vertrat sich auf dem Deck die Beine und sah sich von weitem die reiche Stadt an. Alles war rein und kostbar, wie schon am Tag zuvor, nur, dass jetzt überall Shírkûns über den Häusern der Verbotenen Stadt ihre Kreise zogen. Die grau-schwarz gestreiften fliegenden Bären verschwanden immer wieder über den Gipfeln der Berge. Alle Nachrichten, die über die Ferne überbracht wurden, wurden zuerst hierher gebracht. Die Botschaften, die an mögliche Feinde der Regierung gingen, wurden so hier gelesen – ein Dorn in Mûtavéhs Auge.

Wehmütig ob der schönen, unerreichbaren Stadt wandte er den Blick ab, doch im Augenwinkel sah er etwas Feuerrotes auf dem höchsten Gipfel aufblitzen, doch als er hinsah, war es verschwunden.

Am vierten Tag im *Hafen der Kalten Klippen* konnten sie erst abreisen. Der Wind war fast still vor dem Tor, Beiboote mit Rudern zogen die *Seeschuppe* durch die Felsen hinaus aufs Meer.

Mûtavéh drückte gegen die goldene Tür und betrat das Deck. In der Ferne sah man Land, sie waren jetzt kurz vor Træth. Ihr Abstecher nach Õudus war sehr kurz gewesen, das Wetter ruhig. Er atmete tief die salzige Seeluft ein und nahm schwungvoll die kurze Treppe hoch zu Fahárd. Der Kapitän war in seiner Kajüte.

»Wie lange noch?«, fragte er den Hæríquon.

»In der Abenddämmerung fahren wir ein, habt Geduld. Morgen Mittag geht's dann los, habt Ihr schon einen Plan, was Ihr den Hæríquons sagen wollt? Für mich wär' das ja nichts.«

»Ich werde wohl gar nichts sagen, Ràksûl hat die ganze Angelegenheit an sich gerissen. Ich soll nur zugucken, was soll's. Wo werden wir die nächsten Tage Quartier beziehen?«

»Ich schätze in der Villa der Stadtherrin Daitya. Sieht von außen nicht sehr gemütlich aus, also genießt Eure letzten Stunden an Bord.« Er lachte rau, Mûtavéh merkte, dass Fahárd es nicht ernst meinte, was ihn beruhigte, denn ein schlimmeres Bett als das auf der *Seeschuppe* hatte er selten gehabt.

Im roten Licht der untergehenden Sonne hielt das Schiff im großen Hafen von Træth, wo noch einige Hæríquons unterwegs waren. Sofort wurde alles abgeladen, doch davon bekam der Numjaír kaum etwas mit, er wurde sofort zu einer Kutsche geführt, gezogen von dunkelbraunen Limaíras, und dann bergauf zur Villa gefahren.

Ràksûl sagte während der Fahrt nichts außer: »Überlasst das Reden mir und haltet Euch zurück, Ihr seid hier nur erduldet, nicht willkommen!«

Gespannt blickte Mûtavéh durch das Fenster in der Kutschentür, das mit feinen Tüchern behangen war. Die Villa kam in Sicht. Sie war mit allerlei Säulen bestückt und von uralten dunklen Bäumen umrahmt. Sie lag auf der runden Spitze eines felsigen Berges. Dahinter stieg Rauch in den dämmrigen Himmel auf, wahrscheinlich von der Feuerkette, eine lange Reihe von aktiven Vulkanen, die sich von der Mitte der Insel aus ins Meer erstreckte und die Insel Træth Jahr für Jahr vergrößerte.

Vor dem Flügeltor stand ein großer Brunnen, der Wasser in Fontänen spuckte und spritzte. Die Kutsche kam zum Stehen, das Tor der Villa sprang auf und zwei Reihen von Soldaten marschierten hinaus. Ein Diener öffnete die kleine hölzerne Tür, sodass die Insassen hinaustreten konnten aus der Dunkelheit und im Schein der Fackeln beleuchtet wurden. Die Sonne ging im fernen Horizont unter. Stadtherrin Daitya erschien, in ein langes grünes Kleid gehüllt, am Eingang und erwartete ihre Gäste. Sie stellte sich beim anschließenden Essen als eine herrische, aber sehr intelligente Frau aus reichem Hause heraus. Mûtavéh blieb hauptsächlich still und höflich. Das führte dazu, dass die Hæríquon ihn für uninteressant und unterbelichtet hielt. Immer noch besser, als wenn sie ihn nicht leiden könnte, aber er war gekränkt und stocherte gelangweilt von den abgehobenen Gesprächen in seinem Salat herum.

Die nächsten drei Tage verbrachte er damit, im Schatten Ràksûls zu stehen, der mit einem ausgeklügelten Plan rasch den Aufstand eindämmte. Mit Steuererleichterungen hier und einem freien Tag in der Woche für alle da erkaufte er ihre Dankbarkeit – und verschwieg die darauf folgenden Einsparungen in der ohnehin schon minimalistischen Bildung der Kinder. Daitya ließ ihn machen, durch die Kinderarbeit wurde sowieso kaum ein junger Hæríquon zu einem Lehrer geschickt. Wozu auch, denn, wie sie meinte, würden aus ihnen allen einfache Bergarbeiter werden, die keinen Grund hätten, lesen lernen zu müssen.

Am vierten Abend auf Træth ging er nach dem Essen, begleitet von einem heuchelnden Diener, auf sein Zimmer. Den Diener schickte er weg, als dieser einen Stapel mit wichtigen Unterlagen vom Tisch warf. Mûtavéh packte seinen Reiseumhang aus und wartete unruhig auf seinem Bett sitzend. Gegen elf Uhr wurden draußen alle Fackeln gelöscht. Lautlos öffnete er die Glastür zum Balkon, knotete ein dickes Seil um das steinerne Geländer und warf das Ende in die schwarze Tiefe. Er öffnete die Tasche, die bereits draußen stand, und tastete nach dem Zettel.

Rahélju, Letztes Haus vorm schwarzen Turm, Xámon, Træth

Er war noch da, also steckte er ihn zurück und warf sich die Tasche am Gurt über die Schulter. Mûtavéh löschte das Licht und lehnte die Balkontür hinter sich an. Im Schutz der Nacht seilte er sich ab und schlich durch den Rosengarten zu den Ställen, die sich außerhalb des Grundstücks befanden, sodass er über eine hohe alte Mauer klettern musste, wobei er sich an einem Ast den Arm schnitt. Er stahl einen zutraulichen weißen Limaíra und ritt in die Dunkelheit des Waldes hinein. Kurz darauf hörte er hinter sich Stimmen, doch er verstand nichts Konkretes, sie verschwanden im Getrappel des schnellen Tieres.

Der Numjaír wandte sich gen Osten und preschte auf einer alten Straße auf eine Brücke zu, immer das Glühen der Vulkane vor sich. Er flehte inständig, dass niemand seine Abwesenheit bemerken würde, ein ungutes Gefühl schlich sich in sein Herz. Die Brücke war verlassen und morsch. Unsicher stieg er ab und führte sein Reittier hinüber. Nach Süden hin sah der letzte Ausläufer des Meeres aus wie ein gewaltiger See, viele Bäche mündeten hinein und ganz am Ende sogar ein rot schimmernder Lavafluss. Gehetzt wandte er den Blick ab und ließ die Brücke hinter sich. Schon stieg er wieder auf und ritt davon. Der Weg wurde nun immer hügeliger und der Wald verdichtete sich. Das Mondlicht war schwach, doch fand sein Limaíra den Weg. Nach zwei Stunden sah er das Leuchten den Stadt Xámon an einem Berghang, direkt an der Küste, die Wellen des Meeres schafften es nicht ihn zu beruhigen.

Nach einer Weile sah er einen eingestürzten schwarzen Turm, der von Ranken zusammengehalten wurde. Er hielt an und sah sich um. Es war so finster. Da sah er eine Lücke zwischen den Bäumen, langsam ritt er darauf zu und entdeckte einen breiten Pfad, der zu einem Haus führte. Vor der Tür stieg er ab und band sein Tier an einem Posten an. Der Limaíra schnaubte vor sich hin und senkte den Kopf, nur um sofort einzuschlafen. Erst jetzt fiel Mûtavéh ein, dass er um zwei Uhr nachts ein ehemaliges Ratsmitglied aufsuchen wollte. Ihm rutschte das Herz in die Hose. Er hoffte, der Mann würde ihn nicht wütend verjagen. Mit zitternder Faust klopfte er laut an. Er musste eine Weile warten und noch mehrmals klopfen, doch dann erschien ein Hæríquon mit langem grauen Bart, kahlem Kopf und auf beiden Seiten abgebrochenen Hörnern.

Halb verschlafen und in einen leichten Mantel gehüllt raunte er: »Wer ist da? Ich warne dich, wenn du keinen anständigen Grund hast, mich zu wecken – zu dieser Stunde!«

»Herr Rahélju?«

»Wer will das wissen!?«

»Ratsherr Mûtavéh von Koruma, ich war auf dem Weg nach Xámon … Ich hatte Nachricht geschickt, dass ich gestern Mittag hier vorbei kommen würde für ein Gespräch, habt Ihr den Brief nicht erhalten?«

»Nein, und es ist mitten in der Nacht, nicht Mittag! Seid Ihr, wer Ihr wollt, klopft nicht nachts bei alten Männern an, die ihren wohlverdienten Ruhestand genießen, klar?« Er versuchte die Tür zuzuschlagen, doch der Numjaír hielt dagegen.

»Ich brauche Eure Hilfe, bitte. Ich war mit einem meiner Bediensteten unterwegs hierher, doch hat er mich auf einem falschen Weg durch den Wald geführt und versucht mich von einer hölzernen Brücke zu stoßen, ich weiß nicht, ob Ihr sie kennt, sie führt über die Bucht.«

»Ja, ich kenne sie, was ist passiert?«

»Ich habe ihn im Kampf davonjagen können, er ist verschwunden. Ich … das hier ist das erste Haus. Ähm, habt Ihr vielleicht einen Verband für mich?« Er deutete auf die Schnittwunde an seinem Arm.

Der Hæríquon brummte unzufrieden, winkte ihn jedoch herein. »Da, setzt Euch, ich bin gleich zurück.«

Langsam ging er die Treppe hoch, die sich gewunden nach oben schlängelte. Mûtavéh setzte sich auf einen Sessel und atmete tief ein und aus. *Soweit, so gut ...*, dachte er mit einem Hauch der Erleichterung. Er schaute sich um, überall standen Möbel, Bücher und Antiquitäten aus ganz Muaëra. An der Wand befand sich ein Kamin, dessen Feuer noch leicht brannte. Darüber hing der ausgestopfte Kopf eines Steintigers. Ihm lief ein Schauder über den Rücken. Das ehemalige Ratsmitglied kam zurück und drückte ihm Verbandsmaterial in die Arme. Anschließend legte er ein paar Holzscheite auf das Feuer.

»Herr Rahélju, ich danke Euch sehr für Eure Gastfreundschaft, ich weiß, das ist nicht selbstverständlich. Ich wollte ja sowieso mit Euch reden, also –«

»Ihr könnt auf dem Sofa schlafen, morgen früh reist Ihr weiter nach Xámon, gute Nacht.«

»Nein, nein, wartet! Ich bin viel zu wach, um zu schlafen, setzt Euch doch kurz zu mir, das wäre wirklich sehr nett. Es wäre mir eine Ehre, verstehet Ihr?«

»Hm, naja ...«, grummelte der Hæríquon. Er schien geschmeichelt zu sein, ein leichtes Lächeln verriet ihn. Er sah Mûtavéh tief in die Augen, abschätzend. »Also, jetzt wo ich schon mal wach bin.« Er setzte sich ihm gegenüber. »Worüber würdet Ihr denn gerne mit mir reden?«

»Ich bin recht neu im Rat, einiges wirkt auf mich etwas ungewöhnlich, aber das liegt bestimmt an mir. König Verbero ...«

»Er ist etwas anders, ja. Schatten sind schon merkwürdige Wesen, nicht?« Der Hæríquon lachte kurz in seinen Bart hinein, dann verschwand das Lächeln und er blickte traurig ins Feuer. »Schaurige Wesen ...«

»Bitte?«

Der Hæríquon sah ihn wieder an, dieses Mal wirkte er verwirrt. »Ihr seid doch Mitglied im Rat, wisst Ihr denn nichts von den Geschichten?«

»Es tut mir leid, ich weiß nicht, was für Geschichten Ihr meint, geht es um Schatten?«

»Natürlich geht es um Schatten! Ihr wisst wirklich nichts?« Kurz wartete er ab, erwartend, dass Mûtavéh sich erinnerte, doch der Numjaír blieb stumm. »Nun ja, wenn der Rat es verheimlicht, sollte ich besser nichts verraten, Ihr würdet nur Probleme bekommen.«

»Wenn Ihr es niemandem erzählt, mache ich es auch nicht.« Langsam wurde Mûtavéh wirklich neugierig.

»Also gut, aber Ihr tragt die Verantwortung. Gebt nicht mir die Schuld, wenn … In Ordnung, ich erzähle es Euch: Es gibt einen Grund, warum ich aus dem Rat ausschied, und mein Alter ist es nicht. Ich habe etwas gesehen, was geheim gehalten werden sollte, wie es mir scheint. Vor etwa neun Jahren im Sommer ging ich den König aufsuchen wegen einer Bitte. Meine Frau – ach das ist nicht so wichtig. Zu dieser späten Stunde sollten wir nicht ins Plaudern kommen. Ich war erbost und klopfte deshalb nicht an. Ich wünschte bis heute, dass ich es getan hätte. Ich platzte in etwas Schauriges hinein: Der König war da, allein mit Râszgúl und einem kleinen Jungen. Einem Vázak. Der Raum war so kalt, die Luft schnitt mir in die Kehle, da löste der Schatten seine Gestalt auf und waberte um das Kind wie dichter Rauch, es schrie, der Schatten verschwand und der Junge kippte tot um. Da sah mich Râszgúl und rannte auf mich zu, gerade als er die Tür zuschlug, erschien der Rauch und der Schatten entfloh aus dem Mund des Vázak. Natürlich rannte ich weg und sagte es den Ratsmitgliedern, aber niemand schenkte mir sein Ohr. Am nächsten Tag wurde mir mein Amt entzogen und ich wurde nach Hause geschickt, hierher. Wegen angeblicher Wahnvorstellungen.

Aber es ist wahr, ich habe es gesehen, das könnt Ihr mir glauben, Herr Mûtavéh.«

Dem Numjaír stellten sich die Nackenhaare auf. Hastig wickelte er sich einen einfachen Verband um den Arm, dann packte er seine Tasche. »Ich, ich muss gehen, zurück nach Træth. Schön Euch kennen gelernt zu haben, wirklich. Danke!«

Er rannte zur Tür hinaus, der alte Hæríquon rief ihm mit heiserer Stimme hinterher: »Es ist wahr, ich bin nicht verrückt! Ich sage die Wahrheit!«

Der Limaíra galoppierte durch die Nacht, zurück nach Westen. Mûtavéh wusste nicht, ob er dem Alten Glauben schenken durfte, aber eines war sicher: Sollte jemand von seinem nächtlichen Ausflug mitbekommen haben, hatte er große Probleme am Hals.

Der Rückweg erschien ihm doppelt so lang wie der Hinweg. Als er an den Ställen ankam, warf die Sonne ihren ersten Blick über die hohen Buckel der Berge. In Sichtweite zum Weg band er sein Reittier an, er wollte nicht riskieren, von einem Stallburschen erwischt zu werden, da der vorabendliche Diebstahl nicht unentdeckt geblieben war. Der Numjaír huschte über die Mauer, dieses Mal ohne sich zu verletzen, aber mit einem Blatt im Fell und kletterte unbemerkt am Seil empor. Er öffnete die Balkontür und wurde sofort von einer Wache gepackt. Ràksûl stand mit finsterer Miene im Raum vor der Tür. Für ein paar Augenblicke wagte keiner, etwas zu sagen. Da sagte der Hæríquon eisig: »Durchsucht ihn.«

Der Diener, den er am Abend zuvor weggeschickt hatte, nahm ihm die Tasche ab und durchsuchte sie. Er zog einen kleinen Zettel hervor und gab ihn dem Ratsmitglied. Ràksûl las ihn leise vor und Mûtavéh biss sich auf die Lippe vor Ärger, ihn nicht hatte verschwinden lassen.

»Wer hat diesen Zettel geschrieben, das ist nicht Eure Schrift. Und was wolltet Ihr von ihm?«, fragte Ràksûl mit eisigem Ton und finsterer Miene.

Mûtavéh wusste keine Ausrede, es fiel ihm nichts ein, was das erklären könnte.

Ràksûl schüttelte enttäuscht und wütend den Kopf. »Festnehmen!«

»Halt! Ihr könnt mich doch nicht gefangen nehmen, weil ich ein Gespräch geführt habe! Das ist nicht rechtens!«

Der Hæríquon kam zornig auf ihn zu und wedelte mit dem Zettel vor seiner Schnauze. »Wäre Rahélju nicht schon ein so alter, verwirrter Mann, säße er für seine grausamen Anschuldigungen im Gefängnis. Für Euch, mein Lieber, sieht die Sache anders aus.«

Mûtavéh spürte, wie ihm die Hände hinter dem Rücken gefesselt wurden, sein Herz pochte wie ein wildes Tier in seiner Brust. Angst durchfloss ihn. Er sah die dunklen Zellen von Âretoà vor seinen Augen. Den Galgen.

* * *

Eyônaí saß alleine mit Grimvâr in der Gaststätte, die sie vor über einer Woche als erstes Gebäude betreten hatten. Sie hatte sich einen gemütlichen Platz direkt an einem Fenster geschnappt und genoss die sanften Strahlen der Abendsonne. Sie sagte: »Ich habe mir Gedanken um Finaír gemacht. Wie wäre es, wenn wir uns trennen und er später nachkommt? Er würde uns doch ohnehin nur behindern und wir sind in Zeitnot ...«

Grimvâr blickte eine Weile zu einer Gruppe von Handwerkern, die lautstark Karten spielten. Dann wandte er sich ab und erwiderte: »Ich weiß. Trotzdem habe ich mich dazu entschieden, dass wir zusammen gehen. Nur gemeinsam haben wir die größten Überlebenschancen. Du hast keine Ahnung, was uns erwartet. Ein Tunnel in den Bergen ist bestimmt nicht unbewohnt. Im Vulkan wussten wir wenigstens, was auf uns zukommt.« Er griff bedächtig zu seinem Krug und nahm einen Schluck. »Ich habe große Bedenken, was unseren Plan angeht. Vielleicht sollten wir doch denselben Weg zurückgehen und die Steine beiseite räumen.«

»Das würde ewig dauern, erinnerst du dich nicht an diese riesigen Brocken? Außerdem will ich nicht noch jemanden verlieren, Wítaijâs Tod war schlimm genug.« Sie sah, wie der Casísto sie ansah. »Oh, du willst ... Mir lag sie genauso sehr am Herzen wie dir, aber wir können nicht unsere ganze Aufgabe und die Leben der anderen aufs Spiel setzen, um sie ehrenhaft zu begraben. Sie ist im Kampf gefallen, das war immer das wichtigste für sie. Du musst loslassen.«

»Ich weiß, es ist nur so schwer. Ich konnte mich nicht einmal von ihr verabschieden, ich habe keine Ahnung, was ich als letztes zu ihr gesagt habe. Und Tânurács ständige Vorwürfe und Seitenhiebe machen es mir auch nicht leichter.«

»Du bist da nicht besser als er, obwohl ihr dasselbe fühlt.«

»Lass uns von etwas anderem reden, wann treffen wir uns morgen nochmal?«

»Vor Sonnenaufgang am Haupttor der äußeren Mauer.«

»Die Vorräte sind oben? Fehlt noch etwas?«

»Das hast du mich heute schon das fünfte Mal gefragt. Mach dir keine Sorgen wegen des Tunnels, vielleicht wohnen da auch nur kleine süße Vögel und bunte Schmetterlinge. Und wenn nicht, wir haben schon schlimmeres überstanden, so übel kann's nicht werden. Es sei denn, du redest noch mehr davon, dann kann ich nichts versprechen.«

Sie redeten noch, bis es dunkel wurde, dann gingen sie schlafen, die anderen waren noch auf der Krankenstation und redeten Finaír Mut zu.

Ein lautes Klopfen an der Zimmertür weckte Eyônaí, die voller Tatendrang aufstand und Vínija vergnügt die Decke wegzog. »Aufstehen!«, rief sie, »Es geht los, endlich raus aus der Stadt.« In ihren Augen funkelte es beim Gedanken an die grüne Wildnis des Tszaô-Tals.

»Ich hoffe, dich fressen die Àtjinûk als erstes«, gab die Vázak grummelnd zurück.

Die Casísto war schon komplett angezogen und mit all ihren Sachen im Gepäck zur Tür hinaus, als die Vázak aufstand und sich die Augen rieb. Unten standen die anderen um halbvolle Taschen, die auf einem großen Tisch abgestellt worden waren. In dem Moment kam Baríth mit Finaír zur Tür hinein und sagte: »Morgen!«

Ein müdes Gemurmel ging als Antwort durch den Raum. Eyônaí ignorierte die beiden Ankömmlinge und machte den anderen Feuer unterm Hintern, dass sie die restlichen Vorräte einpacken sollten. Grimvâr schmunzelte ihr über den Tisch hinweg entgegen. Sie wusste genau, was er dachte, und sie murmelte nun kleinlaut: »Lass gut sein, ja?«

Ein paar Minuten später gingen sie zur Tür hinaus und wanderten einer alten Steintreppe folgend zur großen Außenmauer. Sie warf einen letzten Blick zurück zur Stadt und sah schon das erste fahle Licht auf dem Wasserfall des Vanqua Neija glitzern, der rauschend durch ein Loch in der Mauer in den Thânoth Vëqua mündete. Sabedoría hatte ihr erzählt, dass der Berg Neijanò hieß, benannt nach einer alten weisen Wasserfee, die den hellen Gletscherfluss vor Thân beschützt habe. Eyônaí war sich nicht sicher, ob sie es sich einbildete, aber sie hatte in der Stadt tatsächlich das Gefühl gehabt, als würde ständig eine schützende Hand über ihr schweben. Zum Glück war ihr die Gefahr der unerschlossenen Wildnis lieber als illusorische Sicherheit. So wandte sie ohne Bedenken den Blick ab und sah schon eine etwa zwanzig der weißen Palhácos umfassende Gruppe vor sich an einem Tor stehen. Als sie näher kamen, sahen sie, dass ein kleines Mädchen mit einer goldenen Schale bei den großen Männern stand, die allesamt in kriegerische Rüstung gehüllt waren und schwere Waffen trugen. Zwei trugen längliche, spitz zulaufende Fahnen auf langen Stäben. Darauf sah man die drei Zacken des weißen Gipfels von Neijanò und einen kleinen goldenen Stern auf dunkelblauem Hintergrund.

Der Zug kam kurze Zeit später in Bewegung, sodass sie über die natürliche Brücke über *Thâns Blut* hinweg das düstere Tal betraten, das noch gänzlich in kalten Nebel gehüllt war, an vielen Stellen lag matschiger Schnee, der voller Abdrücke von Tieren war. Eyônaí und die anderen liefen in der Mitte des Trupps, nur Grimvâr war ganz vorne und redete eindringlich mit dem Kommandanten. Ein wohliger Geruch nach Kräutern und Honig drang an ihre Nase, da sah sie durch die Reihen, dass das Kind etwas in der Schale verbrannte. Weißer Rauch durchströmte die Luft.

Sie gingen einen uralten Weg entlang, der einen Hügel hochführte und dann über ein dunkelgrünes Wiesenplateau verlief. Gegen Mittag machten sie eine Pause im hohen Gras, das von ein paar Felsbrocken durchzogen war. Nun sah sie, dass das Mädchen rote Augen hatte. Langsam machte es der Casísto Angst, doch sie zwang sich dazu, nicht zu starren. Ihr gefiel es gar nicht, dass kaum einer redete. Besonders Baríth, der neben ihr gelaufen war, hatte die ganze Zeit über nichts gesagt. Sie aßen ein karges Essen. Grúmaëk durfte nicht kochen, da die Palhácos die Verpflegung als Gastgeber als ihre Pflicht ansahen, aber es waren nur Krieger, keine Köche. Trotzdem wurden sie mit Lob überhäuft, sie waren schließlich sehr froh über ihre Anwesenheit, besonders Finaír, der, auf einen Stock und den miesgelaunten Tânurác gestützt, den Angriff der Àtjinûk noch allzu gut in Erinnerung hatte. In der Abenddämmerung wanderten sie durch einen dunklen dichten Wald. Sie sahen gelbe Augenpaare um sie schleichen, doch trauten die Tiere sich keinen Angriff. Der Geruch der goldenen Schale schien sie abzuschrecken. Die Palhácos zündeten Fackeln an, die die Wesen der Nacht endgültig verscheuchten. Auf einem halbwegs trockenen Fleck zwischen den Bäumen machten sie ihr Nachtlager auf.

Grimvâr kam nun endlich zu seinen Leuten zurück und berichtete, was er erfahren hatte: »Sie bringen uns zu einem Pfad, der zu unserem Berg führt, dort werden sie uns verlassen. Sie meinen, dass die größte Gefahr hier unten lauert und wir den Rest alleine schaffen. Als ich ihn auf den Tunnel durch den erloschenen Vulkan angesprochen habe, hatte der nur gemeint, er wolle keine Ammenmärchen verbreiten, wir würden schon sehen, ob sie noch da seien. Mehr wollte er nicht sagen.«

»Hört sich ja super an, mich erinnert das schwer an Chimëtreâs. Meint ihr, die gibt es hier auch!?«, meinte Baríth.

Vínija schluckte lautstark.

Eyônaí legte selbstbewusst die Hand auf ihr Schwert und stellte fest: »Was auch kommt, ich bin bereit.«

Baríth murmelte: »Für sowas kann man nicht bereit sein.«

»Still jetzt!«, sagte Grimvâr und schaute zornig, wenn auch ein bisschen beunruhigt, in die Runde. »Malt den Teufel nicht an die Wand, da ist gar nichts, nur Ammenmärchen, habt ihr nicht gehört!? Aber Baríth, das könnte dich interessieren: Ich habe ihn gefragt, warum keine Drachen oder solche Wesen durch das Tal fliegen. Der Kommandant meinte, die Luft oben sei giftig, ein Gas ströme aus dem Vulkan aus, das zunächst schwere Kopfschmerzen hervorrufe und dann allmählich zur Bewusstlosigkeit führe. Der Wind um den Neijanò verhindere, dass die Stadt ebenfalls verseucht werde. Auf jeden Fall glaube ich, dass Parúh deshalb nicht in dieses Tal wollte. Wisst ihr noch, wie stark unsere Kopfschmerzen waren, als wir auf diesem Felsplateau waren am Ausgang des Vulkans? Sie verschwanden, als wir abstiegen.«

»Das ändert nichts, er ist fort. Ich werde ihn bestimmt nie wiedersehen. Inzwischen ist er bestimmt schon wieder im Píntô-Gebirge.«

Grimvâr seufzte ob der harten Worte Baríths.

Im Schein des wärmenden Feuers nickten sie ein, ständig umgeben von dem beruhigenden Geruch.

Den ganzen nächsten Tag stapften sie durch den schlammigen Waldboden. Die Bäume glichen denen, die sie bei ihrer vorigen Reise durch das Tal gesehen hatten. Wurzeln, die sich wie Finger aus der Erde erhoben, sich auf Kopfhöhe ineinander verdrehten und schließlich zu einem Stamm zusammenwuchsen. Bunte Pilze und viele schwirrende Insekten. Am Abend erklommen sie den Fuß eines Berges und schlugen ihr Lager mitten auf einem Pfad auf, der weit nach oben zu führen schien. Der Kommandant kam zu der Gruppe, die ganz vorne am Weg ihr Feuer anzündete und erzählte: »Dieser Pfad führt zu Spitze von Berg. Morgen reiset Ihr allein weiter. Hier lauert keine Gefahr, doch stets vorsichtig Ihr müsst sein. Du habest noch die Karte, Junge?«

»Ich sollte sie abmalen, sie sieht genauso aus wie die Alte«, meinte Baríth und klopfte auf seinen Beutel.

»Sehr gut, nichts darf das Tal verlassen, was Teil unseres Schatzes ist.«

Grimvâr stand auf und sagte: »Das können wir gut verstehen, es ist wirklich einzigartig, was ihr erschaffen habt. Nur euer Vorgarten hier,« er deutete auf die großen Weiten des Tals, »der bräuchte eine bessere Beschilderung. Es ist schade, dass Eure wunderbare Stadt so schlecht zu erreichen ist. Das Wissen, das ihr sammelt, sollte auch dem Rest des Landes zugänglich sein. Wir werden wahrscheinlich nie zurückkommen können. Das ist sehr schade.«

»Vielleicht ist besser so, wie es ist, in Muaëra gibt viel Krieg und Zerstörung, hier ist unser Schatz sicher. Und das Tal wird keiner von uns anrühren, wir sind Angst, vor Thâns Rache. Das Tszaô-Tal ist sein Reich, wir leben nur auf einer Insel, beschützt von Neijanòs Erben.«

»Dann ist es wohl endgültig, das ist der letzte Kontakt. Wir werden dafür sorgen, dass ihr in Muaëra nicht vergessen werdet.«

»Vergessen von Geschichte ist wie Lügen über die Vergangenheit. Ich verabschiede mich nun im Namen meines

Volkes, wir brechen morgen schon von Sonnenaufgang auf.«

»Es war uns eine Ehre, Euch kennengelernt zu haben.«

Die Nacht war kühl und der Wind erbarmungslos. Das Feuer drohte ständig auszugehen, erst in der tiefen Nacht konnten sie einschlafen. Als sie morgens erwachten, war es aus und die Soldaten fort. So ganz allein fühlten sie sich schutzlos ausgeliefert und machten sich rasch auf.

Der Weg war steil und steinig. Loses Geröll erschwerte den Aufstieg weiter. Vínija bildete mit Finaír den Schluss, Tânurác und Grimvâr führten sie an. Eyônaí unterhielt sich fast die ganze Zeit mit Grúmaëk, um ihn davon abzulenken, dass er nach Finaír das schwächste Glied der Gruppe war. Ins Gespräch über die leckersten Kräuter und wo sie zu finden waren vertieft, gelang es der Casísto tatsächlich, ihn bis zum Nachmittag zum ersten Drittel des Berges zu bringen. Dort machten sie eine lange Rast mit endlich gutem, von einem Pelúdo gekochten, Essen.

»Ich kann nicht mehr, kann gleich jemand anderes Finaír helfen? Ich bleib' sonst einfach hier sitzen und ihr könnt mich tragen«, meckerte Vínija und setzte ihre schlimmste Trotzmiene auf, sodass alle die Augen verdrehten und sich freiwillig meldeten, nur damit sie mit dem Jammern aufhörte. Schließlich fiel die Aufgabe auf Baríth.

Wenige Meter oberhalb ihres Rastplatzes lag Schnee, jedoch nur in geringem Maße und halb geschmolzen. Je weiter sie kamen, desto fester und eisiger wurde er, aber es wurde nicht wesentlich mehr, sodass er sie kaum behinderte. In der Abenddämmerung, die hellen Felsen um sie herum erstrahlten in saftigem Orange, verlor sich plötzlich ihr Weg, sodass sie einige Sekunden ratlos dastanden.

Eyônaí sah sich genau um und erblickte einen merkwürdigen Schatten hinter einem haushohen Stein. Sofort ging sie darauf zu und stand einem schmalen Eingang gegenüber, der sich hinter dem Fels befand. Ohne nachzudenken, betrat sie den folgenden Gang und stand nach wenigen Schritten in völliger Dunkelheit. Ihr Fell stellte sich auf und die schneidende Kälte raubte ihr den Atem, sofort stolperte sie zurück und lief rückwärts in Tânurács Arme, dessen dunkle Gestalt ihr den nächsten Schreck einjagte. Grimvâr zwängte sich mit einer roten Laterne an ihnen vorbei und erleuchtete einen Gang, der bemalt war mit zahlreichen uralten Zeichnungen von Tieren, Jägern und spitz nach oben zulaufenden Hütten. Nach und nach standen alle in dem Tunnel und waren sprachlos.

Grúmaëk fing sich als erster: »Ich schlafe hier nicht, ich bin draußen und mache ein Feuer, wer folgt mir?«

Alle verließen den merkwürdigen Gang, nur Grimvâr und Tânurác blieben und sahen sich die Malereien genauer an. Im schaurigen roten Licht der Laterne sahen sie wie eine grausige Drohung aus.

Die Nacht war furchtbar. Eine eisige Kälte fegte zwischen den Bergen umher. Schnee peitschte in ihre Gesichter und die wuchtigen Böen zerstäubten das Feuer. Es blieb keine Wahl, sie mussten mitten in der Dunkelheit Zuflucht in dem schaurigen Tunnel suchen. Im Vergleich zum Sturm draußen erschien die Kälte drinnen schon fast wärmend. Jedenfalls war es trocken und windstill. Der Gang war viel zu eng, um ein Lager zu eröffnen, doch wagten sie es nicht, nachts ins Ungewisse zu laufen, auch wenn es nach wenigen Schritten keinen Unterschied machte, ob es draußen hell oder dunkel war.

Als durch den schmalen Eingang scheinend ein milder Sonnenschein wie ein wehender Vorhang die Muaësi weckte, war keiner in fröhlicher Aufbruchsstimmung. Ihre Aufgabe war jedoch klar, sodass sie ohne Murren die ersten Schritte im Licht der Laterne machten. Eyônaí mag von ihrem Zeitgefühl betrogen worden sein, doch sie glaubte, dass etwa drei Stunden vergangen waren, als die Zeichnungen schmierig und hastig wurden und schließlich im Nichts verschwanden. Die letzte Malerei war das Abbild unzähliger Flügel und großer Augen, die starrten, als könnten sie einen allein dadurch ins Reich der Toten ziehen.

»Drachen?«, fragte Eyônaí nachdenklich.

Tânurác antwortete der Casísto mit zögerndem Nachdruck: »Nein. Das ist etwas anderes, Dunkleres.«

Eyônaís Herz wurde kalt und klein, ein dumpfes leises Pochen in ihrer Brust, unwillkürlich tastete sie danach, wie um zu sagen: Sei stark, sei mutig! Jetzt mehr denn je …

Grimvâr ging weiter, sie wusste nicht, ob er ohne Angst oder ohne Worte war.

Nach ein paar engen, schlangenartigen Biegungen wurde es wieder hell. Ein kühles Licht deutete in dünnen vertikalen Linien auf den Boden einer großen Höhle. Nach oben offen, wie eine zerbrochene Eierschale, flüchtete ein leiser Nebel in die Freiheit. Ein schüchtern glitzernder See erfüllte den kalten Raum, der von spitzen, teilweise mit Eis bedeckten Felsen umrahmt wurde. Eyônaí stellte ihren schwer beladenen Rucksack ab und atmete tief und beeindruckt ob der fesselnden Schönheit aus, einen weißen Hauch verströmend.

Finaír meldete sich mit heiserer Stimme zu Wort: »Ich …« Er räusperte sich kurz und laut, »ich muss mich setzen, bitte, ich brauch eine Pause, ich kann kaum noch stehen. Es zieht mein ganzes Bein hoch. Wenn ich weitergehen soll, bleibt mein Bein hier, das verspreche ich.«

Baríth war gerade dabei ihm zu helfen, eine halbwegs bequeme Position einzunehmen, als unbemerkt hundert Schritte entfernt ein Stück Stein wie eine Haut zurückgezogen wurde und zwei faustgroße Augen in der Wand erschienen. Die kleinen Pupillen, kaum zu sehen in dem weißen Kleid, bewegten sich langsam und suchend, unabhängig voneinander durch den Raum und ruhten schließlich auf den schnellen Bewegungen einer Ansammlung von Fremden, die sich um ein schwächliches, nach Blut stinkendes Wesen kümmerten, das kränklich auf dem Boden jammerte. Ein Trieb durchwälzte den Körper der Kreatur. Seine Pupillen wurden groß und schwarz, gierig und von einem Fieber erfasst. Sie blinzelte, die dünne Steinschicht fiel lautlos in die Tiefe und landete wie ein trauriges Schiff auf dem Wasser. Winzige Wellen preschten los, wie ein Schrei, den niemand hörte.

Weitere Felsenaugen schlugen auf, suchten und fanden das gemeinsame Ziel. Die ganze Wand war erwacht, weit, doch nicht weit genug, entfernt von den arglosen Gestalten. In einem gemeinsamen Atemzug brachen die Hrâutí'h auf, lösten sich von Stein und Staub und schlugen schneidend ihre ledrigen Flügel durch die von lautem Kreischen erfüllte Luft. Ihre langen weißen Krallen waren ausgestreckt und suchten wie Pfeile ihren Weg durch das irre Gewirr, das niemand verstand, außer dem, der es schuf.

Die Kreatur umschwirrte die Fremden, die, wie lächerlich, mit Schwertern durch die Massen fuchtelten und sich zum Ausgang, hoch auf ein Plateau, kämpften, stolpernd, rufend. Sie stürzte hinab und vergrub ihre hundert Zähne in dem Hals des Geschwächten. Weitere folgten, bis ein graues Gewusel wie ein einziges Tier den blutüberströmten Boden bedeckte.

Eyônaí kämpfte um ihr Leben, sie wusste nicht, ob sie noch atmete oder die Luft anhielt, sie konzentrierte sich nur auf ihr Schwert und ihre Beine. Sie war voller tiefer Kratzer und Bisswunden, doch Aufgeben kam nicht in Frage, die Rettung war zu nah, zu einfach. Und doch so schwer zu erreichen. Nach einem niedrigen Plateau folgte der grelle Ausgang, die Quelle eines ruhigen Baches, dessen Ausläufer in die Höhle krochen und den See bildeten. Um sie herum schwirrten nur Flügel und diese riesigen, schrecklichen Augen der hässlichen Dämonen.

Ohne es wirklich glauben zu können stand sie plötzlich, einem Hrâutí'h den Kopf abschlagend, draußen in der Freiheit. Das Wasser war tief und hatte trotz der ruhigen Erscheinung eine starke Strömung, die ihr die Beine wegriss. Panisch schwamm sie, ihr Schwert noch in festem Griff, durch die Fluten, um sie herum Tânurác, Vínija und Grimvâr. Plötzlich packte sie eine nasse Hand und zog sie aus dem Wasser. Nach Luft schnappend und Halt suchend fand sie sich in einer Mulde wieder, die vom Hochwasser ausgewaschen war und nun trocken lag. Grúmaëk zog auch die anderen aus dem Bach, sodass es fast schon eng wurde auf dem glatten Stein. Eyônaís Blick raste zum Himmel, doch er war frei, ein beruhigendes Blau schaute ihr entgegen. Ein dunkler Schatten raste an ihrem Blickfeld vorbei. Baríth flog, sich an den Beinen eines großen Hrâutí'hs festhaltend, davon in die Ferne. Eyônaí folgte ihm mit den Augen, bis er hinter den hohen Felsen, die sich wie schlafende Riesen in den Fluss legten, verschwand.

Sofort sah sie jedem in die Augen, sich fragend, wer fehlte, bis sie die Erkenntnis bei Vínija fand, die schluchzend in Grimvârs Arme wimmerte.

Der Abend brach ungewohnt früh an, weil die Berge in ihrem Rücken lagen. Die Dämmerung schmiegte sich wie eine Decke an das Land, das vor ihnen lag. Eyônaí ging voran, eine halb verschüttete Treppe hinunter, die in ein hoch liegendes Tal führte, den Bach, der immer größer anschwoll, stets zu ihrer Linken.

Immer wieder lugte sie zu Vínija, deren Gesicht leer und schmal wirkte, die Augen groß und rund. Die Casísto wusste nicht, wie sie mit ihr umgehen sollte. Normalerweise war sie frech, maulend und laut. So still machte sie einen fast krankhaften Eindruck auf sie. Etwas in ihr war zerbrochen. Ihr Blick folgte einem silbernen Schmetterling.

Die Berge reckten sich um sie herum in die Höhe und sammelten Wolken an ihren Spitzen. Zwischen den Steinen am Boden wuchsen die ersten Kräuter und Moose. Sie wusste, dass sie nicht mehr lange weiterlaufen konnten, bevor es dunkel wurde, aber sie hatte Angst, dass die Vázak am nächsten Tag gar nicht mehr bereit war zu gehen. Außerdem machte sie sich Sorgen um Baríth, sie sah ihn vor ihrem inneren Auge abstürzen, fallen, gefressen werden. Der Gedanke erschrak sie mehr als sie gedacht hätte.

Ein lautes Rauschen weckte ihre Sinne. Sie waren durch das halbe Tal gewandert und um mehrere Vorsprünge gelaufen. Erst jetzt konnte sie sehen, dass der Bach vor ihren Augen in die Tiefe stürzte. Sie ging schneller, bis sie an einem Abhang stand, der den Blick frei machte auf die Weiten der Kàbadian-Wüste. Ein schmaler Canyon schlängelte sich durch die rötliche Steinlandschaft und endete im Rieka, der in großer Entfernung die letzten Sonnenstrahlen einfing. Dezerto lag am Rande des immer schmaler werdenden Baches und war schon von den ersten Fackeln der Nacht erleuchtet. Gebäude aus Lehm und Stein schmiegten sich an einen seitlich abgebrochenen Hügel und präsentierten große Leinentücher, die Plätze und Gärten vor der Sonne abschirmten. Mehr war aus der Ferne nicht zu erkennen. Die Stadt wirkte nah, doch sie war sehr weit weg und bis dahin türmte sich halb versandetes Geröll übereinander, teilweise schon in Dünen. Keine Pflanze traute sich in diese Einöde, in der es praktisch nie regnete. Erst in Richtung Meer und am Rieka fielen die ersten seltenen Tropfen wieder, meist in Form von mächtigen Gewittern. Sie dachte darüber nach, wie sie wohl hinunterkommen könnten, doch die Gruppe machte hinter ihr entfachte bereits das Feuer und dann war auch schon die Sonne verschwunden.

Ihre Decke war dünn, der Boden eiskalt. Das Feuer war schon lange aus, alles Brennbare zu Asche geworden. Im schwachen Schein des Mondes, der sich als fahles Leuchten hinter unendlich weit entfernt schwebenden Wolken verbarg, sah sie die Spitzen ihres Fells zittern, wie Gras im Strom des Windes. Sie fürchtete den Schlaf, denn Eyônaí fühlte stetig, wie sich die Kälte zu ihrem Herzen vorarbeitete. Stunden vergingen, der Mond verschwand, die Sonne kam. Die Haare um ihre Schnauze wurden von zartem Eis umschlungen. Die Casísto richtete sich auf, warf sich die braune Decke um die Schultern und machte ein paar wacklige Schritte. Es kam ihr vor, als wären es die ersten auf dem Boden eines weit entfernten Landes. Langsam erwärmte sich die Luft, das Atmen schmerzte nicht mehr und sie taute auf. Tânurác ging, sich die Hände an seinen Armen reibend, an ihr vorbei zum Abgrund. Suchend bewegte er den Kopf. Grimvâr sah zu ihm und griff zu seiner Tasche, an der ein langes dickes Seil angebracht war. Der Casísto stellte sich neben ihn, seufzte und fragte: »Das wird nicht reichen, irgendeine Idee?«

Der Palháco blieb stumm und suchte mit den ernsten Augen die Steilwand ab.

Eyônaí kam mit einem kleinen Eimer voll Wasser zurück und sagte: »Wir müssen den Fluss überqueren. Auf der anderen Seite haben wir größere Chancen, man sieht Felsstücke aus dem Berg ragen.«

Tânurác sah sie missmutig an und grummelte: »Und wie willst du das anstellen, ohne dass wir den Wasserfall hinabstürzen?«

Grimvâr wandte sich ab und ging. Vom erloschenen Feuer aus meinte er: »Entweder wir riskieren es oder wir gehen zurück, was ist dir lieber?« Sein Blick schweifte leicht unsicher, ob er taktlos gesprochen hatte, zu Vínija. Die Vázak, angelehnt an einen rötlichen Brocken des Berges, schaute nicht einmal auf.

Sie warteten, bis die Sonne hoch stand, banden sich an das Seil und an das Ende befestigten sie den Speer von Tânurác. Geschickt warf er ihn hinter zwei Felsen, das Seil lugte aus dem Spalt zwischen beiden hervor. Der Palháco legte sein ganzes Gewicht hinein und nickte zufrieden. Er machte den ersten Schritt ins Wasser und verzog das Gesicht. Nach kurzem Zögern ging er weiter. Eyônaí war die Nächste, die Kälte zog sich schmerzhaft durch ihre Beine, doch sie konnte nicht schnell gehen, da die Strömung sich mit Wucht gegen sie warf und der Untergrund voller glitschiger Steine und Algen war. Sie war schon fast taub im ganzen Körper, als sie die andere Seite erreichte. Ihre Kleidung und ihr Fell waren vollgesogen, schnell schnappte sie sich neue Kleidung und den gesicherten Umhang aus ihrem Rucksack und zog sich um. Tânurác half den anderen aus dem Wasser, nur Grimvâr, der letzte, musste sich um sich selbst kümmern. Auf der anderen Seite befand sich ein kurzes weißes Kiesbett, durchzogen von rotem Sand. Grúmaëk, der wütend vor sich hin fluchte, weil der Fluss so tief war und er – seiner Meinung nach – fast ertrunken wäre, ging zum Abhang, gefolgt von Eyônaí, deren Kleidung auf dem warmen Boden trocknete. Die Sonnenstrahlen wurden sehr heiß und bei jeder kleinen Anstrengung kamen die Muaësi außer Atem. Doch als sie hinabsahen, waren alle Sorgen vergessen. Rechtecke aus Stein ragten aus der Wand, nur ein bisschen, aber genug, um sie als Treppe zu benutzen. Zum ersten Mal seit ihrem Aufbruch von der Stadt in den Wolken lächelte Eyônaí von einer Seite zur anderen. Ihre Rehaugen leuchteten und strahlten. Endlich erschien etwas einfach. Endlich war das Glück mal auf ihrer Seite.

Sie hatten allesamt noch klammes Fell, doch sie konnten nicht noch länger warten. So weit oben im Gebirge würde ein Shírkûn sie niemals finden. Sie mussten mindestens in die Nähe einer Stadt kommen.

Vorsichtig und aneinandergebunden stiegen sie die Wand hinab. Sprühnebel regnete kühl vom Wasserfall auf sie, was jedoch die Stufen glitschig machte. Eyônaí bemerkte schnell, dass es sehr anstrengend war, so lange zu klettern. Immer, wenn Wind aufkam, bekam sie das Gefühl vom Stein gepflückt zu werden. Sie presste sich dann ängstlich mit aller Kraft gegen die Treppe.

Je tiefer sie kamen, desto weniger Wassertröpfchen fanden den Weg zu ihnen, da sie weiter oben bereits verdunsteten. Ihr Fell trocknete und nun wurde die Hitze ihr schlimmster Feind. Bald hatten sie alle Wasserreserven ausgetrunken und keuchten vor Anstrengung. Sie machten manchmal eine Pause, doch selbst dann mussten sie sich schließlich festhalten. Nur die Angst vor dem Fallen ließ die Casísto nicht aufgeben. Erst als es dämmrig wurde, hatte sie es geschafft und sank todmüde zu Boden. Ihre Arme und Beine schmerzten und kribbelten, als ob tausend Ameisen über sie liefen und sie mit Bissen traktierten. Auch hier unten gab es kein Feuerholz und bald begann sie zu zittern. Es würde wieder kalt werden. Sehr kalt. Und es gab immer noch keine Spur von Baríth. Eingekuschelt in ihre Decke schlummerte sie ein und wachte bis zum Morgengrauen nicht mehr auf.

Als die Sonne ihnen schräg entgegenstrahlte, gingen sie los, stets dem Canyon folgend, der sich zu ihrer Rechten entlangschlängelte. Eyônaí blickte nach oben. Linsenförmige Wolken zogen von den Bergen nach Osten. Sie wirkten so unendlich weit entfernt. Ihr Wasser würde nie den Weg zu ihnen hinab finden.

Keine Straße, nicht einmal einen Trampelpfad, gab es. Überall lagen große Steine, über die sie klettern mussten, doch das Geröll wurde kleiner, je weiter sie sich von dem Gebirge entfernten. Irgendwann liefen sie durch groben roten Sand, während die Luft flimmerte. Ein zarter Wind strömte ihnen entgegen und blies einige Körner in die Höhe. Es sah aus, als stünden sie in Flammen.

Der Durst brannte sich durch ihren Hals, ihr Wasserbeutel war leer und der Fluss im Canyon unerreichbar. Als die Sonne im Zenit stand, fiel sie auf ihre Knie, die Hitze zog jede Kraft aus ihrem Körper. Eyônaí hustete, abrupt zerrte Tânurác sie auf ihre Pfoten zurück und mahnte: »Rasten wir hier, haben wir keine Chance. Wir müssen Schatten finden … und eine Quelle, irgendwas.«

Die Casísto sah ein, dass er Recht hatte, doch sie sah zu beiden Seiten hin nur sanfte Dünen, die keine Schatten warfen, und den Riss im Boden, der den Fluss verriet. Sie krächzte: »Tânurác, hier gibt es keinen Unterschlupf und auch kein Wasser. Gehen wir weiter, kann keiner mehr laufen. Wir haben die Wüste unterschätzt. Wir sind verloren, wenn uns nichts einfällt, und mein Kopf brummt, als säße ich unter einem Bienenstock.«

Grimvâr ging auf den Canyon zu und sah hinab. Er schien enttäuscht und folgte dem Flusslauf mit den Augen. Der Casísto drehte sich rasch zu den anderen um und winkte sie zu sich. Die Gruppe folgte schlapp dem Aufruf und stellte sich in einer Reihe am Abgrund auf. Der Fluss machte vor ihnen eine Kurve und strömte in ein weites, tiefes Becken, bevor er in einer anderen Richtung weiterfloss. Der Rand des Beckens war schräg, dickbäuchige Felsen stachen aus ihm heraus und bildeten unten eine kleine Halbinsel, die im Dunkeln lag, nur erleuchtet vom zarten Funkeln der Wellen. Der alte Mann wandte sich erwartungsvoll Vínija zu: »Was meinst du, schaffen wir es da runter und auch wieder hoch?«

Die Vázak blickte erschöpft und traurig hinab und nickte leicht, dann ging sie los. Keiner wusste mehr über das Klettern als sie. Doch Grimvâr zweifelte unter diesen Umständen etwas an ihrem Urteilsvermögen. Er sah ihr einen Moment lang nach und schien zu überlegen, doch der Durst schien größer als die Bedenken.

Nach ein paar Minuten waren sie angekommen. Vínija machte ein paar Ansagen darüber, wie man am besten vorging, und kletterte dann als erste hinab.

Eyônaí schielte zu Grúmaëk rüber und bemerkte sein besorgtes und ziemlich überfordertes Gesicht. Der alte Mann beugte leicht den Oberkörper, um einen besseren Überblick zu bekommen, machte dann aber rudernde Bewegungen mit den kurzen Armen und stolperte ein paar Schritte zurück. Indes war Vínija schon auf der steinigen Insel angekommen und verschluckt von den Schatten. Nur ihre Augen blitzten leuchtend herauf zu dem unentschlossenen Rest.

Der Pelúdo ging am Rand entlang und blieb plötzlich stehen. Er rief etwas zu der Vázak herunter, doch Eyônaí konnte ihn nicht verstehen, da die Fluten zu laut rauschten. Unvermittelt nahm er ein paar Schritte Anlauf und stürzte sich in die Tiefe. Ein lautes Platschen, gefolgt von vielen Spritzern und weißem Schaum auf dem dunkelblauen Wasser, hallte von den Wänden wider. Grúmaëk tauchte auf und schwamm etwas unbeholfen und angestrengt auf die Insel zu, wobei er gegen eine unsichtbare Strömung ankämpfte. Doch er schaffte es und krallte sich an den Felsen fest. Erst jetzt merkte Eyônaí, dass sie den Atem angehalten hatte und entließ die Luft. Sie und die anderen entschieden sich für den anstrengenderen Weg und kamen trotz ein paar Schrammen sicher und erleichtert unten an, wo die beiden Erstankömmlinge bereits aus vollem Halse tranken. Sie sprang von Stein zu Stein und fand sich neben Vínija wieder. Sofort steckte sie ihren Kopf ins kalte Nass, schreckte kurz zurück und trank dann überglücklich weiter. Die Strömung war sehr stark und floss auf einen breiten Strudel zu, deswegen traute sich keiner ganz ins Wasser. Vor allem

Grúmaëk nicht mehr, der misstrauisch ins Blaue starrte. Eyônaí stand fröhlich und erfrischt auf und sah sich um. Ein paar einsame Pflanzen guckten aus Löchern zwischen den Felsen hervor, auf denen sie eine kleine Gruppe Echsen ausmachen konnte. Ein breiter, sehr hoher Spalt blickte finster wie das Auge einer Schlange auf den ankommenden Fluss. Eine natürliche, sichelförmige Kette aus Steinen führte durch das Wasser zu ihm, das in ihn hineinfloss. Neugierig tapste sie durch das Becken auf ihn zu und stellte sich in den Eingang. Es war finster darin, doch sie erkannte eindeutig, dass sich hinter der Wand ein großer Hohlraum befand, durch den ein sich schlängelndes Rinnsal floss. Eyônaí erschrak, als plötzlich Tânurác hinter ihr auftauchte und sich an ihr vorbeizwängte. Der schwarze Palháco verschmolz mit der Dunkelheit, als er sich einige Schritte hineinwagte. Seine tiefe Stimme hallte schaurig: »Hol Grimvâr hierher.«

Der Casísto kam mit der Laterne, die an seinem Rucksack baumelte. Er nahm sie ab und erleuchtete den Raum. Tropfsteine hingen von der Decke, ab einem Fuß Länge waren sie abgebrochen. In der Mitte des Hohlraumes lenkte ein altes Drachenskelett den Bachlauf nach rechts, wo er in einem niedrigen Tunnel verschwand.

»Grimvâr, wir sollten dem Wasser folgen, durch die Wüste haben wir keine Chance!«

»Ein Regenfall und wir ertrinken. Wir wissen nicht einmal, wo das hier hinführt, das Risiko ist zu groß, Tânurác.«

»Es tut mir leid, aber ich bin seiner Meinung«, sagte Eyônaí, »Dezerto ist bekannt für seine Kalkhöhlen, deren Gänge verlaufen sich in der Wüste. Es regnet hier so gut wie nie, und wenn wir keinen Weg zur Stadt finden, dann gehen wir zurück und versuchen es durch die Wüste.«

Grimvâr sah sie scharf an und sagte: »Dieser Auftrag liegt unter meiner Verantwortung, wir dürfen nicht scheitern, nicht sterben, bevor wir nicht eine Nachricht nach Ganar-Ánimas geschickt haben. Ich sage, wir gehen durch die Wüste, Eyônaí.«

»Bitte, vertrau mir. Ich bin mir wirklich sicher, dass dieser Bach entweder direkt neben dem Fluss bleibt und nach Dezerto führt oder zumindest irgendwo eingestürzt ist. Wir arbeiten jetzt schon lange Seite an Seite, lass' dieses eine Mal mich entscheiden.«

Tânurác schnappte sich das Licht und bestimmte: »Wir gehen. Eyônaí, hol' die anderen her.«

Grimvâr sagte nichts, doch man sah in seinen Augen, dass er zweifelte. Besorgt blickte er zu dem schwarzen Loch, auf das der lange Schädel des Drachen deutete.

Der Palháco ging mit der roten, schaukelnden Laterne voran, das kalte Nass reichte bis weit über die Knie, sein Oberkörper war gebeugt. Die platschenden Geräusche hallten von den weißen Wänden wider. Es schien, als wollte man sie warnen.

KAPITEL 12

Die rauen Fesseln rieben brennend. Mûtavéh versuchte verzweifelt den Druck der Seile zu minimieren, doch ohne Erfolg. Etwas raschelte zu seiner Linken, etwas streifte sein Bein. Er konnte nichts ausmachen. Ihm wurde schlecht. Sein Blick suchte den Schlitz in der Tür, durch den grelles Licht schien. Es schmerzte in den Augen, er musste wieder in die Schwärze seiner Zelle in Âretoà starren. Er war ganz allein. Bestimmt von ganz oben, damit er nicht mit Straßendieben und Gesindel zusammen sein musste. Er empfand die Einsamkeit als Folter, horchte bei jedem fallenden Wassertropfen auf, bei jedem Luftzug oder jeder quietschenden Tür. Die Luft war feucht und alt, es roch modrig. Er saß in Schmutz, wünschte sich ein Bad und frische Kleidung. Doch viel mehr machte er sich Sorgen. Er fragte sich, ob er eine öffentliche Verhandlung bekam, mit Beschimpfungen aus dem Volk. Hochverrat, das würde das Urteil werden. Die Strafe wäre … wäre ertränkt werden im Fluss, an einen Stein gebunden. Oder Minenarbeit bis zum Tode? Er wusste es nicht mehr, es war kein oft gesprochenes Urteil. Die Unwissenheit riss an seinen Nerven, er war nervös. Schritte hallten durch den Gang vor seiner Tür. Der Lichtstrahl wurde unterbrochen, der Mann blieb stehen. Schlüssel klirrten. Mûtavéhs Kopf ruckte hoch. Die Wache ging weiter und öffnete die Tür neben der seinen. Der Numjaír schluckte. Enttäuschung und Erleichterung flossen durch seine Adern. Seine Gedanken schwirrten immer wieder um die Frage, was nun aus den Plänen der Allianz werden würde. Sie hatte nun keinen Spion mehr im Rat, keinen, der den König beobachtete. Er fühlte sich hilflos, dann wurde er wütend. Verbero hatte erkannt, dass er umgedreht worden war, seine Stimme gegen die Bildung von Kindern aller Gesellschaftsschichten hatte ihn misstrauisch gemacht! Oder es war etwas anderes. Vielleicht hatte auch jemand seine Berichte belauscht oder es lag an dem Zettel, er wusste es nicht. Mit Sicherheit hatten der König und Ràksûl nur nach einer Sache gesucht, wegen der sie ihn festsetzen konnten. Mûtavéh merkte, wie sich das anhören musste: Er hatte schon Verfolgungswahn. Der hungrige Numjaír versuchte an etwas anderes zu denken. Ob er es wohl mitbekommen würde, wenn der König abgesetzt werden würde?

* * *

Ein lautes Donnern riss Tutú aus ihrem Schlaf. Sie murmelte: »Hm? Was ist denn hier los?« Verschlafen rieb sie sich die Augen und blickte in Richtung des offenen Fensters. Ein kalter Windstoß schlug ihr ins Gesicht. »Was zum …?« Sie rappelte sich auf und sah verwundert hinaus. Obwohl es noch früher Vormittag war, oder eher sein sollte, sicher war sie sich dabei nicht, war es stockfinster, der Himmel in tiefes Lila und Schwarz getaucht. Regen in unvorstellbaren Massen prasselte in dichten Fäden zu Boden, während weit verästelte Blitze hindurchzuckten und für kurze Augenblicke alles in gespenstisch weißes Licht tauchten. Große Wellen jagten über die Gewässer der Gärten Âterpéas und die Pflanzen wurden wild hin und her gepeitscht. Tutú griff instinktiv nach den Läden rechts und links von ihr und verschloss sie fest. Ein Donnerschlag ließ das Wasserglas auf ihrem Nachttisch klirren. Obwohl sie schon eine Handvoll der äußerst seltenen, aber dafür umso heftigeren Stürme in der Oase erlebt hatte, war sie von diesem dennoch beeindruckt. Sie zündete gegen das Zwielicht eine kleine Öllampe an. Ein Flackern huschte durch den Raum und warf streifenförmige Schatten von den Brettern der Fensterläden an die Wand. Wassertropfen schossen durch ihre Spalten und fielen dahinter auf die vom Tag immer noch warmen groben Steinplatten. Die Luft hatte eine angenehme Temperatur, wenn sie mittlerweile auch etwas schwül geworden war. Tutú ging an ihren Schrank und tauschte ihr Nachthemd gegen eine beige Hose, eine weiße Bluse und eine dunkelbraune Weste. Die Vázak beschloss nachzusehen, was die anderen Bewohner machten und ob es irgendwo Schäden gab. Durch sonst lichtdurchflutete, heute dunkle Gänge begab sie sich in den kreisrunden Speisesaal des Erdgeschosses. Mehrere Soldaten saßen dort beim Frühstück, auch Khjános und Durári waren dabei. Sie standen an der Theke vor der Küchenzeile zusammen und unterhielten sich energisch. Wohl darauf bedacht, dass niemand der Anwesenden hören konnte, worüber.

»Guten Morgen, alle zusammen! Ganz schön was los heute, was?«, fragte sie in den Raum.

Nur ein Soldat nuschelte ein gelangweiltes »Morgen ...« zurück.

Tutú ging zu der Küchenzeile, schnappte sich ein Stück Brot, die erstbeste Frucht, die sich in ihr Blickfeld schlich, und eine Tasse Tee. Dann setzte sie sich zu dem einen Soldaten, der sich zu einer Antwort durchgerungen hatte. »Na, hier ist ja eine Stimmung ...«, stellte sie fest.

»Mhm«, grummelte der der Soldat, ebenfalls ein Vázak, und schien sich nicht sonderlich über ihre Gesellschaft zu freuen. Er widmete sich umso mehr seinem Essen.

»Und das bei dem Sturm draußen ... haben die das überhaupt schon mitgekriegt?«, fragte Tutú, die das Desinteresse zwar bemerkte, aber der es völlig egal war.

»Ach, hör mir auf mit dem Sturm. Wegen dem mussten
wir diese Nacht eine Extraschicht machen«, knurrte der
Mann, der nun, da er sich beschweren konnte, doch Interesse an dem Gespräch fand.

»Wieso –?«

»Befehl von ganz oben. Falls was kaputt geht. Außerdem
ist so ein Unwetter ja *die* Gelegenheit, um sich hier einzu-
schleichen. Als ob sich das einer antut ...« Er gähnte herzhaft, steckte sich den letzten Bissen in den Mund und nachdem er schläfrig seinen Teller zurückgebracht hatte, verließ
er den Raum durch die Tür am anderen Ende. Tutú zuckte
mit den Schultern und aß ihrerseits. Es dauerte nicht lange,
da kam ein anderer Soldat herein. Er wirkte etwas aufgeregt
und verkündete: »Leute, hört mal her! Ihr sollt alle in die
Eingangshalle kommen. Unser Herr will uns was sagen.
Scheint wichtig zu sein.« Ohne eine Antwort abzuwarten,
verschwand er wieder. Die anderen murrten, standen aber
nach und nach auf. Durári knuffte seinen Freund unsanft
mit der Schulter, als er zielstrebig den Ausgang ansteuerte.
Khjános schüttelte den Kopf und folgte mit einigem Abstand.

Neugierig, was sich der fremde Spinner dieses Mal aus-
gedacht haben mochte, machte sich Tutú ebenfalls auf. Sie
fand es recht amüsant, was der untersetzte Vázak, um den
sie sich vor gar nicht allzu langer Zeit noch gekümmert
hatte, in der Zwischenzeit hier so alles veranstaltet hatte.
Anscheinend hielt er sich für jemand wichtigen, irgendeinen Herrscher, und meinte, die Allmacht erlangen zu können ... oder sowas. So genau hatte sie nicht mehr zugehört,
seit sie ihn als unzurechnungsfähig eingestuft hatte – was
recht schnell passiert war. Doch die Trottel, die ihm hinter-

herrannten, schafften es regelmäßig, sich bei ihren soge-
nannten *Missionen* irgendwelche Verletzungen zuzuziehen,
was ihre Arbeit regelrecht beflügelte. Das war der einzige
Grund, warum sie noch hier war. Ihre Dienste als Heilerin
waren sehr gefragt und sie konnte so mehr Geld verdienen,
als sie je für möglich gehalten hatte – wo auch immer dieser
Nau'jas es auftrieb. Sie wollte es gar nicht wissen.

Der Weg zur Eingangshalle war nicht weit. Sie musste
bloß ein paar Meter durch einen Flur laufen, der sich quer
zwischen ihm und dem Speisesaal befand.

Die Halle war groß und hoch, mit einem spiegelnden Boden aus dunkelgrauen, beinahe schwarzen Steinen. Dünne
goldene Linien schlängelten sich ohne erkennbares Muster
hindurch. Von den breiten verglasten Eingangstüren Tutú
gegenüber aus gesehen war auf der linken Seite ein prächtiger Empfangsbereich, auf der rechten einige Tische und
Stühle, dahinter mehrere Büsten und Gemälde. Erhellt
wurde der Raum von großen Fackeln an den Wänden.

Alle Soldaten, die sich derzeit in Âterpéa aufhielten, standen an den Seiten und erwarteten ihren Anführer. Tutú
stellte sich unauffällig neben eine der Büsten, die weit vom
Eingang entfernt war – das Ebenbild eines vernarbten Palhácos, eines großen Helden der Drachenkriege, wie sie dem
kleinen Schild darunter entnahm. Als sie ihren Blick davon
löste, erkannte sie Mâlrap und Bav'no. Aufgeregt standen
sie am Empfangsbereich, stolz ihre neuen Rüstungen mit
Rangabzeichen präsentierend. Gespanntes Gemurmel erfüllte die Luft, unterstützt vom steten Prasseln des Regens
und immer wieder unterbrochen von Donnerschlägen.

Plötzlich wurde es still. Nau'jas ging kräftigen Schrittes,
in einen dunklen Umhang gehüllt, aus dem gleichen Gang
herein wie Tutú zuvor. An seiner Seite lief Thálok in einer

leichten dunkelbraunen Ledermontur, seine linke Hand ruhte auf dem breiten Schwert an seinem Gürtel. Die Soldaten stellten sich in Reihen auf und nahmen Haltung an, als Nau'jas zwischen ihnen hindurchschritt. Kurz vor dem Eingang drehte er sich um und schaute in die Menge. Der Regen prallte hinter ihm an die Scheiben der Türen. Einzig der Fackelschein sorgte dafür, dass er sich von der Finsternis in seinem Rücken abhob. Er begann seine Rede: »Meine treuen Mitstreiter. Ihr habt alle hart für unseren Erfolg gearbeitet und nicht unbedeutende Opfer gebracht. Nun sollt ihr den Lohn erhalten, der euch zusteht!« Er stockte, als sich hinter ihm die Türen öffneten. Ein Blitz zuckte über den Himmel und offenbarte die Silhouette Ymos'duls. Forsch schritt er durch die Öffnung, Regentropfen schossen um ihn herum oder prallten von ihm ab. Drinnen nahm er die Kapuze seines schwarzen Umhangs ab und beugte vor Ugryòr kurz sein Haupt. Pfützen bildeten sich unter ihm, als das Wasser von seinem Umhang und der darunterliegenden schwarz glänzenden Rüstung tropfte. Er sagte: »Herr, die Männer sind bereit.« Dann trat er zurück und stellte sich zwei Schritte schräg hinter Nau'jas.

Dessen Mund verzog sich erfreut zu einem Lächeln und er fuhr fort: »Unsere Vorbereitungen sind abgeschlossen. Morgen bei Tagesanbruch marschieren wir gegen Âretoà. Es ist an der Zeit, dass das Volk erfährt, wer sein wahrer Herrscher ist.«

Ein weiterer Blitz schickte ein flackerndes Licht über die Zuhörer und tauchte alles in einen gespenstischen Schein. Nau'jas entließ die Anwesenden mit einem Nicken, dann verließ er die Eingangshalle gemeinsam mit Thálok und Ymos'dul, ging durch den Gang und eine Treppe hoch, die gegenüber dem Speisesaal lag.

Nach und nach löste sich die Versammlung auf.

Mâlrap und Bav'no gingen begeistert mit einer Handvoll Soldaten an Tutú vorbei. Die Heilerin konnte das Leuchten in ihren Augen sehen. Durári eilte ihnen hinterher, um sich ihnen anzuschließen. Sie selbst setzte sich an einen der Tische auf der rechten Seite. Sie hatte eine Entscheidung zu treffen. Am anderen Ende der Eingangshalle sah sie Khjános. Er schien beunruhigt, so wie jemand, der hilflos etwas zusehen musste ohne es ändern zu können. Ihre Blicke trafen sich und Tutú deutete auf einen Stuhl neben ihr, doch der Numjaír schüttelte den Kopf und verließ eilig den Raum. Tutú blieb als einzige zurück.

Wenig später standen sich Ymos'dul und Ugryòr in dessen Arbeitszimmer gegenüber. Nachdem er Thálok rasch hinausgeschickt hatte, sprach der zukünftige König nun mit seinem Oberbefehlshaber: »Du weißt hoffentlich, was auf dem Spiel steht?«

»Selbstverständlich, Herr.«

»Gut, denn ich dulde kein Versagen.«

»Ich ebenso wenig, seid unbesorgt. Man muss bereit sein, die richtigen Dinge zu tun, um das Ziel zu erreichen.«

Ugryòr nickte und sagte bestimmt: »Du weißt, warum ich dich mit dieser Aufgabe betraut habe.« Er sah dem Wazáy direkt in die Augen. »Wie lange?«

»Eineinhalb Wochen, schätze ich.«

»Schätzt du. Das ist viel Zeit.«

»Wohl wahr. Doch bedenkt die Strecke. Außerdem lebten die Männer lange verdeckt und verstreut und haben sich erst heute vollständig eingefunden. Es wird sicher ein bis zwei Tage dauern, bis alles reibungslos verläuft.«

»Du sagtest, sie seien bereit.«

»Sie sind es. Bloß wie gesagt, alles braucht seine Zeit. Wenn wir jetzt etwas überstürzen oder die Männer bis zur Erschöpfung marschieren lassen, könnte das die Mission gefährden. Sie müssen in bestmöglicher Verfassung sein, wenn sie die Mauern Âretoàs überwinden.«

Ugryòr ging ein wenig auf und ab, während er die Worte des Wazáys überdachte. Dann ruckte er herum und nagelte ihn mit seinem Blick fest, während seine Stimme ruhig blieb. »In Ordnung, ich stimme dir zu. Eine Woche.« Mit einer Handbewegung schickte er ihn fort. Danach stellte er sich an die Fenster der Nordseite seines Arbeitszimmers und betrachtete erfreut das Schauspiel am Himmel.

Am Abend blickte Tutú ein letztes Mal zurück auf Âterpéa. Der Wind drückte in ihren Rücken. Einige Lichter brannten in der Oase, sonst war es ruhig. Der Abschied fiel ihr nicht leicht, hatte sie doch viele Jahre dort verbracht. Aber sie wusste, dass sie die richtige Wahl getroffen hatte. Die Dinge hatten sich geändert und sie wollte kein Teil mehr davon sein. Egal, wie viel sie hier verdiente oder wie schön das Leben hier auch war, sie fürchtete sich vor Nau'jas' Plänen, denn wie auch immer sie ausgehen mochten, sie konnten nicht gut enden. Entschlossen drehte die Vázak sich um, die Regentropfen prasselten in ihr Gesicht. Obwohl sie es fast gänzlich mit einem Tuch verdeckt hatte, schmerzte es. Sie lief gegen den Wind gestemmt etwas abseits der Straße nach Õudus. Direkt darauf schien ihr trotz des Unwetters zu riskant. Inständig hoffte sie, dass die Blitze sie verschonten. Die Donnerschläge ließen sie regelmäßig erzittern. Õudus lag in schemenhafter Ferne. Nach einigen Metern sah Tutú etwas aus dem Sand ragen. Sie ging näher heran, um es sich anzusehen. Es sah aus wie das kahle Geäst eines kleinen Baumes, jedoch völlig aus Sand. Sie hatte dergleichen schon einmal gesehen, es waren die Überbleibsel eines Blitzes, der mit großer Wucht in den Wüstenboden eingeschlagen war. Doch dann sah sie noch etwas. Nur wenige Schritte daneben lag jemand. Selbst in dieser Dunkelheit erkannte sie Khjános. Er war der Länge nach hingestreckt, das Gesicht mit aufgerissenen Augen zur Seite. Erschrocken hielt sie sich die Hand vors Gesicht, Wassertropfen perlten daran ab. Schon dachte sie, der Ärmste sei Opfer eines Blitzschlages geworden. Aber dann sah sie einen Pfeil, einen einzigen. Er steckte gerade in seinem Rücken, in einer Linie zur Oase.

* * *

»Noi'loân, der Trupp aus Marbordo ist zurück.«

»Schick ihn rein, Sanutíl«, sagte Noi'loân, legte die Feder zur Seite und blickte gespannt zur Tür seines Büros. Seine Hände lagen gefaltet vor ihm auf dem Tisch. Kurz darauf betraten ein Hæríquon, ein Sángûil und zwei Palháco den Raum. Sie trugen gewöhnliche, unauffällige Kleidung und nur bei genauerem Hinsehen konnte man die dünnen Rüstungen erahnen, die darunter verborgen waren. Ihre offen umgeschnallten Schwerter waren seit den Veränderungen der letzten Wochen jedoch keine Seltenheit mehr.

Der Hæríquon trat vor und berichtete: »Wir haben ihn. Er befindet sich in Õudus.«

Noi'loân sprang auf und fragte: »Es ist also wahr?«

»Ja. Verbero wird kontrolliert. In Marbordo konnten wir herausfinden, dass sich dort bis vor kurzem ein Vázak namens Ugryòr aufhielt, der in der Lage war, Schatten seinem Willen zu unterwerfen.«

»Seid Ihr Euch sicher?«

»Absolut. Unsere Nachforschungen ließen keinen Zweifel.«

»Dann hat sich damit unsere schlimmste Befürchtung bestätigt«, seufzte Noi'loân und ging hinter seinem Schreibtisch auf und ab, für einen Moment in sich gekehrt. »Unsere Zeit ist gekommen. Du, Sanutíl, ruf die Generäle her! Und Ihr …«, er deutete auf die vier Soldaten, als sein Assistent eilig den Raum verließ, »Ihr geht nach Õudus. Findet diesen Ugryòr und macht ihn unschädlich. Selbstverständlich müsst ihr das nicht alleine tun. Ihr werdet noch Verstärkung erhalten, sobald alles Weitere besprochen sein wird. Nun geht und schont eure Kräfte für die kommende Mission. Ihr habt gute Arbeit geleistet!«

Die Soldaten nickten und verschwanden. Es dauerte nur wenige Augenblicke, als ein grauer Casísto, ein Wazáy, zwei Vázak, eine Numjaír und ein Trampianer hereinkamen, sich in einer Reihe vor Noi'loân aufstellten und Haltung annahmen. Sie trugen alle maßgefertigte Rüstungen, jede einzelne perfekt an die Fähigkeiten ihres Besitzers angepasst. So bestand die des Casísto aus Leder mit silbernen Beschlägen an den wichtigsten Stellen, während die des Wazáy sich aus schweren Platten zusammensetzte, jedoch den Gelenken großen Spielraum ließ, um seine Beweglichkeit zu sichern. Die des Trampianers hingegen war kaum mehr als dicker Stoff, wodurch er gerade in heißen Gegenden einen erheblichen Vorteil besaß.

»Meine Herren, meine Dame. Es ist soweit. Wie ihr wisst, ist die Infiltration der Regierung seit kurzem zu unserer Zufriedenheit abgeschlossen. Nun haben wir endlich die Chance – und Pflicht – Muaëra aus den Fängen Verberos zu befreien. Mich erreichten kürzlich die lang ersehnten Informationen aus dem Tszaô-Tal, die wir so dringend brauchen. Es hat den Anschein, dass sich Thân in einem Vázak mit Namen Ugryòr manifestiert, da dieser die Fähigkeit besitzt, Schatten zu kontrollieren. Ich habe Männer und auch die besagte Gruppe um Grimvâr ausgesandt, ihn zu töten. Sobald ihnen dies gelungen sein wird, sollten alle Schatten, also auch Verbero, entweder direkt sterben oder stark geschwächt werden.« Er stellte sich direkt vor seine Generäle. »Der Plan ist folgender –«

»Verzeiht mir, aber ... ist es nicht etwas töricht, einem Gespenst nachzujagen?«, sagte der Trampianer und sah Noi'loân skeptisch an. »Ich meine ... wir wissen doch gar nicht, ob es wirklich so ist. Wer sagt denn, dass es diesen Thân überhaupt gibt? Es ist doch nur eine Legende oder nicht?«

»Legende hin oder her, es ändert nichts. Selbst wenn sie komplett erfunden ist, scheint der König unter dem Einfluss dieses Ugryòrs zu stehen, aus welchen Gründen auch immer. Auch falls Verbero bei dessen Tod nicht sterben sollte, wird er vielleicht trotzdem davon betroffen. Und sollte beides nicht zutreffen, könnte es einen anderen Effekt haben. Ich denke, dass der einzige plausible Grund, warum Verbero sich in letzter Zeit so radikal verändert hat, der ist, dass Ugryòr sein Handeln gelenkt hat. Sollte dieser Einfluss mit Ugryòrs Tod von ihm abfallen, könnte er unter Umständen wieder der Alte werden. Das würde an unserem Plan der Übernahme der Regierung nichts ändern, aber vielleicht unnötige Gewalt vermeiden. Egal wie die Dinge sich also entwickeln werden, es ist in unserem Sinne.«

»Trotzdem, wohl ist mir dabei nicht. Das ist mir zu abstrakt. Wenn nichts an alldem dran ist, riskieren wir womöglich umsonst Leben und unter Umständen scheitert unsere gesamte Rebellion an Plänen, die auf falschen Annahmen beruhen«, erwiderte der Trampianer mahnend.

»Möglich. Aber wir haben weder weitere Informationen, noch andere Optionen oder Zeit. Verberos Macht wächst Tag für Tag, ob er nun beeinflusst wird oder nicht. Wenn wir jetzt nicht handeln, könnte es für immer zu spät sein. Und davon einmal abgesehen: Glaubt ihr tatsächlich, dass ich Eure Leben und die Eurer Männer sowie derjenigen, für die wir kämpfen, leichtfertig für ein Märchen aufs Spiel setze? Unsere Chancen stehen gut und ich glaube fest an den Erfolg unseres Plans. Das solltet Ihr auch.«

Der Trampianer nickte und schwieg.

Noi'loân griff zu dem Glas auf seinem Schreibtisch und trank einen Schluck, bevor er weitersprach: »Also, der Plan ist folgender: Geht mit sämtlichen Truppen nach Limara Nehir und wartet dort. Sobald Ugryòr tot ist, werden wir versuchen möglichst friedlich die Regierung zu übernehmen. Daraus werden sich unser weiteres Vorgehen und Eure Befehle ergeben. Übermorgen geht es los. Gibt es Fragen?«

Als niemand etwas sagte, nickte Noi'loân und bedeutete ihnen zu gehen. Anschließend widmete er sich wieder seinen Unterlagen. Auch wenn es darin um wesentlich Greifbareres ging als noch vor einiger Zeit, unter anderem die Material- und Proviantversorgung der Soldaten, die jetzt völlig neu organisiert werden musste, und mehrere Schaubilder verschiedener Verwaltungen und Instanzen samt den Plänen zum Vorgehen bei der Machtübernahme, war es keine angenehme Arbeit. Nun, wenigstens das würde bald ein Ende haben.

* * *

Ein pochender Schmerz an seiner Schläfe weckte ihn, doch er öffnete nicht die Augen. Er spürte groben Sand, sein Hals kratzte. Langsam kam Baríth zur Besinnung. Er war mit dem erschöpften Hrâutí'h in der Nähe einer großen Stadt abgestürzt. Sie war ein mediterraner Fleck trockener Grasebenen am Rand einer großen Wüste gewesen, angelehnt an einen großen Fluss, der in ein schwarzes Loch stürzte, aus dem dicke Nebelschwaden strömten.

Er versuchte sich aufzurichten, ihm schmerzte der Arm, doch er schaffte es. Seine Augen blinzelten gegen die Sonne, er hielt sich die Hand Schatten spendend über sie. Der Casísto erkannte rote Steinblöcke, die einen Hang hinunterführten hin zu vielen Gebäuden, die unter knorrigen Bäumen standen, welche sich schützend über sie ausstreckten. Neben ihm bewegte sich etwas. Erschrocken sprang er zur Seite. Er dachte, es wäre der Hrâutí'h, doch es war nur eine zischende schwarze Schlange. Das Wesen, gegen das er den anstrengenden Flug durch die Hitze der Wüste lang gekämpft hatte, war verschwunden. Der Hrâutí'h hatte ihn loswerden wollen, doch war er so hoch über der Wüste geflogen, dass Baríth beim Sturz gestorben wäre. Noch immer schmerzten seine Arme und Schultern, die die ganze Zeit über sein Gewicht hatten tragen müssen. Baríth wusste nicht, wie er sich so lange hatte halten können, doch eine Kraft tief in ihm hatte ihm Stärke verliehen.

Schnell machte er sich an den Abstieg. Er hatte glücklicherweise noch seine Tasche und sein Schwert, sein Wasserbeutel war halb voll. Nach etwa einer halben Stunde kam er bei den Gebäuden an. Er ging eine sandige Straße entlang, von überall kam Vogelgezwitscher. Er begegnete den ersten Muaësi, doch sie sahen ihn misstrauisch von oben bis unten an und verschwanden dann in ihren Haustüren, die aus einem dicken braunen Stoff bestanden. Baríth fühlte sich einsam und als sei er ein hässliches Ausstellungsstück. Er beschloss den Hafen aufzusuchen, wo ein ganzer Schwarm Shírkûns über die Dächer hinweg durch die Lüfte flog. Er hoffte auf eine Nachricht aus Ganar-Ánimas, denn ansonsten wüsste er nichts Besseres als zurück zu laufen und dem konnte er nichts abgewinnen. Die Gebäude waren bunt, wirkten die Straßen entlang wie Regenbögen, die meisten waren neu und gut in Stand. Je näher er dem Fluss kam, desto mehr Karren und Kutschen kreuzten seinen Weg. Viele Vázak, Wazáy und Trampianer lebten hier, manchmal bekam man auch einen Numjaír zu Gesicht, doch sonst gab es keine anderen Völker. Er fühlte sich fehl am Platz, sehnte sich nach der Geborgenheit in der Gruppe. Nun hörte er das Donnern des Wasserfalls, die Luft wurde feuchter, der Síma lugte aus engen Gassen hervor. Plötzlich stand er am Rande eines großen Hafenplatzes, der übersät war mit Händlern aus allen Ecken Muaëras und ihren Ständen. Dahinter ragten sanft schaukelnde Schiffsmasten in den blauen Himmel. Ein Shírkûn flog in einem dichten Kreis um ihn, doch dann verschwand er wieder, denn der Bote hatte ihn verwechselt. Baríth ließ die Schultern hängen und schlenderte weiter. Langsam wurde sein Hunger größer, doch er hatte kein Geld, also knabberte er an den letzten Resten seiner Reise-

vorräte herum. Seine Laune sank, bis er am Wasser angekommen war. Dort quetschten sich Reihen von Booten und
Schiffen aneinander, unterbrochen von langen dünnen Ka-
nus, aus denen Fischernetze quollen. Vom letzten Boot aus,
flussabwärts gesehen, kamen laute Kommandorufe. Er
wurde neugierig und näherte sich. Große Fässer wurden
über eine kurze Planke an Bord gerollt.

Ein gebrülltes »… jetzt noch fünf und dann die Käfige!«
lenkte seinen Blick auf einen Numjaír mittleren Alters mit
breiten Schultern und einer weißen Kapitänsuniform, die
schon bessere Zeiten erlebt hatte. Baríth bemerkte die vielen
Flickarbeiten am Schiff. Es hatte keinen Mast und wirkte
wie eine wacklige Nussschale, die bei der kleinsten Welle
das Zeitliche segnen würde. Doch plötzlich war ihm das alles egal, denn er sah etwas, das er nicht mehr für möglich
gehalten hätte: Zwei Gitterkäfige standen hinter den Fässern und in einem saß ein junger feuerroter Greif. Er rannte
los, bevor er einen Gedanken formen konnte. Muaësi liefen
ihm vor die Füße und er brachte nichts anderes hervor, als
jedes Mal »'Tschuldigung« zu murmeln. Dann stand er vor
einem Absperrband, unter dem er hindurchschlüpfte. Der
Greif lag gelangweilt im Käfig und fixierte die Schaulustigen, die daraufhin verängstigt von dannen zogen. Dann erblickte er den Casísto, der direkt durch die Gitterstäbe lugte
und ihn anstrahlte. Sofort stand er auf, zögerte, gab dann
ein lautes Krächzen von sich und schlug freudig und aufgeregt mit seinen Flügeln. Baríth war sich jetzt sicher, dass er
Parúh vor sich hatte, als er die Reaktion des Tieres und die
alten Wunden unter dem Flügel sah, verursacht vom Steintiger der nördlichen Sümpfe. Bevor er ihn zur Begrüßung
streicheln konnte, zerrte jemand kraftvoll an seiner Schulter,
sodass er nun zwei Schritte vom Käfig entfernt stand. Der

Kapitän des Schiffes bäumte sich vor ihm auf und schaute ihm streng direkt in die Augen.

Baríth rutschte sein Herz in die Hose. »Ich, ich kann das erklären, das da …«, er deutete mit zitterndem Finger auf Parúh, »… das ist mein Greif!«

»Nein, das ist mein Greif und zudem hätte er dich getötet, wäre ich nur eine Sekunde später gekommen«, sagte der Kapitän. Er sprach ganz ruhig und langsam, aber es hatte die Wirkung als spräche ein ganzer Berg mit dem jungen Casísto.

»Parúh würde mir niemals etwas tun, er ist mein Freund, wir wurden getrennt. Bitte, ich tue alles, nur lassen sie ihn frei!« Baríth schluckte.

Der Kapitän war eine Weile still und zog die buschigen Augenbrauen hoch. Schließlich sagte er: »Dein Parúh ist ein wildes Tier. Ich habe es von der Armee bekommen, die es einfangen musste, da es Koruma unsicher gemacht hat. Das letzte, was ich tun werde, ist ihn auf einem von Muaësi nur so wimmelnden Platz freizulassen. Und selbst wenn deine langweilige kleine Geschichte stimmen sollte, solltest du das besser für dich behalten, denn dann dürftest du für die entstandenen Schäden aufkommen, und ein verwahrloster Casísto wie du kann sich das sicher nicht leisten.« Er ließ den Blick über Baríth gleiten, der ihn völlig verdutzt anstarrte, als wüsste er nicht, zu was er zuerst Argumente bringen sollte.

Schließlich brachte er ein gestammeltes »Verwahrlost?« hervor und blickte dann auch an sich herab. Sein blaues Hemd war voller Dreck und Löcher, seine schwarze Hose teilweise zerschlissen und sein Fell um die Augen war vom Ruß und Staub des Vulkans immer noch verklebt. Ihm ging

ein Licht auf. »Ich bin nicht verwahrlost, das kommt vom …
von etwas anderem, ich habe eine lange Reise hinter mir.«

Der Numjaír sah ihn zweifelnd an und schaute dann wenig beeindruckt rüber zu seinen Männern.

Baríth wurde zusehends verzweifelt. Er musste Parúh unbedingt befreien, jetzt wo er ihn nach alledem wiedergefunden hatte. Er fragte, um die Aufmerksamkeit wieder auf sich und sein Anliegen zu lenken: »Was hat er denn in Koruma angestellt, hat er jemanden angegriffen, ist jemand verletzt!?«

Der Kapitän drehte sich nun halb von ihm weg, immer die Arbeitenden im Blick und erzählte: »Jaja, eine alte Dame und ihr Garten sind in Mitleidenschaft gezogen worden, die Gute ist vor Schreck einfach umgekippt und musste für mehrere Tage ärztlich betreut werden. Ihr Garten ist verwüstet, vor allem bei einem kleinen Wasserfall, die ganze Felswand soll zerkratzt sein. Er wollte wohl unbedingt etwas trinken.« Er gluckste leicht, seine Augen glitzerten etwas bei der Vorstellung. Als dann die Soldaten kamen und ihn einfangen wollten, ging natürlich auch einiges zu Bruch, aber das waren nur Sachschäden. Trotzdem wollten die das Tier eigentlich töten, damit es nicht wieder den Weg dorthin finden kann.«

»Und warum habt Ihr ihn dann genommen, wofür stehen hier die Käfige mit den Greifen?«

Jetzt drehte er sich ihm wieder zu, mit zunehmender Begeisterung in jeder Faser seines Körpers, und erzählte: »Das wird das morgige Spektakel. Meine Männer und ich, wir fliegen mithilfe der Greife die Himmelsfälle herab und suchen – nein – *finden* den Schatz von Muànda!«

Jetzt war es Baríth, der nichts sagte. Er sah ihn an und war sich sicher, dass das eine Geschichte war, die mit zwanzig Vermissten und einem Verrückten enden würde, der als einziger, auf dem Rücken eines Greifs den Wasserfall hochfliegend, diese überleben würde. Verdutzt fragte er: »Was soll das sein, der Schatz von Muànda?«

»Keine Ahnung, ich hoffe etwas, das ich für viel Geld verkaufen kann, ansonsten werfen mich meine Matrosen sicher über Bord.« Der Numjaír lachte hallend und tief. »Die Stadt Muànda ist vor Ewigkeiten versunken. Der einzige bekannte Weg führt über die Síma-Fälle, doch noch niemand war dort, seit die Stadt verschwunden ist. Ich werde der erste sein, denn ich bin der einzige, der nicht versucht, hinunterzufahren, sondern zu -fliegen. Ist das nicht brillant?«

»Eher riskant ... Was kann ich tun, um meinen Greif wiederzubekommen?«

Der Numjaír zuckte mit den Schultern und stellte fest: »Gar nichts, es geht nicht ohne ihn, wie soll ich innerhalb eines Tages so weit vom Píntô-Gebirge entfernt einen anderen auftreiben?«

Baríth schaute traurig und machtlos in den Käfig, von dem aus Parúh ihn mit schrägem Kopf ansah.

Der Kapitän folgte seinem Blick und überlegte. Schließlich platze er heraus: »Kannst du es beweisen? Dass das dein Tier dein Freund ist? Dass es auf dich hört und dir und uns nichts tut?«

Baríth ging unvermittelt auf den Käfig zu, steckte seinen ganzen Arm bis zur Schulter hinein und streichelte Parúhs Hals, der sich an seine Hand schmiegte und leise summte.

Dem Numjaír klappte der Mund auf, denn beim Verladen in den Käfig hatte das Tier wild um sich geschnappt und gewütet. Er klappte ihn wieder zu und fragte: »Wie ist dein Name nochmal?«

»Baríth, Sohn von Nérutaz, dem Stadtherrn von Fjiondar. Das Tier hier stammt von den nördlichen Herden, es ist nicht wild, das sieht man ja schließlich schon am – Hey! Wo ist mein Sattel!?«

»Du, du meinst, du kannst das Ding, ich meine Parúh, fliegen!?«

»Ohne meinen Sattel wäre das ganz schön unbequem, aber ja. Ich bin mit ihm über die Sümpfe nach Ganar-Ánimas geflogen.«

»Du scheinst ein ziemlich interessanter Bursche zu sein und ein bisschen verrückt noch dazu, hast du vielleicht Lust auf ein kleines Abenteuer? Wenn du überlebst, gebe ich dir deinen Greif zurück, der natürlich von deinem Anteil abgezogen wird, versteht sich.«

»Anteil woran, bitteschön?«

»Na, an dem Schatz von Muànda! Wenn du deinen Greif wirklich wiederhaben möchtest, dann kann ich dich zu meinem Greif-Experten benennen und du kommst mit uns.« Er klatschte die Hände aneinander. »Ja, so machen wir's!«

Baríth stockte der Atem, ihm gingen tausend Gedanken durch den Kopf: *Was ist mit meiner Mission? Macht es Sinn, die anderen zu suchen? Werde ich das überleben? Habe ich überhaupt eine Wahl? Kann ich auch mit dem anderen Greif klarkommen? Bei Parúhs Mutter war es ein großes Schlamassel ...* Er seufzte. »Ja, ich werde mein bestes versuchen ... Kapitän«, sagte er schließlich.

Baríth wurde in die Pläne eingeweiht. Der Numjaír hieß Lanhji und war ein erfolgreicher Schatzsucher. Den restlichen Tag und den folgenden Morgen war er damit beschäftigt, mit dem anderen braunen Greif klarzukommen, sich mit ihm vertraut zu machen und schließlich die beiden mit Tauen an das Boot zu binden, ohne getötet zu werden. Zu seiner Überraschung lief alles mehr oder minder glatt, sodass er mittags fertig war. Die restliche Crew allerdings arbeitete langsam, sie sah finster drein und war genauso davon überzeugt, dass das ein Selbstmordkommando war, wie der Casísto. Es waren fast alle grünliche, muskulöse Wazáy, nur ein Palháco war noch an Bord, der genauso rotbraunes Fell hatte, wie der Kapitän selbst. Ärgerlich fand Baríth nur das neue Gesetz, das allen Casísto vorschrieb, bei Anbruch der Dunkelheit die Straßen zu verlassen. Er schlief an Deck des Schiffes, was bei einer so milden Nacht aber nicht das schlechteste war.

Schließlich wurde es Zeit. Eine große Menge Schaulustiger hatte sich am Hafen versammelt und stand hinter den Absperrseilen. Viele Kinder saßen auf den Schultern ihrer Väter und beobachteten das Spektakel mit großen, runden Augen.

Baríth setzte sich auf den Rücken von Parúh, der frontal am Boot festgebunden war. Nach dem Zeichen Kapitän Lanhjis erhob er sich in die Lüfte. Der andere Greif, der am Ende angebunden war, folgte seinem Beispiel, bis die Seile auf Spann waren. Dann wurde das Tau gelöst, das das Boot am Hafen hielt, und mit langen Rudern an den Seiten fuhr es aus dem Hafen heraus und auf die Himmelsfälle zu. Die Menge tobte. So etwas hatte noch niemand gesehen, wenn auch keiner an den Erfolg dieser Aktion glaubte.

Die *Aurúm* fuhr wild paddelnd dort, wo die Strömung am stärksten war, auf den Abgrund zu. Baríth hörte nichts als das unheilvolle Donnern des Schlundes vor sich, der sie zu verschlingen drohte. Parúh wurde unruhig und zog an dem Verbindungsseil. Ein bisschen hoffte der Casísto, dass es riss und er nicht dort runter müsste. Falls das Boot beim Aufprall sinken sollte, konnte er jedoch einfach mit seinem Schwert das Seil durchschneiden und wieder hochfliegen, das machte ihm Mut. Sie waren nun kurz vor dem Abgrund, die Luft wurde feucht vom Nebel. Vor sich sah er nur noch weiß. Baríth drehte sich zu der Mannschaft um, die mit Verzweiflung im Blick paddelte. Da verschwanden sie und rauschten über die Kante. Parúh wurde stark nach unten gezogen, mit aller Kraft schlug er mit den Flügeln, doch er konnte nur den Fall abbremsen, nicht schweben. Baríth klammerte sich an seine Federn und schloss die Augen, denn starker Wind pfiff um sie herum und brannte in seinen empfindlichen Augen. Er hatte das Gefühl, dass er keine Luft bekäme, weil die Luft so vollgesogen mit Wasser war. Der Fall wurde zur Ewigkeit, alles erschien gleichzeitig schneller und langsamer. Dann prallte die *Aurúm* auf. Die Strömung riss es in ein dunkles Loch, Parúh konnte gerade noch auf dem Boot landen, da verschwanden sie im Tunnel. Wild schaukelte das Boot hin und her, Paddeln wurde unmöglich, alle hielten sich fest, nur Lanhji entzündete eine Fackel und erleuchtete mit hektisch flackerndem Licht das Dunkel. Baríth klammerte sich an der Reling fest. Links und rechts gingen kleinere Tunnel ab, große Wirbel reihten sich aneinander, doch sie waren zu schwach, um das Boot anzusaugen. Sie preschten den größten Wasserweg entlang, der viele Kurven einschlug. Das Boot schrammte oft am Fels entlang, bis die Männer sich mit ihren stahlbewehrten Paddeln abstoßen konnten. Viel Wasser war auf dem Deck, von oben und von unten durch Lecks einströmend. Der Casísto sah zurück, doch der andere Greif war nicht da, das Seil war zerfetzt, wie das ganze letzte Viertel des Bootes. Der Wasserspiegel kam immer näher zu ihnen hoch. Sie sanken.

Durch das wilde Durcheinanderrufen hörte er Lanhjis raue Stimme: »Festhalten, es geht wieder runter!«

Und so kam es auch, ein weiterer Wasserfall zog sie hinab in die Tiefe. Baríth hielt sich zwar fest, doch seine Beine wurden nach oben gezogen. Er prallte hart auf und wurde dann von einer gewaltigen Welle überrollt. Das Boot tauchte halb ein und wie ein Korken wieder auf. Die Fackel war erloschen, doch es war trotzdem hell. Eine breite Höhle lag vor ihnen. Im Wasser schwammen hunderte, tausende Fische. Die meisten leuchteten strahlend wie der Mond, manche in Streifen, andere in Punkten und Flecken oder sogar auf dem ganzen Körper. Kleine Fische formierten sich in Schwärmen und bildeten große Raubfische oder Schlangen nach. Selbst das Wasser glänzte bei Wellenbewegungen bläulich. Die ganze Mannschaft stand über die Reling gebeugt da und staunte über die ungeahnte Welt der Lichter. An Decke und Wänden schimmerten Kristalle und Säulen. Es wurde kalt und leise, doch jeder Ton, den man machte, war unangenehm laut und hallte.

Lanhji ermahnte alle zur Ruhe: »Man weiß nie, wer einen hören könnte …«

Der unterirdische Fluss mündete in einen gewaltigen See. An den Seiten strömten kleine Wasserfälle hinein. Doch direkt vor ihnen sahen sie, was sie gesucht hatten: Die gläserne Stadt Muànda. Doch sie waren nicht allein.

Kapitel 13

Noi'loân verließ sein Arbeitszimmer und betrat den Flur. Es war wieder Zeit für einen seiner Rundgänge. Er mochte sie, abgesehen davon, dass diese nötig waren, damit er immer möglichst alles im Blick hatte, was im Hauptquartier passierte. So hatte er etwas Kontakt zu seinen treuen Mitstreitern und kam auch mal raus, wie man so sagte. Ein bisschen Abwechslung tat gut. Er durchschritt den Flur, vorbei an einer Handvoll kleinerer Räume zur Linken, größerer zur Rechten, wobei er die darin Arbeitenden freundlich grüßte und mit dem ein oder anderen eine Handvoll Worte wechselte. Er bemerkte aber, dass die meisten – verständlicherweise – angespannter waren als früher. Über die Wendeltreppe am Ende des Flures gelangte er ein Stockwerk tiefer. Einmal mehr war Noi'loân davon beeindruckt, wie sie es geschafft hatten, das Innenleben des gesamten westlichen Teils des vierstöckigen Gebäudes komplett geheim zu halten und von außen nicht auf normalem Wege zugänglich zu machen. Natürlich konnte man durch die Fenster hineinsehen, doch hatten sie sorgsam darauf geachtet, dass man durch diese nichts erkennen konnte, was auf ihre Tätigkeit schließen ließ. Die Geheimtüren, von denen es auf jeder Ebene eine gab, waren ebenfalls gut verborgen und ließen sich von außen nur mittels komplexer Kombinationen an drehbaren Rädchen in den Verzierungen von Fackelhaltern, durch Herausnehmen von Büchern in bestimmter Reihenfolge oder dem Verschieben mehrerer kleiner, gut getarnter Hebel in Fugen auf dem Boden und an den Wänden öffnen. Am Hauptzugang im Erdgeschoss musste man in einem bestimmten Muster an die Wand klopfen, woraufhin eine Wache auf der anderen Seite die Tür öffnete, nachdem die Identität des Anklopfenden durch versteckte Gucklöcher verifiziert worden war. Sollte es tatsächlich einmal jemandem gelingen, eine der Türen aufzuspüren, hätte er dennoch keine Chance einzudringen – sofern er nicht die Wand einriss, denn die Türen waren so in diese integriert und verstärkt, dass man sie alleine nicht aufbrechen konnte. Der zweite Stock beherbergte hauptsächlich die *Zentrale*, wie alle den länglichen Arbeitsraum der Agenten nannten. In der Mitte stand ein langer Tisch, der sich fast komplett durch den Raum zog. Dort lagen mehrere große Karten und Lagepläne. Manche waren in der Längsachse des Tisches senkrecht aufgestellt oder -gehängt, die wichtigsten aus Glas mit abwischbaren Markierungen darauf. Dazwischen lagen etliche Berichte und Listen verstreut. Die parallel dazu verlaufende Fensterfront war mit Jalousien verdeckt. Agenten aller bekannten Spezies eilten hin und her oder unterhielten sich konzentriert. Andere werteten Berichte aus oder schrieben selbige. In einer Ecke führte ein Palháco gerade die neueste Version seiner selbst gebastelten Verkleidung als schreiend bunter Vogel vor. Anscheinend hatte er vor, sich in einen Jahrmarkt oder dergleichen einzuschleusen. Ein Numjaír und ein Trampianer klatschten ihm begeistert Beifall. Noi'loân wandte sich an den erstbesten, der ihm über den Weg lief, einen jungen Casísto in kurzer weißer Kleidung. Noi'loân konnte sich noch erinnern, wie er dem Neuling selbst vor wenigen Wochen erst alle Räumlichkeiten des Hauptquartiers gezeigt hatte. Der Vázak fragte ihn: »Gibt es Neuigkeiten?«

Der Casísto machte den Mund auf, doch die Antwort lieferte eine weibliche Stimme aus der Richtung der Tür: »Ja. Und keine guten.« Eine Vázak, der man die Erfahrung an ihren Gesichtszügen ansah, eilte herein, neigte der Form halber leicht den Kopf vor Noi'loân und fuhr dann unverzüglich fort: »Mûtavéh von Koruma ist verhaftet worden. Man bringt ihn gerade nach Âretoà. Und Ymos'dul ist wieder aufgetaucht. Er marschiert an der Spitze von Ugryòrs Truppen gegen die Hauptstadt.«

»Was!? Wie kam es dazu?«, fragte Noi'loân schockiert.

»Wir wissen es nicht. Es muss irgendetwas ziemlich schiefgelaufen sein«, antwortete die Frau. Ihr Name war Kénnâra, wie sich der Anführer der Rebellen plötzlich erinnerte.

»Scheint wohl so … verdammt, das hätte nicht passieren dürfen!«, schimpfte er vor sich hin. Noi'loân atmete tief durch, bevor er fortfuhr: »Das sind in der Tat keine guten Neuigkeiten. Mûtavéhs Informationen waren von großem Wert für uns, von seiner zukünftigen Rolle ganz zu schweigen. Was Ymos'dul angeht … traurig. Ich hatte immer gehofft, wenn auch nie wirklich geglaubt, dass er wieder zur Vernunft kommt.«

Er ließ eine kleine Pause.

»Wir müssen auf jeden Fall verhindern, dass er Erfolg hat. Der König ist schlimm, aber diese Leute wären auch nicht besser.« Er dachte nach. »Doch könnte uns diese Entwicklung auch in die Karten spielen. Ymos'dul lässt sich strategisch nicht lumpen, er würde niemals in die Schlacht ziehen, ohne eine reelle Chance auf den Sieg zu haben. Das heißt, die Regierungstruppen könnten Schwierigkeiten bekommen, was wiederum bedeutet, dass sie Hilfe brauchen könnten. Hilfe, die wir ihnen bieten werden.«

Als seine beiden Gegenüber ihn fragend ansahen, erläuterte er: »Wir werden der Regierung erklären, wir hätten erkannt, dass die Bedrohung durch diese Terroristen wesentlich größer sei als unsere Abneigung ihr gegenüber. Da wir noch keine Gewalttaten verübt haben, werden sie uns nicht für radikal oder dergleichen halten und uns vielleicht glauben. So können wir gemeinsam mit den Regierungstruppen Ugryòrs Schergen zurückschlagen und uns gleichzeitig in die beste Position bringen, die Regierung zu übernehmen. Durch diese kurzweilige Kooperation bekommen wir Zugang zu ganz oben, wie es so schön heißt. Damit hätten wir die letzte Hürde genommen. Zudem sind unsere Truppen dann vor Ort, was den ein oder anderen, der noch nicht hinter uns steht, bei seiner Entscheidung sicherlich unterstützen wird. Ich meine, wenn der König erstmal beseitigt ist und wir sowieso gerade da sind …« Er schmunzelte. »Klingt nach einem Plan, oder?«

»Nun, das könnte funktionieren«, sagte Kénnâra. Die Vázak schien zufrieden.

»Nicht wahr? Sagt den Generälen Bescheid, sie sollen sich und ihre Männer vorbereiten. Ich kümmere mich um alles Weitere.«

»Sehr wohl.«

»Und schickt, wenn alles nach Plan läuft, ein paar Leute ins Gefängnis in Âretoà. Holt unseren Freund da raus.«

* * *

»Ich kann es immer noch kaum fassen!«, maulte der Hæríquon zu seinem Kameraden. Er war noch müde von seinem Marsch von Ganar-Ánimas nach Õudus und lud nun widerwillig mithilfe eines Seilzuges Steinbrocken auf einen von Vacas gezogenen Wagen.

»Wirst du aber müssen. Jetzt stell' dich nicht so an«, sagte ein Vázak in schwarzer Rüstung zu seiner Linken. Seine grünen Augen verdrehten sich genervt.

»Ist dir das denn egal!?«, fauchte der erste Soldat zurück.

»Nein. Aber ich kann mich damit abfinden und mache nicht so einen Wind.«

»Pff. Seit Stunden beladen wir schon diese dämlichen Dinger und jagen die Viecher durch die Gegend. Ich bin Soldat, ich bin hier, um zu kämpfen!«

»Und riesige Steinblöcke, Feuerballen, und ein bisschen Bumbum auf diese vermaledeiten Regierungstruppen regnen zu lassen, ist ja auch kaum mehr als ein Nachmittagsspaziergang, hm?«

»Das ist kein Kämpfen. Wir werden zwar töten, aber es hat nichts zu tun mit dem echten Duell auf dem Schachtfeld, wo man seinem Gegner direkt gegenüber steht, wo es auf Können ankommt und man sich beweisen muss. Nur dort schaut man seinem Gegner in die Augen, während man ihn besiegt.«

»Sieh es positiv. Bei der Artillerie lebst du länger.«

»Es ist ehrlos«, schimpfte der Hæríquon und lies den letzten Brocken auf den Wagen plumpsen.

»Aber effektiv.«

»Ach, halt den Rand. Wärst du ein echter Soldat mit Leib und Seele und kein dahergelaufener Tölpel von Vázak in einer Rüstung, würdest du das verstehen. Wenn ich das gewusst hätte, wäre ich bei Noi'loân geblieben.«

»Dann wärst du jetzt Teil eines mickrigen Heeres, das genauso wenig erreichen wird wie sein Anführer.«

»Wer weiß? Außerdem sind mir diese ganzen Schatten nicht geheuer. Hast du so einem schon mal in die Augen geschaut? Da läuft's einem kalt den Rücken runter!«

»Mir egal. So lange sie uns die Arbeit abnehmen ...«

»Seid ihr zwei bald fertig? Wir müssen heute noch bis zum Sammelpunkt kommen und es wäre nett, wenn ihr dazu was beitragen würdet!«, rief die Palháco, die sie schon den ganzen Tag herumgescheucht hatte.

»Hättet Ihr die Armee nicht überall und nirgends lagern lassen, könnten wir uns das sparen ...«, maulte der Hæríquon, setzte sich auf den schwer beladenen Wagen und packte die Zügel.

»Klappe jetzt!«, erwiderte die Frau mit wütenden bernsteinfarbenen Augen und gab dem vorderen Vaca einen Klaps.

* * *

Forschungsbericht des Erudátio, Lehrer der Akademie Koruma

Um den zahlreichen Legenden um Rín, Geist des Lebens, und Thân, Geist des Todes, wissenschaftliche Beweise zu erbringen und so der Religion alleinige Wahrheitsansprüche zur Erklärung der Welt zu ermöglichen, oder aber diese zu widerlegen, werde ich mit drei meiner geschätzten Kollegen in den Bereichen Religionslehre, Verhaltensbiologie und Psychologie in das Tszaô-Tal reisen. Dort leben sogenannte Schattenhunde, die in den Mythen oft direkt mit Thân und den Schatten in Verbindung gebracht wurden. Diese und den Fluss Thânoth Vëqua zu erforschen, sind die Hauptgründe der Forschungsreise.

Im Folgenden werden die Beobachtungen und Ergebnisse aufgeführt:
›Der Fluss greift mit etlichen Fingern nach dem Tal, getrennt durch baumbewachsene Inseln mit schaurigen silbernen Vögeln,

die von Baum zu Baum schweben. Die meisten Tiere halten sich fern von Thâns Blut. Ich weiß nicht, ob sie sich vor dem Wasser oder den Schattenhunden fürchten, die am späten Abend aus den wilden Wäldern schleichen, um zu trinken und zu jagen. Wir beobachten sie von einem Abhang aus mit den Fernsichtgeräten. Ayûda stellt die Vermutung auf, dass der Fluss die Tiere psychisch und physisch beeinflussen kann. Die Jungtiere verändern ihr Verhalten und Aussehen mit dem Alter, wie man es bei keiner vergleichbaren Art bisher beobachtet hat. Sie werden extrem aggressiv untereinander. Zwei Exemplare wurden bereits von Geschwistern totgebissen, außerdem wirken sie angespannt und gehetzt. Ihr Fell verändert die Farbe von hellgrau zu tiefem schwarz, die Augen werden klein und die Pupillen sichelförmig. Unseren Beobachtungen nach trinken nur die Schattenhunde aus dem Fluss. Derlei Veränderungen treten bei den anderen Tierarten in unserer Umgebung nicht auf. Eine Erklärung wäre die Inbesitznahme Thâns von ihren Gedanken.‹

Nach zwei Wochen kam es bei der Expedition zu einer Wendung der Ereignisse:

›Die Schattenhunde haben unsere Anwesenheit wahrgenommen, wir befinden uns höchstwahrscheinlich in ihrem Revier. Ihre riesigen Pfotenabdrücke führen jede Nacht näher an unser Lager. Sie ziehen ihre Bahnen nun immer enger. Die Jungtiere verlassen jetzt öfter für einige Tage das Rudel. Wir sichten sie in immer größerer Ferne in Richtung der Vulkane. Sie wirken verwirrt, gehen häufig in Kreisen. Kenyusha und Segúdo wollen die Expedition abbrechen, es sei zu gefährlich. Ich versuche sie zu beruhigen. Die Beobachtungen werden immer interessanter, wir können jetzt nicht aufgeben.‹

›Letzte Nacht wurde unser Lager von Àtjinûks gestürmt. Zum Glück sind wir alle bewaffnet, wir haben nur leichte Verletzungen. Ayûda sagt, wir wären tot, wenn es die Schattenhunde gewesen wären. Langsam glaube auch ich, dass sie Recht hat. Wir müssen die Expedition abbrechen.‹

›Kenyusha bestand vor dem Aufbruch darauf, eine Wasserprobe des Thânoth Vëqua zu entnehmen. Ergebnis: Dunkle Verfärbung, modrige Geruchsbildung, verseucht mit schwarzen Würmern, vermutlich hochgiftig.‹

›Wir sind auf dem Rückweg durch das Tal. Das ist unsere erste Pause. Wir haben nur kurz an einem kleinen Bach angehalten, um unsere Wasservorräte aufzufüllen. Wir können nicht lange bleiben, wir werden heute Nacht auch kein Lager aufschlagen. Die Schattenhunde folgen unserer Spur. Immer wieder sieht man sie zwischen den Ästen und Blättern. Wir sind zu tief in ihr Revier eingedrungen.‹

›Vielleicht ist dies mein letzter Eintrag. Ich schreibe im Laufen, sie kommen immer näher. Die anderen haben schon ihre Schwerter gezogen, ich werde es ihnen gleichtun. Die Nacht rückt näher, der nächste Morgen ist noch weit. Wir hören ihr gieriges Schnaufen von allen Seiten.‹

Die Aufzeichnungen und die Wasserprobe wurden vor fünf Jahren von Biologen gefunden, die die wandernden Blumen nahe des Thânoth Vëqua untersuchen wollten. Sie stoppten die Forschungen und brachten diese Fundstücke zurück nach Koruma. Sie wurden in diesem Bericht zusammengetragen, welcher hauptsächlich auf dem Forschungstagebuch des Erudátio beruht. Er stellt die letzten Lebenszeichen der vier Wissenschaftler dar und ist der einzig bekannte Forschungsansatz zu Thân und den Schattenhunden im Tszaô-Tal. Es wird von allen weiteren Forschungen in dem Gebiet abgeraten.*

– Bibliotheksverwaltung, Königliche Akademie, Koruma

Ugryòr legte das alte Buch aus den Händen. Es war dünn, sein lederner Einband war von der Zeit bereits deutlich gezeichnet. Kein Titel stand darauf und auch sonst gab es keine Hinweise auf sein brisantes Inneres, das für den Vázak von so großem Wert war. Es handelte sich um eine Abschrift aus dem *Buch der Schatten*. Ugryòr hatte im Laufe seiner Recherchen über diese Wesen von der Existenz des legendenumworbenen Buches erfahren, jedoch nicht, wo es sich befand – oder ob es tatsächlich nur eine Legende war. Allerdings war er ebenso auf Hinweise gestoßen, dass vor etlichen Jahren aus mittlerweile vergessenen Gründen ein Teil seines Inhaltes übersetzt worden war – ebenjener Teil, der ihn viel Mühe gekostet hatte ihn in seinen Besitz zu bringen und aus dem er soeben aufmerksam gelesen hatte. Neben dem Forschungsbericht stand darin eine Beschreibung des Kreislaufs der Geister, des ewigen Kampfes zwischen Rín und Thân, und einige Mythen. Je mehr Ugryòr las, desto stärker festigte sich seine Vermutung: Seine Macht über Schatten war keine besondere Fähigkeit seinerseits, sondern Thân. Den Überlieferungen nach hatten sich die Geister immer nur in Tieren manifestiert, aber vieles sprach dafür, dass er es in ihm versuchte. Er hatte gemerkt, wie seine Persönlichkeit sich in letzter Zeit stark verändert hatte. Er hatte wiederkehrende Schmerzen, die körperlich nicht erklärbar waren, gerade dann, wenn er seine Macht über Schatten ausübte. Und das Gefühl in seinen Gedanken nicht mehr allein zu sein, all die Erinnerungen an Dinge, die er nie erlebt hatte. Oder doch? Ugryòr war sich immer sicherer, alles passte: Thân hatte ihn erwählt, und während Rín unaufhaltsam dahinschied, wurde Thân mächtiger und immer mehr ein Teil von ihm. Welche Entscheidungen waren noch seine eigenen, welche die des Schattengeistes?

Thân hatte ihn mächtiger gemacht, als er es je für möglich gehalten hatte, ganz sicher zum mächtigsten Wesen Muaëras, wahrscheinlich sogar der ganzen Welt, und gleichzeitig zu ihrem schwächsten. Je größer seine Gewalt über die Schatten wurde, desto größer wurde auch Thâns über ihn.

Die Abschrift erzählte nichts darüber, ob man sich gegen Thân wehren konnte – oder ob sein Schicksal besiegelt war, sobald Thân sich für jemanden entschied. Aber das alles war so lange her, allein der letzte Machtwechsel zweitausend Jahre. Eine gute Überlieferung war völlig unmöglich. Im Original stand vielleicht mehr. Außerdem, bisher war nur von Tieren die Rede gewesen. Seine Gedanken waren bei weitem komplexer. Ugryòr merkte, was in ihm los war, er konnte Thâns Macht schließlich auch für seine Zwecke nutzen. Und wenn er die Macht nutzen konnte, konnte er sie vielleicht auch daran hindern, zu großen Einfluss auf ihn zu nehmen. Vielleicht konnte er sie sogar unterwerfen. Vielleicht konnte er Thân unterwerfen.

Zuerst war Ugryòr schockiert gewesen ob seiner Erkenntnis, hatte Angst bekommen, Thân ausgeliefert zu sein. Doch jetzt fasste er Mut. Er konnte Thân bekämpfen, zumindest bestand die Möglichkeit. Doch dazu musste er seinen Widersacher kennenlernen. Das ging am besten, indem er einen Angriff provozierte.

Ugryòr setzte sich auf den Boden, schloss die Augen. Er dachte an Verbero. In ihn hatte er sich schon so oft hineinversetzt, hatte schon so oft die Welt durch seine grünen Augen gesehen und gelenkt, dass ihm der Kontakt leicht gelang. Doch anstatt in Verberos Gedanken einzudringen, wartete er bloß ab. Es war ein seltsames Gefühl seine Macht nicht zu nutzen, auch wenn er es spielend könnte. Aber sein eigener Kampf hatte jetzt Vorrang. Ugryòr musste nicht lange warten. Nur Herzschläge später spürte er, wie sich ein dunkler, wohl bekannter Arm in ihm ausstreckte. Immer weiter kroch er in ihm hoch, kalt und feindselig. Als er seinen Hals passierte, spürte der Vázak einen Kloß an seiner Kehle. Dann erreichte der Arm seinen Kopf. Erst ähnelte die Berührung einem feinen Nadelstich, dann plötzlich packte der Arm zu. Er schloss sich um Ugryòrs Geist und drückte immer fester zu. Der Druck wuchs und wuchs, bis er vielen Stichen wich, als würde der Arm versuchen, sich von allen Seiten in seinen Kopf hineinzubohren.

Bis hierhin war nichts neu für Ugryòr, nur, dass er Thân jetzt viel bewusster wahrnahm, weil er sich auf nichts anderes konzentrierte, wie es sonst der Fall war. Dann fokussierte er seine gesamte Energie auf den dunklen Arm. Er drückte gegen all die kleinen Ableger, die sich wie Tentakel unbeirrt in ihn hineinzubohren versuchten. Thân stieß mit einer Macht vor, die Ugryòr bisher nicht kannte. Er musste seine Absichten gespürt haben. Der Vázak zuckte zusammen, als der Arm ihm die Stirn bot, stemmte sich daraufhin aber nur umso verbissener dagegen und gewann nach einer Weile die Oberhand. Langsam drängte er ihn aus seinem Kopf heraus. Der Arm schien zu spüren, dass er dieses Duell verloren hatte und zog sich blitzschnell zurück. Ugryòr versuchte noch nachzufassen und ihn festzuhalten, er wollte ihn unterwerfen. Doch der Arm wand sich geschickt durch seinen Griff und verschwand. Die Schmerzen und die Kälte wichen mit ihm.

Ugryòr atmete schwer, brauchte kurz, um wieder ganz zu sich zu kommen. Er hatte Thân zurückgedrängt, obwohl er sich für ihn vollkommen verteidigungslos gemacht hatte. Das war gut. Ugryòr war stärker als er. Doch beschlichen ihn Zweifel. Er war nicht in der Lage gewesen, Thân festzuhalten. Das Duell war auch nur knapp ausgegangen. Ugryòr hatte sich so hart gewehrt, wie er konnte, doch Thâns Macht wuchs stetig, genau wie Ugryòrs Fähigkeit Schatten zu kontrollieren, nicht aber seine innerliche Stärke. Er konnte höchstens versuchen, sich besser auf Thân einzustellen, aber er glaubte nicht, dass er dabei eine echte Chance haben würde. Als er sich eben zum ersten Mal überhaupt auf das Wesen konzentriert hatte, das ihn attackierte, war ihm klargeworden, dass dieses viel komplexer, mächtiger und gerissener war als er es je würde sein können. Thân würde bald stärker sein als er, dann würde er ihn aus seinem Kopf nicht mehr herausdrängen können. Seine einzige Möglichkeit bestand darin, sich gegen ihn abzuschotten. Aber dann konnte er seine Fähigkeiten nicht mehr nutzen. Er müsste all seine Pläne aufgeben.

»Aaargh!«, schrie er. Er war wütend, unvorstellbar wütend. Gehetzt lief er auf und ab. Seine größte Stärke war gleichzeitig seine größte Schwäche. Warum? Warum er? Es war nicht gerecht! Wie konnte man jemanden mit einer solch mächtigen Gabe versehen, die ihn jedoch in Lebensgefahr brachte, wenn er sie benutzte? Die Attacken waren ein Preis, den er zahlen musste für die große Macht, die ihm verliehen war. Aber er war nicht bereit ihn zu zahlen! Er war nicht bereit sich geschlagen zu geben! Er konnte jetzt nicht aufhören. Vielleicht konnte er doch stärker werden? Er musste es nur versuchen. Koste es, was immer nötig war, Ugryòr würde nicht nachgeben. Niemals würde er sich diesem Monster unterwerfen!

Mit einem erneuten Schrei hieb er mit beiden Fäusten auf seinen Schreibtisch. Er starrte mit silber glühenden Augen auf die geschwungene Maserung des Holzes. All die dunklen Linien und Wirbel verschwammen in seinem Blick, als er sie immer verbissener taxierte.

Nur Augenblicke später riss König Verbero erschrocken die Augen auf. Er stand auf dem Balkon, der an seine Privatgemächer angrenzte, und hatte seinen Blick über den von Fackeln erleuchteten Hafen Âretoàs schweifen lassen. Der Himmel über dem Sungaji war blass blau und verlief allmählich in tiefes Violett. Es sah alles so friedlich aus. Doch das war es nicht. Es traf ihn wie ein Schlag. Verbero hatte es schon lange vermutet, doch jetzt, genau in diesem Moment, war er sich sicher. Eine Verschwörung war im Gange! Endlich hatte er es erkannt. All die unschuldigen Bürger dort unten hatten keine Ahnung! Und nur er allein konnte sie retten. Er musste handeln, auf der Stelle. Mit wallendem Umhang drehte er sich vom Geländer weg und eilte auf direktem Weg in den Thronsaal, er musste sofort alles vorbereiten.

Am nächsten Tag saß Ugryòr früh morgens, die Sonne war gerade erst aufgegangen, auf einer kleinen Fläche Sand zwischen mehreren Palmen, rundherum war hohes Gras. Es war einer der Orte in den Gärten Âterpéas, die man aufsuchen konnte, wenn man ungestört sein wollte. Von Gebäuden der Oase war genauso wenig zu sehen wie von der

Wüste. Nur an einer Stelle konnte man etwas durch das Gras hindurchsehen und so einen Blick auf einen der Bäche werfen, die die Gärten durchzogen. Außer seinem friedlichen Plätschern und dem sanften Rauschen der Pflanzen, wenn ein Luftzug sie streifte, trübte kein Geräusch die Stille. Ugryòr war hergekommen, um seine Fähigkeiten zu verbessern. Er wollte dieser unbekannten Macht nicht mehr ausgeliefert sein, und dazu musste er sich verteidigen können, mächtiger werden. Gerade hatte er sich darin geübt, sich auf einen einzigen Punkt zu fokussieren und sich von allem anderen nicht nur nicht stören zu lassen, sondern es gar nicht mehr wahrzunehmen. Es war eine riskante Vorgehensweise, doch wenn er wieder attackiert werden würde, hätte er in diesem Moment sowieso keine anderen Gefahren zu fürchten. Die Übung hatte ihn erschöpft, sodass er sich einen Augenblick der Erholung erlaubte. Er legte sich auf den Rücken, und betrachtete die vielen kleinen Wolken, die rasch nach Osten zogen. Eine Weile lang sah er ihnen gedankenverloren nach, bis ihn ein Rascheln aufhorchen ließ. Er setzte sich auf und sein Blick huschte umher, bis er auf Durári haften blieb, der am Ende des schmalen Weges stand, der an diesen Ort führte.

»Ah, du bist es«, sagte Ugryòr.

»Verzeiht die Störung«, entschuldigte sich der Numjaír demütig.

»Du hast Glück. Ich hoffe trotzdem, es ist wichtig.«

»Das ist es, oh ja! Es … geht um die Ganánçias.«

»Etwas genauer, bitte.«

»Natürlich, selbstverständlich! Sie haben vor ein paar Tagen ihre Truppen in Marsch versetzt, allem Anschein nach in Richtung Âretoà.«

»Hm, interessant. Interessant, wenn auch nicht ganz unerwartet. Weiß man mehr?«

»Nein, das sind alle Informationen, die uns vorliegen. Die Ganáncias wissen ihre Absichten wohl zu verschleiern.«

»Das ist wahr. Aber glücklicherweise kenne ich mich einigermaßen gut aus mit ihnen, weshalb ihnen das jetzt nichts mehr nützen wird«, sagte Ugryòr und stand auf. »Es ist ganz offensichtlich, dass dieser Abschaum von unserem Erfolg profitieren will. Sie haben wohl eingesehen, dass sie eigenständig nie etwas Großes erreichen werden und wollen die bevorstehende Schlacht nutzen, um selbst an die Macht zu gelangen. Ein überaus erbärmliches Unterfangen. Durári, sag den anderen, sie dürfen ganz unbesorgt sein, ich werde mich um diese Angelegenheit kümmern.«

»Sehr wohl, Herr«, sagte der Numjaír, verbeugte sich und verschwand.

Ugryòr setzte sich wieder und nahm eine meditative Haltung an. Seine Augen schlossen sich, als sein Geist ausschweifte. Nach wenigen Sekunden verzog sich sein Mund zu einem Grinsen. *Zu vorhersehbar.*

Zur gleichen Zeit marschierten Truppen in grünen Rüstungen durch das Delta des Rijéva, immer einhundert Soldaten zu einer Einheit zusammengefasst, an der Spitze jeweils ein Hæríquon als Truppführer, begleitet von drei Schatten. Die Truppführer waren Angehörige des Ganáncia-Clans.

Die Soldaten hatten ihr Nachtlager vor etwa einer Stunde verlassen und Dunst schwebte über den feuchten Flächen im Zentrum des Deltas. Erste Sonnenstrahlen durchschnitten die weißen Schwaden fast waagerecht und ließen die goldenen Applikationen der edlen Rüstungen glänzen, welche im gleichmäßigen Takt der Schritte klapperten, hin und wieder untermalt von schmatzenden Geräuschen, wenn einer der Soldaten auf eine durchnässte Stelle abseits des Weges trat. Der Tross aus insgesamt zwölf Einheiten näherte sich nun einer quer zum Weg verlaufenden Reihe Bäume, die einen weiteren Wasserlauf in der ansonsten eher baumarmen Gegend ankündigte. Tatsächlich war es nur ein Bach, gut zwei Meter breit. Eine leicht mit Moos bewachsene Brücke aus schweren, hellen Steinen ermöglichte eine Überquerung trockenen Fußes. Als die ersten beiden Hundertschaften die Brücke passiert hatten, stutzten ein paar der Hæríquons, als die Schatten neben ihnen plötzlich einen etwas steiferen Gang angenommen hatten. Auch dem einen oder anderen Soldaten war es aufgefallen, doch waren Schatten undurchschaubare und fremdartige Wesen, sodass sich niemand weitere Gedanken machte. Die dritte Einheit hatte die Brücke fast verlassen, als sich alle Schatten im gesamten Heer gleichzeitig umdrehten und die Truppführer oder den nächststehenden Kameraden mit einem einzigen Hieb ermordeten. Schreie jagten durch die Luft, meist von den Soldaten in den vordersten Reihen. Manche von ihnen blieben abrupt stehen, andere sprangen zur Seite und zogen ihre Waffen. Letzte lebten nur Augenblicke länger. Viele Einheiten waren schon zu einem Drittel niedergestreckt, als die Soldaten der hinteren Reihen begriffen, was weiter vorne passierte. Die Marschformationen stoben auseinander, manche Soldaten scharrten sich zusammen, um Widerstand zu leisten, andere suchten ihr Heil in der Flucht. Der Macht und Unverwundbarkeit der Schatten war niemand gewachsen. Mit unvergleichlicher Geschwindigkeit und Gründlichkeit vernichteten sie ihre jeweiligen Einheiten und anschließend jene, die es geschafft hatten, dem ersten Morden zu entgehen. Binnen kürzester Zeit war niemand mehr am Leben. Nach getanem Werk sammelten sich die sechsunddreißig Schatten und folgten der Straße weiter in Richtung Síma, bevor sie an einer Kreuzung die ursprüngliche Route verließen und stattdessen dem Weg nach Õudus folgten.

* * *

Mûtavéh saß einsam in seiner Zelle. Die Luft war schneidend kalt und muffig. Er fror und seine Zähne klapperten leise aufeinander. Er war den Komfort des Schlosses gewohnt, das prasselnde Feuer, die warmen Decken und Felle. Doch hier war nur Stein und Nässe. Es war spät, nur noch ein nicht nennenswerter Schimmer leicht violetter Abendröte fand seinen Weg durch den Schlitz in der Tür. Vor etwa einer halben Stunde, er wusste es nicht genau, die Zeit in seiner Einzelzelle verging schleppend langsam, hatte er lauten Jubel von Âretoà her gehört und vorher großen Tumult in der Stadt. Er fragte sich, was dort im Gange war. Doch es erschien ihm so weit entfernt und unwichtig. Er war ein Verräter des Königs, er würde sicher nie aus diesen vier trostlosen Wänden entkommen. Es war vorbei. Was seine Familie in Koruma nun von ihm halten mochte? Sie waren so stolz gewesen, er hatte sie alle enttäuscht. Wenn er es ihnen nur erklären könnte, doch was sollte er schon zu seiner Verteidigung sagen …

Schritte hallten auf dem Flur, er hob nicht den Kopf, es war nur das karge Abendessen. Wasser und Brot, höchstens Brei. Nichts, auf das er sich freute. Es war nur der dünne Faden, der ihn am Leben hielt, doch was war dieses schon noch wert? Der Schlüssel wurde in die Tür gesteckt und gedreht, zwei Mal. Dann öffnete sie sich leicht quietschend.

»Mûtavéh von Koruma, steht auf!«, befahl eine unfreundliche Männerstimme.

Der Numjaír war verwirrt und blickte nun doch auf. Vor ihm stand eine der Kerkerwachen, schräg dahinter ein in die Jahre gekommener General. Dieser trat nun vor, als Mûtavéh sich unsicher aufrichtete. Der Fremde erklärte: »Mein Name ist General Krijâsz, der Rat sandte mich aus. Ich muss Euch traurigen Herzens mitteilen, dass Âretoà sich im Kriegszustand befindet. Truppen aus dem Süden bewegen sich schnellen Schrittes auf die Stadt zu. Sie stellen eine ernste Bedrohung dar, denn die Verbotene Stadt wurde überrannt und somit ist der gesamte Besitz des gewählten Adels und des Staates verloren. Ihr scheint wichtige Freunde zu haben, denn der Rat beschloss, Euch an sie zu übergeben. Selbstverständlich ändert das nichts an Euren Taten, Ihr habt Eure Titel verloren und Euren Adelsstatus.«

Mûtavéh blieb stumm und ließ eine Wache ihn von den Ketten befreien. Mit jedem Schritt weiter weg von seiner Zelle, wurde er befreiter. Noi'loân hatte ihm geholfen, da war er sich sicher. Aber warum hatte er Kontakt zum Rat, ganz ohne ihn? War es endlich Zeit? Oder waren es seine Truppen, die angriffen? Mûtavéh lief es kalt den Rücken hinunter. Was, wenn er selbst der Feind wäre?

KAPITEL 14

Muànda lehnte sich schief an den See und war halb versunken. Runde wie spitze Türme des Palastes und der Stadtmauer ragten aus dem Wasser, uraltes Buntglas ließ die hohe Decke mit all den großen und kleinen Kristallen wie eine Kapelle erleuchten. Ganz rechts streckte sich der Fuß eines gewaltigen Torbogens knapp über die Wasseroberfläche empor. Doch alle richteten ihre Blicke auf die gewaltige weiße Glaskuppel, die sich direkt unter dem höchsten Punkt der Höhle befand. Ein Wasserdrache schlang sich spiralförmig um sie herum. Er schlief, vielleicht seit Jahren. Es war der größte Drache, den Baríth je gesehen hatte – und mit Abstand der älteste. Seine Augen waren milchig, große Brandwunden zogen sich über die türkis und silbern gefärbten Schuppen. Ein Kamm aus Rückenflossen zog sich matt leuchtend über seinen ganzen Rücken und eine Hand voll sichelförmiger Flügelpaare war verteilt über den schlangenförmigen Körper. Er gab keinen Ton von sich, machte keine Bewegung. Der Drache sah aus wie eine uralte perfekte Statue in einer vergessenen Welt.

Der Palháco an Bord hatte längst sein schwarzes Notizbuch gezückt und Drache, Fische und Stadt skizziert. Er trug eine Brille aus runden Gläsern ohne Bügel und zückte ab und an ein handliches Fernglas. Lanhji schritt begeistert an ihm vorbei und gab raunend Anweisungen an die Mannschaft, die sich rasch an ihre Ruderplätze begab und das Boot fast lautlos Richtung Torbogen gleiten ließ. Baríth schaute weiter ins Wasser und beobachtete, wie die Fische vor den sanften, gleichmäßigen Wellenbewegungen des Bootes flohen. Straßen und Häuser, Höfe, ja sogar alte Karren und Kutschen lagen unter Wasser und boten den Fischen ein Zuhause. Es war wie ein Blick in die Vergangenheit. Überall lagen Scherben von Tonkrügen und Fenstern. Einmal glaubte Baríth weit in der Tiefe einen walgroßen Hai gesehen zu haben, doch es war schwer zwischen den perfekten Schwärmen und den echten Raubtieren zu unterscheiden. Es roch leicht nach salziger Seeluft. In der Ferne schwappten kleine Wellen ans Glas, das Geräusch war für den Casísto leise, doch der Drache war viel näher. Baríth bekam Angst, dass es ihn wecken könnte.

Unbeschadet erreichten sie den Torbogen. Das etwa einen Meter dicke, grünliche Glas war in große, ineinander verkeilte Teile zersplittert. Wasser tropfte hindurch. Die *Aurúm* schlitterte über den unter Wasser liegenden Vorplatz. Es dauerte lange, bis das Boot sich nicht mehr bewegte. Die Wazáy starrten zur weißen Kuppel, doch von diesem Winkel aus sahen sie nur die silberne Spitze. Sie wurden unruhig, ihre Augen waren groß und rund. Lanhji spürte nichts von ihren Sorgen, sie schienen ihn auch gar nicht zu kümmern. Er ging zu Baríth und raunte: »Wir müssen da rein, schafft dein Greif das?«

Der Casísto starrte ihn überrascht an und fragte: »Was soll er schaffen?«

»Na, das Glas zu verschieben, ist doch klar!« Lanhji strahlte pure Gelassenheit aus. Er war im Abenteuerrausch und vergaß die Gefahren rundherum.

Baríth rutschte das Herz in die Hose, doch er sah auch keine andere Möglichkeit. Er saß auf und klopfte Parúh leicht auf die Schulter, der erhob sich mit starken Flügelschlägen etwa zwei Meter in die Luft. Der Casísto lenkte ihn zum Tor und der Greif verstand. Er drückte seine Vorderklauen gegen eine große, zackige Scherbe in der Mitte, flog zurück und stieß dann wieder mit Schwung dagegen. Es knirschte furchtbar laut, doch es reichte noch nicht aus. Erst beim dritten Versuch fiel das Glasstück platschend nach innen in die große Pfütze. Zwei weitere Scherben obendrüber folgten und zersplitterten ebenfalls. Die ohrenbetäubenden Geräusche hallten durch die ganze Höhle, es wirkte, als würde sie erbeben. Einzelne Kristalle fielen von der Decke. Erst jetzt bemerkten sie, dass die Erde tatsächlich bebte. Das war das Stichwort für die Mannschaft. Sie kletterte über die stark in Mitleidenschaft gezogene *Aurúm* durch das Loch im Tor und sprang in den dahinterliegenden langen Flur. Baríth flog rasch mit Parúh in die Höhe und sah zur Kuppel, doch sie lag frei. Hinter ihr bildete sich ein großer Strudel, der See verlor rasch etwa vier Meter Wasserhöhe. Viele der kleineren Fische wurden in einen engen Tunnel gesogen. Große Wellen schlugen an das Glas der Stadt, die nun etwas mehr zu sehen war. Das Boot lag auf dem Stein auf, der jetzt weit über der Wasseroberfläche lag. Lanhji verließ es als letzter. Plötzlich sah Baríth etwas aus der Tiefe aufsteigen. Der Drache krachte wütend durch die Wasseroberfläche und spritzte Wassermassen durch die Luft. Seine langen, weißen Zähne stachen blitzend aus dem gewaltigen Maul hervor. Der Casísto wich dem Angriff aus und flog sofort zurück über die *Aurúm* hinweg durch das große Loch in den ehemals prachtvollen Eingangsbereich Muàndas. Drinnen war es dunkler. Ein Brüllen schallte von draußen herein, es schmerzte grauenhaft in seinen Ohren. Der Boden war größtenteils mit Wasser und Scherben bedeckt, doch manchmal sah man hellen Marmorboden hervorstechen. Er landete und stieg ab neben dem Palháco, dessen Name er immer noch nicht erfahren hatte. Baríth berichtete: »Der Drache ist wach. Er ist irgendwo da draußen.«

Lanhji klopfte ihm kräftig auf den Rücken und gluckste: »Aber wir sind hier drin, also was soll's?« Mutig stolzierte er voran, sich nebenbei davon überzeugend, dass sein Schwert noch da war. Die anderen folgten ihm beunruhigt den langen Gang entlang, der sich drei Meter über ihnen wölbte. In diesem Moment glitt der Drache über sie hinweg. Er war verschwommen und eher ein Schatten als ein Drache. Als er jedoch begann grünes Feuer zu speien, sah man seinen Körper genau. Alle rannten augenblicklich los aus Angst, das Glas könnte schmelzen. Doch es hielt ohne Probleme und das riesige Wesen verschwand so schnell, wie es aufgetaucht war.

Als erstes und außer Atem erreichten sie eine trockene Halle mit golden verzierten Säulen und einer breiten Treppe mit vermutlich ehemals rotem Teppich. Zu den Seiten gab es zusätzlich Wendeltreppen in die Tiefe. Die Decke der Halle war verziert mit verblassten Malereien von alten Herrschern, die wie Götter auf sie hinabsahen und jeden straften, der nicht ihrem Willen gehorchte. Sie waren von schönen Frauen in bunten Gewändern umgeben und von prächtigen, längst ausgestorbenen Blumen. Auf dem Boden lag ein übermenschlich großes Abbild des letzten Königs von Muànda, ein Numjaír auf seinem gläsernen Thron. Das Gemälde war vermutlich bei dem Erdbeben von der steinernen Wand gestürzt, die große Risse aufwies.

Sie stiegen die Treppe hinauf und durchliefen noch mehrere Räume, die jedoch alle keine Schätze bereithielten, nur ab und an Skelette von verstorbenen Jugár, die beim Versinken der Stadt ihr Leben gelassen hatten.

»Das hat so keinen Sinn, wir sollten uns aufteilen«, sagte der Palháco mit einem enttäuschten Blick.

»Ja, du hast Recht, Ulâmír. Das dauert zu lange und es ist zu kalt hier, wir müssen bald ein Feuer machen. Teilt euch in drei Gruppen auf und durchsucht die Stockwerke, in zwei Stunden treffen wir uns in der Eingangshalle«, befahl der Kapitän. Lanhji winkte ein paar seiner Männer zu sich, rief: »Wir gehen ins Erdgeschoss!«, und verschwand.

Der bebrillte Palháco deutete auf den Casísto und einen muskulösen Wazáy. Er sagte: »Ihr kommt mit mir, wir durchsuchen die Kellerräume und der Rest sucht hier oben die übrigen Türme ab!«

Baríth bemerkte, wie die Mannschaft unglücklich dem Greif hinterher sah. Auf sich alleine gestellt blickten sie sich unsicher an, dann liefen die drei den Gang entlang zurück zur Haupttreppe und vergaßen die Wazáy.

»Entschuldigung. Ulâmír war der Name?«, fragte Baríth.

»Ja, Ulâmír von Marbordo«, antwortete der Palháco. Er wirkte in sich gekehrt, als hätte er etwas gesucht und es wäre nicht an seinem Platz gewesen.

»Du suchst nicht wirklich nach einem Schatz, oder? Du wirkst nicht wie ein Abenteurer oder Seefahrer, mehr wie ein Gelehrter, hab' ich Recht?«

Der Mann schwieg kurz, warf einen schnellen Blick auf den jungen Casísto mit seinem feuerroten Greif und antwortete: »Ja, das hast du gut erkannt. Ich suche etwas anderes, aber das heißt nicht, dass ich auf der Suche danach nicht zufällig auch den Schatz von Muànda finde.«

Sie verließen die Haupttreppe und betraten eine der Wendeltreppen in die Tiefe. Dort war es dunkler, man konnte kaum noch etwas sehen. Sie tasteten sich vorwärts, für Baríths Katzenaugen war es leichter, deshalb ging er vor. Auch Parúh konnte noch genug sehen, obwohl er Probleme hatte die kleinen Stufen zu betreten. Der Casísto wollte eigentlich noch mehr von dem geheimnisvollen Mann erfahren, doch er sah ein, dass er jetzt genug damit beschäftigt war, nicht über Steine und Glassplitter zu fallen. Die Schräge der Stadt sorgte jedoch dafür, dass die meisten Hindernisse zur rechten Seite des Ganges gerutscht waren. Er war so eng, dass man Parúhs Flügel an der Steinwand schleifen hörte.

Hinter den ersten Türen verbargen sich alte Lagerräume, voll mit Fässern, Waffen und umgekippten Regalen. Der Wazáy, der Gôr'hát hieß, sah sich die Rüstungen an, doch sie waren alle unbrauchbar, verrostet und wertlos.

Der Gang endete in einer gläsernen Röhre, die sich bis in die nächsten Stockwerke erstreckte und schließlich in einer dunkelblauen Kuppel endete. Ein Baum gewaltigen Ausmaßes wand sich spiralförmig gen Licht, doch er war tot, er wirkte fast schon versteinert. Viele Vogelkäfige hingen an seinen dicken und dünnen Ästen. Baríth hielt inne und dachte daran, was das hier für ein wunderschöner Ort gewesen sein musste. Plötzlich hörte er Vogelgezwitscher, doch es war nur in seinem Kopf.

Ulâmír öffnete eine dunkle Flügeltür und ihm stockte der Atem. Als er ihn wiederfand, ging er schnellen Schrittes die wenigen Stufen in den letzten Raum des Gewölbes hinunter. Ein lautes, verblüfftes Lachen drang hallend durch den hohen Raum. Baríth folgte ihm und sein Blick huschte von den Wandteppichen über die Deckenmalerei hin zu einer zerbrochenen Steintafel mit goldener Schrift.

»Ich habe ihn gefunden! Endlich, nach all der Zeit – wisst ihr, was das hier ist?« Er fragte sie nicht wirklich, deshalb wagte Baríth nicht zu antworten, doch das musste er auch nicht. Er kannte diesen Ort.

*Im Buch der Schatten war eine Skizze davon gezeichnet. Das
ist der Raum der Hohen Geister! An diesem Ort starb Thân zum
letzten Mal, dass das hier nicht schon längst zu einer Ruine zer-
fallen oder geplündert worden ist ...*, dachte er.

Ulâmír kramte in seiner Ledertasche nach einem Buch
und versuchte die Steintafel zu übersetzen. Doch der Wazáy
sah ihn misstrauisch ob seiner Begeisterung an.

Der Casísto ließ seinen Blick über die Wandteppiche gleiten, die so kostbar waren, dass sie noch heute fast wie neu
aussahen und sanft schimmerten. Abgebildet waren eine
grüne feuerspuckende Seeschlange und ein Heer aus Schatten, das sie überfiel, angefeuert von Numjaír auf uralten
Schiffen, die mit Speeren nach dem Ungetüm warfen. Auf
dem nächsten sah man ein Hyrhôs. Sein Geweih hatte etliche Enden, sein braunes, getüpfeltes Fell war wild aufgestellt und blutverschmiert, seine Augen leuchteten glühend
rot. Die Jugár flohen vor ihm, er stand auf einem Berg voller
Leichen von Soldaten. Über seinem Kopf schwirrten Drachen am pechschwarzen Himmel und in der Ferne sah man
im Meer einen Vulkan ausbrechen. Baríth vermutete, dass
es die Insel Hilâl war und der Wandteppich den Beginn der
Drachenkriege darstellte. In seinen Geschichtsbüchern
tauchte jedoch nie dieses Wesen auf. Fasziniert ging er auf
die andere Seite des runden Raumes zum nächsten Abbild.
Dort sah er einen edlen Hæríquon mit einer grünen Fackel,
die er dem Hyrhôs in die Seite stach, sodass das Wesen
Feuer fing, die Jugár auf der anderen Seite des Flusses jubelten und im dunklen Himmel brach ein Sonnenstrahl durch
die Wolkendecke.

Der letzte Wandteppich zeigte die Stadt Muànda, die genau am vorangegangen Ort neben dem Fluss errichtet
wurde, umschlossen von einem extrem breiten Burggraben,

in dem ein Wasserdrache schwamm, der von den Mauern und Brücken aus weiße Blumen entgegengeworfen bekam. Es war der gleiche Drache wie der, der Baríth angegriffen hatte. Nur war er jung und ohne jeden Kratzer, seine Augen strahlten silbern dem wolkenfreien Himmel entgegen. Er sah so glücklich und friedlich aus, dass der Casísto sich traurig fragte, wie so etwas aus ihm werden konnte. Noch einmal sah er zurück zu der Seeschlange, die von Schatten überwältigt wurde. Plötzlich fiel es ihm wie Schuppen von den Augen, er strich mit der Hand über den Wasserdrachen: Es war Rín. Draußen im See schwamm der Geist des Lebens in seiner gestaltlichen Form. Er war uralt und voller Verletzungen. Vielleicht sogar blind. Rín war dem Tode nah, die Zeit Tháns war gekommen.

Beunruhigt ging er zu Ulâmír, der sein Notizbuch vor ihm verdeckt hielt. Doch Baríth las den Text auf der Marmortafel in goldenem Jugár:

> *Heil'ge Stadt Muànda!*
> *Geboren aus Feuer,*
> *gewachsen zum Licht,*
> *Schutz vor dem Bösen.*
> *Werdest nie überrannt,*
> *bleibe Totes gebannt.*
> *Hüter des Feuers,*
> *Heimat des Lebens.*
>
> *In Gedenken an ewigen Kampf,*
> *in Demut bereut unsre Taten.*

Bevor er etwas sagen konnte, schickte der Palháco sie hinaus. Sie gingen den Gang zurück zur Eingangshalle. Dort war es laut, ein Wazáy kam ihnen entgegen: »Molâk sagt, er hätte den Schatz gefunden, wir warten schon auf euch!«

Alle folgten einem bärtigen Wazáy zum Südflügel. Sie betraten einen Korridor, der von Fackelhaltern gesäumt war. Ein silbernes Tor stand am Ende. Es war leicht geöffnet und schon umringt von Lanhji und seinem restlichen Suchtrupp. Er drehte sich zu den Ankommenden um, doch seine Mine war versteinert. Ein Mann stieß die Türen auf und legte den Blick frei auf eine glatte Wasserfläche. Baríth sah hinunter und erblickte den Schatz hundert Meter in der Tiefe, verstreut über die Überreste des Bodens der Schatzkammer, die an Felsen zerbrochen war.

»Das war's, Männer. Der Schatz ist unerreichbar, da unten schwimmen die übelsten Kreaturen und keiner von uns kann so tief tauchen. Die einzige Möglichkeit, die wir haben, ist hier heil wieder rauszukommen, uns oben etwas einfallen zu lassen und dann zurückzukehren«, sagte der Kapitän mit ausdrucksloser Stimme.

Die Wazáy blieben stumm. Gierig und verzweifelt starrten sie auf das schwache Glitzern im Abgrund. Noch schlimmer erging es Baríth. Ohne Anteil am Schatz könnte er Parúh nicht freikaufen. Er dachte verzweifelt darüber nach, wie er an das Gold und die Edelsteine kommen könnte. Der Casísto schlug vor: »Wie wär's, wenn wir einen beschwerten Eimer an einem Seil herunterließen?«

»Schon versucht, Junge, die Fische haben ihn in Stücke gerissen …«, antwortete Lanhji und zeigte ihm das gerissene Ende eines nassen Seils. Er schloss das Tor und nahm so jede Hoffnung.

In der Eingangshalle prasselte ein Feuer, aus dem ein halb verkohlter Hocker ragte. Pläne wurden geschmiedet, wie die *Aurúm* wieder seetüchtig gemacht werden könnte, doch Baríth hörte nicht zu. Er sah zu Ulâmír, der die Zeichnungen in seinem Buch verschönerte.

»Einen Schatz gibt es noch in Muànda«, sagte Baríth plötzlich.

Die Gespräche verstummten und die meisten sahen zu dem Casísto, der aufgestanden war.

»Einen einzigartigen Schatz, nicht aus Gold, nicht aus Silber. Aber wertvoll und vielleicht sogar äußerst mächtig.«

Lanhji wandte sich ihm zu, sein Interesse war geweckt. »Von was für einem Schatz redest du? Hast du etwas gesehen?«

»Ulâmír!«, sagte der Casísto laut und wandte sich dem Gelehrten zu.

Verwirrt blickte der Palháco auf und verlor fast seine Brille.

»Hast du die Bedeutung des Raumes verstanden, in dem wir vorhin waren? Die Bedeutung des Raumes der Hohen Geister? Und die Botschaft?«

»Ich … ja, natürlich! Das ist mein Forschungsgebiet seit Jahrzehnten. Wegen dieses Ortes bin ich auf dieser Reise.«

»Das dachte ich mir«, sagte Baríth. Er lenkte seinen scharfen Blick zurück zum Kapitän. »Ihr müsst Euch etwas ansehen. Vertraut mir.«

Der Numjaír zögerte, doch ihn packte die Neugier und er folgte dem Casísto und Palháco in die tiefen Gewölbe Muàndas, hin zum toten Baum und dem runden Raum.

»Seht Euch die Wandteppiche an, ganz in Ruhe«, riet ihm der Casísto.

Lanhji begutachtete sie staunend. Als er fertig war, las Baríth die goldene Inschrift vor, beeindruckt beobachtet von dem Gelehrten.

Der Casísto erklärte: »Hier starb Thân, der Geist des Todes. Glaubt man der Legende. Diese Seeschlange war Rín, Geist des Lebens. Und jetzt lebt Rín in diesem Wasserdrachen. Hier, die Fackel des Hæríquon, sie ist grün, genau wie das Feuer von diesem Wesen da draußen im See, nicht wahr?«

»Ich kenne die Geschichte der Geister. Nur glaube ich nicht daran. Das ist nur eine uralte Religion, nichts weiter, Mythen und Sagen«, sagte der Kapitän.

Der Palháco wollte widersprechen, doch Baríth hob abwehrend die Hand und sagte: »Ihr müsst nicht daran glauben, aber es gibt bestimmt eine Menge Muaësi da draußen, die die Flamme von Muànda in ihren Häusern brennen haben möchten. Eine Münze könnt ihr nur einmal an eine Person verkaufen, eine Flamme jedoch, eine Flamme ist unendlich vermehrbar. Ich selbst kenne einen sehr reichen Käufer, der sich um dieses Licht reißen würde. Und Ulâmír hier, der kennt bestimmt noch viele mehr, hab' ich Recht?«

Der Palháco nickte begeistert: »Das ist wahr und in Kombination mit diesen Teppichen und der Steintafel ist es ein unbezahlbares Gut unserer Kultur und Geschichte. Und bedenkt, vielleicht irrt Ihr und die Geschichten sind wahr, wollt ihr nicht den Schlüssel zur Rettung Muaëras in den Händen halten?«

»Und wie stellt ihr Euch das vor? Dieses Monster wird wohl kaum gezielt eine schwache Flamme auf eine unserer Fackeln pusten. Wie sollen wir das denn anstellen, ohne in Brand gesteckt zu werden?«, merkte Lanhji skeptisch an.

Baríth hielt inne. Daran hatte er noch nicht gedacht. Nachdenklich schwirrte sein Blick durch den Raum und ruhte schließlich auf seinem feuerfarbenen Freund, der ihnen neugierig gefolgt war und den Kopf durch die Tür streckte. Er hatte einen Plan: »Wir stapeln ein Holzlager auf, irgendwo da draußen. Ihr schnappt euch die *Aurúm* und fahrt los, während Parúh und ich so viel Lärm wie möglich machen, um Rín anzulocken. Er wird Feuer speien, wie am Eingang und das Holz entzünden, dann müssen wir nur noch vorbeifliegen, eine Fackel daran halten und wir folgen euch durch den Tunnel, der durch das Erdbeben frei wurde, nach … na gut, wo der Weg uns dann eben hinführt.«

»Das ist Wahnsinn, wir werden dabei alle sterben!«, rief Lanhji und strahlte vor Begeisterung. »Worauf warten wir also noch?!«

Als der Kapitän die Nachricht an die Mannschaft weitergab, hallte die Halle vor Empörung auf. Die Wazáy protestierten lautstark, doch irgendwie schaffte der Numjaír es, sie zu überzeugen. Seine lauten Berechnungen, wie groß der Anteil ungefähr für jeden ausfallen würde, waren wahrscheinlich nicht gerade unbedeutend dafür. So schafften sie alles Holz und das nötige Material zum Reparieren des Bootes aus den Lagern heran und machten sich an die Arbeit. Auf einem großen Platz türmte sich bald schon ein hölzerner Turm auf und die *Aurúm* sah nicht viel später schlimmer aus als vorher, schien aber dennoch eher über Wasser bleiben zu können. Die ganze Zeit über tauchte Rín nicht auf. Von Parúhs Rücken aus konnte Baríth sehen, wie der Drache im See auf Jagd ging. Er hatte keine Ahnung, ob es Abend war oder schon der nächste Tag, doch die Kälte übermannte ihn immer mehr, trotz der vielen Arbeit. Eine Sache hatte er noch zu erledigen. Baríth ging zurück in den Südflügel und schnappte sich eine Fackel aus den Haltern. Der Griff bestand aus dem hohlen Knochen eines Drachen, der Kopf war mit einem Stofffetzen umhüllt, der etwas einschloss. Er wollte den festen Knoten nicht öffnen, deshalb vertraute er darauf, dass es etwas Brennbares war. Anschließend tunkte er es noch in einen Krug mit altem, zähem Öl.

Der Zeitpunkt war gekommen, dem Geist gegenüberzutreten, jetzt schlich sich die Angst zurück in Baríths Herz, doch er schaffte es, sie zu ignorieren, wenn er sie schon nicht verbannen konnte. Der Casísto war fest entschlossen, diese Flamme zu bekommen. Die Freiheit seines Freundes stand auf dem Spiel und jetzt auch das Schicksal seiner Mitstreiter im Kampf gegen Thân, ohne diese Waffe würden sie alle sterben. Und der Mörder der Casísto aus Fjiondar würde gewinnen.

Parúh saß auf einem spitzen Turm, der nach der riesigen Glaskuppel der höchste Punkt in der Höhle war. Das Dach bestand aus Schindeln, die mit echtem Gold überzogen waren. Eine silberne Spitze ragte in die Höhe, an der vor ewigen Zeiten einmal eine Fahne gehangen hatte. Baríth beobachtete, wie das wacklige Boot ins Wasser rutschte und die ziehenden Wazáy hastig an Bord kletterten. Das war sein Stichwort. Er flog hinab zum See und der Greif ließ ein Netz mit Steinen ins Wasser plumpsen. Es platschte laut und Wasser spritze ihnen um die Ohren. Schnell suchten sie das weite, doch Rín tauchte nicht auf. Sie schnappten sich vom Platz, wo eben noch die *Aurúm* gerastet hatte, ein neues Netz und wiederholten den Vorgang. Ein Raunen rauschte durch die Tiefe. Lanhji beugte sich über die Reling und sah suchend ins Wasser, das viel dunkler war als bei ihrer Ankunft. Die Fische, die noch übrig waren, versteckten sich. Dann sah er ihn: Der Wasserdrache schwamm wie eine Schlange Richtung Oberfläche und stürzte direkt neben ihnen aus dem Wasser. Große Wellen stießen sie voneinander weg und schon war Parúh da und schwirrte dem riesigen Wesen um den wütenden Kopf herum. Grüne Flammen schossen wie eine Fontäne aus dem Maul, dessen Zähne sich auf drei Reihen aufteilten. Er wandte sich in alle Richtungen, in der Hoffnung den Eindringling zu treffen. Baríth wich ihm haarscharf aus und flog direkt an seinem linken Auge vorbei, das milchig trüb ins Leere starrte. Eine Brandwunde strich über die umliegenden Schuppen, sodass sich die ehemals türkisen nun grau färbten.

Die an einem Seil um Parúhs Hals festgeknoteten Eisenteile schepperten laut aneinander und lockten den Drachen, der ihm nun durch die Luft fliegend zum improvisierten Scheiterhaufen folgte. Rín spie immer wieder Feuer, sodass Parúh im Zickzack fliegen musste, schließlich vollführte er einen Sturzflug zum Holzhaufen. Der Wasserdrache fiel jedoch viel schneller und so drohten die beiden aus der Luft geschnappt zu werden. Die angebundenen Eisenschilde rutschten vom Hals des Greifs und fielen auf den Holzhaufen. Schnell lösten sie sich aus dem Sturzflug und flüchteten zu einem steinernen Balkon an einem breiten Teil des Nordflügels des Palastes. Rín feuerte auf das klirrend aufprallende Metall und entzündete das Holz. Ein Funkenregen legte sich über den großen Platz, auf dem der Wasserdrache landete. Verwirrt rollte er sich zusammen und schoss um sich. Baríth wartete noch einen Moment, denn der Platz war eine Wolke aus Flammen. Während er leise zum Lagerfeuer flog, sah er den Drachen fast schon ängstlich in einer Ecke, immer wieder drehte er seinen Kopf, verzweifelt nach dem Eindringling horchend. Schnell gab er auf, in der Hoffnung seinen Gegner getroffen zu haben, flog über die Stadt hinweg und tauchte ins bläulich schimmernde Wasser ein. Der Casísto fragte sich, wovor der Geist so eine Angst hatte, er war schließlich trotz Blindheit das mächtigste Wesen des Landes. Während er landete und die Fackel entfachte, dachte er an das Meer aus Schatten, das die Seeschlange tötete. Er fragte sich, ob Rín sich hier versteckte. Doch die Flamme lenkte ihn ab. In dem Tuch, das den Kopf der Fackel verdeckte, leuchtete ein spitz zulaufender Stein. Es war ein grelles grünes Licht, er konnte kaum hinsehen. Sie flogen zur *Aurúm* zurück, die gerade in den Eingang zum Wassertunnel trieb, und landeten auf dem Deck. Lanhji, Ulâmír und Baríth standen nebeneinander und warfen einen letzten Blick auf die Heilige Stadt. Der Tunnel war zu klein, als dass der Drache hindurchpassen würde. Ein letztes Raunen ließ das kalte Wasser vibrieren, dann war alles still und Muànda verschwand hinter den Felsen.

Ein Ruck, der das Boot gefährlich nach links schwanken ließ, lenkte ihre Konzentration auf den Heimweg, der vor ihnen lag. Die Fackel ließ den immer enger werdenden Wassertunnel schaurig erleuchten. Ständig lösten sich kleine Steine und grober Staub von der Decke. Der Weg verlief fast wie ein Labyrinth durch den Fels. Häufig schrammten sie an der Wand entlang, mussten großen Brocken ausweichen, die gewaltige Wellen erzeugten und die *Aurúm* beinahe kentern ließen. Nach ein paar Minuten auf dem mit sehr viel Wucht fließenden Wasser rutschten sie in eine kleinere Höhle, die etliche Ausgänge hatte. Geradeaus lag die Kuppe eines riesigen Wasserfalls, der von einer Menge Nebel eingeschlossen war, rechter Hand befand sich ein Doppelstrudel und dahinter ein ruhiger Flussabschnitt, in dem man ein paar leuchtende Fische ausmachen konnte und links schnitten zahlreiche Risse durch die Felsmauer, die allesamt zu eng für das schaukelnde Boot waren. Lanhji befahl der

Mannschaft, lautstark versuchend den Wasserfall zu übertönen, nach rechts zu paddeln. Gerade eben noch bekamen sie die Kurve, denn sie fuhren nun gegen den Strom, der Wasserfall zog einfach zu viel an sich. Einen Moment später erfasste sie der Sog der Strudel und sie nahmen wieder Fahrt auf, jedoch verloren sie beinahe gänzlich die Kontrolle über die *Aurúm*, die nun begann, sich um sich selbst zu drehen, bevor sie in den zweiten Strudel gezogen wurde. Sie machten eine halbe Runde, da stieß das Boot gegen ein unsichtbares Hindernis unter Wasser, das sie aus dem Strudel befreite und rückwärts in den weiterführenden Tunnel drückte. Lanhji forderte mit den Armen wedelnd die Männer dazu auf, die *Aurúm* zu wenden. Ganz in Ruhe paddelten sie weiter. Baríth verlor das Zeitgefühl, redete ab und zu ein paar Sätze mit Ulâmír, der herausfinden wollte, warum der junge Casísto so viel über die alten Legenden wusste. Er versuchte sich stets aus dem Gespräch zu winden, weil er sich nicht sicher war, ob er offen über Missionen der Allianz sprechen durfte. Zuletzt war der Palháco ungehalten und wurde schon laut, doch als die Wazáy ihn grimmig und genervt ansahen, da sein Lärm im hallenden Tunnel unangenehm verstärkt wurde, verstummte er und reduzierte seinen Missmut auf einen verstimmten Gesichtsausdruck.

Baríth horchte auf, als Wellenrauschen im Takt seine feinen Ohren erreichte.

»Das Meer! Seid leise, ich kann das Meer hören!«, raunte Lanhji, grinste Zähne zeigend und blickte siegessicher einem hellen Punkt in der Ferne entgegen.

Die Mannschaft war nun gezwungen stärker zu paddeln, da Wellen des Meeres ihnen entgegenschwappten. Salzige Luft strömte ihnen mit Wucht entgegen, dann schwammen sie aus dem Tunnel hinaus aufs Meer. Schnell war entschieden, dass sie sich nach Norden halten würden, da die See dort am allerruhigsten war und sie wahrscheinlich nahe dem Hafen von Õudus waren. Ohne Segel würde es eine anstrengende Fahrt werden, doch alle waren so erleichtert, dass sie das Abenteuer heil überstanden hatten, da würden sie das auch noch schaffen. Ein scharfer Wind wehte von Südosten her und brachte Schneeregen über die sich verzweifelt über Wasser haltende *Aurúm*, die sich in großem Abstand parallel zur Küste hielt. Ein kurzer Sandstrand grenzte an die steile Felsküste, auf der ein paar windschiefe Bäume standen, deren Blätter abgefallen waren. Erst vor kurzem war die Sonne aufgegangen. Sie schien schwach durch die Lücken zwischen den dicken Wolken. Parúh flog ein paar Runden um das Boot und jagte ein paar Fischen hinterher, die aus dem Wasser sprangen und Fliegen fingen. Baríth lehnte sich an die *Aurúm* und genoss den Blick in die Ferne. Er dachte an Eyônaí: *Wo sie jetzt wohl ist?*

* * *

»Ich freue mich so, Euch zu sehen, mein Freund!«, rief Noi'loân, als Mûtavéh von General Krijâsz aus dem Gang geführt wurde, der an seine Zelle angrenzte. Nachdem sie den Rat von einer Zusammenarbeit, zumindest für den Moment, überzeugt hatten, hatte dieser auch der Freilassung des Numjaírs zugestimmt. Zum einen, weil Noi'loân für ihn bürgte, zum anderen wohl, weil es zur Zeit sehr viel größere Probleme gab und es im Falle einer nicht ganz unwahrscheinlichen Niederlage in der bevorstehenden Schlacht ohnehin egal war, ob es einen Gefangenen mehr oder weniger gab. Noi'loân war froh, dass alles so reibungslos geklappt hatte und er auch hier im Inselkerker nicht lange hatte warten müssen. Die Wände aus glatten, schwarzen Steinen, unterbrochen von dunklen Eisentüren, alles derzeit bloß erhellt von kaltem Licht, das durch die lange Fensterreihe von draußen einfiel, aber kaum in die Zellen gelangte, schufen in ihm ein unbehagliches Gefühl. Es gab in dem gesamten Bereich, den er auf dem Weg hinauf gesehen hatte, nicht einen einzigen Ort, nicht einmal eine kleine Nische, die das Licht nicht erreichte. In dunkleren Bereichen oder wenn das Tageslicht schwand, wurde das Gefängnis von Fackeln ausgeleuchtet. Man sah sie planvoll angeordnet an den Wänden, mit denen sie so perfekt verbunden waren, dass es schien, als hätten die Steine selbst sich um sie geschlungen und würden sie auf ewig festhalten. Sie waren wie die Fenster so platziert, dass es egal zu welcher Tageszeit in dem gesamten Komplex keine Schatten, keinen geschützten Ort gab. Ein Schauder lief Noi'loâns Rücken hinunter, er fühlte sich gleichermaßen eingesperrt und schrecklich schutzlos, als stünde er auf der Spitze eines Turmes und es gäbe keine Treppe mehr hinunter.

Als nun der alte Hæríquon und Mûtavéh das Oberhaupt der Rebellenallianz erreichten, ließ Krijâsz den Numjaír in den graubraunen Gefängnislumpen los und raunte leicht spöttisch, aber mit ernstem Unterton: »Seht zu, dass er keinen Ärger macht, Noi'loân von Ganar-Ánimas.« Dann wurde sein Tonfall wieder dienstlich. »In einer halben Stunde oben im Schloss. Ihr wisst, wo.«

Der Numjaír bestätigte mit einem Nicken, bevor er sich an Mûtavéh wandte. Der schien nicht wirklich zu begreifen, was um ihn herum geschah.

In der Tat war Mûtavéh sehr verwirrt. Gerade noch hatte er fest mit seiner Hinrichtung gerechnet, da erzählte man ihm, ein Krieg sei ausgebrochen, die Verbotene Stadt geplündert, Truppen würden in Kürze Âretoà erreichen und dass er jetzt freigelassen wurde, obwohl man ihn weiter für schuldig befand. Noi'loân hatte offenbar einen guten Draht zu den Ratsmitgliedern. Aber wie? Oder er hatte sie gezwungen, ihn freizulassen. Vielleicht waren es seine Truppen, die gegen die Hauptstadt marschierten! Aber warum war der General dann so freundlich? War er ein Überläufer? Nein. Das passte nicht zusammen. Hoffentlich gab es eine andere Erklärung. Er musste Noi'loân unbedingt danach fragen. Später. Dann erst merkte er, dass der Vázak ihn erwartungsvoll ansah – wohl schon länger – und wenn er nicht gleich etwas antwortete, würde eine etwas merkwürdige Situation entstehen. »Schön, dass Ihr da seid!«, sagte er und dachte augenblicklich: *Oh, das klang seltsam. Naja, jetzt ist es zu spät.*

»Erst wollte ich nur jemanden schicken, aber dann dachte ich mir, ich komme lieber selbst vorbei. Trotzdem, ich wäre gern woanders. Aber Ihr habt uns ja keine Wahl gelassen, hm?«

»Ich hatte leider selbst keine.«

»Ich dachte mir schon sowas«, sagte Noi'loân und blickte den Numjaír freundlich an. »Kommt mit, wir wollen hier ja nicht länger bleiben als nötig!«

Mit Krijâsz im Schlepptau durchquerten sie den Gang und stiegen die Treppen hinab, die allesamt breit genug waren, dass drei Personen nebeneinander auf ihnen laufen konnten. Nach einer Minute und etlichen lediglich in schwarz und weiß scheinenden Gängen voller Zellen, die sie von den Treppen aus sahen, und Sicherheitskontrollen auf jedem Stockwerk, die sich dank Krijâsz jedoch kurz gestalteten, erreichten sie schließlich das Erdgeschoss mit der Eingangshalle und damit den Ausgang des Gefängnisses. Ohne weitere Umschweife verließen sie diesen Ort und stiegen draußen auf das kleine Boot, das Mûtavéh nur allzu gut in Erinnerung geblieben war. Der Fährmann war noch immer jene stumme Gestalt und auch bei dieser Überfahrt des Sungaji konnte Mûtavéh nicht erkennen, welcher Spezies er angehörte. Eine graue Kutte verdeckte seinen gesamten Körper und dort, wo üblicherweise das Gesicht saß, sah man einzig schwarzen Schatten.

Am Ufer angekommen endete die Aufsichtspflicht des Generals und so verließ er die beiden. Noi'loân führte Mûtavéh daraufhin direkt ins Schloss, um ihm dort sein Quartier zu zeigen. Gegen Ende des doch recht langen Wegs passierten sie eine Handvoll prächtiger Häuser. Die Balken des Fachwerks hatten die Farbe eines guten Weins, der Lehm in den Zwischenräumen war strahlend weiß. Alle waren drei Stockwerke hoch, die Dächer aus dunkelblauem Schiefer, an diesem Tag auf der bis jetzt sonnenabgewandten Seite von Reif überzogen. Man sah den Häusern den Rang ihrer Bewohner an, auch, weil vor manchen der Eingänge Wachsoldaten standen. Diese Häuser dienten seit jeher der Unterbringung wichtiger Gäste des Hofes oder als dauerhafte Behausung wichtiger Personen im Land.

Auch wenn Krijâsz die beiden nicht mehr begleitete, so hatte er doch einen ähnlichen Weg gewählt und war immer wieder auf der anderen Straßenseite durch die hektisch durcheinanderlaufenden Passanten zu sehen. Als er endlich sicher außer Hörweite war, gab Mûtavéh seiner Neugier nach und setzte zur Frage an: »Wie habt Ihr –?«

»Na, ich lasse doch keinen Freund im Gefängnis verrotten. Außerdem bietet die aktuelle Lage so manche Möglichkeiten – auch wenn ich mir wünsche, sie wäre eine andere.«

»Dann ist es so, wie der General es gesagt hat? Wir befinden uns im Krieg?«

»So ist es.«

»Wer ...?«

»Eine Gruppierung namens Nabilat. Ein Teil unserer Anhänger hat sich vor ein paar Wochen von uns abgespalten unter der Führung eines Wazáy namens Ymos'dul. Er war unser früherer Chefstratege und ein Vertrauter. Aber ihm war unsere Vorgehensweise nicht radikal genug und, naja, nun hat er Leute gefunden, die seine Ansichten eher teilen als wir. Nabilat steht unter der Führung eines Vázak mit Namen Ugryòr. Was genau er vorhat, wissen wir nicht. Nur, dass seine Leute offenbar die Hauptstadt erobern wollen, wahrscheinlich, damit er danach seine eigene Schreckensherrschaft etablieren kann. Hinzu kommt, dass er eine beträchtliche Zahl von Schatten in seiner Anhängerschaft hat. Glaubt mir, nach allem, was wir wissen, sind diese Leute das schlimmste, was unserem Land passieren kann. Deshalb haben wir der Regierung unsere Hilfe angeboten, die sie bitter nötig hat. So konnten wir auch Eure Freilassung durchsetzen. Wir müssen für den Moment mit ihr zusammenarbeiten, um die Bedrohung durch diese Fanatiker abzuwenden. Danach können wir uns wieder unseren ursprünglichen Plänen zuwenden.«

Allmählich setzten sich die Puzzleteile in Mûtavéhs Kopf zu einem sinnvollen Bild zusammen.

»Alles Weitere werdet Ihr in der Besprechung gleich erfahren. Dort wird die Strategie der bevorstehenden Schlacht geplant werden.«

Der Numjaír nickte. Sie erreichten das Schloss. Die Wachen am Ende der breiten Treppe vor dem Eingangsportal ließen die beiden unter skeptischen Blicken passieren.

Im Schloss war es sehr unruhig. In der Eingangshalle liefen viele Beamte gehetzt hin und her, einige mit Stapeln voll Papier vor sich, wovon der ein oder andere bereits einen Teil verloren hatte. Doch niemand schien die Zeit zu haben, sich darum zu kümmern. Soldaten, in der Regel höheren Ranges, kreuzten in regelmäßigen Abständen den Weg. Auch Noi'loân hatte seine freundliche Miene nun verloren und vergeudete keine Zeit, Mûtavéh sein Zimmer zu zeigen. Es war ein einfacher Raum auf dem Flur, den der Rat den Führungskräften der Allianz Câtan Vijéba zur Verfügung gestellt hatte. Da nicht mehr viel Zeit bis zur Besprechung war, schaute Mûtavéh sich nur kurz um und nutzte die Gelegenheit, seine Sträflingskleidung abzulegen. Man hatte ihm auf die Schnelle eine purpurfarbene Robe organisieren können, wie man sie normalerweise hochrangigen Gästen zu Verfügung stellte. Mûtavéh fühlte sich unwohl darin. Er war immerhin, wenn auch fälschlicherweise, in den Augen vieler ein verurteilter Verbrecher, und nun trug er etwas Würdevolleres als alle anderen in seiner Umgebung. Es war einfach falsch, zumal er in der aktuellen Situation auch strategisch nicht wirklich von Nutzen sein konnte. Aber alles war besser als die Lumpen, die er im Kerker tragen musste, und außerdem gab es im Moment wirklich Wichtigeres. Er wusch sich noch rasch den Staub aus dem Gesicht, dann traf er Noi'loân wieder, der angespannt auf dem Flur wartete. Ohne weitere Zeit zu verlieren, eilten sie in Richtung des taktischen Besprechungsraums. Mûtavéh kannte ihn, er war schon ein paar Mal dort gewesen, jedoch waren die Anlässe weit weniger bedrohlich gewesen als an diesem Tag. Sie erreichten die breite zentrale Wendeltreppe, die alle Ebenen des Schlosses miteinander verband. Als sie zwei Stockwerke tiefer gelangt waren, bog Mûtavéh in den östlichen Flur ein – die gleiche Richtung, in die der Flur verlief, in dem er sein Quartier hatte. Doch sofort merkte er, dass Noi'loân ihm nicht folgte. Verdutzt drehte er den Kopf und sah ihn fragend an.

Der Vázak bedeutete mit der Hand, ihm zu folgen und sagte: »Wir müssen woanders hin. Du wirst gleich hören, warum.«

Mûtavéh wunderte sich zwar darüber, doch er ging mit. *Möchte wissen, was da los ist. Sowas gab es ja noch nie. Zumindest soweit ich weiß. Außerdem gibt es doch gar keinen anderen Raum für so etwas*, dachte er.

Sie folgten der Treppe noch ein Stockwerk tiefer, bevor sie sie dieses Mal in westliche Richtung verließen. Sie liefen den anschließenden Flur entlang und als er sich aufspaltete, folgten sie der rechten Abzweigung. Im letzten Drittel des außer ihnen leeren Ganges blieb Noi'loân vor einer der vielen unscheinbaren Türen stehen und klopfte. Zwei Mal direkt hintereinander, nach einer kleinen Pause noch drei Mal. Dann schlug er mit dem Handballen dumpf gegen das Holz.

Es dauerte nicht lange, bis jemand von innen fragte: »Wer da?«

»Mûtavéh von Koruma und Noi'loân von Ganar-Ánimas«, flüsterte der Vázak durch die Tür.

Die Tür wurde einen Spalt geöffnet, sodass ein gelbliches Auge hindurchspähen konnte. Das schien die beiden zu erkennen und die Tür wurde ganz geöffnet und sogleich wieder verschlossen, sobald sie eingetreten waren. Sie befanden sich in einer fensterlosen, von Fackeln erhellten Kammer, die gerade genug Platz bot für einen Tisch in der Mitte und die Generäle, die sich um ihn versammelt hatten. Sie trugen alle den kalten späten Herbsttemperaturen angepasste Rüstungen, meistens aus verschiedenen Lederelementen aufgebaut, die fast alle Körperstellen bedeckten, teilweise besetzt mit Eisenbeschlägen. Manche hatten sie etwas erweitert, etwa durch Familienabzeichen oder persönliche Muster.

Krijâsz war auch da, er hatte Noi'loân und Mûtavéh hereingelassen. Die drei stellten sich nun ebenfalls an den Tisch, woraufhin ein dunkler Numjaír mit dem Alter geschuldeten weißen Flecken im Fell seine Stimme erhob: »Gut, nun, da wir vollzählig sind, sollten wir rasch anfangen. Dieser Raum hat keine Lüftung, was neben den heranrückenden Truppen ein Grund mehr ist, sich zu beeilen.« Er stützte sich mit den Fäusten auf den Tisch. »Für die, die noch nicht wissen, warum wir hier sind: Einige von uns hatten vor nicht mehr als zwei Stunden bereits eine Strategiebesprechung zusammen mit dem König und den Ratsmitgliedern. Allerdings hörte Verbero sich weder an, was wir vorschlugen, noch ging er darauf ein. Stattdessen erteilte er völlig widersinnige Befehle, die uns schutzlos ausliefern würden. Wir waren uns anschließend einig, dass seine Anordnungen uns vernichten würden, sollten wir sie umsetzen. Zudem sprach er sie mit solch einer Beharrlichkeit aus, dass wir den Eindruck haben, dass er exakt das plant. Der Rat widersprach ihm dabei in keiner Weise. Obwohl es Hochverrat ist, haben wir uns entschlossen, hier im Geheimen eine weitere Besprechung abzuhalten, aus der hoffentlich eine Taktik hervorgehen wird, die uns zum Sieg verhelfen kann. Alles andere wäre Selbstmord.«

Die anderen nickten.

»Also.« Der Numjaír breitete eine Karte der Gegend auf dem Tisch aus. »Unsere Späher berichten, dass sich die feindlichen Truppen der Nabilat noch immer in und direkt vor der Verbotenen Stadt aufhalten. Das gibt uns die Möglichkeit, sie abzufangen, bevor sie Âretoà erreichen. Die Frage ist, tun wir das oder lassen wir sie kommen und spielen bei der Verteidigung den Vorteil der Mauern aus?«

Ein dunkelbrauner Palháco mit schwarzen Flecken zog mit dem Finger zwei Linien über die Karte und murmelte: »Angenommen, wir marschieren gleich morgen los – und sie auch – sollten wir ungefähr … hier aufeinander treffen. Dann hätten wir die meisten der kleinen Dörfer hinter uns und könnten ihnen auf einer Ebene entgegentreten.«

Krijâsz wandte ein: »Dabei würden sie mit offenen Karten spielen müssen – wir aber auch. Dabei könnte niemand besondere taktische Manöver machen, es gäbe keine Geländevorteile – und wir wären ihnen schutzlos ausgeliefert. Ich halte das für zu riskant. Wir wissen nicht, wozu sie fähig sind.«

Der Palháco gab zurück: »Es ist riskant, das stimmt. Aber wir laufen auch nicht Gefahr, in einen Hinterhalt zu geraten. Und –«

»Ich glaube nicht, dass die einen nötig haben.«

»Und wir können die Bevölkerung vor der Stadt schützen. Oder wollt Ihr sie einfach ihrem Schicksal überlassen? Selbst wenn sie fliehen können, wird vermutlich ihre gesamte Existenz vernichtet. Das können wir nicht zulassen.«

»Wir können für diese Leute nicht den Ausgang der Schlacht aufs Spiel setzen.«

»Ich stimme ihm zu«, sagte ein kleiner muskulöser Trampianer, »Nicht wegen der Dorfbewohner, darüber sollten wir später entscheiden, sondern weil wir ihre Stärke nicht

kennen. Wir müssen auch bedenken, dass sie eine beträchtliche Anzahl Schatten in ihren Reihen haben. Wir haben
nicht die geringste Ahnung, wozu sie fähig sind – oder wie
wir sie töten können.«

»*Ob* wir sie töten können«, unterbrach ihn ein hellgrauer
Casísto mit einer leicht blauen Maserung im Fell. »Keiner
der hier Anwesenden hat je gesehen, wie ein Schatten getötet wurde, oder auch nur eines natürlichen Todes gestorben
ist. So ist es doch, oder nicht?«

Niemand widersprach.

»Wie können wir wissen, dass sie überhaupt sterblich
sind?«

»Unsinn, Austárion, alles stirbt irgendwann!«, polterte
ein großer, fast schwarzer Palháco, der etwas zurückgesetzt
stand. Auf der Rückseite seiner linken Schulter war inmitten seines glänzenden Fells ein stilisierter tiefroter Drache
zu sehen – eine Tätowierung, die bis zu den Haarwurzeln
reichte. »Oder auf irgendeine Weise!«

»Ganz genau«, sagte Krijâsz. »Wir werden ihnen so oder
so gegenübertreten müssen. Wir werden schon herausfinden, mit was wir es dabei letztendlich zu tun haben werden,
und nicht vorher, die Antwort kennen wir sowieso nicht.
Also sollten wir uns lieber überlegen, wie wir die besten
Chancen haben.«

Der dunkle Numjaír nickte und sagte: »Er hat Recht. Aber
wir sollten das Risiko auch nicht ignorieren. Das, was uns
erwartet, wird keine normale Stadtverteidigung wie sie dieses Land schon unzählige Male gesehen hat.« Er betrachtete
die Karte vor sich und schien sich in seinem Kopf verschiedene Szenarien auszumalen. Obwohl er eine Weile so da
stand, erhob niemand die Stimme. Alle hatten großen Respekt vor ihm und warteten ab, was er zu sagen hatte.

Mûtavéh spürte die Spannung, die in der Luft lag. Die Zeit drängte und sie mussten sich rasch auf einen Plan einigen, von dem das Schicksal des ganzen Landes abhing. Die Gesichter der Generäle zeigten angestrengte Furchen im Licht der Fackeln, das durch ausgeprägte Schatten sämtliche Konturen kräftiger erscheinen ließ.

Nach kaum einer Minute, obwohl es sich wie eine Ewigkeit angefühlt hatte, ließ der Numjaír die anderen an seinen Gedanken teilhaben: »Wäre es eine Schlacht wie jede andere, wäre die Sache eigentlich klar: Die Stärke der Feinde ist uns unbekannt und wir wissen nicht, wie viel unsere ohnehin nicht große Überzahl wert ist, also würden wir uns hinter die Stadtmauern zurückziehen und versuchen, mit den Verteidigungsanlagen und Fernkampfeinheiten die Feinde so effektiv wie möglich zu dezimieren, ehe sie die Mauern überwinden können, wenn überhaupt. Aber diese Schlacht wird anders sein.« Seine Augen schienen für einen Augenblick tiefer und dunkler zu werden. »Es wäre möglich, dass diese Schatten nicht nur tödliche Krieger sind, sondern auch sehr schnell. Vielleicht können sie auch hoch und weit springen oder blitzschnell klettern. Vielleicht sind sie unglaublich stark. Und wer weiß schon, was es braucht, um sie zu töten, oder bloß aufzuhalten? Sofern sie nur eine dieser Eigenschaften besitzen, werden sie im Kampf auf den Mauern oder in den engen Gassen der Stadt zu einer unberechenbaren Gefahr. Unsere Soldaten sind auf eine solche Konfrontation mit den üblichen Spezies mehr als gut vorbereitet. Sollten Schatten sich aber gänzlich anders verhalten, könnten sie in ernsthafte Schwierigkeiten geraten. Wären die Schatten erst einmal in der Stadt, könnten sie auch unserer Verteidigung in den Rücken fallen. Normale Soldaten wären zu so etwas nicht in der Lage, diese könnten es sein.

Wir wissen es nicht und es wäre ein Spiel mit dem Feuer, wenn nicht dem Tod selbst, es auf diese Weise herausfinden zu wollen. Uns bleibt daher im Grunde nur eine Wahl: Eine Schlacht auf freiem Feld.«

Einige nickten zustimmend, doch der Trampianer schien Zweifel zu haben. Er wandte ein: »Aber was, wenn sie uns einkesseln – und das können sie mit Hilfe der Schatten bestimmt – was dann? Wir werden ihnen schutzlos ausgeliefert sein! Außerdem, wenn sie solche Fähigkeiten haben, wie du sagst, haben wir auch auf der Ebene keine besseren Chancen. Wir verspielen so oder so unseren Vorteil. Ziehen wir uns stattdessen zurück, gibt es immerhin die Möglichkeit, dass sie uns nicht überlegen sind. Dann kämen uns die Mauern sehr gelegen.«

Der braune Palháco entgegnete: »Auch wenn es auf den ersten Blick nicht so scheint: Dein Vorschlag ist der riskantere von beiden. Ziehen wir uns hinter die Mauern zurück, haben wir entweder einen großen Trumpf in der Tasche und gute Chancen auf den Sieg, oder einen riesen Fehler gemacht, der uns mit Sicherheit den Tod bringen wird. Treten wir ihnen stattdessen auf dem Feld gegenüber, können weder wir, noch sie, Vorteile erlangen. Was auch immer Schatten für Fähigkeiten haben – wenn sie denn welche haben – so können sie diese dort weit weniger effektiv einsetzen. Auf weiter Flur sind wir beweglich, können verschiedene Formationen eingehen, taktieren und uns rasch auf neue Situationen einstellen. Haben wir uns hingegen einmal für die Mauern entschieden, müssen wir bis zum Ende dabei bleiben. Sollte es die falsche Entscheidung gewesen sein, werden wir an unserem Schicksal nichts mehr ändern können.«

»Das bringt die Sache auf den Punkt«, sagte der dunkle Numjaír, »und diese Variante birgt weitere Vorteile. Du hast es vorhin bereits angesprochen, Ba'sutig. Wenn wir ausrücken, können wir zusätzlich die Bevölkerung vor den Toren schützen und ihnen, genau wie denen in der Stadt, die Möglichkeit geben zu fliehen.«

Ba'sutig schien froh, dass ihm endlich jemand zustimmte und auch Noi'loân sah man an, dass er diese Entscheidung befürwortete. Krijâsz und der Trampianer waren zwar nicht begeistert davon, sahen aber ein, dass sie überstimmt waren und protestierten nicht weiter.

»Gut. Nachdem das nun beschlossen ist, kommen wir zur nächsten Frage: Die Fläche zwischen Âretoà und der Verbotenen Stadt ist groß. Wo wollen wir uns ihnen entgegenstellen? Ich weiß, dass das natürlich nicht allein in unserer Hand liegt, aber wir können zumindest versuchen, die Schlacht auf ein bestimmtes Gebiet zu lenken.«

Ba'sutig beugte sich erneut über die Karte und ließ seinen Zeigefinger darüber gleiten, während er sagte: »Wir haben hier die Ebene vor der Stadt, dort liegen einige Dörfer und alles ist sehr flach, der Boden fest. Darauf folgt der Sungaji, der würde die Armeen voneinander trennen, was zu einem langen Artillerieduell führen würde. Es sei denn, die Schlacht fände an einer der Brücken statt, das wäre wieder eine ganz andere Situation. Anschließend kommt wieder eine Ebene, jedoch mit höherem Gras und generell dichterer Vegetation als auf der vorherigen. Zu guter Letzt käme dann der Berg der Verbotenen Stadt. Je nachdem, wo die Schlacht dort sein würde – mal angenommen, wir schaffen es überhaupt bis dorthin, bevor unsere Feinde uns entgegen ziehen – gäbe es Hanglagen, mal mehr, mal weniger steil, den Fluss ganz in der Nähe, immer wieder kleine Ebenen und mittlerweile leider zahlreiche Ruinen.«

»Ihre Macht könnte zu groß sein«, begann Austárion, »als dass wir ein Aufeinandertreffen auf der Ebene vor der Stadt überstehen würden. Am Fluss wäre die Situation absolut unberechenbar, weil wir keine Ahnung haben, was sie an Artillerie auffahren können und wozu die Schatten in der Lage sind. Der Sungaji könnte schnell unser Verderben werden. Die darauffolgende Ebene ist genauso gefährlich für uns wie die erste, folglich bleibt uns nur der Berg der Verbotenen Stadt.«

»Er hat Recht«, sagte Noi'loân, der sich bisher nicht an der Diskussion beteiligt hatte, »Wenn wir eine realistische Chance haben, dann dort. Vielleicht auch am Fluss, aber das wissen wir nicht und wir wissen ohnehin schon viel zu wenig über das, was uns erwartet. Es wäre zu gewagt.«

Die anderen schienen seine Meinung zu teilen. Jedoch wandte Krijâsz ein: »Nur ist nicht sicher, ob wir es bis dahin schaffen. Das können wir nur, wenn die feindlichen Truppen weiter in der Verbotenen Stadt bleiben. Sie müssen nur einen halben Tag lang marschieren, um dieses Gebiet zu verlassen, und wir brauchen bis dahin mindestens vier. Es sei denn, wir lassen die Soldaten einen Gewaltmarsch machen, dann würden wir es vielleicht auch in zweien schaffen, allerdings können sie unmöglich völlig erschöpft in diese Schlacht ziehen.«

»Das stimmt«, meinte der dunkle Palháco mit dem roten Drachen auf der Schulter, »Aber was haben wir für eine Wahl? Einen besseren Ort für die Konfrontation werden wir nicht finden. Wir sollten unsere Soldaten trotzdem in normaler Geschwindigkeit marschieren lassen. Es hat keinen Sinn, wenn sie sich bereits verausgaben, bevor es überhaupt losgeht. Wir müssen es einfach versuchen und vielleicht haben wir ja Glück und schaffen es rechtzeitig bis dorthin.

Und falls nicht, heißt das ja noch lange nicht, dass wir verlieren. Immerhin haben wir eine starke, gut ausgebildete Armee. Wie lange auch immer es diese Rebellen schon gibt, sie haben bei weitem kein solches Maß an Erfahrung wie unsere Soldaten. Diese Schatten müssen schon wirklich gut sein, wenn sie uns gefährlich werden wollen!«

»Wahre Worte. Und Unterstützung haben wir schließlich auch«, sprach der dunkle Numjaír und schaute dabei zu Noi'loân.

»Wird sich weisen, was die wert ist«, brummte der Palháco.

»Besser als keine ist sie allemal«, gab Krijâsz zurück. »Wir können es uns nicht leisten, Noi'loâns Angebot in Frage zu stellen, sondern sollten lieber froh sein, dass er es überhaupt gemacht hat. Wir haben jede Hilfe nötig.«

»Hoffentlich unterstützen Eure Leute auch die richtige Seite«, knurrte der Palháco in Noi'loâns Richtung, wobei er ihn mit seinem Blick genau fixierte.

»Das reicht jetzt.« Der dunkle Numjaír starrte den Palháco eindringlich an.

»Wir haben einen gemeinsamen Feind«, sprach Noi'loân bestimmt.

Der dunkle Numjaír trug den anderen daraufhin auf, ihren Soldaten den Befehl zu geben, bei Sonnenuntergang auszurücken. Das genaue Vorgehen würde man unterwegs und vor Ort klären, wenn man wüsste, wo die Schlacht letztendlich stattfinden würde. Die anderen verließen den Raum, als Ba'sutig die Karte zusammenrollte und die Fackeln löschte. Dann ging auch er.

* * *

Am Morgen in den Ställen der Offiziere hatte Austárion seine Sachen gepackt und auf Yak'shi, seinem Reittier, verladen. Es war ein Râu'shán, eine halb gezähmte Bärenart, die nur den wenigsten vorbehalten war. Es gab bloß wenige Tiere, die überhaupt etwas gefügig gemacht werden konnten, und noch weniger Leute, die sich freiwillig dieser Aufgabe widmeten und überlebten. Ihre Haltung war sehr aufwendig und gefährlich, ebenso wie die Ausbildung der Reiter. Die Regierung hatte daher beschlossen, dass Râu'shán nur den höchsten Generälen zustanden. Nicht nur aus reinem Prestige, sondern nicht zuletzt, weil diese Tiere, sofern gut geführt, furchterregende Kämpfer waren. Außerhalb des Staatsdienstes konnten sich nur die Reichsten der Reichen ein Exemplar leisten, unter strengen Haltungsauflagen. Abgesehen von Militärparaden oder besonderen Feierlichkeiten bekamen die meisten Muaësi nie eines zu Gesicht. Râu'shán hatten eine Schulterhöhe von mindestens eineinhalb Metern, konnten sich jedoch aufrichten auf eine Gesamthöhe von drei Metern. Ihr Fell war schwarz, durchsetzt mit zahlreichen silbernen Haaren, die jedoch in keiner Konkurrenz zur Grundfarbe standen. Hinter den für Bären untypischen, fast spitzen Ohren, setzten breite, silberne Streifen an, die sich nach hinten allmählich verjüngten, sodass sie hinter dem Buckel schließlich dünn wurden und allmählich im Rest des Pelzes aufgingen. Der Kopf war kantig, die Schnauze breit, gespickt mit großen, mächtigen Zähnen hinten und spitzeren vorne mit deutlich herausgestellten Fängen an den Ecken. Über den ganzen Körper zeichneten sich die starken Muskeln ab, die den Tieren beeindruckende Kräfte verliehen. Sie konnten zwar lange nicht die Geschwindigkeit eines Limaíras erreichen, doch waren sie äußerst robust und durch kaum etwas aufzuhalten.

Yak'shi war Austárion nun schon seit vier Jahren ein treuer Gefährte, der ihn die bevorstehende Schlacht mit weniger Angst entgegensehen ließ. Mit Yak'shi glaubte er am ehesten, sie hätten eine Chance gegen die Schatten. Irgendwo von draußen ertönte ein Horn. Der Casísto saß auf und blickte ein letztes Mal zu seiner Familie, die ein paar Meter weiter hinten neben einer Handvoll Kisten stand. Seine Frau schien gefasst, doch er wusste, dass das nicht stimmte. Ihre beiden Kinder winkten traurig. Er hatte ihnen immer versprochen, wieder heil zurückzukehren, und bisher hatte das auch jedes Mal gestimmt, doch an diesem Tag war er sich unsicher, ob er sein Versprechen erneut würde halten können.

Austárion zog nicht zu fest, aber bestimmt an den Zügeln und der Râu'shán setzte sich in Bewegung. Die anderen Generäle taten es ihm gleich. Ein paar der höheren Offiziere waren mit ihren Limaíras bereits losgeritten und hatten den Ausgang der Halle erreicht, der sich über ihre gesamte Breite spannte. Die Halle, welche in Brauntönen gehalten war, wurde durch die schräg von rechts in den Eingang hineinscheinende Sonne in einen leuchtenden Bronzeton getaucht. Die gewölbten quadratischen Dachfenster mit mehreren Metern Kantenlänge strahlten in warmem Orange. Glatte Gegenstände in der Halle glitzerten und reflektierten den hellen Schein. Wer im hinteren Teil des Areals stand, sah die Reiter durch den Ausgang in ein gleißendes Licht verschwinden, das zu grell war, um sie danach noch weiter verfolgen zu können.

Die Generäle ritten in einer breiten Linie am Beginn des Heereszuges. Bloß einige Späher, die abwechselnd vorausritten, waren vor ihnen. Rechts neben Austárion ritt

Noi'loân auf seinem cremefarbenen Limaíra und links, einige Meter entfernt, ritten Ba'sutig und Sakrân, ihr oberster Kommandant. Der dunkle Numjaír unterhielt sich leise mit seinem Begleiter, wohl über die Strategie beratend. Sakrâns Râu'shán zierte auf der rechten Seite eine schräg nach unten führende, lange, weiße Linie. Noch weiter links erkannte Austárion Lókon, dessen schwarze Gestalt selbst auf große Distanz eine beeindruckende Erscheinung war. Weit rechts, etwas isoliert, ritten Muaj und Krijâsz. Letzterer wirkte beinahe unbedeutend neben dem kleinen Trampianer, der seine mangelnde Größe bekanntlich durch Kraft ersetzte. Damit weder Freund noch Feind daran zweifelten, war seine Rüstung mit zahlreichen Spitzen und Hörnern besetzt, die aus dem Bärenfell herausragten, welches er sich gegen die Kälte übergeworfen hatte. Hinter den Generälen erstreckten sich Gruppierungen von Soldaten, fast soweit das Auge reichte. Es waren etliche Hundertschaften. Niemand wusste, ob das reichen würde. Austárion hoffte, Noi'loâns Truppen würden halten, was er versprochen hatte. Und, dass sie gut mit den anderen zusammenarbeiteten. Obwohl sie einen gemeinsamen Feind hatten, gab es immer noch die eine oder andere Reiberei, schließlich waren Rebellen und Regierungstruppen bis vor kurzem noch verfeindet gewesen.

Wenn man an das Ende des Zuges blickte, konnte man schemenhaft die Distanzwaffen der königlichen Truppen sehen. Große Onager, manche, so ging das Gerücht um, rasch von den Geschützpositionen der Stadt entfernt und nachträglich mit Rollen versehen, große und kleine Balliste und Trebuchets. Diese würden allerdings an Ort und Stelle noch zusammengebaut werden, sie waren schlicht zu groß und schwer, um sie in einem Stück zu transportieren. Dazwischen waren immer wieder große Karren zu erkennen, die Steine und brennbares Material als Munition mitführten. In der Mitte des Zuges sah Austárion etliche Wagen mit Versorgungsgütern. Davon gab es, so schien es ihm, mindestens genauso viele wie Soldaten. Hier und da erspähte er Reiter auf großen Echsen in dunkelgrün mit grau bis lila gefärbten Zacken und Kämmen. Dies waren speziell ausgebildete Kämpfer für Überraschungsangriffe, die aber auch schleunigst von einem Ort zum anderen kommen konnten, ungeachtet des Geländes, und so ideal als schnelle Eingreif- oder Rettungstruppen dienten. Die Prozession wurde begleitet von stetem Klappern und den Stimmen unzähliger Soldaten. Manche diskutierten über die Schlacht, tauschten sich über Schatten aus, wobei zwangsläufig die wildesten Mythen entstanden, andere redeten über alte Zeiten und das, was sie schon zusammen erlebt hatten. Ab und zu lachte jemand. So zogen sie weiter über die kalte Ebene vor der Hauptstadt Muaëras, den sich nun rasch verdunkelnden Horizont im Blick. Der Wind wurde stärker und peitschte ihnen bald mit aller Kraft in die Gesichter. Viele schützten sich mit Tüchern. Immer dicker werdende Wolken rasten über ihre Köpfe hinweg, als würden sie vor etwas fliehen.

KAPITEL 15

Eyônaí ritt auf einer einsamen Straße durch die kalte Nacht. Grimvâr, Grúmaëk und Tânurác waren an ihrer Seite, gehüllt in neue blaue Kleidung der Allianz mit dem geflügelten Wappen. Die Limaíras in dunklem braun trappelten auf dem steinigen Weg, der durch die Halbwüste führte.

Sie waren vor zwei Tagen in Dezerto aufgebrochen, der einsamen Stadt in der Kàbadian-Wüste, wo sich der Ausgang der Kalkhöhle befunden hatte. Dort hatten sie sofort Nachricht nach Ganar-Ánimas gesandt und bei einer die Allianz unterstützenden Familie Unterschlupf gefunden. Vínija war eines Nachts verschwunden, ein Zettel deutete darauf hin, dass sie ihrer Familie persönlich mitteilen wollte, dass ihr Bruder gestorben war. Wenig später wurden sie nach Õudus geschickt, um sich mit einigen Soldaten für einen Auftrag zu treffen. Mehr wussten sie noch nicht, denn Noi'loân wollte nichts Weiteres über den Briefweg mitteilen.

Plötzlich sahen sie Lichter und erahnten das weite Meer. Sie waren nahe der Hafenstadt, die inmitten einer tiefen Ebene lag, und hielten an. Grimvâr und Eyônaí packten gedeckte Umhänge mit großen Kapuzen aus, um ihre Gesichter zu verstecken. Nachts durften sich Casísto noch immer nicht offen in Städten aufhalten. Doch ihr Treffpunkt lag mitten in Õudus. Sie ritten weiter und passierten ein gigantisch großes Stadttor, das ohne Wachen den Weg zu einer breiten Straße frei machte. Die sonst so lebhafte Stadt, deren Gassen bis in die späte Nacht voller lebenslustiger Muaësi gewesen war, erschien ihnen als Geisterstadt. Die Einwohner hatten sich in ihren reich verzierten Lehmhäusern verbarrikadiert. Hörten sie Geräusche von der Straße, erloschen sofort alle Lichter, leise war es ohnehin. Die Türen der zahlreichen Geschäfte waren mit Brettern vernagelt, manche waren aufgerissen und durch den offenen Eingang sah man verwüstete und geplünderte Läden. Õudus stand still. Nur kleine Tiere huschten durch die Schatten, die der Mond durch die Wolken warf. Die Kanäle in der Mitte der Straße glitzerten unschuldig. Leichter Nebel hing in der Luft. Sie hörten in der Nähe Soldaten marschieren und hielten sich deshalb weiter links, um ihnen nicht zu begegnen. Keiner von ihnen ahnte, was genau hier passiert war, doch sie wussten, dass die offene Straße nicht der geeignete Ort war um sich auszutauschen, Blicke mussten ausreichen. Sie würden es ohnehin bald erfahren.

Grimvâr bedeutete den anderen kurz vor einem riesigen runden Platz stehen zu bleiben. Kleine Wasserläufe mündeten in einem flachen künstlichen Teich in der Mitte. Die Limaíras tappten unruhig vom einen Fuß zum anderen. Der ältere Casísto stieg ab und sah um die Häuserecken. Aus einer anderen Straße flimmerte Licht und man hörte Männer reden. Doch waren sie außerhalb ihres Sichtfeldes, deshalb stieg er wieder auf und sie ritten so leise wie möglich schräg über den zentralen Platz und bogen in eine enge Gasse neben einem palastähnlichen halb abgebrannten Gebäude ein. Niemand hatte sie bemerkt. Unvermittelt blieben sie erneut stehen. Ein kleines Tor öffnete sich leise quietschend und sie ritten einer nach dem anderen hindurch in einen engen Hinterhof mit Stall. Ein Trampianer nahm ihnen die Zügel ab. Er sah ernst drein und nickte in Richtung einer geöffneten Tür, in der ein Hæríquon stand.

»Namen?«, fragte der Soldat im Eingang ohne jegliche Begrüßung.

Die Casísto zogen die Kapuzen zurück und der Anführer antwortete: »Grimvâr und Eyônaí von Ganar-Ánimas, Grúmaëk von Flónin und Tânurác von Koruma.«

Der große Mann war in wärmende Kleidung gehüllt, doch blitzte sein breites, geschwungenes Schwert unter einem schwarzen Mantel hervor. Seine Hörner waren schief aber dick mit mehreren Wülsten, die Verletzungen verrieten. Er ging ins Haus, das ganz aus Stein bestand und winkte sie auffordernd hinein. Drei Stufen führten zur Tür, die einen Klopfer in Gestalt eines Greifs hatte. Eyônaí musste sofort an Baríth denken und eine Hoffnung keimte in ihr auf, dass der Casísto im hell erleuchteten Raum schon auf sie wartete. Doch sie entdeckte nur einen Sángûil und zwei Palhácos. Ihr war die Enttäuschung anzusehen, was ihr wenige Sympathiepunkte einbrachte. Die Gruppe setzte ihr Gepäck ab und stellte sich vor einen großen Tisch, an dem die anderen saßen. Der Hæríquon bot ihnen einen Platz an und sie setzten sich ebenfalls.

Der Fremde fragte: »Ihr seid also die berüchtigte Gruppe um Grimvâr, die das *Buch der Schatten* fand? Noi'loân hat uns ziemlich in Unwissenheit gelassen.«

Grimvâr nickte und erkundigte sich: »Und wer seid ihr? Lasst uns die Förmlichkeiten aussparen, die Zeit drängt. Was ist hier passiert und was suchen wir in dieser gefallenen Stadt?«

»Ich bin Zrâuk«, sagte der Hæríquon, »Das sind Símab und die Zwillinge Nûthaj und Dhrûg. Noi'loân schickte uns von unserem Posten in Ganar-Ánimas hierher, um euch dabei zu helfen, diesen Krieg zu beenden.«

»Krieg? Was für ein Krieg!?«, stotterte Grúmaëk, der schon mehrfach als Soldat gekämpft hatte, mit etwas zu viel Begeisterung in der Stimme.

»Ihr habt es auf Eurer Reise noch nicht mitbekommen? Nun gut, es war auch ein überraschender Angriff. Eine Armee kam aus dem Nichts und besetzte die Stadt. Die Garnison von Õudus wurde einfach verschluckt, die Regierung getötet. Alle anderen ließen sie in Ruhe, sie waren wohl nicht ihr Ziel. Doch das kann noch kommen, deshalb traut sich keiner auf die Straße, nicht mal bei Tag, Soldaten streifen immer noch durch die Stadt. Die Armee ist nach Norden weitergezogen und es gibt Gerüchte, dass sich ihnen Schatten angeschlossen haben sollen. Aber das soll jetzt nicht unser Problem sein.«

Der Hæríquon übergab das Wort an den grauen Palháco, der zu seiner Rechten saß. Dieser trug die blaue Kleidung der Allianz. Das Wappen schimmerte kühl im Licht der gleißend hellen Laterne, die auf dem Holztisch stand. Hände und Gesicht wiesen zahlreiche schwarze und weiße Punkte auf, genau wie das lange Fell seines Bruders Dhrûg, nur dass dieser noch einen schwarzen Umhang trug und an der rechten Hand einen dunklen Lederhandschuh mit Eisenbeschlägen.

Nûthaj sah freundlicher in die Runde und räusperte sich, bevor er mit rauchiger, langsamer Stimme sprach: »Durch das *Buch der Schatten* erfuhren wir von Thâns Plänen, sich in einem Wesen Muaëras zu manifestieren. Nun wissen wir, um wen genau es sich dabei handelt: Einen Vázak namens Ugryòr, der in einer alten Villa nahe Õudus eine Organisation aufgebaut hat, die sich wie ein Feuer in der gesamten Umgebung ausgebreitet hat. Die Nabilat, wie sie sich nennen, hat das Ziel, die Regierung in Âretoà zu stürzen. Ihr

Anführer Ugryòr, auch Nau'jas genannt, ist ein Flüchtiger mit unbekannter Herkunft. Doch ist er mächtig, vielleicht unbesiegbar. Er hat Kontrolle über die meisten Schatten des Landes, möglicherweise jetzt schon über jeden einzelnen. Und wir sollen ihn töten, damit der Kreislauf der Geister weiterläuft und Rín etwas Frieden über das Land bringt.«

Der Sángûil zischte leise in die Runde: »Wir hofften, ihr hättet etwas in dem *Buch der Schatten* darüber gelesen, wie man einen tötet. Und?«

Eyônaí senkte den Blick auf die deutliche Maserung im Holz. »Es tut mir leid, doch der einzige, der das beantworten kann, ist verschollen. Egal ob er tot ist oder nicht, nur er konnte das Buch übersetzen und nur er weiß alles, was darin steht. Wir können euch keine Informationen darüber geben. Es tut mir leid.« Man sah ihr an, dass es wirklich an ihr nagte, sie war nicht ganz bei sich. Der Trampianer brachte ihr ein Glas Wasser, doch sie rührte es nicht an.

»Das ist schlecht …«, murmelte Dhrûg in seinen dichten Bart.

»Dann werden wir bei unserem alten Plan bleiben müssen«, sagte Zrâuk nach einer längeren ungemütlichen Pause. »Vor Tagesanbruch machen wir uns auf nach Âterpéa und versuchen irgendwie unbemerkt in das Gebäude zu kommen, in dem sich Ugryòr aufhält. Dort müssen wir ihn überraschen und in einem Hinterhalt töten. Begegnen wir einem Schatten … ich kann für die Sicherheit von niemandem garantieren. Wahrscheinlich können wir höchstens Zeit herausschlagen, aber gewinnen? Ich wüsste nicht, wie wir überleben sollten, wenn nicht alles genau nach Plan läuft. Doch einen besseren haben wir nicht. Es gibt keine andere Option, wir müssen angreifen, bevor die Schattenarmee Âretoà vernichtet hat.«

»Nichts für ungut, aber in den letzten Wochen standen die Karten schon schlechter für uns. Wenn das der einzige Weg ist, dann gehen wir ihn, komme, was wolle!«, brummte Grúmaëk und griff fest nach seinem Gehstock. Das Licht eines alten Kriegers leuchtete in seinen runden Augen.

Tânurác sah hinüber zu Grimvâr. Ausnahmsweise stritten sie nicht. Sie wussten, was auf dem Spiel stand.

Das dunkle Blau des nächtlichen Himmels erhellte sich langsam, als sie aus dem Tor ritten und sich kurz bei dem Trampianer Wúrak für die Gastfreundschaft und die zusätzlichen Limaíras bedankten. In Wahrheit war es eine kalte Nacht gewesen, denn die steinernen Wände hatten das Gebäude unfreundlich ausgekühlt.

Sie ritten auf annähernd gleichem Weg zurück, wie sie gekommen waren. Die Stadt gab kein Lebenszeichen von sich. Sie machte den Eindruck, als wären sie dort ganz allein. Dichter Nebel versperrte die Sicht in Nachbarstraßen, was ihnen aber nur recht war. Eyônaí verließ als erste das riesige eckige Stadttor. Dann ließen sie Õudus zurück.

Ihr Weg führte sie nach Süden, wobei es nur eine Straße gab, die sich immer wieder unter dem Sand verlor und die sie deshalb schnell aus den Augen verloren. Sie ritten ein paar Kilometer in trockenere Gefilde, bald türmten sich Dünen wie wütende Katzenbuckel auf und verrieten nur zu leicht ihre Abdrücke. Glücklicherweise wehte eine Brise auf, die ihnen jedoch in den Ohren pfiff und Sandkörner durch die Lüfte blies.

Nach einer Weile wandten sie sich weiter westlich, wodurch sie sich schräg einer länglichen Gruppierung höherer Dünen näherten, die der Wind zu einem natürlichen Wall geformt hatte. Als sie den Kamm einer der Dünen fast erreicht hatten, eröffnete sich ihnen der Blick auf kleine schilf- und strohgedeckte Dächer. Sie stiegen von ihren Limaíras ab und gingen die letzten Meter zu Fuß. Oben angekommen legten sie sich flach auf den Boden und nahmen die Oase in Augenschein. Der Tagesanbruch war mittlerweile weiter fortgeschritten, sodass erste Sonnenstrahlen über die Dünen rechter Hand liefen und die das gegenüberliegende Ende der Oase kennzeichnende Düne in eine helle und eine dunkle Hälfte teilten. Sie blickten seitlich auf die Gebäude Âterpéas, die wie die angrenzenden Gärten und Wasserflächen komplett von Schatten bedeckt waren. Man hörte das stete Plätschern eines kleinen Wasserfalls.

»Die Türme sind garantiert bewacht«, meinte Zrâuk.

»Umso besser, dass dort unten noch Schatten ist«, zischte Símab.

»Ganz genau. Wenn wir Glück haben, entdecken sie uns nicht. Ich sehe dort unten eine Reihe von Fenstern. Möchte wetten, dass wir da unbemerkt reinkommen können«, bemerkte der Hæríquon.

»Sieht alles dunkel aus, könnte gehen«, raunte Dhrûg.

Sie bedeuteten ihren Limaíras zu warten und hofften inständig, dass diese sich ruhig verhalten mochten. Aber es waren gut erzogene, edle Tiere, weshalb sie ihnen vertrauten. Dann machten sie sich an den Abstieg. Dieser war zwar nicht besonders steil, der Sand aber sehr weich, sodass sie immer wieder rutschten. Ihre Waffen hielten sie dabei in ihre Kleider gewickelt, damit diese nicht klirrten oder schepperten, sollten sie aneinanderstoßen. Unten angekommen eilten sie geduckt bis zu den hellen steinernen Erdgeschossmauern. Bisher war alles leise und glatt verlaufen und direkt an der Wand waren sie auch vor den Blicken der Wachen sicher, was ihnen für einen kleinen Moment etwas die Anspannung nahm. Der Sángûil zog sich vorsichtig am Brett des nächsten Fensters hoch und versuchte durch die hölzerne Jalousie etwas zu erkennen. Seine grünliche Haut war nun eher in ein dreckiges Grau gefärbt. Er hatte sich in Õudus extra lange waschen müssen, damit er keinen stinkenden Schleim hinterlassen würde, der sie sofort verriet. Símab trug einen braunen, abgewetzten Umhang, der mit einer finsteren Brosche eines schwarzen Skorpions unter seinem Hals zusammengehalten wurde. Zudem trug er blaue Hosen der Allianz, die ihm bis zu den krummen Knien ging. Seine klauenähnlichen Füße waren übermäßig lang und verrieten große Sprungkräfte. Eyônaí fand keine größere Waffe bei ihm, doch überall an seiner Kleidung waren kleine Dolche direkt oder indirekt zu sehen. Der Sángûil hatte gerade zwei der dünnen Holzlatten leicht auseinander gedrückt, da ließ er sie sofort los und schreckte zurück. Nur zwei Sekunden später hörten sie das leise, dumpfe Treten schwerer Stiefel direkt an ihnen vorüberziehen. Es mussten mindestens vier gewesen sein. Símab stieß einen geräuschlosen Fluch aus, dann schlich er zu einem Fenster weiter rechts. Jene weiter links, so war er sich nach seinem kurzen Blick hinein sicher, gehörten alle zu einem Gang, der parallel zur Wand verlief und den sie jetzt mehr denn je besser meiden sollten. Auch bei seinem zweiten Versuch spähte er behutsam zwischen den Latten hindurch und schien dieses Mal mehr Glück zu haben. Der Raum dahinter war ein kleines Arbeitszimmer, nur wenige Meter im Durchmesser, mit einem etwas unordentlichen, zum Teil von Papier bedeckten Schreibtisch und mittelgroßen Regalen an jeder Wand. Hier und da standen kleine Pflanzen. Rasch winkte Símab die anderen zu sich. Die beiden Palháco-Brüder verstanden sich wortlos, lösten vorsichtig die Jalousie und trennten das

Seil, das zu ihrer Bedienung nach innen führte, bevor sie sie, einer an jeder Seite, von der Wand nahmen. Das Glasfenster dahinter war zum Glück offen, der Besitzer des Zimmers wollte anscheinend die kühle Nachtluft der Wüste nutzen, um am nächsten Tag ein angenehmes Klima darin vorzufinden. Als sie einer nach dem anderen durch den offenen Rahmen kletterten, waren sie sich sicher, dass, wer auch immer dieses Fenster offen gelassen hatte, sich sehr sicher gefühlt haben musste, dass er ein solches Wagnis eingehen konnte. Ein schlechtes Zeichen. Als sie weiter gehen wollten, bemerkten sie aber, warum der oder diejenige dieses Risiko scheinbar so leichtfertig eingegangen war. Die Tür war verschlossen. Símab kniete sich vor das Schloss und sah es sich genauer an. Es war aus massivem Eisen und so dick, dass es aus der Tür herausragte. Er hatte für solche Fälle sein Werkzeug dabei und begann sogleich, das Schloss mit einem dünnen Metallstab näher zu untersuchen. Nach wenigen Augenblicken zog er ihn wieder heraus und flüsterte: »Das können wir vergessen, es ist viel zu komplex. Das zu knacken würde zu lange dauern und könnte Geräusche machen.«

»Und was jetzt?«, zischte Eyônaí.

»Müssen wir einen anderen Weg hinein finden«, raunte der Sángûil und wollte schon aufstehen, als sein Blick zufällig auf den Rand der Tür fiel. »Oder auch nicht, einen Moment.«

Die Tür war nur gegen ein mögliches Eindringen von außen gesichert, niemand hatte bei der Konstruktion daran gedacht, dass sie einmal jemand von der anderen Seite aus zu knacken versuchen würde, weshalb die Scharniere an der Innenseite gänzlich ungeschützt waren.

»Nûthaj, Dhrûg! Haltet die Tür fest!«, befahl der Sángûil.

Als die Brüder seinen Worten Folge geleistet hatten, begann Símab die Schrauben zu lösen, die die Scharniere zusammenhielten. Es waren bloß acht Stück, sodass er rasch fertig war. Die Palháco zogen daraufhin leicht an der Tür und tatsächlich, sie ließ sich ohne Probleme aus dem Rahmen entfernen. Den beiden war jedoch anzusehen, wie schwer die Tür an sich war. Símab spähte durch den Spalt und bestätigte mit einem Nicken, dass der Gang dahinter frei war. Nûthaj und Dhrûg entfernten die Tür nun gänzlich, der schwere Riegel glitt widerstandslos aus seiner Halterung im Rahmen. Sachte lehnten sie die Tür an die Wand, sodass es aussah, als stünde sie bloß offen. Das Fenster verschlossen sie. Dann trat die Gruppe in den Gang hinaus. Es war zum Glück ein anderer als der, den sie von außen hatten sehen können. Er führte tiefer in das Gebäude und war so dunkel, dass sie ohnehin nur sehr langsam gehen konnten. Plötzlich hörten sie wieder Schritte. Grimvâr spähte schnell durch das Schlüsselloch der nächsten Tür. Offensichtlich sah er niemanden und drückte den Griff hinunter. Alle huschten in den kleinen Raum, der sich dahinter befand und scheinbar ein einfacher Lagerraum war. Dhrûg horchte, bis die Schritte sich in eine andere Richtung verliefen. Leise verließen sie den vollgestellten Raum und gingen den Flur entlang weiter, der einen Knick machte. Grúmaëk spähte blitzschnell um die Ecke und winkte dann den anderen zu, die ihm weiter folgten. Schallendes Gelächter erschrak sie plötzlich, der Duft von frisch gebackenem Brot strich ihnen in die Nasen. Die Küche musste sehr nahe und einige Männer wohl am Frühstücken sein. Dumpf hörten sie Gespräche durch eine Flügeltür dringen, die gegenüber von einer breiten, freien Treppe aus dunklem Holz lag. Als sie sich eng hintereinander gehend näherten, sahen sie mehrere

Schatten unter der Tür, die sich bewegten. Rasch schlichen sie unter die Treppe, die ungewöhnlich breite Stufen hatte. Die Tür öffnete sich und drei Wazáy, der Bekleidung nach offensichtlich hohen Ranges, gingen direkt auf sie zu.

»Ich hoffe sehr, Nau'jas überlegt sich das nochmal. Ymos'dul ist ein guter Freund, aber Õudus führen kann er nicht. Du wärst eine bessere Wahl als Stadtherr!«, polterte der Mann, der der Gruppe am nächsten war.

»Ich weiß. Ich hoffe, deshalb will er mich sehen. Oder er überlässt mir die Verbotene Stadt, das hätte auch was!«, antwortete eine andere Stimme. Mit lautem, selbstgefälligem Gelächter gingen sie die Treppe hoch, ohne die Gruppe zu bemerken. Ein Stockwerk über ihnen fiel eine schwere Tür ins Schloss und Eyônaí atmete tief aus. Alle zogen ihre Waffen und machten sich kampfbereit. Tânurác mit seinem Speer ging voraus die Treppe hinauf, die zu einer dicken schwarzen Tür aus Massivholz führte, auf der ein graues Schloss mit Türmen aufgemalt war. Als alle oben waren, riss der Palháco die Tür auf und die Gruppe stürmte den Raum. Alles verlief lauter und ungestümer als geplant. Die drei großen Wazáy umstellten schützend ihren Anführer, der in aller Seelenruhe die Augen schloss und lautlos vor sich hin murmelte. Zwei Wachen in voller Rüstung und mit Helm, der das Gesicht verdeckte, streckten ihre Schwerter nach ihnen aus und brüllten aus vollem Halse nach Verstärkung. Nûthaj und Dhrûg verschlossen die Tür und drückten sich dagegen. Von unten hörte man bereits eilige Schritte und klirrende Schwerter, die gezogen wurden. Grimvâr, Tânurác und Zrâuk bestritten einen wilden Kampf gegen die Wachen, die nahezu unverwundbar waren in ihren finsteren, glänzenden Rüstungen und grauen Schilden, die das gleiche Wappen zierte wie die Tür. Eyônaí, Símab und

Grúmaëk kamen an den Kämpfenden nicht vorbei zu den vier Gestalten nahe einem bodengängigen Fenster. Sie stellten sich Rücken an Rücken auf, um bei Bedarf überall eingreifen zu können. In dem Moment schnellte ein Ruck durch die Tür, gefolgt von einem Fluchen. Es wurde erneut versucht, doch wieder vergebens dank der Anstrengungen der starken Brüder. Eyônaís zarte Hand mit dem langen, edlen Schwert zitterte leicht, als es auf einmal still vor der Tür wurde. Sie vernahm ein leises Raunen und ihre Anspannung verstärkte sich noch.

Rauch floss durch den Spalt unter der Tür, strömte langsam in die Höhe und bildete eine schemenhafte schwarze Hand, die sich urplötzlich um den Hals von Nûthaj schlang und zudrückte. Der Palháco schlug nach dem Schatten, der sich vor seinen Augen bildete, doch er griff ins Leere. Dhrûg stach sein Kurzschwert in die Brust des Angreifers, doch er fiel durch den Schatten hindurch und hustete verzweifelt, als hätte er heiße Asche eingeatmet. Sein Bruder krächzte nach Hilfe, seine Augen wurden immer größer, als fielen sie ihm bald aus. Nach einer schrecklich langen Zeit, in der niemand etwas zu tun vermochte, ließ er sein Schwert los, erschlaffte und der Schatten ließ ihn neben der düsteren Tür zu Boden fallen. Eyônaí versuchte die Tränen der Angst und des Schreckens zurückzuhalten, als das Wesen sich zu ihnen umdrehte und sie mit schimmernden silbernen Augen fixierte. Die schwarze Tür öffnete sich.

* * *

Trotz der widrigen Wetterbedingungen, was manche dazu veranlasst hatte, ihr Vorankommen langsamer einzuschätzen als geplant, erreichten die Soldaten das Ende der

Ebene vor den Thalej-Bergen binnen vier Tagen. Es wurde markiert durch die Überreste einer Stadtmauer, die sich von einem Hügel auf der linken Seite zu einem etwas höheren auf der rechten spannte. Einst schützte sie die Verbotene Stadt, als diese noch vor den Bergen stand. Doch im Laufe der Drachenkriege war sie zerstört worden, so sehr, dass es unsinnig gewesen wäre, die Überreste wieder instand zu setzen. Stattdessen hatte man beschlossen, sie auf der Meerseite des Berges, der seit dem nach ihr benannt ist, neu aufzubauen. Diese Seite war schon damals stark konvex geformt gewesen, sodass die Außenseiten des Felsens als natürliche Mauern wirkten. Nur wenig musste nachträglich abgetragen oder ausgehöhlt werden, auch wenn das über die Jahre freilich ein stets fortlaufender Prozess gewesen war, zum Beispiel um neue, kühle Lagerräume für den Sommer zu schaffen. So verfügte die Stadt zur heutigen Zeit über ein beträchtliches Netzwerk an Gängen und Höhlen. In der alten Stadt hatte es so etwas nicht gegeben. Sie lag in der Mitte insgesamt dreier Hügel – der dritte lag etwas versteckt hinter dem rechten, den die Soldaten im Moment sehen konnten. Von ihm aus liefen ebenfalls Mauern über die Tiefebenen zu den vorderen beiden Hügeln, sodass die Stadt von der Perspektive der Vögel aus gesehen einem Dreieck ähnelte. Die Straße, die damals mitten durch die Stadt führte, wurde nach den Kriegen verlängert und endete heute im Berg der Verbotenen Stadt, welcher etwas weiter weg hinter all den Ruinen aufragte. Eine Brücke überquerte dort erst einen Fluss, den Sungaji, der irgendwo weit oben im Berg entsprang, dahinter versperrte ein gewaltiges Tor aus Eisenstäben den Weg. Der daran angeschlossene Tunnel durch das Gestein war so lang, dass man nur einen winzigen Lichtpunkt am Ende sah, wenn man am Tor stand. Wilde Mythen rankten sich um versteckte Tore, Waffen und Fallen, die sich dort im Dunkeln befinden sollten. Doch selbst die waren offenbar nicht ausreichend gewesen, die Schattentruppen der Nabilat zurückzuhalten. Beunruhigende Vorstellungen darüber, was sich vor einigen Tagen hier abgespielt haben mochte, schlichen sich in manchen Geist.

Hier, etwa hundert Meter vor der in weiten Teilen verfallenen, alten Stadtmauer, wiesen die Generäle ihre Männer an, die Lager aufzuschlagen. Späher wurden losgeschickt, die Gegend zu erkunden. Es war nun später Nachmittag ihres vierten Reisetages, die Unterkünfte sollten noch vor Sonnenuntergang aufgebaut sein. Während die Soldaten entsprechend ihrer kleinsten Einheiten in Zelten von sechs bis zwölf Mann untergebracht waren, hatten die Generäle jeder eines für sich am vorderen Ende des Lagers, relativ in der Mitte. Dazu kam ein größeres Zelt, in dem sie sich zur Planung treffen konnten. Dahinter erstreckten sich rote Zeltreihen beinahe soweit das Auge reichte, immer wieder unterbrochen von Versorgungseinrichtungen oder Plätzen, an denen man die zahlreichen Tiere untergebracht hatte. Auch die blauen Zelte der Allianz Câtan Vijéba weit hinten stachen heraus. Die Generäle hatten für ihre Râu'sháns einen eigenen Bereich an vorderster Front des Lagers, etwas links von der Mitte. Die Tiere trennte bloß ein einfacher Holzzaun vom Lager, der noch nicht einmal halb geschlossen war. Auch waren sie nicht angebunden. Was auf den ersten Blick fahrlässig schien, war in Wirklichkeit eine Sicherheitsmaßnahme. Die Râu'sháns waren sehr stolz, weshalb man sie nicht ohne Konsequenzen in ein kleines Gatter sperren konnte wie Vacas. Zwar waren sie so gut erzogen wie es eben ging, sodass es unwahrscheinlich war, dass sie davonliefen, vor allem, weil sie dafür die enge Bindung zu ihrem Besitzer überwinden und ihn dadurch verraten müssten. Aber sollten sie trotzdem zum Beispiel in Panik geraten, würde sie ohnehin nichts, was man auf einem freien Feld innerhalb Woche zu errichten vermochte, aufhalten können. Es war ungefährlicher ihnen in einem solchen Fall eine freie Flucht weg vom Lager zu ermöglichen. Damit es dazu natürlich erst gar nicht kam, wurden sie permanent von mindestens einem der mitgereisten Hüter bewacht, aber für den Ernstfall war das Risiko durch diese Haltungsart minimiert.

Austárion hatte Yak'shi soeben dort abgeliefert und sein Gepäck von ihm heruntergenommen. Er verabschiedete sich mit einem Tätscheln von seinem Gefährten und ging zu dem Zelt, das zwei jüngere Soldaten für ihn bereits aufgestellt hatten. Er bedankte sich bei ihnen und gab jedem zwei Valio, was im Militär zwar sehr unüblich und eigentlich auch nicht gerne gesehen, Austárion aber vollkommen egal war. Die beiden hatten ihm damit die ziemlich sichere Blamage erspart, das Teil selbst zusammenzusetzen, und dafür war er ihnen äußerst dankbar.

Das Zelt war absolut funktional und bot mit seiner quadratischen Grundfläche gerade genug Platz für ein schlichtes Feldbett und eine verschließbare Holztruhe, in der er sein Gepäck verstaute. Der nicht nachlassende Wind schüttelte die Planen immer wieder aufs Neue durch. Ein unangenehmer Luftzug pfiff durch die Ritzen. Der Casísto setzte sich auf sein Bett und nahm seinen goldenen Helm mit dem dichten Kamm aus roten Federn, den er als einzigen Teil seiner Rüstung auf dem Ritt hierher nicht getragen hatte. Ruhig drehte er ihn in den Händen hin und her. Je nachdem, wie das Licht auf eine der vielen Dellen fiel, spiegelte sich sein Gesicht darin. Einmal für einen kurzen Augenblick glaubte er, in dem blanken Metall seinen Sohn zu sehen, der ihn anlächelte, doch dann war es schon vorbei und er erblickte wieder sich selbst. Die Außengeräusche, die er in diesem Moment kaum noch wahrgenommen hatte, strömten nun wieder immer stärker auf ihn ein und holten ihn in sein kleines Zelt auf der Ebene vor den Ruinen der Alten Verbotenen Stadt zurück.

Da drangen auch die Rufe eines Adjutanten an seine Ohren. Er glaubte die Stimme Hikos zu erkennen, welcher General Muaj diente: »General Austárion? General Austárion! Seid Ihr da?«

»Ja, was gibt es denn?«, antwortete er Hiko.

»Ihr sollt in das große Zelt kommen. Lagebesprechung!«

»In Ordnung, sagt den anderen, ich werde gleich da sein.«

Austárion hörte, wie sich rasche Schritte entfernten. Er öffnete die Tasche, in der er seinen Reiseproviant aufbewahrte und biss ein großes Stück Brot ab. Dann schnappte er sich seinen Wasserbeutel und eilte ebenfalls in Richtung des großen Zeltes. Als er sich näherte, machten ihm die beiden Wachen in ihren rot-schwarzen Rüstungen augenblicklich Platz und salutierten ihm. Er salutierte ebenfalls, bevor er die Plane beiseiteschob, die den Eingang verschlossen hatte. Drinnen war es nicht ganz so kalt wie in seinem Zelt, das nur wenig gegen das eisige Wetter schützte. Ein Feuer in der Mitte spendete nicht nur angenehmes Licht, sondern auch eine wohlige Wärme. Links waren in etlichen Fässern und Kisten Vorräte gestapelt, rechts stand ein großer Tisch mit mehreren Lageplänen darauf. Auf kleineren Pulten am Rand des Raumes lagen Briefe, Listen und weitere Karten. Zwischen ihnen wuselten einige Adjutanten. Er erblickte auch Hiko, den jungen Vázak, der hastig etwas aufschrieb und sich danach augenblicklich an Muaj wandte. Der Trampianer hatte sich bis dahin mit Lókon am Feuer unterhalten und blickte nun zu Austárion, der sich zu den beiden gesellte.

»Dann fehlt ja nur noch Ba'sutig«, stellte der schwarze Palháco fest und raunte leicht spöttisch: »Wie immer. Keiner braucht so lange, ein simples Zelt aufzubauen wie er.«

Muaj gab zurück: »Lass ihn, es kann schließlich nicht jeder sein ganzes Talent darauf verwenden wie du«, was Lókon mit einem Ellenbogenrempler quittierte.

Austárion blendete die beiden aus, sodass er nur noch gedämpft hörte, wie sie sich immer einfallsreicher mit allerlei Sticheleien duellierten. Sein Blick schweifte durch das Zelt. Auf der anderen Seite des Feuers standen ihr Anführer Sakrân und Krijâsz, je einen Becher haltend, und schienen über etwas Ernstes zu diskutieren. Einer von Krijâsz Adjutanten kam zu ihnen heran und teilte ihnen etwas mit, woraufhin sich die Mienen beider noch weiter verfinsterten. Austárion konnte aber nicht erschließen, worum es ging. Ein Holzscheit knackte und er sah den Funken hinterher, wie sie aus der Bruchstelle heraustoben, wild in die Höhe stiegen, dabei immer weniger wurden und wie die wenigen, die es bis an den Abzug in der Spitze des Zeltdaches geschafft hatten, vom kalten Wind hinaus in die Dämmerung gesogen wurden. Für einen Moment verfolgte er das Spiel, bis die Funken von einem Windstoß auseinander geblasen wurden. Ba'sutig war, mehrere Schriftrollen haltend, hereingekommen und ging zu Sakrân, der daraufhin seine Unterhaltung mit dem alten Hæríquon beendete und sich Richtung Feuer begab. Muaj und Lókon lachten derweil herzhaft und Austárion fand es einmal mehr faszinierend, wie gut sich die beiden verstanden, obwohl sie im Grunde unterschiedlicher kaum sein konnten.

Am Feuer angekommen klatschte Sakrân in die Hände, womit er die anderen aufrief, ihm zuzuhören. Dann berichtete er: »Unsere Späher sind vollzählig zurückgekehrt. Ba'sutig war bereits bei ihnen und hat ihre Berichte mitgebracht.« Er nickte dem Palháco zu, woraufhin dieser aus Sakrâns Schatten heraus in den Schein des Feuers trat und sagte: »Die Rebellen haben ihr Lager direkt vor den Toren der Verbotenen Stadt errichtet. Sie verfügen über zwei Reitereinheiten zu je etwa vierhundert Mann, hinzu kommen zwei Einheiten Katapulte mit jeweils vier Maschinen. Ihre Infanterie scheint aus etwa dreitausend Soldaten zu bestehen, aber das ist kaum genau abzuschätzen, auf jeden Fall sind wir aber in der Überzahl, das steht fest. Ihre Einheitentypen sind relativ klassisch, die Mehrzahl sind gut gepanzerte Schwertkämpfer, es gibt einige Einheiten Speerträger, vermutlich, um die Flanken abzusichern, und eine große Zahl Bogenschützen, die etwa ein Viertel ihrer Streitmacht stellen. Die Schatten jedoch wurden von niemandem gesehen. Wir wissen nicht einmal, ob sie überhaupt anwesend sind – wovon aber auszugehen ist, wie ich meine.« Ba'sutig ging zu dem Tisch auf der rechten Seite des Zeltes und zog eine der Karten heraus. Sie zeigte einen Geländeausschnitt von der Neuen Verbotenen Stadt, den Ruinen der Alten und den Anfang der Ebene, wo sich ihre Lagerstätte befand. Zudem barg sie topographische Informationen, was für die Planung einer Schlacht sehr wichtig war. Der Palháco zeichnete darauf das Lager der Nabilat ein und mit kleinen Symbolen ihre wahrscheinlichste Kampfformation mit den Schwertkämpfern in der Mitte, den Speerträgern an den Flanken, die Bogenschützen dahinter und etwas abseits an den beiden Außenseiten die Limaíras. Die anderen sahen dabei zu und warteten, bis er fertig war.

»Ich gehe davon aus,«, begann Ba'sutig, »dass wir hier, ziemlich in der Mitte der Alten Verbotenen Stadt, aufeinandertreffen werden.« Er zeichnete mit dem Finger eine Linie von dem von ihnen aus gesehen linken Hügel zu dem hinteren der beiden rechten, welcher näher am Berg der Verbotenen Stadt lag. Die Metallbeschläge seiner Unterarm- und Handgelenkschützer spiegelten dabei den orangefarbenen Schein des Feuers. »Das ist nur logisch, da sie in der Unterzahl sind und sich dementsprechend an der schmalsten Stelle des Geländes positionieren werden. Andernfalls wäre das Risiko für sie größer, dass wir sie umschließen oder durch ihre Ränge brechen könnten. Mit den Reitern werden sie sicherlich versuchen, die beiden Hügel an den Flanken zu halten, um damit seitliche Angriffe unsererseits zu blockieren und gegebenenfalls von dort einen Sturmangriff führen können. Außerdem bietet diese Position noch genügend Rückzugsraum. Zusätzlich werden die Ruinen der Alten Verbotenen Stadt verhindern, dass wir sie auf Anhieb zurückdrängen können.« Ba'sutig hielt kurz inne. »Das sind alles Mutmaßungen, aber aus meiner Sicht gibt es keine Stelle auf der Karte und keine Aufstellung, die ihnen mehr Vorteile oder weniger Nachteile bringen würde.«

»Dem stimme ich zu«, sagte Sakrân, »Es erklärt auch, warum sie uns nicht entgegenmarschiert sind. Dies hier ist die einzige Engstelle von Âretoà bis hierher, was bedeutet, dass sie nur hier den Nachteil aufgrund ihre Unterzahl mindern können. Und sie konnten sich schonen, während unsere Soldaten einen langen Marsch hinter sich haben.« Ärger über seine Blindheit huschte über sein ernstes Gesicht.

Krijâsz war nicht überzeugt: »Aber warum haben sie uns dann noch nicht angegriffen? Sie wussten definitiv über unser Aufgebot Bescheid, lange bevor wir hier angekommen sind. Sie hätten sich in aller Ruhe vorbereiten und zuschlagen können, während wir noch marschierten.«

»Sie wären dann aber ein Wagnis eingegangen«, sprach Noi'loân, der bis jetzt im Schatten gestanden hatte und von niemandem wirklich wahrgenommen worden war, »Sie haben nicht genug Soldaten, um uns zu umzingeln, erst recht, solange wir in Marschformation waren. Das heißt, sie hätten den Tross am vorderen Ende angreifen können, vielleicht noch etwas an den Flanken, und hätten dabei vielleicht auch einige von uns getötet, aber währenddessen hätte sich der Rest unserer Truppen kampffertig machen und zum Konter übergehen können. In dieser kurzen Zeit hätten sie uns allein schon unserer Formation wegen nicht genügend schwächen können, um danach in einen ausgeglichenen Kampf übergehen zu können. Sie wären zahlenmäßig immer noch deutlich unterlegen gewesen. Hinzu kommt, dass wir sie wegen des flachen Geländes auf weite Sicht hin hätten kommen sehen, auch die Hügel hätten kaum als Deckung für eine Streitmacht dieser Größe getaugt. Sie konnten uns gar nicht überrumpeln, was dieses Vorgehen damit komplett aussichtlos gemacht hat. Zu diesem Schluss sind sie offenbar auch gekommen.«

Lókon nickte und sagte: »Der Rebell hat Recht. Sich nicht von der Stelle zu rühren und uns kommen zu lassen war aus ihrer Sicht das einzig Richtige. Hätten sie sich gar bis in den Berg zurückgezogen, hätten wir sie aushungern können, außerdem wäre ihre Artillerie dann nutzlos gewesen. Und … es wäre feige gewesen.«

»In Ordnung«, sagte Sakrân, »Dann sind wir uns ja einig und können unser Vorgehen planen.«

Ba'sutig griff nach einem kleinen Leinenbeutel und drehte ihn um. Heraus purzelten kleine Holzfiguren, die verschiedene Einheiten der Armee darstellten.

Sakrân stellte erst die Figuren ihrer Gegner auf, so wie sie sich ihre Formation soeben überlegt hatten, dann nahm er sechs Miniaturballisten, und stellte sie am Ende des ersten Drittels der Alten Verbotenen Stadt auf. Der dunkle Numjaír erklärte: »Einer unserer Vorteile sind die Balliste. Mit ihnen in der ersten Reihe können wir etliche Salven auf sie schießen, bevor sie uns überhaupt erreicht haben. Im Zentrum der Stadt stehen nicht besonders hohe Ruinen, sie können auf dem Weg zu uns also auch nicht in Deckung gehen.«

Muaj klinkte sich ein, Artillerie war sein Spezialgebiet: »Mit unseren Trebuchets können wir ihre Katapulte gut beschäftigen und mit etwas Glück sogar ausschalten, bevor sie ernsthaften Schaden anrichten können. Ihre Reichweite ist groß genug, dass wir sie im Grunde vor unserem Lager postieren können. So sind sie wahrscheinlich sogar außerhalb der Reichweite ihrer Katapulte und zudem schnell einsatzbereit, wir müssen sie nur wenig bewegen. Unsere Onager werde ich etwas davor in aufgelockerter Formation einsetzen. Sie sind die flexibelsten und werden daher wechselnde und unterschiedliche Ziele erhalten, je nach Bedarf.«

Krijâsz fuhr fort: »Mit der Infanterie, Speerträger voneweg, werden wir uns direkt hinter den Ballisten positionieren und, sobald die Rebellen näherkommen, vorrücken. So geraten Schützen und Gerät nicht in Gefahr und wir können fließend in den Nahkampf übergehen.«

Auf Lókons Gesicht formte sich ein grimmiges, schiefes Lächeln. Krijâsz ging nicht darauf ein und fuhr fort: »Wir wissen nicht, wie stark ihre Infanterie sein wird, also schlage ich vor, Noi'loâns Truppen schließen sich unserer Infanterie an, am besten im Zentrum, dort sind die größten Verluste zu erwarten.«

»Eine hervorragende Idee«, pflichtete Lókon erfreut bei.

Der hellbraune Vázak bestätigte dessen ungeachtet: »Ich werde mit ihnen dort kämpfen. Meine Bogenschützen werde ich anweisen, sich Euch anzuschließen, Ba'sutig.«

»Sagt Ihnen direkt nach dieser Besprechung Bescheid, sie sollen heute Abend noch dabei sein, wenn wir uns auf den morgigen Tag vorbereiten.«

»Ist in Ordnung.«

Ba'sutig nahm einige hölzerne Bogenschützen und positionierte sie leicht zurückgesetzt hinter den Figuren für die Speerträger, die Sakrân zuvor zusammen mit anderen auf die Karte gesetzt hatte und darstellten, was sie gerade beschlossen hatten. Der dunkelbraune Palháco mit schwarzen Flecken sagte: »Die Schützen werden mit den Schwertkämpfern tauschen, sobald die Rebellen zu nah sind, um sie noch sicher unter Beschuss nehmen zu können, ohne unsere eigenen Leute zu gefährden.«

»Gut«, sagte Sakrân, »Dann fehlen nur noch die Reiter. Austárion?«

»Da unsere Infanterie aller Voraussicht nach im Zentrum der Stadt gebunden und die Schlacht dort für eine Weile wohl relativ festgefahren sein wird, halte ich Flankenmanöver für sinnvoll. Die Hügel an den Seiten des Schlachtfeldes bieten dafür sehr gute Möglichkeiten, besonders für die Echsen.« Der Casísto nahm sich zwei kleine Holzreptilien und legte sie an die zur Alten Verbotenen Stadt hin gewandten Hänge des linken und des hinteren rechten Hügels. »An diesen Stellen ist es relativ steil. Sofern die Frontlinie nicht zu weit in Richtung Berg liegt, können unsere Echsenreiter von dort seitlich in die feindlichen Linien einfallen. Wegen der Hangneigung wird sich ihnen niemand entgegenstellen können und eine mögliche Phalanx weiter unten können die Tiere mühelos überspringen. Währenddessen …« Austárion bewegte vier kleine Limaíras über die Karte. »… werden zwei unserer Limaíra-Einheiten über die gerade noch begehbare Seite des hinteren rechten Hügels vorrücken, die anderen beiden am linken hinter der Kuppe vorbei und dann von dort, etwa auf Höhe der Palastruinen. So fangen wir mögliche Reiterattacken der Rebellen ab und können danach selbst welche führen.«

Sakrân betrachtete ruhig die Figuren auf der Karte, dann sagte er: »In Ordnung, ich denke, unsere Chancen stehen nicht schlecht. Der einzige Unsicherheitsfaktor bleiben ihre Schatten, über die wir nicht einmal wissen, ob sie überhaupt anwesend sind. Sofern diese nicht über ungeahnte Fähigkeiten verfügen, sollte nicht viel schiefgehen können. Gibt es Fragen?«

Niemand antwortete.

»Gut. Meine Freunde, wir werden bei Sonnenaufgang in die Schlacht reiten. Wir werden losziehen und jene ein für alle Mal vernichten, die unsere Sicherheit, unseren Frieden, unsere Familien und unsere Heimat bedrohen. Wir werden nicht zulassen, dass sie weiter Gewalt und Schrecken über dieses, unser Land ausbreiten!«

Alle im Zelt hatten applaudiert, gemeinsam gejubelt und waren nachher einer nach dem anderen zu ihren Truppen gegangen, manche zu ihren Freunden, manche einfach in ihre Quartiere. Austárion wusste, dass der Jubel nicht bei allen echt gewesen war, lediglich bei Lókon war er sich sicher.

Nach der Strategiebesprechung war er zu seinen Reitern gegangen und hatte den Kommandanten mitgeteilt, was beschlossen worden war, und weitere Einzelheiten geklärt. Anschließend hatte er seinen Râu'shán, Yak'shi, besucht. Durch auffrischenden, kälter werdenden Wind war er danach in sein Zelt gegangen. Mittlerweile war es Nacht, eine kleine Kerze flackerte neben Austárions Feldbett. Er hatte mit der Hilfe jener beiden Soldaten, die ihm schon das Zelt aufgebaut hatten, seine Rüstung abgelegt, und sich anschließend mit etwas Wasser den Staub des Tages aus dem Fell gewaschen. Nun saß er in seine spartanische Decke gehüllt auf seinem Bett. Er kaute auf einem Stück Brot herum, bekam aber nicht wirklich etwas herunter. Nach drei Bissen fühlte er sich, als hätte er ein mehrgängiges Luxusmenü hinter sich, wie das, was es auf dem letzten Geburtstag seiner Frau gegeben hatte. Es war ein halbrunder gewesen und sie hatte auf nichts Geringeres bestanden. Er musste schmunzeln bei dem Gedanken daran, aber die Realität hatte ihn nach wenigen Sekunden ohne Gnade zurückgeholt. Ein Windstoß blies die Kerze aus. Augenblicklich war es stockfinster um ihn herum, bloß durch die Nähte der Zeltbahnen kam ein diffuser Schimmer, teils von Fackeln zwischen den Zelten draußen, teils vom letzten Rest des Mondlichtes, das aber mehr und mehr hinter den am Himmel dahinrasenden Sturmwolken verschwand. Der Casísto seufzte, legte das Brot weg und tastete nach seiner Truhe und darin nach einer kleinen Schachtel. Er nahm ein kleines Holzstäbchen heraus, das von einem mit einer stinkenden Substanz getränkten Stofffetzen umwickelt war. Dann schlug er zwei Eisenstücke so lange aneinander, bis einer der Funken auf dem Stoff landete und ihn mit einem Zischen entfachte. Austárion zündete rasch die Kerze an und löschte das Holzstäbchen durch ein kräftiges Pusten, bevor er es mit der brennbaren Seite voran in den Boden steckte.

Sich damit abfindend, dass er in dieser Nacht nichts Nennenswertes mehr würde essen können, legte er sich hin. Die Kerze stand fernab jeglichem Entzündbarem auf der Erde, zudem bezweifelte er stark, überhaupt ein Auge zumachen zu können, weshalb er sich diesbezüglich keine Gedanken machte. Austárion starrte die Decke seines Zeltes an. Die Innenseite der Stoffbahnen war im Gegensatz zur roten Außenseite in Weiß, oder zumindest früher einmal gewesen, um ein angenehmeres Raumgefühl zu vermitteln, wie es immer wieder hieß – wohl eher, um Farbe zu sparen, vermutete er. Eine winzige Spinne krabbelte an der Wand gegenüber. *Selbst in dieser Kälte wird man die nicht los*, dachte er. Erfreulicherweise schien diese die einzige zu sein, das Zelt war sonst leer. Austárions Blick richtete sich wieder gerade nach oben, wo er die flackernden Muster der kleinen Kerze beobachtete. Bei jeder Böe wurden sie für einen Moment wilder. Er versuchte, an nichts zu denken, doch, wie es jedem bei solchen Versuchen nur allzu oft erging, erreichte er lediglich das Gegenteil. Die Sorgen an den nächsten Tag ließen ihn nicht los. Er hatte schon oft gekämpft, war in vielen Einsätzen gewesen. Zum General war er nicht umsonst befördert worden. Und jedes Mal war er in der Nacht davor nervös gewesen, jedoch nie so. Etwas war anders. Er wusste nicht, was, nur, dass es da war. Wie ein dunkler Schleier hing etwas in der Luft, das ihn merkwürdig beunruhigte.

Ob es den anderen auch so ging? Schlachtenlärm aus seiner Erinnerung schob sich in sein Bewusstsein. Er hörte Schreie, er hörte das Klirren aufeinandertreffender Schwerter, den dumpfen Einschlag eines Bolzens in einen Schild. Dann sah er es auch. Er war wieder in seinem letzten Einsatz. Vor ein paar Monaten war er mit einem Stoßtrupp ausgesandt worden, um eine Bande von Schmugglern aus dem Verkehr zu ziehen. Keine besonders rühmliche Aufgabe für einen General der Königlichen Truppen, aber dabei war es wohl mehr um irgendetwas Politisches gegangen. Die Schmuggler hatten sich in einer Mine in der Nähe Marbordos verschanzt und die Arbeiter darin gefangen genommen. Austárion fühlte sich in der Zeit zurückversetzt.

Er saß auf Yak'shis breitem Rücken, einhundert Männer marschierten hinter ihm. Der Eingang der Mine war direkt vor ihnen, nur noch wenige Meter. Er war komplett verlassen, nicht einmal verschlossen. Auch um die Mine herum schien sich niemand aufzuhalten, Kundschafter hatten dies bestätigt. Sie machten Halt.

Austárion holte ein Schriftstück aus seiner Satteltasche und las laut und bis in weite Ferne hörbar vor: »Im Namen Verberos, König dieses Landes und Schutzherr aller darin lebenden Völker, verhafte ich Euch. Ihr habt Euch zu verantworten für folgende Verbrechen: Schmuggel, Wegelagerei und Raub in mehreren Fällen, Geiselnahme und Erpressung. Der König gewährt Euch gemäß den Grundsätzen unseres Landes einen gerechten Prozess, solltet Ihr Euch widerstandslos ergeben. Lehnt Ihr dieses Angebot ab, so kann Euch dies nicht mehr garantiert werden und Ihr müsst damit rechnen, mit aller notwendigen Härte des Gesetzes und der Ordnung verfolgt und gestellt zu werden. Ihr habt fünf Minuten, Eure Wahl zu treffen.«

Wie erwartet rührte sich nichts. In der Zwischenzeit hatten sich Soldaten an den Seiten des Eingangs postiert.

»Dies ist Eure letzte Chance!«

Nach ein paar Sekunden Stille nickte Austárion den Männern vor ihm zu und gab mit ausgestrecktem Arm das Signal zum Angriff. Die Soldaten stürmten johlend los. Der erste im Eingang fiel sofort um, ein Pfeil steckte in seinem Kopf. Genauso erging es dem zweiten und dritten, der vierte hob seinen Schild und wurde am Bein getroffen. Als er stürzte, traf ihn ein zweiter Pfeil ebenfalls im Kopf. Noch bevor er den Boden erreicht hatte, schoss ein weiterer Pfeil über ihn hinweg.

Die Männer zögerten und Austárion rief: »Halt!«

Bis sie auf diese Weise ins Innere gelangt wären, wäre niemand mehr da gewesen, um zu kämpfen. Der Casísto betrachtete die Umrisse des Eingangs und schätzte, dass er gerade groß genug war.

»Folgt mir!«, schrie er und galoppierte mit Yak'shi durch den hölzernen Bogen in der Felswand. Er duckte sich und hielt seinen Schild über seine Stirn. Pfeile prasselten auf ihn ein, auch auf seinen Râu'shán, doch dieser war gut gepanzert. Endlich erkannte er die Schützen. Es waren vier an der Zahl und knieten mitten im Gang, dessen rechte Wand sich auftat und den Blick auf eine große Höhle offenbarte, die von etlichen Holzstegen auf allen Ebenen durchzogen wurde. Die Schützen waren starr vor Schreck und Yak'shi rannte einfach über sie hinweg. Dann kam ein nichtendender Pfeilhagel von rechts. Sämtliche Holzstege über und einige unter ihnen waren von Schmugglern besetzt. Doch nun trafen sie nicht mehr so präzise. Es ging alles sehr schnell und auch die Soldaten, die hinter Austárion und Yak'shi herrannten, wurden deutlich weniger ernsthaft getroffen.

Von dem in Stein gehauenen Gang zweigte der erste Steg ab. Austárion befahl den Männern hinter ihm, dort entlang vorzurücken. Er selbst ließ Yak'shi weiterrennen und sorgte so dafür, dass niemand die vorderen Kämpfer von den anderen trennen konnte. Nur wenige stellten sich den beiden direkt in den Weg und bezahlten dafür sogleich mit ihren Leben. Es folgte eine erneute Abzweigung. Er lenkte Yak'shi auf die Bretter, um so die Schmuggler von einer zweiten Seite angreifen zu können. Die, die vor den beiden standen, ließen ihre Bögen fallen und griffen nach ihren Schwertern, aber sie hatten keine Chance. Das Holz unter ihnen bebte, als der Râu'shán sie mit seinen Pranken zur Seite schleuderte. Fast ohne langsamer zu werden, erreichten sie eine Plattform am anderen Ende der Höhle mit vielen Fässern und Kisten darauf. Darauf angekommen, formten die Schmuggler einen Ring um die beiden. Mit Speeren voran rückten sie von allen Seiten gleichzeitig vor und stießen sie nach Yak'shi. Doch dieser drehte sich wild um sich, brüllte tief und zerschlug alles, was er vor seine Pranken bekam. Austárion schlug mit seinem Schwert nach denen, die sein Reittier ausgelassen hatte. Nach nur wenigen Augenblicken gehörte die Plattform ihnen. Austárion entschied sich nun, abzusteigen. Yak'shi konnte die Plattform alleine verteidigen, während er begann, sich zu seinen Soldaten durchzukämpfen. Diese waren mittlerweile ein ganzes Stück weiter und hatten zudem eigene Bogenschützen aufgestellt. Von dem Gang aus, über den sie hereingekommen waren, lieferten diese sich ein hitziges Gefecht mit den verbliebenen Schützen der Schmuggler, besonders denen auf den anderen Ebenen. Ein großer Palháco stellte sich Austárion in den Weg. Er schwang eine Axt über seine Schulter, auf den Hals des Casísto abzielend. Doch der konnte sich ducken und riss sein Schwert schräg nach oben und traf seinen Gegner am Bauch. Dieser schrie, war aber kaum getroffen, da Austárion seinen Schlag nicht gut hatte führen können. Der Palháco hieb erneut, diesmal seitlich. Austárion versuchte die Axt mit seinem Schwert zu blocken, aber die Wucht war zu groß und er konnte sie nur ablenken. Beiden wurde der Waffenarm zur Seite gerissen, jedoch war Austárions Schwert wesentlich leichter und so konterte er, bevor der Schmuggler seine Axt auch nur wenden konnte. Mit aufgeschlitzter Kehle sank dieser zu Boden, die Axt fiel über den Rand des Steges in die Tiefe. Austárion schüttelte sich und stellte sich dem nächsten. Nach kurzer Zeit stand er vor einem seiner eigenen Männer, und beide hielten gerade noch rechtzeitig inne.

Nachdem sie nun die beiden Hauptstege der Mine eingenommen hatten, machten sie sich in Gruppen an die Verfolgung der übrigen. Austárion eilte gerade zurück zu Yak'shi, der sich bis dahin tapfer geschlagen hatte, als plötzlich ein Hæríquon vor ihm auftauchte. Seine dunkelgrüne Rüstung schimmerte bedrohlich im Licht der unzähligen Fackeln rundherum. Austárion pfiff, um Yak'shi den Angriff zu befehlen. Dieser stürmte los, doch der Hæríquon sah ihn kommen und wich im letzten Moment geschickt aus. Die Pranke des Râu'sháns verfehlte ihn nur um Zentimeter. Das Tier war überrascht, ihn nicht erwischt zu haben und bremste, jedoch war es so schnell und schwer, dass es an Austárion vorbeischlitterte, der auch zur Seite springen musste, und erst hinter ihm zum Stehen kam. Austárion dachte, dass sein Reittier eher in die Tiefe stürzen als diesen Kampf gewinnen würde, denn der Steg kurz vor der Plattform war definitiv zu eng, als dass sich ein Râu'shán darauf einen echten Kampf mit einem Gegner liefern konnte, der sich zu wehren wusste. So wies er ihn an, hinter ihm zu warten, was Yak'shi knurrend befolgte. Der Casísto hielt sein Schwert nun schräg vor sich, bereit für das Duell. Der Hæríquon kam langsam auf ihn zu. Ein Pfeil schoss in seine Richtung, doch er wehrte ihn ab, indem er kurz sein Schwert hob. Dann wurde er schneller und rannte schließlich. Wenige Meter vor Austárion sprang er hoch und flog von oben auf ihn herab, sein Schwert in einem gefährlichen Bogen schwingend. Der Casísto blockte den Schlag, spürte aber, dass er sich nicht auf den Beinen halten konnte. Er wollte dies zu seinem Vorteil nutzen und den Angreifer über sich hinweg direkt zu Yak'shi fliegen lassen, doch der Hæríquon erkannte das. Er stieß seine Beine in Austárions Unterleib, um abzubremsen und warf den Casísto dabei zu Boden. Dieser fühlte sich, als würde er zerquetscht, hatte aber immerhin das Schwert seines Gegners aufgehalten, die Klingen kreuzten sich direkt vor seinem Gesicht. Als der Hæríquon erneut zum Schlag ausholte, sprang Yak'shi über seinen Reiter hinweg und stieß den Hæríquon seinerseits zu Boden, doch dieser hieb mit seinem Schwert nach Yak'shis Knöchel, was das Tier dank der Rüstung zwar nicht verletzte, aber bei ihm für eine Schrecksekunde sorgte, die der Hæríquon nutzte, um sich zu befreien. Er wirbelte zwischen dem Tier und der Felswand hindurch, wobei ihn ein Prankenhieb erneut nur knapp verfehlte, und schlug wieder nach Austárion. Der blockte die Attacke, ebenso die nächste und übernächste, was Yak'shi genug Zeit verschaffte, sich umzudrehen und nach dem Hæríquon zu schlagen, der es nicht mehr geschafft hatte, sich aus seiner Zwickmühle zu befreien. Dieses Mal traf er. Der Hæríquon flog erst scheppernd gegen das Geländer des Stegs, dann nach unten.

Sehend, dass nun auch ihr Anführer gefallen war, gaben die verbliebenen Kriminellen auf. Es waren am Ende nur noch sechzehn, von anfangs geschätzt fast achtzig. Auch Austárions Männer hatten schwere Verluste hinnehmen müssen, sie waren nur noch vierundsechzig. Nachdem sie die Gefangenen nach draußen gebracht hatten, durchsuchten sie noch die Mine, um zu sehen, ob sich noch jemand versteckte oder ob es Diebesgut zu beschlagnahmen gab. Sie fanden reichlich. Verschwitzt, blutverschmiert, viele schwer bepackt und auch einige verletzt und vorläufig versorgt machten sie sich auf den Rückweg nach Âretoà, die Gefangenen im Schlepptau. Auf Anweisung des Königs nahmen sie dabei die Hauptstraßen. Austárion hatte sich Yak'shi zuvor noch angesehen und war froh gewesen festzustellen, dass sein treuer Begleiter unverletzt war, was keine Selbstverständlichkeit war nach diesem Einsatz. Das monotone Marschieren machte ihn müde. Die Erschöpfung des Tages bahnte sich ihren Weg in sein Bewusstsein und schon bald geriet der Casísto auf Yak'shis gleichmäßig schaukelndem Rücken ins Dösen.

Austárion war wieder in seinem Zelt. Er war sich nicht sicher, ob er geschlafen hatte oder nicht. Erstes Licht der bevorstehenden Dämmerung schien durch die Nähte seiner Unterkunft herein. Es waren also ein paar Stunden vergangen, dennoch kam es ihm vor, als hätte er sich gerade erst hingelegt. Die Kerze brannte immer noch, war aber ein gutes Stück kürzer geworden. Austárion fror. Sein Körper war eine einzige Verspannung. Er fühlte sich furchtbar. Je wacher er wurde, desto höher wurde auch sein Puls, als die Aufregung mit den Gedanken an die bevorstehende Schlacht in ihm hochstieg. Ihm wurde schlecht.

Draußen war es noch relativ ruhig, nur ein wenig Geklapper war zu hören. Austárion schätzte, dass er noch ungefähr eine Stunde hatte, bis sich alle bereit machen würden. Er wollte versuchen, sich noch etwas auszuruhen, erkannte aber schnell, dass das keinen Sinn hatte, er war viel zu aufgeregt. Stattdessen beschloss er aufzustehen, so war er wenigstens in jedem Fall rechtzeitig fertig.

Ein Hornstoß ertönte und rief alle Soldaten in ihre Trupps und Positionen. Austárion stand neben Yak'shi zusammen mit den anderen Generälen vor dem großen Zelt, in dem sie die Strategiebesprechung abgehalten hatten. Sakrâns Adjutant setzte gerade das Horn ab. Sie blickten durch den Morgennebel über die mit Reif überzogenen alten Straßen und Wiesen hin zu den Ruinen. Vereinzelte Rauchsäulen stiegen dahinter auf. Zwei Späher kamen auf ihren schwarzen Limaíras herangeritten.

»Keine vermehrte Aktivität zu sehen, als würden sie uns gar nicht wahrnehmen. Oder ignorieren«, sprach der eine, ein Vázak in der Farbe der Landschaft angepasster Kleidung.

Sakrân entließ die beiden mit einem Nicken. Niemand sagte etwas oder konnte sich einen Reim darauf machen. Eine halbe Stunde später blies Sakrâns Adjutant wieder in sein Horn, von den Ruinen her schallte eine donnernde Antwort. Der Heereszug setzte sich in Bewegung.

»Machen wir sie fertig«, knurrte Lókon.

Danach trennten sich die Generäle und ritten zu ihren jeweiligen Einheiten. Austárion steuerte zwischen vorbeiziehenden Gruppen schwer bewaffneter Soldaten vorbei und gesellte sich zu den Reitern an der linken Flanke der Armee. Die Hauptmänner der beiden Einheiten, der Vázak

Chavanoz, ein kräftiger Mann mittleren Alters mit giftgrünen Augen und der Palháco Mopalu, ein junger Mann mit braunen Streifen im strahlend weißen Fell und ebenso braunen runden Augen, begleiteten ihn. Die alten Numjaír-Brüder Rothai und Fu'shaba führten die zwei Einheiten der rechten Flanke.

Nach einigen hundert Metern entfernten sie sich immer mehr vom Haupttross und hielten auf den linken Hügel zu. Die Soldaten auf der Ebene hatten nun ihre Kampfformationen eingenommen. Die Balliste wurden vorweg geschoben, die Infanterie folgte mit den Bogenschützen am Ende. Gefolgt wurden sie von den knarzenden und quietschenden Katapulten. Die roten Banner der Regierung mit einem goldenen Wasserdrachen über gekreuzten Pfeilen in der Mitte, der halben Sonne, die in eine breitere Krone mündete, darüber und den Ähren an den Seiten wehten in der Kälte über den glänzenden Helmen. Mehrere blaue mit einem silbernen geflügelten Schild, auf dem ein Kreuz abgebildet war, waren ebenfalls zu sehen, im Zentrum der Schwertkämpfer.

Hinter den Limaíras ritten leicht zurückgesetzt die Soldaten auf ihren Echsen. Das Wetter machte ihnen sichtlich zu schaffen: Die Bewegungen fielen ihnen schwerer als üblich und ihre lilafarbenen Kämme waren bereits von Reif bedeckt. Ihre dünnen Lederrüstungen halfen nur wenig und dickere oder größere waren nicht möglich, da sie die Beweglichkeit der Tiere zu stark einschränken würden. Die Limaíras waren etwas besser ausgestattet. Sie mussten nicht klettern können, aber auch ihnen waren die Temperaturen nicht einerlei. Ihr Atem bildete kleine Wolken.

Nach etwa einer Viertelstunde erreichte die Armee einen Teil der verfallenen Mauer der Alten Verbotenen Stadt. Sie zog sich vom vorderen Hang des linken Hügels zum ersten der beiden rechten. Dort war sie noch relativ intakt, zwar von einigen Einschlägen und Brandspuren gezeichnet, die man nach all den Jahren noch immer gut erkennen konnte, aber hauptsächlich nur verwittert. Nach einem Drittel ihrer Länge war sie hingegen zu Schutt verfallen, der bis zum linken Hügel hin reichte. Einst hatte sie zwanzig Meter in der Höhe gemessen und über vier in der Dicke – ein Râu'shán hätte bequem über den Wehrgang rennen können – doch gegen die Drachen war sie bedeutungslos gewesen. Hinter der Mauer begannen die Ruinen der Stadt. Von vielen ehemals prächtigen Häusern war nur das Fundament geblieben, hier und dort mit Ziegelresten darauf.

Die Reiter waren etwa auf halber Höhe des linken Hügels, als die feindlichen Soldaten erschienen. Details waren noch nicht auszumachen, lediglich Reihen schwarzer Rüstungen, die durch den Dunst in die Stadt marschierten. Austárion blickte hinüber zu den Hügeln auf der rechten Seite und sah die andere Hälfte seiner Reiter. Sie hatten gerade angehalten, genau wie sie es besprochen hatten. Sie würden gemeinsam warten, bis die Schlacht begann und die feindlichen Truppen in der richtigen Position waren, um dann ihre Manöver zu starten. Austárion griff in seine Satteltasche und trank einen Schluck Wasser. Seine Kehle fühlte sich trotzdem ausgetrocknet an und viel zu eng.

Der Palháco Mopalu neben ihm tat es ihm gleich, ihm schien es ähnlich zu gehen. Sie verharrten wortlos, die meisten von ihnen auf der von unten nicht einsehbaren Seite des Hanges. Die beiden Heere marschierten in der Stadt weiter aufeinander zu und waren vielleicht noch einen Kilometer voneinander entfernt. Die Balliste der Regierungstruppen hatten mittlerweile den alten Marktplatz erreicht, dessen Brunnen noch heute intakt war – als einziges Bauwerk der ganzen Stadt. Die Soldaten stellten die Maschinen auf und luden sie. Die Infanteristen hinter ihnen hielten an. Sie warteten. In wenigen Augenblicken würden die Feinde in Reichweite sein.

Ein wortloser Befehl eröffnete die Schlacht. Sämtliche Balliste feuerten gleichzeitig ihre tödlichen Geschosse ab, die nur Sekundenbruchteile später in die feindlichen Reihen trafen. Zu Dutzenden gingen Männer zu Boden, doch ihre Lücken wurden sogleich geschlossen. Befehle wurden gebrüllt und sie begannen ihren Ansturm, offensichtlich früher als ursprünglich geplant. Wieder feuerten die Balliste eine Salve, und wieder. Dann schossen die Katapulte. Brennende Steine flogen eine Spur aus Funken hinter sich herziehend über die Helme der Soldaten und schlugen inmitten der Rebellen nieder. Schreie ertönten und an vielen Stellen rannten Männer auseinander. Doch sie kehrten rasch in ihre Formationen zurück und rannten weiter. Ihre eigenen Katapulte eröffneten nun das Feuer. Felsbrocken surrten über den Himmel und zielten auf die königlichen Katapulte ab. Eines fiel krachend in sich zusammen, die Männer, die es bedienten, versuchten in Sicherheit zu springen, jedoch schafften es nicht alle rechtzeitig. Sie nahmen sich ab jetzt gegenseitig ins Visier, doch nun waren die Trebuchets in Position und ausgerichtet. Sie verwendeten keine größeren Geschosse als die anderen Geräte, hatten aber eine bedeutend höhere Reichweite und Geschwindigkeit der Geschosse. Doch die Schützen mussten sich erst auf ihr Ziel einschießen, so gingen die ersten Salven ins Nirgendwo. Es würde noch ein paar wenige Minuten dauern, bis sie sicher treffen würden.

Während die Artillerieschlacht immer mehr an Fahrt gewann, waren die Armeen im Zentrum bloß noch wenige

Dutzend Meter voneinander entfernt. Die Balliste feuerten eine letzte massive Salve, bevor die Männer ihre Bremsen lösten und begannen sie nach hinten zu ziehen. Das war das Signal für die Infanterie. Mit einer Phalanx vorweg rannten die Soldaten an den Ballisten vorbei und stemmten sich gegen den Ansturm der Rebellen. Ein Höllenlärm brach los, als die Massen aufeinanderprallten. Über ihnen hatte sich der Himmel verdunkelt von schier unfassbaren Mengen an Pfeilen, mit denen die Bogenschützen beider Seiten ihre jeweiligen Gegner zu dezimieren versuchten.

Austárion glaubte, Lókon auf seinem Râu'shán zu erkennen, wie er mit erhobenem Schwert mitten in das größte Chaos ritt. Aber er löste rasch den Blick wieder, denn nun waren seine Krieger an der Reihe. Er schwenkte eine rote Fahne zum Signal an die Numjaír Rothai und Fu'shaba auf der anderen Seite, die es ihm zur Bestätigung gleichtaten. Dann ritt er los. Mopalu blieb mit seinen Männern bei ihm, der Vázak Chavanoz führte die seinen in eine etwas andere Richtung. Er würde mit ihnen um die Hügelkuppe herum reiten und seinen Angriff von dort aus starten. Die Echsenreiter preschten ohne ein weiteres Wort durch die Mitte direkt voraus auf den steilsten Hang zu, über die Stelle, wo früher einmal der Königliche Palast gestanden hatte. Unter den Füßen der Tiere prasselten kleine Steine und Erdbrocken herunter, während der Boden sich weiter neigte. Rechts von ihnen lagen nun die Trümmer des Palastes, die Frontlinie zog sich mitten durch sie hindurch. Austárion sah noch, wie die Echsen immer mit mehreren zugleich aus vollem Lauf zum Sprung ansetzten und in die Reihen der Rebellen flogen. Doch dann erblickte er die feindliche Kavallerie. Auf gepanzerten Limaíras stürmten gesichtslose, schwarze Rüstungen geradewegs auf sie zu.

»Verteidigungsposition!«, rief Austárion.

Jeweils acht Reiter bildeten rasch eine Linie, insgesamt zehn hintereinander. Ein Dutzend weiterer Reiter löste sich auf jeder Flanke etwas vom Rest. Austárion und Mopalu ordneten sich ebenfalls an den Seiten der Formation ein. Eispartikel stoben unter den Füßen der herangaloppierenden Limaíras. Die gegnerischen Reiter senkten ihre Speere zum Angriff, ihre Gegenüber taten dasselbe. Sie trieben ihre Tiere noch einmal an, um so viel Wucht wie möglich aufzubauen. Einer der gegnerischen Reiter stieß einen Schrei aus, dann krachten sie zusammen. Vier von Austárions Reitern der ersten Reihe fielen direkt tot zu Boden, bei einem fünften brach das Limaíra zusammen. Auch die feindlichen Reiter waren getroffen worden, doch schienen sie es nicht einmal zu bemerken. Löcher klafften in ihren Rüstungen, einer hatte gar einen Speer in sich stecken, aber er riss ihn einfach heraus und schleuderte ihn auf den nächsten, der ihm entgegentrat. Dieser wich aus und zog sein Schwert. Die verbliebenen Reiter der ersten Reihe und die nachfolgenden taten das gleiche. Sie waren von den Feinden mit solcher Wucht getroffen worden, dass sie nicht nur zum Stehen gebracht, sondern sogar zurückgedrängt worden waren, und sie verloren weiter an Boden. Auch im Nahkampf hatten die Soldaten ihren Gegnern nichts entgegenzusetzen. So gut sie sich mit dem Schwert auch behaupteten, sie konnten doch keinen ihrer Kontrahenten ernsthaft treffen. Sie schienen unverwundbar zu sein. In der Folge fiel einer nach dem anderen.

Austárion konnte nicht fassen, was sich direkt vor seinen Augen abspielte. Es waren nur wenige Augenblicke seit dem Aufeinandertreffen vergangen und schon hatte er ein Dutzend Männer verloren. Ohne zu wissen, ob es etwas nutzte, signalisierte er Mopalu vorzurücken. Der General und sein Hauptmann führten ihre Reiter in die Flankenmanöver. Austárion auf der linken Seite ritt über das ansteigende Gelände und preschte in die vierte Reihe der Feinde. Yak'shi rammte den Limaíra ihres ersten Gegners so sehr, dass es mit verbeulter Panzerung in ein weiteres flog und beide zu Boden gingen. Ihre Reiter rührten sich nicht mehr. Yak'shi trampelte über sie und schlug nach den nächsten und Austárion schwang sein Schwert nach denen, die sein Râu'shán verfehlte. Seine Gefolgsleute waren hinter ihm in die Bresche geritten und hatten nach einem erfolgreichen Sturmangriff ebenfalls in den Nahkampf gewechselt. Die Feinde leisteten Widerstand, aber einer nach dem anderen erlag den Attacken der Regierungssoldaten. Yak'shi warf das Limaíra vor ihm zu Boden. Noch während es fiel, schlug Austárion seinem Reiter den Kopf ab. Nachdem er aus seinem Blickfeld verschwunden war, erschien vor ihm Mopalu. Zusammen hatten sie die feindliche Formation getrennt. Ohne zu zögern schloss Mopalu mit seinen Männern jene gegnerischen Reiter ein, die jetzt zwischen ihnen und dem Rest ihrer Einheit waren. Diese hatte mittlerweile einen Kreis um sie gebildet, da niemand mehr eine direkte Konfrontation wagte. Die dunklen Reiter ritten in dem Kreis umher, während die Regierungssoldaten sie daran zu hindern versuchten, auszubrechen oder einen Treffer zu landen.

Austárion führte seine mittlerweile noch elf Männer der abgesonderten Flanke – einer war von zwei Feinden gleichzeitig attackiert worden und hatte es nicht geschafft – nun gegen die hintere Gruppe der Rebellen. Diese hatten sich etwa fünfzig Meter zurückfallen lassen, um sich neu zu formieren und gingen nun deutlich behutsamer vor als gerade eben noch. Sie waren noch etwa dreißig und hatten eine breite Doppelreihe gebildet. Austários Truppen formten ihrerseits eine Reihe und stürmten los. Der Casísto winkte zwei Reiter an seine Seiten. Ein Hæríquon und ein Numjaír kamen herbei und ordneten sich leicht nach vorne versetzt neben ihm ein. Dann krachten sie in die schwarze Wand, und die Attacke funktionierte wie geplant. Die Reiter an Austários Flanken fingen die seitlichen Angriffe auf ihn ab, sodass er mit Yak'shi freie Bahn hatte. Der Râu'shán sprang hoch und stürzte sich von oben herab auf den ersten Limaíra. Sein Reiter riss sein Schwert zur Verteidigung in die Luft, aber das mächtige Tier schnappte es noch während des Sprunges geschickt mit den Zähnen und schleuderte es beiseite. Während er den Limaíra auf die gefrorene Erde schmiss, langte er nach dem Reiter und ließ ihn gegen dessen Nachbarn krachen. Dieser kam ins Straucheln, was die Soldaten an Austários Seiten gnadenlos ausnutzten. Auch der Reiter der zweiten Reihe, der Yak'shi nun gegenüberstand, hatte keine Chance. Sein Limaíra machte eine scharfe Wende, aber der Râu'shán erwischte ihn am Hinterbein. Das hielt ihn einen Sekundenbruchteil lang auf, was dem Bären genügte, um ihn mit einem Satz einzuholen und ihm dabei das Genick zu brechen. Der schwarze Reiter fiel herunter und Yak'shi beendete sein Leben mit einem Prankenhieb. Nach und nach schafften sie es, auch den Rest der feindlichen Kavallerie zu bezwingen, doch sie verloren dabei gut die Hälfte ihrer Männer. Auch die beiden, die Austárion und Yak'shi beim Ansturm flankiert hatten, waren unter den Toten.

Die verbliebenen fünf und Austárion wandten sich nun wieder den Gegnern weiter vorne zu. Diese hatten den Kreis um sie herum bereits deutlich ausgedünnt. Lediglich noch neun Soldaten versuchten vergeblich, sie in Schach zu halten. Ihre Gegner waren ohne weitere Verluste geblieben und attackierten die Soldaten immer wieder. Diese wichen aus oder blockten, jedoch ohne sich auf ein Duell einzulassen. Ehe Austárion den Kreis erreichte, fiel ein weiterer seiner Reiter. Er hatte versucht, sein Limaíra zur Seite zu ziehen, um einem Schlag zu entgehen, hatte es allerdings nicht mehr geschafft, sein Schwert rechtzeitig in Position zu bringen, um den folgenden, zweiten Streich abzuwehren. Es war ein schauriger Anblick: Sein Mörder hatte einen heftig verbeulten Helm, der Brustpanzer war durchlöchert und die Panzerplatten seiner Arme wiesen tiefe Schnitte auf. Nichtsdestotrotz bewegte er sich ebenso geschickt und schnell, als wäre er kein bisschen verletzt und hätte überhaupt keine Schmerzen. Die anderen sahen ähnlich aus, nur die bereits Gefallenen waren weit weniger schlimm zugerichtet. Vom Zustand ihrer Rüstungen ausgegangen, hätte keiner von ihnen mehr in der Lage sein dürfen zu kämpfen, eigentlich sogar, überhaupt noch am Leben zu sein. Aber warum hatten er und seine Krieger die weiter hinten positionierten Reiter der Rebellen töten können? Plötzlich traf es Austárion wie ein Schlag. *Die vorderen sind Schatten*, dachte er und brüllte: »Schatten! Zieht euch zurück!«

Seine Reiter gehorchten sofort und wandten sich blitzschnell ab. Sie folgten Austárion den Hang hinunter in Richtung ihrer eigenen Infanterie. Mopalu ritt gerade neben ihm und wollte etwas rufen, als er zusammenzuckte und von seinem Limaíra herunterfiel, mit einem Pfeil in seinem Rücken. Sein Tier galoppierte weiter, als hätte es den Tod seines Reiters nicht registriert. Weitere Pfeile flogen in ihre Richtung, aber niemand wurde mehr getroffen. Als sie ein Stück weiter den Hang hinunter gekommen waren, endete der Beschuss. Austárion drehte sich um und sah von Yak'shis bebendem Rücken aus, dass die Schattenreiter sie nicht weiter verfolgten. Stattdessen hatten sie kehrt gemacht und hielten auf den Kampf in den Ruinen zu. Zum ersten Mal seit Beginn der Schlacht schaute Austárion wieder zur Front, der sie sich rasch näherten. Der Anblick entsetzte ihn. Die Formationen ihrer Armee existierten nicht mehr. Bloß noch einzelne, durch Feinde voneinander getrennte Gruppen kämpften verzweifelt ums Überleben oder hatten sich irgendwo inmitten der alten Mauerreste verschanzt. Auf dem Schlachtfeld lagen unzählige Leichen, die meisten waren Soldaten des Königs, auch viele von Noi'loâns nördlichen Truppen waren dabei. Es war beinahe unmöglich nicht auf ihre Körper zu treten, was dem General den Magen umdrehte. Die Banner der Soldaten lagen zerfetzt auf dem Boden. Die Belagerungsmaschinen waren allesamt zerstört, selbst bis zu den Trebuchets waren die schwarzen Krieger vorgedrungen. Überall loderten kleine Feuer. Verwundete lagen verstreut, viele Schreie waren zu hören. Ab und zu flog ein brennendes Geschoss von den verbliebenen feindlichen Katapulten über das Schlachtfeld. Erst jetzt bemerkte Austárion, dass auch ihre Gegner beträchtliche Verluste erlitten hatten. Nichtsdestotrotz hatten sie nun ohne Frage die Oberhand und Austárion war sich sicher, dass dies das Werk der Schatten war.

In der Nähe des Brunnens entdeckte er Sakrân mit etwa vierzig Kriegern. Sie waren von schwarzen Kämpfern umzingelt. Die Situation schien aussichtslos, ihre Gegner wohl ebenfalls Schatten zu sein, aber sie hielten sich tapfer. Ein königlicher Soldat schlug durch reine Verzweiflung getrieben mit einer Axt nach dem Hals seines Gegenübers, doch seine Attacke wurde abgewehrt. Aus der Bewegung heraus führte er einen erneuten Hieb und traf den schwarzen Krieger an der Seite. Seine Axt durchschlug dessen Rüstung und kam auf der anderen Seite fast ungebremst wieder heraus. Der Krieger schien es nicht einmal zu bemerken und hieb seinerseits nach dem nun ungeschützten Genick des Soldaten, doch dessen Panzerung hielt gerade noch stand. Trotzdem jaulte der Soldat auf und machte einen Satz zurück. Ein anderer wurde gerade von drei schwarzen Kriegern auf einmal bedrängt. Wissend, dass er sie nicht verletzen konnte, wich er immer weiter zurück, sein Schwert schützend vor sich haltend wie seine Kameraden neben ihm. Schritt um Schritt tappte er rückwärts, bis er an den Brunnen stieß und taumelte. Einer der schwarzen Krieger holte zum Schlag aus und der Soldat, vollkommene in Panik, zog sein Schwert durch das Feuer, das neben ihm auf den Überresten eines Ballisten loderte und schwang es mitsamt brennender Asche Funken sprühend zu seinem Gegner. Doch dieser schreckte nicht zurück und stürzte sich auf ihn. Das heiße Schwert bohrte sich durch seine schwarze Rüstung, hielt ihn aber keineswegs auf. Er vollendete seinen Schlag und beendete das Leben des Soldaten. Dann riss er sich das erloschene Schwert aus dem Leib, ein wenig dunkler Rauch entwich dabei der Stelle, an der er getroffen worden war. Den Soldaten ringsum stand die blanke Angst ins Gesicht geschrieben. Ein Casísto fiel auf die Knie und warf sein Schwert weg. Es war bereits gebrochen und voller Scharten, seine verbeulte Rüstung voller Blut und Dreck. Er flehte: »Ich ergebe mich!«

Ein Schatten kam direkt auf ihn zu.

»*Bitte*, nicht! Habt Erbar–« Ein Schwert traf ihn am Hals, bevor er leblos zu Boden sank.

Danach zogen sich die Schatten plötzlich ein paar Meter zurück und senkten ihre Köpfe.

Die Soldaten stutzten für einen Augenblick, dann rief einer: »Vielleicht sind sie jetzt verwundbar, folgt mir!« Er stürmte los, aber ehe er einen der Schatten erreichen konnte, stockte er, als würde ihn etwas festhalten. Er röchelte und ein kalter Wind umkreiste die Umzingelten. Ein Zischeln ertönte, als einer nach dem anderen zu husten begann, dann schienen sie keine Luft mehr zu bekommen. Keiner brachte mehr einen Ton heraus, manche griffen sich an den Hals. Sekunden später sackten sie alle zusammen. Ihre Rüstungen fielen klappernd auf die Erde als wären sie leer. Rauch stieg sachte züngelnd von ihnen auf.

* * *

Baríth flog der Gruppe um Lanhji voraus. Die Sonne erhob sich langsam über die Dünen, ein paar Kilometer weiter sah er das Meer, das er vor zwei Tagen befahren hatte. Es war ganz ruhig. In der Ferne sah man stürmische Wolken, zur Wüste hin war der Himmel fast frei. Wind blies von den Bergen her und je höher Parúh flog, desto stärker wurde er. Plötzlich sah er, was der Trampianer Wúrak beschrieben hatte: Die Oase Âterpéa, eingerahmt von sich auftürmenden Sandmassen. Er erkannte natürlich gedeckte Dächer, zwei Türme und ausladende Gärten. Große bunte Sonnentücher waren mehr schlecht als recht über große Terrassen gespannt. Etwas außerhalb stapften ein paar Limaíras auf die Grünflächen und einen Teich zu. Sie trugen Reitgeschirr.

Sein Herz machte einen kleinen Satz und erschrocken dachte er: *Sie sind schon da*! Er wendete, doch er sah schon

Schemen durch die Wüste auf ihn zu reiten. Mit etwas Abstand kreiste er unauffällig über die Oase. Als Lanhji und die Wazáy fast da waren, rannten einige Männer mit gezückten Waffen von ein paar Nebengebäuden auf das große, palastartige Hauptgebäude zu und verschwanden darin.

Rasch begann er zu landen und Parúh setzte neben den Limaíras auf dem Sandboden auf. Die Tiere wichen etwas zurück. Er erzählte: »Sie sind da, ich habe ihre Reittiere gesehen und scheinbar haben sie schon Aufmerksamkeit auf sich gezogen!«

»Dann beeilen wir uns … wir reiten direkt vor die Tore und überraschen sie!«, befahl Lanhji. Er trug Ríns Fackel und zwei der Matrosen hielten Ableger davon auf einfachen Holzfackeln. Der Numjaír warf sie dem Casísto zu und ritt los, der Rest folgte ihm über die Kuppe. Ein paar Wazáy zogen Bögen, die sie aus dem Waffenlager in Õudus gestohlen hatten, und legten Pfeile an, alle anderen zogen Schwerter. Baríth ritt direkt hinter dem Kapitän auf die breite, teilweise verglaste Eingangstür zu, die scheinbar frisch schwarz gestrichen worden war. Ein Wappen prangte darauf, doch in der Eile erkannte er nicht, was darauf abgebildet war. Schon stiegen sie hastig ab und Lanhji stieß die Tür auf. Baríth rannte ihm nach ins Gebäude. Hinter einem breiten Eingangsbereich folgte ein Gang, in dem schon einige Soldaten standen. Links befand sich ein Empfangsbereich, rechts mehrere Tische und Stühle, sowie einige Büsten und Gemälde. Überrascht wandten die Soldaten sich ihnen zu und machten sich sofort kampfbereit. Lanhji hielt seine Männer zurück. Sie stellten sich direkt hinter der Glastür auf, Parúh in ihrer Mitte. Die Soldaten in ihren schwarzen Rüstungen stürmten auf sie zu, als Baríth noch versuchte Ríns Fackel und sein Schwert Thârísz zu koordinieren, ohne sich zu verbrennen. Drei Pfeile schossen auf die Angreifer zu, doch nur einer war tödlich, die anderen prallten an den Rüstungen ab. Baríth wehrte den ersten Schlag ab, er kam von einem Vázak, der offensichtlich ein sehr geübter Schwertkämpfer war, denn seine Hiebe waren flink und dennoch kraftvoll. Dem Casísto wurde in dem Augenblick klar, dass er noch nie einen echten Schwertkampf ausgetragen hatte und kam sich vor, als würde er versuchen mit einem Stock eine Fliege zu treffen. Nach nur fünf Sekunden spürte er Schnitte an Wange und Armen, dann trat der Vázak in seinen Bauch und er stürzte zu Boden, unfähig zu atmen. Über ihm setzte ein blitzendes Schwert zum letzten Hieb an, da wurde der Angreifer von Parúh angesprungen und umgeworfen. Baríth sah kurz schwarz vor Augen, da zog ihn ein Wazáy von Lanhjis Matrosen wieder auf die Beine. Ihm war flau im Magen, doch er hatte keine Zeit sich auszuruhen, es standen noch etwa zwanzig Soldaten zwischen ihm und der Treppe, auf der noch weitere warteten. Beim Ausweichen eines Schlages von einem wütenden Hæríquon versengte er sich an der Fackel, es war viel zu wenig Platz für seinen Geschmack. Plötzlich stand ihm eine Frau gegenüber, die vermutlich genauso viel Angst hatte wie er selbst, nur dass sie ihre sofort verlor, als sie ihm beim ersten Hieb fast das Schwert aus der Hand riss. Augenblicklich danach traf sie ein Ellenbogen am Kopf und Baríths nächster Schwertstoß bohrte sich in den Schlitz zwischen Rüstung und Helm. Es war ein widerliches Gefühl einen Muaësi zu töten. Erschrocken sah er ihr in die blauen Katzenaugen. Sie war ein Casísto, genau wie er. Sie starrte ihn an, als könne sie damit alles ungeschehen machen. Blut rann aus ihrem Mund und sie bekam Schlagseite. Auf dem Boden liegend war ihr Blick starr. Mit zitternden Händen zog Baríth Thârísz aus ihrem Hals. Nach seinem nächsten Zweikampf war er unbewusst schon einige Schritte weiter gekommen und als er nach unten auf den dunkelgrauen, spiegelnden Steinboden sah, war sie verschwunden. Für den Moment hoffte er, dass es nie passiert sei.

Er hielt sich nun etwas zurück und folgte Parúh, der den Weg schon fast bis zur Treppe freigemacht hatte. Ihn so zu sehen war ihm unheimlich, dass er wie selbstverständlich Muaësi töten konnte, als wären es Insekten. Plötzlich stand er vor der ersten Treppenstufe und war im Kampf nun völlig unterlegen, denn die Soldaten nutzen die erhöhte Position, um ihn gnadenlos abzuwehren. Lanhji und drei andere Seeleute kamen ihm sofort zu Hilfe, sodass er jetzt direkt mit dem Rücken zur Wand stand. Sein Blick streifte nach oben, wo er eine schwarze in Rauch gehüllte Tür sah, vor der drei Schatten standen, die begannen, sich wie dunkler Nebel zwischen den Soldaten durchzuschlängeln, um Lanhji zu töten. Baríth zog einen der Bogenschützen zu sich, der die Schatten sofort sah und nach drei Pfeilen griff, durch deren Spitze gebohrt worden war und die nun je ein pechgetränktes Tuch enthielten. Es dauerte lange, bis die Flamme der Fackel endlich überschlug, doch als es so weit war, fanden die Pfeile ohne weitere Probleme ihren Weg zu den Schatten. Sie standen direkt vor dem Kapitän und streckten ihre Arme nach ihm aus, der versuchte sie mit seinem Schwert zu zerschlagen. Die Schatten versuchten nicht einmal den Pfeilen auszuweichen, die durch sie hindurchschossen. Jäh stoben Funken aus den rauchumhüllten Einschusslöchern, die sogleich loderten wie Glut. Die sechs grellen Augen wurden groß und erloschen schlagartig. Stattdessen erschien immer mehr Rauch, der bedrohlich aufstieg und zu einem breiten Wirbel wurde. Lanhji und die Wazáy flohen, als sie den Sog spürten, der davon ausging. Die Soldaten auf der Treppe waren jedoch eingeschlossen. Manch einer sprang über das Geländer. Ein letztes Mal versuchten die Soldaten die Tür zu öffnen, was ihnen plötzlich gelang. Doch es war schon zu spät. Das Rauschen des Wirbels wurde immer lauter und hallte durch die Villa. Mobiliar, Helme und Waffen wurden durch den Flur geschleudert. Baríth hockte sich mit über dem Gesicht verschlagenen Armen hin. Die lodernde Fackel lag neben ihm auf dem Boden und drohte schon zu erlöschen, da dünnte sich die Rauchwolke ruckartig aus, zischte und kollabierte. Die Explosion räumte die Treppe frei und riss die Fliehenden von den Beinen, Baríth wurde mit aller Wucht gegen die Steinwand hinter ihm gepresst und die Luft aus seinen Lungen gedrückt. Kurz bevor er dachte, es sei um ihn geschehen, verschwand der Luftdruck und er blinzelte unter seinen Fingern hervor. Er musste schrecklich husten, der Flur war voller Staub und man sah schlecht. Nach wenigen Augenblicken rannten Lanhji und vier Wazáy mit Parúh hinter ihnen auf ihn zu. Der Casísto stand auf und griff nach der Fackel, die stärker loderte als zuvor. Er sah die Treppe hinauf. Ein weiterer Schatten stand in der Tür und blickte voller Hass und Verachtung auf die Mörder seiner Brüder hinab. Hinter ihm hörte man Schritte und klirrende Klingen. Dort oben tobte ein wilder Kampf. Doch Baríth sah nur Eyônaí, Grúmaëk und einen Fremden, der scheinbar zu ihnen gehörte. Ohne nachzudenken ging er die Treppe hinauf, Thârísz in der rechten und Ríns Feuer in der linken Hand. Der Schatten mit den silbernen Augen wich zurück in den Raum, bis er mit dem Rücken direkt vor Eyônaí stand und sie hinter sich verbarg. Doch er hatte keine Angst, wirkte nicht einmal verunsichert. Er starrte ihn an wie eine kalte Maschine ohne Seele. Baríth schritt durch die schwere Tür, ein stechender Schmerz rauschte durch seinen Kopf, er wandte den Blick von den silbernen Augen ab und es wurde sogleich besser. Der Schatten nutzte blitzschnell den kurzen Moment der Verwirrung seines Gegners und griff nach dem Schwert eines toten Palháco in Allianz-Kleidung auf dem Boden. Baríth schwang sein Schwert zur Abwehr des ersten Schlages. Der Schatten war unfassbar stark und schnell. Der Casísto versuchte ihn mit der Fackel zu treffen, doch er wich viel zu schnell aus. Zumindest schaffte er es, sich vor Eyônaí und die anderen zu stellen und sie so zumindest vorerst zu schützen. Der Schatten stand nun in der Tür. Der Kampf setzte für einen Moment aus. Er schaute hinüber zu dem Fenster, wo sich immer noch Ugryòr befand, und nickte gehorsam. Sofort begann er damit sich aufzulösen, da traf ihn von hinten ein brennender Pfeil. Baríth reagierte sofort, schlug die Tür vor ihm zu und stemmte sich dagegen. Nach ein paar Sekunden ertönte ein lauter Knall, die Tür wurde aufgerissen und Baríth weit in den Raum gestoßen, genau in dem Moment, als Tânurác seinen Speer in die verbeulte schwarze Rüstung seines Gegners stieß. Grimvâr und ein Hæríquon drehten sich um zu den drei Wazáy, die Ugryòr schützend umgaben. Lanhji und der karge Rest seiner Männer kamen durch die ramponierte Tür und Baríth kam wieder auf die Beine. Anschließend stellten sie sich vor dem Eingang auf, um eine mögliche Verstärkung aufzuhalten. Parúh wartete unten. Eyônaí sah nach einem Palháco auf dem Boden, der scheinbar bewusstlos, aber am Leben war, doch selbst sie als erfahrene Heilerin wusste nicht, wie sie ihm helfen konnte. Baríth konnte sich nicht weiter darum kümmern. Ugryòr trat unerschrocken zwischen den Wazáy hervor, die nicht wagten, ihn abzuhalten. Tatsächlich schauten sie beinahe ängstlich auf ihren Anführer herab, der ein Schwert zog, das aus einem dunklen, glänzenden Material bestand, das der junge Casísto nie zuvor gesehen hatte. Der Griff war aus Silber und geformt wie eine Schlange, die nach der schwarzen Klinge schnappte. Ein Lächeln glitt über die Schnauze des Anführers der Nabilat. Seine Zähne blitzten in der Morgensonne, die durch das Fenster schien und die Eindringlinge blendete.

Ein leichtes Beben erschütterte die Villa, nach wenigen Sekunden war es vorüber.

»Hierher zu kommen war ein Fehler. Aber dafür werdet ihr noch früh genug bezahlen … mit euren Leben.« Er sprach nicht wie ein Vázak, viel mehr wie hundert seiner Art. Seine Augen wandelten sich, die Pupillen wurden wie vertikale Schlitze, die Augenfarbe leuchtend rot. »Ich bin der König von Muaëra, ich bin das mächtigste Wesen des Landes. Ich bin unsterblich, uralt. Ihr könnt mich nicht besiegen. Und ihr seid bereits besiegt, das Heer Âretoàs ist vernichtet. Es ist zu spät.«

Grimvâr zog mit ernstem Blick sein Schwert und knurrte: »Das hat alles keinen Wert mehr, sobald ich dich getötet habe, Thân. Wir wissen alles über dich. Dein Körper ist nicht unsterblich. Mir machst du keine Angst.«

* * *

Sieben Mal hallten die Glockenschläge aus dem Schloss über den Dächern Âretoàs. Der letzte war noch nicht ganz verklungen, als König Verbero auf den Balkon trat, wo die Mitglieder des Rates und vier Wachsoldaten bereits warteten. Seine rauchigen Hände umfassten die Brüstung, seine grünen Augen die aufgewühlte Masse der Muaësi unten auf dem Platz. Obwohl es noch sehr früh war, konnten sie selbst in den angrenzenden Straßen kein Ende finden. Es hatte auch lange Zeit keine Bekanntmachung von solcher Bedeutung mehr gegeben.

Der König stieg auf eine von unten nicht sichtbare Stufe und erhob seine voluminöse Stimme: »Treue Untertanen! Ich spreche heute zu Euch mit einer schlechten Nachricht.«

Die Unruhe der Muaësi war deutlich spürbar. Auch Mûtavéh war besorgt. Zum Balkon hatte er keinen Zutritt, aber er hatte das Fenster eines nahegelegenen Zimmers mi hohen Bücherregalen und einer Leseecke ergattern können. Es war bloß wenige Meter vom Balkon entfernt und wenn er sich etwas hinauslehnte, konnte er alles genauestens beobachten. Der Gedanke an seine Freunde ließ ihn nicht los. Er wusste nicht, wie die Schlacht verlaufen war, aber der König würde gleich etwas dazu sagen.

Hoffentlich war ihnen nichts zugestoßen.

Der Schatten fuhr fort: »Unser Heer hat die Schlacht auf dem Gelände der Alten Verbotenen Stadt verloren.«

Auf dem Platz wurde es ganz still.

»Der Feind erwies sich als stärker als gedacht und verfügte über Fähigkeiten, die es ihm ermöglichte, seine zahlenmäßige Unterlegenheit mehr als wett zu machen. Doch das war nicht der Grund für seinen Sieg! Unsere Soldaten kämpften tapfer und ehrenvoll, und sie hatten das Kriegsglück auf ihrer Seite, als sich auf dem Höhepunkt der Schlacht die Anhänger der Câtan-Vijéba-Allianz gegen sie wandten und ihnen in den Rücken fielen!«

Was? Das kann nicht wahr sein!, dachte Mûtavéh entsetzt. Er konnte nicht fassen, was der König gerade gesagt hatte. *Verrat?*

Von der Menge ertönten entsetzte, aber auch wütende Rufe.

»Ja, ganz recht. Die, die uns in der Stunde der Not Treue geschworen und sich als Verbündete ausgegeben hatten, haben eben diesen Schwur gebrochen und damit ihr wahres Gesicht offenbart. Sie hatten ihren Charakter und ihre Absichten als Rebellen scheinbar nie abgelegt und damit uns alle hinterlistig getäuscht. So gelang es den wieder zusammengerotteten Verrätern, unsere Soldaten, die ihr Letztes für uns gaben, zu schlagen.«

Wut und Angst brausten auf. Es wurde unglaublich laut.

Verbero wartete eine Weile, bis es etwas ruhiger geworden war. Dann fuhr er fort: »Dies ist schrecklich und viele unserer treuen Krieger opferten ihr Leben.« Der König senkte kurz den Kopf. »Doch müssen wir unsere Trauer noch aufschieben. Ich verspreche Euch, die Zeit dafür wird kommen. Jedoch müssen wir im Moment zusammenrücken und der feigen Bedrohung unser aller Leben entgegenstehen. Ich habe bereits Verhandlungen mit den Rebellen aufgenommen und konnte vorerst einen Waffenstillstand durchsetzen. Doch das wird nicht reichen! Wie der Verrat der Câtan-Vijéba-Allianz bewiesen hat, lauern Feinde dort, wo wir sie am wenigsten erwarten: Mitten unter uns. Ihr habt selbst gemerkt, wie die Kriminalität in der Hauptstadt in letzter Zeit angestiegen ist. Im Rest des Landes ist es nicht anders. Und wie viele von Euch wahrscheinlich ebenfalls wissen, gingen die meisten dieser Taten von einer bestimmten Gruppe aus, den Casísto! Der selben Gruppe, die von der Câtan-Vijéba-Allianz seit jeher in Schutz genommen worden ist!«

Was redet er da?, dachte Mûtavéh und blickte entsetzt auf den König, während die wütenden Rufe aus der Menge die Oberhand gewannen.

»Zusammen haben sie Verrat und Hinterlist geübt, wo sie nur konnten und hätten uns beinahe der Herrschaft von Rebellen preisgegeben. Doch wir hatten Glück und konnten das schlimmste gerade noch verhindern. Aber wer weiß, ob uns das noch einmal gelingen wird? Wir sehen uns einer unberechenbaren Bedrohung gegenüber, die unseren Alltag, unser ganz normales Leben zerstören wird, sobald sich eine Möglichkeit dazu ergibt. Diese Möglichkeit dürfen wir nicht zulassen! Und um zu verhindern, dass Kriminelle, Rebellen, Anarchisten, Terroristen oder wer auch immer unser aller Leben in Zukunft bedrohen können, werde ich hier und jetzt neue Gesetze verkünden, die die Sicherheit und den Frieden unserer Gesellschaft wahren werden!«

Hier und dort war Jubel zu hören, bevor es gespannt leiser wurde.

»Ich, Verbero, König und Beschützer des Landes Muaëra und seiner Einwohner, Wahrer des Rechts und der Ordnung, beschließe, dass ab sofort dem Volk der Casísto der Aufenthalt in sämtlichen Städten des Reiches untersagt ist. Angehörige dieser Gruppierung haben dem bis morgen Mittag Folge zu leisten, andernfalls droht ihnen Haft, auch ihr Pass kann eingezogen werden. Gleiches gilt für nachweisliche Unterstützer, Verteidiger oder Mitverschwörer, unabhängig von Stand oder Rasse. Jeder Bürger, der Informationen über kriminelle Personen oder Vorgänge jedweder Art verschweigt oder nicht wahrheitsgemäß weitergibt, macht sich strafbar. Der Stadtwache steht es jederzeit frei, dies zu überprüfen und Verdächtige gegebenenfalls in Untersuchungshaft zu nehmen. Ebenfalls ist es ihr möglich, bei

Verdacht auf verschwörerische Handlungen, Häuser zu durchsuchen. So können Kriminelle aufgehalten werden, noch bevor sie ihre Machenschaften in die Tat umsetzen können. Beamte, die mutmaßlich Kriminelle decken, Ermittlungen oder Maßnahmen gegen sie behindern, können ab sofort ihres Amtes enthoben werden. Wer …«

Mûtavéh konnte nicht begreifen, was der König gerade sagte. Das widersprach allem, wofür die Verfassung stand. Er schaute zu den Ratsmitgliedern, auch sie schienen überrascht. Ràksûl und der Vertreter des Königs standen etwas abseits auf der linken Seite und sahen Verbero an, die anderen, darunter einige neue Mitglieder, standen weiter rechts und flüsterten miteinander. Der Wind trug manche Gesprächsfetzen bis an Mûtavéhs Ohren.

»Das kann er nicht machen, das geht zu weit!«, flüsterte Fráco aufgebracht.

»Was denkt er sich dabei? Er schafft gerade den Rechtsstaat ab!«, sagte Nâyakà entrüstet.

»Seid still, er muss das tun! Habt Ihr nicht gesehen, was hier los war?«, sagte ein neues Ratsmitglied, ein grauer Palháco in rotem Umhang, dessen rechte Gesichtshälfte tief schwarz war.

»Spinnt Ihr? Die Hälfte davon ist glatt gelogen!«, fauchte Nâyakà zurück.

Der König redete unablässig weiter: »… kann inhaftiert werden. Die Beweispflicht liegt ab sofort bei den Verdächtigen, das ermöglicht deutlich effizientere Ermittlungen.«

Es war still geworden auf dem Platz.

»Wir können das unmöglich zulassen!«, zischte Fráco.

»Aber was willst du machen? Er ist der König. Er kann solche Gesetze ohnehin nicht ohne unsere Zustimmung durchbringen«, sagte ein weiteres neues Ratsmitglied, ein hellbrauner Palháco mit vereinzelten weißen Tupfern im Fell. Sein goldgelber Umhang schimmerte in der Sonne und verdeckte halb ein edles Langschwert in seiner erdfarbenen Scheide.

»Kann er, wenn er die Stadtwache auf seiner Seite hat«, erwiderte Fráco.

König Verbero erließ weiterhin: »Um der Korruption Herr zu werden, die es erschreckenderweise bis in die höchsten Gremien unserer Regierung geschafft hat, erhalten Ratsmitglieder und Stadtobere nur noch eine beratende Funktion ohne weitergehende Befugnisse. Ich werde den Willen des Volkes, Euren Willen, von nun an direkt in die Tat umsetzen!«

Die Stille wurde von wieder aufbrausenden Jubelrufen zerrissen.

»Wir müssen etwas unternehmen!«, fuhr Fráco fort.

»Wir haben aber nicht das Recht dazu! Das wäre Verfassungsbruch!«, gab Nâyakà verzweifelt zu bedenken.

»Dann wären wir auch nicht besser als die. Der König weiß, was er tut!«, sagte der graue Palháco.

»Denkt doch mal nach! Er gibt sich gerade die alleinige Macht im Land, es ist aber unsere Aufgabe, ein Machtgleichgewicht zu sichern!«, zischte Fráco aufgebracht.

»Nâyakà hatte eben ganz Recht, wir können sowieso nichts machen, es wäre gegen die Verfassung«, sagte der hellbraune Palháco.

»Die bricht er doch gerade selbst!«, sagte ein weiteres neues Ratsmitglied, eine stolze Numjaír in dunkelblauem Kleid mit silbernem Gürtel, an dem eine dünne Scheide angebracht war. Ein glänzender Schwertknauf wurde von ihrer Hand bedeckt.

Verbero näherte sich dem Ende seiner Ansprache und sagte: »Die verweichlichte Politik der letzten Jahre hat nur dazu geführt, dass Verbrecher ungestört handeln konnten. Selbst in Gefängnissen haben sie noch Netzwerke gebildet und Pläne wurden geschmiedet. Seid Ihr dafür, das ein für alle Mal zu verhindern!?«

Der Jubel wurde lauter, jedoch kaum vielstimmiger.

»Schluss, das reicht!«, raunte Fráco.

»Was willst du machen, wir –«, sagte der braune Palháco.

»Wir nehmen ihn fest, das ist unsere Pflicht!«, antwortete Fráco unmissverständlich.

»Aber dann sieht es aus wie ein Putsch, viele mögen ihn noch, hör' doch hin!«, wandte das neue Ratsmitglied ein.

»Das waren längst mal mehr. Und was haben wir erst für Unruhen, wenn er das alles umsetzt? Unsere Freiheit wäre Geschichte! Wir haben geschworen Unrecht von allen Bürgern dieses Landes fernzuhalten! Wenn wir nicht handeln, brechen wir unseren Eid«, sagte Fráco bestimmt. »Jetzt oder es ist vielleicht für immer zu spät. Also?«

Sie sahen sich an, fast alle nickten.

Mûtavéh starrte wie gelähmt auf den Balkon. Der König stand mit ausgestreckten Armen an der Brüstung, viele unten jubelten ihm zu, doch selbst auf die Entfernung konnte der Numjaír Unglauben und Angst in nicht weniger Gesichtern sehen.

»Damit die neuen Maßnahmen direkt wirksam in Kraft treten können, wird die Stadtwache nach dem Ende meiner Rede mit den ersten Hausdurchsuchungen beginnen.«

Zwei Vázak wandten sich mit Händen auf ihren Schwertknäufen Ràksûl und dem Wazáy neben ihm zu, eine Trampianerin und eine Numjaír drehten sich zu den Wachen um, während Fráco mit Nâyakà auf den König losging.

Kapitel 16

Thân schritt mit erhobenen Schwert auf Grimvâr zu, der seine Kampfposition einnahm und ihn mit gefasstem Blick fixierte. Ihre Schwerter klirrten aufeinander und der Kampf begann. Eyônaí verließ Dhrûg, sie konnte nichts für ihn tun, sein Zustand verschlechterte sich aber auch nicht. Er war immer noch bewusstlos, was vielleicht besser war. Aus Wut über den Tod seines Zwillingsbruders könnte er jetzt eine große Dummheit begehen. Sie stellte sich neben Tânurác, der sich eine stark blutende Wunde an seinem linken Arm hielt, auch das hatte Zeit. Grimvâr war mitten in einem unerbittlichen Kampf mit dem schaurigen Vázak. Sie konnte nicht nur zusehen, wollte eingreifen und ihrem alten Freund beistehen, doch der schubste sie sofort zurück zu den anderen. Er wollte keine Hilfe. Bisher brauchte er sie auch nicht. Obwohl er meistens lieber seine Armbrust als Waffe nutzte, war er ein sehr geübter Schwertkämpfer. Er selbst hatte ihr die Kunst beigebracht, damals in Ganar-Ánimas, kurz nachdem sie sich mit gerade einmal fünfzehn Jahren der Allianz angeschlossen hatte, hinter dem Rücken ihrer königstreuen Eltern.

Sie verfolgte jeden Schritt, jeden Schlag, jeden Vorstoß. Gerade dachte sie schon, die beiden wären ebenbürtig, da stolperte Thân nach einem heftigen Treffer gegen sein Schwert. Grimvâr holte aus. Eyônaí stieß ein atemloses Geräusch des Entsetzens aus. Thân fing sich, als hätte er die Schwäche nur vorgetäuscht, zog mit der linken Hand einen Dolch aus seinem Gürtel und rammte ihn fest in Grimvârs Bauch. Dessen Schwert verfehlte sein Ziel und der Casísto fiel auf den siegessicheren Vázak. Grimvâr stöhnte schmerzerfüllt und stürzte neben Thân auf den Boden, wo er sich nicht mehr rührte.

Mit dämonischem Ausdruck in den Augen richtete der Vázak sich wieder gänzlich auf, deutete mit seinem Schlangenschwert auf seine Gegner und sagte: »Nun fürchtet ihr mich, nicht wahr? Ich sehe es in euren unwissenden Gesichtern. Traut ihr euch mit mir zu kämpfen? Oder ergebt ihr euch? Ich will gnädig sein und euch am Leben lassen … fürs Erste.«

Eyônaí schnürte sich der Hals zu, sie hätte sich jedoch ohnehin nicht auf Thâns Gerede eingelassen. Das Wesen hatte ihren Anführer getötet und das hinterhältig und unverdient. Als Grimvârs Vertreterin und Freundin war es nun an ihr, ihn zu rächen und seinen Auftrag zu beenden. Nur war sie nicht so stolz, es allein mit dem übernatürlichen Wesen aufnehmen zu wollen. Ihr Blick schweifte nach links zu den anderen, die bestürzt auf ihre Befehle, ihre Reaktion warteten.

Sie hob ihr schlankes, edles Schwert und rief: »Beendet den Krieg! Tötet den Schattenbändiger, für Grimvâr!«

Als die anderen, mit Ausnahme von Tânurác, der verletzt war und lieber den bewusstlosen Zwilling schützte, zum Angriff ansetzten, kamen Thân die drei Männer zu Hilfe, die ihnen unabsichtlich den Weg zu Ugryòr gezeigt hatten. Símab und Zrâuk stellten sich ihnen in den Weg, sodass Eyônaí allein mit Grúmaëk gegen den besessenen Muaësi kämpfte. Baríth stand mit Fackel und Schwert hinter ihnen, sichtlich verunsichert, was er tun solle, denn er hörte Schreie von der Treppe und Parúh machte verzweifelte Laute. Er verschwand aus Eyônaís Blickfeld, die flink und stark parierte, während Grúmaëk den Vázak mit seiner aus seinem Gehstock ausgeklappten Klinge zurückdrängte. Der blutrote Blick Thâns stach wie ein Dolch in ihre Augen, kurz behindert durch den Schmerz, schlitzte das Schlangenschwert eine lange, aber nicht tiefe Wunde in ihren rechten Unterarm. Sie begann fürchterlich zu brennen. Eyônaí wurde benommen und taumelte ein paar Schritte rückwärts.

Die Klinge war vergiftet.

Zum Glück war Grúmaëk ein alter Krieger und durch seine ungewöhnliche Größe ein schwer zu kontrollierender Gegner. Ihr verschwommener Blick schweifte zu den Allianz-Agenten aus Õudus, die erst einen der gut gerüsteten Männer ausschalten konnten. Mit weit ausgestrecktem Arm, um das Gleichgewicht zu halten, drehte sie sich um, um nach Baríth zu schauen, der war jedoch nicht zu sehen. Tânurác kam mit besorgtem Blick, der bei dem schwarzhaarigen Riesen eher wütend aussah, auf sie zu und legte seine Hand auf ihre Schulter. Er fragte: »Eyônaí, was ist los, was stimmt nicht mit dir? Grúmaëk braucht deine Hilfe! Ich kann nicht kämpfen!«

Die scharfen Worte des Palháco brachten sie wieder etwas zur Besinnung. Sie schüttelte kurz ihren Kopf, danach konnte sie wieder mehr sehen. Die Wirkung schien nicht tödlich zu sein, zumindest nicht kurzfristig. »Gift ... wo ist Baríth? Ich brauche die Fackel, ich hab' einen Plan ...«, keuchte sie mit kratziger Stimme.

Tânurác zweifelte sichtlich an ihrer Fähigkeit, in ihrem Zustand Pläne schmieden zu können, die auch wirklich ausführbar und wirksam waren, doch sah er keine Alternative. Grúmaëks Bewegungen im Hintergrund wurden immer langsamer, sein Atem lauter und Thâns irres Grinsen größer.

»Ich hole ihn. Er ist unten und hilft Parúh und den anderen, ich glaube, da sind noch mehr Soldaten und Schatten aufgekreuzt«, sagte Tânurác. Schon verschwand er in Richtung der Tür. Eyônaí drehte sich wieder dem Geschehen zu. Grúmaëk bekam nun ernsthafte Probleme und drohte geschlagen zu werden. Ihr rechter Arm begann zu pochen. Sie sah keinen anderen Weg, wechselte das Schwert in die linke Hand und stürzte sich wankend zurück in den Kampf. Dieses Mal machte sie nicht den Fehler, Thân anzusehen, doch sie spürte seinen grollenden Blick, als sie das Schlangenschwert kurz vor dem Hals des Pelúdo abwehrte. Rasch entschied sie sich für einen gewagten Angriff, zielte mit der Schwertspitze direkt auf Thâns Herz, doch der wich aus und schlug klirrend ihr Schwert von sich. Im gleichen Moment stieß Grúmaëk nach dem Bein des Vázak und versenkte seine Klinge tief in das Fleisch seines Gegners. Einen Moment hielt Thân inne, sein Blick ruckte nach unten. Da schoss die Klinge schnell wie ein Pfeil aus seinem Bein. Keine Blutspritzer folgten, vielmehr waberte pechschwarzer Rauch aus der Wunde, verschwand und hinterließ nichts außer dem Schnitt in der Hose. Der Pelúdo verlor den Griff seiner Waffe, die einige Schritte hinter ihm auf den Boden knallte und noch etwas weiter weg rutschte. Ungläubig starrte er Thân an. Wie sollte er den Kampf gewinnen, wenn sein Gegner unverwundbar war? Er wich zurück zur Tür, aus der gerade Baríth und Tânurác stürmten, sodass sie leicht zusammenprallten. Der Casísto suchte sofort Augenkontakt zu Eyônaí, die durch den schaurigen Vázak von ihm getrennt war.

Sie ließ ihr Schwert fallen und hob die zitternde Hand. »Schnell! Das Feuer!«, krächzte sie mit dem kläglichen Rest Luft in ihren Lungen. Ohne nachzudenken, warf Baríth ihr

Ríns Feuer zu, seitlich und außerhalb der Reichweite des Schattenbändigers. Sie fing die Fackel und wurde eingenebelt von grünen, grellen Funken.

Thân schrie verzweifelt und seltsam verzerrt: »Nein! Ich bin noch nicht fertig! Das ist zu früh, ich bin der König!«, hob den linken Arm schützend vor seine Augen, offensichtlich geblendet wie von einem Blitz und schwang das Schlangenschwert ins Leere, während Eyônaí Ríns Feuer, mit dem scharfen grünen Stein an der Spitze der heißen Fackel, tief in die Brust des Vázak rammte.

Kalte Stille durchfloss den Raum. Die Kämpfe rundherum brachen ab. Alle sahen zu dem mittelgroßen Muaësi, dessen Aussehen so sehr einem schlauen Wüstenluchs in aufrechter Haltung glich, und der nun mit seinen unheimlichen blutroten Augen mit den schlitzartigen Pupillen auf die Flammen hinabsah, die von der grünen Fackel auf seine Kleidung und schließlich sein Fell überschlugen. Ein Dröhnen breitete sich mit ungeheurer Kraft im Zimmer aus. Eyônaí versuchte sich die Ohren zuzuhalten, doch es fühlte sich an, als würde ein alles umfassender Druck sie zerreißen. Verschwommen sah sie, wie Thân die Schnauze öffnete und schrie, doch sie hörte keinen Ton. Die Tür wurde aufgerissen, ein paar verwirrte Soldaten und Schatten betraten den Raum und stoppten sofort, als sie ihren sterbenden Anführer sahen, der sich von den Füßen zur Decke erhob, bevor das Dach aufriss und Trümmer und Staub den verwüsteten Raum umhüllten.

Baríth bahnte sich seinen Weg zu Eyônaí, die auf ihre Knie hinabgesackt war vor Schwäche, und zog sie zur Tür hin. Die Soldaten waren längst geflohen, die Schatten standen nur da und sahen nach oben, ihrem Herrn hinterher, der sich immer mehr dem blauen Himmel näherte, der sich

verdüsterte. Auch der Rest ihrer Rebellengruppe versuchte
sich in Sicherheit zu bringen und stolperte hustend durch
die Holz- und Steintrümmer. Die beiden Casísto verließen
als letzte den Raum. Das einzige, was Eyônaí noch von Thân
sehen konnte, war, wie ein schwarzer Drache mit weit aus-
gebreiteten Flügeln, ganz aus Rauch und groß wie eine Ge-
witterwolke, hoch am Himmel eine Feuerfontäne spuckte
und binnen Sekunden implodierte. Die Schattenkrieger neben ihr verloren ihre Form, dann verschluckte die gewaltige
Explosion ihren Verstand, alles wurde schwarz und sie ver-
spürte letztlich nur noch das Gefühl tief und endlos zu fallen.

* * *

Wir haben verloren, es ist vorbei, dachte Austárion, *Die Schatten haben uns besiegt. Selbst Sakrân ist tot. Wie sollen wir hier
überhaupt noch lebend rauskommen?*

Mit sieben verbliebenen Reitern, den einzig überleben-
den Hauptmann seiner Einheit, Chavanoz, eingeschlossen,
ritt er in Richtung des gefrorenen Schlachtfeldes im Zentrum der Alten Verbotenen Stadt. Weiterzukämpfen war
aussichtslos, ein Rückzug die einzige Möglichkeit.
Austárion verschwendete keine Zeit. Sie hatten keinen
Oberbefehlshaber mehr, auch die nächsthöheren in der
Rangfolge, Krijâsz und Ba'sutig, waren derzeit nirgends zu
sehen. Also war es an ihm, so viele heil nach Hause zu bringen, wie es nur ging. Immerhin waren sie noch zu acht und
er ritt einen Râu'shán. Auch wenn sie damit keine Schlacht
gewinnen konnten, war es ihnen vielleicht möglich, einge-
kesselte Kameraden zu befreien und den Rückzug in Gang
zu setzen.

Kaum zweihundert Meter voraus machte Austárion ein halbes Dutzend Männer aus, die mit einem abgesprengten Rest Palastmauer im Rücken doppelt so viele Rebellen abwehrten. Dahinter waren überall kleine Scharmützel zu sehen.

»Vorwärts!«, schrie er und lenkte Yak'shi genau in ihre Richtung, wohl wissend, welches Maß an Treue er dabei von seinen Reitern verlangte.

Nach nur wenigen Sekunden preschte das gewaltige Tier in die schwarzen Gegner, die ihn erst bemerkten, als es längst zu spät war. Drei von ihnen wurden weggeschleudert, ein vierter niedergetrampelt, bevor die anderen zurückweichen konnten. Sofort wurden sie von den Reitern umkreist. Die Soldaten, drei Vázak, ein Numjaír und zwei Pelúdo, blickten durch Strähnen verschwitzen und blutigen Fells in Austárions Augen mit einer Mischung aus Verwunderung, Angst und Dankbarkeit.

»Wir ziehen uns zurück, sammelt euch beim Lager!«, rief er ihnen zu.

Ohne zu zögern, rannten sie so schnell sie in ihrem geschundenen Zustand noch konnten los.

An seine Reiter gerichtet brüllte er: »Los, weiter!«

Diese hatten noch zwei weitere schwarze Soldaten getötet und ebenso viele verwundet. Auf Austárions Kommando hin lösten sie sich von den übrigen, die daraufhin zu anderen Rebellen rannten, um sich ihnen anzuschließen, doch dafür hatten die Reiter keine Zeit. Sie folgten Austárion nach links über die alte Straße zwischen den Palastruinen und dem Marktplatz hindurch zu einer weiteren Gruppe von Kämpfern. Sie bahnten sich ihren Weg durch zahlreiche Duelle, wobei es ihnen gelang, ein paar weitere Rebellen zu töten, während Austárion allen Verbündeten, denen sie begegneten, im Vorbeireiten ebenfalls den Rückzug befahl. Sie erreichten die Gruppe auf den vereisten, gesplitterten Stufen der Treppe des zerstörten Palastes wo etwa zwanzig Rebellen fast genauso viele Regierungstruppen eingekreist hatten. Zwei Soldaten versuchten, einen schwer verletzten Palháco auf den Stufen notdürftig zu versorgen, während die anderen sie schützten. Rundherum fanden erbitterte Schwertkämpfe statt. Die Reiter preschten von unten an die südliche Ecke der Treppe heran, jedoch hatten die Rebellen sie kommen sehen und waren an den Flanken des Kreises in Verteidigungsstellung gegangen, um nicht eingekeilt zu werden. Trotzdem wurden sie beim Aufprall mehrere Meter zurückgedrängt und einige von ihnen starben dabei, als die Reiter ihre Limaíras links und rechts an ihren Kameraden vorbeilenkten und sie mit voller Wucht angriffen. Doch waren in der Gruppe der Rebellen nicht bloß Kämpfer aus Fleisch und Blut, es waren auch zwei Schatten anwesend. Sie kämpften am oberen Ende der Treppe und wurden von sechs völlig erschöpften Soldaten gleichzeitig gerade noch so in Schach gehalten. Austárion ritt rechts um den Kreis herum und hielt auf die Schatten zu, in der Hoffnung, sie möglichst lange beschäftigen zu können. Yak'shi rammte den ersten der Schatten und schleuderte ihn einige Meter weit weg. Dabei flog er seltsam leicht, einzig seine Rüstung schien ihn nach unten zu ziehen. Der andere Schatten zischte wütend und durchbohrte den Râu'shán derart mit seinem silbernen Blick, dass dieser kurz stockte, sich aber direkt nach kurzem Kopfschütteln wieder fing. Austárion holte mit seinem Schwert aus und hieb nach ihm, während Yak'shi sie zwischen die Soldaten und den Schatten brachte. Aus dem Augenwinkel sah Austárion, dass einer der Soldaten eine Rüstung der Allianz

Câtan Vijéba trug. Dann traf sein Schwert auf das des Schattens. Es war voller Scharten, doch sein Besitzer war sehr geschickt damit. Dieser drehte seinen Arm so, dass sein Schwert sich um Austárions herumzuschlingen schien und ihm seines beinahe aus der Hand riss. Doch der Casísto hielt es fest umklammert und zog es geschickt zu sich, bevor er es quer vor sich hielt, um den Konter des Schattens abzuwehren, welcher sein Schwert in einer fließenden Bewegung von Austárions Klinge herabgleiten ließ und nach Yak'shi hieb. Der Râu'shán wich aus und schlug mit seiner Pranke nach dem nun ausgestreckten Arm des Schattens. Der Schlag knickte dessen Armschiene zusammen, doch er ließ sein Schwert nicht los. Stattdessen wirbelte er herum und schwang seine Klinge genau auf Yak'shis Kopf zu, viel zu schnell, als dass der mächtige Râu'shán ausweichen konnte. Austárion streckte sich aus dem Sattel, die Spitze seines Schwertes stieß gerade noch rechtzeitig in die zischende Bewegung. Das Schwert des Schattens traf klirrend darauf, glitt die Klinge hoch und donnerte gegen die Parierstange. Austárion schlug es mit aller Kraft zur Seite und konnte seinen Gegner damit endlich entwaffnen. Der Schatten schaute erschrocken und verwirrt auf seine Hand. Seine Augen rissen weit auf, als Rauch von ihr aufstieg. Er umklammerte seinen Unterarm, sah sich panisch um und taumelte nach hinten. Der zweite Schatten hatte sich derweil aufgerappelt und war auf dem Weg zurück in den Kampf, als er plötzlich stolperte. Jedoch fiel er nicht hin, vielmehr schien er den Boden gar nicht mehr zu berühren und stattdessen in der Luft ein Stück zu schweben. Sein ebenfalls erschrockener Blick traf den seines Kameraden. Er schien stumm zu schreien und für einen Moment sah es so aus, als würden beide zusammenstoßen, doch dazu kam es nicht.

Kurz vor dem erwarteten Zusammenprall gab es einen Knall, der jedem im näheren Umkreis die Ohren klingeln ließ, als der Schatten plötzlich implodierte und dann Rauchfetzen auseinanderflogen, gefolgt von einer Druckwelle, die durch Austários Magen rollte. Die zerstörte Rüstung fiel scheppernd auf die Platten zu den Füßen des anderen Schattens. Dieser hielt noch immer seinen Arm umklammert und starrte auf die Stelle in der Luft, wo gerade eben noch sein Kamerad gewesen war. Dann schoss sein Blick auf seinen Arm. Immer mehr Rauch stieg davon auf und er schien langsam kürzer zu werden. Der Schatten wollte schreien, doch kein Ton drang mehr aus seinem Mund. Er stolperte rückwärts, die Augen weit aufgerissen, und implodierte. Funken stoben wild auseinander, der Rauch wurde von der Druckwelle mitgerissen und passte sich ihrer Form an, bevor er sich aufteilte und in Wolken gen Himmel aufstieg. Austárion schaute geschockt auf die verstreuten Rüstungsteile. Yak'shis Kopf schnellte von Seite zu Seite, als er herauszufinden versuchte, wohin die beiden Schatten verschwunden waren. Plötzlich gab es noch eine Explosion, etwas weiter weg. Austárion drehte sich im Sattel nach hinten und sah ungefähr in hundert Metern Entfernung eine schwarze Rauchwolke aufsteigen. Wieder eine Explosion. Dann wurden es immer mehr, aus allen Richtungen schienen sie zu kommen und so weit man das Schlachtfeld überblicken konnte, sah man Rauch auseinanderbersten. Soldaten schrien, wurden von Druckwellen durch die Luft geschleudert. Andere fuhren erschrocken herum. Gleichzeitig fanden viele Kämpfe ein jähes Ende, als sich manche der Rebellen auflösten oder ihre Kameraden, die keine Schatten waren, plötzlich alleine dastanden und flohen. Etliche wurden von den Druckwellen erfasst und auf den kalten Boden geworfen. Die Rebellen auf der Treppe waren nun auch in Unterzahl und hatten ihren größten Trumpf eingebüßt. Rasch ließen sie von den Soldaten ab und zogen sich in Richtung des früheren Eingangsportals zurück, von dem nicht mehr übrig war als hüfthohe Steinsockel. Die Reiter setzten ihnen nach, kehrten aber rasch zurück, als die Rebellen in die Palastruinen flohen. Austárion hatte sich inzwischen in seinem Sattel so hoch aufgerichtet wie er konnte und ließ seinen Blick über die zerstörten Überreste der Alten Verbotenen Stadt schweifen, als ihn ein gewaltiger Schlag mit voller Wucht traf. Er fühlte nur noch, wie er von Yak'shis Rücken heruntergerissen wurde und durch die Luft flog.

Alles war dunkel. In seinem Kopf klingelte es. Ein dumpfes Hämmern gesellte sich dazu. Austárion wollte sich wegdrehen, den Krach irgendwie loswerden, aber er bewegte sich nicht. Er konnte es nicht. Er wusste nicht einmal, wo er war. Oder ob er überhaupt noch lebte. Vielleicht waren das auch die letzten Momente seines Lebens. Dann spürte er Schläge. Immer wieder pochten sie an seinen Kopf. Von ihnen kamen wohl auch die hämmernden Geräusche. Wieder ein Schlag, alles dröhnte nur so. Unerkennbares Rauschen drang aus dem Hintergrund irgendwie zu ihm und machte alles nur noch schlimmer. Plötzlich sah er grelles Licht. Zwei weiße Streifen, die direkt durch ihn hindurchschießen wollten.

»Wacht auf! General, los, das ist nicht der richtige Ort für sowas!«, rief eine Stimme.

Das Rauschen wurde klarer, es krachte, schepperte, von irgendwoher, eigentlich von überall, kamen Schreie. Dann wieder ein Schlag, diesmal aber weniger hart.

»Ich glaube, er wird wach«, sagte eine andere Stimme.

»General! Austárion!«, rief die erste Stimme, sie kam ihm bekannt vor.

In den Lichtschlitzen zeigten sich allmählich Umrisse ab. Austárion begriff, dass er auf dem Boden lag. Hastig blinzelte er und versuchte aufzustehen, aber es gelang ihm nicht. Er drehte den Kopf hin und her und spürte dabei eine Hand an seiner linken Wange. Als seine Sicht endlich klarer wurde, blickte er in Chavanoz' Gesicht, dessen grüne Augen ihn prüfend ansahen. Die Hand war seine. Der Vázak hatte seinen Helm abgenommen und schien erleichtert, dass sein General wieder zu sich kam.

Austárion ächzte: »Was ist passiert?« Mühsam konnte er seinen Kopf heben und sich auf die Ellenbogen stützen. Er erschrak heftig, als er erkannte, was ihn aus dem Sattel geschleudert hatte. Ein schwerer runder Stein steckte nicht weit entfernt in der Erde, die er vor sich durch die Wucht des Aufpralls zusammengeschoben hatte. Rundherum gab es Spuren einer Explosion und verkohlte Reste von Gras lagen verstreut.

Chavanoz gab ihm einen Wasserschlauch und half ihm zu trinken, dann erklärte er das Offensichtliche: »Ein Artilleriegeschoss ist direkt neben uns eingeschlagen, Ihr wurdet von der Druckwelle erwischt, dann wart Ihr kurz weg. Drei Männer haben es leider nicht überlebt.«

»Oh nein«, sagte Austárion und sah ihre leblosen Körper einige Meter hinter Chavanoz liegen. Mehrere Soldaten knieten bei ihnen.

»Was ... was ist mit Yak'shi?«, fragte er zögernd. Angst stieg in ihm hoch.

»Er ist verletzt, aber er lebt«, sagte Chavanoz.

»Wo ist er?«

»Vor der Palastpforte, er hätte Euch fast zerquetscht, als die Explosion ihn traf. Er war etwas weggetreten und wir hatten Angst, er könnte durchdrehen, deshalb haben wir ihn etwas beiseite geführt und sind mit Euch hierher –«

»Lasst mich zu ihm!«

»– gegangen.«

Austárion stemmte sich hoch und schaffte es gerade so sich hinzusetzen. Er kämpfte sich auf die Knie und Chavanoz half ihm mit gereichter Hand auf die Beine. Sofort drückte er sich an dem Hauptmann vorbei und humpelte zu dem Râu'shán. Dieser war unruhig und schaute suchend hin und her. Die beiden Soldaten, die sich um ihn kümmerten, ein Numjaír und ein Wazáy, ließen ihre wachsamen und ebenso nervösen Blicke ununterbrochen auf ihm haften. Als das Tier den Casísto in der kaputten Rüstung kommen sah, löste es sich sofort von den beiden, die gar nicht versuchten, es aufzuhalten, und trampelte ihm entgegen. Austárion fiel ihm um den mächtigen Hals und fuhr ihm mit den Händen durch das dichte schwarze Fell.

Yak'shi schnaubte erleichtert.

Austárion trat nun etwas beruhigter von seinem Freund zurück und warf einen Blick auf das Schlachtfeld. Das plötzliche Sterben der Schatten hatte den Rebellen stark zugesetzt. Vielerorts wurden sie inzwischen von den Soldaten des Königs und den Verbliebenen der Allianz zurückgedrängt, sofern sie nicht bereits geflohen waren. Ein brennendes, funkensprühendes Geschoss sauste über den Himmel, krachte aber mitten ins Nirgendwo. Es folgten noch zwei ebenfalls trefferlose Schüsse, dann waren alle auf dem Rückzug. Austárion schickte sechs seiner sieben Reiter los, dass sie so viele Soldaten wie möglich in seinem Namen anwiesen, sich im Lager zu sammeln. In unterschiedliche Richtungen preschten sie davon, aufgewirbelte Eispartikel hinter sich herziehend. Den siebten schickte er zusammen mit dem Schwerverletzten der Gruppe direkt ins Lager. Seine Kameraden hatten ihn zwar so gut sie konnten verbunden, aber er brauchte dringend einen Heiler. Vielleicht konnte man ihn dort noch retten. Er selbst ritt ebenfalls los, um das Sammlungskommando zu geben. Er ließ die Palastruinen hinter sich und ritt durch die letzten sich auflösenden Scharmützel auf die Straße zu. Meistens genügte der Anblick eines Râu'shán, die letzten Rebellen zum Aufgeben oder zur Flucht zu bewegen. Dazwischen lagen überall Leichen. *So viele Tote. Es gibt kaum Verletzten, die Schatten haben wirklich ganze Arbeit geleistet*, dachte er. Als hätte er es dadurch heraufbeschworen, hörte Austárion inmitten des etwas leiser werdenden Schlachtlärms ein schmerzvolles Stöhnen. Er sah sich um, konnte aber nicht ausmachen, woher es kam. Yak'shi ging langsam weiter. Auf einmal entdeckte Austárion eine ausgestreckte Hand kurz vor der Straße, sie bewegte sich leicht hin und her. Er lenkte Yak'shi in diese Richtung. Das Stöhnen wurde lauter. Austárion ließ sich aus dem Sattel rutschen und versuchte herauszufinden, woher es kam. Sein Atem stockte, als er es sah. Bloß wenige Schritte vor ihm lag ausgestreckt ein ehemals pechschwarzer Palháco, auf seiner Schulter war ein verdreckter roter Drache zu sehen. Die ausgestreckte Hand ragte unter der Hand des Palháco hervor.

»Lókon!«, rief Austárion verzweifelt. Er kniete sich neben ihn, aber sofort stellte er fest, dass jede Hilfe zu spät kam. Lókon war tot. Wieder hörte er ein Ächzen, Austárion griff die ausgestreckte Hand. »Warte, ich hol' dich da raus!« Der Casísto zwang sich, sämtliche Gefühle zu ignorieren und packte danach Lókon am Arm. Er zog an dem schweren General. Nachdem er ihn behutsam zur Seite gelegt hatte, sah er einen blutenden Wazáy vor sich liegen. Seine Rüstung zierte das Blau der Allianz Câtan Vijéba. Austárion griff nach seiner Hand und sagte ächzend: »Los, komm. Ich bring' dich hier raus!« Er zog den Wazáy auf seine wackligen Beine und musste ihn permanent festhalten, damit er nicht wieder hinfiel.

»Er … er hat mich gerettet!«, stöhnte der Mann und deutete auf Lókon.

Mit letzten vereinten Kräften schaffte es der Wazáy auf Yak'shis Rücken, bevor er ein schwaches »Danke!« krächzte und ohnmächtig wurde.

Wenig später waren alle Verbliebenen im Lager.

Austárion schätzte, dass sie kaum noch mehr als eintausend Mann waren. Er stand mit Ba'sutig, Muaj und Noi'loân im Taktikzelt. Krijâsz hatte auch überlebt, wurde aber derzeit in einem der Lazarettzelte versorgt. Hiko, der junge Vázak, war ebenfalls anwesend und noch ein paar der anderen Adjutanten, die bereits bei der Lagebesprechung vor Beginn der Schlacht da gewesen waren. Mittlerweile dämmerte es draußen, das Feuer im Zelt brannte. Mit glasigen Augen starrten die meisten hinein. Kaum jemand sprach etwas. Nur vereinzelt tauschte jemand Informationen aus. Immer ging es um den Verbleib eines Bekannten oder Angehörigen in der Schlacht, manchmal das selbst Erlebte. Niemand hielt eine Ansprache, auch gab es keine Kundgebung für die Soldaten. Was gab es auch zu sagen? Die Schlacht war vorüber und niemand konnte sagen, ob sie überhaupt gewonnen oder verloren hatten. Freunde würden einander nie wiedersehen, Familien waren für immer zerstört. Kinder würden ohne ihre Väter aufwachsen, diese würden sie nie groß werden sehen.

Zumindest schien die Bedrohung durch die Rebellen vorerst abgewendet, die Bevölkerung Âretoàs für den Moment in Sicherheit. Aber für wie lange? Und was würde danach kommen? Was bedeutete ein Sieg, erst recht ein so zweifelhafter, oder die Erfüllung eines Eides, oder Ehre, wenn dies der Preis dafür war? Welchen Wert hatte er? Die Nacht senkte sich über das Lager. Deutlich weniger Laternen brannten als in der Nacht zuvor. Die Wege und viele Zelte waren leer, so leer wie sich fast jeder im Innern fühlte, nur deutlich weniger zerrissen.

Austárion betrachtete den verbeulten Helm in seinen Händen. Er hatte Glück gehabt.

* * *

»Des Weiteren wird … wird … in Akademien …«
Der König begann plötzlich zu röcheln. Die Ratsmitglieder stoppten augenblicklich ihren Angriff. Verbero hustete und fing an zu wanken. Verzweifelt klammerte er sich an die Brüstung. Seine grünen Augen blickten verzweifelt zu den Wachen, die sogleich zu ihm eilten. Ein Soldat fing ihn auf, als seine Hände den Halt verloren und er nach vorn zu kippen drohte. Ein rasselnder Atemzug verließ ihn, bevor seine Augen erloschen. Sein Körper begann sofort, seine Form zu verlieren, er fiel praktisch durch die hilflos nach ihm greifenden Hände des Soldaten hindurch. Dieser schreckte zurück. Verberos Umhang fiel über die Brüstung auf den Platz zu, Rauch strömte aus ihm heraus. Als der Umhang zwischen erschrocken ausweichenden Muaësi auf den Boden fiel, bildete sich eine schwarze Wolke über ihm,

die sich sogleich zu drehen begann und immer schneller im Kreis wirbelte. Alle auf dem Balkon schauten entsetzt nach unten, panische Rufe kamen aus der Menge, doch der Wirbel aus Rauch übertönte sie binnen Sekunden. Der Krach wurde ohrenbetäubend. Mûtavéh schloss das Fenster und duckte sich dahinter, die Hände schützend über seinen Kopf haltend. An der gegenüberliegenden Seite der Wand sah er, wie es draußen immer dunkler wurde, das Rauschen durchdrang alles, trübte seine Sinne, er konnte nur noch Schemen erkennen. Mûtavéh spürte gewaltige Erschütterungen erst in den Mauern, dann in seinem Magen, in seinem Kopf. Er glaubte ohnmächtig zu werden. Plötzlich flammte ein greller Lichtblitz auf. Der darauffolgende Donner ließ das Fenster in seinem Rücken bersten. Glassplitter rieselten auf ihn herab. Dann war alles still.

Die Ruhe auf dem Platz vor dem Königlichen Palast in Âretoà hielt einige Sekunden lang an, bevor eine Flutwelle an verwirrten, ungläubigen, oder panischen Rufen durch das zersplitterte Fenster an Mûtavéhs noch mit den Händen an seinen Kopf gepresste Ohren drang. Er nahm die Hände herunter und hob vorsichtig den Blick. Als er merkte, dass die Gefahr vorüber war, stand er auf und spähte hinaus. Unten herrschte Chaos, die Leute waren ängstlich, verunsichert.

Verbero, der König, war tot.

Um seinen Umhang herum hatte die Menge einen Kreis gebildet, viele starrten ihn fassungslos an. Manche wandten sich ab und drängelten sich weg davon, andere schoben sich in die entgegengesetzte Richtung und wollten ihn unbedingt sehen. Irgendwo mittendrin jubelte plötzlich jemand, von einer anderen Stelle kam eine wütende Antwort. Während immer mehr versuchten, den Platz zu verlassen und sich zu den anschließenden Straßen begaben, bildete sich in der Nähe des Brunnens mit der Statue Verberos eine Gruppe, die den Tod des Königs feierte. Sie reckten ihre Fäuste in den Himmel, kletterten auf den Brunnen und schrien: »Nieder mit dem König!« oder »Freiheit!«.

An mehreren Stellen sammelten sich aufgebrachte Anhänger Verberos: »Wie könnt ihr es wagen!?«

»Abschaum!«

»Verräter!«

Beide Gruppen wurden rasch größer und lauter. Die Verbero-Gegner hatten nun die Statue des Königs erklommen. Seine Anhänger versuchten daraufhin mit aller Kraft, zu ihnen durchzukommen. Die Muaësi, die sich keiner der beiden Seiten anschließen wollten, und noch auf dem Platz waren, bekamen es mit der Angst zu tun. Sie strömten zu den Rändern und Ausgängen. Die Wachen griffen nun ein. Mit erhobenen Schilden bahnten sie sich ihren Weg durch die aufgebrachte Menge. Bevor die rivalisierenden Gruppen einander erreichen konnten, schoben sich die Wachen dazwischen. Sie schirmten Unbeteiligte ab und drückten die anderen allmählich voneinander weg. Kleine Gerangel entstanden, aber die Wachen ließen sich nicht zu Waffengewalt hinreißen. Sie wussten, dass wenn sie sich jetzt falsch verhielten, die ganze Situation außer Kontrolle geraten könnte. Entschlossen entfernten sie die Gruppen weiter voneinander und isolierten gezielt jene, die andere anstachelten, und nahmen sie fest. Die Gruppen schrumpften zusehends. Die wenigsten wollten echten Ärger machen oder bekommen und so war nach wenigen Minuten der Tumult beruhigt. Bis auf ein paar wenige verließen die letzten Muaësi den Platz, doch spürte und hörte man die aufgewühlte Stimmung von überall her. Der Balkon, auf dem kurz zuvor noch die Ratsmitglieder gestanden hatten, war leer.

Mûtavéh wandte sich ab und verließ das Zimmer. Auf dem Flur hörte er bereits ihre aufgeregten Stimmen. Die Ratsherren bogen wild diskutierend um eine Ecke. Noch während Mûtavéh ihnen nachsah, kamen vier groß gewachsene Vázak in ausladenden Gewändern der Allianz Câtan Vijéba von links und schienen das gleiche Ziel zu haben. Mûtavéh musste endlich wissen, was in der Schlacht wirklich passiert war. Als sie vorbeiliefen, rief er: »Wisst ihr etwas über die Schlacht? Dem König glaube ich kein Wort!«

Sie gingen an ihm vorbei, als hätten sie ihn nicht gehört.

»Hallo?«

Ohne langsamer zu werden, drehte einer etwas den Kopf und sagte: »Wir werden es gleich wissen, komm' von mir aus mit.« Der Vázak wartete weder eine Antwort ab, noch schaute er, ob Mûtavéh ihnen tatsächlich folgte. Eine Handvoll Beamte kam gerade aus der anderen Richtung. Sie wichen den Vázak aus, die ihrerseits kein Stück zur Seite gingen, und eilten danach gehetzt weiter. Mûtavéh ließ sie vorbei, dann versuchte er zu den Vázak aufzuschließen. Sie bogen um dieselbe Ecke wie die Ratsmitglieder kurz zuvor. Darauf folgte ein Gang, an dessen Ende eine Treppe in den nächsten Stock führte, wo sich unter anderem die Kammer des Rates befand, im Anschluss daran der Thronsaal. Gegenüber der Kammer war ein Sitzungssaal, Mûtavéh sah einige Beamte dort hineineilen. Der große rote Doppelflügel zur Ratskammer stand offen. Soldaten mit von Helmen verdeckten Gesichtern hielten Wache. Der Rat, weitere Wachen, und einige Muaësi, die Mûtavéh nicht alle kannte, waren darin, die vier Vázak betraten sie gerade. Mûtavéh folgte ihnen rasch.

Sie gingen hinein, wobei sie jeden Kontakt zu anderen vermieden und beteiligten sich auch nicht an deren eiligen Gesprächen. Stattdessen hielten sie sich abseits, beredeten nur kurz etwas mit einem Pelúdo. Mûtavéh kannte ihn, er hatte ihn oft bei Noi'loân gesehen. Während dieser sich nach dem Gespräch den anderen zuwandte, traten die Vázak stumm an die mit roten Bannern behangenen Wände zurück. Zwischen all den Köpfen hindurch sah Mûtavéh das große Fenster der Ratskammer. Die Dächer Âretoàs glitzerten dahinter im Morgenlicht.

Der Vertreter des Königs trat nun an den Tisch und schlug zwei Mal mit dem Heft seines Schwertes darauf. Er donnerte: »Ruhe!«

Die Gespräche ebbten ab und die Ratsmitglieder und einige andere stellten sich um den Tisch herum.

Râszgúl sagte: »Ich muss alle enttäuschen, die auf Informationen über unsere Soldaten gehofft hatten. Der letzte Bote berichtete davon, dass sie in einem Tag ihr Lager zwischen mehreren Hügeln vor der Alten Verbotenen Stadt aufschlagen wollten. Wenn man die Wegstrecke von dort bis hierher bedenkt, dürfte die Schlacht gerade in vollem Gange sein. In wenigen Tagen werden wir hoffentlich mehr wissen, vielleicht früher, wenn der Shírkûn sich beeilt.«

Einige schienen genervt. Warten zu müssen, ohne etwas tun zu können, und vor allem zu wissen, dass alle Informationen, die man bekam, mehrere Tage alt waren, stellte manches Nervenkostüm auf die Probe.

»Kommen wir nun zum eigentlichen Grund dieses Treffens, nämlich der Wahl eines neuen Königs.«

Mûtavéh hielt gespannt den Atem an, in diesem Raum würde gleich die Zukunft des ganzen Landes für die nächsten Jahre, wenn nicht Jahrzehnte, entschieden werden.

Der große Wazáy fuhr fort: »Als vereidigter Vertreter des Königs ist es an mir, die Wahl des neuen Königs zu leiten und zu überwachen. Die Tradition sieht vor, dass sich alle vollwertigen Mitglieder des Hohen Rates zurückziehen – auf Wunsch unter dem Schutz eines Gardisten der Stadtwache – und im Geheimen ihren Wunschkandidaten, welcher aus ihren eigenen Reihen stammen muss, auf ein Stück Papier schreiben. Sollte jemand niemanden favorisieren, lässt er das Blatt leer. Anschließend wird es in einem versiegelten Umschlag mir übergeben. Nachdem ich die Kandidaten bekanntgegeben habe, müssen diese der Kandidatur zustimmen. Sobald dies geschehen ist, werden sich die Ratsmitglieder wie zuvor zurückziehen und den Namen des Kandidaten aufschreiben, der ihrer Meinung nach der geeignetste König wäre. Dies darf nicht länger als eine halbe Stunde dauern. Sind alle wieder hier in diesem Raum, werde ich vor den Augen aller Anwesenden die Stimmen auszählen und nach einfacher Mehrheit den neuen König ernennen.«

»Ich fürchte, diese Tradition wird heute etwas anders ablaufen«, sagte eine ernste Stimme.

»Was?«, stutzte Râszgúl verwirrt.

»Wer hat das gesagt?«, fragte Ràksûl.

Alle sahen sich verwirrt um. Auch Mûtavéh wusste nicht, woher die fast schon dünne Stimme gekommen war.

»Ich«, antwortete der Pelúdo, mit dem die vier Vázak gesprochen hatten, als sie die Ratskammer betraten. Er war an den großen Tisch herangetreten und sprach: »Die Allianz Câtan Vijéba, die sich Freiheit und Gerechtigkeit für sämtliche Völker dieses Landes auf die Fahnen geschrieben hat, sieht sich gezwungen, an dieser Stelle einzugreifen. Sofern Sie alle kooperieren, wird niemanden etwas geschehen.«

Plötzlich ließen die vier Vázak ihre Umhänge fallen und offenbarten darunter vollständige, golden schimmernde Rüstungen. Noch während sie auf Râszgúl zustürmten, zogen sie ihre Schwerter.

Die Umstehenden wichen ihnen hastig aus, manche schrien.

Râszgúl machte zwei Schritte zurück und japste: »Was soll das?«

Die Vázak umstellten ihn und nahmen ihm sein Schwert ab. Ràksûl und die beiden noch recht neuen Palháco im Rat zogen ihrerseits ihre Waffen, stoppten jedoch ab, als im gleichen Moment sowohl die roten Doppelflügel als auch der Seiteneingang aufgestoßen wurden. Die Wachsoldaten, die zuvor draußen gestanden hatten, marschierten samt Verstärkung in die Ratskammer. Jeweils zwei verstellten die Türen, während das restliche Dutzend sich im Raum verteilte. Viele der Anwesenden nahmen erschrocken ihre Hände hoch, während sie umstellt wurden.

Ein großer Numjaír nahm seinen Helm ab und sagte mit Blick auf die gezogenen Schwerter von Ràksûl und den beiden Palháco: »Die würde ich besser fallen lassen.«

Der Hæríquon zögerte einen Moment lang, aber dann gab er vor Wut brodelnd nach und legte sein Schwert auf den Boden. Die Palháco taten es ihm gleich.

Râszgúl zischte über die an seinen Hals gehaltene Klinge hinweg: »Das ist Hochverrat!«

»Wir sehen es als Befreiung«, entgegnete der Pelúdo.

»Da–«, fing der Hæríquon an.

»Pah! Mit welchem Recht? Wer hat euch geschickt?«, unterbrach ihn Râszgúl zornig.

»Das Volk Muaëras, welches Ihr verraten habt«, antwortete der Pelúdo ruhig.

»Ich würde lachen, wenn ich kein Schwert an meiner Kehle hätte!«

»Versucht es doch.«

»Was glaubt ihr, wer ihr seid? Woher will ein dahergelaufener Haufen Freizeitputschisten wissen, was das Volk will? Ihr habt doch keine Ahnung!«

»Woher wollt Ihr es wissen? Ihr könnt keinem weismachen, dass das, was in den letzten Wochen geschehen ist, in seinem Sinne war. Und solltet Ihr das tatsächlich glauben, bestätigt das unser Handeln umso mehr.«

Die Stimme des großen Wazáy troff nur noch vor Wut und Verachtung: »Minderwertiger Abschaum. Ihr seid doch der Grund für die Konflikte im Land! Leute wie ihr, die meinen, sie wüssten alles besser, die glauben, sie allein hätten das Rezept dafür, wie es allen gut geht. Und praktischerweise wisst ihr ja auch, was das für jeden bedeutet. Ihr sät Misstrauen, weil ihr den Leuten Lügen über uns erzählt, über die, die ihr Leben dem Dienst an der Bevölkerung gewidmet haben! Was habt ihr denn schon für sie getan, hm? Es ging allen gut, bis ihr angefangen habt, so zu tun, als wäre das nur ein Schwindel, den wir den Leuten eingeredet hätten, um von unseren angeblichen geheimen Machenschaften abzulenken! Wir haben nichts dergleichen getan, aber das interessiert euch ja nicht in eurem Wahn. Wer hat denn eigentlich den Krieg angefangen? Ihr natürlich nicht, wie komme ich bloß darauf. Ihr hattet mit all dem nichts zu tun. Aus euren Reihen stammte ja bloß die Hälfte der Rebellen, die uns angegriffen haben! Aber ihr seid natürlich die großen Befreier. Habt ihr überhaupt eine Vorstellung davon, wie viele Leben ihr auf dem Gewissen habt?«

»Wie viele habt Ihr auf dem Gewissen? Auf Verberos Geheiß hin wurden unschuldige Bürger aus ihren Häusern vertrieben, verhaftet, ja sogar hingerichtet! Es gibt Ausgangssperren, willkürliche Durchsuchungen, Spionage. Familien wurden auseinander gerissen. Er hat neues Misstrauen zwischen Arten gesät, das lange ausgerottet war! Verbero hat die Freiheit abgeschafft, er hat die gesamte Gesellschaft entzweit! Und Ihr? Ihr habt nur zugesehen und alles mitgetragen, was ihm in seinem Irrsinn einfiel. Hat er Euch dafür bezahlt? Oder wart Ihr einfach zu feige, Eure Pflicht zu erfüllen?«

Ohne eine Antwort abzuwarten, stieg Sanutíl, der Berater Noi'loâns, auf einen Stuhl und fuhr fort: »Bevor das noch ausufert, kommen wir lieber zur Sache. Wir wollen die weiteren Abläufe auch gar nicht groß stören, wir haben lediglich ein paar Forderungen, die wir Euch gerne unterbreiten würden.«

Bei den meisten war die erste Angst, dem Tod gegenüberzustehen, mittlerweile verschwunden, doch war keinesfalls Erleichterung zu spüren. Im Gegenteil, die Augen, die den Pelúdo nun fixierten, spiegelten Nervosität, Anspannung, und bei vielen die Anstrengung, beinahe Lähmung, nichts Falsches zu tun, zu sagen oder in irgendeiner Weise aufzufallen.

»Zuallererst müssen sämtliche zu Unrecht Verurteilten aus der Haft entlassen werden und, sofern weiterhin Anklage gegen sie erhoben wird, einen ordnungsgemäßen Prozess erhalten. Zu einem ordnungsgemäßen Prozess gehört in Zukunft neben den bisherigen Gesetzen, dass kein Richter oder Geschworener weder vor seiner Amtszeit, noch währenddessen oder danach einen politischen Posten innehaben, oder von der Regierung beeinflusst werden darf. Die Todesstrafe darf nicht mehr ausgesprochen werden!

Darüber hinaus verlangen wir ein übergeordnetes Gesetz, in dem sämtliche Grundrechte aller Bürger Muaëras unwiderruflich festgeschrieben sind. Neben denen, die ohnehin bereits geltendes Recht sind, zählt von nun an auch der Grundsatz der Gleichbehandlung dazu: Jeder Muaësi, unabhängig von Art, Geschlecht, Abstammung, Erscheinungsbild, Meinung oder Sprache, besitzt die gleichen Rechte und Pflichten. Niemand darf aufgrund eines dieser Dinge besser oder schlechter behandelt werden. Das gilt insbesondere in Bezug auf die Casísto, welche die aktuellsten Opfer von Ausgrenzung, Lügen und Ungerechtigkeiten geworden sind. Als Zeichen, dass diese Zeiten endgültig vorbei sind, wird Fjiondar als eigener Stadt und eigenem Regierungsbezirk endlich ein Sitz im Rat zugeteilt. Dieser ist längst überfällig, denn selbst nach bisherigem Recht steht er ihr zu. Sämtliche casístofeindlichen Gesetze müssen außerdem für ungültig erklärt werden, auch alle Sonderbefugnisse der Stadtwache und die Spionagegesetze.« Sanutíl wurde etwas ruhiger, seine Stimme klang weniger anklagend. »Verbero hat in den letzten Wochen viel Unheil angerichtet. Er hat Gesetze gebrochen, sogar eigentlich schon lange als selbstverständlich angesehene Grundrechte ignoriert. Erstaunlicherweise hatte er bis zum Schluss noch eine Menge Unterstützer. Zwar waren ebenso viele gegen ihn, aber was nützte das schon? Ihn hat es nicht aufgehalten und stattdessen unnötige und gefährliche Konflikte hervorgerufen. Unser ursprünglicher Plan sah vor, den König künftig vom Volk direkt wählen zu lassen, um einem erneuten Versagen des Rates vorzubeugen. Doch wenn Verbero es schaffen konnte, trotz seiner Verbrechen eine derart große Zahl an Muaësi in seinem Rücken zu haben, kann jemand anders das auch, vielleicht jemand noch Schlimmeres. Darüber hinaus würde damit eine Spaltung der Gesellschaft in mehrere Lager nur noch weiter vorangetrieben werden. Deshalb haben wir von dieser Idee Abstand genommen und wollen das Wahlverfahren des Königs nicht ändern. Jedoch ist klar, dass sich so etwas wie unter Verbero niemals wiederholen darf. Darum obliegt es künftig dem Rat zu entscheiden, ob ein König noch seiner Verantwortung gerecht wird. Kommen seine Mitglieder zu dem Schluss, dass das das nicht mehr so ist, können sie ihn im Notfall mit einer einstimmigen Entscheidung seines Amtes entheben und ihm damit seine Befugnisse entziehen. Anschließend kann er vor Gericht gestellt werden. Das Wahlrecht wird ebenfalls in dem übergeordneten Gesetz verankert. Sollte der Verdacht aufkommen, dass dieses Gesetz gebrochen wird, ist es von nun an die Aufgabe der Gerichte, dem nachzugehen und gegebenenfalls Anklage zu erheben. Der Rat kann von diesen Ermittlungen nicht ausgeschlossen werden.«

Manche sahen den Pelúdo weiter an, sagten nichts, als erwarteten sie, dass er weiterredete. Andere hingegen waren aufgebracht von dem, was sie gerade gehört hatten.

»Sonst noch was?«, blaffte Ràksûl. »Möchten die Herren vielleicht gleich selbst regieren?«

»Nein. Und da Ihr noch hier sitzt, hätte Euch das klar sein können«, erwiderte Sanutíl. »Unser Ziel ist eine geeinte Bevölkerung, in der es allen so gut geht wie möglich. Würden wir die Regierung übernehmen, hätte das Folgen, die niemand absehen kann. Stattdessen passen wir auf, dass die Dinge sich in die richtige Richtung entwickeln.«

»Pff, wie stellt ihr euch das vor?«, raunte Ijúmo, der Palháco mit dem roten Umhang.

»Ganz einfach. Ihr unterschreibt dieses Dokument«, antwortete Sanutíl, holte ein zusammengerolltes Stück Papier aus der Tasche und legte es auf den Tisch. »Da der König tot ist, liegt das Recht zur Ratifizierung allein beim Rat. Mit Euren Unterschriften treten die darin beschriebenen Gesetze sowie das von mir eben erklärte übergeordnete offiziell in Kraft und die unrechtmäßigen Verurteilungen und Maßnahmen von Verbero werden ungültig.«

»Das ist lächerlich«, brummte der Palháco im goldgelben Umhang.

»Was hat euch dazu veranlasst, zu glauben, dass der Rat das unterzeichnen wird?«, zischte Râszgúl.

»Die Tatsache, dass bei weitem nicht alle hier gegen diese Vorschläge sind«, sprach die Numjaír im dunkelblauen Kleid.

Das Schwert vor ihrem Gesicht wurde zurückgesteckt und sie ging zu Sanutíl. Ihr folgten ein Vázak und eine Trampianerin.

»Außerdem glauben wir, dass Euch Eure Freiheit nicht unwichtig ist«, sagte Letztere.

»Ihr gehört zu denen?«, entfuhr es Râksûl. »Wie konntet ihr uns so verraten!?«

Der Vázak antwortete gelassen: »Die Reformen sind nötig, sie tun das Richtige. Außerdem verlieren wir nichts dadurch.«

Der Hæríquon knurrte: »Niemals werde ich so etwas unterzeichnen. Leute wie ihr haben mir nichts vorzuschreiben!«

Sanutíl widersprach: »Niemand schreibt Euch etwas vor, Ratsherr. Ich finde, wir haben Euch ein durchaus faires Angebot gemacht. Wir übernehmen nicht die Regierung, obwohl wir gerade beste Gelegenheit dazu hätten. Wir haben

Euch nichts angetan, wir wollen Euch nicht einmal aus Eurem Posten entfernen. Und die neuen Gesetze gehen nicht zu Eurem Nachteil, außer, Ihr wendet Euch gegen die Gerechtigkeit im Land. In diesem Fall seid Ihr hier ohnehin fehl am Platz.«

»Die Stadtwache wird eurer kleinen Rebellion noch heute ein Ende bereiten, das schwöre ich euch. Dazu muss sie nicht einmal hiervon erfahren, mit euren Gesetzen habt ihr sie euch ohnehin zum Feind geschaffen!«

Sanutíl schien in keiner Weise beunruhigt: »Oh, ich fürchte, da muss ich Euch enttäuschen. Die Stadtwache ist bereits eingeweiht und steht hinter uns. Oder meint Ihr vielleicht, den Soldaten hat es Freude bereitet, gegen ihr eigenes Volk vorzugehen. Nachbarn, Freunde, und Verwandte festzunehmen?«

»Das soll ich euch glauben? Nur die besten Männer kommen in die Wache, sie war seit Anbeginn der Zeit immer treu dem König ergeben!«

»Ihr könnt Euch gerne davon überzeugen. Wir wollten das eigentlich vermeiden, aber wenn Ihr Euch querstellt, müssen wir Euch wohl vorläufig festnehmen. Es gab einige Tumulte heute, da ist es nicht unwahrscheinlich, dass ein kleiner Unfall passiert ist. Immerhin ist der König gestorben und seitdem hat niemand mehr den Rat gesehen. Wer weiß schon, was noch alles passiert ist? Die Leute werden das nicht anzweifeln. Aus Træth, wo Euer Verbleib vielleicht jemanden genug interessiert, als dass er Nachforschungen darüber anstellt, ist niemand in der Nähe, und die Begründung, die wir liefern werden, wäre garantiert glaubwürdig, darauf könnt Ihr Euch verlassen. Aber wenn Ihr so überzeugt seid, dass die Stadtwache nicht auf unserer Seite steht, habt Ihr im Kerker ja nichts zu befürchten. Der erste Soldat, der Euch erkennt, wird Euch sicherlich befreien.«

Der Palháco mit braunem Fell wandte sich an den Hæríquon: »Ràksûl, seid vernünftig. Es ist besser –«

»Seid still, Téju!«

»Also?«, fragte Sanutíl.

Ràksûl zögerte. Doch dann sagte er: »Nein. Ich beuge mich keinen Verrätern!«

»Schade. Führt ihn ab!«

Zwei der Vázak in den goldenen Rüstungen packten ihn und zerrten ihn unter großen Mühen in Richtung der Seitentür.

»Ihr braucht mich, sonst treten Eure Gesetze nie in Kraft!«, rief er. »Ihr braucht die Unterschriften aller Ratsmitglieder!«

Mit einer Bewegung seiner Hand ließ der Pelúdo die beiden Vázak innehalten. Dann erklärte er: »In Ausnahmefällen kann ein Ratsmitglied vom Rat ausgeschlossen werden, das solltet gerade Ihr doch wissen? Mûtavéh dort drüben wird das bestätigen.« Sanutíl deutete mit dem Arm auf den Numjaír, welcher noch immer die purpurfarbene Robe trug, die er vor ein paar Tagen von Noi'loân bekommen hatte.

»Bei ihm war es angeblicher Hochverrat. Solltet Ihr Euch gegen uns wenden, könnte das ähnlich interpretiert werden.«

»Pah, wer sollte mich denn verurteilen? Und wofür!?«, schrie er aufgebracht: »Ihr seid die Verräter, nicht ich!«

»Das ist Ansichtssache. Aber davon einmal abgesehen, glaubt Ihr, dass später, wenn erst einmal alles geregelt ist und in ordentlichen Bahnen verläuft, jemand nachprüfen wird, ob es tatsächlich einen normalen Prozess gab?

Mûtavéh hatte auch keinen, und obwohl das viele wussten, wurde sein Urteil nie angefochten.«

Zum ersten Mal trat so etwas wie Panik in die Augen des großen Hæríquon. Sie huschten von einem Ratsmitglied zum anderen, offenbar auf der Suche nach Unterstützung, aber sie fanden keine.

Râszgúl murmelte verbissen: »Lass' es sein. Sie haben alle Fäden in der Hand.«

»Ihr seid allein, Ràksûl. Seht es ein«, sagte der Pelúdo mit traurigem Blick.

Die Vázak setzten sich wieder in Bewegung. Nach ein paar Schritten erreichten sie die Tür. Die dort postierten Wachen öffneten sie und ließen die drei hindurch.

Sie wollten sie gerade wieder verschließen, als Ràksûl rief: »Halt!« Verzweiflung klang in seiner Stimme mit, die im nächsten Moment der Resignation wich. »Ich unterzeichne.«

Der Hæríquon wurde wieder hereingeführt. In seinem Inneren brodelte es, das sah man ihm deutlich an.

Sanutíl griff in seine Tasche und holte einen Federkiel mitsamt einem kleinen Tintenfass hervor. Beides stellte er neben das Dokument auf dem Tisch und sagte: »Sofern dann niemand mehr Einwände hat, würde ich gerne fortfahren.« Er sah in die Gesichter der Ratsmitglieder. Wie nicht anders zu erwarten, blickten ihn die Numjaír Linoré, der Vázak Árak, und die Trampianerin Kraja, die bereits zur Allianz gehörten und eben vorgetreten waren, gespannt an. Ihre Aufregung, so kurz vor dem Ziel zu sein, konnten sie nicht verbergen. Aber auch Fráco und Nâyakà wirkten, als seien ihre Angst und Skepsis zum Großteil verschwunden.

Lediglich die beiden Palháco schienen sehr kritisch. Sie protestierten nicht, aber es war offensichtlich, dass sie es tun würden, bestünde auch nur die geringste Chance auf Erfolg.

Kraja trat als erste vor. Ihre Flügel zuckten, als sie sich über das Dokument beugte. Nach ihr folgten Árak und der andere Vázak Shún, Linoré, die zur Nachfolgerin Mûtavéhs gewählt worden war, danach Nâyakà und Fráco. Zum Schluss kamen die beiden Palháco.

Nachdem er den Federkiel weggelegt hatte, murmelte Téju: »Glaubt nur nicht, dass ich das freiwillig mache.«

Als letzter unterschieb Ràksûl, während Râszgúl, noch immer von Soldaten festgehalten, das Geschehen mit einer Mischung aus Verachtung und Hilflosigkeit verfolgte.

Als alle neun Unterschriften unter den neuen Gesetzestexten standen, sagte Sanutíl: »Um keine Unruhe in der Bevölkerung aufkommen zu lassen, sollte Fina'ijr im Namen des Rates gleich verkünden, dass Verberos illegale Maßnahmen aufgehoben wurden und, dass zum Beispiel die Stadtwache wieder ihrer ursprünglichen Aufgabe nachkommt.«

Der Trampianer nickte.

»Alles Weitere sollte am besten der neue König bekannt geben, der schnellstmöglich gewählt werden sollte. Die Wahlleitung werden wir dieses Mal übernehmen, um sicherzustellen, dass alles korrekt abläuft.«

»Entschuldigung, ich würde gern noch etwas sagen.«

Alle schauten zu Mûtavéh, der bis jetzt geschwiegen hatte.

»Ja?«, sagte Sanutíl und sah ihn auffordernd an.

»Es geht darum, weshalb ich aus dem Rat ausgeschlossen wurde. Ich habe damals etwas erfahren, das ich nicht hätte erfahren sollen. Ich finde aber, dass es jeder wissen sollte und glaube, jetzt die beste Chance zu haben, dass man mich ernst nimmt. Und zwar handelt es sich um einen Bericht vom ehemaligen Ratsherren Rahélju, vielleicht erinnert sich noch jemand an ihn.« Bei diesem Worten traf sein Blick auf Ràksûl. Der Hæríquon starrte ihn direkt an. »Rahélju war Zeuge folgender Szene geworden, die ihm niemand glaubte – oder glauben durfte: Eines Tages wollte er König Verbero aufsuchen, weil er ihn um etwas bitten wollte. Er klopfte nicht an, und als er die Tür öffnete, sah er ihn, wie er da stand, mit Râszgúl und einem kleinen Vázakjungen.«

Einige Blicke huschten zu dem großen Wazáy, der keine Miene verzog.

»Der König hat seine Gestalt aufgelöst und sich als Rauch um das Kind geschlungen. Dann verschwand der Rauch und das Kind war tot. In diesem Augenblick wurde Rahélju von Râszgúl in der Tür entdeckt. Er rannte auf ihn zu und gerade, als er die Tür zuschlug, stieg Rauch aus dem Mund des Jungen auf. Verbero hat dieses Kind ermordet.«

Linoré hielt sich erschrocken eine Hand vor den Mund.

»Rahélju rannte weg und erzählte alles dem damaligen Rat, aber man hielt ihn für verrückt. Schließlich wurde er seines Amtes enthoben.«

»Das ist ja schrecklich!«, keuchte Nâyakà.

Râszgúl rief: »Alles Lügen! Genau deshalb wurde er aus dem Rat ausgeschlossen, wegen solcher irren Vorstellungen!«

»Eben. Mûtavéh wurde verurteilt, weil er diesen Unsinn verbreiten wollte«, sagte Ràksûl.

Mûtavéh entgegnete: »Ich habe ihm auch erst nicht geglaubt, weil ich es nicht wahrhaben wollte! Aber dass Ihr, Ràksûl, mich damals verhaften ließet, nur, weil ihr mitbekommen hattet, dass ich mit Rahélju gesprochen hatte, lässt schon gewisse Zweifel aufkommen, oder nicht? Ihr konntet noch nicht einmal wissen, worüber wir geredet hatten.«

»Offenbar lag ich mit meiner Vermutung nicht falsch«, erwiderte Ràksûl kühl.

»Das ändert aber nichts«, sagte Árak, »Ihr habt ihn aufgrund einer Vermutung und ohne eine Anhörung verurteilt.«

»Was wisst Ihr schon darüber? Zu diesem Zeitpunkt wart Ihr nicht einmal im Amt.«

»In Træth wird man sicher nicht erfreut sein, das zu hören«, meinte Sanutíl.

»Ihr glaubt ihm etwa?« Der Hæríquon sah sich um.

Râszgúl schaute ihn verbittert an, niemand gab ihm Antwort.

»Er behauptet das doch nur, um seinen Posten wiederzubekommen!«, versuchte der Hæríquon sich zu verteidigen.

Fráco meldete sich: »Das glaube ich nicht. Koruma hat bereits eine neue Ratsgesandte, sein Posten ist vergeben. Zudem trägt Euer Verhalten nicht gerade zu Eurer Glaubwürdigkeit bei. Und dass er keinen Prozess hatte, ist ebenfalls bekannt.«

»Ein Gericht wird über Eure Zukunft entscheiden, sobald der neue König im Amt ist. Jedenfalls macht Mûtavéhs Verurteilung jetzt deutlich mehr Sinn«, sagte Sanutíl, bevor er sich dem Numjaír zuwandte: »Danke für den Bericht. Er wird vielleicht auch dabei helfen, einige verbliebene Unterstützer Verberos davon zu überzeugen, was für eine Kreatur er war.« Er holte tief Luft. »Also dann, lasst uns mit der Wahl beginnen. Wir haben keine Zeit zu verlieren!«

EPILOG

Eine Woche war es nun her, dass die Allianz Câtan Vijéba den Ratssaal gestürmt hatte. Eine Woche hatte Mûtavéh gehofft, dass sie nicht hintergangen wurden, jemand die Seiten wechselte, dass es Aufstände gegen sie gab, oder sonst etwas anderes schiefging. Doch nichts dergleichen war geschehen. Die allermeisten hatten, so vermutete er, nicht einmal mitbekommen, was im Inneren des Schlosses vor sich gegangen war. Nachdem die Aufhebung sämtlicher ›Sicherheitsmaßnahmen‹, wie Verbero sie bezeichnet hatte, bekannt gegeben worden war, hatte es nur wenige Proteste gegeben. Der König mochte bis zum Ende eine gewisse Unterstützung gehabt haben, seine Handlungen jedoch weniger. Nichtsdestotrotz waren manche Ansichten tief in der Bevölkerung verwurzelt, die Ablehnung von Casísto beispielsweise. Allerdings waren es gerade diejenigen, die nur aus Angst vor Verbero oder dessen überzeugten Anhängern seine Taten nach außen hin unterstützt hatten, die nun wieder davon Abstand nahmen und normal weiterlebten. Der tote König konnte ihnen nicht mehr gefährlich werden. Auch wenn es vorher nie so gewirkt hatte, als habe ein Bedürfnis danach bestanden, so schien es jetzt, als atme das ganze Land erleichtert auf. Nâyakà hatte direkt im ersten Wahlgang eine Mehrheit erhalten und sich gegen Kraja und Ràksûl durchgesetzt. Sie hatte sich nicht selbst aufgestellt, die Wahl aber angenommen. Mûtavéh war zufrieden damit, er hatte sie immer gemocht. Zudem unterstützte sie die Reformen und damit die neue Richtung im Land, und konnte zugleich auf viel Erfahrung zurückblicken. Er war davon überzeugt, dass sie eine gute Königin sein würde.

Mûtavéh saß mit Sanutíl und Noi'loân samt dessen Frau Ihunâia und Tochter Ása in einer Bank. Es war eine von vielen, die auf Âretoàs Marktplatz für Ehrengäste der Krönungszeremonie aufgestellt worden waren und etwa ein Fünftel des Platzes einnahmen. Am Brunnen, in dessen Zentrum eine der beiden Statuen Verberos gestanden hatte, befand sich nun stattdessen in kleines Podest, das über eine Brücke durch die hochsprudelnden Wassersäulen hindurch erreicht werden konnte. Von den Bänken aus sah man in gerader Linie dorthin. Der ganze Platz war voll mit Muaësi. Inmitten der Menge sah man immer wieder die bunten Stoffdächer von Ständen, an denen den nicht fassbaren Massen der Zuschauer Getränke und Speisen auf die Hand angeboten wurden. Kinder saßen auf Vordächern, Kisten, und Mauern, einige lehnten in Fenstern. Die Stimmung war größtenteils froh, doch eine gewisse Spannung lag in der Luft.

Obwohl es später Herbst war, fand Mûtavéh es nicht zu kalt. Die Sonne hatte bereits den ganzen Vormittag lang gestrahlt und wärmte so gut, dass ihm die dunkelbraune Jacke über seinem weißen Gewand mit blauen Applikationen ausreichte. Er hatte es sich gekauft, gleich nachdem das Gröbste des Putsches geglückt war. Es freute ihn sehr, dass er wieder eine Amtskleidung anlegen konnte. Die Allianz hatte dafür gesorgt, dass seine Verurteilung offiziell aus seinen Akten entfernt worden war. Einen Sitz im Rat hatte er selbstverständlich nicht wiedererhalten, dafür aber gehörte er wie Noi'loân jetzt zum offiziellen Beraterstab der Königin. Das war mehr als er für möglich gehalten hatte. Der Beraterstab hatte zwar kaum eigene Befugnisse, stand aber in ständigem Kontakt mit der neuen Königin und war an allen wichtigen Entscheidungen und Vorgängen im Land beteiligt. Ihm gehörten noch einige andere hochrangige Persönlichkeiten an, mehrere Forscher, eine Handvoll hoher Beamter und Angehörige des Militärs, und hin und wieder auch bedeutende Händler, die bei speziellen Entscheidungen herberufen wurden. Mûtavéh war sehr glücklich mit seiner neuen Aufgabe und darüber, dass er auch in Zukunft mit Noi'loân zusammenarbeiten durfte.

Jetzt sogar legal, dachte er mit einem Grinsen.

Auch einige andere aus der Allianz waren in politische Ämter gekommen, die meisten in ihren Heimatbezirken, aber auch ein paar in der Hauptstadt. Glücklicherweise, aber vor allem als Zeichen guten Willens und, damit keine weiteren Konflikte entstanden, hatte die neue Regierung auf Anklagen verzichtet unter der Bedingung, dass sich die Allianz in ihrer jetzigen Form auflöste, was auch geschehen war. Ihr Zweck war erfüllt, der Großteil ihrer Mitglieder war wieder zu ihrem normalen Leben zurückgekehrt.

»Da! Es geht los!«, sagte Ása aufgeregt.

Mûtavéhs Gedanken wandten sich wieder dem Hier und Jetzt zu. Er sah, wie zwei Soldaten der Königlichen Wache an den Seiten des Podests auf dem Brunnen Haltung angenommen hatten. Ihre rot-goldenen Rüstungen strahlten über den ganzen Platz. Es wurde lauter, Jubel und Applaus brausten auf, als die ersten die Noch-Ratsherrin Nâyakà die wenigen Stufen emporsteigen sahen. Sie trug ein dunkelblaues, sehr edles Gewand und winkte ihren künftigen Untertanen zu. Ihr folgten sämtliche Mitglieder des Hohen Rates und Râszgúl. Dieser trug ausnahmsweise keine Rüstung, sondern wie auch die anderen dunkelbraune Kleider, ebenfalls edel, aber weniger auffallend. In seinen Händen trug er die neue Krone. Nâyakà hatte sich geweigert, die ihres Vorgängers zu verwenden, und so war diese in den letzten Tagen eiligst und in Zusammenarbeit der fähigsten Schmiede der Stadt angefertigt worden. Sie war dünner, leichter und mit feinen, dunkelblauen Edelsteinen besetzt. Sie sollten das Meer symbolisieren, an dem ihre Heimatstadt Èlnyomas lag, ›und ein Kontrast sein‹, wie Nâyakà es ausgedrückt hatte.

Während die Vázak an der Vorderkante des Podests anhielt, reihten sich die Ratsmitglieder hinter ihr auf. Râszgúl stellte sich versetzt hinter ihr auf.

Als etwas Ruhe eingekehrt war, trat der Wazáy neben sie und sprach mit kräftiger Stimme: »Bürger Muaëras! Wir sind heute hier, um die neue Königin zu ernennen, die Ratsherrin Nâyakà von Èlnyomas! Mehr als die Hälfte der Mitglieder des Hohen Rates hat im ersten Wahlgang für sie gestimmt und sie damit für dieses Amt auserkoren.«

Wieder ertönte Jubel.

Râszgúl drehte sich zu Nâyakà: »Ratsherrin Nâyakà, vor dem Volk Muaëras frage ich Euch nun erneut: Nehmt Ihr die Wahl an und werdet die Geschicke unseres Landes von diesem Tag an leiten? Werdet Ihr Recht und Gesetz achten und schwören, zu jeder Zeit stets zum Wohle aller Bürger Muaëras zu entscheiden und zu handeln?«

»Ja«, antwortete die Vázak mit fester Stimme, »Ich nehme die Wahl an. Ich bin mir der Verantwortung, die von nun an auf mir lasten wird, bewusst und werde mein Möglichstes tun, ihr gerecht zu werden. Ich schwöre, Recht und Gesetz zu achten und bei all meinen Entscheidungen und Taten als Königin nichts Anderes als das Wohl sämtlicher Bewohner Muaëras, Euch allen, im Sinn zu haben! Ich verspreche, Euch mit all meinen Fähigkeiten zu dienen.«

Die Muaësi jubelten ihr zu.

Râszgúl sagte: »Senkt bitte Euer Haupt.«

Nâyakà ging auf ihre Knie und beugte den Kopf.

Der Wazáy hielt die Krone über sie und sprach: »Ratsherrin Nâyakà, hiermit ernenne ich Euch zur Königin über Muaëra, Beschützerin des Landes und seiner Einwohner, Wahrerin des Rechts und der Ordnung. Möget Ihr Eurer Pflicht stets gewachsen und Rín Euch für alle Zeit wohl gesonnen sein!« Mit diesen Worten setzte er ihr die Krone auf. »Erhebt Euch nun als Königin.«

Nâyakà stand auf und wandte sich wieder den unzähligen Muaësi zu, die ihr begeistert zuriefen. Vereinzelte Schmährufe waren auch zu hören, doch sie gingen im Lärm unter. Groß und erhaben stand sie da und winkte nach allen Seiten. Wasser aus dem Brunnen spritzte an den Kanten des Podestes in die Höhe und waberte schließlich als dünner Nebel über die umstehenden Zuschauer. Die Sonne ließ die kleinen Tröpfchen glitzern. Sie hob die Stimme: »Ich bedanke mich für das Vertrauen, das mir entgegengebracht wird, vom Hohen Rat wie von Euch, den Bürgern unseres wunderbaren Landes. Dieses Amt verliehen zu bekommen, ist mir eine große Ehre und ich verspreche, es mit Verantwortung, Verstand, und mit Stolz zu erfüllen.«

Râszgúl reihte sich währenddessen neben Ràksûl in der Reihe der Ratsmitglieder ein.

»Bereits vor einer Woche hat der Hohe Rat die illegalen und unrechten Maßnahmen Verberos aufgehoben, Verhaftungen rückgängig gemacht und Verurteilungen für ungültig erklärt. Damit wurden schon einige dringende Missstände beseitigt. Doch ich versichere Euch, das war nur der erste Schritt von vielen zu einem wirklich freien, neuen Muaëra. Ich werde die Gerichte endlich unabhängig vom

Einfluss der Politik und des Geldes machen. Ich werde Seilschaften und Korruption bekämpfen. Und nicht zuletzt, sondern als Kern meines Handelns, werde dafür Sorge tragen, dass absolut alle Bürger die gleichen Grundrechte erhalten, und ich werde diese verbindlich festschreiben. Diese Rechte, die jedem zustehen, können von niemandem, auch keinem zukünftigen König, übergangen oder gebrochen werden. Mit Euch zusammen möchte ich Muaëra frei, offen, gerecht, und für alle zu einer lebenswerten Heimat machen!«

Ása klatschte laut, auch Mûtavéh applaudierte. Sanutíl stand auf, einer nach dem anderen in ihrer Reihe tat es ihm gleich. Ebenso auf den anderen Plätzen standen die Leute auf. Nur wenige blieben sitzen. Der Jubel erfüllte den Marktplatz, hallte durch die vollen Straßen und erfüllte bald die ganze Stadt.

* * *

Õudus verlor sich in Schemen und dunklen Dächern, während ein Licht nach dem anderen an den zahllosen Fenstern erschien und die Sonne weit im Westen hinter dem Fervôr-Gebirge in den Ländern, in denen die Drachen hausten, unterging. Baríth warf einen letzten nachdenklichen Blick aus dem Fenster, das in einer Hauswand an einem der vielen Kanäle befestigt war. Der Casísto, dessen Fell überall nun wieder dunkelgrau und nicht mehr schwarz war, zündete einen neuen roten Stein in einer einfachen Laterne an, die auf dem Nachttisch stand und Eyônaís Krankenbett erhellte. Viele Tage lag sie schon dort, immer noch bewusstlos und geschwächt durch das Gift. Sie bekam das Gegenmittel erst, als er sie auf Parúh zum Heiler gebracht hatte, der sich im Norden der Stadt nahe dem Hafen befand, wo die Aurúm gemächlich im Wasser torkelte. Ein paar Zimmer weiter lagen Tânurác und Dhrûg, denen es schon wieder einigermaßen gut ging. Der Rest ihrer Gruppe kam nur gelegentlich zu Besuchen vorbei, traf sich ansonsten bei dem Trampianer Wúrak, der ihn, Lanhji und seine Mannschaft vor den Soldaten bewahrt hatte, die Õudus eingenommen hatten und ihm schließlich offenbart hatte, wo sich seine Freunde befanden. Mittlerweile waren die Straßen wieder lebendiger, wenn auch zurückhaltend. Der Krieg war vorbei, die Nabilat besiegt. Parúh schnaubte in seiner Ecke und hob neugierig den Kopf. Baríth musste lächeln.

Er zog die weißen Vorhänge zu, die sich deutlich von den rötlich schimmernden Holzwänden absetzten, und drehte sich zur hellen Tür um, als Eyônaí zögerlich erwachte. Zuerst ein Auge, dann das zweite öffnete sie und runzelte die Stirn, als hätte sie ein unaufhörliches Hämmern im wuscheligen Kopf. Die schöne junge Casísto richtete sich auf und ihr kluger scharfer Blick strich durch das kleine Zimmer mit der geflügelten Tür, auf dessen Klinke Baríths Hand ruhte, der sie strahlend, aber auch prüfend ansah. Er fragte: »Wie geht es dir, Eyônaí? Keine Sorge, du bist in Sicherheit.«

Sie hielt sich den schräg gestellten Kopf und grinste schwach, als sie antwortete: »Kopfschmerzen und eine trockene Kehle, aber nichts, was nicht verschwinden würde. Wo sind wir?«

»Du bist im edlen Haus des Heilers Ôrnác von Õudus. Unsere Freunde sind in der Nähe.« Er nahm eine Glasflasche von einem Beistelltisch und schenkte ihr Wasser in einen frischen Becher ein.

Kurz blieb sie still, das Licht flackerte, knisterte leicht und warf zarte Schatten in den Raum. Baríth setzte sich auf den kuscheligen Sessel neben dem Bett, dem Fenster zugewandt, und legte seine Arme auf den kunstvollen Lehnen ab.

»Haben wir den Krieg gewonnen? Ist es vorbei?«, fragte sie und trank ein paar Schlucke.

»Ja, es ist vorbei. Gestern wurde Ratsherrin Nâyakà von Èlnyomas gekrönt und die Allianz Câtan Vijéba löst sich jetzt langsam auf. Wir können gehen, wohin wir wollen. Was hattest du für die Zeit nach dem Sieg geplant?«

»Ganz ehrlich? Ich hatte nicht erwartet, dass wir so weit kommen und wenn doch, es überleben.« Sie lachte kurz, doch der Schmerz in ihrem Kopf erstickte es rasch wieder. »Was ist mit dir?«

»Ich wollte nach Hause zurückkehren. Nach Fjiondar im hohen Norden in den Ausläufern des Píntô-Gebirges. Dort liegt in Kürze alles unter einer dicken Schneedecke, es ist Zeit, dass der lange Winter beginnt.« Er seufzte kaum hörbar. »Doch nach allem, was war, bin ich mir da nicht mehr sicher. Die Vorstellung, den Abschluss nachzuholen und in die Fußstapfen meines Vaters zu treten, das erscheint mir alles so fremd. Dieser Muaësi bin ich nicht mehr. Oder noch nicht.«

»Und wer bist du dann?« Eyônaí schmunzelte, ihr ging es ähnlich, wenn auch sie nichts zurück zu ihrer Familie zog.

»Ich weiß nicht, ein Abenteurer? Einer, der die Welt erkunden möchte? Ich hatte Lanhji versprochen, dass ich mit ihm dem Schatz der Heiligen Stadt bergen würde, doch nach Ríns Tod verschwand auch seine Macht und die Höhle ist eingestürzt. Oberhalb bildet sich gerade ein riesiger See, mitten in der Kàbadian-Wüste und der Rieka bahnt sich einen neuen Weg durch den Sand. Trotzdem würde ich mich ihm gerne wieder anschließen. Er ist etwas verrückt, doch ich sehe in ihm einen guten Freund und seine – nennen wir es mal so – Arbeit gefällt mir.«

»Ich verstehe kein Wort von dem, was du sagst, aber du scheinst auch ohne uns viel erlebt zu haben.« Ihr verdatterter Blick war unvergesslich. Baríth erzählte ihr eine Weile von seinen Abenteuern nach dem Angriff der Hrâutí'h im erloschenen Vulkan. Es dauerte eine Weile, bis er alles gesagt und auf jede Frage geantwortet hatte.

Als er fertig war, blickte Eyônaí ihn müde, aber auch stolz an, kuschelte sich zurück in die wärmende Decke und murmelte kaum noch hörbar: »Diesen Lanhji musst du mir mal vorstellen, vielleicht hat er ja noch Platz für eine Schiffsheilerin, eine Katze auf einem Boot, das hätte was …« Ihr Atem wurde leise, gleichmäßig und sie verschwand in ihren Träumen.

Baríth bemerkte erst jetzt, dass auch er müde geworden war. Er stand auf und streckte sich. Erstmals seit Tagen blickte er nicht mehr sorgenvoll auf die schlanke Casísto in ihrem Krankenbett. Er strich sich über das angesengte Fell an der Wange und gähnte kurz und zufrieden.

Baríth fragte sich, wer den Kreislauf der Geister fortführen würde. Wenn er nur wüsste, welches Wesen Rín als nächstes in Besitz nähme, er würde es bis zu seinem letzten Atemzug beschützen. Parúhs Augen schimmerten silbern im sanften Licht der warmen Laterne.